JANE CORRY

Perlentöchter

Buch

Caroline lebt glücklich mit ihrem Mann und ihren Kindern in Südengland. Als ihre Großtante Phoebe stirbt, hinterlässt diese ihr eine Perlenkette, die sich die Frauen der Familie seit Generationen weitergeben. Im Nachlass entdeckt Caroline auch die Tagebücher ihrer Großmutter Rose. Schon bald werden diese zu ihrem einzigen Trost. Denn als sie herausfindet, dass ihr Mann eine Affäre hat, bricht Carolines Welt zusammen. In ihrer Verzweiflung nimmt sie das Angebot einer Bekannten an, den Sommer in einem altn Herrenhaus an der Steilküste zu verbringen. Über den wellenumtosten Klippen taucht Caroline in Roses Tagebücher ein – und entdeckt dabei eine Geschichte von Liebe, Mut und Verrat, die auch ihr die Kraft gibt, sich wichtigen Entscheidungen zu stellen …

Autor

Nach ihrem Englischstudium arbeitete Jane Corry für Medien wie *The Times, The Daily Telegraph, The Daily Mail* und *Woman*. Sie ist Mutter von drei Kindern und lebt mit ihrem Mann an der Küste im englischen Devon. Perlentöchter beruht zum Teil auf den wahren Geschichten ihrer Ahninnen, die in Borneo eine Kautschuk-Plantage besaßen. Von ihrer Großtante erbte sie eine Perlenkette, die sie niemals ablegt.

Ab Juni 2014 bei Blanvalet außerdem von Jane Corry lieferbar:

Der Garten über dem Meer (geb. 0493)

Jane Corry

Perlentöchter

Roman

Aus dem Englischen
von Claudia Geng

blanvalet

MIX
Papier aus verantwortungsvollen Quellen
FSC® C014496
FSC
www.fsc.org

Verlagsgruppe Random House FSC® N001967
Das FSC®-zertifizierte Papier *Holmen Book Cream*
für dieses Buch liefert Holmen Paper, Hallstavik, Schweden

2. Auflage
Taschenbuchausgabe Januar 2014 bei Blanvalet, einem Unternehmen
der Verlagsgruppe Random House GmbH, München.

Originaltitel des Romans »The Pearls«

Umschlaggestaltung: bürosüd°, München
Umschlagmotiv: Umschlagmotiv: Trevillion Images / Yolande de Kort
Redaktion: Barbara Müller
ES · Herstellung: sam
Druck und Einband: GGP Media GmbH, Pößneck
Printed in Germany
ISBN: 978-3-442-38081-7
www.blanvalet.de

Louisa

1897–1898

1

Schritte. Schwer. Langsam. Gründlich. Genau wie er. Schritte, die den Gang durchqueren und das Dienstmädchen daran hindern, vor ihm anzukommen. Die Tür, die sich öffnet.

Mach die Augen zu, sagt die leise Stimme in Louisas Kopf, während sie ihr Skizzenbuch unter das Kopfkissen schiebt. Tu so, als würdest du schlafen.

Ist es das, was von einer Braut am Morgen danach erwartet wird?

Sie kann jetzt hören, wie er Luft holt. Den Tabak in seinem Atem riechen, als er sich neben ihr auf das Bett kniet, während der Frühlingsregen sanft von außen das Fenster tätschelt. Er bittet jemanden, es zu öffnen, damit sie den Duft der Narzissen draußen einatmen kann statt diesen muffigen Geruch, der in ihrer Nase kitzelt, sodass sie am liebsten niesen möchte, was jedoch überhaupt nichts nutzen würde.

»Ich weiß, dass du wach bist.« Seine tiefe Stimme klingt leicht belustigt, als wäre sie ein Kind und noch im Haus ihres Vaters. Wenn es doch nur so wäre. »Ich wollte dir das hier geben.«

Louisa weiß, worum es sich handelt. Man hat ihr bereits davon erzählt. Jede Frischvermählte erhält es, und nach ihrem Tod geht es an die nächste über. Aber Louisa hat es noch nie gesehen. Bestimmt hatte es seit dem Ableben ihrer Schwiegermutter vor all den Jahren in einer verstaubten Schmuckkassette versteckt gelegen.

Louisa dreht sich um, teils aus Neugier und teils, weil es keinen Sinn mehr macht, sich schlafend zu stellen.

Sein Gesicht taucht vor ihr auf. Ein schönes Gesicht. Klein, mit ordentlichem Schnurrbart, der Mode der Zeit entsprechend. Dunkles Haar. Braune Augen, die ihren Blick festhalten, mit einer Spur von dunklem Moosgrün, wie die schweren Brokatvorhänge hinter ihm, die nur halb zugezogen sind. Eine stattliche Körpergröße, die in seiner knienden Haltung nur geringfügig verringert ist, während er über ihr thront und das Licht verdeckt, das an diesem Frühlingsmorgen durch die leicht geöffneten Fensterläden strömt. Diese höfliche, ehrfürchtige und doch vornehm ärztliche Art, die seine Patienten in den Bann schlägt, unabhängig vom Alter. Am liebsten würde sie kichern, oder liegt es bloß daran, dass sie das hat, was Papa ein »Nervenleiden« nennt, genau wie ihre Mama?

»Es ist wunderschön.« Ihre Stimme klingt seltsam, als wäre auch sie, wie ihr restlicher Körper, vor ein paar Stunden gespalten worden. Unfähig zu widerstehen, nimmt Louisa zuerst eine Reihe in die Hand und dann die andere. Die erste mit dem hübschen Diamantverschluss gefällt ihr besonders, aber auch die zweite ist hinreißend. Wie ein Wasserfall aus Perlen, jede voneinander getrennt durch einen Seidenknoten in einem zarten Netz. Ein Spinnennetz.

»Es gefällt dir.« Der angenehm überraschte Ausdruck in seinem Gesicht erinnert sie an ihren Vater, wenn sie schließlich nachgab und seinen Wünschen gehorchte. »Stur« nannte Papa sie gelegentlich. Unfähig, eine gute Partie vor ihrer Nase zu erkennen, obwohl sie fast zwanzig ist. Entschlossen, ihren eigenen Weg im Leben zu gehen, ungeachtet der Folgen für sie selbst und andere. Und vielleicht hatte er bis gestern in der Kirche recht.

»Lass mich.« Die tiefe, autoritäre Stimme kommt ihren Händen zuvor. Widerstrebend erlaubt sie ihrem neuen Gemahl, dass er ihr die Perlen um den Hals legt, ihren Schwanenhals, wie ihre

Mutter früher immer sagte, als sie noch sprechen konnte. Lang. Elegant. Cremeweiß, wie das bestickte Nachthemd darunter.

Während sie sich gegen die Berührung seiner warmen Haut wappnet, versteift sie sich, und plötzlich stockt ihr kurz der Atem, als sie unvermittelt die Kühle der Perlen spürt. Zitternd versucht sie auszuweichen, aber es ist zu spät. Man hört ein Klicken, gefolgt von einem weiteren, mit dem die zweite Reihe geschlossen wird. Sie ist gebunden.

»Was denkst du?« Er hält ihr nun den Handspiegel vor, einen silbern gerahmten Spiegel mit schräg geschliffenen Kanten, der gewöhnlich neben einer Reihe von Kristallflakons und der kleinen cranberryroten Vase auf ihrer Frisierkommode liegt. »Es steht dir«, fügt er mit einem winzigen Zittern in der Stimme hinzu.

Er möchte also, dass es ihr gefällt! Diese Erkenntnis verschafft ihr plötzlich ein Gefühl der Stärke. Wieder stur. Wie damals, als ihr Vater eines Tages aus der Galerie heimkam und berichtete, dass ein Gentleman stundenlang ihr Porträt betrachtet und schließlich um die Erlaubnis gebeten habe, der großen, schlanken, selbstsicheren jungen Frau mit dem weißen Spitzenkragen, der sich von ihren kastanienbraunen Locken abhebt, während sie zum Fenster hinaus auf etwas schaut, das weit außerhalb des Rahmens liegt, seine Aufwartung zu machen.

Zuerst hatte sie leicht belustigt reagiert, bis ihr am folgenden Abend bewusst wurde, dass ihr Vater ihren Bewunderer mit nach Hause gebracht hatte. Dr. James Mason bedurfte wenig Überredung, um zum Abendessen zu bleiben, und machte ihr im Laufe der nächsten drei Monate beharrlich den Hof. Louisa war sich unschlüssig, ob sie ihn mochte oder einfach Angst hatte vor dem Neuen, besonders vor einem Mann, der aus einer viel besseren Familie stammte als sie und dessen Angehörige diese Verbindung nicht befürworteten, weil Louisa keinen Titel trug und die Tage über ihrem Skizzenbuch verbrachte.

»Es ist sehr hübsch.« Ihr höflich-distanzierter Ton lässt ihn zurückweichen, und er steht auf. Nun beugt er sich über sie, mit energischer Miene. Sie zwingt sich, dem Blick ihres neuen Gemahls standzuhalten, entschlossen, ihre Angst nicht zu zeigen. Die moosgrünen Sprenkel helfen. Sie zeigen, dass er nicht perfekt ist. Der Gedanke ist sowohl unterhaltsam als auch tröstend. Schließlich musste sie heiraten! Das wurde von einer Frau erwartet. Ein Ehemann, der nicht ganz perfekt war, würde sich vielleicht damit zufriedengeben, dass sie ihr eigenes Leben lebte, soweit sie dazu in der Lage war.

»Gib darauf acht.« Seine Stimme dröhnt in ihren Ohren. »Es ist ein Familienerbstück.«

Natürlich gebe ich darauf acht, liegt ihr auf der Zunge, leicht gekränkt von seinem Ton – als wäre sie ein Kind, das ein kostbares Spielzeug bekommen hat und ermahnt werden muss, es nicht zu verlieren. Aber er wendet sich bereits ab, und seine Schritte hallen durch den Flur, wo sie das Dienstmädchen hören kann, das die schwere Ziertruhe, die einem von James' Vorfahren gehörte, mit Bienenwachs poliert. Es kommt ihr vor, als habe sich jemand ins Zimmer geschlichen und endlich das Fenster geöffnet. Gott sei Dank. Sie kann wieder normal atmen. Sie wirft einen Blick in den Spiegel und ist nicht unzufrieden mit dem, was sie sieht. Die Perlen stehen ihr. Sie fühlen sich nun auch wärmer an, weniger fremd. Gewöhnten sie sich an sie? Gewöhnten sie sich an einen neuen Hals nach den Jahren mit dem alten?

»Willkommen«, sagt sie lautlos zu ihrem Spiegelbild.

Nun ist sie wahrhaftig verheiratet.

Die seidene Schlinge hatte sich zugezogen.

2

Das Schlimmste am Verheiratetsein, befand Louisa nach einem Jahr, war das Klamme. Diese schreckliche Nässe zwischen den Schenkeln hinterher, und dass sie in das Laken sickerte. Louisa konnte dem Dienstmädchen am nächsten Morgen kaum ins Gesicht sehen, und ihre Hoffnung, dass es vielleicht nichts bemerkte, wurde jeden Abend zerstört, wenn die Bettwäsche aus schwerem Leinen gewechselt worden war.

Dann war da noch der Geruch, der mit nichts Ähnlichkeit hatte, was ihre Nase je zuvor wahrgenommen hatte. Louisa gefiel die Vorstellung, von Gerüchen so viel zu verstehen wie von Farben. Letzteres war eine Begabung, die sie von Papa geerbt hatte, der sich immer einen Sohn gewünscht hatte, den er zum Künstler hätte ausbilden können, so wie er die Kunst gelehrt worden war von dem Mann, den er den großen Meister nannte. Aber dieser Geruch, der nach den Besuchen ihres Mannes blieb, war eine Mischung aus Stallgeruch und dem der farblosen Substanz, die ihr Vater benutzte, um seine Pinsel zu reinigen.

Dennoch schien James zufrieden zu sein.

»Sehr gut«, hatte er letzten Monat in demselben Ton gesagt, den er benutzte, wenn der Koch sein Lieblingsgericht zubereitete, eine Rindfleisch-Nieren-Pastete. Bis dahin hatte er nie etwas gesagt, keinen Ton, abgesehen von dem leisen Stöhnen, das er während des Akts ausstieß. Daher hatte dieses »Sehr gut« Louisa innerlich zum Glühen gebracht, weitaus mehr als der Akt selbst.

Anfangs hatte diese ganze Sache sie vollkommen überrascht. Niemand hatte ihr richtig erklärt, was passieren würde. Mama nicht. Ihre Gouvernante nicht. Wäre dieses dumme Mädchen nicht gewesen, mit dem sie gemeinsam Unterricht hatte, hätte sie überhaupt keine Vorstellung davon gehabt.

»Dann wirst du es tun müssen«, hatte Aveline gekichert, als Louisa sie über ihre Verlobung informierte.

»Was denn?«, hatte Louisa erwidert. Sie gefiel sich nicht in der Rolle der Fragestellerin, aber Avelines gepresste Piepsstimme und ihre Unfähigkeit, die Linien auf dem Globus zu verstehen, brachten Louisas schlechte Seiten zum Vorschein.

Als Aveline, die sich in ihrem Haus unten aufhalten und auf eine Art mit dem Dienstpersonal plaudern durfte, die Louisa ganz sicher nicht erlaubt war, ihr daraufhin Einzelheiten ins Ohr flüsterte, hatte Louisa sich diese mit der zügellosen Fantasie ihrer Mitschülerin erklärt. Die Geschichten, die Aveline während des Unterrichts zum Besten gab, erinnerten nämlich stark an Groschenheftromane, von denen Louisa gehört hatte. Aber inzwischen war ihr klar, dass Aveline auf diesem einen Gebiet nicht übertrieben hatte. Bedeutete das also, dass die andere Sache auch stimmte?

Louisa setzte sich in ihrem Bett auf, die langen dunklen Locken über die Schulter gefächert, bevor sie hochgesteckt werden mussten, raffte die Decke an sich und kostete diese Zeit am Morgen aus, wenn James das Zimmer für seine »Runden«, wie er es nannte, verlassen hatte und Louisa sich selbst überließ, bis das Mädchen kam. Seit dem Sommer brauchte sie keine Baumwollbinden mehr, die sich immer so unbequem in ihrer Unterwäsche anfühlten, und nun war bald Weihnachten. War es also möglich, wirklich möglich, dass sie in anderen Umständen war, so wie ihre frühere Mitschülerin es beschrieben hatte?

Zögernd schwang Louisa die Beine über die Bettkante, ging hinüber zu dem hohen Mahagonispiegel und hob ihr langes weißes Nachthemd hoch. Ihr Bauch war tatsächlich leicht gewölbt. Aber das konnte auch an den Speisen liegen, die der Koch auf den Tisch brachte. Früher, als sie noch in ihrem Elternhaus lebte, war ihr oft nicht nach Essen zumute gewesen. Der Anblick ihrer Mutter, die schweigsam und mit leerem Blick am anderen Ende der Tafel saß, hatte ihren Appetit nicht gerade begünstigt.

Armer Papa, dachte sie, während sie ihr Nachthemd fallen ließ und sich kurz richtete, bevor das Dienstmädchen kam. Er hatte kein leichtes Leben. Kein Wunder, dass er immer so lange in seinem Atelier blieb. Ihr Gesicht hellte sich auf, als sie sich daran erinnerte, dass er sie für den heutigen Tag eingeladen hatte, ihm Gesellschaft zu leisten. Vielleicht würde sie sich ihm anvertrauen.

Das Atelier war wie immer ein Durcheinander aus Farben. Grün, Blau, Rot und Orange, alle in Klecksen auf Holzbrettern, die Papa Malpaletten nannte. Normalerweise machte der Ölgeruch Louisas Nase frei, sobald sie den Raum betrat, wie früher auf dem Fischmarkt, wenn sie als Kind die Köchin angebettelt hatte, sie mitzunehmen. Aber heute drehte sich ihr davon der Magen um, und sie spürte einen leicht merkwürdigen Geschmack im Mund, ähnlich wie damals von dem Viertelpenny, an dem sie als Mädchen einmal geleckt hatte, um herauszufinden, wie er schmeckte, was ihr einen strengen Tadel eingebracht hatte.

Nun richtete sich Louisas Blick direkt auf die Staffelei, wo eine schöne Frau mit blauen Augen und passender Haube, die keck unter dem Kinn zusammengebunden war, auf eine ferne, unsichtbare Landschaft hinausblickte.

Es war doch immer wieder dasselbe!

Egal, von wem Papa beauftragt wurde, seine Motive verwandelten sich alle in dieselbe Frau. Kein Wunder, dass er sich über wenig Arbeit beklagte: Nicht alle seine Kunden wünschten, dass die Porträts ihrer Frauen oder Töchter eine auffällige Ähnlichkeit hatten mit der Frau des Künstlers.

»Sie war so schön, deine Mutter.« Ihr Vater redete, ohne sich umzudrehen. »Dieser bezaubernde Schwanenhals.«

Louisa nickte und berührte fast unbewusst ihren eigenen. Sie hatte den gleichen Hals wie ihre Mutter. Beinahe zu lang, dachte sie, obwohl es stimmte, dass die Perlen gut dazu passten. Inzwischen hatte sie sich daran gewöhnt, tatsächlich vergaß sie sogar hin und wieder, dass sie um ihren Hals lagen und geriet dann sofort in Panik, sie könnten heruntergefallen sein. Ein Erbstück wie die Perlen zu verlieren war etwas, was James und ihre Familie ihr nie verzeihen würden.

»Du hättest sie sehen sollen, bevor sie krank wurde.«

Louisa hasste es, wenn ihr Vater so zu reden begann. Die Erfahrung hatte sie gelehrt, dass einem dann nichts anderes übrig blieb, als geduldig zuzuhören. Während sie auf die Farben an der Seite blickte, fragte sie sich, ob sie es wagen sollte, ihren Wunsch zu äußern, den sie immer äußerte und den er jedes Mal auf dieselbe Art beantwortete.

»Papa, darf ich …«

Sie hielt inne.

Er wandte sich um und sah sie nun auf dieselbe Art an wie damals, als sie ihm gesagt hatte, dass sie es vorziehe, nicht zu heiraten, niemals, und dass es ihr eigentlicher Wunsch sei zu malen. So wie er.

»Darf ich …«, begann sie wieder. Darf ich den Pinsel dort nehmen?, wollte sie fragen. Darf ich die rote Tube auf dem Papier ausdrücken und die flüssige Paste über die Seite wischen?

»Louisa.« Er blickte sie verärgert an. »Ich habe es dir bereits gesagt. Die Malerei ist kein Beruf für Frauen. Nicht für Frauen wie dich. Sie eignet sich sehr gut als Zeitvertreib, aber dabei solltest du es belassen. Bitte, frag mich nicht wieder.«

»Das ist es nicht.« Ihre Worte kamen überstürzt, um die Lüge wettzumachen. »Es ist etwas anderes.«

Er wartete. Nun gab es kein Zurück.

»Etwas, was ich eigentlich Mama fragen sollte, aber das ist natürlich unmöglich.«

Er machte nun einen verwirrten Eindruck, was ihre Nervosität nur noch steigerte. »Es handelt sich um eine delikate Angelegenheit, Papa.«

Er legte den Pinsel zur Seite und kam zu ihr herüber. Manchmal fiel es ihr schwer, sich vorzustellen, dass ihr Vater ein echter Künstler war. Ein Künstler, der sehr gefragt gewesen war, bis seine Frau erkrankte, und dessen Werke früher in einer berühmten Londoner Galerie gehangen hatten. »Was ist, Louisa? Bist du krank?«

»Nein.«

Seine Stirn legte sich in Falten, und die dichten grauen Augenbrauen verknoteten sich schier. »Behandelt dein Mann dich gut?«

Sie nickte, und Erleichterung huschte über sein Gesicht. Dann war es, als würde ein Licht aufgehen in diesen milchigen hellblauen Augen, die sie im Laufe der Jahre zu lieben gelernt hatte, aber auch zu fürchten.

»Du bist in Hoffnung?«

Sie lachte, schüttelte den Kopf und nickte dann. »Ich glaube schon. Ich bin mir nicht sicher.«

»Mein liebes Kind!« Er umarmte sie leicht, und die Ölfarbe auf seinem Hemd verursachte ihr einen bitteren Geschmack im Mund.

»Dann werde ich jemanden für dich finden, Louisa. Ich werde jemanden finden, mit dem du reden kannst. Jemanden, der sich mit diesen Dingen auskennt.«

3

Louisa hatte immer ein unbehagliches Gefühl, wenn ihr Vater und Avelines Mutter sich im selben Raum an der Acacia Road aufhielten. Warum, konnte sie nicht ausmachen. Lag es vielleicht an dem weichen amerikanischen Akzent, der, laut Papas bewunderndem Ton, darauf zurückzuführen war, dass die ehrenwerte Mrs Gillingham aus Boston stammte? (Aveline hatte sich definitiv nicht angewöhnt, auf diese Art zu sprechen, aber vielleicht hatte das damit zu tun, dass ihr Vater Engländer war.) Oder lag es daran, dass es Louisa nicht besonders gefiel, wenn Papa sich mit einer anderen Frau unterhielt, während er außerstande war, dies mit seiner eigenen Frau zu tun?

»Wann hat deine Mutter ihr Sprachvermögen verloren?«, hatte Aveline kurz nach ihrem Kennenlernen gefragt. Louisa, die es hasste, über solche Dinge zu sprechen, hatte kurz erklärt, dass ihre Mutter vor Jahren eine seltsame Krankheit erlitten habe, in deren Gefolge ihr rechter Arm schlaff und nutzlos geworden war. Was sie hätte hinzufügen können, aber lieber nicht tat, war, dass ihre Mutter vielleicht nicht im herkömmlichen Sinn sprechen konnte, aber dennoch recht verständlich mit ihrer Tochter kommunizierte, einfach durch den Ausdruck in ihren Augen. Derselbe Ausdruck, der keinen Zweifel daran ließ, dass sie Victoria Gillingham nicht traute, ob ehrenwert oder nicht. Wie jeder wusste, konnten die Amerikaner äußerst flatterhaft sein und viel zu verschwenderisch im Gebrauch von Lavendelwasser.

Darum war die letzte Person, von der Louisa aufgeklärt werden wollte, was ihre Niederkunft betraf, Avelines Mutter. Diese tauchte gleich einen Tag nach ihrem Gespräch mit Papa unangemeldet auf und rauschte in das Morgenzimmer, wo Louisa am Pianoforte saß.

»Meine Liebe!«

Die Besucherin nahm direkt gegenüber Platz auf der burgunderroten Chaiselongue. Sie hatte eine äußerst aufrechte Haltung und setzte sich vorsichtig, damit die Falten ihres smaragdgrünen Seidenrocks ordentlich fielen. Das war eine Angewohnheit, die auch Aveline kultivierte und die Louisa verachtete. So gekünstelt! So amerikanisch!

»Ihr lieber Herr Vater hat mir von Ihren Neuigkeiten berichtet. Ich freue mich ja so für Sie!« Mrs Gillingham beugte sich vor und senkte die Stimme – aber nicht ausreichend –, damit das Hausmädchen, das sich, dem Schlurfen nach zu urteilen, draußen in der Diele herumdrückte, nicht mithören konnte. »Was für ein Jammer, dass Ihre arme Frau Mama Ihnen in dieser Zeit keine Hilfe sein kann.«

Oh, aber das kann sie, lag Louisa auf der Zunge, während sie sich widerwillig von dem Pianoforte erhob und auf dem Stuhl neben der Besucherin Platz nahm, wie es das Protokoll diktierte. Mama weiß es. Ich habe es ihr bereits erzählt. Nur weil sie nicht antworten kann, heißt das nicht, dass sie nicht verstanden hat. Erst gestern haben mir Mamas Augen sehr deutlich gesagt, dass ein Kind zu bekommen eine der schönsten Erfahrungen gewesen sei, die sie auf dieser Welt jemals machen durfte, und dass es nicht wehtun werde. Nicht das kleinste bisschen.

»Gerade Sie, bei Ihrem schwachen Nervenkostüm!« Mrs Gillingham tätschelte ihr leicht die Hand. »Aber haben Sie keine Angst. Ich werde Sie in bestimmten Dingen beraten können, und Ihr lieber Gatte ist ja schließlich Arzt.« Wieder ein leichtes Tätscheln. »Nicht, dass Sie ihn für alles konsultieren könnten.

Schließlich gibt es gewisse delikate Themen, die eine Frau nie mit ihrem Mann besprechen sollte. Nun, meine Liebe, gibt es etwas, das Sie mich gerne fragen würden?«

Louisa dachte an das, was sich in ihrem Leben verändert hatte. Die unangenehme Morgenübelkeit nach dem Aufwachen. Die unglückliche Art, wie ihr Mageninhalt sich in den Porzellantopf entleerte, der unter dem Bett bereit stand. Ihre anschwellenden Brüste, die bei jeder Bewegung schmerzten. Und die plötzliche Abscheu, die sie vor ihrem Gemahl empfand, wenn er abends zu ihr ins Bett stieg, ein Gefühl, das er wohl wahrnahm, da er sich angewöhnt hatte, das kleinere Schlafzimmer am anderen Ende des Flurs zu benutzen.

»Ich denke nicht, danke«, antwortete sie und faltete sorgfältig die Hände im Schoß, damit Mrs Gillingham nicht die violetten Farbspritzer entdeckte, die ihre Haut zierten.

»Sind Sie sicher?« Die ältere Frau zog enttäuscht die Augenbrauen hoch.

Louisa antwortete mit einem leichten Nicken.

»Ich verstehe.« Ein frostiger Unterton hatte sich nun in das amerikanische Näseln geschlichen. »In diesem Fall möchte ich auf eine Neuigkeit zu sprechen kommen, von der ich hoffe, dass Sie Ihnen Freude bereiten wird. Ihre liebe Freundin Aveline wird heiraten!«

Liebe Freundin! Louisa hatte Aveline nie wirklich in dieser Kategorie verortet. Sie gehörte ohnehin nicht zu der Sorte Mädchen, die enge Freundschaften pflegte, zum Teil aus Mangel an Gelegenheit. Eine invalide Mutter und ein Künstlervater waren nicht unbedingt der ideale familiäre Hintergrund, um andere anzuziehen, wie Louisa nicht ohne Ironie oft gedacht hatte. Folglich fiel es ihr nun schwer, Begeisterung für Avelines bevorstehende Trauung aufzubringen, und sie musste sich zwingen, freundlich zu klingen. »Ich nehme an, sie heiratet Sir Thomas?«

Mrs Gillingham senkte den Kopf in gnädiger Bestätigung.

Louisa war nicht überrascht. Aveline hatte es seit einigen Monaten auf den armen Mann abgesehen, nachdem sie ihn vor mindestens zwei Jahren wegen seines albernen Geschwätzes als möglichen Bewerber abgelehnt hatte. Zweifelsohne machte sein Titel in den Augen von Avelines Mutter seine Schwatzhaftigkeit hinnehmbar. »Bitte übermitteln Sie ihr meine Glückwünsche.« Sie lächelte ihre Besucherin so herzlich wie möglich an. »Unterdessen bitte ich Sie, es nicht übel aufzufassen, aber ich fühle mich sehr erschöpft.«

Mrs Gillingham erhob sich. Sie war sehr groß, wie Louisa auffiel. Größer, als ihr bewusst gewesen war, aber vielleicht lag das an den zierlichen schwarzen Schnürstiefeln aus Leder, die unter der Seide ihres Rockes hervorblitzten. Zweifellos eine weitere amerikanische Affektiertheit.

»Aber natürlich, mein liebes Kind.« Sie gab Louisa die Hand, und der Geruch von Lavendelwasser war so überwältigend, dass Louisa sich gerade noch beherrschen konnte, um nicht einen Schritt zurückzutaumeln. »Lassen Sie es mich jedoch unbedingt wissen, wenn es etwas gibt, was die liebe Aveline und ich für Sie tun können.«

Louisa wartete ungeduldig auf das Klacken der Vordertür, das Zeichen, dass das Dienstpersonal Mrs Gillingham sicher hinaus geleitet hatte. Dann kehrte sie leise an das Pianoforte zurück und klappte den Hocker auf, der vor dem Instrument stand. Dem Himmel sei Dank! Das Bild, das sie gerade noch rechtzeitig hatte verschwinden lassen, bevor ihre Besucherin eintrat, war unbeschädigt, obwohl die Farbe noch feucht war. Sie hielt es auf Armeslänge von sich, um es sorgfältig zu überprüfen, und rief sich vor ihrem geistigen Auge die Silhouette des Kastanienbaums vor Mamas Fenster in Erinnerung, dessen Stamm rötlich-violette Streifen hatte und den sie oft betrachtete, wenn sie ihrer Mutter die Haare kämmte. Der Ast auf der linken Seite war nicht perfekt, aber für einen ersten Versuch gar nicht so schrecklich. Draußen war Lärm zu hören, das Zeichen, dass ihr Gemahl nach seinen Morgenbesuchen zum Mittagessen nach Hause kam. Rasch legte Louisa das Bild zurück in den Hocker, wo auch der kleine schwarze Malkasten versteckt war, den ihr ein Dienstmädchen in der vorigen Woche besorgt hatte.

Dann setzte sie sich auf den Hocker und begann zu spielen.

In den folgenden Monaten gab es Momente, in denen Louisa versucht war, das Angebot von Avelines Mutter anzunehmen. Nichts, weder die stummen, nervösen Augen ihrer Mutter noch der knappe, höfliche medizinische Rat ihres Gatten bereitete sie auf das starke Anschwellen ihres Bauchs vor oder auf ihre immer schwereren Brüste. Aber das alles verblasste zur Belanglosigkeit, als sie eines Morgens mithilfe ihres Mädchens aus dem Bett kletterte und gleich darauf entsetzt aufschrie, weil Wasser an ihren Beinen auf den Teppich hinablief.

Hinterher verbot Louisa sich jeden Gedanken an die darauf folgenden Gräuel. Die einzige Möglichkeit, diese furchtbaren Qualen auszuhalten, die ihren Körper marterten und ihm weismachten, dass sie den Nachttopf brauchte, war, an das Meer zu denken. An große, graue, granitartige Wellen, die mit einer Wucht jenseits aller Vorstellungskraft niederkrachten. Bloß dass sie ihrer Fantasie entspringen mussten, dachte Louisa in den klaren Momenten zwischen den Schmerzattacken. Denn sie war nie am Meer gewesen, soweit sie sich erinnern konnte, und hatte auch nie die Möwen gehört, die jetzt am Fußende ihres Betts kreischten.

In Gedanken malte sie es. Klatschte große Kleckse Grau und Schwarz und Violett auf das Bild in ihrem Kopf, sodass das Meer mit dem Geruch der Ölfarben toste und die Pinsel die Leinwand peitschten wie die Schmerzen ihren Körper.

Dann, so plötzlich, wie die Wehen begonnen hatten, verebbten sie. Und gerade als Louisa bewusst wurde, dass das Geschrei der Möwen dem eines Babys bemerkenswert ähnelte, kam die Schwärze wie eine dicke Tagesdecke, hüllte sie nach all den Qualen ein auf eine seltsam tröstende Art und hob sie empor an einen Ort, der ihr unbekannt war.

Caroline

Juni 1997

IN MEMORIAM

PHOEBE ISOBEL WRIGHT

Geboren am 8. September 1908
Gestorben am 2. Juni 1997

Ehefrau von Victor Wright
Schwester von Rose und Grace
Tochter von Louisa und Dr. James Mason
Hochgeschätztes Mitglied der
Pfarrgemeinde St Giles

4

Sie waren spät dran. Manchmal dachte Caroline, ihr Mann würde selbst zu seiner eigenen Beerdigung zu spät kommen, wenn er könnte. Wahrscheinlich auch zu ihrer. Nur gut, dass sie beide Sinn für Humor besaßen.

»Es gibt keinen freien Parkplatz«, schimpfte Simon, als wäre ein anderer als sie beide schuld daran, dass sie unpünktlich waren.

Sie warf einen Blick auf sein leicht ratloses Gesicht und fragte sich nicht zum ersten Mal, was ein anderer sehen würde. Einen Mann Anfang vierzig, der sich verhältnismäßig gut gehalten hatte. Das »verhältnismäßig« bezog sich auf eine erfüllende, aber anstrengende Karriere, ganz zu schweigen von einer Familie mit drei lauten Kindern. Haare, die seinen Kinderfotos nach zu urteilen früher einmal blond waren, aber in der Sonne immer noch aufhellten. Breite Schultern und stattliche einhundertundelf Zentimeter Brustumfang, dabei war er eher gut gebaut als gut genährt. Seine ungezwungene, angenehme Art, die die Menschen aufhorchen ließ, vielleicht weil er an ihrem Leben immer aufrichtiges Interesse zeigte. Ein Journalist müsse das haben, versicherte er ihr dann mit einer seriösen Nachrichtensenderstimme, obwohl er sie genauso gut an einen Chartssender anpassen konnte oder an alles andere, wenn es darauf ankam, sich auf sein breites Publikum einzustellen. Ein Funkeln in den Augen, das ihr immer half, das Leben von der halb vollen Seite zu betrachten, so wie er das tat. Und ein Lächeln, das sie innerlich zum Schmelzen bringen konnte, trotz allem, auch wenn das hier wirklich nicht der richtige Zeitpunkt war oder der richtige Ort, um an so etwas zu denken.

»Wären wir früher losgefahren …«, begann sie.

Simon fiel ihr ins Wort, bevor sie ausreden konnte. »Dann hätten wir keinen Spaß gehabt. Oder?«

Seine Hand wanderte über die Automatikschaltung und streichelte sanft die Innenseite ihres rechten Oberschenkels. Caroline musste dem Bedürfnis widerstehen, seine Hand höher zu schieben. Von all ihren Freundinnen war sie die Einzige, die sich *nicht* beschwerte über den Umstand, dass ihr Mann an so was nicht mehr interessiert war oder dass sie keine Zeit dafür hatten.

Allerdings wusste sie nicht genau, woher sie die Zeit dafür nahmen. Ihr Leben, wie das vieler moderner Paare, war verrückt. Aufstehen um sechs Uhr und in die Zeitungsredaktion fahren (er), die Kinder für die Schule fertig machen (sie), bevor sie später ihr Atelier im hinteren Teil des Gartens aufsuchte. Heute fiel das Atelier aus, was vielleicht ein Grund für ihre leicht gereizte Stimmung war. Sie ertrug es nicht, wenn sie nicht zum Pinsel greifen konnte. Was die Kinder betraf: Dem Himmel sei Dank für die diversen Freunde, die freundlicherweise den Fahrdienst getauscht hatten, damit Simon und sie zu der dreistündigen Autobahnfahrt nach Somerset aufbrechen konnten – das kleine, kopfsteingepflasterte Dorf, das von violetten Blaukissen und wildem Geißblatt überquoll und in dem Großtante Phoebe die letzten sechzig Jahre gelebt hatte.

»Steig schon mal aus.« Simon hielt neben einem grünen Range Rover mit schlammbespritzten Türen und einem schwarzen Labrador, der traurig herausblickte. Sicher gehörte der Hund einem der gut gekleideten Trauergäste, die mit einer Vielfalt an Hüten – inklusive eines gefiederten violetten Turbans – vorbeiströmten.

Sie zögerte, weil sie nicht alleine gehen wollte.

»Wenn du nicht aussteigst«, sagte Simon mit einer leisen Spur von Verärgerung in der Stimme, »kriegen wir keine Sitzplätze mehr. Außerdem hast du Grace versprochen, ihr einen Platz freizuhalten. Ich finde dich schon, sobald ich den Wagen geparkt habe.«

»Und wenn nicht?« Caroline erschrak bei der nur allzu genauen Vorstellung, dass Simon mitten in die Trauerfeier hineinplatzte und sich die Augen dieser blaublütigen Somerset-Gummistiefelträger auf ihn richteten. Grace würde ihr dann bestimmt einen Rippenstoß verpassen und Simons Verspätung laut kommentieren, obwohl sie selbst gerade unpünktlich war. Und Caroline wollte es auch nicht ausschließen, dass Großtante Phoebe, die einzige Person, der es jemals gelungen war, Simon einzuschüchtern, sich plötzlich kerzengerade in ihrem Sarg aufrichtete, in der einen Hand eine Marlboro und in der anderen ein geschliffenes Whiskyglas, und zu erfahren verlangte, warum er nicht pünktlich zu ihrer Beerdigung erschien.

»Mach schon.« Simon trommelte nun ungeduldig mit den Fingern auf das Lenkrad. »Los, geh.« Er warf einen Blick in den Rückspiegel. »Wir halten den Verkehr auf.«

Es blieb ihr nichts anderes übrig. Sie schnappte sich ihre neue türkisfarbene Beuteltasche und hoffte, dass sie Kleingeld für die Kollekte hatte, während sie die langen Beine, die zu ihren besseren Merkmalen zählten neben ihrem kastanienbraunen Haar, das in weichen Locken knapp über ihre Schulter fiel (eine Haarfarbe, die sie anscheinend von ihrer Großmutter mütterlicherseits, Rose, geerbt hatte), aus Simons tiefer gelegtem Cabrio schwang und direkt in eine Pfütze trat. Schon zierten lauter Dreckspritzer ihre neue 15-den-Strumpfhose, die sie nur widerstrebend angezogen hatte, weil sie ein Kostüm statt ihrer üblichen Jeans trug. Der maßgeschneiderte Jerseyrock war ursprünglich, als sie ihn vor Jahren gekauft hatte, ein verführerisches schwarzes Stück gewesen. Nun saß er recht eng in der Taille, war sie doch die sechs Pfund Schwangerschaftsspeck nach den Zwillingen immer noch nicht losgeworden. Immerhin war es ihr gelungen, ganz hinten in ihrem Schrank eine hübsche graue Bluse von Whistles auszugraben, die sie seit der Beerdigung ihrer Mutter nicht mehr getragen hatte.

Die Erinnerung daran beunruhigte und tröstete Caroline zugleich. Mummy hätte von Grace und ihr erwartet, dass sie hier präsent waren. Verstohlen warf sie einen Blick auf ihr Handy, bevor sie durch den Torbogen ging. Immer noch keine Nachricht von ihrer Schwester. »*Wo bist du?*«, tippte sie.

»Caroline?«

Sie hob den Kopf und erblickte einen Schrank von Mann in einem kastenförmigen Tweedjackett mit einer wunderbar tiefen Stimme, die mehr als nur eine entfernte Ähnlichkeit mit der von Harry Belafonte hatte, wie alle sagten, wenn man ihn bei Familientreffen zum Singen überreden konnte.

»Onkel Geoffrey!«

Es tat so gut, seine Arme um sich zu spüren, sich an seine tröstend breite Brust zu schmiegen und endlich das Gefühl zu haben, dass ein anderer die Verantwortung trug. Seit Mummys Tod hatten weder Caroline noch Grace sich daran gewöhnt, dass sie nun die Ältesten in der Familie waren. »Als wären wir an der Spitze des Baums«, wie ihre Schwester es ausgedrückt hatte. Kurioserweise hatte Caroline in der letzten Zeit ein paar Recherchen über ihre Familiengeschichte angestellt, ausgelöst durch das plötzliche Bedürfnis, Dinge niederzuschreiben, die ihre Kinder später wissen mussten für den Fall, dass sie vielleicht nicht mehr da sein könnte, um sie weiterzugeben. Bislang hatte sie lediglich eine Liste von Namen zusammengetragen, die sie mit ihren üblichen kräftigen schwarzen Tintenstrichen auf einem Blatt Papier notiert hatte. An der Spitze stand ihre Urgroßmutter Louisa, die einen Dr. James Mason geheiratet hatte. Aus dieser Verbindung waren drei Kinder hervorgegangen: ihre Großmutter Rose, ihre Großtante Phoebe und eine weitere Großtante, Grace, nach der ihre

Schwester benannt war. Caroline musste weiterforschen, doch sie fand nie genug Zeit. Vielleicht war diese Trauerfeier der Ansporn, den sie benötigte.

Onkel Geoffrey wirkte sichtlich unruhig, während er sich umblickte und auf seine Uhr sah. »Wo steckt Simon?«

»Auf Parkplatzsuche.«

Ihre Blicke trafen sich, und es war nicht nötig, dass er etwas sagte. »Ganz schön viel Betrieb hier. Wir sind extra früh losgefahren, um noch einen Parkplatz zu bekommen. Jedenfalls schön, dich zu sehen.« Sein Blick wanderte anerkennend über ihr Outfit. »Komm und setz dich zu uns.«

Caroline blickte auf die zwei freien Plätze in der Kirchenbank direkt am Mittelgang und auf das Bouquet aus Stargazer-Lilien, deren Duft sie benebelte und ihr leichte Übelkeit verursachte. »Grace wird bald hier sein.«

»Dann wird sie sich irgendwo reinquetschen müssen. Beeil dich, Liebes. Sieht so aus, als wollten sie anfangen.«

Sie sangen bereits das zweite Kirchenlied, als jemand neben Caroline glitt. »Endlich«, wollte sie sagen, bevor ihr bewusst wurde, dass es ihre Schwester war und nicht ihr Mann. »Die Franzosen haben mich aufgehalten.« Grace verdrehte die Augen. Nur ihre Schwester, benannt nach einer lange verstorbenen Großtante, besaß die Unverfrorenheit beziehungsweise die Begabung, ein cremefarbenes Kostüm von Amanda Wakeley zu einer Beerdigung anzuziehen. »Ein Wunder, dass ich überhaupt aus dem Meeting rauskam. War ja klar, dass die alte Krähe tot umfällt, ohne uns vorher Bescheid zu geben.«

Pst, wollte Caroline sagen, aber das war nicht nötig. Mehrere Augenpaare um sie herum sprachen bereits Bände, obwohl Grace, wie immer, den Tadel nicht wahrnahm. Sie registrierte nur Bewunderung, die angesichts ihres Aussehens nicht knapp war. Neid war normalerweise kein Gefühl, unter dem Caroline litt, aber manchmal wünschte sogar sie sich, sie hätte die naturblonden Haare ihrer Schwester geerbt, die diesen Monat zu einem Bob frisiert waren, der an einen glatten Helm erinnerte, und auch ihre schlanke Figur. Aber tatsächlich beneidete sie Grace vor allem um ihr Selbstbewusstsein: um ihr sicheres Auftreten sowohl im Berufsleben als auch im Familienkreis aus der Überzeugung heraus, dass sie stets im Recht war und der Rest der Welt sie mal gern haben konnte. Simon führte diese Selbstsicherheit auf etwas zurück, was er freundlich als »Zuneigung für die Flasche« bezeichnete, und den Duty-free-Ausdünstungen nach zu urteilen, die von ihrer Schwester zusammen mit dem Duft ihres Parfüms *Poison* ausgingen, hatte er heute vielleicht recht damit.

Wo zum Henker *blieb* Simon? Laut dem Programmheft kam gleich die Ansprache. Vielleicht hatte er einen dringenden Anruf von seinen Mitarbeitern bekommen oder vom stellvertretenden Redakteur oder der Rechtsabteilung oder einem der Hunderten von Menschen, die ihn jeden Tag brauchten. Es war erstaunlich, dass er sich überhaupt einen Tag freigenommen hatte.

Grace stieß sie in die Rippen. »Meinst du, sie hat uns was vererbt?«

»Pst«, zischte Caroline, die sich der Blicke ihrer Tante und ihres Onkels schrecklich bewusst war. Wie konnte ihre Schwester an so etwas denken?

»Mach nicht so ein Gesicht!«, flüsterte Grace ihr ins Ohr. »Sie ist uns was schuldig. Das hast du selbst gesagt.«

Zum Glück wurde jetzt wieder gesungen, sodass Caroline ihre Verlegenheit hinter den entschuldigenden Klängen des Kirchenliedes verbergen konnte. Tante Phoebe war eine Stütze dieser kleinen Kirche gewesen, und die kräftigen Stimmen der Trauergemeinde, die bis vor die Tür angewachsen war, sodass es mittlerweile nur noch Stehplätze gab, übertönten Graces anhaltendes Geflüster.

»Hör auf«, zischte Caroline schließlich zurück. »Mummy würde das nicht gefallen.«

Grace schnaubte, aber Caroline sah ihrer Schwester an, dass ihre Worte den beabsichtigten Effekt erzielt hatten. Ihre Mutter würde, wenn sie noch lebte, tatsächlich von ihnen erwarten, sich anständig zu benehmen. Außerdem waren sie es Tante Phoebe schuldig.

Manchmal, dachte Caroline, während sie im Gänsemarsch hinter geraden Rücken in einem Aufgebot von Tweedjacketts und dunkelgrauen Anzügen die Kirche verließ, war es ganz gut, dass es bei Trauerfeiern nicht den »Hat jemand etwas einzuwenden?«-Part gab wie bei Hochzeiten.

Wussten alle diese Menschen hier, wie Tante Phoebe wirklich gewesen war? Und wenn ja, waren sie gekommen, weil sie mit ihrem weitläufigen Herrenhaus und ihren Vogelaugen, die jemanden in einer Entfernung von zweihundert Metern noch erkannten, als die Grande Dame des Dorfes gegolten hatte? Ihre Sehkraft hatte nicht gelitten, aber sie hatte sich über ihr launisches Gehör beklagt. Simon, der sie nicht ausstehen konnte und sie immer als Snob bezeichnet hatte, behauptete damals, das sei nur Gerede und sie könne alles hören, wenn sie nur wollte.

»Da bist du ja!« Sie spürte in der Menge die Hand ihres Mannes auf ihrem Rücken, bevor sie ihn sah. Er tat gerade so, als wäre sie diejenige, die ihn versetzt hatte, statt umgekehrt.

»Hast du den Gottesdienst verpasst?«

»Keineswegs.« Simon grinste breit, als hätte er einen tollen Trick zustande gebracht. »Ich habe draußen jedes Wort verfolgt, zusammen mit den anderen Glücklosen, die es nicht mehr geschafft haben, sich hineinzuquetschen. Offenbar eine beliebte Frau, deine Großtante. Bloß gut, dass es hier Lautsprecher gibt.«

Von wegen, lag es ihr auf der Zunge. Du bist im Wagen sitzen geblieben und hast das Cricketspiel verfolgt, während du so getan hast, als würdest du geschäftlich telefonieren, nicht wahr?

»Und bevor du fragst: Ich bin nicht einfach im Wagen sitzen

geblieben und habe mir die Liveübertragung angehört oder mit der Redaktion telefoniert.« Simon neigte den Kopf zu einer gut gekleideten Frau, die aussah wie Ende siebzig, nach *Chanel N°19* roch, was zufällig Carolines Lieblingsparfüm war, und eine klassische Kombination im Stil von Jaeger trug, bestehend aus einem violetten Bleistiftrock und passendem Blazer. Die Frau mit dem Turban, der ihr vorhin aufgefallen war!

»Ich sagte Ihnen ja, dass meine Frau misstrauisch sein wird. Bitte, Diana, Sie können mein Alibi bestätigen.«

»Das stimmt.« Sie sprach mit leicht amerikanischem Akzent. »Wir standen während der ganzen Messe nebeneinander. Ihr Mann hat mir sogar alles über Sie und Ihre reizenden Kinder erzählt, genau wie über seinen faszinierenden Beruf bei einer Zeitung, die ich zufällig regelmäßig beziehe. Außerdem war er so freundlich, mir ein Programmheft zu besorgen.«

Der Name Diana kam Caroline irgendwie bekannt vor. »Waren Sie mit Phoebe befreundet?«, fragte sie, ohne unhöflich klingen zu wollen. Es war nicht immer einfach, auf Trauerfeiern zu fragen, wer zu wem gehörte, im Gegensatz zu Hochzeitsfeiern, die normalerweise freudigen Anlass boten.

»Wir kannten uns schon sehr lange.« Die Frau schien Caroline neugierig zu mustern. »Ich muss sagen, meine Liebe, Sie sehen noch sehr jung aus dafür, dass Sie drei Kinder haben.«

Caroline errötete vor Freude, obwohl sie dieses Kompliment häufiger zu hören bekam. »Ich habe früh angefangen.«

Die ältere Frau nickte anerkennend. »Das kann sehr weise sein. Verzeihen Sie mir, bitte, aber ich muss nun gehen.« Sie heftete den Blick auf Simon, als wollte sie auch ihn mustern. »Vielen Dank für Ihre Gesellschaft.«

Zusammen machten sie sich auf den Weg zu dem Torbogen, während Diana sich geschickt durch die Menge vor ihnen schlängelte und die Köpfe sich nach ihrem violetten Federturban drehten.

»Eine faszinierende Frau«, bemerkte Caroline.

»Du meinst wohl verrückt.« Simon blickte sich um, so wie er das bei großen Anlässen immer tat, ständig Ausschau haltend nach einem bekannten Gesicht oder nach etwas, was sich für eine Story eignete. »Ich nehme an, Grace hat es nicht geschafft?«

O Gott! Auf der Suche nach ihrem Mann hatte sie nach dem Gottesdienst glatt ihre Schwester vergessen. Wahrscheinlich zündete Grace sich in diesem Moment vor dem Altar eine an oder plauderte mit dem Pfarrer, der recht attraktiv war und an Cliff Richard erinnerte. Oder sie bediente sich von dem Messwein, oder vielleicht war sie auch zu dem alten Herrenhaus hinübergegangen, wo die Kirchendamen offenbar den Tee vorbereiteten, sicher in großen Edelstahlkesseln, die von der Gemeindehalle ausgeliehen waren. In den letzten paar Jahren war Grace noch unberechenbarer geworden als zuvor. Weiß der Himmel, wie sie es schaffte, sich in ihrem Job zu halten.

»Sie war da. Sie hat neben mir gesessen und schrecklich unangemessene Kommentare von sich gegeben. Lach nicht, Simon. Das war richtig peinlich.«

»Ist sie das nicht?«

Simon deutete auf eine große, schlanke Gestalt in einem herrlichen cremefarbenen Kostüm, die sich stromlinienförmig durch die Menge auf sie zubewegte wie ein Model auf dem Catwalk. »Simon!« Grace stürzte sich auf Carolines Mann und küsste ihn laut auf beide Wangen. »Ihr ahnt ja nicht, was uns bevorsteht. Da kommt ihr nie drauf! Das Testament wird gleich in der Bibliothek eröffnet. Und ich weiß bereits, was drinsteht!«

Wie üblich bediente sich Grace ihrer ökonomischen Annäherungsweise an die Wahrheit: eine Taktik, die Simons Zeitung bestimmten Politikern unterstellte. Es kristallisierte sich heraus, dass Grace lediglich ein Gerücht aufgeschnappt hatte, als sie eine Abkürzung zwischen den Gräbern hindurch genommen hatte, um die Menge zu umgehen. »Anscheinend hat Phoebe das Haus der Wohlfahrt vermacht.«

Sie würde das nicht ausschließen, dachte Caroline, während sie mit knirschenden Schritten die Auffahrt zu der prächtigen großen Eingangstür hochgingen, die mit der runden Messingglocke in der rechten Steinsäule sicher original georgianisch war. Ihre Großtante – eine Bezeichnung, die Grace nicht in den Mund nehmen wollte, weil, wie sie bei jeder sich bietenden Gelegenheit betonte, Phoebe sich nicht verhalten habe, wie von der Schwester ihrer Großmutter zu erwarten gewesen wäre – hatte keine leiblichen Kinder. Und obwohl sie Carolines Mutter Helen und deren Bruder Frank großgezogen hatte, nachdem deren eigene Mutter, Phoebes Schwester Rose, gestorben war, hatte Phoebe sich immer distanziert verhalten. »Ihr fehlte das Mutter-Gen«, hatte ihr Onkel Frank einmal dazu gesagt. »Es wäre anders gewesen, wenn sie eigene Kinder gehabt hätte.«

Sicherlich rechneten weder Caroline noch Grace damit, dass sie das Haus erbten. Eher ihr Onkel. Aber eine wohltätige Organisation? Caroline hoffte nur, es würde eine sein, die das Vermächtnis zu würdigen wusste, und nicht eine, die das Geld verwendete, um ihre Vorstandsmitglieder auf eine kostenlose Vergnügungsreise in die Karibik zu schicken. Trotzdem, nun waren sie hier, in der Bibliothek. Verglichen mit dem restlichen Haus, war es ein eher kleiner Raum mit einem langen Mahagonitisch in der Mitte, um den Stühle standen.

Ein großer, kräftiger Mann in einem grauen Anzug, der ihm nicht richtig zu passen schien, bedeutete ihnen, Platz zu nehmen. Selbst Grace wirkte ernst.

»Wir sind heute hier versammelt …«

Klingt wie bei einer Hochzeit, lag Caroline auf der Zunge.

»… um den letzten Willen von Phoebe Isobel Wright zu verlesen.«

Abgelenkt von den Wandgemälden von engelgleichen Jünglingen im Gehrock mit rosigen Wangen und sehnsüchtigen jungen Frauen mit Porzellanteint, die aus vergoldeten Rahmen starrten, ließ Caroline die Worte an sich vorbeirauschen. Sie hatte ganz vergessen, wie herrlich die Bilder waren! Fast so bezaubernd wie die Regale voller Bücher, von denen sie einige gelesen hatte, als ihre Mutter sie einen Sommer lang hierhergeschickt hatte, damit sie ihre Großtante kennenlernte.

»Wie Sie also sehen können, wird das Haus in Anbetracht der finanziellen Situation Ihrer Großtante verkauft werden, um die Schulden zu tilgen.«

Schulden?

Ihrer Schwester und ihrem Mann stand die Überraschung ins Gesicht geschrieben. Was hatte sie verpasst?

»Allerdings gibt es ein paar Ausnahmen«, brummte der Notar mit seiner tiefen Stimme. »Abgesehen von den Gemälden und den Schmuckstücken, die ebenfalls verkauft werden, hat Ihre Tante bestimmt, dass eine Perlenkette, die sich, wenn ich richtig informiert bin, seit Generationen in Familienbesitz befindet, an ihre Großnichte Caroline gehen soll.«

Ein zweistimmiges leises Keuchen war zu hören. Eines, wie Caroline bewusst wurde, aus ihrem eigenen Mund, das andere aus dem Mund ihrer Schwester. »Des Weiteren hinterlässt sie Wilfred ihrer Großnichte Grace.«

»Wilfred?«

Wieder reagierten beide Frauen gleichzeitig.

Simon stieß ein lautes Lachen aus. »Das ist aber nicht dieser riesige schwarze Labrador, der schon seit einer Ewigkeit draußen in dem Geländewagen sitzt. Ich war kurz davor, ihn rauszulassen, als jemand kam, um ihn zu holen.«

Der Notar nickte. »Er ist nach einem englischen Kriegsdichter benannt. Ihre Großtante hatte sehr viel für diese Literatur übrig, wie Ihnen vielleicht bekannt ist.«

»Aber Phoebe hatte doch gar keinen Hund.«

Graces Stimme war nur noch ein Piepsen.

»Darf ich fragen, wann Sie sie zuletzt besucht haben?«

Es klang fast wie eine Rüge.

Ihre Schwester zog einen Schmollmund. »Vor zehn Jahren.«

Caroline hörte, wie ihre eigene Stimme sich zu Wort meldete. »Ich war letztes Jahr hier.«

»Dann haben Sie den Hund wohl knapp verpasst.« Der Notar blickte sie an. »Ihre Großtante hat ihn erst vor ein paar Monaten aus dem Tierheim geholt.«

»Aber das ist lächerlich.« Grace sprang von ihrem Stuhl auf. »Ich habe einen Job. Einen richtigen Job. Ich kann mich nicht um einen Hund kümmern, geschweige denn um einen ohne Stammbaum. Ich kann mir nicht einmal den Luxus leisten, einen Mann zu haben oder Kinder!«

»Dann schlage ich vor, dass Sie sich das gründlich überlegen.« Die Stimme des Notars war höflich, aber bestimmt. »Es war Phoebes ausdrücklicher Wille, dass Wilfred an Sie geht. Dazu kommen eine kleine Aufwandsentschädigung und ein Begleitbrief.«

Was stand darin? Caroline beobachtete fasziniert, wie Grace den Umschlag an sich nahm und in ihre cremefarbene Clutch gleiten ließ, ohne ihn überhaupt zu öffnen.

Die Rückreise hätte nur halb so lange gedauert, hätten sie nicht immer wieder anhalten müssen, damit Wilfred sich auf diversen Wiesen und Rastplätzen erleichtern konnte.

»Ich wusste, dass der Köter an uns hängen bleibt.«

Caroline war bewusst, dass sie sauer klang, aber sie konnte es nicht ändern. Typisch! Grace haute einfach ab nach London, nachdem sie darauf beharrt hatte, dass Caroline als Einzige von ihnen in der Lage sei, ein vierbeiniges Vermächtnis anzunehmen – schließlich habe sie ein Haus mit Garten, und die Kinder hätten sich schon immer einen Hund gewünscht, oder? Außerdem sei Caroline den ganzen Tag zu Hause und habe nichts Besseres zu tun, als mit ihren Farben herumzumatschen und so weiter und so fort.

Also gut, hörte sie sich sagen. Aber verstieß das nicht sinngemäß gegen den letzten Willen ihrer Großtante?

»Wir können ja tauschen. Hund gegen Perlen«, hatte Grace geantwortet.

Vergiss es, hätte sie am liebsten erwidert. Solange sie zurückdenken konnte, hatte ihre Großtante die Kette getragen. Davor hatte sie Carolines Großmutter gehört und davor ihrer Urgroßmutter Louisa, auch bekannt als »die arme Louisa«, obwohl Caroline nicht mehr genau wusste, warum sie so genannt wurde und es nun bedauerte, dass sie den Geschichten ihrer Mutter nicht mehr Aufmerksamkeit geschenkt hatte. Einerseits spürte sie ein Kribbeln vor Freude, weil ihre Großtante es für angemessen gehalten hatte, ihr die Perlen zu vermachen, was vermuten ließ, dass sie doch etwas für Caroline übrig gehabt hatte. Andererseits war sie wütend, weil sie Grace nachgegeben hatte, was Wilfred betraf, der gerade versuchte, den Sicherheitsgurt auf dem Rücksitz durchzukauen.

»Wir schaffen das schon.« Simons Stimme unterbrach sie in ihren Gedanken, die er lesen konnte wie kein anderer. »Außerdem steht dir das Collier bestimmt. Ich fand schon immer, dass du ein Perlenmädchen bist. Mach schon. Leg es an.«

Sie öffnete das Etui in ihrem Schoß und nahm das Collier heraus. Es waren zwei Reihen. Eine mit einem wunderschönen Diamantverschluss und Perlen, die etwas kleiner waren als die der anderen Reihe. Zwischen jede einzelne Perle war offenbar ein Knoten geknüpft, wahrscheinlich sollte so verhindert werden, dass die Perlen verloren gingen, falls die Kette riss.

Schweigend griff Simon an die Sonnenblende auf der Beifahrerseite und klappte den Spiegel herunter. Caroline öffnete vorsichtig den Diamantverschluss und legte die Kette um den Hals. Die Perlen fühlten sich kalt an auf ihrer warmen Haut, und der Verschluss war knifflig, ungewohnt. Normalerweise trug sie keinen Schmuck außer ihrer Armbanduhr und Ohrringen. Die zweite Reihe war leichter zu schließen, obwohl das Einfädeln des

Sicherheitshäkchens so verzwickt war, dass es ihr lange nicht gelingen wollte.

»Es ist wunderschön.«

Simons Stimme klang so belegt, wie wenn sie miteinander schliefen.

»Sie wollte es eigentlich Mummy vermachen.« Die Erinnerungen kehrten nun zurück. »Ich weiß noch, als Mummy im Sterben lag, hat sie Phoebe gebeten, es einer von uns zu geben.«

»Was sie hiermit getan hat.«

»Ja.« Caroline nickte ihrem Spiegelbild zu. Die Perlen fühlten sich bereits wärmer an. Freundlicher. »Das hat sie. Ich weiß, es klingt kitschig, aber es gibt mir das Gefühl, als wäre Mummy noch hier, direkt neben mir.«

Simons große, warme Hand ergriff ihre und drückte sie. »Das klingt überhaupt nicht kitschig. Wenn es dich tröstet, dir solche Sachen vorzustellen, dann kann ich nichts Falsches daran erkennen. Okay, warum machst du nicht ein wenig die Augen zu, während ich uns nach Hause bringe?«

Das Telefon klingelte, als sie vor der Haustür standen und Caroline nach dem Schlüssel kramte. Simon hielt Wilfred fest, der an der Leine zerrte, was vermuten ließ, dass er entweder nicht gut erzogen war oder verständlicherweise verwirrt über sein neues Zuhause. Der Schlüssel war wie immer ganz unten in ihrer Tasche.

»Gott sei Dank, endlich zu Hause.« Simon warf seine Jacke auf die Sitzbank in der Diele und steuerte auf die Hausbar zu. »Ich bin nach dieser Fahrt für niemanden zu sprechen. Möchtest du mit dieser Bestie Gassi gehen, oder soll ich?«

»Kannst du das machen?« Caroline griff zum Telefon. »Ich muss kurz checken, ob es noch einmal die Kinder waren.«

Das Haus war so still ohne sie. Scarlet, so benannt wegen ihrer kupferroten Haare, übernachtete wieder einmal bei einer ihrer zahllosen Freundinnen, während die Zwillinge, Oliver und Charlie, heute im Internat schliefen. Dem Himmel sei Dank für die Flexibilität der Schule, die hin und wieder eine Übernachtung zuließ, nachdem die Jungs vor kurzem ihren zehnten Geburtstag gehabt hatten.

»Hast du ihnen Bescheid gegeben wegen dem Hund?«

Simon hatte bereits die Ärmel hochgekrempelt, und ein Whiskyglas stand auf der Küchenanrichte, während er begann, Zwiebeln für eine Lasagne kleinzuschneiden. Er konnte gut kochen, wahrscheinlich besser als sie, was nicht verwunderlich war, schließlich war sie noch sehr jung gewesen, als sie geheiratet hatten, und er hatte immerhin ein paar Jahre Erfahrung im Kochen als Junggeselle.

»Wegen dem Hund?« Insgeheim hoffte Caroline, dass ihre Schwester ihre Meinung änderte und anrief, um Wilfred zurückzuverlangen. »Ich dachte, wir überlegen uns das erst noch.«

»Was gibt es denn da zu überlegen? Wie Grace schon gesagt hat: Wir haben genug Platz. Ich weiß, sie hat für deine Arbeit nicht viel übrig, aber wir haben schließlich schon oft mit dem Gedanken gespielt, uns einen Hund anzuschaffen. Scarlet ist fast siebzehn, höchste Zeit, dass sie ein bisschen Verantwortung übernimmt, und ... Mist! Schon wieder das verdammte Telefon!«

»Ich gehe schon.«

Wahrscheinlich einer der Jungs, der irgendeinen wichtigen Teil der Sportausrüstung oder die Hausaufgaben vergessen hatte, dachte Caroline, während sie den Hörer abhob, oder vielleicht war es ihr Agent, der manchmal zu den seltsamsten Uhrzeiten anrief, besonders wenn ein großer Auftrag winkte.

»Spreche ich mit Caroline Sweeting?«

Die Stimme war kühl, fast spöttisch.

»Wer ist da?«

»Ist Ihr Mann zu sprechen?«

Caroline gefiel das nicht. Es war etwas passiert. Nicht den Kindern, denn mit ihnen hatte sie eben noch gesprochen. Auch nicht

Grace, weil Caroline auf der Rückfahrt eine SMS von ihr bekommen hatte, wonach sie bereits für ihren nächsten Flug auf dem Weg zum Flughafen war.

»Kann ich ihm etwas ausrichten?«

Die Stimme klang nun belustigt, als hätte Caroline etwas Komisches gesagt. »Wenn Sie möchten. Sagen Sie ihm bitte, dass Tessa angerufen hat.«

»Tessa ... und wie weiter?«

Ein Klicken, und die Verbindung war unterbrochen.

Wie seltsam, dachte Caroline und ging zurück in die Küche. Die Zwiebeln ähnelten silbernen Mondsicheln, fiel ihr auf, und der Hund saß neben Simons Füßen, als hoffte er, dass etwas herunterfiel.

»Simon«, begann sie. »Wer ist Tessa?«

Er hörte auf zu schneiden. Sein Rücken, wie sie von der Tür aus sehen konnte, versteifte sich. Als er sich umwandte, bemerkte sie, dass sein Gesicht blass aussah und fast gelb, was jedoch auch am Licht liegen konnte.

»Tessa?«, wiederholte er, als wäre es eine Frage, und Caroline fühlte sich sofort besser. Er kannte die Person auch nicht. Einen schrecklichen Moment lang hatte sie gedacht, ... aber nein. Das war lächerlich.

»Tessa«, wiederholte er. Und dieses Mal war es keine Frage. Sondern eine Feststellung. Ein Name.

»Setz dich.« Er führte sie zu dem breiten Holzschaukelstuhl, den sie in einer Auktion erworben hatte, als Scarlet noch klein war. Sie hatte Stunden damit verbracht, das Holz mit Sandpapier abzuschleifen und anschließend mit Stahlwolle das Polierwachs einzureiben, von dessen Geruch man ganz benommen wurde. Seltsam, dass einem so dumme Sachen in den Sinn kamen, wenn der vernünftige Teil des Verstands einem sagte, dass etwas Ernstes, sogar etwas sehr Ernstes bevorstand. »Caroline. Es gibt etwas, was ich dir sagen muss.«

5

»Und, Caroline, wie fühlen wir uns heute?«

Dr. Miracle Man, wie er bei seinen Patientinnen hieß, strahlte zu ihr herunter, und seine scharlachrote Fliege erweckte den Eindruck, er wäre zum Aperitif eingeladen statt kurz davor, die halbjährliche gynäkologische Kontrolle durchzuführen, der sie und ihre Schwester sich seit dem Tod ihrer Mutter regelmäßig unterziehen mussten. Normalerweise freute sich Caroline darauf, Dr. Miracle Man mit seinem fichtennadelfrischen Aftershave zu besuchen, insofern man sich auf eine intime Untersuchung freuen konnte. Zunächst einmal gab es ihr das Gefühl von Sicherheit. Das Letzte, was sie wollte, war, dass Scarlet mit Anfang zwanzig ihre Mutter verlor, so wie sie damals ihre verloren hatte. Abgesehen davon war Dr. M, wie Grace ihn nannte, ein richtiges Original mit seiner fröhlichen Dinnerparty-Manier, was bedeutete, dass sie immer eine Ewigkeit damit verbrachten, über Schulen und Politik zu diskutieren, bevor er sich auf seine einfühlsame Art an die Arbeit machte, die einem jegliche Befangenheit nahm. Aber nicht heute. Nichts war mehr wie früher. Nicht mehr seit dem Tag von Tante Phoebes Beisetzung.

»Nicht gut.«

Sie starrte auf die makellos gestrichene magnolienfarbene Wand hinter ihm, während sie versuchte, ihrer Stimme einen normalen Klang zu geben.

Dr. M zögerte, den Einweghandschuh in der Hand. Grace,

die auch zu seinen Patientinnen zählte, war fest davon überzeugt, dass er es genoss, die Termine in die Länge zu ziehen, nur um zu plaudern. Aber heute wechselte sein Gesichtsausdruck von Frohsinn zu onkelhafter Besorgnis.

»Das habe ich Ihnen sofort angesehen, meine Liebe, gleich als Sie hereinkamen. Möchten Sie mir davon erzählen?«

Und so kam es, dass Caroline sich flach auf dem Rücken wiederfand (»Machen Sie einfach den Unterleib frei wie immer, meine Liebe. Die hübsche Kette dürfen Sie anbehalten.«), während Dr. M mit der Arzthelferin an seiner Seite seine Routineuntersuchung begann. Sie beschrieb ihm die Szene, als Simon ihr den mysteriösen Anruf erklärt hatte.

»Er meinte, die Frau wäre früher mal in der Redaktion tätig gewesen und hätte für ihn geschwärmt.«

Dr. M nickte leicht. »Und, glauben Sie ihm?«

Sie nickte. »Ja. Ich glaube ihm. Simon ist nicht der Typ, der fremdgeht.« Außerdem, hätte sie am liebsten hinzugefügt, war mit ihrem Liebesleben alles in Ordnung. Jene Freundinnen, die von ihren Männern betrogen worden waren, hatten es seit Monaten nicht mehr mit ihnen getan beziehungsweise in einem Fall sogar schon seit Jahren nicht, weshalb es wahrscheinlich kein Wunder war, dass ihre Ehen nicht gehalten hatten. Aber bei Simon und ihr war das anders.

Im Hintergrund konnte Caroline aus einem Zimmer ein Stück den Flur hinunter Mozartklänge hören.

Dr. M streifte mit einem lauten Knall seine Handschuhe ab. »Meine Liebe, der Körper ist enger mit der Seele verbunden, als den meisten Menschen bewusst ist. Was Ihr momentanes Dilemma betrifft, haben Sie meiner Ansicht nach zwei Möglichkeiten: Entweder Sie glauben Ihrem Mann beziehungsweise tun so, als würden Sie ihm glauben, und leben ganz normal weiter. Oder Sie spielen die misstrauische Ehefrau, was, falls er sich nichts hat zuschulden kommen lassen, durchaus Schaden anrichten kann.«

Er tätschelte sanft ihre Schulter. »Ich hoffe, das hilft Ihnen weiter. Wenn Sie sich nun bitte wieder ankleiden; wir schicken die Probe ins Labor. Da sind ein, zwei Kleinigkeiten, die ich mir genauer ansehen möchte.«

Glaubte sie Simon? Carolines Gedanken wanderten zurück zu jenem Abend kurz nach dem Anruf, wie sie das zurzeit ständig taten, als Simon sie in einem seltsam höflichen Ton aufgefordert hatte, sich zu setzen, als wäre sie ein Gast in ihrem eigenen Haus. Er hat eine Affäre, dachte sie. Aber obwohl sie die Worte in ihrem Kopf sprach, weigerte sich ihr Gehirn, sie zu glauben.

Simon hatte in ihrem schönen Wohnzimmer im ersten Stock mit Blick auf Clapham Common ihr gegenüber auf dem passenden Gegenstück zu der blassgrünen Couch Platz genommen. Er hatte sich nach vorn gebeugt und ihre Handgelenke umfasst. Sie versuchte die Hände wegzuziehen, aber er hatte es nicht zugelassen.

»Bitte, Caroline, hör mir zu. Als Erstes möchte ich dir sagen, dass ich keine Affäre habe.«

Eine Welle der Erleichterung durchströmte sie. Sie fühlte sich benebelt, schwindelig, befreit und so dankbar, dass sie am liebsten auf seinen Schoß gehüpft wäre. Simon war schon immer zu attraktiv für sie. Zu selbstsicher. Zu unerreichbar. Als er vor all den Jahren – sie war gerade mal zwanzig gewesen – zum ersten Mal Interesse an ihr gezeigt hatte, war sie derart fest davon überzeugt gewesen, dass sie nicht seinem Typ entsprach, dass sie ihn wie einen normalen Freund behandelt hatte, ohne die harmlosen Flirtkünste anzuwenden wie ihre Single-Freundinnen, wenn sie für jemanden schwärmten. Genau das, meinte er später, habe er an ihr so anziehend gefunden: ihre Natürlichkeit.

Sein Heiratsantrag kam völlig unerwartet nach nur wenigen Monaten. »Bist du dir sicher, dass du nicht nur ein Trostpflaster bist?«, hatte ihre Mutter gefragt, als sie ihr die Neuigkeiten eröffnete. Damals hatte Caroline diese Vorstellung abgetan, geschmeichelt davon, dass dieser attraktive junge Reporter sie ausgewählt hatte statt einer der vielen Schönheiten, die in dieser geheimnisvollen Redaktionswelt zu verkehren schienen. »Ich fühle mich wohl mit dir«, hatte er zu ihr gesagt. »Ich muss nicht jemanden spielen, der ich nicht bin. Außerdem finde ich es ganz erstaunlich, wie du mit dem Pinsel umgehst. Das ist eine echte Begabung.«

Caroline hatte sich dadurch bestätigt gefühlt, und nach und nach, während sie in das behagliche Muster aus Eigenheim und Kindern fielen und sie sich um den Haushalt kümmerte und malte, so oft sie konnte, und er wie ein Wahnsinniger Überstunden machte, hatte sie aufgehört, an dem zu zweifeln, was andere sicher als eine unpassende Partie betrachteten. Ein leicht pummeliges Mädchen vom Land mit leuchtend präraffaelitischen Haaren, das die Kunsthochschule besucht hatte statt der Universität, und ein äußerst attraktiver Cambridge-Absolvent und Redakteur einer überregionalen Zeitung, der jede Frau hätte haben können. Im Laufe der Jahre veränderte sich Caroline. Sie nahm ab, lernte, ihre hohen Wangenknochen zu schattieren und ihre kastanienrote Mähne, die ihr früher auf dem Schulhof so viel Spott eingetragen hatte, zu ihrem Markenzeichen zu machen. Paradoxerweise fand sie zu ihrer Überraschung, wie viele Frauen, wenn sie die vierzig erreichen, dass sie nun strahlender aussah und selbstsicherer war als damals mit zwanzig. Schon erstaunlich, was Selbstbewusstsein und eine gute Grundierungscreme bewirken konnten!

Aber vielleicht, dachte sie, während sie ihrem Mann gegenübersaß und darauf wartete, dass er diesen merkwürdigen Anruf erklärte, vielleicht waren all die alten Ängste und Unsicherheiten doch begründet. Sie wickelte die Perlenkette um den Zeigefinger, etwas, was sie sich bereits angewöhnt hatte, fast wie eine Art Trost.

»Und warum ruft sie hier an? Warum soll ich dir ausrichten, dass sie angerufen hat?«

Simon umklammerte ihre Handgelenke fester. »Sie ist von der Zeitarbeitsfirma, als Ersatz für Maureen.«

Maureen, seine Sekretärin mit der beruhigenden Kleidergröße 48, mit der Caroline immer plauderte, wenn sie in der Redaktion anrief, die zu Weihnachten von Caroline beschenkt wurde, die sich wegen einer Totaloperation freigenommen hatte und der Caroline Blumen ins Krankenhaus geschickt hatte, ohne darüber nachzudenken, wer während ihrer Abwesenheit ihre Arbeit erledigte.

»Ich verstehe das immer noch nicht«, sagte sie.

Simons Griff war nun so fest, dass es wehtat, aber dieses Mal wollte sie ihn nicht wegschieben. Ihr Mund war trocken. Möglich, dass er keine Affäre hatte, aber trotzdem war irgendetwas im Busch.

»Sie ist ein wenig besessen von mir.« Simons Stimme klang brüchig. »Ich habe dir nichts davon gesagt, weil ich dich nicht beunruhigen oder den Anschein erwecken wollte, dass ich dich belüge.«

»Nein.« Sie umklammerte jetzt seine Hände. »Ich würde nie auf die Idee kommen, dass du mich belügst.«

Nun war Simon derjenige, der erleichtert wirkte.

»Aber ich verstehe es trotzdem nicht. Was soll das heißen, sie ist von dir besessen? Was hat sie getan?«

Ihr Mann ließ sich mit geschlossenen Augen in die Couch zurücksinken. »Es ist furchtbar, Carrie. Du hast keine Ahnung, was für eine Erleichterung es ist, mit dir darüber zu sprechen.« Er sprach hastig, als würden die Worte darum kämpfen herauszukommen. »Vielleicht war es anfangs meine Schuld, weil ich zu freundlich war. Du weißt schon. Ich habe ihr alles gezeigt und in Ruhe erklärt, wie es bei uns läuft, zum Beispiel welche E-Mails beantwortet werden und welche nicht. Irgendwann kam sie nicht mehr mit, also habe ich sie zum Lunch eingeladen, um alles noch einmal detailliert mit ihr durchzugehen.«

Ein merkwürdiges Gefühl durchzuckte Caroline, das sie sofort verdrängte. Meine Güte, Caroline, ein Geschäftsessen ist schließlich nichts Besonderes. Nur weil du nicht dazugehörst, ist das kein Grund, es anderen zu missgönnen.

»Dann hat sie mich nach der Arbeit auf dem Handy angerufen, als ich auf dem Heimweg war. Sie hat mich gefragt, ob ich mit ihr essen gehe.«

»Abends?« Ein hässlicher Ruck ging durch sie hindurch. »Hat sie denn nicht gewusst, dass du eine Frau hast und Kinder?«

»Natürlich hat sie das gewusst, Liebling. Ich dachte, sie ist eben einsam, also …«

O Gott. »Du warst doch nicht etwa mit ihr essen, oder?«

»Nein. Aber dann, als sie wieder weg war – Maureen kam nach sechs Wochen wieder, falls du dich erinnerst –, fing sie an, mir E-Mails zu schicken. Sie schrieb, dass sie nie wieder einen Chef wie mich finden würde und ob ich sie nicht berücksichtigen könne, wenn etwas frei wird. Also habe ich ihr natürlich positiv geantwortet. Am nächsten Nachmittag stand sie draußen vor dem Büro und wartete auf mich.«

Das kam ihr irreal vor. »Warum hast du mir nichts davon erzählt?«

Er hielt nach wie vor ihrem Blick stand. »Wie bereits gesagt, Liebling, ich wollte dich nicht beunruhigen.«

»Aber du hast es doch sicher gemeldet?«

Er nickte. »Ja. Ich habe sogar mit einem unserer Juristen aus der Rechtsabteilung gesprochen.«

»War das nicht ein wenig übertrieben?«

»Nein. Erinnerst du dich an Tim?«

Tim war ein Bekannter, der als stellvertretender Herausgeber bei einer anderen Zeitung gearbeitet hatte. Er war von einer Mitarbeiterin beschuldigt worden, der Vater ihres Kindes zu sein, und obwohl sich alles als reine Erfindung entpuppte, war sein Ruf beschädigt, und er hatte seinen Hut genommen.

»Man hat mir empfohlen, ihre Kontaktversuche zu ignorieren – in der Hoffnung, dass sie irgendwann aufhören.«

Caroline spürte, wie das Blut in ihr zu brodeln begann. Wer war diese Frau, die es wagte, ihren Mann zu belästigen? »Ich will mit ihr reden.« Sie sprang auf. »Ich will ihr sagen, dass ihr Verhalten unverschämt ist.«

»Nein, bitte nicht.« Simon stand nun neben ihr und zog sie eng an sich. »Ich muss mich an die Empfehlung der Rechtsabteilung halten, damit niemand Wind davon bekommt.«

Caroline nickte. Die Jahre hatten sie gelehrt, dass man vorsichtig sein musste, wenn die Menschen jeden Tag deine Kolumne lasen. Simon erhielt ständig Fanpost von Leserinnen, gewöhnlich einsame Frauen in einem bestimmten Alter, die behaupteten, sich in ihn verliebt zu haben, in sein leicht hängendes Gesicht, das ernst von der Zeitungsseite blickte und um Vertrauen warb. »Na schön.« Sie schmiegte sich in den Arm ihres Mannes und atmete den Zitrusduft seines Eau de Cologne ein, das sie ihm letztes Weihnachten geschenkt hatte. »Aber wenn sie noch mal anruft, bestehe ich darauf, dass du etwas unternimmst.«

Er drückte sie noch enger an sich. »Das werde ich. Es tut mir so leid, mein Liebling, dass du es auf diese Art erfahren musstest, und dann auch noch so kurz nach der Beerdigung.«

Zum Glück waren die Kinder nicht da, war alles, was Caroline in diesem Moment denken konnte. Seit diesem Gespräch vor fast zwei Wochen gab Simon sich große Mühe, ihr zu zeigen, wie sehr er sie liebte. Die kleinen Berührungen, wenn ihre Wege im Haus sich kreuzten, die sanften Küsse nachts, das entschlossene und manchmal derbe Liebesspiel, das sie zu ihrer eigenen Überraschung stark erregte, das alles schien dazu bestimmt, sie zu beruhigen. Und wenn sie ihn abends, wenn er nach Hause kam, eher mit Blicken als mit Worten fragte, ob diese Frau ihn wieder kontaktiert hatte, schüttelte er immer leicht den Kopf.

Glaubte sie ihrem Mann also wirklich?, fragte sich Caroline, als sie die schicke Praxis von Dr. M mit den kühlen weißen Bodenfliesen und der klassischen Musik verließ, um noch kurz bei Selfridges vorbeizuschauen, bevor sie nach Hause fuhr. Natürlich glaubte sie ihm.

Die Zeit reichte gerade noch, um ein paar Hühnerfilets in den Backofen zu schieben, bevor die Hintertür aufflog und die Jungs hereinstürmten, wobei sie ihre Schuhe und Schulsachen über den ganzen Küchenboden verteilten.

»Wilfred? Wo ist er? Wir wollen zu Wilfred!«

Es gab Momente, in denen Caroline ihre Schwester hätte töten können, weil Grace ihr den Hund aufgehalst hatte, aber wie Simon sagte, verdienten sie sich damit Pluspunkte bei den Kindern, die sich schon seit Jahren einen Hund wünschten.

»Augenblick!« Sie versuchte vergeblich, Oliver und Charlie festzuhalten, als sie an ihr vorbei zur Vorratskammer flitzten, in die sie Wilfred verbannt hatte. Bei ihrer Rückkehr vom Arzt hatte sie feststellen müssen, dass er schon wieder eines der rosa-blauen Kissen von Cath Kidston, die auf den gedrechselten Küchenstühlen lagen, angenagt hatte. »Wie war euer Mathetest?«

»Ist ausgefallen«, rief einer der beiden. Warum muteten Lehrer den Eltern so viel Mühe zu, wenn sie ihre Drohungen nicht wahr machten? Caroline hatte am Wochenende eine Ewigkeit damit verbracht, den Jungs die Feinheiten der Neunerreihe beizubringen.

»Und wie war dein Tag, Schatz?« Sie drehte sich um, um Scarlet in den Arm zu nehmen, aber ihre Tochter stand bereits am Herd, machte sich Toast und ignorierte ihre viel jüngeren Brüder.

»Okay.«

»Abendessen ist gleich fertig. Iss nicht zu viel, sonst hast du keinen Hunger mehr.«

»Aber ich habe Kohldampf, Mum. Du kapierst das nicht. Das Essen in der Schule ist der letzte Fraß.«

Es war, dachte Caroline, während sie den Wasserkocher anstellte, das übliche Nach-der-Schule-Ragout aus Gelächter, Tränen, Diskussionen wegen Chatten/Hausaufgaben und Streitereien zwischen Kindern. Gleich würden sie am Tisch sitzen, und Oliver würde versuchen, das Essen von Charlies Teller zu stibitzen, während sein Bruder dasselbe bei ihm versuchte. Scarlet, die eindeutig noch mehr schwarzen Eyeliner aufgetragen hatte, obwohl es in der Schule nicht erlaubt war, würde einer Freundin simsen, und Caroline würde alle bitten, sich am Tisch zu benehmen, bevor sie anschließend zu ihrem Pilates-Kurs sauste. Eine liebevolle Lärmkulisse und typische Familienszene, zu der ihr Mann viel später am Abend stoßen würde, wahrscheinlich wenn alle drei Kinder bereits im Bett lagen.

Wie konnte sie das alles aufs Spiel setzen, indem sie seine Worte anzweifelte? Nein, dachte Caroline, während sie begann, den restlichen Rosenkohl von den Tellern der Jungs und das restliche Hühnchenfleisch vom Teller ihrer Tochter in Wilfreds Futternapf zu kratzen. Die Kinder waren zu jung, um das durchzumachen, was sie und ihre Schwester durchgemacht hatten. Kinder brauchten beide Eltern, wie sie selbst nur allzu gut wusste. Es musste alles in Ordnung sein. Außerdem war Simon einfach nicht der Typ, der fremdging.

»Carrie!«

Das Telefon hatte geklingelt, gerade als sie und Simon es sich in einer unerwarteten Ruhepause im Laufe des Abends gemütlich gemacht hatten. Die Jungs hatten geduscht, mehr schlecht als recht, und taten nun so, als würden sie im Bett lesen, obwohl Caroline das verräterische »Ping« des Chat-Programms hören konnte. Scarlet war in die Außenpolitik von Heinrich VIII. und in Flirt-SMS vertieft, während Simon, immer noch im Anzug (die Krawatte sparte er sich grundsätzlich, er trug stattdessen lieber ein am Hals offenes, gestärktes, maßgeschneidertes weißes Hemd von der Jermyn Street), neben ihr auf der Couch saß, den Arm um sie gelegt, und sie sich den Live-Kommentar eines ernsten Reporters vor dem Westminster-Palast in den Spätnachrichten ansahen, die kein Journalist zu verpassen wagte. Simon schaukelte vor und zurück, wie es seine Art war, wenn ihn etwas faszinierte. »Ein überaus wacher Geist«, sagte ihre Mutter früher.

Caroline signalisierte ihrem Mann, dass sie zum Telefonieren in die Küche ging, schloss die Tür hinter sich und setzte sich an den Tisch, während sie die Füße auf das Kissen hochlegte, in das Wilfred heute Nachmittag seine Zähne gebohrt hatte.

»Grace? Endlich! Hast du meine SMS nicht bekommen?«

»Doch, Darling.« Ihre Schwester redete in ihrer *Ich-mag-keine-dummen-Fragen*-Stimme. »Aber ich war in Rom. Das hatte ich dir doch erzählt. Die Italiener sind im Moment noch unmöglicher als die Franzosen. Ich rufe nur an, um zu erfahren, wie es meinem Hund geht. Du gehst doch auch genug mit ihm raus, oder? Ich habe am Flughafen ein Buch über Hundeerziehung gekauft, und darin ist ganz genau beschrieben, wie man Hunde richtig trainiert.«

Ihre Schwester war einfach unmöglich! »Nun, vielleicht möchtest du ja am Wochenende vorbeikommen und ihn selbst trainieren.«

»Das würde ich sehr gerne, Carrie, aber ich muss weg.«

Schon wieder? »Du arbeitest zu viel.«

»Eigentlich …« Graces Stimme klang fast verschämt, ein Gefühl, das sie sich normalerweise nicht erlaubte. »Also gut, ich kann es dir auch sagen. Ich habe einen Mann kennengelernt.«

Was war neu daran? Grace lernte ständig einen Mann kennen. Gewöhnlich hielt es ein paar Monate, bis sie ihn leid war und als langweilig abstempelte.

»Wirklich?« Caroline versuchte, interessiert zu klingen. »Wo denn?«

»Auf der Beerdigung.«

Auf der Beerdigung? Blitzschnell ging Caroline im Geiste alle Möglichkeiten durch. Doch bestimmt nicht dieser Kerl Mitte dreißig, der irgendein Cousin ersten Grades war, oder der ältere Mann (Grace schnupperte gerne in alle Altersklassen hinein und wieder hinaus, was Männer betraf), der sie beide ständig gefragt hatte, ob sie ganz sicher nicht doch noch eine Tasse Tee wollten und ob die induktive Höranlage nicht eine wunderbare Sache sei?

»Ich erzähle dir nach dem Wochenende mehr.« Graces knapper Ton hielt Caroline davon ab weiterzubohren.

»Was ist mit dem Brief?«

»Welcher Brief?«

»Der Begleitbrief zu der Aufwandsentschädigung für den Hund.«

»Ach, der!« Ein klimperndes Lachen. »Das ist nur ein Telegramm mit Instruktionen für eine Wette beim Pferderennen.«

»Tante Phoebe hat gewettet?«

»Das Telegramm ist nicht von Phoebe, sondern von Louisa. Offenbar hatte unsere Urgroßmutter es faustdick hinter den Ohren. Das scheint sich durch die Familie zu ziehen. Ich habe übrigens herausgefunden, warum Phoebe so viele Schulden hat. Du wirst es nicht glauben!«

6

Caroline liebte den Morgen. Nicht so sehr den ersten Teil ab viertel nach sechs, wenn sie aufstand, um die Kinder aus dem Bett zu scheuchen und die Katze zu füttern, die Wilfred bereits gezeigt hatte, wer der Chef war. Simon war ein Frühaufsteher, wenn er zur Arbeit musste (aber nicht unbedingt am Wochenende), und er hauchte ihr meist einen flüchtigen Abschiedskuss auf die Wange bevor er sich auf sein Fahrrad schwang, um in die Redaktion zu strampeln. Simon liebte das Radfahren, und er machte damit bei seinen Lesern Werbung für ein umweltbewusstes Verhalten.

Auch mochte Caroline die Hektik nicht besonders, die entstand, damit die Jungs pünktlich aus dem Haus kamen, nachdem sie dafür gesorgt hatte, dass sie genug frühstückten und ihre Sportsachen und die Hausaufgaben einpackten. Sie brachte die beiden selbst zur Schule, die glücklicherweise nur einen flotten Fußmarsch von zwanzig Minuten entfernt war. Gott sei Dank war Scarlets College mit der U-Bahn zu erreichen. Nicht zum ersten Mal kam Caroline der Gedanke, dass sie sich glücklich schätzen konnte, verglichen mit ihren Freundinnen auf dem Land, deren Kinder kilometerweit zur Schule fahren mussten. Verrückt!

Nein, der allerbeste Teil des Morgens war die herrliche Stille, wenn sie von der Schule zurückkam, die Haustür aufschloss und in die hübsche Diele trat. Das durch die Buntglasscheibe gefärbte Sonnenlicht fächerte sich in einem Regenbogen von Blau bis

Rosa auf der schmucken Holztreppe auf, die drei Stockwerke bis zum Dachgeschoss hinaufführte, das sie für die Jungs umgebaut hatten.

Frieden. Himmlischer Frieden, abgesehen von dem leisen Rauschen des Verkehrs draußen, und als einzige Gesellschaft nur sich selbst, die Katze und natürlich Wilfred.

Wilfred! Bevor er auf der Bildfläche erschienen war, war Caroline immer direkt zu der kleinen Hütte am Ende ihres langen, schmalen Gartens gegangen und hatte sich dort in ihren Farben verloren. Zurzeit arbeitete sie an einem Aquarell, das die Aussicht aus dem Fenster porträtierte: Es fing die Lilien ein, die sich nach und nach zu ihrer prächtigen purpurnen Größe entfalteten. Dabei schlängelten sie sich aus der Erde und tasteten sich zum Zaun auf der Rückseite vor, der das Grundstück von einer identischen Reihe geräumiger viktorianischer Altbauten auf der Parallelstraße trennte. Caroline arbeitete im Auftrag ihrer Agentin an einer neuen Grußkartenkollektion für besondere Anlässe für eine landesweite Warenhauskette, und die Schmetterlinge in ihrem Bauch waren ein Zeichen, dass dieses Projekt gut lief.

Aber nun war ihre erste Aufgabe, wenn sie von der Schule zurückkam, mit Wilfred Gassi zu gehen. Eigentlich, wie sie Simon neulich Abend erzählt hatte, hatte sie diesen Part mittlerweile auch lieb gewonnen. Kein Wunder, dass Hundebesitzer meilenweit spazieren gingen! Es half Caroline beim Nachdenken, beruhigte sie nach der *Habt-ihr-auch-eure-Hausaufgaben?*-Morgenhektik. Und außerdem, dachte sie, half es ihr beim Malen. Schon erstaunlich, was man alles wahrnahm, wenn man zu Fuß unterwegs war statt mit dem Auto. Unglaublich, wie gut sie sich die Form dieses Blatts in der Hecke einprägen konnte, als sie es berührte, oder wie sich die Rinde der alten Eiche anfühlte, sodass sie einen Schritt zurücktrat, um die Beschaffenheit des Holzes ganz genau zu studieren.

Wilfred machte gute Fortschritte bei den Spaziergängen. Anfangs stand Caroline Todesängste aus, wenn sie ihn von der Leine ließ. Was, wenn er nicht zurückkam? Aber er zog und zerrte so sehr, dass sie ihn loslassen musste, wie einen Pfeil in einem Bogen. Und tatsächlich schoss Wilfred davon, sodass er innerhalb kürzester Zeit nur noch ein schwarzer Punkt am Horizont war und Caroline sich bereits ausmalte, wie sie nach Hause zurückkehrte und den Kindern und ihrer Schwester erklärte, dass sie den Hund verloren hatte. Aber dann entdeckte sie die Pfeife, die an Wilfreds Halsband befestigt gewesen war, als wäre sie eine Nachricht ihrer Großtante für den neuen Besitzer. Es war eine schmale, elegante Silberpfeife, die eher einer langen Schreibfeder ähnelte und an einem dünnen, kamelhaarfarbenen Lederband hing, das vielleicht einmal jemand am Gürtel getragen hatte. Und wenn Caroline in die Pfeife blies, kam der schwarze Punkt am Horizont tatsächlich wie ein Bumerang zu ihr zurückgeflogen, hechelnd und grinsend – ihr war vorher nicht bewusst gewesen, dass Hunde wirklich grinsen konnten!

Aber an diesem speziellen Morgen brauchte Wilfred länger für den Rückweg, wahrscheinlich wegen der vielen Kaninchen, die hier überall herumhüpften. Caroline wäre bei dem Versuch, ihn zurückzupfeifen, beinahe über ein paar Kaninchenlöcher gestolpert. Es war schon fast zehn Uhr! Falls sie nicht einen Zahn zulegte, würde sie heute überhaupt nicht zum Arbeiten kommen.

Wenn Freunde wissen wollten, wie sie zum Malen gekommen war, wie sie es ausdrückten, erklärte Caroline, dass sie früher an ihrer Schule im Norden von London immer Zuflucht im Kunstraum gesucht habe, wo sie jede Freistunde und jede Mittagspause verbrachte. Zuerst experimentierte sie mit Kohlestiften, dann mit Ölfarben, bevor sie Wasserfarben entdeckte und lernte, den Hintergrund zu »waschen« und anschließend die verschiedenen Farben darüber aufzutragen. Manchmal ertappte sie sich dabei, dass sie beim Malen leise vor sich hin summte, versunken in ihrer eigenen Welt.

»Nicht schlecht«, hatte die Kunstlehrerin bewundernd gesagt, als sie Carolines ersten Versuch begutachtete: einen Baum vor einem rosaroten Abendhimmel.

»Wirklich? Mein Ururgroßvater war ein Maler, zwar kein schrecklich berühmter, aber ein paar seiner Werke hängen in der Royal Academy.« Caroline machte es verlegen, die Geschichten wiederzugeben, die ihre Mutter früher Grace und ihr erzählt hatte. »Sein Förderer war schon eher berühmt, Sir William Giles.«

»Wow!« Die Kunstlehrerin war sichtlich beeindruckt. »Dann liegt es dir vielleicht im Blut.«

Die Vorstellung jagte Caroline einen Schauder über den Rücken, und von da an war es ihr sehnlichster Wunsch, die Kunsthochschule zu besuchen, obwohl ihre Eltern geplant hatten, dass sie an der Universität studierte. Später, nachdem sie Simon auf einer Monet-Ausstellung kennengelernt hatte, die sie privat besuchte und er beruflich, verbrachte sie den größten Teil ihres Mutterschaftsurlaubs vor der Staffelei, die ihr Mann für sie in dem Schuppen hinten im Garten ihres neuen Zuhauses aufgestellt hatte, bezahlt mit Maggys Geld.

Irgendwie war es Caroline gelungen, trotz der Kinder weiterzumalen, auch wenn es zwangsläufig Zeiten gegeben hatte, in denen sich die beiden Dinge nicht vereinen ließen. Aber sie hatte es immer noch ein gutes Stück einfacher als viele ihrer Freundinnen, die studiert hatten und unter dem Druck ihrer bezahlten Arbeit permanent mit ihren Kindern herumjonglieren mussten.

Und dann, als die Jungs noch klein waren, hatte sie ihren ersten Verkaufserfolg gefeiert! Simon hatte sie überredet, eines ihrer Bilder einem nahe gelegen Geschenkeladen anzubieten. Die Besitzerin liebäugelte damit, Kunst in ihr Sortiment aufzunehmen, und meinte, das frische Narzissenmotiv sei genau das, was sie suche, darum wollte sie es mit Caroline probieren. Es verkaufte sich noch in derselben Woche, und seitdem belieferte Caroline den Laden mit Bildern, üblicherweise Landschafts- und Naturszenen, da sie sich im Gegensatz zu ihrem Ururgroßvater mit Porträts schwertat.

Nun, als Caroline schließlich mit einem gehorsamen Wilfred an ihrer Seite zum Haus zurückkehrte, war sie in Gedanken bei ihrer nächsten Auftragsarbeit für ein Paar, das vor kurzem in der Nachbarschaft eingezogen war. Es wünschte sich eine Straßenansicht seines hohen weißen, im Regency-Stil erbauten Domizils, und obwohl Caroline noch nie ein Gebäude gemalt hatte, hatte sie sich bereit erklärt, es zu versuchen. Tatsächlich waren die ersten Entwürfe vielversprechend, vorausgesetzt, sie kam endlich weiter. Schon erstaunlich, wie diese Runden mit dem Hund den halben Tag verschlangen. Da, schon wieder das Telefon! Fast hätte Caroline es ignoriert, aber es konnte womöglich die Schule sein wegen der Kinder.

»Carrie?«, fragte eine Stimme, die einem ihrer früheren Lehrer beim Morgenappell hätte gehören können.

Zu spät. Caroline wünschte, sie hätte den Anrufbeantworter anspringen lassen. Wenn sie ihre Schwester in einem unpassenden Moment erwischte, fragte Grace immer, ob sie später zurückrufen könne. Aber Caroline wusste aus Erfahrung, dass Grace eingeschnappt reagierte, wenn sie es genauso handhabte. Sie musste immer im Mittelpunkt stehen.

»Ich habe nicht viel Zeit!« Ihre Schwester redete, als hätte Caroline sie angerufen und nicht umgekehrt. »Ich wollte nur wissen, wie es meinem Hund geht.«

»Gut.« Caroline beobachtete Wilfred, der gerade das Katzenfutter verschlang. »Wann kommst du ihn mal besuchen?«

»Sobald ich kann! Du hast ja keine Ahnung, wie viel Arbeit ich momentan habe.«

Da Caroline ständig zu hören bekam, keine Ahnung von ziemlich vielen Dingen zu haben, sparte sie sich einen Kommentar. Offen gestanden, war es einfacher so. Selbst ihre Mutter hatte zugegeben, dass Grace ein anstrengendes Kind gewesen war, was sich nun, im Erwachsenenalter, keinen Deut gebessert hatte. Aber Schwestern waren Schwestern, und seit dem Tod ihrer Mutter war beiden deutlich bewusst, dass sie nur einander hatten.

Caroline versuchte, die Wogen zu glätten. »Und wann erzählst du mir mehr von deinem neuen Freund und dieser merkwürdigen Geschichte mit Tante Phoebe und ihren Schulden?«

»Das ist kompliziert.« Caroline sah bildlich vor sich, wie am anderen Ende der Leitung ihre Schwester ihre Frage als nebensächlich verwarf. »Hör zu, der Notar hat mich angerufen. Er möchte, dass wir beide nach Wiltshire kommen und vor der Versteigerung Phoebes Sachen durchsehen. Aber – halt dich fest! – wir müssen ihm das Zeug abkaufen, wenn wir was haben wollen!«

Caroline blickte hinaus zu der Hütte am Ende des Gartens und fragte sich, ob sie heute noch dorthin kommen würde. Nur vor ihrer Staffelei konnte sie sich richtig entspannen. Folglich reagierte sie ein bisschen zerstreut. »Ich kapiere das nicht. Ich dachte immer, Tante Phoebe schwimmt in Geld. Warum war sie so hoch verschuldet?«

»Spielsucht.«

»Was?«

Grace lachte leise. »Ich weiß. Darren sagt, erstaunlicherweise kommt das bei Frauen in reifem Alter recht häufig vor. Ich habe bei der Beerdigung zufällig aufgeschnappt, dass Phoebe angeblich nach Pferderennen süchtig gewesen sein soll, genau wie ihre Mutter, die wohl immer heimlich gewettet hat. Offenbar hat sie gerne auf Jockeys in violettem Trikot gesetzt. Violett war ihre Lieblingsfarbe.«

»Unsere Urgroßmutter Louisa? Aber ich dachte, sie war ein Pflegefall. Und wer ist Darren?«

»Carrie, hör auf, mir Löcher in den Bauch zu fragen! Hör zu, ich kann nur morgen nach Wiltshire, weil ich danach schon wieder nach Paris muss. Sollen wir zusammen fahren?«

Caroline rekapitulierte kurz in Gedanken den morgigen Tagesablauf der Kinder. Sie wollte eigentlich ein Cricketmatch der Jungs besuchen, obwohl das nicht so superwichtig war. Vielleicht hatte Simon recht; Scarlet war wirklich alt genug, um nach der Schule mit Wilfred rauszugehen, und es würde vielleicht sogar das Verhältnis zu ihren Brüdern verbessern, wenn sie die beiden mitnahm. Der große Altersunterschied hatte ihnen nicht gutgetan. »Das müsste in Ordnung gehen«, sagte Caroline zögernd.

»Dann hole ich dich um zehn ab. Bis morgen.«

Nur wenn sie gemeinsam in einer Situation steckten, aus der sich keine von ihnen befreien konnte, waren ihre Schwester und sie in der Lage, natürlich miteinander umzugehen, dachte Caroline. Bei anderen Gelegenheiten, zum Beispiel während ihrer kurzen Telefonate, ertappte sie sich dabei, dass sie sich wieder in ein Kind verwandelte und die alte Geschwisterrivalität aufflammte, die sich oft eher unterschwellig bemerkbar machte statt in Worten.

Grace war besessen von ihrem Job und tat ständig so, als würde der gesamte Apparat, für den sie arbeitete, sofort zusammenbrechen, wenn sie nicht da war. Caroline hingegen war sich des schrecklichen Bedürfnisses bewusst, dass sie bei jeder Gelegenheit die Kinder ins Gespräch brachte, als wollte sie damit ihre Existenz bestätigen.

Aber nun, auf dem Weg nach Somerset in Graces fabelhaftem, glänzend rotem Cabriolet mit der luxuriösen schwarzen Innenverkleidung aus Leder und ohne eine Spur von leeren Trinkkartons oder Schokoladenpapier, herrschte fast Harmonie zwischen ihnen. Caroline spürte einen kurzen Stich, weil Scarlet nie eine Schwester haben würde. Es gab nichts Vergleichbares, egal, wie verschieden man war. Niemanden desselben Geschlechts, der in derselben Umgebung aufgewachsen war, der Dinge verstand, die niemand, nicht einmal die beste Freundin oder der eigene Mann, verstehen konnte, einfach deshalb nicht, weil sie damals noch nicht präsent waren.

»Ich habe immer noch einen Hals auf dieses Miststück.«

»Grace!«

»Warum soll ich sie nicht so nennen? Es ist schließlich wahr, und außerdem ist sie tot. Ich hoffe, sie trifft unsere Großmutter da, wo sie jetzt ist, und muss Rechenschaft ablegen über das, was sie getan hat.«

Caroline wartete, während Grace einen überdrehten Lastwagenfahrer überholte, der offenbar versuchte, auf ihre Spur hinüberzuziehen. Sie hatte immer Angst davor, jung zu sterben und nicht mehr für ihre Kinder sorgen zu können, so wie damals ihre Großmutter Rose. Carolines Mutter Helen (Roses Tochter) hatte etwas länger gelebt, war aber mit Anfang fünfzig immer noch zu jung gewesen, um zu sterben. War das erblich oder einfach nur Pech?

»Phoebe hatte es sicher nicht leicht.« Caroline beobachtete immer noch nervös den Lastwagen in ihrem Außenspiegel. »Vergiss nicht, sie hatte keine Ahnung von Kindern, als sie mit dreiunddreißig plötzlich Mummy und Frank am Hals hatte. Und nach allem, was man so hört, war Phoebes eigene Mutter Louisa auch nicht gerade eine Vorzeigemutter.«

Grace stieß ein Schnauben aus, das so gar nicht zu ihrem perfekt geschminkten Gesicht, der Designerjeans und dem vorgeblich legeren cremefarbenen Blazer von Reiss passte. »Sie war ein zäher alter Brocken, Carrie. Denk daran, was sie getan hat. Sie hat Onkel Frank in den Keller gesperrt, nur weil er nicht sprechen wollte. Meine Güte, er war erst sechs. Heutzutage werden sechsjährige Waisen getröstet und nicht im Dunkeln eingesperrt.«

»Wir wissen das nicht sicher …«

»Doch, tun wir. Richard hat es mir erzählt.«

Richard war eins von Onkel Franks vielen Kindern, einer aus dem riesigen Clan, zu dem sie auch gehörten und der über die ganze Welt verstreut war. Irgendwie schafften sie es alle paar Jahre, zu einem Cousin- und Cousinentreffen in London zusammenzukommen, nachdem allen deutlich bewusst war, dass sie mittlerweile fast an der Spitze des Familienstammbaums standen. Caroline und Grace freuten sich immer sehr auf das Wiedersehen. Andere mochten noch ihre Eltern haben, aber kaum jemand in ihrem Bekanntenkreis hatte ein so dicht geknüpftes Netz aus Cousins und Cousinen.

»Da wir gerade von Richard sprechen, warum war er eigentlich nicht bei der Beerdigung?«

»Er ist gerade in Kanada oder so.«

Die anderen hatten Caroline bereits zuvor informiert, dass sie verhindert waren, obwohl in den E-Mails eine sanfte Neugier darüber mitschwang, wen ihre kinderlose Großtante wohl in ihrem Testament bedacht hatte. Automatisch wanderte Carolines Hand an ihren Hals, um sich zu vergewissern, dass die Perlen noch da waren. Erstaunlich, wie schnell sie sich an sie gewöhnt hatte! Aber trotzdem war ihr immer bewusst, wie zart sie waren, und irgendetwas in ihr geriet in Panik bei der Vorstellung, dass sie sie verlieren könnte, dass sie irgendwie von der Kette rutschten und dass sie etwas verbummelte, was schon seit vielen Jahrzehnten ein Teil der Familie war.

»Sie sind wunderschön.«

Grace sprach, ohne den Neid in ihrer Stimme zu verbergen. »Schade, dass es kein zweites Collier gibt.«

Caroline biss sich auf die Lippe und widerstand der Versuchung zu sagen: »Na gut, du kannst es haben beziehungsweise dir ausleihen.« Sie hatte sich selbst nie als materialistisch betrachtet, aber mit den Perlen war das etwas anderes. Eine innere Stimme sagte ihr, dass sie nun ihr gehörten und niemand anderem.

»Ich wette, es ist ganz schön was wert.«

»Ich habe es versichern lassen.«

»Für wie viel?«

»Sechstausend.« Caroline begann, sich unbehaglich zu fühlen.

»Mein lieber Scholli.«

Graces Augen waren fest geradeaus gerichtet, ein sicheres Zeichen, dass sie »angepisst« war, wie Simon das nannte. Caroline wünschte sich nun, sie hätte den Mund gehalten.

»Man hätte doch wohl erwarten können, dass sie mir auch etwas vermacht. Stattdessen müssen wir für alles bezahlen, was wir behalten wollen. Ich kann immer noch nicht glauben, dass sie alles verspielt hat.«

Caroline war dankbar für den Themawechsel. »Und womit hat sie alles verspielt?«

Grace klang immer noch kühl. »Was denkst du denn? Mit einarmigen Banditen? Pferdewetten sind wohl das Einzige, was sich für eine Dame wie Phoebe ziemt, oder nicht?«

Du liebe Güte. Das Gespräch über die Perlen hatte definitiv die Stimmung abgekühlt. Verzweifelt versuchte Caroline, Wärme in ihre Unterhaltung zurückzubringen. »Und wer genau ist noch mal Darren?«

Das war ein cleverer Schachzug, weil ihre Schwester noch gar nichts über Darren erzählt hatte bis auf den Umstand, dass sie ein paar Tage nach der Beerdigung zusammen in Soho ausgegangen waren. »Phoebes Finanzberater.«

»Ihr Finanzberater?« Caroline beugte sich auf ihrem Sitz vor. »Aber der darf dir das alles doch gar nicht sagen! Das ist unprofessionell!«

Grace verließ plötzlich die Autobahn und bog scharf links ab, wobei sie ihr einen kurzen Blick von der Seite zuwarf. Schau lieber auf die Straße, lag Caroline auf der Zunge. »Richtig. Genau aus diesem Grund habe ich als Treffpunkt einen Club vorgeschlagen. Diese Finanztypen sind keinen Alkohol gewohnt. Zu geizig, um ihre Drinks selber zu bezahlen, und zu großspurig, um die Klappe zu halten.«

Lieber Gott. Caroline sah es deutlich vor sich. Ihre Schwester hatte Tante Phoebes Finanzberater betrunken gemacht, um Informationen aus ihm herauszuholen. Was hatte sie sonst noch getan?

»Es war nicht so.« Grace raste nun die schmalen Straßen entlang, die zum Gut ihrer Großtante in der kleinen Gemeinde führten, wohin ihre Mutter sie früher so oft unter der Bedingung mitgenommen hatte, dass sie »sich benahmen«, genau wie Caroline jahrelang später ihre eigenen Kinder. »Ich finde ihn eigentlich recht sympathisch und gar nicht so langweilig, wie sein Job vermuten lässt. Er wird sogar richtig feurig, sobald man ihn von seiner Krawatte befreit.«

Caroline versuchte das Bild zu verdrängen, wie ihre Schwester einen weiteren armen Tölpel verführte. »Und warum hat Tante Phoebe gewettet?«

Grace zuckte die Schultern und nahm eine Hand vom Lenkrad. »Vielleicht hatte sie Langeweile. Egal, wir sind da. Ich muss jetzt dringend aufs Klo und eine rauchen. Wir sehen uns gleich drinnen.«

Als Kind war Caroline von dem alten Gutshaus immer zutiefst eingeschüchtert gewesen. Verglichen mit der Drei-Schlafzimmer-Doppelhaushälfte mit ihrer Rauputzfassade aus den 1930ern an der Grenze zu Ealing, wo Grace und sie aufgewachsen waren, handelte es sich bei dem Haus von Tante Phoebe und Onkel Victor eher um ein kleines Anwesen. Es hatte eine hufeisenförmige, gekieste Auffahrt und eine Steintreppe, die zu der massiven Eingangstür hochführte und zu der runden Glocke rechts in einer der beiden steinernen Kolosseumsäulen. Allein die Eingangshalle war groß genug, dass ihr ganzes Haus hineingepasst hätte, wie ihr Vater einmal bissig bemerkte, und wie um alles in der Welt heizten die diese riesigen Räume?

Die Antwort war einfach. Sie heizten gar nicht. Selbst der große Adams-Kamin im Salon wurde außer im Winter selten angezündet, weshalb alle Besucher sogar im Sommer dicke Westen und Pullover mitbrachten.

Als Caroline nun das Haus betrat, sah sie fast ihre Großtante vor sich, die sie in ihrem typischen auberginefarbenen Kaschmir-Twinset in der Eingangshalle begrüßte – und natürlich mit den Perlen. Sie würde, je nach Tageszeit, ein Glas Whisky in der Hand halten und wahrscheinlich ihre elfenbeinfarbene Zigarettenspitze, die Caroline als Kind immer fasziniert hatte. Onkel Victor wäre im Gewächshaus, und sobald es die Höflichkeit erlaubte, würde Caroline zur Hintertür hinausschleichen, dem Pfad durch den Gemüsegarten folgen und nervös an die Glastür klopfen, wo Onkel Victor in seiner braunen Cordhose und dem dunkelgrünen Tweedjackett gerade Tomaten setzte oder Kompost siebte.

»Caroline, Liebes«, würde er freundlich sagen, und sie würde sich sofort besser fühlen. Als Teenager war sie von ihrer Mutter mehrmals für volle zwei Wochen zu ihrer Großtante und ihrem Großonkel geschickt worden, um die beiden besser kennenzulernen. Wenn Onkel Victor und das Gewächshaus nicht gewesen wären – und natürlich nicht zu vergessen die Jane-Austen-Reihe, die die Wand in ihrem Schlafzimmer säumte –, hätte sie das nicht überlebt. Es war alles so anders gewesen in der schweren, beinahe viktorianischen Atmosphäre, mit den Konversationen über bevorstehende Bridgepartien und stundenlangen Essensvorbereitungen für nur drei Personen in der riesigen Küche, die eiskalt gewesen wäre ohne den Herd, der schwach nach Paraffinöl roch. Das Mittagessen fand um Punkt ein Uhr statt, und das kleine Bush-Transistorradio mit dem grünen Bäumchen als Markenzeichen stand mitten auf dem Tisch, damit Onkel Victor die Nachrichten hören konnte. Abendessen gab es um Punkt sieben Uhr, und dann kreiste die Unterhaltung am Tisch um den Presseaufsichtsrat oder um Leute, die vor kurzem in die Gemeinde gezogen waren.

Wie seltsam, nun durch diese Eingangstür zu gehen und den Modergeruch eines unbewohnten Hauses zu atmen, die durch Tante Phoebes Abwesenheit entstandene Lücke zu spüren und zu wissen, dass Onkel Victor nicht mehr in seinem Gewächshaus war, schon seit ein paar Jahren nicht mehr. Unvermittelt überkam

Caroline eine große Sehnsucht. Obwohl ihre Großtante in Carolines Kindheit eine einschüchternde Gestalt gewesen war, war sie mit der Zeit umgänglicher geworden, und beide hatten gelernt, Carolines halbjährliche Besuche zu genießen.

»Caroline«, sagte eine Männerstimme, und sie fuhr leicht zusammen. »Bitte, kommen Sie herein.«

Sie spürte einen festen Händedruck. Es war der Notar, den sie nach der Beisetzung gesehen hatte, doch er machte nun einen viel jüngeren Eindruck. Er wirkte wie Mitte vierzig, obwohl das daran liegen mochte, dass er heute ein braunes Tweedjackett statt eines schwarzen Anzugs trug. »David Rolfe«, sagte er in einem angenehmen, freundlichen, beruhigenden Ton. »Wir haben uns bereits kennengelernt, falls Sie sich erinnern.«

Caroline nickte und registrierte seine straffe Kieferpartie und die leicht römische Nase, die ihr schon bei ihrer ersten Begegnung aufgefallen war. Sie tat das immer. Es war, als betrachtete sie die Menschen als Formen und Farben statt wie jeder andere als Persönlichkeiten, sagte Grace immer.

»Sicher ist das für Sie genauso unangenehm wie für mich«, fuhr der Notar fort. »Es ist nicht üblich, dass Angehörige die Familienandenken auslösen müssen, aber wie Sie wissen, hat Ihre Großtante beträchtliche Schulden hinterlassen.« Sein Blick fiel kurz auf das Collier um ihren Hals und huschte schnell wieder zurück, als hätte er es nicht bemerkt. »Tatsächlich gibt es einige Objekte, die im Grunde hätten verkauft werden müssen und sich noch in Familienbesitz befinden.«

Er blickte sich um. »Ich habe eigentlich auch Ihre Schwester erwartet.«

»Da bin ich!« Wie aufs Stichwort erschien Grace im Türrahmen. »Musste nur mal kurz zwischen den Rhododendronbüschen pinkeln.«

Die Mundwinkel des Notars zuckten, und Caroline war erleichtert, dass der Mann Humor besaß.

»War bloß ein Witz!« Grace drückte ihre Zigarette in einer Obstschale von Royal Doulton aus, in der immer noch ein Apfel lag. »Rhododendren brauchen nämlich alkalischen Boden und reagieren nicht gerade positiv auf Harnsäure.« Grace ließ den Blick durch den Salon schweifen, der ohne die wunderschöne auberginefarbene Samtchaiselongue, die am Erkerfenster gestanden hatte, solange Caroline zurückdenken konnte, bereits leer wirkte. Und wo war dieser bezaubernde Intarsientisch, auf dem Tante Phoebe ihre Drinks immer aufbewahrt hatte? »Mein lieber Schwan. Sagen Sie nur, die Aasgeier waren bereits hier.«

Caroline warf David einen entschuldigenden Blick zu.

»Ich fürchte, einige Objekte sind schon verkauft, wie ich bereits Ihrer Schwester erklärt habe.«

»Ich weiß, ich weiß.« Grace schlenderte zu dem runden Bridgetisch und fuhr mit dem Finger über das Mahagoniholz. »Schulden. Pferdchen. Solche Dinge. Anscheinend hat sie die Spielleidenschaft ihrer Mutter geerbt, dem Papierfetzen nach zu urteilen, den sie mir hinterlassen hat zusammen mit einem Scheck, der kaum für ein Jahr Tierfutter reicht. Unverschämt nenne ich das.«

»Grace …«, begann Caroline.

»Was?« Die Augen ihrer Schwester blitzten gefährlich. »Es ist doch wahr, oder nicht? Sie hat alles für ihre Pferdewetten auf den Kopf gehauen. Dabei wäre das Mindeste gewesen, was sie hätte tun können, uns zu entschädigen.«

»Das reicht.« Caroline ertappte sich dabei, dass sie vor lauter Verlegenheit beinahe zischte. Zu ihrem Erstaunen verstummte Grace tatsächlich. Manchmal musste man ihr Paroli bieten. Aber manchmal machte das alles nur schlimmer.

»Ich dachte, Sie möchten sich vielleicht in Ruhe umschauen.« Der Notar bewegte sich bereits diplomatisch auf die Tür zu. »Ich bleibe in der Nähe, falls Sie Fragen haben zu den Preisen. Das gesamte Inventar wurde geschätzt. Die Preise sind also fair bemessen.«

»Klar«, murmelte Grace, »obwohl rechtmäßig alles uns zusteht.«

Dabei fiel Caroline etwas ein. »Ich muss mich ja auch für unsere Cousins und Cousinen umsehen. Ein paar haben mich nämlich per E-Mail gebeten, ihnen das eine oder andere Objekt zu sichern.« Sie lächelte den Notar an in der Hoffnung, dass er verstand. »Sehen Sie, Rose, unsere Großmutter, hatte vier Kinder. Sie sind alle recht jung gestorben, mit einer Ausnahme. Unsere Mutter war die Zweitjüngste, und Phoebe hat sie und Onkel Frank großgezogen, der damals erst vier war, als Rose starb. Darum bedeutet es uns sehr viel, etwas zu haben, was ein Teil der Familie ist.«

Davids Gesicht wurde weich. »Ich verstehe.«

Zwei Stunden später hatte Grace sechs Polsterstühle aus Walnussholz ausgesucht, eine Frisierkommode aus Mahagoniholz und eine Fotografie, die Tante Phoebe bei ihrer Vorstellung bei Queen Mary zeigte. Wie sie das alles in ihrem Einzimmerapartment in South Kensington unterbringen wollte, war ein Rätsel. Caroline stand immer noch in der Bibliothek, eine eher großzügige Bezeichnung für einen kleinen Raum neben dem Salon, und konnte sich nicht entscheiden. Die Jane-Austen-Bücher waren natürlich ein Muss. Und auch die Sammlung von Yeats, dessen Gedichte sie schon immer geliebt hatte. Und vielleicht auch dieses Buch hier, und sei es nur wegen des hübschen, blau-rot marmorierten Einbands. Sie schlug die staubigen Seiten auf und atmete gierig den muffigen Geruch ein, als sie plötzlich überrascht stutzte.

Dies ist das Tagebuch von Rose Francis Grace. 1905

Roses Tagebuch? Caroline spürte, wie ihr kurz der Atem stockte, und sie blickte zu dem Porträt auf dem Tisch ihrer Großtante. Es stand dort, solange sie zurückdenken konnte. »Meine Schwester«, hatte Tante Phoebe früher immer gesagt, als hätte sie vergessen, dass Rose zugleich Carolines Großmutter war. Sie war eine bildhübsche Frau gewesen, so selbstsicher mit ihrer römisch anmutenden Nase und dem fast hochmütigen Ausdruck, als betrachte sie etwas außerhalb des Bildes. Ihre Haare waren mit der Brennschere gewellt, wie es vermutlich der damaligen Mode entsprach, und sie trug sie kurz, sodass die großen Perlenohrringe, die gut zu ihrem getupften Kleid passten, unglaublich elegant wirkten.

Die meisten Mädchen an ihrer Schule hatten zwei Großmütter, während Caroline nur mit einer aufgewachsen war, die keine typische Oma war. Rose war die andere Großmutter, über die sie so gut wie nichts wusste, abgesehen von den paar verschwommenen Details, die sie von ihrer Mutter erfahren und denen sie damals nicht genug Beachtung geschenkt hatte. Und hier nun war Roses Tagebuch! Während Caroline begierig durch die schweren, alt riechenden Pergamentseiten blätterte, konnte sie an den Datumseinträgen sehen, dass das Tagebuch aus der Kindheit ihrer Großmutter stammte.

Und es gab noch mehr davon. Eine ganze Reihe. Ein Buch für jedes Jahr bis 1941, ein Jahr bevor Rose mit nur vierundvierzig Jahren gestorben war. Wie außergewöhnlich! Caroline ertappte sich dabei, dass sie die Buchrücken streichelte wie neugeborene Babys.

»Ich wollte Sie Ihnen gerade zeigen«, sagte eine Stimme hinter ihr. »Verzeihen Sie mir, aber ich liebe alte Bücher, und ich konnte nicht widerstehen, selbst einen Blick hineinzuwerfen. Gehören sie jemandem, den Sie kennen?«

»Meiner Großmutter Rose. Tante Phoebes Schwester. Die, die jung gestorben ist, weshalb Tante Phoebe meine Mutter großgezogen hat.«

Die Worte purzelten aus ihrem Mund, als würde ein anderer sie sprechen.

»Dann stehen die Tagebücher Ihnen zu.«

»Muss ich sie nicht bezahlen?«

Die Augen des Notars funkelten. »Vielleicht möchten Sie ja eine kleine Spende machen. Gibt es denn noch etwas, was Sie haben möchten? Etwas von der Einrichtung vielleicht? Auf dem Flur in der ersten Etage steht ein recht hübscher Schrank. Allerdings liegt der Schätzpreis bei zweieinhalbtausend.«

»Nein, danke.« Caroline hielt das erste Tagebuch an die Brust. »Wir haben genug Möbel zu Hause. Aber die Tagebücher nehme ich gerne.«

»Was willst du mit einem Stapel alter, verschimmelter Bücher?«, fragte Grace naserümpfend, als sie auf dem Rückweg über die Autobahn waren. Sie hatte die Lieferung und auch, ziemlich widerwillig, die Zahlung der von ihr ausgewählten Sachen veranlasst und warf nun einen verächtlichen Blick auf den Karton, den Caroline auf den Knien trug, weil sie, ungewohnt stur, sich geweigert hatte, ihn in den Kofferraum zu stellen. Es kam ihr vor, dachte Caroline, als könnte sie es nicht ertragen, von den Tagebüchern getrennt zu werden, so wie es ihr widerstrebte, das Perlencollier nachts abzunehmen. Sie waren eine Verbindung, eine Verbindung zu ihrer Vergangenheit, die nun niemand mehr füllen konnte. Onkel Geoffreys Gedächtnis war leider eingerostet, er verwechselte ständig Daten und Fakten, und außerdem wollte sie ihn nicht weiter über die Vergangenheit fragen, weil seine Augen dann immer ganz milchig wurden, als würde ihm bewusst, dass er der Letzte war von vier Geschwistern.

»Du weißt doch, dass ich Bücher liebe.« Caroline hob den Blick von dem marmorierten Einband, nachdem sie nicht hatte widerstehen können, das Tagebuch durchzublättern, während ihre Schwester am Steuer saß. Nun wäre der richtige Zeitpunkt, um Grace zu sagen, worum es sich handelte, nämlich um Roses Tagebücher! Aber wenn sie ihr das sagte, könnte Grace, obwohl sie sonst immer so tat, als hätte sie für solche Dinge nicht viel übrig, womöglich auf die Idee kommen, sich eines oder zwei auszuleihen. Und dazu war Caroline nicht bereit. Sie wollte sich heute Abend in Ruhe hinsetzen und Simon und den Kindern zeigen, was sie entdeckt hatte, damit sie ihnen erklären konnte, dass dies auch ein Teil ihres Lebens war. Ihre Großmutter musste ein ganz erstaunliches Kind gewesen sein, weil sie mit so viel Leidenschaft und Tiefblick geschrieben hatte. Manche Sätze waren wirklich außergewöhnlich.

Zum Glück schien Grace sich mit ihrer Antwort zu begnügen und schaltete gleich darauf den CD-Player an. Die Musik war laut und kreischend. Caroline tat so, als würde sie ein Nickerchen machen, und ehe sie sich's versah, hielten sie vor ihrem Haus. »Da sind wir«, sagte Grace. »Pünktlich zurück für die Hausaufgabenkontrolle.«

Caroline ignorierte ihre Bemerkung, diesen ständigen Wink, dass sie, Grace, einen richtigen Job hatte, während Caroline nur Hausfrau und Mutter war. Simon vermutete Neid dahinter, aber selbst wenn er recht hatte, würde Caroline nicht für den ganzen Tee bei Fortnum & Mason mit ihrer Schwester tauschen wollen. Das Komische war: So scharf sich Grace immer über Phoebe äußerte, hatte sie dennoch ihre schroffe Art geerbt. Vielleicht war das auch etwas, was sich durch die Generationen zog, diese *Keine-Geduld-mit-Dummköpfen*-Attitüde, von der Caroline glücklicherweise verschont geblieben war.

Sie verabschiedete sich von ihrer Schwester mit einem Küsschen auf die Wange (»Nein, danke, Carrie, ein anderes Mal gerne. Hab heute Abend ein Date«) und schloss die Haustür auf. Ohrenbetäubend laute Musik aus dem Wohnzimmer deutete darauf hin, dass die Jungs zu Hause waren, während der laufende Fernseher in der Küche, der Geruch von angebranntem Toast und das aufgeregte Bellen aus dem Wirtschaftsraum darauf schließen ließen, dass Scarlet Wilfred wieder sicher nach Hause gebracht hatte.

Nicht, dass eins der Kinder sich die Mühe gemacht hätte, die

Post aufzuheben oder die Milch hereinzuholen. Caroline bückte sich, um den Stapel aufzusammeln. Ein Brief vom Finanzamt an Simon, auf den er bereits wartete, eine Postkarte von ihrer besten Freundin Jenny, die nach Singapur ausgewandert war, und ein großer brauner DIN-A4-Umschlag mit einer getippten Adresse und ihrem Namen in der obersten Zeile.

Sie ging in die Küche. »Hallo, mein Schatz!«

Scarlet sah vom Herd auf. Sie hatte so große Ähnlichkeit mit Grace, als diese in ihrem Alter war, dass Caroline manchmal ihre Namen verwechselte, wenn sich beide im selben Raum aufhielten. »Du kommst spät. Ich mache gerade einen kleinen Snack.«

»Tut mir leid.«

Caroline stellte den Karton mit den Büchern behutsam ab und öffnete den Umschlag. Ein kleines Stück Papier steckte darin, aber es war nicht einfach, es herauszufischen. Als ihr prompt wieder ein Fingernagel einriss, musste sie an Graces wunderschön manikürte Hände denken. Man konnte eben nicht solche Hände haben und als Künstlerin arbeiten.

»Wie war dein Tag?«, fragte sie, während ihre Finger das Papier umschlossen und aus dem Umschlag zogen.

»Ganz okay. Ich habe wieder eine Supernote in Mathe bekommen. Das war übrigens ein Scherz. Was hast du, Mum?«

Caroline schob das Foto zusammen mit der getippten Nachricht schnell zurück in den Umschlag, bevor ihre Tochter einen Blick darauf werfen konnte. »Nichts. Kannst du ein paar Sandwiches mehr machen? Ich kümmere mich gleich um das Abendessen. Zuerst muss ich noch einen Anruf erledigen.«

Sie hastete mit wild schlagendem Herzen die Treppe hoch und schloss die Badezimmertür hinter sich ab, bevor sie das Foto mit zittrigen Händen wieder herausnahm. Es gab keinen Zweifel. Er war es, mit seinem selbstsicheren Hängebackenlächeln, dem steifen weißen Hemd und ohne Krawatte. Immer noch zitternd griff sie in ihre Jacke und wählte auf dem Handy die Nummer, die sie auswendig kannte. Bitte, lass nicht den Anrufbeantworter drangehen. Bitte, lass das nicht zu.

»Simon? Ich bin es.« Sie zitterte nun nicht mehr vor Angst, sondern vor Wut. Als wäre sie nicht sie selbst, sondern Grace, eine aufgebrachte Grace, die Wörter benutzte, vor denen Caroline schon immer zurückschreckte. »Ich habe ein Foto bekommen, mit der Post. Verfluchte Scheiße, was soll das?«

7

»Wir reden später, sobald ich zu Hause bin«, hatte Simon am Telefon gesagt, in einem distanzierten Ton, bei dem es Caroline kalt den Rücken hinablief. Eine Art Fernsteuerung in ihrem Gehirn sagte ihr, dass sie die Kinder aus dem Haus schaffen musste, bevor Simon kam. Sie sollten nicht sehen, was Grace und sie gesehen hatten, nicht Augenzeugen werden von tränenreichen Auseinandersetzungen und gegenseitigen Beschuldigungen, die sich regelmäßig zwischen ihren eigenen Eltern abgespielt hatten, als Caroline mit siebzehn fast erwachsen war und ihre Schwester gerade einmal zwölf.

Das war der einzig klare Gedanke in ihrem Kopf. Der Rest war ein wirres Durcheinander. Ein verschwommener Fleck. Ein schrecklicher, sirupartiger Morast, in dem das Leben bis zu ihrer Rückkehr von dem Besuch in Tante Phoebes altem Haus vor einer halben Stunde noch völlig normal war. Als sie in Gedanken noch das Wunder beschäftigte, dass die Tagebücher ihrer Großmutter aufgetaucht waren, in denen sie auf der Rückfahrt bereits geschmökert hatte – und den braunen Umschlag fand. Und das Foto darin.

Eine Aufnahme von ihrem Mann, der eine kleine, dunkelhaarige Frau in einem Elle-T-Shirt küsste.

Eine Fotografie log nicht. Dazu war sie nicht fähig.

»Wir reden später, sobald ich zu Hause bin.« Sie hätte an Ort und Stelle eine Erklärung verlangen sollen. Simon war gut darin, die Wahrheit zu verdrehen, das war sein Job. Er log nicht, das betonte er immer. Er erzählte die Dinge bloß neu, damit der Leser sie besser verstand. »Du darfst mir nie Sachen neu erzählen«, hatte sie einmal in der Anfangszeit ihrer Ehe gesagt, als sie noch dabei waren, sich besser kennenzulernen. Und er hatte sie angesehen mit diesem Blick, der ihr durch und durch ging. »Das würde ich dir nie antun, Carrie«, hatte er geantwortet. Und sie hatte ihm geglaubt!

»Dad und ich gehen aus«, erklärte sie den Zwillingen, die vor dem Fernseher herumlümmelten. »Scarlet passt auf euch auf.« Sie machten sich nicht einmal die Mühe, die Köpfe zu ihr zu drehen, zweifellos in der Hoffnung, dass sie sich vor den Hausaufgaben drücken konnten. »Und vergesst eure Hausaufgaben nicht.«

Normalerweise, dachte Caroline, würde sie die Jungs nun für ihr Abendprogramm hochscheuchen, das immer traditionell damit endete, dass sie beide im Bett zudeckte, obwohl sie wusste, dass sie nach wenigen Minuten wieder herauskletterten. Das Zudecken war ein alter Brauch aus ihrer Kindheit. »Mach die Schotten dicht«, hatten sie es früher genannt. Der Spruch stammte von Carolines eigener Mutter, die mit ihren Brüdern per Schiff von Borneo nach England gekommen war. Wie lustig, dass solche Sprüche von Generation zu Generation weitergegeben wurden, bis ihre Bedeutung schließlich mit der Zeit verloren ging.

Scarlet schaute von der Couch hoch, wo sie über ihren Hausaufgaben saß und gleichzeitig fernsah, was eigentlich verboten war, aber manchmal war es einfacher nachzugeben, besonders wenn man gerade erst herausgefunden hatte, dass man von seinem Mann betrogen wurde. »Ihr geht aus?«, fragte sie. »Das macht ihr doch sonst nie unter der Woche.«

Caroline fingerte nervös an ihren Perlen. Sie fühlten sich warm und tröstend an um ihren Hals, als wollten sie ihr versichern, dass sich alles wieder einrenkte, sobald sie Simon für sich hatte und erfuhr, was es mit dem Foto auf sich hatte. Vielleicht stammte es von einer Wohltätigkeitsveranstaltung. Oder vielleicht war es die Gewinnerin eines Wettbewerbs. Ja, das konnte sein! Vielleicht hatte Simon eine Leserin mit einem Küsschen auf die Wange beglückwünscht, und dabei hatte sie sich an ihn gedrängt, und irgendjemand hatte in diesem Moment auf den Auslöser gedrückt, und sie hatte das alles falsch verstanden und …

Draußen klapperte das Tor; Simon war also bereits mit dem Rad zurück. »Kommt Daddy nicht rein, um sich umzuziehen?«, fragte Scarlet argwöhnisch, während Caroline sich ihre Jacke und den Autoschlüssel schnappte.

»Nein. Wir werden nicht lange weg sein. Bis später.«

Ohne zu warten und die Ungläubigkeit zu sehen, die ihrer Tochter bestimmt ins Gesicht geschrieben stand, eilte Caroline aus dem Haus und warf ihrem Mann den Autoschlüssel zu, der ihn perplex auffing.

»Fahr los«, sagte sie und wartete neben ihrem Wagen mit dem Anwohnerausweis. »Fahr einfach los.« Simon starrte sie an. Selbst in dem schwachen Licht konnte sie sehen, dass er verdattert war, und das war kein Wunder. Normalerweise kommandierte sie ihn nicht so herum.

»Wohin?«

Seine Stimme war leise, und Caroline hätte sich am liebsten vor lauter Angst und Beklemmung übergeben. Wenn das Foto harmlos wäre, hätte er längst etwas dazu gesagt, statt diesen unterwürfigen Ton anzuschlagen.

»Egal.« Sie zog an ihrem Sicherheitsgurt und rutschte tief in den Sitz, weil sie nicht hinaussehen wollte, nicht seine Augen sehen wollte. »Irgendwohin, wo niemand uns hören kann.«

Ihre Stimme klang fremd. Wie kam es, dass sie sich wegen Kleinigkeiten aufregte und in Panik geriet, zum Beispiel wenn die Jungs ihre Hausaufgaben vergaßen, aber in einer brenzligen Situation wie dieser beängstigend ruhig blieb? Sie holte tief Luft, während Simon eine Seitenstraße entlangfuhr, vorbei an dem kleinen Park, wo sie und die Kinder mit Wilfred hingingen und wo die Jungs sich ungefährdet mit ihren Skateboards austoben konnten.

Kurz darauf hielt Simon an, schaltete den Motor aus und drehte den Kopf zu ihr.

»Sag mir, dass das alles ein Missverständnis ist«, hörte sie sich sagen.

Er schüttelte den Kopf, und sie spürte, wie sich eine eiskalte Hand auf sie legte und ihre Brust einschnürte, sodass sie kaum atmen konnte, geschweige denn sprechen. Irgendwie gelang es ihr, den Mund zu öffnen, aber die Worte kamen nicht heraus.

Simon hatte den Kopf in die Hände auf dem Lenkrad gelegt. »Ich war nicht ganz ehrlich zu dir, weil ich wollte… weil ich dir Kummer ersparen wollte. Tessa ist nicht Maureens Vertretung. Sie arbeitet bei uns. Als Praktikantin.«

So jung, hätte sie am liebsten gebrüllt. Und intelligent. Sie konnte es sich genau vorstellen. Die Zeitung stellte hin und wieder schlaue, clevere junge Dinger ein, die alles taten, um voranzukommen.

»Ich weiß, sie ist sehr jung«, fuhr er fort, während er den Kopf hob und ihr entsetztes Gesicht musterte. »Und um ehrlich zu sein, weiß ich gar nicht, wie das passieren konnte. Aber wenn man tagtäglich eng zusammenarbeitet… Wir haben letzten Monat zusammen die Reportage über die Ausschreitungen im Osten der Stadt gemacht.«

Er spreizte die Finger, als hätte sich das alles seiner Kontrolle entzogen.

»Und diese Geschichte mit dem Abendessen mit dieser sogenannten Vertretung? Warst du mit *ihr* aus?«

Simon nickte kläglich, und Caroline fiel das Atmen nun so schwer, dass sie das Gefühl hatte, jemand würde ihr den Hals zudrücken.

»Liebst du sie?« Ihre Stimme kam als ein Krächzen heraus.

»Ich glaube nicht.«

»Du *glaubst* nicht?«

Am liebsten hätte sie ihn am Kragen gepackt, ihm die Fingernägel in den Rücken gebohrt, was er mochte, wenn sie miteinander schliefen, ihn getreten, ihn geschlagen. Und trotzdem hatte sie auch das Bedürfnis, dass er sie festhielt, sie in den Armen wiegte, ihr sagte, dass alles wieder in Ordnung kommen würde.

»Aber das kannst du nicht machen!«, schrie sie. »Du kannst nicht einfach so fünf Leben zerstören.«

Er nickte wieder kläglich und wandte sich ab, während der Schmerz in seinen Augen sich im Rückspiegel widerspiegelte.

»Du hast doch nicht ernsthaft vor, uns zu verlassen?«

»Nein.« Seine Stimme klang fest.

»Dann musst du sie aufgeben.«

Er biss sich auf die Lippe. »Ich will es versuchen, Carrie, aber ich kann es nicht erklären. Sie ist wie eine Droge. Ich habe versucht, es zu beenden, aber wir kommen nicht voneinander los. Ich vermute, das ist der Grund, warum sie dir das Foto geschickt hat. Damit du mich zum Teufel jagst.« Er stieß ein nervöses Lachen aus. »Ich könnte dir das nicht einmal übelnehmen.«

»Ist es das, was du willst?« Ihr Mund war so trocken, dass die Worte an ihrem Gaumen scheuerten.

»Nein.«

Gott sei Dank. Sein energischer Ton unterstrich, dass er es ernst meinte.

»Was zum Teufel sollen wir dann tun?«

Es kam ihr vor, dachte sie, während sie die Frage aussprach, als würden sie über ein gemeinsames Problem diskutieren, statt über eins, das er ganz allein geschaffen hatte.

»Wie konntest du alles zerstören?«, sagte sie und sah aus dem Fenster. »Es ist ja nicht so, als hätten wir uns auseinandergelebt oder keinen Sex mehr.«

»Das ist, weil ich dich immer noch liebe, verstehst du das nicht? Aber ich habe auch etwas für sie empfunden.«

Der nächste Schock durchzuckte sie. »Du hast doch hoffentlich was benutzt mit ihr, oder nicht?«

»Natürlich.«

Immerhin etwas, vermutete sie.

»Wir sollten zurückfahren.« Die Stimme ihres Mannes klang matt. »Die Kinder werden fragen, was los ist. Was sollen wir ihnen sagen?«

»Irgendwas. Denk dir was aus.« Sie stieß ein heiseres Lachen aus. »Du bist schließlich derjenige, der gut ist im Geschichtenerzählen.« Das volle Ausmaß dessen, was geschehen war, dämmerte ihr erst jetzt, und seltsamerweise schmerzte die Enttäuschung mehr als die Eifersucht. All die Lügen, die er erzählt haben musste, um Zeit mit ihr zu verbringen! All die Abende, an denen er spät nach Hause kam und sie angenommen hatte, er würde arbeiten. Wo hatten sie sich getroffen? Wie alt war sie genau?

»Bitte. Ich kann nicht darüber reden. Nicht jetzt.«

Er hatte den Motor bereits wieder angelassen, und sie waren auf dem Heimweg. Aber das war er ihr schuldig, ganz bestimmt. Dieses Mal packte sie seinen Arm, sodass er den Wagen fast von der Straße gelenkt hätte. »Ich habe gefragt, wo ihr euch getroffen habt?«

»In einem Hotel.« Wieder diese matte Stimme.

»Und hast du ihr gesagt, dass du mich ihretwegen verlassen wirst?«

»Natürlich nicht.«

Aber dieses Mal schwang nicht dieselbe Überzeugung in seiner Stimme, und Caroline spürte eine langsame, lähmende Angst in ihr hochkriechen. »Sie muss weg. Du kannst nicht länger im selben Büro mit ihr arbeiten. Das ist mir gegenüber nicht fair.«

Seine Stimme war leise und monoton, wie wenn er versuchte, vernünftig mit den Jungs zu reden. »Ich kann sie nicht einfach so loswerden, Carrie. Es gibt Regeln, die zu beachten sind.«

»Das ist mir egal.« Sie machte Anstalten, wieder an seinem Arm zu reißen.

»Hör auf. Du benimmst dich wie ein Kind. Das ist gefährlich.«

»Ich benehme mich wie ein Kind? Gefährlich? Das trifft wohl eher auf dich zu, Simon, nicht auf mich.«

»Wir sind da«, sagte er unnötigerweise, als sie vor dem Haus hielten. »Geh schon mal rein, Carrie. Ich komme gleich nach.«

Ihr Blick fiel auf sein Handy in der Ablage der Zwischenkonsole. »Du willst sie anrufen, nicht wahr?«

»Ich muss mit ihr reden.«

»Warum?«

»Um ihr zu sagen, dass sie meiner Frau keine Fotos mehr schicken soll.«

Dabei fiel ihr etwas ein. So viele Fragen, aber nicht genügend Antworten. »Irgendwer muss das Foto gemacht haben. Wer?«

»Bitte, Carrie.« Simons große, warme Hand schloss sich um ihre. »Tu dir das nicht an. Das bringt doch nichts.«

Aber es würde ihr helfen. Sie konnte nur damit klarkommen, wenn sie alles wusste, jedes kleine Detail. »Na gut. Das Foto hat eine Freundin von ihr gemacht, die zu Besuch war.«

»Dann wussten alle Bescheid?«

»Nicht alle.« Simon wurde rot.

Wie dumm sie doch gewesen war. Unfassbar dumm. Jeder bei der Zeitung wusste, dass ihr Mann was mit einem jungen Ding hatte, das praktisch seine Tochter sein könnte, und sie erfuhr es als Letzte.

»Aber du hast dich verhalten wie …«, begann sie.

»Ich weiß, Carrie.« Er sah sie wieder kurz an mit diesem verletzten Blick. »Bitte, erinnere mich nicht daran.«

An jenem Abend bot er an, im Gästezimmer zu schlafen, aber etwas in ihr veranlasste sie, ihn zu bitten, das nicht zu tun. Es war so tröstend, seinen Arm um sich zu spüren, und trotzdem fand sie keinen Schlaf. Könnte sie doch nur ihre Mutter fragen, was sie tun sollte! Natürlich gab es noch Grace, aber die war in Paris oder Rom oder sonstwo. Außerdem würde sie wahrscheinlich nur die Nase rümpfen und ihr sagen, dass das in einer modernen Ehe normal sei und dass sie entweder Simon hinauswerfen solle oder weitermachen.

In jener Nacht erkannte Caroline, was der Ausdruck »kein Auge zubekommen« wirklich bedeutete. Sie hatte ihn früher benutzt, als die Zwillinge, die schon immer schlecht schliefen, sie als Babys die ganze Nacht auf Trab gehalten hatten, aber damals hatte sie wenigstens zwischendurch weiterschlafen können. Nicht so in jener Nacht, als sie von Mitternacht bis sechs Uhr morgens buchstäblich Löcher in die Decke starrte, während die Gedanken unablässig in ihrem Kopf kreisten. Sie sollte Simon verlassen. Wie konnte sie nach allem, was er getan hatte, bei ihm bleiben? Trotzdem liebte sie ihn immer noch. Warum?

Entscheidend war, dass die Kinder ihn brauchten. Sie waren noch zu jung, um Teil einer zerrütteten Familie zu sein. Kinder – selbst siebzehnjährige wie Scarlet – brauchten beide Eltern und nicht einen Vater, der sonntags vorbeikam und sie zum Mittagessen abholte. Die bloße Absurdität einer solchen Vorstellung hätte Caroline am liebsten laut auflachen lassen.

»Konntest du schlafen?«, fragte Simon, als der Wecker wie üblich um sechs klingelte, damit er sich in Ruhe auf die erste Redaktionssitzung des Tages in zwei Stunden vorbereiten konnte.

»Nein«, antwortete sie knapp.

»Ich auch nicht.«

Aber er hatte geschlafen! Anderenfalls hätte sie es bemerkt, weil sie die ganze Nacht hellwach gewesen war. Er log! Wenn er wegen einer Kleinigkeit wie dieser lügen konnte, dann konnte er auch wegen anderer Sachen lügen. Irgendwie brachte Caroline die Kinder zur Schule, obwohl sie das Gefühl hatte, sie sollte mit Beinen wie Wackelpudding nicht Auto fahren. »Hast du dich erkältet?«, fragte ihre Tochter misstrauisch, als sie sie zur U-Bahn bringen wollte.

»Nein. Warum?«

»Du schniefst und bist ganz blass.«

»Vielleicht brüte ich ja was aus.«

In Carolines Erinnerung blitzte ein Bild von ihr selbst im Teenageralter auf, als sie sich um ihre eigene Mutter Sorgen gemacht hatte. »Es geht mir gut, Schatz. Mach schon, oder wir kommen zu spät.«

Normalerweise machte Caroline sich nach ihrer Rückkehr eine Tasse Kaffee, ging dann mit Wilfred Gassi und suchte anschließend die Hütte auf, um zu malen, oft mit dem Hund im Schlepptau. Er hatte inzwischen auf dem Läufer neben ihrer Staffelei seinen Platz gefunden. Aber heute, während sie sich bequem gegen den Herd lehnte, konnte sie keine Motivation aufbringen. Was machte das alles noch für einen Sinn?

Simon hatte versprochen, mit dieser Tessa zu reden und Schluss zu machen. »Wir fangen noch einmal ganz von vorne an«, hatte er gesagt und Caroline einen Kuss auf den Kopf gegeben, als er ging, statt auf den Mund wie sonst. Ein Teil von ihr wusste, dass sie sich ärgern sollte, weil er es so leichtfertig dahinsagte, als handele es sich um etwas, was sich einfach so reparieren ließe. Aber sie konnte sich nicht ärgern und auch nicht weinen. Ein Teil von ihr wollte dieses Mädchen anrufen, aber gleichzeitig hatte sie Angst davor, was keinen Sinn ergab. Warum hatte sie Angst davor, eine Frau zu kontaktieren, die *ihr* Unrecht angetan hatte und nicht umgekehrt?

Das Telefon! Caroline erstarrte. Die Nummer, die im Display erschien, war ihr unbekannt. Konnte es das Mädchen sein, das mit ihr sprechen wollte? Falls ja, wollte sie abheben, oder würde sie dann vielleicht Dinge erfahren, die es ihr unmöglich machten, Simon jemals wieder zurückzunehmen?

»Hallo?«

»Caroline?«

Die Stimme hatte einen weichen amerikanischen Akzent. Sie kam ihr irgendwie bekannt vor.

»Wer ist da?«

»Diana. Diana Barton. Wir haben uns auf der Beerdigung Ihrer Großtante kennengelernt.«

Eine riesige Woge der Erleichterung durchströmte Caroline. Es war nicht das Mädchen. Es war nicht Simon, der anrief, um ihr mitzuteilen, dass er es sich anders überlegt hatte und eine andere liebte.

»Verzeihung. Rufe ich zu einem ungünstigen Zeitpunkt an?«

Verzweifelt versuchte Caroline, das Schluchzen zu unterdrücken, aber die Erleichterung zwang es hinaus. Schlimmer noch, es klang eher wie ein lautes Jaulen, sodass Wilfred sichtlich besorgt zu ihr herüberlief. Caroline umklammerte den Hörer und wiegte sich vor und zurück, unfähig, etwas zu sehen oder zu hören.

Wie lange das so ging, wusste sie nicht. Aber als es schließlich vorbei war, schien die ruhige amerikanische Stimme immer noch in der Leitung zu sein. »Eigentlich rufe ich an, weil ich Ihnen sagen wollte, dass ich gerade in Ihrer Gegend bin. Würde es Ihnen helfen, wenn wir uns irgendwo auf einen Kaffee treffen?«

Caroline gehörte einfach nicht zu den Frauen, die Fremden ihr Herz ausschütteten. Früher hatte sie Freundinnen gehabt, die das Psychologen gegenüber getan hatten, um herauszufinden, warum ihre Ehe gescheitert war oder warum sie immer noch ihre Mutter hassten. Aber Caroline war dafür nicht der Typ. Sie war es gewohnt, mit Simon zu reden oder sogar mit Grace.

Aber nun, als sie über den Tisch hinweg diese große, elegante Frau betrachtete, die bestimmt schon Ende siebzig war, obwohl sie sich unglaublich gut gehalten hatte, mit ihrem perfekt geschminkten Gesicht und dem wunderbar geschnittenen fliederfarbenen Kostüm mit der Goldbrosche am schmalen Revers, da wurde ihr klar, dass sie alle ihre Regeln gebrochen hatte. Sie hatte sich selbst dabei ertappt, dass sie sich gegenüber dieser Diana Barton ihren ganzen Kummer von der Seele redete. Glücklicherweise gelang es ihr, vernünftig und ruhig zu bleiben, im Gegensatz zu ihrem schrecklichen Schluchzen vorhin am Telefon.

»Sie armes Kind.« Dianas weiche Hand, die von Altersflecken übersät war, tätschelte kurz die von Caroline. »Was für ein schlimmer Schock für Sie.«

Caroline konzentrierte sich auf das halb leere Glas Macchiato vor ihr.

»Zu unserer Zeit hätten wir natürlich genau gewusst, was zu tun ist.«

Caroline wartete.

»Wir hätten nicht die Konfrontation gesucht.« Diana lächelte fröhlich. »Wir hätten es ignoriert und gewartet, bis unser Mann in unser Bett zurückkehrt. Und dann hätten wir unser Leben weitergelebt wie vorher.«

»Aber ist das nicht scheinheilig?«

Diana nickte. Ihr roter Lippenstift, der zu ihren dunklen Haaren passte, war, wie Caroline irritierenderweise auffiel, perfekt aufgetragen und ohne Kaffeespuren. »Absolut. Aber was hätten wir sonst tun sollen? Wir hatten nicht die finanzielle Unabhängigkeit wie ihr jungen Frauen heutzutage, um unseren Mann zu verlassen.«

Plötzlich kam Caroline ein Gedanke. »Hat meine Tante Phoebe so etwas jemals erlebt?«

Diana zuckte mit den Schultern. »Ich weiß es nicht. Victor war ein Schatz, darum bezweifle ich es. Aber …«

Sie hielt inne, und Caroline hatte deutlich das Gefühl, dass sie noch etwas hinzufügen wollte.

»Aber was?«

»Ich habe Phoebe erst durch Ihre Großmutter kennengelernt. Rose und ich waren damals befreundet, vor langer Zeit. Nach ihrer Rückkehr aus Borneo. Wir haben zusammen bei John Lewis gearbeitet. Wir haben uns sofort gut verstanden, obwohl sie deutlich älter war als ich.«

»Dann ist mein Großvater also fremdgegangen?«

Diana schaute weg. »Das taten viele Männer. Tut mir leid, Caroline, ich habe das Gefühl, es ist nicht richtig, wenn ich mehr dazu sage. Wichtig ist nun vor allem, dass Sie die Initiative ergreifen, dass Sie Entscheidungen treffen. Lassen Sie nicht Simon für Sie entscheiden.«

Es war die Art von Rat, die sie eher von Grace erwartet hätte als von einer Frau, die vor dem Zweiten Weltkrieg geboren war.

»Ich habe eine Idee.« Diana beugte sich vor und berührte wieder leicht Carolines Hand. »Wann bekommen Ihre Kinder Sommerferien?«

»In zwei Wochen.« Normalerweise liebte Caroline die Sommerferien mit den Kindern, aber nun verursachte ihr die Vorstellung, sie wochenlang zu unterhalten und dabei so zu tun, als wäre alles normal, wieder Übelkeit.

»Dann nehmen Sie sie früher aus der Schule heraus.« Dianas Stimme perlte vor Begeisterung, als hätte das vorangegangene Gespräch nicht stattgefunden. »Ich besitze ein Haus am Meer. Es ist in Devon, in einer Kleinstadt eine halbe Stunde von Exeter entfernt. Ich wollte es diesen Sommer vermieten, weil ich es vor August nicht nutzen werde, aber das erübrigt sich nun. Warum sagen Sie Ihrem Mann nicht einfach, dass Sie Zeit brauchen, um nachzudenken? Erklären Sie den Kindern, dass Sie einen Strandurlaub machen und dass Daddy zwischendurch zu Besuch kommt. Bitte, Caroline. Denken Sie darüber nach.«

Sie bekam einen verträumten Blick. »Vertrauen Sie mir. Dort können Sie in Ruhe nachdenken. Die Luft ist anders. Und auch das Licht. Morgens werden Sie von einem Chor von Seemöwen geweckt. Und die Leute dort nehmen sich Zeit für Sie.«

Dann schüttelte sie sich kurz, als wäre sie gerade aufgewacht. »Und wenn Sie schon einmal dort sind, Caroline, können Sie Roses Tagebücher lesen. Ich habe das seltsame Gefühl, das könnte Ihnen helfen, aus Ihrer eigenen schwierigen Lage das Beste zu machen.«

Rose

1908–1941

8

Später, viele Jahre später, auf Borneo, spielten sie im Club immer ein Spiel nach dem Mittagessen. Natürlich spielten sie alle möglichen Spiele, aber das, welches Rose am besten im Gedächtnis blieb, war *Was ist deine erste Erinnerung?* Der Grund dafür war, dass es zu den wenigen Spielen zählte, die nichts mit irgendjemandes Ehemann oder Ehefrau zu tun hatten, und dass es ihr in einem fremden Land ein behagliches Gefühl verschaffte, ihre Gedanken zu einer Zeit zurückwandern zu lassen, in der sie sich sicher gefühlt hatte.

In ihrer ersten Erinnerung konnte sie sich selbst sehr deutlich sehen, als würde sie in einem abgedunkelten Raum auf ein an die Wand projiziertes Bild schauen. Sie war recht groß als Kind – zu groß für ihren Geschmack damals, obwohl sie sich später, als sie von mehreren Verehrern als »gertenschlank« bezeichnet wurde, damit angefreundet hatte. Aber es waren ihr Haar, nach dem die Leute sich umschauten. Ein dunkles Kastanienbraun, genau wie Mama, das weder wie das Herbstrot der Bäume noch wie das Braun der Kleidung war, die ihre Gouvernante bevorzugte. Dicke, kastanienbraune Locken, die ihr Hausmädchen jeden Morgen neu schuf, indem sie die Haare auf Stofffetzen wickelte, bevor sie hinterher ihrer Mama präsentiert wurde, die ihre Zustimmung mit einem Nicken ausdrückte.

Einer Mama, die mit ihrer gewöhnlich strengen Miene, außer sie studierte – sehr zum Missfallen von Papa – die Ergebnisse der

Pferderennen in der Abendzeitung, wenig Ähnlichkeit hatte mit der großen, selbstsicheren jungen Frau, die auf halber Treppenhöhe in einem vergoldeten Rahmen an der Wand hing. »Das war deine Mutter, als sie jung war«, hatte ihr Vater einmal mit einer seltsam gepressten Stimme gesagt, die sich anhörte, als hätte er sich den Finger im Türrahmen eingeklemmt, wie Rose das am Tag zuvor passiert war. »So habe ich sie damals kennengelernt, bevor sie sich verändert hat. Sie hat ein Nervenleiden, weißt du, das liegt in der Familie.«

Rose wusste das bereits zum Teil von dem Getuschel der Dienstmädchen auf der Treppe und den Küchengesprächen, die bei den seltenen Gelegenheiten, wenn sie dort erschien, abrupt verstummten. Im Laufe der Jahre hatte sie die einzelnen Bruchstücke zusammengefügt. Offenbar hatte Mama bei ihrer Niederkunft große Schwierigkeiten gehabt. Danach war sie nie wieder die Alte, wenngleich sie immer noch Freude daran hatte, »die violetten Pferde anzustreichen«, was immer das bedeutete. Das Wissen, dass ihre eigene Geburt eine derartige Veränderung in ihrer Mutter bewirkt hatte, verschaffte Rose sowohl Schuldgefühle als auch seltsamerweise ein gewisses Gefühl der Macht.

»Zurück zum Kern der Frage«, würde jemand aus der Borneo-Zuhörerschaft dazwischenrufen. »Kommen Sie zum Punkt.« Jemand würde kichern. Ein anderer würde mit einem Glas anstoßen. Also gut. Sie würde zum Punkt kommen.

Dieses große Kind mit dem kastanienbraunem Haar saß in Roses Erinnerung immer sehr aufrecht auf einem Stuhl. Es war kein gemütlicher Stuhl, nicht wie die blassgelbe Chaiselongue, die normalerweise im Atelier ihres Großvaters am Fenster stand und auf der sich seine anderen Modelle in Pose setzten oder auch diese grässliche Amerikanerin, die ihren Arm über die Lehne legte, als würde ihr das Möbelstück gehören und nicht Roses Großeltern. Nein, dieser Holzstuhl war dafür konstruiert, dass man eine perfekte, gerade Haltung darauf einnahm, wie Mama es bei den seltenen Gelegenheiten, wenn sie etwas sagte, immer wünschte. Wegen eines traurigen Gemüts wenig zu reden war ein seltsames Erbmerkmal, an dem, wie das Dienstmädchen Rose anvertraute, bereits die Mutter ihrer Mutter gelitten habe. Abends, wenn Rose ihr Gebet sprach, bat sie Gott, sie vor dieser Malaise zu verschonen, da sie sich nichts Schlimmeres vorstellen konnte, als nicht reden zu können.

Sie trug damals, wie Rose ihrer größtenteils nach dem Gin Rummy angesäuselten Borneo-Zuhörerschaft erzählte, ein weißes Kleid mit einem Rüschenkragen. Letzterer war fast so unbequem wie der Stuhl, aber Ga Ga bestand darauf. »Wer?«, fragte jemand, und Rose erklärte, dass dies ihr Spitzname für ihren Großvater war. Offenbar hoben die weißen Rüschen ihren Teint hervor, was sehr wichtig war für das Porträtmalen.

»Was für eine Art von Porträts?«, würde dann unweigerlich hinter dem Gin gekichert, und Rose würde die Frage ignorieren, da sie es vorzog, diese kostbaren Erinnerungen nicht mit einem Publikum zu teilen, das nur an seinem eigenen Vergnügen interessiert war.

Solange Rose zurückdenken konnte, hatte sie gewusst, dass ihr Großvater etwas Besonderes war. Selbst ihr Vater, ein Arzt, der mehr und mehr Zeit in seiner Praxis oder mit Hausbesuchen verbrachte, sprach von seinem Schwiegervater in demselben Ton, den er sich gewöhnlich für besondere Patienten oder den Pfarrer aufhob. »Er ist ein Porträtmaler, Rose«, sagte ihr Vater immer. »Und er hat einen berühmten Mäzen. Sir William Giles.«

Gelegentlich sah Rose diesen geheimnisvollen Mä-zehn, den sie mit einer Pause zwischen den Silben aussprach wie eine Art Silbenrätsel, weil das besser klang. Er tauchte immer unangemeldet auf, oder zumindest hatte es den Anschein, denn wenn das Hausmädchen seinen Besuch ankündigte, wurde Ga Ga ungewohnt nervös und benutzte Worte, die sie außer im Atelier nie zuvor gehört hatte, während er erklärte, dass bei Gott auch die

Großen eine gewisse Verpflichtung hatten, ihren königlichen Besuch rechtzeitig vorher bekannt zu geben. Und dann wurde Rose, wenn sie zufällig gerade Modell saß, zu ihrer großen Enttäuschung hinauskomplimentiert und nach oben gebracht oder, schlimmer noch, gleich um die Ecke nach Hause. Manchmal gelang es ihr jedoch, durch das Treppengeländer nach unten zu spähen oder ein bisschen herumzutrödeln, um die Ankunft der Kutsche zu beobachten und einen kurzen Blick auf einen schwarzen Umhang und einen Hut zu erhaschen.

An diesem speziellen Tag jedoch, in Roses frühester Erinnerung, stand kein solcher Besuch bevor. Jedenfalls nicht, soweit sie wusste, obwohl man bei ihrem Großvater nie wissen konnte. Später bezeichnete sie ihn als den aufregendsten, unberechenbarsten Menschen, der ihr je begegnet war, auch wenn sie damals die Bedeutung des Wortes »unberechenbar« nicht kannte, geschweige denn wusste, wie man es buchstabierte. Stattdessen saß sie wie immer auf diesem unbequemen Holzstuhl und versuchte, sich auf die Wand zu konzentrieren. Dabei fragte sie sich ständig, wie das Porträt wohl aussehen würde, wenn es fertig war und sie es endlich zu Gesicht bekäme.

»Nicht bewegen, Kind. Sitz still.« Ga Ga blickte sie hinter der Staffelei stirnrunzelnd an. Es war kein ärgerliches Stirnrunzeln wie bei Papa, wenn er nach Hause kam und feststellte, dass Mama immer noch nicht redete, obwohl man hätte annehmen können, dass er sich mittlerweile daran gewöhnt hatte. Es war auch nicht das Stirnrunzeln, das ihre Gouvernante trug, wenn Lydia im Unterricht dazwischenplapperte. Es war vielmehr ein freundliches Stirnrunzeln, das sagte: »Ich weiß, das hier ist ein wenig langweilig für dich. Aber wenn du noch ein bisschen länger durchhältst, wartet im Garten gleich ein Glas Limonade auf dich.«

»Konzentriere dich auf die Wand vor dir«, fuhr Ga Ga mit einer Singsangstimme fort. Manchmal redete er beim Malen, als würde er singen. Gelegentlich pfiff er wie die Amsel draußen.

Und hin und wieder summte er ganz leise vor sich hin, als wäre er alleine im Raum. »Was siehst du?«

Das war leicht! Ein Schiff. Sie sah ein Schiff. Es neigte sich nach vorne, als würde es die Treppe hinabstürzen, wovor das Hausmädchen sie immer warnte, wenn sie es eilig hatte. Es war ein hohes, schlankes Schiff, das über dem Rand der Welt schwebte, kurz davor, die andere Seite des im Schulzimmer aufgestellten Globus zu erkunden. Dieser Globus mit seinen wundervollen Farben und der schlauen Art, sich um seine hölzerne Achse zu drehen, sodass Rose immer am liebsten eingetaucht und zu was auch immer auf der anderen Seite geschwommen wäre.

»Braves Mädchen.« Ga Ga nickte anerkennend. »Die meisten Mädchen in deinem Alter würden nur einen Riss in der Wand sehen.« Wieder ein anerkennendes Nicken. »Du hast das Auge.«

Jedes Mal, wenn Ga Ga das sagte, spürte Rose einen Schauer über ihren Rücken rieseln, als würde sie jemand mit dem Staubwedel kitzeln, den die Hausmädchen für den Kaminsims benutzten. Das Auge! Rose hatte genug mitbekommen in den Sitzungen bei Ga Ga, um zu wissen, dass das Auge für jeden Maler eine wichtige Voraussetzung war. Sogar noch wichtiger als ein Pinsel oder eine Staffelei oder ein steifes Blatt Pappe. Das Auge konnte man nicht kaufen. Es wurde weitervererbt, so wie Papa das Haus von seinem Vater geerbt hatte und dieser zuvor von seinem.

Aber woher wusste man, ob man das Auge geerbt hatte oder nicht? »Du musst einfach abwarten«, sagte Ga Ga immer. Aber wie lange? »Ich habe es dir schon gesagt«, erklärte Ga Ga. »Bis zu deinem nächsten Geburtstag. Das ist nicht mehr lange.«

Hatte er ihr das wirklich schon gesagt? Falls ja, hatte sie es vergessen, aber sie würde doch sicher niemals etwas derart Wichtiges vergessen. Was würde denn an ihrem zehnten Geburtstag passieren? Würde Ga Ga ihr ein Auge auf einem Teller schenken, so wie der Koch einen Teller pochierte Eier für Mama auf einem Tablett hochschickte, das hinterher mit einem Telegramm und einer

Silbermünze für das Dienstmädchen zurückkam, das daraufhin damit das Haus mit unbekanntem Ziel verließ? Sie hoffte nicht.

In diesem Moment klopfte es an der Tür. Rose stieß ein erleichtertes Seufzen aus, als Ga Ga seine Arbeit kurz unterbrach, die dichten grauen Augenbrauen verärgert zusammengezogen. So sehr sie diese Haltungsstudien liebte, wie ihr Großvater es nannte, benötigte sie dennoch mehr Pausen, als er ihr zugestand. »Ja?«, sagte er knurrend zu dem Dienstmädchen.

Rose versuchte, nicht zu lachen. Ga Gas Knurren klang immer sehr grimmig, aber sie wusste, in Wirklichkeit war es harmlos. Letzteres war ein neues Wort, das sie erst vor kurzem im Unterricht gelernt hatte und dessen Geschmack sie gerne auf der Zunge spürte.

»Sir William Giles«, begann das Dienstmädchen.

»Verdammt! Kann der Mann mich nicht in Frieden lassen? Fort mit dir!«

Rose brauchte einen Moment, bis ihr bewusst wurde, dass ihr Großvater sie meinte und nicht das Mädchen, oder vielleicht auch beide. »Du hast mich verstanden, Rose. Ab, geh nach Hause zu deiner Mutter und deiner kleinen Schwester.«

Die Aussicht, bis zum Nachmittagsunterricht zu der kleinen Grace ins Kinderzimmer zurückzukehren, ließ Rose mit dem Gedanken spielen, sich oben in Ga Gas Haus zu verstecken, wie sie das neulich schon getan hatte. »Und wehe, du versteckst dich!« Ga Gas Brauen machten den Eindruck, als würden sie gleich in der weißen Haarmähne darüber landen, während er hektisch das breiige Durcheinander auf dem Tablett sortierte und anschließend begann, die Bilder, die an der Wand lehnten, ordentlicher zu arrangieren. »Wir sehen uns morgen, um das Porträt zu vollenden.«

Unter dem Vorwand, ihre Stola von der Chaiselongue am Fenster zu holen, spähte Rose verstohlen auf die Staffelei und hätte fast aufgeschrien. Es war, als würde sie in einen Handspiegel blicken. Dies waren ihre Augen, die zu dem Schiff hinausschauten – mit dieser Mischung aus Begeisterung und Ungeduld, die sie selbst sehen konnte und mit der sie ihrer lieben Gouvernante manchmal auf die Nerven ging. Und auch ihre Haare mit dem Rotstich, den sie von Ga Gas geliebter Frau geerbt hatte, die nun auf dem Friedhof auf der anderen Seite von Hampstead wohnte. Und dieses alberne weiße Kleid, das sie wegen der Sitzungen nicht schmutzig machen durfte.

»Sofort!«

Im Kielwasser des Dienstmädchens, das angewiesen worden war, sie nach Hause zu bringen, schob Ga Ga sie fast zur Tür hinaus. Aber unter dem Vorwand, sich ihren Schuh binden zu müssen, bückte sie sich in der Diele und drehte gerade rechtzeitig den Kopf, als die Gestalt in dem schwarzen Umhang von der Bibliothek zum Atelier ihres Großvaters geführt wurde.

Rose hielt den Atem an, als die Gestalt ihr das Gesicht zuwandte. Sir William Giles war ein alter Mann! Sogar noch älter als Ga Ga! Seine Augen sahen aus, als wären sie in die weichen, sackartigen Hautfalten eingesunken, und er stützte sich, genau wie der Zauberer in einem ihrer Bücher, auf einen langen schwarzen Stock mit einem geschnitzten cremefarbenen Griff. Vielleicht befürchtete er, mit den Füßen in den Ritzen zwischen den Holzdielen hängen zu bleiben, etwas, wovor sie auch Angst hatte.

»Das Mädchen in dem weißen Kleid«, sagte er, als habe sie gerade etwas Geistreiches von sich gegeben, während sie tatsächlich zu viel Ehrfurcht hatte, um den Mund aufzumachen und eine der Nettigkeiten zu äußern, die ihre Mutter ihr beigebracht hatte, bevor sie ihre Sprache verlor. »Das Mädchen in dem weißen Kleid«, wiederholte er.

»Ich bin nicht nur ein Modell.« Ihre Stimme schallte deutlich durch die Diele, was sie selbst überraschte. »Ga Ga hat gesagt, ich habe das Auge.«

Ein tiefes, kehliges Lachen ertönte. »Das Auge? Du hast es also? Das wäre gut. Sehr gut. Wir müssen auf dich achtgeben.«

Und damit wandte er sich auf seinem Stock um wie ein klappriges altes Spielzeug, um das sie sich mit ihrer jüngeren Schwester Grace im Kinderzimmer gestritten hatte, und humpelte weiter zum Atelier.

Das Hausmädchen schüttelte missbilligend den Kopf. »Sie bringen uns beide in Schwierigkeiten, oh ja, Miss.«

Aber Rose kümmerte das nicht. Sie hatte mit dem großen Sir William Giles gesprochen! Mit dem Mann, der Ga Ga das Malen beigebracht hatte. Vielleicht würde er ihr auch das Malen beibringen.

Dies, so erklärte Rose ihrer Borneo-Zuhörerschaft, die gewöhnlich inzwischen gebannt lauschte, da Sir William Giles sich einen Namen gemacht hatte, sei ihre erste Erinnerung. Aber es war eine Lüge. Ihre erste Erinnerung war eine, die sie mit niemandem teilen konnte. Eine Erinnerung, die sie sich gezwungen hatte zu vergessen und so tief zu schwärzen wie die Farbe des Umhangs, den der alte Mann trug.

Das Beste am Vormittag, dachte Rose, während sie im Schulzimmer saß und auf ihre Mitschülerin wartete, waren die Unterrichtsstunden. Miss Hollingswood besaß die wunderbare Fähigkeit, den Globus zum Singen zu bringen, wenn er sich um seine Achse drehte. Er sang ein stummes Lied, das nur Rose hören konnte. Als sie das einmal vor ihrer Lehrerin unbeabsichtigt äußerte, hatte Miss Hollingswood begeistert genickt und erwidert, sie wisse genau, was Rose meine. »Er singt ein Abenteuerlied«, hatte sie ihrer Schülerin erklärt, und danach war der Tonfall ihrer Stimme etwas weicher geworden, wenn Rose mit diesen schrecklichen Zahlenreihen nicht zurechtkam, die im Gegensatz zu dem cremigen Geschmack des Globus in ihrem Mund wie Innereien schmeckten.

Das Schlimmste am Vormittag war ihre Mitschülerin. Warum hörte Papa nicht auf sie, wenn sie ihm immer wieder erklärte, dass Lydia so ziemlich das dümmste Mädchen sei, das ihr je begegnet war, weil sie sich nur dafür interessierte, ob ihre Locken fest genug waren oder ob ihr Rocksaum morgens auf dem kurzen Weg von ihrem Haus zu Rose Schmutz abbekommen hatte.

»Ihre Mutter ist eine Freundin von Mama«, war alles, was Papa dazu sagte, wenn sie ihn darauf ansprach. Und dann begann er, an seinem Schnurrbart zu zwirbeln. Wie Rose beobachtet hatte, tat er das öfter um eine Diskussion zu beenden. Aber es stimmte nicht. Lydias Mutter, die Papa Aveline nannte, war KEINE Freundin ihrer Mama. Jedenfalls keine richtige. Sie kam zwar recht häufig zu Besuch, aber wenn Mama sich vorbereitete, um sie im Frühstückszimmer zu empfangen, verdrehte sie immer die Augen und produzierte einen seltsamen Laut in der Kehle, den sie auch dann von sich gab, wenn abends das Klacken der Eingangstür Papas Rückkehr von seinen Patientenbesuchen ankündigte.

Offen gestanden, dachte Rose und ließ den Globus kreisen, während sie auf Lydia wartete, konnte sie verstehen, warum Mama für ihre Besucherin anscheinend wenig Begeisterung aufbrachte. Wenn Rose erwachsen war, würde sie sich Freundinnen suchen, die so dachten wie sie. Und keine albernen Frauen, die ständig kicherten und sich Luft zufächerten, auch wenn es gar nicht heiß war. »Du musst nett zu Lydia sein«, sagte Mama einmal. »Sie hat keine Geschwister wie du.«

Rose konnte sich nicht vorstellen, keine Schwester zu haben. Grace durfte zwar noch nicht am Unterricht teilnehmen, aber nach Papas Ansicht war sie erstaunlich weit für eine Siebenjährige. Insgeheim kannte Rose den Grund dafür. Sie brachte ihrer kleinen Schwester (die das genaue Ebenbild von ihr war, wie jeder sagte, der sie zusammen sah, obwohl Grace längere Haare hatte und vollere Lippen) nach Einbruch der Dunkelheit das Alphabet bei, wenn sie beide zu Bett geschickt wurden. So, dachte Rose, würde Grace schneller groß werden und vielleicht ein paar Jahre überspringen, damit sie irgendwann im selben Alter waren. Vielleicht könnte Grace sogar den Platz der dummen Lydia im Schulzimmer einnehmen, und der Unterricht ginge mit mehr Ernst und weniger Unterbrechungen vonstatten. Jetzt konnte Rose das übliche Theater in der Diele hören, als jemand die Eingangstür öffnete und gleich darauf eine dünne, sehr hohe Stimme sich lautstark beschwerte.

»Meine Güte!« Lydias Quieken erreichte vor ihr das Schulzimmer. »Was für ein Wetter da draußen! Ich kann dir sagen!« Sie hob die Hand an ihre blonden Locken, als wollte sie überprüfen, ob sie noch da waren. »Mama wollte nach der Kutsche schicken, aber die war mit einem unserer Gäste bereits unterwegs, weißt du? Also mussten wir zu Fuß gehen.«

Sie tat gerade so, als habe sie einen beschwerlichen Weg hinter sich, dabei brauchte sie nur um die Ecke zu gehen und ein kleines Stück weiter die hohe graue Fassadenreihe entlang, zu der Roses Haus gehörte. Wie, lag Rose auf der Zunge, wollte Lydia zurechtkommen, wenn sie um den Globus wandern musste?

»Ich habe nicht die geringste Absicht, so etwas Albernes zu tun!« Lydia funkelte sie über den polierten Holztisch hinweg an, als hätte Rose sie an ihren Locken gezogen, was sie bei Gelegenheit tatsächlich liebend gern tun würde. »Sei nicht so gemein!«

Du liebe Zeit! Die Augen der dummen Gans füllten sich mit Tränen, aber Rose wusste, wie echte Tränen aussahen. So wie die, die Mama in den Augen hatte, wenn Rose unerwartet ihr Zimmer betrat, die Art von Tränen, die sie schnell wegwischte und die sie darauf schob, dass sie wieder einmal am offenen Fenster gesessen hatte, was Rose ihr bitte nicht nachmachen solle, oder sie werde sich erkälten.

»Meine Damen!«

Beide verstummten sofort und setzten sich kerzengerade auf. Selbst Lydia wusste, dass es nicht ratsam war, Miss Hollingswood zu ärgern, die in ihrem strengen grauen Rock, der steifen weißen Bluse und der beige-braunen Brosche am Stehkragen keinen Unfug duldete. »Worüber, wenn ich fragen darf, streiten Sie sich heute schon wieder?«

»Über Lydias Locken.«

»Über Geografie.«

Beide antworteten gleichzeitig, aber Lydias Stimme mit ihrem hohen, schrillen Klang übertönte ärgerlicherweise die von Rose. »So, so, über Geografie«, sagte Miss Hollingswood und neigte den Kopf zur Seite, wie so oft, wenn sie amüsiert war. »Wie tröstlich! Ich ermutige also meine Schülerinnen zu intellektuellen Debatten. Dann sagen Sie mir, bitte: Über welchen speziellen Aspekt dieses glorreichen Themas haben Sie denn diskutiert?« Ihre Augen, ein freundliches warmes Kastanienbraun, das zu den Bäumen draußen passte, funkelten mehr denn je. Rose fragte sich oft, warum ihre Gouvernante nie geheiratet und eigene Kinder bekommen hatte mit so hübschen Augen wie diesen. Ga Ga sagte, das liege daran, dass die arme Frau sich ihren Lebensunterhalt verdienen musste.

»Um den Globus wandern!« Die hohe Stimme ihrer Mitschülerin war nun so durchdringend, dass Rose sich wunderte, dass der edle, goldgerahmte Spiegel über dem Kaminsims hinter ihnen nicht zersprang. »Sie hat gesagt, ich soll mich nicht beschweren, weil ich zu Fuß hierherkommen musste, und dann hat sie gefragt, wie ich zurechtkommen will, wenn ich um den Globus wandern muss.« Lydias Augen funkelten vor Abscheu. »Als würde ich mich jemals mit so etwas abgeben. Es ist ja nicht so, als müsste ich mir meinen Lebensunterhalt selbst verdienen wie Sie.«

Das Keuchen drang aus Roses Mund, bevor sie es verhindern konnte. Wie taktlos! Wie unglaublich taktlos von Lydia, ihre Gouvernante so in Verlegenheit zu bringen. Auf Miss Hollingswoods Wangen bildete sich nun jeweils ein kleiner roter Fleck, und das eintretende Schweigen, kurz unterbrochen von Roses Keuchen, schien selbst Lydia zum Verstummen zu bringen, der allmählich zu dämmern schien, was für einen Fauxpas sie gerade begangen hatte.

»Und wie steht es mit Ihnen, Rose?« Das Funkeln war aus den Augen ihrer Gouvernante verschwunden, und ihr Ton war täuschend unbeschwert. Täuschend auf eine Art, die Rose zuvor bei anderen Erwachsenen beobachtet hatte. Stimmen, hatte sie daraus geschlossen, waren wie die Farben auf Ga Gas Palette. Manchmal gaben sie vor, ganz andere Farben zu sein. »Beabsichtigen Sie, um den Globus zu wandern?«

Rose nickte und hoffte, dass man in ihrem Gesicht lesen konnte, dass sie nicht so dachte wie dieses dumme Mädchen, mit dem sie ihre Seite des Tischs teilte. »Das tue ich, Miss Hollingswood.« Ihre Finger streckten sich nach dem Globus, nach dem wundervollen Rosa, das sie an den Pudding des Kochs erinnerte, nach dem hellen Grün, das Mama manchmal trug, wenn sie für Ga Ga Modell saß, die einzige Zeit, in der sie aufrichtig glücklich zu sein schien, und nach dem leuchtenden Gelb, das Rose an die Wände im Salon erinnerte, wo Papa immer mit seiner Zeitung saß, während Mama nähte oder eine Zeitschrift las, in der Bilder von Pferden waren.

»Ja, ich möchte jeden Zentimeter der Welt begehen! Ich möchte all die fremden Länder erforschen und mit so vielen Menschen sprechen, wie ich kann.«

»Aber Rose!« Lydias Stimme klang, als hätte sie sich gerade die Hände schmutzig gemacht. »Wie willst du denn dann heiraten?«

Rose hatte sich das bereits selbst gefragt. Wenn sie jemals heiratete beziehungsweise falls überhaupt, dann einen Mann, der sie zum Lachen brachte, und nicht einen, dessen Frau nur lächelte, wenn sie porträtiert wurde. »Ich weiß nicht, ob ich das jemals tun werde.«

Das Keuchen, das nun von Lydia kam, hätte den Globus in Bewegung versetzt, hätte sie die Luft ausgeatmet statt eingesogen. »Aber du musst heiraten. Du musst einfach.«

Die Flecken auf Miss Hollingswoods Wangen begannen zu leuchten. Sah das dumme Mädchen das nicht? »Falls ich heirate«, sagte Rose und vermied es, ihre Gouvernante anzusehen, »dann nur einen Mann, der Jim heißt. Ich weigere mich schlicht, jeden anderen Bewerber zu ermutigen.«

Miss Hollingswoods Augen begannen wieder zu funkeln. »Jim? Und wer, bitte, ist Jim?«

Rose drehte den Globus vor ihr auf dem Tisch, um sich Zeit zu verschaffen. »Ich weiß es nicht. Ich habe ihn noch nicht kennengelernt, aber ich mag diesen Namen. Er passt zu einem Mann, der freundlich ist und einen Sinn für Abenteuer hat.«

Ihr Blick fiel auf die in dunkelrotes Leder gebundene Bücherreihe hinter Miss Hollingswood. Sollte sie zugeben, dass sie alle gelesen hatte, obwohl es verboten war, Papas Bücher anzurühren? Sie enthielten Berichte berühmter, mutiger Forscher, die derart spannend waren, dass man die Seiten so schnell wie möglich umblätterte, um den Ausgang zu erfahren. Der Entdecker, den sie am meisten bewunderte, war ein Mann namens Jim, dessen Familiennamen sie aufgrund der recht eigenartigen Schreibweise nicht aussprechen konnte. Bis jetzt hatte sie nie in Betracht gezogen, einen Jim zu heiraten, aber plötzlich ergab es einen Sinn.

»Ich verstehe.« Miss Hollingswood schlug nun ihre Bücher auf und gab ihren Schülerinnen das Zeichen, ihrem Beispiel zu folgen. Die Unterhaltung über zukünftige Ehemänner und Wanderungen durch rosarote Puddinglandschaften war eindeutig beendet. Lydia würde sich nachher garantiert bei ihrer Mutter beschweren, die daraufhin ihr Missfallen gegenüber Mama oder sogar gegenüber Papa zum Ausdruck bringen würde. Rose zuckte mit den Achseln. Das wäre nicht das erste Mal. Sie würde es einfach hinnehmen müssen.

Warum, fragte sich Rose, dauerte es immer so lange, bis man Geburtstag hatte? Seit dem Vorfall im Schulzimmer waren mindestens drei Wochen vergangen, und zu ihrer großen Erleichterung hatte niemand ein Wort darüber verloren. Allerdings hatte sie sich auch große Mühe gegeben, freundlich zu Lydia zu sein und der Versuchung widerstanden zu nörgeln, wenn ihre Mitschülerin den Unterrichtsbeginn verzögerte oder dumme Bemerkungen machte wie jene, dass die Erde flach sei, wo doch heutzutage jeder wusste, dass diese Ansicht längst überholt war.

Und natürlich war sie so nett wie möglich zu Miss Hollingswood gewesen, die, dessen war sie sich sicher, Lydias gedankenloser Kommentar tief gekränkt haben musste.

Rose gefiel die Vorstellung, ein ehrlicher Mensch zu sein. Ga Ga hatte ihr immer eingeschärft, wie wichtig es war, »zu sich selbst aufrichtig sein«, wie er es nannte. Sie verstand nicht ganz, was das bedeutete, denn es war doch sicher unmöglich, sich selbst zu belügen, da man ja sofort wissen würde, dass man die Unwahrheit sagte. Aber Ga Gas ernstes Gesicht machte ihr die Lektionen deutlich bewusst, die ihr schon im frühen Alter eingebläut worden waren, nämlich dass man zu anderen immer ehrlich sein sollte. Trotzdem gab es sicher Dinge, über die man besser nicht laut sprach, um nicht vulgär zu klingen – selbst wenn es die Wahrheit war. Ein Beispiel dafür war Miss Hollingswoods so gut wie sicheres Schicksal, als alte Jungfer zu enden. Und ein anderes war ihr Geburtstagsgeschenk von Ga Ga.

Rose wusste, was es sein würde. Das Auge. Aber wie genau würde es in Erscheinung treten? Und wie würde es ihr helfen, das zu erreichen, was Ga Ga vollbrachte, wenn er seinen Pinsel in die Hand nahm und ihr Ebenbild auf der Leinwand vor ihm erscheinen ließ. Rose zitterte vor Aufregung. Nicht mehr lange! In ihrem Tagebuch, zu dem Lydia und sie von ihrer Gouvernante ermuntert worden waren, hatte sie die Tage durchgestrichen. Nächste Woche um diese Zeit würde sie endlich bekommen, worauf sie die ganze Zeit gewartet hatte.

»Rose?«

Es war definitiv eine Frage, keine Feststellung. Lydia und sie hatten das im Unterricht gelernt. Eine Frage war etwas, was eine Dame nicht zu oft benutzen durfte, um bei anderen nicht den Eindruck zu erwecken, »forsch« zu sein. Eine Feststellung konnte genauso heikel sein, wenn sie in der Absicht ausgesprochen wurde, jemanden in der Runde auszustechen. Aber traf man den richtigen Ton, verlieh das dem Sprecher offenbar Attraktivität und Intelligenz zugleich. Eine äußerst knifflige Angelegenheit, wie Miss Hollingswood mit diesen kleinen roten Flecken auf den Wangen zustimmte, aber trotzdem unumgänglich für eine moderne junge Dame.

»Rose!«

Dieses Mal klang es eher wie ein Befehl als eine Frage. Widerwillig machte Rose sich auf den Weg in die Bibliothek, wo ihr Vater vor dem Kamin stand, die Hände in den Taschen seines Tweedanzugs, unter dem an einem Handgelenk seine Uhr hervorblitzte. Beunruhigenderweise saß Mama auf dem Stuhl neben ihm. Ihre Augen sahen aus, als hätte sie wieder am offenen Fenster gesessen.

Papa forderte sie nicht auf, sich zu setzen.

»Rose, mir ist zu Ohren gekommen, dass du dich gegenüber deiner Mitschülerin schon wieder unhöflich benommen hast.«

Roses erster Impuls war, alles abzustreiten. Erstens war es schon eine Ewigkeit her, und zweitens war sie nicht unhöflich gewesen, sondern hatte Lydia nur auf ein paar Wahrheiten aufmerksam gemacht. Aber dann musste sie an Ga Gas Worte denken, dass man ehrlich zu sich selbst sein müsse. Also sagte sie, was sie sagen würde, wenn sie sich selbst gegenüberstände. »Sie beschwert sich ständig, wenn sie zu Fuß gehen muss, weil das ihrer Frisur schaden könnte. Und sie interessiert sich nicht für den Unterricht, sondern erzählt lieber, dass der rosa Pudding sie hungrig macht, obwohl sie gerade erst gefrühstückt hat.«

Ihre Mutter hob den Blick, mit einem Funkeln in den Augen, ähnlich wie Miss Hollingswood. »Rosa Pudding?«

»Die Länder auf dem Globus. Sie sind so aufregend, Mama. Haben Sie sie gesehen?«

Die Stimme ihres Vaters unterbrach sie. »Lydia hat ihrer Mutter auch erzählt, dass du nicht die Absicht hast zu heiraten, sondern stattdessen planst, durch die Welt zu zigeunern.«

Er blickte nun aus dem Fenster, ein sicheres Zeichen, dass er an etwas anderes dachte, auch wenn sein strenger Ton darüber hinwegtäuschte.

Rose begann sich unbehaglich zu fühlen. »Kann sein, dass ich ein bisschen übertrieben habe.«

Das Funkeln in den Augen ihrer Mutter begann zu verblassen, als wüsste sie, was als Nächstes kam. »Übertreibungen, Rose«, tönte ihr Vater und musterte sie nun eindringlich, »geziemen sich nicht für eine junge Dame. Deine Mutter und ich haben beschlossen, dass du eine Strafe verdienst, damit sich solche Szenen nicht wiederholen.«

Sie wusste, was als Nächstes kam.

»Daher darfst du das Geschenk nicht behalten, das deine Mutter und ich zu deinem Geburtstag ausgesucht haben. Stattdessen wirst du es Lydia geben, um dich zu entschuldigen.«

Eine Woge der Enttäuschung durchströmte Rose. »Ich darf das Auge nicht haben?«

Ihr Vater runzelte die Stirn. »Wovon sprichst du, Kind?«

Ihre Mutter beugte sich vor. Der Klang ihrer Stimme, die gewöhnlich stumm blieb, war ein Schock. »Vielleicht hält sie den Spiegel für ein Auge. Ziemlich fantasiebegabt, denke ich.«

Das hier wurde immer verwirrender. Spiegel? Sie wollten ihr doch nicht etwa den Spiegel aus dem Schulzimmer schenken? War er das Auge, das Ga Ga in all den Jahren gemeint hatte?

»Fantasie schickt sich nicht immer für eine junge Dame.« Papa übergab ihr eine Schachtel mit einer blauen Schleife. »Rose, in der Schachtel befindet sich ein Handspiegel. Mach sie auf. Gut so. Er ist schön, nicht wahr?«

Rose musste ihm recht geben. Der Griff war aus Silber, ebenso der Rahmen, der zudem mit hübschen Muscheln verziert war. Sie war noch nie am Meer gewesen (oh, wie sehr sie sich wünschte, es zu sehen!), aber Miss Hollingswood hatte ihr Bücher mit Bildern von Fossilien und Muscheln wie diesen gezeigt.

»Wie ich bereits erklärt habe, musst du das Geschenk deiner Mitschülerin geben, um dich für dein Benehmen zu entschuldigen.«

Sie sah zu ihrer Mutter, die sie mit einem Blick fixierte, den Rose nicht zu deuten wusste. »Wie Sie wünschen, Papa.«

Er nickte, als wäre er zufrieden. »Und hüte dich davor, wieder einen Anlass zu bieten, der meinen Unmut weckt.« Er nahm seine Uhr aus der Tasche und nickte, als würde er sich selbst zustimmen. »Ich muss nun zu einem Patienten. Ich verlasse mich darauf, dass dieses Gespräch nicht wiederholt werden muss.«

Rose setzte sich zu ihrer Mutter und wartete, bis sie draußen Hufklappern vernahm. Ihr Vater machte seine Runden immer auf dem herrlichen weißen Pferd, das im Stall neben dem Haus wohnte und dessen Schweif gestutzt war, als hätte jemand mit der Schere Hand angelegt. Rose hatte oft das Bedürfnis darüberzustreichen und mit dem Finger die sehr gleichmäßige, gerade Linie nachzuzeichnen.

Na, bitte. Er war weg.

»Geh zu deinem Großvater.« Die Stimme ihrer Mutter war so leise, dass sie sie kaum verstand. »Er erwartet dich.«

Ga Gas Atelier war das übliche herrliche Durcheinander. Genau wie sein Besitzer. Manchmal hörte Rose ihren Vater mit Mama über »das vorrückende Alter deines Vaters« reden, und sie hatte dabei automatisch das Bild von Wellen vor Augen, die hinter Ga Ga zusammenstürzten, wie in der Bibel, wenn das Meer sich teilte. Konnte Ga Ga das auch, wenn das Alter zu nahe kam? Sie hoffte es. Manchmal hatte sie eine schreckliche Vision, in der ihr geliebter Großvater der Wucht des Wassers nicht standhielt und davon verschluckt wurde.

Heute jedoch war das sicher ausgeschlossen! Ga Ga strahlte sie hinter seiner Staffelei an, und die Ablage vor ihm zierten Streifen aus Lila, Ockergelb, Siena und all den wundervollen Farbbezeichnungen, die Rose im Laufe der Jahre gelernt hatte.

»Alles Gute zum Geburtstag, mein liebes Kind!« Er kam hinter seiner Staffelei hervor und hüllte sie in eine warme Umarmung. Rose versuchte zu atmen, aber das war schwierig, da ihre Nase in sein fleckiges Hemd gedrückt war. Der Ölgeruch, der sie an den riesigen Küchenherd unten erinnerte, löste einen starken Niesreiz aus. Dann trat Ga Ga einen Schritt zurück. »Ich habe gehört, du warst im Unterricht nicht nett zu deiner Mitschülerin.«

Rose spürte eine heiße Welle der Entrüstung, ein Wort, das sie erst vor kurzem gelernt hatte und das Lydia zu ihrer Genugtuung nicht beherrschte. »Ich habe nur die Wahrheit gesagt.«

»Ah, die Wahrheit!« Ga Gas Augen leuchteten mit demselben Feuer wie die von Mama heute Morgen, bevor sie es ausgeblasen hatte. »Die Wahrheit erfordert Mut.«

Rose spürte ein großes Schluchzen in ihrer Kehle hochsteigen. »Aber sie haben mich bestraft. Sie haben mir das Auge weggenommen.«

Ihr Großvater stutzte. »Liebes Kind, wovon redest du?«

Die Worte sprudelten nun heraus wie ein Schwall, begleitet von lauten Schluchzern, die aus ihrem Mund entwichen und über ihre Wangen rannen. »Sie wollten mir einen Spiegel schenken. Aber den muss ich jetzt dieser blöden Lydia geben. Dann hat sie das Auge und nicht ich.«

»Sch, sch.« Ga Ga drückte sie wieder an sich, während er dieses Mal ihren Rücken tätschelte. »Denkst du wirklich, das sei das Auge? Ein Handspiegel?«

Sein schallendes Lachen zog wie ein warmer Strom an ihrem Ohr vorüber. Miss Hollingswood sagte, in bestimmten Teilen der Welt gebe es warme Ströme: eins der Wunder, die Rose plante zu besichtigen.

»Nicht doch.« Er ließ sie wieder los, kramte kurz in seinem Schrank und kehrte mit einem Gegenstand in der Hand zurück. Rose wollte nicht hinschauen. Es könnte unhöflich wirken, und sie hatte bereits zu viele Indiskretionen begangen.

»Das Auge, meine liebe Rose, ist ein Talent, mit dem du geboren bist und das, wie ich annehme, die charmante, aber etwas ausdruckslose Lydia übergangen hat.«

Rose wünschte, sie würde das verstehen, aber aus Angst, Ga Ga könnte sie für dumm halten, traute sie sich nicht zu fragen.

»Es ist deine besondere Art, die Farben wahrzunehmen, die Formen und Linien.« Ga Ga hielt ihr nun einen kleinen schwarzen Kasten entgegen. »Na, los. Mach ihn auf.«

Mit zitternden Fingern kam sie seiner Aufforderung nach. Gleich darauf verschlug es ihr den Atem. Vor ihr lag eine Reihe wunderschöner quadratischer Juwelen, jeder davon in einer der Farben des bunten Globus. Und davor lag ein nagelneuer spitzer Pinsel. »Mein eigener Malkasten?«, flüsterte sie.

Ihr Großvater bugsierte sie bereits hinter die Staffelei. »Exakt. Viel besser als irgendein Spiegel oder ein neues Kleid.« Er drückte ihr ein Stück Kohle in die Hand und schloss ihre Finger darum, bevor er ihre Hand sanft über das Papier führte. »Gut so. Schau geradeaus zu der Kanne auf dem Tisch. Zeichne sie vor deinem geistigen Auge nach, aber überlege nicht zu lange. Gut. Hier ein bisschen gerader … und hier ein bisschen runder. Verreibe die Kanten, schau: so.«

Kein Wunder, dass seine Ärmel so schmutzig waren!

»Ja.« Seine Stimme dröhnte hinter ihr. »Ja!«

Beide traten einen Schritt zurück. Hatte sie das wirklich bewerkstelligt? Die Kanne sah aus, als könnte Rose sie in die Hand nehmen, ohne dass die Milch herausschwappte. »Deine Mutter hatte das Auge«, sagte Ga Ga nun leise, »aber ich habe den Fehler gemacht, ihr zu verbieten, es zu benutzen. Man muss das Auge benutzen, Rose, verstehst du, oder es wird sich schließen.«

Er klappte den Deckel des Kastens zu. »Ich denke, das ist alles für heute. Schau mich nicht so an. Ich verspreche dir, dass du jeden Tag nach dem Unterricht vorbeikommen darfst. Aber den Kasten behalte ich hier.« Er sah sie nachdrücklich an. Ga Ga saß bestimmt nie am offenen Fenster. »Damit dein Vater ihn dir nicht auch noch wegnehmen kann.«

9

Die Jahre verstrichen. Insgeheim, in ihrem Kopf, maß Rose sie in Farben. Kobaltblau. Ockergelb. Scharlachrot. Private Malstunden in Ga Gas Räumlichkeiten, die alles andere ergrauen ließen.

Zu Roses Enttäuschung schien ihre Schwester Grace die Welt nicht in denselben Farben zu betrachten, auch wenn sie sich immer über Roses Schulter beugte, um die Bilder zu bewundern, die vor ihr auf dem dicken beigefarbenen Pergamentpapier erschienen, als führte ein anderer ihre Hand. »Das ist wunderschön«, sagte Grace eines Morgens, während Rose eher spürte als sah, dass ihre Schwester etwas um den Hals hatte.

»Du trägst Mamas Perlen!«

Der Schock ihrer Worte in der Luft wurde nur übertroffen von der Begeisterung, mit der ihre Schwester nickte. »Sie erlaubt mir manchmal, mit den Flakons auf ihrer Frisierkommode zu spielen.«

Ein seltsam kalter Schauer kroch über Roses Rücken. »Aber sie hat dir sicher nicht erlaubt, ihre Perlen zu tragen.«

Dieses Mal schüttelte Grace den Kopf, und Rose war erleichtert, dass ihre Mutter ihrer Schwester nicht gewährte, was sie Rose nie gewährt hatte. Aber noch während sie ihre Empfindung als kleinliche Eifersucht abtat, durchfuhr sie gleichzeitig ein Schreck. »Du hast sie doch nicht gestohlen?«

Grace lachte unbekümmert. »Natürlich nicht. Ich wollte das Collier nur anprobieren, weil es eines Tages dir gehören wird. Schließlich bist du die Ältere. Du darfst nicht böse auf mich sein.

Ich war nur neugierig.« Sie legte den Kopf zurück, als wollte sie Rose herausfordern. »Sag schon. Steht es mir?«

Sie wusste, dass es ihr stand. Schon seit einigen Jahren war Rose bewusst, dass ihre Schwester die Schönere von ihnen beiden war. Es war ihr Gesicht, bei dessen Anblick Besucher ins Schwärmen gerieten, und das war kein Wunder bei diesem herrlichen Haar, das ihr wallend und weniger rötlich als das von Rose über die Schulter fiel, und bei dieser Nase, die leicht nach oben zeigte und nicht den kräftigen Ausdruck hatte wie die ihrer Schwester. Aber bisher hatte Rose über diese nachteiligen Vergleiche großzügig hinwegsehen können, und es beunruhigte sie, dass die Perlen all das an die Oberfläche brachten, als wäre Neid, sicher eine der schlimmsten Sünden von allen, der Auslöser.

»Du musst die Perlen sofort zurücklegen«, sagte sie. »Bevor Mama auffällt, dass sie weg sind.«

Ihre Schwester hörte nun auf zu lächeln und machte einen Schmollmund. »Ich finde, du bist eine richtige Spielverderberin, Rose.« Und dann stolzierte sie aus dem Zimmer, während Rose derart aufgewühlt zurückblieb, dass sie nicht imstande war, ihren Pinsel wieder in die Hand zu nehmen.

Später an der Abendtafel sah Rose mit Erleichterung, dass das Collier nicht mehr um den Hals ihrer Schwester lag. Als sie zur Schlafenszeit dem Dienstmädchen klingelte, damit es ihr wie immer die Wärmepfanne brachte, gab es eine längere Verzögerung. Schließlich erschien die Küchenmagd und entschuldigte sich vielmals. Offenbar war das Dienstmädchen am Nachmittag entlassen worden, weil es sich den Schmuck der Herrin geborgt hatte.

»Du musst Mama sagen, dass du es warst und nicht das Mädchen«, verlangte eine entsetzte Rose von ihrer Schwester, aber Grace zog wieder nur einen Schmollmund.

»Wenn ich das tue, wird sie böse auf mich sein, und das könnte in ihrer Verfassung Gift sein. Das kann ich nicht machen. Wenn du das anders siehst, wirst du es ihr selbst sagen müssen.«

Roses Gewissen nagte tagelang an ihrer Seele. Wenn sie Mama die Wahrheit sagte, würde sie die Freundschaft ihrer Schwester verlieren, und das in einem Haus, in dem die Atmosphäre durch Papas distanziertes Auftreten und Mamas Weigerung, ihr Zimmer zu verlassen, ohnehin bedrückend war. Außerdem hatte das arme Mädchen vielleicht in der Zwischenzeit eine neue Stelle gefunden. Schließlich beschloss Rose zu schweigen, und ihre Schwester verwandelte sich nach und nach wieder in ihr altes herzliches Ich. Aber Rose betrachtete Grace danach nie wieder im selben Licht.

Abgesehen von diesem Zwischenfall ging das Leben normal weiter im sogenannten Hausstand von Dr. James. Mama zog sich immer mehr zurück und hielt sich in ihrem Privatsalon mit den schweren Samtvorhängen auf oder oben in ihrem Boudoir, wo ihr Vater sich selten hinwagte, wie die Hausmädchen tratschten, ohne zu ahnen, dass Rose zuhörte.

Papa besuchte einen sich stetig vergrößernden Kreis von Patienten in Richmond, darunter ein paar Neuankömmlinge, die offenbar Wert auf die Gesellschaft des Doktors bei ihren kleinen Soireen legten. Lange Zeit hatte Rose nicht gewusst, was mit »Soiree« gemeint war, bis Miss Hollingswood ihr mit einem Augenzwinkern erklärte, dass es sich dabei um einen Abendempfang mit musikalischer Begleitung und Gesang handele und dass sie selbst diesen Soireen auch nicht abgeneigt war.

Grace war inzwischen alt genug, um mit ihr und der schrecklichen Lydia, die von Minute zu Minute zappeliger wurde und so selbst die scheinbar unerschöpfliche Geduld ihrer Gouvernante auf die Probe stellte, am Unterricht teilzunehmen.

Aber das alles, dachte Rose, während sie hastig ihren Skizzenblock zuklappte, damit Grace ihr nicht über der Schulter hing und Kommentare machte, war für sie unbedeutend. Tatsächlich verschaffte es ihr sogar Vorteile. Vorausgesetzt, sie machte ihre Aufgaben und verkniff es sich, Lydia mit Wahrheiten zu konfrontieren, bekam sie auch keinen Ärger. Das bedeutete, sie konnte sich nachmittags unaufgefordert nach oben in ihr Zimmer zurückziehen, wo sie vorsichtig und ehrfürchtig Ga Gas schwarzen Malkasten unter der Matratze hervorholte und sich in einer Welt verlor, zu der sonst niemand Zugang hatte.

Natürlich musste sie Grace in ihr Geheimnis einweihen, aber damit tat sie sich nicht schwer, begrüßte es fast. Auch wenn Grace ein »anspruchsvolles Kind« war, wie ihr Vater es genannt hatte, so waren sie nicht nur Schwestern, sondern mittlerweile Freundinnen, wenngleich die Erinnerung an den Vorfall mit dem Perlencollier Rose immer noch beunruhigte.

Manchmal, wenn sie neuen Patienten von Papa auf der Straße begegneten, wurde Grace mit ihren fast neun Jahren gegenüber Rose mit ihren fast elf Jahren für die Ältere gehalten. Sie sah so hübsch aus mit ihrer herrlichen, langen dunklen Mähne mit dem leichten Rotstich, und sie hatte so ein herzliches Lächeln, das den Raum erwärmte, selbst wenn das Mädchen am Morgen kein Feuer im Kamin gemacht hatte.

Dabei hatte Grace nur Unfug im Kopf. Es war Grace, die Grimassen geschnitten hatte, als Mama sie im vergangenen Monat zum Fotografen brachte, sodass Rose kichern musste, was beiden eine scharfe Rüge einbrachte. Es war Grace, die Knöpfe in den Sammelbeutel für die Kirchenkollekte geworfen hatte, sodass die nächste Predigt des Pfarrers davon handelte, wie wichtig ein respektvolles Benehmen an Gottes heiligem Ort war. Und es war Grace, die Löcher in die dicken Wollstrümpfe riss, die sie im Winter tagsüber tragen mussten, weil sie sie viel zu schnell überstreifte in ihrer Hast, nach unten zu laufen und das neue Grammophon spielen zu lassen, bevor Mama aufgestanden war.

Dann, eines Tages, nachdem die große Eiche draußen längst alle Blätter verloren hatte, geschah etwas wirklich Bedeutsames.

»Du wirst es nicht glauben!«, rief Grace und platzte in das Schlafzimmer herein, das die Schwestern sich teilten, ohne wie üblich dreimal kurz anzuklopfen: Dies war das Zeichen, auf das sie sich vor langer Zeit verständigt hatten, um Rose Zeit zu verschaffen, damit sie rasch ihre Farben wegräumen konnte. Es musste wohl etwas Außergewöhnliches geschehen sein, dachte Rose verwundert, der Röte in Graces gewöhnlich blassem Gesicht nach zu urteilen.

»Du wirst es nicht glauben!«, wiederholte sie, während sie vor ihr herumtänzelte und die Wärme des Kaminfeuers blockierte. »Wir bekommen ein Pony! Kannst du dir das vorstellen? Ein richtiges, lebendiges Pony!«

Rose ließ den Zeichenblock sinken, auf dem sie die gewaltige Eiche draußen im Garten skizziert und dabei leise vor sich hingesummt hatte. »Ein Pony?«

Graces veilchenblaue Augen tanzten. »Du glaubst mir wohl nicht, wie? Du denkst, ich habe das erfunden, weil wir letzte Woche zufällig eins auf der Wiese gesehen haben.«

»Psst.« Rose blickte nervös zur Tür, die Grace einen Spalt offen gelassen hatte. Sie durften ohne Begleitung nicht bis zur Wiese gehen, aber sie hatten sich darüber hinweggesetzt, weil Rose es überdrüssig war, die Szenerie vor ihrem Fenster abzubilden, und ein neues Motiv in der Natur suchte. Tatsächlich war sie fündig geworden – ein Seerosenteich, der sie an ein Gemälde erinnerte, das sie in Papas Zeitung gesehen hatte.

»Pst«, machte sie wieder. »Sonst hört dich noch jemand.«

Grace japste erschrocken, als hätte sie das Verbot vergessen, dann näherte sie sich auf Zehenspitzen dem Bett, um einen Blick auf Roses Zeichenblock zu werfen. Rose klappte ihn schnell zu. Es widerstrebte ihr, jemandem ihre Arbeiten zu zeigen, Ga Ga inbegriffen, bevor sie fertig waren. »Und woher weißt du, dass wir ein Pony bekommen?«

Ihre Schwester warf sich auf das Bett, wobei die weiße Spitze ihres Kleids einriss. Nicht, dass es Grace stören würde. Sie würde es einfach stillschweigend selber ausbessern, um keinen Ärger zu bekommen. Ihre Fähigkeiten, mit der Nadel umzugehen, waren wirklich sehr beeindruckend. »Papa tut sehr geheimnisvoll wegen Weihnachten. Er hat gesagt, wir müssen uns unser Geschenk teilen, weil es sehr kostbar ist, und dass wir uns gut darum kümmern müssen.«

Rose spürte einen Schauer über ihren Rücken rieseln, und das nicht nur wegen der Kälte. Vielleicht hatte Grace recht! Sie wünschten sich beide schon so lange, wie Rose zurückdenken konnte, ein Pony. Sie wusste noch, dass sie als kleines Mädchen darum gebettelt hatte, die samtene Nase des prächtigen Schimmels streicheln zu dürfen, auf dem ihr Vater seine Runden machte. Es war eines der vielen Merkmale, die Papa in seinem Umfeld hervorstechen ließen: der Umstand, dass er noch ein Pferd benutzte statt eine Kutsche. »Warum reitest du nicht selbst, meine Liebe, wenn du doch so gerne die Gestalt von Pferden studierst?«, fragte er häufig ihre Mutter, die daraufhin lediglich das Gesicht abwandte und auf eine Art lächelte, die nicht ausdrückte, dass sie amüsiert war.

Dann kam Rose ein neuer Gedanke. Wenn sie zu Weihnachten ein Pony geschenkt bekamen, wo würden sie es unterbringen? Gab es im Stall ausreichend Platz neben Schaum, wie Papa den Schimmel wegen seiner Fellfarbe nannte?

»Vermutlich.« Grace klang herablassend, als wollte sie sich nicht mit Details aufhalten. »Sie werden sich wohl etwas überlegen, nehme ich an.«

»Sie« bedeutete automatisch Papa. Stillschweigend schlossen beide Mädchen ein Mitwirken ihrer Mutter bei dieser Entscheidung aus. Rose fragte sich insgeheim, ob Lydias Mutter etwas damit zu tun hatte. Sie hoffte es nicht, anderenfalls würden sie gezwungen sein, ihr Geschenk mit der abscheulichen Lydia zu teilen.

Grace hüpfte immer noch begeistert auf dem Bett herum, und eine lange Haarsträhne fiel ihr über das Auge, sodass sie einer Meerjungfrau in einem von Miss Hollingswoods Büchern ähnelte. »Dann kannst du das Pony malen. Stell dir das vor! Und niemand wird uns mehr verbieten, nach draußen zu gehen, denn schließlich müssen wir uns ja darum kümmern, nicht wahr?«

Plötzlich tauchte die Möglichkeit von grenzenloser Freiheit vor Roses Augen auf. Ein Pony konnte als perfekte Tarnung dienen, viel besser als der Ofenschirm, den ihre Mutter in einem früheren Leben mit Rosen bestickt hatte und der nun vor dem Kamin stand, als schmerzliche Erinnerung daran, was einmal gewesen war. Rose hatte sich einmal dahinter versteckt, um die Farben der Flammen in ihrem Skizzenblock einzufangen, bis sie von dem Hausmädchen entdeckt wurde, das aber nur lächelte und ihr erlaubte weiterzumalen. Sie hatte in den folgenden Tagen den Atem angehalten aus Angst vor einem Tadel, aber der blieb aus. Daraufhin hatte sie dem Mädchen ein Bonbon aus ihrem Weihnachtsstrumpf vom letzten Jahr geschenkt, den es in seine Schürzentasche steckte und verschmitzt dagegen klopfte.

Und nun stand wieder Weihnachten vor der Tür, und sie würden ein Pony geschenkt bekommen! Rose schob ihren Malkasten unter die Matratze und schickte sich an, ihre kleinen schwarzen Stiefel zuzuknöpfen, was immer eine Ewigkeit in Anspruch nahm. »Wo willst du hin?«, fragte Grace vom Bett.

Die Frage erübrigte sich wohl! Es gab nur einen Ort, den sie ohne Begleitung aufsuchen durften, und das auch nur, weil er gleich um die Ecke lag, und außerdem war Rose in dem Haus, das sie besuchen wollte, immer willkommen, vorausgesetzt, sie wusste, wann sie den Mund zu halten hatte.

»Zu Ga Ga.«

Grace sprang vom Bett. »Darf ich mitkommen?«

Rose zögerte. So gern sie ihre Schwester auch hatte, aber die Zeiten mit Ga Ga waren ihr heilig. Sie waren so kostbar. Niemand redete oder verstand so wie er ihre Art, die Dinge zu betrachten. Ein Riss in der Wand sah für die meisten Menschen aus wie ein Riss, aber für Ga Ga und sie konnte er ein Schiff darstellen oder einen Baum auf einer Wiese. Sie sprachen beide dieselbe

Geheimsprache, sagte er manchmal in dem vollen, tiefen Ton, der ihr das Gefühl gab, etwas Besonderes zu sein statt zu groß oder »wunderlich«, wie sie Lydias Mutter zufällig mit dieser hohen Stimme, die ihre Tochter geerbt hatte, hatte sagen hören.

»Ich soll für ihn Modell sitzen.«

Graces Blick trübte sich einen Augenblick, und Rose bekam prompt ein schlechtes Gewissen. Es war geflunkert, eine Notlüge. Obwohl sie für ihren Großvater viele Male Modell gesessen hatte (was ihr Vater zwar missbilligte, aber unter der Bedingung duldete, »meiner Tochter keine Flausen in den Kopf zu setzen«), lag die letzte Sitzung schon eine geraume Zeit zurück. Ga Ga wurde zunehmend gebrechlicher, zumindest war das der Ausdruck, den Papa benutzt hatte. Sie wusste genau, was damit gemeint war, nämlich die Art, mit der sich ihr Großvater von Mal zu Mal schwerer auf seinen dicken elfenbeinfarbenen Stock stützen musste, oder die Art, wie seine Finger zitterten, wenn er eine Farbtube aufschraubte. Neulich hatte sie die Farben für ihn mischen müssen. Trotzdem schien er sich immer noch sehr über ihre Besuche zu freuen. »Wir verstehen uns, du und ich«, sagte er dann leise, während sie ihn behutsam vor die Staffelei setzte. Und Rose betrachtete es im Gegenzug als »Ga-Ga-Zeit«.

»Ich werde nicht lange bleiben.« Rose hauchte ihrer Schwester rechts und links ein Küsschen auf die Wange, bevor sie ihre Stiefel fertig schnürte, und schnappte sich ihren dicken roten Umhang. »Sag ihnen einfach, ich werde zum Mittagessen zurück sein.«

Ga Ga war an diesem Tag nicht an seinem üblichen Platz vor dem Fenster. Er hatte seine Staffelei vor die Chaiselongue gestellt oder, wahrscheinlicher, das Mädchen angewiesen, sie dort aufzustellen, sodass er das Licht im Rücken hatte, statt nach draußen zu blicken.

»Rose, sieh, was für einen Unterschied das macht«, sagte er, als sie hereinkam, ohne sich mit Förmlichkeiten aufzuhalten, für die andere Menschen eine Ewigkeit zu brauchen schienen. Lydias Mutter zum Beispiel machte ein stundenlanges Theater um Rose und ihren Vater, wenn sie zu Besuch kam, auch wenn sie ihnen erst am Tag zuvor ihre Aufwartung gemacht hatte. »Das Licht verändert die Farben, nicht wahr? Dieses Grün hier wäre ein Gelb, wenn ich gegen das Licht arbeiten würde.«

Rose konnte genau nachvollziehen, was er meinte, während seine knotigen Finger nach dem Pinsel griffen und eine andere Welt vor ihren Augen heranwuchs. Das ging viel schneller, als im Garten draußen Blumenzwiebeln zu setzen. Sie hatte neulich den Gärtner beobachtet und sich gefragt, was die Zwiebeln taten, während sie darauf warteten zu wachsen. Das musste doch schrecklich langweilig für sie sein.

»Wir bekommen ein Pony!« Rose sprach mit gedämpfter Stimme, da sie ihren Großvater beim Züchten nicht stören wollte, aber gleichzeitig die Neuigkeit nicht für sich behalten konnte.

»Wirklich, mein Liebes?« Ga Ga sah kaum auf. »Und wie kommst du darauf?«

»Papa hat es Grace erzählt. Er hat gesagt, wir müssen uns das Weihnachtsgeschenk teilen, weil es sehr kostbar ist, und dass wir uns gut darum kümmern müssen.«

Ga Gas Stimme klang wie ein amüsiertes Gurgeln. »Das hat man euch erzählt?«

»Ist es denn nicht so?« Erschrocken beugte sich Rose auf der Chaiselongue vor. Die Reaktion ihres Großvaters ließ vermuten, dass er es auch nicht wusste. Plötzlich begann die Aussicht auf die neu gewonnene Freiheit sich in Luft aufzulösen wie der Dampf unten in der Küche des Kochs. »Dann stimmt das gar nicht mit der Überraschung?«

Ga Gas Worte schienen zwischen seinen Fingern hervorzudringen. »Woher soll ich das wissen, mein Liebes? Das Leben steckt voller Überraschungen. Habe ich dir jemals erzählt, wie ich zum Malen gekommen bin?«

Schon viele Male, lag ihr auf der Zunge, aber sie bremste sich gerade noch rechtzeitig. Egal, wie oft er diese Geschichte erzählte, sie hörte sie immer noch gerne, und jedes Mal erhielt die Schilderung eine neue Haut, eine frische Farbe, wie die Obstschale auf der Leinwand vor Rose, in der die Äpfel eher an die frischen Pfirsiche vom letzten Sommer erinnerten, die Sorte, die den Saft aus dem Mund quellen ließ, sodass man sich rasch das Kinn mit einem Taschentuch abtupfen musste, bevor es jemand bemerkte. »Erzähl es mir, bitte«, begann sie, aber Ga Ga redete bereits, fast in einem Singsang, wie früher, wenn er ihr eine Geschichte erzählte, als sie noch klein war.

»Mein Vater besaß ein Farbengeschäft, nicht weit von hier. Gleich vor der Brücke.« Er lächelte sie an. »Er war Kaufmann, weißt du. Dein Vater vergisst das gerne, aber es war so. Eines Tages, als ich noch ein kleiner Junge war, betrat ein Mann unser Farbengeschäft. Ich sah sofort, dass er anders war als die übliche Kundschaft meines Vaters. Der Mann legte viel Wert darauf, die richtigen Farben auszusuchen, blieb dabei aber sehr höflich.«

Ga Gas Stimme nahm einen verträumten Klang an, ähnlich wie bei Grace, wenn sie kurz vor dem Einschlummern war und ihr Gutenachtgeplauder zum Erliegen kam. »Er war mit dem Schiff aus Frankreich gekommen, wo er eine Auftragsarbeit vollendet hatte. Seine Farben waren unterwegs verloren gegangen.«

Rose sog entsetzt die Luft ein. Sie konnte sich nichts Schlimmeres vorstellen, als ihren Malkasten unter der Matratze zu verlieren.

»Aber er beklagte sich nicht, wie andere Maler das getan hätten.« Während er erzählte, fuhr Ga Gas Pinsel fort, die Äpfel noch pfirsichähnlicher zu machen, als könnte man einfach so hineinbeißen und spüren, wie der Saft am Kinn herunterlief. »Mein Vater hat ihn bei der Auswahl der richtigen Farben beraten, und dann bemerkte der Mann mich. Ob man ihm wohl erlaube, fragte er, den Jungen, wie er mich nannte, als Modell zu verwenden? Anscheinend war ich genau das, was er für seine nächste Auftragsarbeit suchte.«

Es entstand eine Pause, und Rose konnte draußen vor dem Fenster Schritte hören, die im Schnee knirschten. Bitte, nur jetzt keine Unterbrechung, betete sie. Zu ihrer Erleichterung entfernten sich die Schritte. »Und dein Vater hat es erlaubt?«

Ga Ga nickte. »Sir William Giles, als der der Unbekannte sich entpuppte, schickte jeden Morgen seine Kutsche zu mir. Ich musste mich dann in seinem Atelier auf einen Stuhl setzen, der sehr hart war, und vor mich hin träumen, während er mich porträtierte.«

»Wovon hast du geträumt?«

Sie kannte die Antwort, wollte sie aber wieder hören, weil es auch ihr Traum war.

»Ich habe davon geträumt, derart magisch malen zu können wie Sir William Giles, weil es mir damals wie Zauberei vorkam. Das erste Porträt von mir wurde verkauft, und danach machte er noch eins und noch eins.«

»Erzähl mir, wie du dann selbst angefangen hast zu malen.«

»Eines Tages, als Sir William Giles für kurze Zeit den Raum verlassen hatte, stand ich auf und stöberte herum. Genau wie du, mein Liebes, wenn ich dann immer so tue, als würde ich es nicht bemerken. Ja, ganz richtig, ich beobachte dich. Ich schnappte mir also einen Pinsel und malte ein paar Striche auf ein Stück Papier, die einen Baum draußen darstellen sollten. Als Sir William Giles zurückkehrte, war ich noch in den Ästen.«

Rose verstand genau, was er meinte.

»Sir William Giles betrachtete das Bild eine Weile, ohne einen Ton zu sagen. Dann bat er mich freundlich, aber bestimmt, an meinen Platz zurückzukehren. An jenem Abend schickte er mich nicht wie üblich alleine in der Kutsche los, sondern eröffnete mir, dass er mich begleitete, weil er mit meinem Vater sprechen musste.«

Ga Ga hielt einen Moment inne, und die Pfirsiche wurden nervös. »Du kannst dir vorstellen, wie ich mich gefühlt habe. Ich dachte, mich erwartet eine Strafe, ähnlich wie dich in dieser Sache mit dem Spiegel und der lästigen Lydia.«

»Aber die gab es nicht.«

»Nein, mein Liebes, ich wurde nicht bestraft. Stattdessen erklärte Sir William Giles meinem Vater in meiner Gegenwart, dass ich das Auge habe. Er sagte, dass ich seiner Überzeugung nach ein Naturtalent sei und dass er mich fördern möchte, indem er mich die Grundlagen der Malerei lehrte. Mein Vater gab seine Zustimmung, und das war es dann.«

Das war es dann? Rose kannte genug von der Geschichte, um zu wissen, dass das nicht alles war. Sir William Giles brachte ihrem Großvater tatsächlich das Malen bei, und zwar so gut, dass er später Auftragsarbeiten bekam und eine Familie davon ernähren konnte. Bis im vorigen Jahr stattete sein Förderer ihm regelmäßig Besuche ab, was Ga Gas Ansehen in der Gemeinde erhöhte, sodass viele Menschen ihn baten, sie und ihre Häuser und ihre Familien und ihre Hunde zu porträtieren.

Sir William Giles selbst hatte weiter mit Ga Ga als Modell gearbeitet und sogar mit ihrer Großmutter, damals noch eine junge Frau, bis er zu alt war, um den Pinsel zu halten. Die Porträts hingen, wie ihr damals gesagt worden war, in einer berühmten Londoner Galerie. Als Kind war sie einmal dorthin mitgenommen worden, um ihre Großmutter zu sehen, die ihr von der Wand entgegenlächelte und von wildfremden Menschen bewundert wurde. Rose hatte die junge Frau, die denselben Rotstich im Haar hatte wie sie selbst und Grace, staunend betrachtet und sich gewünscht, sie hätte sie kennengelernt.

»Da gibt es noch eine Sache, die ich dir sagen sollte.« Die Stimme ihres Großvaters wurde nun leise, während er den ersten Pfirsich, den im Vordergrund, leicht auf die Seite kippte. »Und das ist …«

Es klopfte an der Tür, und beide sahen gereizt auf. »Verzeihung, Sir, dass ich störe.« Es war das Mädchen. »Aber Doktor James hat jemanden mit einer Nachricht hergeschickt. Miss Rose möchte sofort nach Hause kommen.«

Ga Ga nickte feierlich. »Ich habe mich schon gewundert.« Er tätschelte leicht Roses Schulter. »Ich vermute, mein Liebes, dass euer Pony schon etwas früher angekommen ist.«

Rose eilte im Sauseschritt zurück. Dabei wäre sie gerne geblieben. Diese Anziehungskraft! Trotzdem hatte sie gar keine andere Wahl, so wie das Mädchen sie hinter sich her zerrte, als habe sie wieder etwas falsch gemacht. Ein schrecklicher Gedanke kroch ihr ins Bewusstsein. Was, wenn es gar nicht um das Pony ging? Angenommen, jemand hatte ihren Malkasten gefunden? Papa hatte immer wieder betont, dass ein Zuviel an Malerei für junge Damen nicht gesund sei. Daher dürfe sie nur in Maßen ausgeübt werden, genau wie das Pianofortespiel, und unter der Anleitung von Miss Hollingswood, wenngleich ihre Gouvernante unbekümmert einräumte, dass der Umgang mit dem Pinsel nicht zu ihren Stärken zählte.

Vielleicht hätte sie den Malkasten besser verstecken sollen. Aber wo? Es gab nur sehr wenige Plätze, die sich dafür eigneten.

»Sie sollen nach oben gehen«, sagte das Mädchen, als sie die Eingangshalle betraten und Rose ihre Stiefel aufknöpfte, die bei dem flotten Marsch nach Hause schmutzig geworden waren. »In das Zimmer der Herrin.«

In das Zimmer ihrer Mutter? Das war doch sicher ein Missverständnis. Grace und sie wurden nur selten in das Zimmer ihrer Mutter gebeten, außer ihr schlechtes Betragen bot Anlass dazu.

Beklommen folgte sie dem Mädchen nach oben, ohne vor dem Gemälde ihrer Großmutter mit der blauen Haube zu verharren, das von Sir William Giles stammte, wie sie das sonst oft tat.

Grace! Sie war bereits da, am Bett ihrer Mutter. War es möglich, dass ihre Schwester die Wahrheit ausgeplaudert hatte über den Malkasten? Sicher nicht.

Dennoch genügte ein Blick in das blasse Gesicht ihrer Schwester, um zu ahnen, dass etwas passiert war. Hinter ihr wurde die Tür geöffnet, und sie hörte die laute Stimme ihres Vaters. »Dann hast du dein Pony also gefunden!« Seine Stimme hatte diesen belustigten Unterton, den sie annahm, wenn Lydias Mutter zu Besuch war. »Grace hat mir erzählt, dass du zu Weihnachten ein Pony erwartest.«

Ein Pony? Roses Blick flackerte durch den Raum, über die schweren pflaumenblauen Vorhänge, die immer geschlossen waren, weil ihre Mutter es vorzog, das Tageslicht auszublenden. Sie sah zu der Frisierkommode aus massivem Mahagoniholz mit der Ansammlung von silbernen Haarbürsten. Dann starrte sie durchdringend auf die Ottomane am Fußende des Betts. Das Pony konnte doch sicher nirgendwo hier versteckt sein?

Verwirrt bemerkte sie, dass Grace ihr mit den Augen Zeichen gab, in Richtung Bett. Und erst jetzt nahm sie wahr, dass ihre Mutter nicht auf ihre Decke starrte, wie sie das sonst immer tat bei Roses seltenen Besuchen. Stattdessen blickte sie auf ein Bündel in weißer Spitze, ein Bündel, das nun sogar einen quiekenden Laut von sich gab. Neben dem Bett lagen eine sorgfältig gefaltete Zeitung und eine Notiz, die die Anweisung enthielt, fünf Guineen auf das Pferd zu setzen, dessen Jockey in Violett antrat.

Ihre Mutter hob den Kopf. Ihr Gesicht war blass, wie das von Grace. »Nun, Rose, was sagst du zu deiner neuen kleinen Schwester? Ist sie nicht bezaubernd?«

10

»Aber warum hat man Ihnen gesagt, dass Sie ein Pony geschenkt bekommen?«, fragte einmal jemand aus der Borneo-Gesellschaft in einem Dunst aus Gin und Zigarettenrauch.

»Meine Schwester und ich haben es vermutet«, versuchte Rose zu erklären. »Papa hatte von einer Überraschung gesprochen. Und da Grace und ich uns immer ein eigenes Pferd gewünscht hatten, dachten wir, dass er das damit meinte. Es war ein Missverständnis.«

Tatsächlich kam die Pony-Geschichte bei den anderen Kautschukpflanzern und ihren Frauen immer gut an. Pferde und Wetten zählten zu den wenigen Dingen, die allen vertraut waren und Erinnerungen weckten an das Jagen, Fischen und Schießen, womit sie sich früher in der Heimat die Zeit vertrieben hatten. Viele stammten aus Familien, in denen der älteste Sohn das väterliche Unternehmen erbte, sodass der Zweitgeborene gezwungen war, sich eine Betätigung zu suchen, mit der er seinen Lebensunterhalt verdienen konnte und die seinem aristokratischen Rang angemessen war. Andere waren wie Roses Ehemann aus der Welt geflohen, die sie zurückgelassen hatten. Aber zu jener Zeit war Rose das selbstverständlich nicht bewusst.

Genauso wenig war ihr und Grace bewusst, wie sehr sich ihr Leben in den nächsten Jahren verändern würde. Als sie ihre neugeborene Schwester betrachteten, die den Namen »Phoebe« erhalten sollte, allerdings nicht mit einem »F« geschrieben, wie man hätte annehmen können, wussten sie nicht, was auf sie zukam. Nicht nur, dass ihr Vater immer seltener anwesend war, weil er Soireen besuchte oder sich um Patienten kümmerte. Oder dass ihre Mutter immer mehr aus ihrem Leben verschwand und von der Außenwelt abgeschnitten in ihrem Zimmer lebte. Sie erholte sich von den Strapazen der Geburt ihrer jüngsten Tochter, eine Tortur, deren Folgen sie plagten, noch lange nachdem Phoebe laufen gelernt hatte und in ihrem Kinderzimmer zu plappern begann.

Nein. Das Leben sollte sich durch zwei andere Ereignisse ändern. Das erste betraf einen Großteil der Welt. Und das zweite würde eine offene Wunde in das Haus des Doktors reißen, die selbst der begabteste Mediziner nur sehr schwer hätte heilen können.

Ironischerweise, wie bei solchen Dingen üblich, begann es mit einer guten Neuigkeit, einer, die den Bewohnern der Acacia Road 7 ein trügerisches Gefühl des heiteren Erstaunens verschaffte. Ärgerlicherweise war es Lydia, von der sie die Neuigkeit erfuhren. »Miss Hollingswood wird heiraten«, verkündete sie eines Morgens, als sie in das Schulzimmer stolzierte, ausnahmsweise einmal überpünktlich und sichtlich aufgeregt angesichts der Bedeutung einer solchen Nachricht.

Rose und Grace wechselten einen dieser Blicke, mit denen sie sich stumm verständigten. Er drückte aus: »Wie lächerlich. Dieses Mal übertreibt Lydia aber ganz gewaltig.«

»Ich habe das nicht erfunden, falls ihr das denkt!«, piepste Lydia, während sie ihre Haube abnahm und ihre Locken schüttelte. »Mama hat es von den Butlers gehört, und die wissen es von ihrer Gouvernante, und die weiß es von Miss Hollingswood persönlich.«

Grace kicherte. »Aber Miss Hollingswood ist eine Gouvernante. Gouvernanten heiraten nicht. Das weiß doch jeder.«

Rose hatte das Gefühl, ihr widersprechen zu müssen, weil es in ihren Ohren einen leicht unfairen Beiklang hatte. Aber ihr fiel in dem gesellschaftlichen Umfeld ihrer Eltern partout keine Gouvernante ein, die jemals einen Bräutigam gefunden hatte.

»Nun, es ist aber wahr.« Lydia machte einen Schmollmund. »Jawohl! Sie heiratet einen Gutsbesitzer, den sie schon seit ihrer Kindheit kennt.« Sie beugte sich vor. »Mama sagt, er ist so alt, dass er ihr Vater sein könnte, außerdem war er bereits verheiratet, aber seine Frau ist gestorben, und so …«

Die Tür hinter ihnen öffnete sich, und alle drei erstarrten. »Guten Morgen, Mädchen!«

Rose starrte ihre Gouvernante an, zusammen mit den beiden anderen. War irgendetwas anders an ihr, das darauf hindeutete, dass sie einen derart radikalen Wandel in ihrem Leben plante? Die roten Flecken auf ihren Wangen zeichneten sich ganz zart ab, und das Funkeln in ihren Augen war weder heller noch matter als sonst. Zugegeben, sie trug neue taubengraue Handschuhe, aber ansonsten war sie wie immer gekleidet, in ihrem langen grauen Rock und der weißen Bluse mit der beige-braunen Brosche am Stehkragen.

»Fühlen Sie sich nicht wohl, Rose?« Miss Hollingswood musterte sie besorgt.

Grace kicherte leise, genau wie Lydia, und Rose warf ihrer Schwester einen Blick zu, der sagte: »Wie kannst du dich mit dieser dummen Gans verbünden?«

»Doch, bestens, danke, Miss Hollingswood.«

Die Gouvernante musterte sie noch immer. »Das freut mich zu hören. Allerdings sehen Sie heute Morgen ziemlich blass aus, was ich normalerweise eher von Ihrer Schwester gewohnt bin. Nun, wenn Sie sich dennoch bestens fühlen, sollten wir mit der Geografiestunde beginnen.« Sie gab dem Globus einen leichten Schubs. »Wer kann mir sagen, wo Südamerika ist?«

Sie hatte es geahnt, dachte Rose. Es war nur wieder eine von Lydias Geschichten. Irgendwie konnte sich Rose ihre Gouvernante nicht als Ehefrau vorstellen wie Mama oder Lydias Mutter. Beunruhigenderweise fiel es ihr auch schwer, sich selbst als Ehefrau vorzustellen. Angenommen, sie heiratete einen Mann, der ihr untersagte zu malen, so wie Papa es Mama verboten hatte, eines der Geheimnisse, die Ga Ga ihr enthüllt hatte. Außerdem konnte sie keinen Mann heiraten, der zu weit von Grace entfernt lebte. Ein Leben ohne ihre Schwester war unvorstellbar, und obwohl sie es nicht anders kannte, war ihre Freundschaft seit der Geburt von Phoebe, die noch viel zu klein war, um an ihrem fröhlichen Geplänkel teilzunehmen, noch stärker geworden.

Vertieft in die Verlockungen und Geheimnisse von Südamerika, während ihre Gedanken um die unglaubliche Vorstellung kreisten, dass es so weit entfernt einen solchen Ort geben konnte, vergaß sie völlig die angebliche Hochzeit von Miss Hollingswood, bis es Mittag schlug. Während ihre Gouvernante ihre Aufsätze über »Das Leben der Ureinwohner« einsammelte, hörte Rose sie plötzlich sagen: »Ich fürchte leider, Mädchen, dass dies wohl für absehbare Zeit eine unserer letzten gemeinsamen Unterrichtsstunden gewesen sein wird.«

Rose zuckte zusammen, während Lydia ihr auf eine »Ich habe es dir doch gesagt«-Art einen heftigen Tritt unter dem Tisch verpasste.

»Ich habe mich verlobt und werde bald heiraten.«

Falls Miss Hollingswoods kleine rote Flecken nicht schon zuvor geglüht hatten, dann glühten sie nun ganz sicher. »Ich werde Ihnen allerdings noch ein paar Wochen erhalten bleiben, bevor mein Verlobter fortgeht.«

Die Genugtuung, Lydias erschrockenes Gesicht zu sehen, war fast den Überraschungseffekt der Aussage wert. »Fortgeht?«, wiederholte Grace, bevor Rose dasselbe sagen konnte.

Das Funkeln in den Augen ihrer Gouvernante trübte sich ein wenig. »Ich befürchte es leider, Mädchen. Schließlich, wie Ihr Papa Ihnen sicher gesagt haben wird, befinden wir uns nun im Krieg, nicht wahr?«

Krieg! Wie konnte Krieg sein? Niemand hatte Rose und Grace etwas davon gesagt, und obwohl Lydia so tat, als habe sie es gewusst, ließ ihre Miene etwas anderes vermuten. Es stellte sich heraus, dass der Krieg erst am Tag zuvor ausgerufen worden war, was vielleicht erklärte, wie die Schwestern in ihrem eindringlichen Gutenachtgeflüster mutmaßten, warum ihr Vater ein noch ernsteres Gesicht mit sich herumführte als sonst. Aber die Dienstboten. Warum hatten sie nichts gesagt?

Sie erfuhren es bald. Aus dem Bedürfnis heraus, die Mädchen zu beschützen, hatte Papa jedem verboten, ihnen etwas zu sagen, in der Hoffnung, »dass dieser Sturm vorüberziehen wird«, wie er es ausdrückte. Als sie vor dem Abendessen zu ihm liefen und ihn fragten, ob es möglich sei, dass sie alle heute Nacht in ihren Betten getötet wurden, verlangte er zu wissen, wer sie informiert hatte.

Danach sahen sie Miss Hollingswood niemals wieder, nicht einmal, um sich von ihr zu verabschieden.

»Das ist wirklich absolut unfair«, sagte Grace, und Rose musste ihr unweigerlich recht geben. In der Zwischenzeit nahm eine hagere, steife Hauslehrerin Miss Hollingswoods Stelle ein, eine Frau, die, wie Lydia tuschelte, nicht die geringste Chance habe, jemals unter die Haube zu kommen, und die sie immer ermahnte, die Kerzen zu löschen, weil das Verschwendung sei, obwohl Grace sich im Dunkeln fürchtete.

Sicher waren die steife Hauslehrerin und die Sorge, was gerade in der Welt geschah, die Auslöser für Graces Rückenschmerzen. Papa dachte zuerst, es liege an ihrem rasanten Körperwachstum, das Fremde immer zu der Annahme verleitete, dass sie die Ältere der Schwestern war, obwohl Rose auch nicht gerade klein war, ein Umstand, den Lydia gerne mit der Feststellung kommentierte, dies werde »leider die Auswahl deiner Verehrer einschränken«. Aber dann war Grace permanent erschöpft und nickte manchmal sogar im Geschichtsunterricht ein, sehr zum Missfallen der steifen Hauslehrerin, die sich prompt bei Papa beschwerte.

Im Nachhinein betrachtet, war es das Beste, was sie tun konnte, obwohl es weitaus besser gewesen wäre, wenn sie es bereits viele Monate früher getan hätte, als der Knoten noch nicht so groß war. »Wie lange hast du das schon?«, fragte Rose, als Grace sich abends entkleidete, nachdem sie sich einer medizinischen Untersuchung bei einem Kollegen von Papa unterzogen hatte.

Rose starrte entsetzt auf die runde, fleischige Schwellung mitten auf dem Rücken ihrer Schwester. Grace wandte das blasse Gesicht zum Fenster. »Ich weiß nicht genau. Schließlich kann man sich selbst nicht auf den Rücken schauen, oder? Es ist noch nicht so lange her, dass ich es zum ersten Mal gespürt habe. Weißt du noch, dass ich es kurz nach Weihnachten erwähnt habe? Papa sagt, es ist wahrscheinlich schnell gewachsen.«

Sie hatte es erwähnt? Wann? Rose konnte sich vage an einen Abend erinnern, als sie in dem schwachen Licht an einer Skizze gearbeitet hatte. Grace hatte erwähnt, dass sie etwas Merkwürdiges im Rücken spürte, was vermutlich darauf zurückzuführen sei, dass sie an diesem langweiligen Abend bei Lydias Mutter, zu dem sie eingeladen waren, zu viel getanzt hatte. Die bloße Erinnerung fühlte sich an wie ein Messer, das sich in Roses eigenen Rücken bohrte.

Sie hätte es bemerken müssen, wenn sie sich abends entkleideten. Wäre sie in Gedanken nicht immer so mit ihren Farben und Bildern beschäftigt gewesen, während Grace aufpasste, hätte sie es bestimmt gesehen.

»Das ist alles meine Schuld«, sagte sie zu Ga Ga, als er die neueste Seite in ihrem Skizzenbuch begutachtete. »Ich hätte es bemerken müssen.«

Ihr Großvater schüttelte den Kopf. »Manchmal, Rose, sehen wir die Dinge, die wir sehen sollten, und auch die, die wir nicht sehen sollten.« Seine Augen waren immer noch auf ihren Entwurf geheftet. »Das ist eine gute Arbeit. Du hast die Konturen sehr gut getroffen. War das eine Kutsche, die gerade zufällig vorbeifuhr?«

Rose warf einen abfälligen Blick auf das Bild, das ihr bis zu Graces Neuigkeit so wichtig erschienen war. Nun hatte sie den Eindruck, als wäre ihre Malerei verantwortlich dafür, dass sie die Erkrankung ihrer Schwester nicht bemerkt hatte. »Nein. Das war die Kutsche von Lydias Mutter.«

Ga Ga nickte. »Ich verstehe. Du hast einen guten Blick für Details.«

Ein Knoten! Grace hatte einen Knoten! Die schockierende Neuigkeit kreiste unablässig in Roses Kopf, sodass sie sich auf nichts anderes konzentrieren konnte. Dann kam ihr ein Gedanke, der ihr Gänsehaut verursachte. Vielleicht war das die Strafe dafür, dass ihre Schwester und sie damals wegen der Perlen nicht die Wahrheit gesagt hatten, und Grace, als Hauptschuldige, hatte in Form einer Krankheit der Zorn des Allmächtigen getroffen.

»Rose, Liebes. Hast du mich gehört? Ich habe gesagt, du hast einen guten Blick für Details.«

»Danke.« Die Worte ihres Großvaters klangen hohl in der Luft, und sie sprang auf. Plötzlich hatte sie keine Lust auf die Malstunde heute Abend mit Ga Ga. Sie wollte bei ihrer Schwester sein. Sie im Arm halten. Ihr sagen, dass alles wieder gut werden würde.

Es dauerte weitere drei Monate, bis Rose einsah, dass nicht alles wieder gut werden würde. Drei allzu kurze Monate, in denen Grace bald nicht länger aufrecht sitzen, geschweige denn am Unterricht teilnehmen konnte. Im Frühjahr gab man es auf, sie zu unterrichten, und Rose durfte bei ihrer Schwester sitzen und ihr über die Haare streicheln. Selbst Lydia fragte, ob sie einen Krankenbesuch machen dürfe, und zu Roses Bestürzung willigte Grace ein. »Du wirst eine Freundin brauchen«, sagte sie mit dieser leisen, sanften Stimme, die ihre richtige abgelöst hatte.

Eine Freundin? Aber sie hatte eine Freundin. Sie hatte ihre Schwester. Nicht ihre jüngste Schwester Phoebe, die noch zu klein war, um etwas zu verstehen, und die singend durch die Gänge hüpfte, ohne die düsteren Schlagzeilen in Papas Zeitung und die dunklen Ringe unter Graces Augen wahrzunehmen. Aber das konnte Rose nicht laut sagen. Sie durfte nichts tun, was ihre Schwester beunruhigen könnte oder ihre Mutter, die tatsächlich ihr eigenes Krankenbett verließ, um Zeit mit ihren Kindern zu verbringen, während sie die Hand ihrer mittleren Tochter hielt. Häufig erwartete sie dann von Rose, die Rolle der Erwachsenen zu übernehmen, indem Rose frisches Wasser holte oder die Bettpfanne leerte, wenn das Hausmädchen verhindert war.

Dann, eines Tages, als bereits die ersten Knospen im Garten blühten, wachte Grace in einer besseren Verfassung auf als in den ganzen Wochen zuvor. Die Erleichterung stand ihren Eltern ins Gesicht geschrieben. »Vielleicht«, sagte Papa in sanftem Ton zu ihr, »möchtest du heute etwas zu dir nehmen?«

Roses Herz schlug schneller. Grace aß seit Tagen nicht richtig, sogar seit Wochen nicht. Kein Wunder, dass ihr Körper so eingefallen wirkte.

»Wisst ihr, worauf ich wirklich Lust hätte?« Ihre Schwester ließ erwartungsvoll den Blick durch das Zimmer schweifen, als suche sie etwas. »Ich habe mich immer gefragt, wie Champagner schmeckt. Sie wissen schon, Papa, das Getränk, das bei den Soireen getrunken wird, die Sie besuchen. Lydia hat uns davon erzählt.«

Lag es an Roses Einbildung, oder bildeten sich auf Papas Wangen kleine rote Flecken wie bei Miss Hollingswood? »Champagner«, wiederholte er, ohne Mama anzusehen, wie Rose auffiel. »Du möchtest also gerne wissen, wie Champagner schmeckt? Dann sollst du Champagner bekommen.«

Rose wartete darauf, dass ihre Mutter Bedenken äußerte, aber es kam kein einziger Ton von ihr. Stattdessen saß sie da und streichelte die Hand ihrer kranken Tochter, als habe die Unterhaltung überhaupt nicht stattgefunden. Nur wenige Minuten später, so schien es zumindest, kam ein Dienstmädchen mit einem Silbertablett. Darauf stand eins der hübschesten Gläser, die Rose je gesehen hatte. Es hatte einen geriffelten Rand und war gefüllt mit einer klaren, perlenden Flüssigkeit.

Ihre Mutter streckte als Erste die Hand danach aus. »Hier, mein Schatz, lass mich dir helfen.«

Rose, der bei dem seltenen Klang der Stimme ihrer Mutter schier der Atem stockte, beobachtete, wie diese mit einer Hand den Kopf der armen Grace stützte und mit der anderen das Glas an ihre Lippen führte. Man hörte ein leises Schlürfen und gleich darauf ein Kichern. »Köstlich. Absolut köstlich. Vielen Dank.«

Grace ließ den Kopf zurück auf das Kissen sinken. »Ich fühle mich bereits leicht benommen.«

Papa lächelte über das Bett hinweg Mama an, und Rose durchströmte ein wundervolles Gefühl. »Das ist genau die Wirkung, die du spüren sollst, mein Liebes.«

Am folgenden Morgen wurde Rose vor Tagesanbruch von dem Mädchen geweckt. Grace war in der Nacht gestorben.

11

Wäre der Krieg nicht gewesen, wäre Rose damit nicht fertig geworden. Aber so konnte sie ihre Trauer über den Tod ihrer Schwester verbergen indem sie tat, als weinte sie um all die jungen Männer, die auf den rosaroten und gelben Flecken des Schulzimmerglobus ihr Leben ließen. Selbst Lydia hatte als Teil ihrer neuen patriotischen Gesinnung inzwischen gelernt, einzelne Regionen in Frankreich benennen zu können.

»Mag sein, dass ich zur Hälfte Amerikanerin bin«, verkündete sie mit ihrer Piepsstimme, »aber mein Herz schlägt für England.« Dann wanderte ihre Hand über den Tisch im Schulzimmer und drückte sanft die von Rose. »Natürlich weiß ich, dass das Schicksal jederzeit zuschlagen kann, auch näher der Heimat als Frankreich. Ich fühle aufrichtig mit dir, Rose. Das tue ich wirklich.«

Wenn Lydia so redete, bekam Rose große Lust aufzustehen, den Globus auf den Boden zu schmettern und den Raum zu verlassen, während ihre steife Gouvernante und ihre dumme Mitschülerin alleine zurückblieben. Sie wollte kein Mitleid und auch kein Beileid. Sie wollte nicht mehr lernen. Sie wollte ihre kleine Schwester nicht, die mit ihrem trotz ihres zarten Alters schroffen Naturell so anders war als die sanfte, liebenswürdige Grace. Und sie wollte nicht mehr malen. Niemals wieder.

»Warum nicht?«, fragte Ga Ga, die Augen milchig vom Alter und Kummer. »Deine Schwester war so stolz auf dich. Das hat sie mir selbst gesagt.«

»Weil es meine Schuld ist«, erwiderte Rose und ließ sich untröstlich auf die Chaiselongue ihres Großvaters sinken.

Und nichts, was er sagte, konnte sie vom Gegenteil überzeugen. Außerdem war es zu spät. Sie hatte den Malkasten bereits im Garten vergraben, zusammen mit ein paar Blumenzwiebeln, zum Gedenken an ihre Schwester. An ihre richtige Schwester, wohlgemerkt.

»Phoebe ist noch sehr jung«, bemerkte ihr Vater, als ihm auffiel, dass ihre kleine Schwester jeden Versuch von Rose abblockte, mit ihr zu spielen. »Wenn ihr älter seid, werdet ihr vielleicht Freundinnen.«

Älter? Mit knapp siebzehn Jahren war Rose beinahe erwachsen. Phoebe dagegen war erst sechs und nicht gerade eine sehr umgängliche Sechsjährige. Mit ihrer hölzernen Art, sowohl von ihrer äußeren Erscheinung als auch von ihrem Wesen her, wies sie alle Versuche ihrer älteren Schwester zurück, sich mit ihr zu beschäftigen oder sie für ein Spiel zu begeistern. Stattdessen begegnete sie ihr mit einer steifen Distanziertheit, die zu einem viel älteren Mädchen gepasst hätte und die Rose eine brennende Wunde im Herzen verursachte. Rose konnte sich nicht vorstellen, dass sie sich jemals in bestimmten Dingen einig sein würden, dass sie gemeinsam über Leute wie Lydia und ihre Mutter kicherten oder sich um Mama sorgten, die sich nach Graces Tod wieder völlig in ihr Zimmer zurückgezogen hatte und es Rose anscheinend übelnahm, dass sie nicht ihre Schwester war. »Bitte, lass mich allein«, sagte sie, wenn Rose zu ihr wollte. »Es gibt nur eine Tochter, die ich sehen möchte, und die ist tot.«

Aber wenigstens, sagte Rose sich oft, war da der Krieg, mit dem man sich beschäftigen konnte, mit dem sie sich ablenken konnte von den Gedanken, die sie nachts in ihren Träumen heimsuchten, Bildern von Geschwülsten und prickelnden Getränken und Graces blassem, blassem Gesicht.

»Ich wünsche, dass du mich bei meinen Patientenbesuchen begleitest«, sagte ihr Vater eines Morgens unerwartet beim Frühstück.

Rose sah auf, überrascht. Sie wusste aus der Zeitung, dass man anfing, junge Männer nach England zurückzubringen. Junge Männer, die in den Schützengräben schreckliche Verbrennungen und Gasvergiftungen erlitten hatten. Und obwohl Papa kein Wort darüber verlor, wurde sein Gesicht immer hagerer, während seine Arbeit zunahm. Rose wusste von Lydia, dass laut Lydias Mutter sich einige von seinen alten Patienten vernachlässigt fühlten, weil er so viel Zeit im Lazarett verbrachte.

»Es gibt da einen jungen Mann, der mir besonders am Herzen liegt«, fuhr Papa fort. »Wir mussten ihm ein Bein amputieren, und er hat eine schlimme Zeit hinter sich. Ich vermute, dass er nur noch wenige Angehörige hat. Darum wäre es sehr gütig von dir, wenn du ihm ein wenig deiner Zeit widmen könntest.«

Zu Lydias großer Begeisterung wurden Lazarettbesuche bei jungen Kriegsverwundeten schnell zu einem akzeptierten Zeitvertreib für junge Damen aus besseren Kreisen. Sie hatte bereits ihre Mutter in das Krankenhaus auf der anderen Seite von Richmond begleitet und war sehr beeindruckt von einem jungen Mann, der lediglich durch ein Schrapnell am Bein verwundet worden war.

»Er ist mit einem Lord verwandt!«, stieß sie während einer Grammatikaufgabe hervor, als die steife Gouvernante sie allein gelassen hatte und sie die finiten Verben im Französischen üben sollten.

Rose begnügte sich mit einem Nicken als Antwort und wünschte sich, sie könnte sich mit Grace daran ergötzen, dass Lydia in adlige Kreise einheiratete. Nach Lydias Ermessen war ein Hinken durchaus zu verschmerzen für einen möglichen zukünftigen Titel.

Rose selbst hatte nicht die Absicht, den Krieg als Vorwand zu benutzen, um ihre Welt zu erweitern. Trotzdem ließ sie die Vorstellung von einem jungen Mann ohne Familie, der – anders als eine leichte Gehbehinderung durch eine Granate – ein Bein verloren hatte, nicht mehr los. Am folgenden Tag begleitete sie ihren Vater in das Lazarett.

Es war ihr erster Besuch dort, und das Erste, was ihr auffiel, war die Geräuschkulisse. Keine Schreie, wie sie in ihrer Fantasie befürchtet hatte, bevor sie durch die große Eingangstür trat und ihrem Vater durch die breiten Gänge folgte, sondern eine seltsame Mischung aus vereinzelten Rufen und Stille. Wie aus dem offenen Zimmer, an dem sie gerade vorbeigingen und in dem jemand Papa gesehen hatte und nach ihm rief. Rose konnte nicht sehen, wem die Stimme gehörte, die eher nach einem Mann geklungen hatte als nach einer der Schwestern, die in ihren steifen blau-weißen Uniformen an gestärkte Kakadus erinnerten, aber ihr Vater befahl ihr, zu warten und ihm unter keinen Umständen zu folgen. Also gehorchte sie und beobachtete stumm den vorbeiziehenden Strom von Männern, die sich auf Krücken stützten und sie anlächelten oder auch ignorierten. Und dann kam schließlich ihr Vater heraus, der weder zufrieden noch vergrämt blickte, und verlor kein Wort über den Mann, der ihn ohne jede Höflichkeit, die man vielleicht hätte erwarten können, gerufen hatte.

»War das ein Patient, Papa?«, fragte sie, während sie ihm wieder folgte und fast rennen musste, um Schritt zu halten. Der Hinterkopf ihres Vaters nickte und gab ihr zu verstehen, dass sie keine weiteren Fragen stellen sollte.

Und dann war da das Schweigen. Die stillen Säle wie jener, den sie gerade durchquerten, in denen Männer im Leichentuch unter weißen Laken ruhten. Rose hielt den Atem an.

»Sie sind nicht tot«, sagte ihr Vater in freundlichem Ton, als würde er ihre Gedanken ahnen. »Sie schlafen oder ruhen sich aus.« Er nahm sie am Arm und führte sie ganz nach hinten in die rechte Ecke, wo er einer Krankenschwester zunickte, die wie alle anderen, die sie gesehen hatten, ihrem Vater mit Hochachtung begegnete. »Hier drüben, Rose.«

Ihr Herz begann zu hämmern. War dies nun der amputierte

Mann? Wie sah er wohl aus? Lydia hatte, als sie von Roses geplantem Besuch erfuhr, ihr den Kopf gefüllt mit Schreckensbildern von blutigen Stümpfen und offen klaffendem Fleisch. Aber dieser Mann, der in dem Metallbett saß und sich am Kopfende gegen ein Kissen lehnte, machte einen völlig normalen Eindruck.

»Duncan«, sagte ihr Vater und schüttelte ihm die Hand auf eine Art, die Rose vermuten ließ, dass Duncan »einer von uns« war. »Das ist meine Tochter Rose. Sie begleitet mich, um im Lazarett zu helfen.«

Allein diese Worte genügten, um Rose einen Schauer über den Rücken zu jagen. Sie wurde als Erwachsene vorgestellt und nicht als Kind! Aber das war nicht der einzige Grund für das kribbelnde Gefühl in ihrem Rücken. Dieser Mann hatte die freundlichsten Augen, die sie jemals gesehen hatte, in einem wundervollen Haselnussbraun, dem das Kunststück gelang, einem Sommerblatt und einem Herbstblatt zugleich zu ähneln. Eine Hand streckte sich ihr entgegen, und sie zögerte. »Ich bin nicht ansteckend, Rose«, sagte Duncan mit einer Stimme, die der ihres Vaters nicht unähnlich war, aber sich sehr unterschied von den derben Rufen der Männer, die Papas Aufmerksamkeit hinten im Gang, der nach Essig und Schwefel stank, verlangt hatten. Aber Duncan sprach nicht in einem Ton, bei dem sie sich dumm vorkam. Vielmehr hatte seine Stimme einen tröstenden und beruhigenden Klang.

Sie drehte sich zu ihrem Vater, um zu sehen, ob er sich über ihr Zögern ärgerte, aber er war bereits in ein ernstes Gespräch mit der steifen blau-weißen Krankenschwester vertieft.

»Bitte«, sagte Duncan und deutete auf den schlichten Holzstuhl neben seinem Bett. »Nehmen Sie Platz.«

Während Rose seiner Aufforderung nachkam, konnte sie nicht vermeiden, einen Blick auf die weiße Decke zu werfen, die die Beine des Patienten verdeckte. Ein Beinamputierter, hatte ihr Vater gesagt. Er sah ganz normal aus, allerdings hatte Rose, die keine Brüder hatte, keine Ahnung, wie ein Mann im Bett aussah.

»Es tut nur nachts weh«, sagte Duncan, und sie errötete vor Verwirrung, brachte es aber nicht über sich, ihn zu fragen, was er damit meinte. »Ich habe Schmerzen dort, wo früher mein Bein war.« Seine haselnussbraunen Augen ruhten immer noch sanft auf ihr. »Ihr Vater hat mir den medizinischen Ausdruck dafür genannt, aber ich habe ihn vergessen. Es hat damit zu tun, dass mein Körper immer noch denkt, dass dort ein Bein sei.«

Rose hatte das Bedürfnis, diesem Mann zu helfen, wie sie es bei ihrer Schwester nicht vermocht hatte. »Und kann man nichts tun, um die Schmerzen zu lindern?«

»Gewiss.« Seine Augen tanzten wieder.

»Bitte, sprechen Sie.«

»Sie können sprechen, und ich höre zu. Erzählen Sie mir eine Geschichte.« Er lehnte sich zurück in sein dünnes Kissen und schloss die Augen. »Früher habe ich gerne gelesen, aber heute bin ich zu erschöpft dafür. Und außerdem gibt es hier keine anständigen Bücher.«

»Ich kann Ihnen welche mitbringen.« Rose dachte an die Bücherreihen im Schulzimmer. »Bei meinem nächsten Besuch.«

Er nickte. »Das wäre wunderbar. Aber wenn Sie mir wirklich helfen möchten, können Sie mir heute eine Geschichte erzählen?«

Und so fing es an. Rose begann damit, ihn zum Lachen zu bringen, weil ihr Vater gesagt hatte, das sei genau das, was diese jungen Männer brauchten, etwas, was sie von den Schrecken des Krieges ablenkte und von seinem Vermächtnis, das sich in ihre Körper geschnitten hatte. Rose erzählte diesem Duncan Macintyre, dessen Familie aus Schottland stammte, obwohl er ohne den geringsten Akzent sprach, von der dummen Lydia und ihrer Mutter und den schrecklichen Soireen, an denen Grace und sie gelegentlich hatten teilnehmen müssen.

»Wer ist Grace?«, fragte er. Und dies war der Auslöser, dass sie ihm unwillkürlich alles erzählte, Dinge, die sie niemandem anvertraut hatte mit Ausnahme von Ga Ga, bloß dass Duncans

Reaktion anders ausfiel. »Ich kann verstehen, warum Sie sich die Schuld geben«, sagte er auf eine Art, die ihr das Gefühl gab, als würde sie ihn schon eine Ewigkeit kennen. »Aber das nützt nichts. Sie müssen das Leben nehmen, wie es kommt, statt sich zu fragen, was passiert wäre, wenn Sie dieses oder jenes getan hätten. Charles hat das immer gesagt.«

Charles? Wer war Charles? Aber gerade als Rose fragen wollte, bemerkte sie, dass Duncans Lider sich schläfrig senkten. Vorsichtig zog sie die Decke über seine Hände und entfernte sich auf Zehenspitzen, um Papa zu suchen.

Rose sagte später, der Umstand, dass ihr zukünftiger Ehemann ein begnadeter Geschichtenerzähler war, habe ihr Herz erobert. Es sei gewesen, als würde man einem Gemälde zuhören, das reden konnte. Wenn sie so sprach, registrierten aufmerksame Beobachter, dass ihr Blick sich leicht trübte und ihre Stimme weicher klang als gewöhnlich. Sie habe ihm empfohlen, die Geschichten niederzuschreiben, fügte sie hinzu, was er jedoch nie tat. Also habe es an ihr gelegen, alles für ihn in ihrem Tagebuch festzuhalten, in das sie täglich schrieb, seit Miss Hollingswood sie dazu ermuntert hatte.

Duncan war kein minder guter Erzähler als sie, und in den Wochen nach ihrem ersten Besuch verbrachte sie viele Stunden an seinem Bett und lauschte seinen Familiengeschichten, mit denen er sich für ihre revanchierte. Er beschrieb seine Kindheit. Sein Vater, ein Pfarrer, war früh gestorben und hinterließ eine Frau und vier Kinder, von denen Duncan der Zweitälteste war. Als seine Mutter später ihre Absicht bekannt gab, den Schulmeister zu heiraten, hatte sein älterer Bruder Charles vor Wut getobt.

»Mein Bruder ist ein impulsiver Mensch«, erklärte Duncan mit einem Augenzwinkern. »An jenem Morgen hatte er kurz zuvor im *National Geographic Magazine* einen Bericht über Borneo gelesen.«

Borneo! Dies war ein Land, das keine ihrer Gouvernanten auf dem Globus bezeichnet hatte. War es ein Puddingrosa oder ein Sonnengelb?

»Er drohte daraufhin, nach Borneo auszuwandern, wenn Mutter ›diesen Kerl‹ heiratete, wie er ihn nannte. Können Sie sich das vorstellen? Er wusste nichts über die Insel, aber so ist Charles nun einmal. Er war schon immer ein Teufelskerl.«

»Hat er seine Drohung wahrgemacht?« Roses Augen waren weit aufgerissen vor Staunen.

»Ja. Und er hat ganze Arbeit geleistet. Er fand eine Stelle als Verwalter einer Kautschukplantage, womit er sich einen Namen machte. Dann natürlich kehrte er zurück, um seine Pflicht für sein Vaterland zu erfüllen. Charles tut im Grunde immer das Richtige im Leben.«

»Und hat er Sie schon besucht?«

»Ich hoffe, dass er das in Bälde nachholen wird.«

Tatsächlich dauerte es noch viele weitere Monate, bis der Krieg vorbei war. Zu lange, wie Papa unheilvoll bemerkte, denn für viele Frauen ihres Alters hatten sich die Chancen, einen Ehemann zu finden, durch den schrecklich hohen Blutzoll gravierend verschlechtert. Seine Worte verursachten Rose ein leises Frösteln, und sie überlegte nun, ob ihre bisherigen Pläne, in Papas Haus zu bleiben und niemals zu heiraten, womöglich etwas oberflächlich waren. Phoebes Ankunft und Graces Abwesenheit bewirkten, dass ihr Zuhause nie wieder dasselbe sein würde, und sie hatte den Eindruck, dass Papa genauso dachte. Aber er erwartete von ihr doch hoffentlich nicht, dass sie Duncan heiratete? Mittlerweile saß ihr junger Freund, wie Ga Ga ihn nannte, in einem Rollstuhl und wartete ungeduldig auf seinen Bruder, der offenbar Pläne mit ihm hatte. Eines Morgens erblickte Rose beim Eintreffen im Lazarett einen sehr großen Mann, der ein ernstes Gespräch mit ihrem Schützling führte. Er war vielleicht zehn Jahre älter als sie und hatte Ähnlichkeit mit Duncans dunkelhaariger Erscheinung, war aber von der Statur her wesentlich breiter und muskulöser. Rose wusste sofort, wen sie vor sich hatte.

»Die Dinge, die er erlebt hat!« Begeistert beugte sie sich vor und rückte ihren Stuhl näher an Ga Ga heran. Sein Gehör wurde immer schlechter, und es war ihr wichtig, dass er sie richtig verstand. »Dinge, Ga Ga, die kaum zu glauben sind. Weißt du, als er das erste Mal nach Borneo ging, hatte er die Aufgabe, Hilfsarbeiter zu suchen, um die Plantage zu bewirtschaften. Von ihnen hat er gelernt, was man ›den Gummi anzapfen‹ nennt. Das bedeutet, man bohrt ein Loch in den Stamm eines Kautschukbaums, und es kommt eine Flüssigkeit heraus, die man zu allen möglichen Dingen verarbeiten kann.«

»Wirklich, mein Liebes?« Ga Ga tätschelte ihre Hand. »Sag mir, hast du Grace in letzter Zeit gesehen?«

Es war nicht nur sein Gehör, das ihren Großvater immer mehr im Stich ließ, sondern auch sein Verstand, der ihm vorgaukelte, jene zu sehen, die von ihnen gegangen waren. Im vorigen Monat war es seine Frau gewesen. Nun war es Grace.

Vor ihrer Bekanntschaft mit Charles hätte Rose dies in die nächste Verzweiflung gestürzt, aber bei Charles' Geschichten war es unmöglich, dauerhaft Trübsal zu blasen, besonders da der Krieg nun endgültig beendet war. »Das Leben wird nie wieder so sein wie früher«, verkündete ihr Vater neulich beim Abendessen, zu dem er Charles eingeladen hatte. »Aber das ist keine schlechte Sache.«

Ihr Gast pflichtete ihm ohne Einschränkung bei, bevor er wieder zu erzählen begann, dieses Mal von der Überfahrt nach Hause, nachdem er beschlossen hatte, die Plantage in die Hände seiner treuen Arbeiter zu übergeben, damit er für sein Land kämpfen konnte.

»Man legt in Jesselton ab, wissen Sie«, sagte er, als wären sie mit den Örtlichkeiten dort vertraut. »Ich hatte natürlich eine Kabine reserviert, aber als ich dort ankam, fand ich zwei Rüpel vor, die die Kabine besetzten und dachten, ich würde mich mit ihnen arrangieren. Also öffnete ich meinen Koffer und holte die zwei Schrumpfköpfe heraus, die meine Männer mir als Glücksbringer mitgegeben haben.«

Zwei Schrumpfköpfe? Rose wollte ihren Ohren nicht trauen, und selbst ihr Vater wirkte erstaunt.

»Meine Männer waren davon überzeugt, dass sie mir Glück bringen würden.« Charles machte ein zufriedenes Gesicht. »Ein einziger Blick darauf genügte, und die beiden Rüpel ergriffen die Flucht!« Er lehnte sich auf seinem Stuhl zurück, der, obwohl nicht schmal, zu klein wirkte für seine beachtliche Statur, und nahm die Zigarre, die sein Gastgeber ihm anbot, mit der richtigen Mischung aus Dankbarkeit und Anerkennung entgegen. Ein Glück, dachte Rose, dass sie nicht aufgefordert worden war, den Tisch zu verlassen. Es hätte ihr sehr missfallen, das alles hier zu verpassen.

»Sagen Sie«, fragte sie, während ihr bewusst war, dass ihre Wangen zu glühen begannen, »was haben Sie Ihren Männern vor Ihrer Abreise geschenkt?«

Beide Männer blickten sie an, und zum ersten Mal seit langer Zeit, wenn ihre Erinnerung sie nicht trog, hatte Rose das Gefühl, eine ernstzunehmende Frage gestellt zu haben.

»Etwas sehr Kostbares, das früher meinem Vater gehörte«, antwortete Charles und strich über sein Kinn, das von einem seltsam dunklen Schatten bedeckt war, der sich im Laufe des Abends vor ihren Augen zu vergrößern schien. »Es sollte ein Zeichen sein, dass ich wiederkomme, um es zurückzuverlangen.« Er streckte seinen breiten Arm vor, als wollte er den Satz unterstreichen. Nie zuvor hatte Rose so riesige Hände gesehen.

Einerseits hatte sie das Bedürfnis, diese Hände zu zeichnen, andererseits hätte sie am liebsten gefragt, worum es sich bei diesem kostbaren Geschenk für die Einheimischen handelte, aber etwas in Charles' Stimme hielt sie davon ab.

»Da Sie gerade von Ihrer Rückkehr sprechen«, sagte Papa. »Haben Sie diesbezüglich bereits Pläne gefasst?«

Charles hielt seinem festen Blick stand, ohne mit der Wimper zu zucken, wie Rose bemerkte. Nicht viele Männer waren dazu in der Lage. »Ich arbeite zurzeit noch daran. Ich bin Ihnen übrigens äußerst dankbar, Sir, dass Sie sich um meinen Bruder gekümmert haben.«

»Er sollte bald in der Verfassung sein, um in seine Heimat zurückzukehren.« Papa musterte ihn wieder. »Er hat gesagt, er beabsichtige, sich dort ein Haus zu suchen.«

»Es scheint so. Ich habe ihm vorgeschlagen, mit mir nach Borneo zu kommen, aber offenbar ist das nicht nach seinem Geschmack.«

Papa nickte nachdenklich. »Ich kann mir vorstellen, dass es eine ganz besondere Sorte von Mensch erfordert, um sich auf ein solches Abenteuer einzulassen.«

Charles nickte. Sein Blick wirkte beinahe wild vor Begeisterung, was in einem leichten Widerspruch zu seinem ordentlich gestutzten Haar und seinem Gehrock stand. »Richtig, Sir. Ganz richtig.«

Als nach dem Abendessen der Antrag kam, hatte Rose nicht damit gerechnet. Charles hatte kurz davor eine weitere erstaunliche Geschichte erzählt, die von der tiefen Narbe in seinem Nacken handelte, die ihr tatsächlich nicht aufgefallen war, bevor er darauf hinwies. Schließlich schickte es sich nicht, jemanden anzustarren, nicht wahr? Allerdings war es beinahe unmöglich, dies nicht zu tun, nachdem er seine Erzählung beendet hatte. »Ich wurde von einem Einheimischen mit einer Machete angegriffen«, erklärte er in einem Ton, als würde er die Staudenrabatten draußen beschreiben. »Da es im Dorf keinen Arzt gibt, musste ich mich bis zur nächsten Stadt schleppen, um jemanden zu finden, der mich zusammenflickte.«

Es war sein beiläufiger Unterton, der Rose faszinierte. Was für eine Narbe! »Das hätte Sie doch sicher fast das Leben gekostet«, wagte sie sich hervor.

Charles zuckte mit den Schultern. Es waren breite Schultern, so ausladend, dass es manchmal den Anschein hatte, als würden sie halb zur anderen Tischseite reichen zu ihrem Vater, der von schmalerer Statur war. »Das hätte durchaus passieren können. Aber nun kann ich behaupten, dass ich einer der wenigen Männer in Nord-Borneo bin, der eine Zigarre im Nacken halten kann. Verzeihung, Sir, Sie gestatten?«

Und ohne das Nicken des Doktors abzuwarten, griff Charles in die Kiste auf dem Tisch und nahm eine Zigarre heraus, die er über seine Schulter führte und ordentlich in seiner Nackenfalte platzierte.

Von Papa kam ein Lachen und dann Applaus, während er sich vom Tisch erhob. »Was für eine wunderbare Geschichte. Ich nehme an, sie kommt gut an im Club.«

»Sie spielen auch Tennis?«, fragte Rose, angenehm überrascht. Grace und sie hatten es früher geliebt, draußen auf dem Rasen Bälle zu schlagen.

Charles lächelte. »Ja, aber leider ist es nicht möglich dort, wo ich lebe. Der Club, den Ihr Vater meinte, ist ein Ort, an dem wir Engländer für einen gepflegten Drink, Kartenspiele und dergleichen zusammenkommen. Wir haben eine sehr angenehme Gesellschaft dort unten.«

Ihr Vater warf ihr einen Blick zu, den sie nicht deuten konnte. Billigte oder missbilligte er Drinks, Kartenspiele und dergleichen? »Rose, vielleicht möchtest du Charles in das Schulzimmer führen und ihn bitten, dass er dir auf dem Globus, der dir so teuer ist, zeigt, wo er lebt.«

Es kam ihr äußerst merkwürdig vor, das Schulzimmer ohne die steife Gouvernante oder die alberne Lydia zu betreten. Allerdings war es auch faszinierend, den Umriss von Borneo zu studieren, der ein bisschen an die Leber vom Abendessen erinnerte, dort auf der anderen Seite des Globus, so weit entfernt von zu Hause. Als sie den Globus zurück nach England drehte, streifte Charles' Hand flüchtig die ihre.

»Verzeihen Sie«, sagte sie in großer Verlegenheit. Und dann wurde ihr bewusst, dass diese große, warme Hand auf ihrer kleineren liegen blieb.

»Rose, ich weiß, das kommt jetzt vielleicht ein wenig plötzlich. Aber der Krieg hat viele von uns impulsiv gemacht und gleichzeitig vorsichtig. Ich wusste von dem Moment an, als wir uns kennenlernten, dass ich Sie zu meiner Frau machen möchte. Würden Sie die Güte haben und mir diese Ehre erweisen?«

Der Globus begann sich zu drehen, obwohl keiner von ihnen den Pudding oder die sonnigen Flecken berührte. »Mein Vater …«, begann sie.

Seine Hand schloss sich enger um ihre. »Ich habe bereits mit ihm gesprochen. Er gibt seine Zustimmung.«

»Und wir werden gemeinsam …«

»Auf Borneo leben.« Er blickte sie nun eindringlich an. Ernst. Fragend. Beinahe unsicher.

»Aber ich kann nicht.«

»Warum nicht?«

Eine derartige Frage ziemte sich nicht für einen Gentleman. Das wusste sie von Lydia. »Ich kann nicht Ihre Frau werden, weil ich immer gesagt habe, dass ich einen Jim heiraten werde.« Sie wandte den Blick ab. »Das war ein Versprechen, das ich meiner Schwester gegeben habe. Nicht Phoebe. Meiner anderen Schwester.«

»Grace«, sagte er leise, und sie nickte.

»Wenn das der einzige Hinderungsgrund ist, dann ändere ich eben meinen Namen in Jim!«

Er lachte, ein lautes, breites Lachen, das mehrere Zähne entblößte. Zähne, die sie beschützen würden, dachte Rose. Die ihr eine Welt ersparten, in der Ga Gas Verstand nicht mehr war wie früher; in der sie mit einer Mutter zusammenlebte, die sich versteckte; mit einem Vater, der Lydias Mutter liebte – der Beweis, dass Rose nicht so begriffsstutzig war, wie sie vielleicht dachten –, und mit einer Schwester, die nicht Grace war.

Sie heirateten innerhalb von drei Monaten. Phoebe war eine störrische Brautjungfer, eingeschnappt, weil sie ihr Kleid aus kühlem blauem Satin nicht mochte, der gerne knitterte und es ihr schwer machte, sich darin zu bewegen. Rose trug ein langes weißes Seidenkleid, in dem bereits ihre Mutter getraut worden war, und einen Strauß tiefroter Pfingstrosen aus dem Garten nahe der Stelle, wo ihr Malkasten vergraben war. Die Blumen, frisch gepflückt am Morgen, zierte noch ein Tautropfen. Kurz vor Beginn des Gottesdienstes vergrub Rose das Gesicht darin, und für einen kleinen Augenblick glänzte der Tau auf ihrer Wange wie eine Träne.

Mama war nicht präsent. Seit dem Tod von Grace war ihre Mutter nur noch selten präsent bei irgendwelchen Anlässen. Selbst ihr Essenstablett kam unten wieder an, ohne dass die pochierten Eier angerührt worden waren und ohne die Spur eines Telegramms oder einer Silbermünze. Allerdings entstand kurz vor Roses Abreise Hektik unter dem Hauspersonal, und eine Nachricht wurde an Papa übergeben. Offenbar wünschte Mama sie doch noch einmal zu sehen, um von ihr Abschied zu nehmen.

Mit Herzklopfen stieg Rose die kleine Seitentreppe empor, die zum Boudoir ihrer Mutter führte. Im Bett lag eine Frau, die fast keine Ähnlichkeit mehr hatte mit Mama. Sie war so dünn, dass ihre Knochen mit dem Weiß der Laken zu verschmelzen schienen. Ihre Augen leuchteten auf wie blassblaue Laternen, und als sie die Hand ausstreckte, spürte Rose einen plötzlichen Widerwillen und musste sich überwinden, bevor sie duldete, dass die kalte Haut sie berührte.

»Mein Liebes, es gibt zwei Dinge, die ich dir sagen möchte.«

Die Stimme klang schwach und brüchig. Rose wartete, während ihr Atem an ihrem Hals pulsierte.

»Erstens, es gibt nichts Schlimmeres als einen untreuen Ehemann. Allerdings müssen wir es hinnehmen, weil das unser Schicksal ist. Die Alternative ist zu schrecklich. Zweitens, du wirst den Großteil deines Lebens damit verbringen, darauf zu warten, dass etwas geschieht.«

»Ja!« Roses Herz machte einen Sprung. Ihre Mutter verstand sie also doch!

»Du wirst den Großteil deines Lebens damit verbringen«, fuhr Louisa fort, »darauf zu warten, dass etwas geschieht, was vielleicht nie geschehen wird. Darum verschwende nicht deine Zeit.«

Roses Herz sank, während sie beobachtete, wie auch ihre Mutter sank, zurück in die weichen weißen Kissen, neben einer Fotografie von Grace, die unter einem breitkrempigen Hut mit buchfinkenblauen, herabhängenden Bändern hervorlächelte.

»Nimm das hier.« Ihre Mutter deutete auf eine Schatulle neben dem Bett. »Und auch diese Zeilen hier. Nein, du darfst sie erst öffnen und die Nachricht lesen, wenn du deine Reise angetreten hast. Und nun geh.«

Am folgenden Tag setzten sie Segel zu einem Ort namens Jesselton.

Am ersten Tag auf See las Rose die Nachricht. Sie bestand aus drei Zeilen in der schönen, gestochenen Handschrift ihrer Mutter.

»Um die Vergangenheit zu weinen ist nutzlos.
Um die Gegenwart zu weinen trübt nur den Blick,
und man sieht weniger klar in die Zukunft.«

Rose steckte das Gedicht in ihr liebgewonnenes Exemplar der *Canterbury-Erzählungen*, um es sicher aufzubewahren. Da es ihr gierig schien, beides auf einmal zu öffnen, machte sie das Geschenk ihrer Mutter erst am zweiten Tag auf. Ihr Collier! Ihre wunderschönen Perlen, die sie so oft bewundert hatte. In der Schatulle steckte außerdem eine Notiz, geschrieben mit schwarzer Tinte, die die charakteristischen Schnörkel ihrer Mutter trug.

»Du bist an der Reihe.«

Ein dicker Kloß bildete sich in Roses Kehle. Dann liebte ihre Mutter sie also doch! Ehrfürchtig betastete sie die herrlichen Perlen. »Danke, Mama«, sagte sie, während sie an der Seitenreling des Schiffes stand, die Holzbrüstung umklammernd wie zuvor, als sie beobachtet hatte, wie England in der Ferne immer kleiner wurde. »Ich werde mein Bestes tun, um mich ihrer würdig zu erweisen.«

12

Das Schiff! Nichts hätte Rose auf das Schaukeln vorbereiten können, das zwischen einem sanften Wiegen und einem gewaltigen Wogen pendelte, sodass sie sich vorkam wie ein winziges Orangenstück in dem großen schwarzen Einmachtopf des Kochs, ein winziges Stück, das hin und her, auf und ab und im Kreis herumgewirbelt wurde. Noch nie, dachte Rose, während sie sich in einer der seltenen Ruhephasen an die Holzreling klammerte, hatte sie etwas Vergleichbares erlebt. Der kreisende Globus im Schulzimmer kam ihr nun vor wie ein bloßes Kinderspielzeug.

»Am besten«, hatte Charles knapp bemerkt, »sitzt man es in der Kabine aus.«

Tatsächlich tat er genau das, bewaffnet mit einer großen Flasche Single Malt. Rose hatte nichts übrig für dieses seltsame, blassgoldene Getränk, das an ihrem Gaumen brannte, obwohl ihr Neuvermählter ihr ein Glas eingegossen und gedrängt hatte, mit seiner tiefen Bassstimme, dass dies die einzige Lösung sei. Auch hatte sie nicht viel übrig für die enge Kabine und das schmale Bett, das sogar noch kleiner war als jenes, das sie früher als Kind manchmal mit Grace geteilt hatte. Was »die Sache« betraf, von der Lydia ihr erzählt hatte und die von ihr als Neuvermählter erwartet wurde – es war einfach noch nicht dazu gekommen. Außer sie hatte es zufällig verpasst.

Vielleicht hatte Lydia es falsch beschrieben, vielleicht war damit die Art gemeint, mit der Charles seine Lippen auf ihre gepresst und sie verätzt hatte mit dem Geschmack dieses schrecklichen blassgoldenen Zeugs, das in ihrem Mund brannte. Aber er hatte dies erst zweimal getan, seit das Schiff in Southampton abgelegt hatte, wo ihr Vater am Kai zum Abschied winkte. War es möglich, dass man als eine Folge von wunden Lippen schwanger wurde?

»Absolut grässlich, nicht wahr?«, sagte eine Stimme neben ihr mitten in ihre Gedanken hinein. Sie gehörte einer hübschen Frau, die ihr zu Beginn der Reise als »Celia, eine der anderen Ehefrauen« vorgestellt worden war und die ihren Sohn nach England gebracht hatte, wo er die Schule besuchte. Celias Mann Alec war auf Borneo geblieben, um sich um die Arbeit zu kümmern, was dort unten anscheinend üblich war. Roses Herz hatte einen Takt lang ausgesetzt, als sie das hörte. Wenn Charles und sie Kinder hatten, würde sie eine Schule finden, die näher lag.

»Tut mir leid, dass wir noch keine Gelegenheit hatten, miteinander zu plaudern«, sagte Celia und hielt sich an der Reling fest, als der nächste Sturm sich ankündigte. »Ich bin unter Deck geblieben.« Sie blickte Rose an, der auffiel, dass die Frau beinahe größer war als sie selbst, aber ein eckigeres Gesicht hatte und eine leichte Hakennase. Sie strahlte außerdem eine Selbstsicherheit aus, die wahrscheinlich davon herrührte, dass sie »seit mehreren Jahren dort unten« lebte, wie Charles es ausgedrückt hatte. Celia sah eindeutig älter aus, als sie war, und ihre Haut erinnerte Rose an einen Lederhandschuh. »Sie auch, nehme ich an.«

»Nein.« Rose hörte, dass in ihrer Stimme eine Unsicherheit schwang, die sie überraschte. Sie war im Unterricht nie zu schüchtern gewesen, den Mund aufzumachen, was ihre neue Gouvernante nicht versäumt hatte zu betonen. Aber hier, in einer Umgebung, die so anders war, spürte sie ungewohnte Nervosität und beinahe Angst. »Ich bleibe lieber hier oben, damit ich sehen kann, was passiert. Das heißt«, fügte sie hastig hinzu, »außer wenn es richtig schlimm wird. Dann setze ich mich in einen der Säle unten.«

»Sie meinen den Salon.« Celia nickte und klappte ein schmales schwarzes Etui auf. »Möchten Sie eine?«

Rose hatte nie zuvor eine Frau rauchen sehen. Papa sagte immer, das sei »forsch«.

»Danke. Ich meine, nein. Nein, danke.«

Celia lächelte, als hätte Rose etwas furchtbar Komisches gesagt, bevor sie sich ihre Zigarette anzündete. »Ich habe gehört, Sie sind noch sehr jung. Wie haben Sie Charles kennengelernt?«

Rose gewann allmählich ihre Sicherheit zurück. »Im Lazarett. Ich habe seinen Bruder und ein paar andere Patienten betreut. Mein Vater ist Arzt, wissen Sie. Charles besuchte seinen Bruder Duncan, und so kamen wir ins Gespräch.«

Celia trug ein amüsiertes Lächeln auf den Lippen, die, wie Rose auffiel, in einem recht feurigen Rot geschminkt waren. »Und wie viele Monate ist das her?«

»Drei.«

Wieder ein amüsiertes Lächeln. »Dann kann ich davon ausgehen, dass Sie noch sehr wenig über ihn wissen?«

»Sind drei Monate ungewöhnlich kurz für eine Brautwerbung?«

»Nicht unbedingt.« Ihre neue Freundin wandte sich ab und blickte hinaus über das Meer zu einem grauen Fleck am Himmel, der größer wurde, während sie redete. »Ich kannte meinen Mann ein ganzes Jahr und war trotzdem unvorbereitet.«

Rose war sich nicht sicher, ob sie Celia richtig verstanden hatte. »Unvorbereitet?«

Celia drehte sich wieder zu ihr, und dieses Mal war ihr Lächeln verschwunden. »Unvorbereitet auf sein Leben. Es ist alles ganz anders dort unten, wissen Sie.«

Ihre Gouvernante hatte ihr das auch gesagt und ihr Vater ebenso. »Genau das, was ich mir wünsche!« Rose war nun fröhlicher. »Ich wünsche mir ein Abenteuer. Ich möchte die Welt sehen. Nicht nur die rosaroten und die gelben Teile, sondern auch die grünen und die braunen!«

Sie spürte eine kühle Hand auf ihrer. »Mein liebes Kind, denn Sie sind noch ein Kind, nicht wahr? Ich habe keine Ahnung, wovon Sie reden, aber ich kann sehen, dass Sie ein gutes Stück jünger sind als Ihr hübscher Ehemann, den ich schon beträchtlich länger kenne als Sie, wenn ich das hinzufügen darf. Es wird eine Zeit kommen, in der Sie eine Freundin brauchen. Wenn es so weit ist, zögern Sie nicht, sich an mich zu wenden.«

Ein unbehaglicher Schauer kroch über Roses Rücken, ähnlich dem Wasserrinnsal gestern Abend bei ihrem Versuch, sich zu waschen. »Wie kann ich Sie finden?«

Ein Lachen, das wie ein Klimpern klang. »Fragen Sie einfach nach mir. Dort unten kennt jeder jeden. Manchmal hat das Vorteile. Und manchmal ist es ein Fluch.« Sie legte eine Hand auf Roses Schulter. »Sieht so aus, als würde sich der nächste Sturm zusammenbrauen. An Ihrer Stelle würde ich nach unten gehen zu Ihrem Mann.« Sie musterte Rose. »Geht er behutsam mit Ihnen um?«

Sie nickte eifrig, als wollte sie ihren Ehemann verteidigen. »Sehr sogar. Er bietet mir sofort seinen Arm an, wenn das Schiff zu schlingern beginnt.«

Celia warf lachend den Kopf in den Nacken, und Rose konnte sehen, dass ihr feuerroter Lippenstift innen genauso sorgfältig aufgetragen war wie außen. »Entweder sind Sie äußerst geistreich, meine Liebe, oder Sie brauchen noch dringender eine Freundin, als ich dachte. Wir sehen uns später.«

Als Rose nach unten in ihre Kabine ging, fand sie ihren Neuvermählten schlafend vor, während er halb aus dem Bett hing, mit offenem Hemdkragen, immer noch in seiner Hose, und mit diesem dichten dunklen Bartschatten am Kinn, der sich seit heute Morgen vergrößert zu haben schien. Die leere Whiskyflasche lag neben ihm. Hatte er im Haus ihres Vaters auch so viel getrunken? Sie bezweifelte es. Manchmal fragte sie sich, ob der Mann, der sie mit seinem Heiratsantrag überrascht hatte, sich in jemanden verwandelt hatte, der ihr fremd war. Von dem Moment an, als sie an Bord gegangen waren und er eine laute Männerrunde schulterklopfend begrüßte, in der sich alle untereinander zu kennen schienen, hatte sie sich isoliert gefühlt und einsam.

Alles schien noch schlimmer zu werden, als sie ihn »Jim« nannte, wie sie vereinbart hatten. Zum einen vergaß er immer wieder, auf diesen Namen zu reagieren, und zum anderen bekam einer aus der Runde das mit und fragte sie prompt, ob sie vorher einen Liebsten hatte, der auf diesen Namen hörte und mit dem sie ihren Gatten verwechselte. Als sie zu einer Erklärung anhob, warf ihr Mann ihr einen finsteren Blick zu, sodass sie verstummte. Und sie nannte ihn auch nie wieder Jim. Außerdem, sagte sie sich, war es kindisch, und sie war nun schließlich eine erwachsene, verheiratete Frau.

Leise zog Rose die Kabinentür hinter sich zu und ging wieder nach oben auf das Deck, nur um festzustellen, dass Celia recht hatte. Der Sturm peitschte das Meer wieder auf, und sie schaffte es nicht einmal über die Treppe zum Salon, wie Celia ihn genannt hatte. Bisher war sie glücklicherweise von Übelkeit verschont geblieben, aber nun schmeckte sie bittere Galle in ihrem Rachen, zusammen mit dem Salz in der Seeluft. Also kehrte sie in die Kabine zurück und fragte sich, wohin sie sich setzen konnte. Charles beanspruchte fast das ganze Bett mit Ausnahme einer kleinen Ecke, auf die Rose sich nun quetschte.

Wie kam es, fragte sie sich, während sie ihn im Schlaf betrachtete, dass er sich äußerlich so sehr von seinem Bruder unterschied? Bei ihrer ersten Begegnung hatte sie das noch erfrischend gefunden. Duncans jungenhafte und beinahe farblose Erscheinung hatte ihr Herz nicht in Wallung versetzt, wie ihre erste Gouvernante es einst ausgedrückt hatte. Tatsächlich hatten sie damals über Desdemona gesprochen, obwohl Rose vermutete, dass ihre liebenswerte Gouvernante das Thema gewählt hatte, um sie auf etwas vorzubereiten. Doch nun, während sie den Speichel auf den vollen roten Lippen ihres Mannes betrachtete, dessen Oberlippe interessanterweise viel schmaler war als die Unterlippe, spürte sie Sehnsucht nach dem freundlichen jüngeren Bruder, dem sie im Lazarett so oft Gesellschaft geleistet und im Bestreben, seine Schmerzen zu lindern, vorgelesen hatte.

Was, fragte sie sich, während die nächste Welle gegen das Schiff krachte, sodass die leere Whiskyflasche auf den Boden rollte und klirrend zerbrach, würde aus Duncan werden? Würde jemals jemand einen Mann heiraten wollen, dem ein Bein fehlte?

Das Klirren, zusammen mit dem Schwanken des Schiffs, schien Charles aufgeweckt zu haben. Zumindest öffnete er die Augen, aber er sah sie an, als wäre sie eine andere.

»Maya.«

Was redete er? Es klang wie diese seltsame fremde Sprache, die er mit ihr geübt hatte, die wichtigsten Ausdrücke, wie er lachend sagte, zum Beispiel »Mehr Eis, bitte« in der eigenartigen Mundart, die dort unten gesprochen wurde.

»Charles!« Sie versuchte auszuweichen, aber seine Finger bohrten sich in ihren Arm. »Charles. Du tust mir weh.«

Es war, wie sie später ihrem Tagebuch anvertraute, als würde er sie attackieren. Sie versuchte zu schreien, aber das Tosen der Wellen erstickte ihre Hilferufe, während er sich aufsetzte, nach Whisky stinkend, und begann, ihr die Kleider vom Leib zu reißen. Ihr schönes Kleid, dachte sie, zu spät. »Charles, was tust du?«

Und dann war er auf ihr, sein Gewicht drückte so schwer auf sie, dass sie bestimmt zerbrechen würde. Es war unmöglich, Luft zu bekommen. Er wollte sie ermorden, so wie der Einheimische versucht hatte, ihn zu ermorden, und ihm die Zigarrenkerbe im Nacken zugefügt hatte.

»Hör auf! Hör sofort auf!«

Und dann spürte sie etwas anderes. Etwas, das sie nie zuvor gespürt hatte und das in sie hineinstieß, als würde jemand etwas mit einem Teil von ihr anstellen, von dem sie nicht gewusst hatte, dass sie ihn besaß. »Charles!«

Er ächzte nun, grunzte wie ein Tier, das in einer Falle saß. Obwohl die einzigen Tiere, die sie jemals in Fallen gesehen hatte, aus den Schulzimmerbüchern stammten, fühlte sie sich, als wäre sie selbst eins. Sie konnte sich nicht bewegen. Ihr blieb nichts anderes übrig, als unter ihm zu liegen und zu hoffen, verzweifelt zu hoffen, dass jemand sie bemerkte und von diesem Wahnsinnigen befreite, der ständig »Maya, Maya« vor sich hin stammelte.

Und dann, so plötzlich, wie das Schiff aufhörte, sich zu bewegen, tat das auch der Fremde auf ihr. Das Schiff rollte auf die Seite, und er ebenso. Rose starrte ihn entsetzt an. War er tot? Offenbar nicht, denn seine Brust hob und senkte sich. Trotzdem sollte sie Hilfe holen. Vielleicht hatte er einen Anfall, ihr Vater wurde oft zu Patienten gerufen, die unter Anfällen litten. Sie stand auf, taumelnd. Ihre Eingeweide fühlten sich an, als stünden sie in Flammen, und eine klebrige Flüssigkeit lief an der Innenseite ihres Oberschenkels herunter. Dieser scheußliche Whisky, vermutete sie. Gott sei Dank war ihr Kleid nicht allzu schlimm beschädigt. Sie wickelte es um ihren Körper und öffnete die Kabinentür, an der gerade ein Mann und eine Frau vorbeigingen. Von hinten konnte sie das charakteristische Lachen hören. »Celia«, rief sie. »Celia! Bitte, ich brauche Ihre Hilfe. Charles ist krank, und ich weiß nicht, was ich tun soll.«

Später betrachtete Rose dies als einen Wendepunkt in ihrer Ehe. Als den Tag, an dem die Dinge sich änderten, hätten sie vorher genug Zeit gehabt, um überhaupt eine Basis zu schaffen, von der aus die Dinge sich entwickeln konnten.

Sicher war jedoch, dass Rose, laut ihrem Gatten, ihn »zum Gespött gemacht« hatte. Wie, herrschte er sie mit hochrotem Gesicht an, nachdem der Schiffsarzt breit grinsend verkündet hatte, dass dem Patienten nicht das Geringste fehlte, und wieder gegangen war, sollte er im Club jemals Gras über die Sache wachsen lassen?

»Verdammt, Rose«, brüllte er. »Was hast du dir dabei gedacht?«

Zu diesem Zeitpunkt wusste sie immer noch nicht, was sie denken sollte, aber später dann nahm Celia sie zur Seite und erklärte es ihr. »Hat Sie niemand darauf vorbereitet?«, fragte sie sanft.

Rose schüttelte den Kopf.

Celia hakte sich bei ihr ein. »Nun, zumindest wissen Sie jetzt Bescheid. Das ist eine Sache, die Sie Ihrem Mann gestatten müssen, anderenfalls ist für uns dort unten kein Platz. Verstehen Sie?«

Rose nickte, und ihr brannten alle möglichen Fragen auf der Seele, aber ihre Scham war zu groß.

»Es wird mit der Zeit besser. Manchmal ist es sogar ganz vergnüglich, vorausgesetzt, man tut es mit der richtigen Person.« Ihr Griff um Roses Arm wurde enger. »Gott sei Dank! Sehen Sie das?«

Sie deutete auf eine Silhouette fern am Horizont. »Jesselton! Das ist Jesselton! Das bedeutet, wir haben es bald geschafft!«

13

Fast geschafft? Das war mehr als nur leicht übertrieben, wie Rose viele Stunden später bewusst wurde, als sie sich immer noch auf dem Weg zu ihrem neuen Zuhause befanden. Dabei lag es schon wieder eine Ewigkeit zurück, dass sie in Jesselton von Bord gegangen waren, wo sie am Kai ein Gewimmel aus Einheimischen erwartete. Rose war dankbar, dass Charles sie an der Hand führte, auch wenn mittlerweile seine bloße Berührung leichten Ekel in ihr auslöste. Anschließend legten sie eine längere Strecke mit dem Zug zurück, dann wechselten sie auf ein anderes Schiff, und nun saßen sie wieder im Zug. Rose war heiß, und sie hatte Durst, während sie mit dem Fächer wedelte, den Charles ihr in Jesselton gekauft hatte. Es machte nicht den geringsten Unterschied, aber sie beklagte sich nicht. Dies hier, dachte sie begeistert, während sie aus dem Fenster sah, dies hier war der richtige Globus. Das echte Rosa und Gelb. Und dieser Geruch! Wenn sie später gefragt wurde, wie die Luft sei dort unten im Südosten, beschrieb sie den Geruch als eine seltsame Mischung aus Tabakrauch, Rosen, die man dort sicher nicht erwarten würde, und Hitze. Eine durchdringende Hitze, die in die Nase kroch und eine Gänsehaut verursachte.

»Wir sind fast da«, sagte Celia, die ihr dösend gegenüber gesessen hatte und nun aufwachte.

Rose war sich nicht sicher, ob sie ihr wieder glauben sollte.

»Nicht, dass ich es eilig hätte!« Celia lachte fröhlich. »Alec wird mich vermisst haben, und wir wissen schließlich alle, was das bedeutet.«

Charles lachte schallend, während Rose heftig errötete und ihr Nacken sich anfühlte, als wäre er von der Sonne verbrannt. Wollte Celia damit andeuten … nein. Sicher nicht. Anderenfalls würde sie Charles nicht diese bedeutungsvollen Blicke zuwerfen. Celia war eine Dame, und das war sicher kein damenhaftes Benehmen. Aber nun lachten die beiden gemeinsam, sodass Rose sich ausgeschlossen vorkam. Sogar noch beschämender war der Umstand, dass Charles mit ihr, seiner eigenen Frau, nie so lachte. Vielmehr begegnete er ihr seit der Episode auf dem Schiff – die, wie Rose inzwischen dank Celia erkannte, das war, was Lydia als »intime Beziehungen« bezeichnet hatte – mit kühler Nonchalance.

Es war alles so verwirrend.

Um sich weniger ausgegrenzt zu fühlen, blickte sie aus dem Fenster, das zum Glück offen war und ein bisschen Wind hereinließ, der ihren heißen Nacken kühlte. Sie hatte nicht geahnt, dass die Perlen, die sie auf dem Schiff angelegt hatte, sich im ersten Moment so kalt anfühlen konnten und nun in der Hitze so warm, dass es fast juckte. Sie hatte das Bedürfnis, das Collier abzunehmen, aber gleichzeitig kam ihr das falsch vor. Schließlich war es, wie Rose sich vor Augen hielt, während ihre Hand hochwanderte und überprüfte, ob beide Reihen sicher an ihrem Platz waren, eine der wenigen Verbindungen zu ihrer Familie und zu ihrem alten Leben. Ein Leben, das anscheinend zunehmend in die Ferne rückte, während der Zug durch diese endlose Landschaft mit Feldern und Seen und seltsamen Bäumen mit hohen, schlanken, gesprenkelten Stämmen ratterte, die, wie Charles vor ein paar Stunden abfällig bemerkt hatte, das Gummi enthielten. Es fiel schwer, sich vorzustellen, dass aus ihnen eine Flüssigkeit herauskam, die später als Radiergummi auf Miss Hollingswoods Pult endete!

»So!« Charles stand auf und bot ihr seinen Arm. Einen Augenblick lang dachte Rose, dass er es sich anders überlegt habe, dass er ihr anbiete, sie zurück nach Hause zu bringen. Eine gewisse Erleichterung machte sich in ihrer Brust breit, gefolgt von einer dumpfen Enttäuschung. Sie war so weit gereist, nur um wieder nach Hause geschickt zu werden, weil niemand ihr die Feinheiten des Erwachsenseins erklärt hatte?

»Nun?« Er blickte auf sie herunter, die dunklen Augenbrauen ineinander verwoben. Wie sonderbar, dass diese Brauen so freundlich wirken konnten, wie unlängst in der Heimat, und gleichzeitig so bedrohlich wie im Augenblick. »Kommst du oder nicht?«

Erst da wurde ihr bewusst, dass sie derart tief in ihren Gedanken versunken war, dass sie nicht bemerkt hatte, dass der Zug nun quietschend zum Stehen kam, während Celia geschäftig ihre Hutschachtel einsammelte und das ganze andere Brimborium, wie ihre neue Gouvernante missbilligend gesagt hätte, das sie auf ihrer Reise mit sich führte. »Sind wir da?«, fragte Rose atemlos mit einer Mischung aus Angst und Aufregung.

»Fast«, trällerte Celia und stieg leichtfüßig vor ihr aus dem Waggon. »Fast.«

Rose hatte so etwas nie zuvor gesehen. Erst in späteren Jahren, nachdem sie die Überfahrt ein weiteres Mal gemacht hatte, fragte sie sich, was sie beim ersten Mal erwartet hatte. Eine Droschke wie in London, die sie und ihr Gepäck bis vor das Haus brachte, das, ihrer Schätzung nach, mindestens eine gute Stunde zu Fuß entfernt lag?

»Machen die ein Feuer?«, fragte sie Charles, als eine Gruppe dunkelhäutiger Männer begann, Baumstämme in Richtung Zug zu rollen.

Celia brach in schallendes Gelächter aus, und Rose wappnete sich gegen den missbilligenden Ausdruck in den zusammengezogenen Augenbrauen ihres Neuvermählten. »Nein, meine Liebe, die machen kein Feuer. Mit dem Holz transportieren sie unser Gepäck zum Haus.«

Das Gepäck transportieren? Auf Holzstämmen? Rose berührte ihre Perlen, und dieses Mal fühlten sie sich tröstend an. Wo ist dein Abenteuergeist, schienen sie zu fragen. Ist es nicht das, wonach du dich dein ganzes Leben lang gesehnt hast? Würde Grace nicht auf diese Männer zugehen und mit ihnen reden, so wie sie früher immer die Menschen auf der Straße angesprochen hatte?

Rose hätte das gerne getan, aber sie hatte Angst, noch mehr sarkastisches Gelächter zu ernten. Stattdessen konzentrierte sie sich darauf, was die Männer taten, als würde sie es im Kopf nachzeichnen. Dies war etwas, bei dem sie sich immer öfter ertappte, seit sie ihren Malkasten als Erinnerung daran, dass sie ihre Schwester enttäuscht hatte, vergraben hatte.

Unglaublich! Die Männer platzierten nun die schweren Koffer auf die riesigen Holzstämme, bevor sie sie fast mühelos über den Boden und den Hügel hochrollten. Rose hob ihre Röcke an. Es war großartig, sich endlich die Beine vertreten zu können. Sie freute sich richtig darauf, den Männern den Hügel hoch zu folgen.

»Keine Angst«, rief Celia, die vor ihr ging. »Wir müssen nicht auf Schusters Rappen reisen. Da kommt er, Charles!«

»Er« entpuppte sich als eine offene Kutsche oder etwas in der Art, die von vier dunkelhäutigen Männern gezogen wurde. Rose stieg hinter Celia ein, die gleich darauf begann, sich Luft zuzufächern. »Meine Güte, ich könnte jetzt einen Drink vertragen, Sie nicht auch?« Sie blickte sich um. »Eigentlich hätte man erwarten können, dass Alec mich nach so langer Zeit abholt.« Charles gab ein Geräusch von sich, das wie ein Prusten klang, und Celia stimmte ein. »Aber er wird sicher noch früh genug auftauchen.« Sie schenkte Rose einen Blick von der Seite. »Genau wie Ihr neues Zuhause.«

Rose sah beide bereits, als sie um die erste Kurve bogen und ruckartig zu einem Halt kamen, während die vier »Kutscher« das Gefährt absetzten und sich den Schweiß von der Stirn wischten.

»Passt beim nächsten Mal besser auf«, rief Charles, bevor er absprang und zuerst Celia und dann Rose heraushalf. Ein kleiner, rundlicher Mann in beigefarbenen Shorts und weißem Hemd, das an seiner Brust klebte, als hätte ihn jemand mit Wasser übergossen, näherte sich ihnen. Er war praktisch kahlköpfig und trug ein Monokel, und er redete auf eine Art, dass Rose zunächst nicht sicher war, wen sie vor sich hatten oder was er überhaupt sagte, aber sie konnte sich nicht überwinden, auf ihn zuzugehen, weil er einen so starken Schweißgeruch verströmte. Als sie beobachtete, wie er Celia auf beide Wangen küsste und sie unbeholfen umarmte, wurde ihr bewusst, dass dies tatsächlich der Alec sein musste, der seine Frau angeblich so sehr vermisst hatte.

»Darling!«, rief ihre neue Freundin in einem beiläufigen Ton, als wäre sie nur für kurze Zeit fort gewesen statt für mehrere Monate. »Das hier ist übrigens das bezaubernde Kind, das Charles geheiratet hat. Rose, darf ich Sie mit Alec bekannt machen? Mein Ehemann«, fügte sie unnötigerweise hinzu.

Kind? Rose rätselte, ob es schmeichlerisch oder spöttisch gemeint war, bei Celia war das schwer zu sagen. Allerdings machte Charles ein Gesicht, als wäre er auch nicht gerade glücklich über diese Bezeichnung. Aber Alec pumpte bereits schwungvoll mit seiner schweißnassen Hand ihren Arm. »Freut mich, Sie kennenzulernen, meine Liebe. Es ist immer erfrischend, hier ein neues Gesicht zu sehen. Meine Güte, Sie sind eine richtige Schönheit, nicht wahr?« Er blickte zu Charles. »Du Schlingel. Dann musst du dich aber von nun an bessern, was?«

Charles' Blick verfinsterte sich, und selbst Celias Lächeln verblasste. »Red nicht solchen Unsinn, Alec.« Sie ergriff seinen Arm. »Schenkst du uns jetzt endlich einen Drink ein oder nicht? Rose und ich sind am Verdursten.«

»Ich denke«, sagte Charles in kühlem Ton, den Rose mittlerweile kannte, »meine Frau möchte zuerst ihr neues Zuhause sehen. Nicht wahr, Rose?«

Er deutete auf etwas, was auf den ersten Blick wie eine riesige Konstruktion aus Holzlatten aussah, die auf Pfählen stand und ein gewaltiges Strohdach hatte. »Die Häuser hier sehen alle so aus, Rose«, bemerkte Celia freundlich, als spürte sie Roses Verwunderung. »Sie sind eingeschossig und stehen auf Pfählen, damit sie in der Regenzeit nicht überflutet werden.«

Rose erwiderte nichts und starrte weiter zu dem Haus. Es hatte eine breite Holzveranda auf der Vorderseite, und darauf konnte sie eine kleine, dunkle Gestalt erkennen, die zu ihnen herüberblickte.

»Das Hausmädchen«, sagte Charles rasch. »Sie wird sich um dich kümmern und dich mit allem vertraut machen.« Er klang nun unsicher, fast freundlicher. »Es wird alles gut, Rose. Du wirst dich schnell eingewöhnen.«

Das würde sie ganz sicher, dachte Rose. Außerdem, Grace war fort. Dies hier war nun ihr neues Leben, und, wie Ga Ga ihr zum Abschied gesagt hatte, es würde eine wundervolle Erfahrung werden. Mit Herzklopfen schritt sie nun an Charles' Arm auf ihr neues Zuhause zu. Celia und ihr Mann waren in einer anderen offenen Kutsche weitergefahren. Offenbar war ihr Bungalow »nicht weit entfernt«, trotzdem waren sie auf ein Fuhrwerk angewiesen. Kein Wunder, dass manche Besucher, wie Charles ihr erklärte, gleich mehrere Tage blieben, statt nur für eine Stunde oder so vorbeizukommen.

Seltsamerweise, obwohl Celias Geplänkel ihr während der Reise allmählich auf die Nerven gegangen war, spürte Rose ein leises Bedauern über die Abwesenheit ihrer neuen Freundin. Sie hatte das eigenartige Gefühl, dass Charles und sie die Erwachsenen waren in einem Spiel, das sie nie zuvor gespielt hatte.

»Hier entlang«, sagte Charles und ließ sie auf der Treppe vorangehen, die zu der Veranda hochführte. Oben öffnete er die Holztür. »Bitte, tritt ein.«

Rose stockte der Atem. Sie wusste nicht genau, was sie erwartet hatte. Aber dies hier übertraf ihre Erwartungen, nachdem sie den Transport mit den Baumstämmen beobachtet hatte. Wie sie auf den ersten Blick sah, konnte sie das hier zu einem Zuhause machen. Ein langer Raum erstreckte sich vor ihr, und es gab zwei chaiselongue-ähnliche Sitzmöbel aus Bambus, die mit ein paar Kissen völlig angemessen sein würden. An einer Seite stand eine große Kommode, darauf mehrere Flaschen und ein paar schmutzige Gläser, was darauf hindeutete, dass das Hausmädchen eine strengere Hand benötigte. Die Mitte des Raums nahm eine große Holztruhe ein, auf der sie eins der hübschen Deckchen mit Gänseblümchen-Stickerei drapieren würde, die ihre erste Gouvernante Miss Hollingswood ihr zur Hochzeit geschenkt hatte.

»Dort drüben ist unser Schlafzimmer.« Charles durchquerte den großen Raum und betrat einen kleineren, in dem ein breites Bett mit einem Kopfteil und Fußteil aus Mahagoniholz stand. »Das habe ich von Jesselton liefern lassen«, bemerkte er stolz.

Eine wunderbare Idee von ihm, sie damit zu überraschen! Das zeigte doch, dass er viel rücksichtsvoller war, als seine schroffe Art vermuten ließ. »Danke«, erwiderte sie.

Charles runzelte die Stirn.

»Danke, dass du …« Sie wollte »unser Bett« sagen, aber das war ihr zu peinlich. »Dass du das alles hier organisiert hast.« Sie machte eine ausladende Bewegung mit der Hand.

»Das ist schon vor Jahren passiert, gleich nach meiner Ankunft«, erwiderte er, als habe sie etwas Amüsantes gesagt.

Vor Jahren schon? Aber er war nie zuvor verheiratet gewesen. Wozu brauchte er also ein derart großes Bett für sich allein?

»Was die Körperhygiene betrifft«, fuhr Charles fort, »wirst du dich umgewöhnen müssen. Das Hausmädchen bringt dir eine Schüssel Wasser, wenn du welches brauchst, und abends wird in dem Raum draußen auf der Rückseite eine Art Wanne gefüllt. Sie wird dir alles zeigen.«

Er steckte zwei Finger in den Mund und pfiff. Rose starrte ihn verwundert an und fragte sich, was das nun wieder sollte. Gab es hier einen Hund? Sie hatte vorhin einen im Lager, wie Celia das Gelände nannte, herumstreunen sehen, obwohl Rose immer gedacht hatte, ein Lager wäre umzäunt, aber hier schien es keine Zäune zu geben. Nur Bäume und Bäume und Bäume.

»Ja?«

Die kleine, junge, dunkelhäutige Frau, die Rose auf der Veranda gesehen hatte, stand nun vor ihnen. Sie war hübsch, bemerkte Rose, mit hohen Wangenknochen und ungefähr in ihrem Alter, wenngleich ihre Art, Rose zu ignorieren, nahelegte, dass sie keine Kammerdienerin war. Stattdessen waren ihre pechschwarzen Augen mit einem fast feindseligen Blick fest auf Charles gerichtet.

»Rose«, sagte Charles in beiläufigem Ton. »Das ist dein Hausmädchen. Ihr Name ist Maya.«

14

Rose wusste nicht, wem sie sich anvertrauen sollte. Diese Art von Thema eignete sich wohl kaum für ihren ersten Brief nach Hause an ihre frühere Gouvernante oder an Lydia, auch wenn diese immer behauptete, sich mit solchen Dingen auszukennen. Also wartete Rose fünf volle Tage, in denen Maya anscheinend allgegenwärtig war. Manchmal entdeckte Rose sie sogar im Schlafzimmer, wenn sie von einem Spaziergang durch das Lager zurückkam, wo sie die klapprigen Hütten und die endlosen Reihen von Kautschukbäumen besichtigte.

Maya mit ihren schwarzen ernsten Augen. Maya, deren Blick sie jedes Mal herausforderte, wenn Rose beobachtete, dass sie ihrem Gatten abends einen Drink einschenkte, wenn er schweißgebadet zurückkehrte. Maya, die Charles ein Frotteetuch reichte, damit er sich den Schweiß von der breiten Brust wischen konnte, die unter seinem halb offenen Hemd hervorblitzte.

Manchmal spielte Rose mit dem Gedanken, Charles zu fragen. Hatte er früher ein Verhältnis mit diesem Hausmädchen? War das der Grund, warum er Mayas Namen in dieser schrecklichen Situation auf dem Schiff gestammelt hatte, als sie gedacht hatte, er wolle sie umbringen? Aber angenommen, er hatte während des Liebesakts etwas ganz anderes gesagt, das nur so ähnlich klang wie der Name des Hausmädchens? Vielleicht waren die dunklen, glutvollen, unfreundlichen Blicke, die Maya ständig in ihre Richtung warf und die ihre Gouvernante als zutiefst respektlos empfunden hätte, tatsächlich völlig normal in diesen Breiten. Es war, dachte Rose, während sie auf dem Weg zu Celias Haus in dem zweirädrigen Gefährt saß, das von Männern vorne gezogen und hinten geschoben wurde, schwer zu beurteilen, was in diesem unglaublich seltsamen Land normal war, wo lautes, durchdringendes, fremdartiges Vogelgeschrei sie früh am Morgen weckte, wenn Charles immer noch nicht in seinem eigenen Bett lag.

Die Arbeit begann dort unten sehr früh, wie sie bemerkt hatte. Manchmal sogar so früh, dass ihr Ehemann abends nicht einmal nach Hause kam.

»Das ist der Grund, warum sie so beschäftigt sind«, bemerkte Celia in der darauffolgenden Woche beiläufig, während sie Roses Glas auffüllte. Es hatte sich ergeben, dass Charles einen Abstecher in die Nähe von Alecs Haus machen musste, und Rose hatte die Gelegenheit sofort wahrgenommen, um Celia zu besuchen. Kaum waren die Frauen unter sich, ertappte Rose sich dabei, dass sie Celia die Geschichte mit Maya erzählte und sie um Rat bat. »Dieses verdammte Gummizeug erfordert harte Arbeit.« Celias Arm machte eine ausladende Geste durch den Raum, der exakt Roses Vorstellungen entsprach, wie sie ihr eigenes Wohnzimmer einrichten wollte, sobald sie den richtigen Stoff gefunden hatte, um die Sitzmöbel mit Samt zu überziehen und die Jalousien durch richtige Vorhänge zu ersetzen. »Fragen Sie mich nicht, was genau die Männer dort draußen machen. Alec hat es mir einmal erklärt, aber es ist alles ein bisschen nebulös.«

Was wahrscheinlich mit Celias Angewohnheit zusammenhing, schon am frühen Morgen zu trinken, dachte Rose. Ihr Vater hatte vor Einbruch der Dämmerung nie ein Glas angerührt.

»Die Männer brauchen die Einheimischen, Darling, sowohl für die Arbeit als auch für die Entspannung.« Ihre neue Freundin sah Rose scharf an. »Charles war ledig, bevor Sie auf der Bildfläche erschienen sind. Er ist ein Mann, Darling. Was sollte er sonst tun? Und glauben Sie mir, es ist sauberer, wenn er mit Ihrem

Hausmädchen schläft als mit einer der englischen Ehefrauen, was viele der anderen Männer tun.«

Rose sog scharf die Luft ein. »Das glaube ich nicht.«

»Mein liebes Kind.« Celia tätschelte Roses Schulter. »Sie sind noch sehr naiv. Und wenn ich es mir recht überlege, erwähnen Sie besser niemandem gegenüber, was ich gerade über das Fremdgehen von verheirateten Frauen gesagt habe. Mir ist nämlich gerade etwas eingefallen, was Alec mir nach meiner Ankunft erzählt hat.«

Über Charles?

Celia schürzte die Lippen. »Besser, ich sage Ihnen nichts, Darling. Vertrauen Sie mir. Es gibt Dinge hier unten, über die man besser nicht Bescheid weiß. Außerdem kann auch eine Frau ihre Geheimnisse haben. Oder was denken Sie, wie ich in den sechs Monaten zurechtgekommen bin, in denen ich von Alec getrennt war?«

Rose fühlte sich leicht benommen, obwohl Celia ihr wunschgemäß nur ein Limonengetränk serviert hatte statt des Zeugs, das sie selbst trank und das in Roses Magen brannte. »Aber Sie haben doch Ihren Sohn in ein Internat gebracht«, sagte sie zögernd.

Celia zog eine Augenbraue hoch. »Sechs Monate lang? Offen gesagt, ich war erstaunt, dass Alec das geschluckt hat. Aber wie bereits gesagt, man lernt schnell, dass hier unten andere Sitten gelten. Verstehen Sie mich nicht falsch. Es gibt auch hier einen Ehrenkodex. Und aus diesem Grund könnte es ein bisschen dauern, bis wir Charles von dieser Frau loseisen können, wenn Sie verstehen, was ich meine.«

Rose verstand nicht.

»Kommen Sie mit, Darling.« Celia stand von ihrem Bambusstuhl auf und ging voran in ein Nebenzimmer. »Sie müssen wirklich ein bisschen erwachsener werden, wenn Sie hier überleben wollen. Begreifen Sie das nicht?« Ihr Blick wanderte über Roses Figur. »Sie sind zwar hübsch, aber wir werden mehr aus Ihnen machen müssen, wenn Sie Charles halten wollen.« Bildete Rose sich das ein, oder wurde Celia rot? »Offen gesagt, niemand von uns hätte gedacht, dass er jemals heiratet. Ich kann Ihnen versichern, Sie haben mit Ihrem Fang mehr Herzen gebrochen als nur das eines Hausmädchens. Einige der Ehefrauen fühlen sich auf die Füße getreten.«

Einige der Ehefrauen? Aber wenn sie verheiratet waren, warum machten sie sich dann Hoffnungen auf Charles? Noch verwirrender war die Frage, warum er überhaupt um Roses Hand angehalten hatte, wenn er doch eine Beziehung mit dem Hausmädchen hatte.

Celia stand in der Tür zum Badezimmer, was Rose erst später mit staunendem Gesicht wahrnahm. »Hat Ihre Mama Ihnen denn gar nichts beigebracht? Wenn ein Mann ein gewisses Alter erreicht hat, sollte er heiraten und Kinder zeugen. Sonst fangen die Leute an zu tuscheln. Außerdem weiß ich zufällig, dass Ihr Mann sich verzweifelt einen Sohn wünscht. Offenbar werden in dieser Gegend hier nur Mädchen geboren. Manche schieben es auf das Wasser, andere auf die Hitze.« Celia zuckte mit den Schultern. »Wer weiß. Kommen Sie. Treten Sie ein. Wir werden Sie nun hübscher machen.«

Celias Idee, sie hübscher zu machen, beinhaltete diverse Ampullen mit einer übelriechenden Tinktur, die sie auf Roses Kopf verteilte, bevor sie die feuchten Haare auf Papierstreifen wickelte. Rose erhaschte einen Blick in den fleckigen Silberspiegel an der Wand, der aufgrund der außergewöhnlich heißen und feuchten Jahreszeit, die gerade herrschte, bläulich verfärbt war. Sie fand, dass sie aussah wie das geschmückte Brathuhn, das der Koch früher zum Abendessen serviert hatte und dessen Hinterteil mit Papierrüschen dekoriert gewesen war.

»Tun Sie das nicht«, mahnte Celia. »Sie sind noch nicht fertig. Sie können es sich nun mit einem Drink gemütlich machen, während ich meine Garderobe durchsehe.« Sie schenkte Rose wieder einen anerkennenden Blick. »Wir sind ungefähr gleich groß, nur dass Sie schmaler sind. Ich hatte früher dieselbe Figur, bevor ich meinen Sohn bekam. Machen Sie das Beste daraus, bevor es Ihnen wie mir ergeht.«

Rose beobachtete, wie Celias leicht füllige Gestalt durch eine andere Tür verschwand. Sie begann, sich allmählich heimischer zu fühlen. Tatsächlich würde sie trotz des seltsamen Gefühls auf ihrem Kopf lieber hierbleiben, statt in Charles' Haus zurückzukehren, das sich mit diesen Papierstapeln überall und ohne eine weibliche oder hübsche Note immer noch nicht wie ihr Zuhause anfühlte.

Vorsichtig nippte sie an dem Glas, das Celia ihr gerade eingegossen hatte. Es enthielt definitiv mehr als nur Limonensaft, aber Rose fand Gefallen daran, wie es sie von innen wärmte. Innerhalb von wenigen Minuten, oder zumindest kam es ihr so vor, kehrte ihre Freundin zurück und wedelte mit einem blau-weißen Tupfenkleid, das sie vor Roses Körper hielt. »Perfekt!« Sie klatschte in die Hände, als habe sie es aus dem Nichts hervorgezaubert, wie der Magier, den Rose und Grace als Kinder bestaunt hatten, bevor Phoebe auf der Welt war.

»So, zuerst waschen wir Ihre Haare im Waschbecken, und dann können wir richtig loslegen. Wenn alles nach Plan läuft, werden wir zum Mittagessen im Club sein. Ich kann es gar nicht erwarten, die Gesichter zu sehen!«

Es waren nicht nur alle Gesichter, die sich im Club nach Rose umwandten, es war auch das von Charles. Seinen neugierig gewölbten Augenbrauen und seinem nicht unerfreuten Lächeln nach zu urteilen, erkannte er Rose genauso wenig wie sie sich selbst, als Celia ihr das Endergebnis im Spiegel präsentiert hatte, bevor sie sich zum Club aufmachten. Nicht nur war ihr Haar nun kürzer und lockiger durch eine Dauerwelle, wie Celia ihr erklärt hatte, auch war das gepunktete Kleid weitaus angemessener als der schwere Rock mit der Bluse, die sie aus England mitgebracht hatte. In der Tat, lag es an ihrer Einbildung, oder dachte Charles wirklich, eine Fremde beträte den Raum und nicht seine eigene Frau? Falls ja, hatte er jedenfalls kein Recht, sie so anzustieren.

»Guten Morgen«, sagte Rose gefasst, während ihre Wange über seine rauen Bartstoppeln streifte. »Ich habe nicht erwartet, dich hier anzutreffen.« Sie trat einen Schritt zurück und kam sich vor, als spielte sie eine Rolle, so wie sie, Grace und Lydia damals im Unterricht Theaterstücke einstudiert hatten. »Ich dachte, der Kautschuk duldet keine Mittagspause.«

Einer der Männer, die an der Bar lehnten, lachte laut und erntete prompt einen Rippenstoß von einer älteren Frau, die neben ihm stand und Rose unbekannt war. Die Frau kam nun mit ausgestreckter Hand auf sie zu. »Sie sind also die Braut! Mein Name ist Daff. Ich hoffe sehr, Sie haben morgen Abend noch nichts vor.« Sie blickte zu dem Mann, der gelacht hatte. »Mein Mann und ich erwarten am Wochenende ein paar Gäste. Sie beehren uns doch auch, nicht wahr? Wir sind alle gespannt darauf, was in der Heimat so passiert.« Sie stieß einen Stoßseufzer aus. »Mein Gott, wir vermissen England, obwohl ich bezweifle, dass einer der Männer hier in einem normalen Beruf zurechtkommen würde.«

»Das reicht, Daff.« Der Mann hatte aufgehört zu lachen und legte nun seiner Frau die Hand auf die Schulter. »Du kannst das arme Mädchen doch nicht gleich so überfallen. Sie wird noch lange genug hier sein.« Er zwinkerte. »Nicht wahr, meine Liebe?«

Später klärte Celia sie auf. »Daff ist Gus' zweite Frau. Die erste starb im Wochenbett hier unten. Darum gehen wir alle zurück in die alte Heimat, um unsere Kinder zur Welt zu bringen.«

Rose dachte an die lange Überfahrt nach Borneo, ganz zu schweigen von der Fahrt in den Club, wieder einmal in einer von Männern gezogenen Kutsche und in einem Boot über den Fluss, und wunderte sich über die praktische Umsetzbarkeit. Celia stupste sie an. »Daff ist ein fürchterlicher Snob. Anscheinend ist sie mit irgendeinem Grafen verwandt. Aber sie ist ziemlich unterhaltsam, und außerdem veranstaltet sie wundervolle Bridge-Partys. Wir müssen Ihnen unbedingt ein paar Sachen zum Anziehen besorgen und auch ein paar Stoffe auf dem Markt. Keine Sorge, ich kenne eine Frau, die kann in null Komma nichts Kleider nähen.« Sie blickte auf Roses Hals. »Reizendes Collier. Die Perlen sind echt, nicht wahr?«

Rose fasste an ihren Hals. Sie hatte sich an die Perlen gewöhnt, so sehr, dass ihr hin und wieder bewusst wurde, dass sie vergessen hatte, sie zu berühren, um zu überprüfen, ob sie noch da waren. »Sie haben meiner Mutter gehört. Und davor der Mutter meines Vaters.«

Celia nickte zustimmend. »Sie werden sicher über Ihre Familie ausgefragt werden. Frisches Blut ist hier unten immer willkommen, besonders wenn es von altem Geldadel stammt.«

Frisches Blut?

»Neuigkeiten, Darling. Alles über England. Verstehen Sie nicht? Wir hungern danach, obwohl keiner von uns zurückgehen würde, außer es gäbe etwas zu erben. Keine Sorge, Sie werden genauso sein, bis die nächste Braut auftaucht.« Sie stieß ein leises Lachen aus. »Dann werden wir bereits genug voneinander haben und neue Gesprächspartner brauchen. So läuft das hier unten. Wie ein endloses Gesellschaftsspiel, zu dem Bridge und Häppchen und Gin Rummy gehören. Und natürlich der eine oder andere Ehemann. Kommen Sie, Darling. Wo bleibt Ihr Sinn für Humor?«

Zu Hause herrschte eine derart düstere Atmosphäre mit Mayas dunklem, brütendem Blick, dass Rose alles tat, um sich dort nicht aufzuhalten, wenn Charles abwesend war. Stattdessen verbrachte sie so viel Zeit wie möglich mit ihrer neuen Freundin Celia. Als Rose eine Einladung zum Dinner bei den Cuthbert Coopers erhielt, war sie froh, dass Celia und Alec auch teilnahmen. Irgendetwas sagte ihr, dass es außerordentlich wichtig war, an diesem Abend einen guten Eindruck zu machen.

Sie wollte Charles eigentlich von der Einladung erzählen, aber wie immer blieb er länger draußen. Vielleicht sollte sie stattdessen früh schlafen gehen. Aber als sie sich in ihr Schlafzimmer zurückzog, durchzuckte sie plötzlich eine schreckliche Eiseskälte. Ihre Perlen! Sie hatte sie auf der Kommode neben dem Bett zurückgelassen, die provisorisch als Frisierkommode diente, wo sie sich auch wusch. Rose war sich ganz sicher.

»Maya!«, rief sie. »Maya!«

Es dauerte eine Ewigkeit, bis die kleine Frau mit den dunklen Augen unverschämt langsam aus der Küche geschlurft kam.

»Meine Perlenkette.« Rose hörte, wie die Worte vor Angst aus ihrem Mund herauspurzelten. »Hast du meine Perlenkette gesehen? Ich habe sie hier abgelegt.«

Mayas dunkler Blick kreuzte ihren. Bildete sie sich das ein, oder schimmerte ein Lächeln auf ihren schwarzen Lippen? »Nein, Memsaab. Ich habe sie nicht gesehen.«

Roses Herz begann sogar noch schneller zu schlagen. »Bist du sicher?«

Maya nickte. »Ganz sicher.«

»Verstehst du, was ich sage?« Vielleicht kannte sie das Wort »Perlen« nicht. Rose machte eine Geste um ihren Hals. »Meine Perlen. Mein Collier.«

Maya nickte wieder, und dieses Mal lächelte sie. Kein Irrtum. »Ich spreche Englisch.« Ihre Worte klangen fast wie ausgespuckt. »Sehr gutes Englisch.« Diese feurigen Augen sahen aus, als könnten sie Löcher in die Kautschukbäume draußen bohren. »Der Master hat es mir beigebracht.«

Es entstand ein Schweigen. Nicht weinen, mahnte Rose sich selbst. Zeig ihr nicht, wie aufgewühlt du bist. Denk an Grace. Perlen lassen sich ersetzen. Schwestern nicht.

15

Rose kam sich in der Zehnerrunde an der Mahagonitafel der Cuthbert Coopers nackt vor und fasste immer wieder ungläubig an ihren Hals. Und jedes Mal spürte sie dabei den altvertrauten schmerzhaften Stich zwischen den Rippen. Das Perlencollier ihrer Mutter, das zuvor ihrer Großmutter gehört hatte und davor ihrer Urgroßmutter, war verschwunden! Sie, Rose, hatte es verloren. Das sagte zumindest Charles. Es könne nicht in der Schatulle gewesen sein, wie sie behauptete, denn sonst wäre es noch da. Sie müsse es am Vormittag auf dem Weg zum Club verloren haben oder auf dem Markt, den sie mit Celia zuvor besucht hatte. Außerdem, hatte er sie in strengem Ton belehrt, was immer häufiger geschah seit ihrer Ankunft, sei dies hier kein Ort, um täglich wertvolle Erbstücke zur Schau zu stellen. Die anderen Ehefrauen, die auch das Glück hatten, im Besitz solcher Kostbarkeiten zu sein, bewahrten diese sicher in Tresoren in England auf.

Seit diesem schrecklichen Abend vor genau sechs Tagen hatte Rose den ganzen Bungalow in der verzweifelten Hoffnung auf den Kopf gestellt, wenigstens eine Perlenreihe zu finden, wenn nicht sogar beide. In fieberhafter Zeichensprache und kurzen Sätzen hatte sie Maya um Hilfe gebeten, die, wie man sagen musste, trotz des missbilligenden Ausdrucks in ihren schwarzen Augen sehr gründlich unter dem Bett und den restlichen Möbeln nachschaute, ob die Perlen daruntergerollt waren.

Celia und sie hatten mehrmals ihren Weg zum Club abgesucht, und auch den Markt, wo ihnen ein Meer aus dunklen Gesichtern mit verständnislosem weißem Lächeln begegnete, die, wie Celia meinte, entweder genau wussten, wovon die Rede war, oder tatsächlich nicht die leiseste Ahnung hatten. »Sollte Ersteres zutreffen, dann können Sie davon ausgehen, dass das Collier inzwischen verkauft ist, meine Liebe.« Sie berührte leicht Roses Arm. »Es tut mir sehr leid. Ich habe hier unten eine alte Brosche verloren, und ich habe sie nie wiedergefunden. Charles hätte Sie warnen müssen.«

Rose dachte an die kleine Schatulle, die sie an Deck geöffnet hatte, gleich nachdem das Schiff von England abgelegt hatte. »Charles trifft keine Schuld. Er wusste vor unserer Abreise nichts von dem Collier. Genauso wenig wie ich. Es ist ein Geschenk meiner Mutter.« Sie schluckte hart. Was würde sie dafür geben, dass ihre Mutter in diesem Moment hier sein könnte, auch wenn sie zu Hause immer eine recht unnahbare Gestalt war.

»Nun ja.« Celia berührte sie leicht am Arm, als wollte sie ihr Mitgefühl ausdrücken. »Das ist nur eins der vielen Dinge, an die Sie sich hier gewöhnen müssen, fürchte ich. Und Sie dürfen sich wegen Charles keine Sorgen machen. Ich nehme an, er hat momentan genug zu tun bei diesem ganzen Ärger.«

Ärger?

»Hat er Ihnen nichts gesagt?«

»Mir was gesagt?«

»Ach du liebe Zeit, ich bin mir nicht sicher, ob ich Ihnen das verraten darf. Vielleicht sprechen Sie ihn besser nicht darauf an, wenn er selbst nichts davon erwähnt hat. Männer wie Charles haben es nicht gern, wenn man sie für Trottel hält.«

Das alles war sehr mysteriös. Charles für einen Trottel halten? Das war sicher unmöglich. Soweit Rose das beurteilen konnte, schien hier jeder großen Respekt vor ihrem Ehemann zu haben. Die Männer im Club bewunderten ihn und lachten über seine Witze, während die Blicke der Frauen ihm auf eine Art folgten, die Rose das Gefühl vermittelte, als stünde ihr ein solcher Preis nicht zu. Entgegen Celias Rat versuchte sie, eine Gelegenheit abzupassen, um Charles zu fragen, ob etwas nicht stimmte, aber es ergab sich einfach keine. Er war in der vergangenen Woche kaum zu Hause gewesen, und wenn er nachts in das Bett stieg, mit einer Whiskyfahne nach einem langen Tag draußen auf der Plantage, fiel er rasch in tiefen Schlaf, ohne vorher zu fragen, ob das Collier wieder aufgetaucht sei.

Tatsächlich, dachte Rose, während sie den Blick über die Tischgesellschaft schweifen ließ, war dies das erste Mal, dass sie gemeinsam ausgingen, wenngleich seine angespannte Miene unter zusammengezogenen Augenbrauen andeutete, dass er nicht dieselbe Erleichterung wie sie darüber spürte, Zeit in Gesellschaft zu verbringen. Andererseits saß er nicht den ganzen Tag in dem Lager fest wie sie. Wie seltsam, dass die riesige Landfläche um sie herum ihr noch stärker das Gefühl vermittelte, eingesperrt zu sein, als ihr Elternhaus mit Phoebes kühler Feindseligkeit und der Gleichgültigkeit ihrer Mutter.

»Dann hast du deine Uhr also wieder?«, bemerkte jemand zu Charles. »Ich hoffe, das war es wert!«

Der Tisch brach in schallendes Gelächter aus. Rose blickte verwirrt zu ihrem Mann. Welche Uhr? Und warum war es das wert oder nicht? Seine Augenbrauen sahen nun aus, als wollten sie in seinem Haaransatz verschwinden. Kein gutes Zeichen, wie Rose in den letzten paar Wochen gelernt hatte.

Charles erwiderte kurz etwas, aber sie konnte ihn über die erhobenen Stimmen hinweg nicht verstehen. Es war wie bei einem Klavierkonzert, wenn Stimmen in verschiedenen Tonhöhen sich in einem Meer aus Zigarrenrauch (die Männer) und Zigarettenrauch (die Frauen) hoben und senkten. In der Tat schienen alle Frauen hier diese schmalen schwarzen Röhrchen zu halten, in die die Zigaretten gesteckt wurden. Rose hatte dankend abgelehnt, weil sie den Geruch nicht mochte.

»Sagen Sie mir, meine Liebe, wie kommen Sie denn mit Ihrem neuen Leben zurecht?«

Die Frage kam von einer matronenhaften Frau, die sich im Club bislang ausgesprochen distanziert und kühl verhalten hatte. Ihr Vater, wie Celia Rose zuvor zugeraunt hatte, war ein englischer Baronet, sodass Rose begann, zu erröten und verlegen zu stammeln. »Es ist höchst interessant. Ein richtiges Abenteuer.«

Die Augen der Tochter des Baronets wurden schmal. »Interessant? Gewiss. Ein Abenteuer? Auch das, besonders da Sie einen der attraktivsten Männer auf Borneo geheiratet haben. Aber ich nehme an, Sie versuchen mit Ihren Worten etwas anderes zu sagen. Leiden Sie vielleicht an Heimweh?«

Am Tisch war eine Gesprächspause entstanden, was bedeutete, dass anscheinend jeder auf ihre Antwort wartete, auch Charles, der sie mit einem Ausdruck fixierte, den sie nicht richtig zu deuten wusste.

»Ganz und gar nicht.« Rose lächelte über den Tisch hinweg, um das unbehagliche Gefühl zu verbergen, das sich in ihr breitmachte. »Mein Mann tut alles, um mir die Eingewöhnung zu erleichtern.«

Ein lautes Lachen ertönte am anderen Tischende, begleitet von einem weiblichen Kichern. Hatte sie etwas Falsches gesagt? »Allerdings konnte ich gerade nicht umhin, die Bemerkung über deine Uhr zu hören.« Sie blickte zu Charles und sah, zu spät, wie sich seine Brauen verfinsterten, während sie redete. »Liebling, ich wusste gar nicht, dass du deine Uhr wiedergefunden hast beziehungsweise dass du sie überhaupt verloren hattest. Könnte es sein, dass sie zusammen mit meinem Collier entwendet wurde?«

Die Lachsalve aus hohen und tiefen Stimmen brachte sie völlig aus dem Konzept. Was hatte sie denn gesagt? Was auch immer es gewesen sein mochte, es hatte definitiv den Unmut ihres Mannes geweckt, der sich nun erhob, seine Serviette auf den Tisch warf und hinaus auf die Veranda stolzierte, wo er sich, wie sie beobachten konnte, eine Zigarre anzündete und auf und ab ging.

Selbst Celia wirkte bestürzt.

»Meine Liebe.« Die Tochter des Baronets beugte sich zu ihr und berührte leicht ihren Arm. »Sie sind entweder viel schlauer, als ich Ihnen zugetraut habe, oder viel dümmer. Ich hoffe um Ihretwillen, dass das Erste zutrifft.«

Charles kehrte an den Tisch zurück, als nach dem Pudding die Drinks serviert wurden, aber nicht bevor Celia sie aufgeklärt hatte. »Sie wissen, dass er Borneo verlassen hat, um für sein Land zu kämpfen, als der Krieg ausbrach?«

Rose nickte. Natürlich wusste sie das. Duncan hatte es ihr erzählt, lange bevor sie seinen Bruder kennenlernte. Es war einer von vielen Informationsschnipseln, die sie aufgeschnappt hatte, und sie fand es sehr ehrenhaft von Charles, dass er sich bei der ersten Gelegenheit freiwillig gemeldet hatte.

»Es ist für einen Pflanzer nicht so einfach, seinen Plantagen fünf Jahre lang den Rücken zu kehren«, fuhr Celia in einer Lautstärke fort, die für ihre Verhältnisse leise war. »Die Einheimischen sind nicht alle harte Arbeiter. Sie brauchen jemanden, der sie beaufsichtigt. Trotzdem gab es viele Verwalter, die wie Charles beschlossen hatten, zurückzugehen und für König und Vaterland zu kämpfen.«

Rose hatte in den vergangenen Wochen genug gelernt, um die Folgen zu ahnen. »Aber was wurde aus dem Kautschuk?«

»Ganz genau.« Celias Augen glänzten, wie immer, wenn sie eine gute Geschichte erzählte. »Ihr Mann war gezwungen, alles den Einheimischen zu überlassen. Die wissen eigentlich genau, was zu tun ist. Schließlich haben sie es weiß Gott oft genug getan. Aber sie brauchen jemanden, der die Verantwortung trägt, und sie verstehen das mit dem Krieg nicht. Sie hatten Angst, Charles könnte nicht zurückkommen.«

Rose war wieder verwirrt. »Aber was hat das mit der Uhr zu tun?«

»Charles hat ihnen die Uhr gegeben, verstehen Sie, als Zeichen, dass er zurückkommt. Taschenuhren sind hier in dieser Gegend sehr begehrt. Es war also eine sehr großzügige Geste.«

Rose musste wieder an ihre geliebten Perlen denken, deren Verlust sie immer noch schmerzte. Waren auch sie hier in dieser Gegend sehr begehrt?

»Die Einheimischen, die ja sehr einfache Menschen sind, glaubten, die Uhr Ihres Mannes wäre sein Herz. Verstehen Sie, sie hat getickt. Also passten sie abwechselnd darauf auf – im Glauben, dass er dadurch sicher zurückkehrt.«

Rose spürte auch ihr Herz, in dem sich eine angenehme Wärme ausbreitete. »Er muss den Einheimischen sehr viel bedeuten.«

Celia schnaubte. »Einigen mehr als anderen.« Sie machte den Eindruck, als wollte sie etwas hinzufügen, zögerte aber kurz, bevor sie dann fortfuhr: »Ein Jammer, dass sie auf den Kautschuk nicht genauso gut aufgepasst haben.«

»Sie meinen …«

»Ganz genau.« Celia hob den Kopf, um Rose darauf aufmerksam zu machen, dass Charles von der Außenveranda an den Tisch zurückkehrte. »Als er in Ihrer Begleitung zurückkam, präsentierten sie ihm stolz die Uhr und versicherten ihm, dass sie gut auf sein Herz aufgepasst hätten. Leider haben sie darüber vergessen, den Gummi anzuzapfen. Aus diesem Grund ist Ihr Mann nie zu Hause. Er ist damit beschäftigt, das Chaos aufzuräumen.«

Armer Charles! Rose fühlte mit ihrem Mann, der sich ihr gegenüber schwer auf seinen Stuhl sinken ließ. Seine Augen mieden ihren Blick, aber die Botschaft darin war eindeutig. »Du hast mich zum Gespött gemacht«, hätte er genauso gut laut sagen können. »Genau wie auf dem Schiff, als du dachtest, ich wäre krank.«

Rose streifte nun langsam, ganz langsam ihren Schuh ab und tastete sich mit dem Fuß unter dem Tisch vor, bis sie Charles'

Bein kurz berührte. Sein überraschter Gesichtsausdruck freute sie, aber gleichzeitig beobachtete sie beunruhigt, dass er die beiden Frauen musterte, die neben ihm saßen, als vermute er, dass eine der beiden für diese vertrauliche Geste verantwortlich war statt Rose. Dann fing sie seinen Blick auf und bewegte wieder ihren Fuß. Er schaute weg in Richtung Fenster, hinaus in die Dunkelheit.

Er hat für mich nichts übrig, wurde Rose plötzlich schmerzhaft bewusst. Und das war kein Wunder. Sie hatte ihn vor aller Augen lächerlich gemacht. Sicher bereute er es bereits, sie geheiratet zu haben. Sie würde unter dem Vorwand nach England zurückkehren müssen, dass ihr das Klima in diesem seltsamen Land nicht bekam, was tatsächlich auch stimmte: Selbst jetzt fühlte sie sich der Ohnmacht nahe. Sie konnte nun genauso gut nach Hause gehen.

Sie erhob sich, als plötzlich ein kleines dunkles Kind an der Tafel vorbeihuschte und ihr winkte, ihm zu folgen. »Wer ist das?«, fragte sie verwirrt. War dies ein weiterer seltsamer Brauch auf Borneo, den sie wieder falsch verstehen würde?

»Wer?«, erwiderte Celia, deren ernster Blick darauf hindeutete, dass auch sie Charles' wütendes Gesicht bemerkt hatte.

»Das Kind. Dieser kleine Junge.«

Er stand nun neben ihr und machte verstohlene Gesten, als wollte er sie am Handgelenk packen und mitziehen.

»Ich kann nichts sehen.« Celia klang geniert. »Sie müssen mehr trinken, Darling, oder Sie lernen nie, es mit Würde zu tragen. Sie hatten erst ein Glas. Warten Sie. Wo wollen Sie hin?« Ihre Stimme senkte sich nun zu einem scharfen Zischen. »Man wird es als schrecklich unhöflich erachten, wenn Sie jetzt gehen. Den Männern ist das gestattet, aber uns nicht.«

Zu spät. Das Kind war derart beharrlich mit seinen stummen Gesten, dass Rose keine andere Wahl hatte, als ihm zu folgen. Vielleicht brauchte jemand Hilfe? Konnten diese Leute mit dem blechernen Lachen und den barschen Stimmen das nicht sehen? Rose schickte sich an, dem Jungen hinterherzulaufen, aber ihre Füße schmerzten in den Schuhen, die Celia ihr passend zum Kleid geliehen hatte. Rose schüttelte sie ab und sauste barfuß durch den Raum zur Tür, ohne auf die Rufe hinter ihr zu achten.

»Sie läuft weg«, rief jemand, und sie glaubte, auch die Stimme ihres Mannes zu hören, aber aus irgendeinem Grund wusste sie, dass sie diesem Jungen folgen musste, dass sie ihn auf keinen Fall verlieren durfte. Er lief schnell, aber hin und wieder blickte er sich nach ihr um und vergewisserte sich, dass sie noch in Sichtweite war. In diesem Teil des Lagers war Rose noch nie gewesen. Charles hatte ihr empfohlen, diesen Bereich zu meiden. »Dort wohnen die Arbeiter mit ihren Frauen«, hatte er nach ihrer Ankunft in einem Ton erklärt, der keine weiteren Fragen duldete.

Die Unterkünfte in diesem Teil des Lagers unterschieden sich sehr stark von ihrem Bungalow. Die Hütten waren viel kleiner und hatten keine umlaufende Veranda. Bei den meisten handelte es sich um Pfahlbauten, wie Rose sie zu nennen gelernt hatte, aber die Pfähle ähnelten eher dünnen Stöcken, die aussahen, als könnten sie den schweren Regenfällen nicht lange standhalten, die vor kurzem eingesetzt hatten. Wo führte der Junge sie hin? Einen Augenblick lang wünschte Rose, sie hätte den kleinen Beutel mit dem Verbandsmaterial und den Salben dabei, den Papa ihr für den Fall mitgegeben hatte, dass sie sich verletzte. Vielleicht konnte sie jemanden danach schicken, denn sie war sich nun sicher, dass der Junge sie brauchte, um jemandem zu helfen. Sie wusste genau, wo der Beutel war, nämlich in der großen Holztruhe am Fußende ihres Betts.

Der Junge blieb nun vor einer kleinen, klapprigen Hütte stehen, die nach Fisch und Kohle stank und nicht anders aussah als die anderen, an denen sie vorbeigekommen waren. Er bewegte heftig den Kopf, als wollte er ihr zu verstehen geben, dass sie eintreten solle. »Willst du nicht hineingehen?«, fragte sie, aber er schüttelte den Kopf. Hatte er sie überhaupt verstanden?

Roses Herz begann zu rasen. Angenommen, die Person, die sich drinnen aufhielt, hatte eine ansteckende Krankheit? Im Club kursierten Gerüchte über eine seltsame Infektion, die in der Gegend grassierte, eine Krankheit, die das Schwitzen in der Nacht unerträglich machte und die Haut gelb färbte. Es wurde gemunkelt, dass sogar jemand daran gestorben sei und dass es viele der Einheimischen erwischt habe.

Aber nahm ihr Vater, als Arzt, nicht jeden Tag das Risiko einer Ansteckung auf sich? Rose verwarf ihre Befürchtungen mit einem Achselzucken und stieg die wackligen Stufen zum Eingang empor, wo sie den Bambusvorhang zur Seite schob, der davor hing. Im Innern der Hütte herrschte Dämmerlicht. Rose konnte an der Wand vage ein Bett erkennen und davor einen provisorischen Tisch mit einer Kiste, die als Stuhl diente. Darauf saß eine kleine dunkle Frau vor einem gesprungenen Spiegel, die etwas an ihren Hals hielt. Sie wandte sich genau in dem Moment um, als Rose die Hütte betrat, und es war schwer zu sagen, wer mehr schockiert war.

»Maya!«

Die Frau sprang auf, als wollte sie fliehen, aber Rose packte sie an den Handgelenken. »Meine Perlen. Du hast meine Perlen!«

Die Frau versuchte, das Collier festzuhalten, aber Rose war schneller. Eine Reihe fiel mit einem dumpfen Geräusch auf den Boden, und als Rose sich bückte, um sie aufzuheben, wurde ihr bewusst, dass ein Schwall von unverständlichen Silben aus Mayas Mund strömte und gleich darauf ein leises Geräusch auf der Treppe zu hören war. Sie richtete sich wieder auf. Maya war verschwunden. Genau wie der Junge, der Rose hierhergeführt hatte, der seltsame Junge, dessen Blick sie auf eine verschwörerische Art gebannt zu haben schien. Wo war er hin? Sie wollte ihm danken, ihm eine Belohnung geben. Durch ihn hatte sie ihr kostbares Erbstück wieder, das selbst jetzt die weichen Ballen in ihrer Faust erwärmte. Sie hatte ihre Perlen wieder.

Langsam kehrte Rose zu dem Bungalow der Cuthbert Coopers zurück. Dieses Mal blieb sie nicht stehen und lauschte ängstlich den seltsamen Geräuschen, die in der dunklen Landschaft widerhallten, oder erwiderte die Blicke der dunkelhäutigen Männer, die vor ihren Hütten standen und sie mit unverhohlener Neugier beobachteten. Während sie mit hoch erhobenem Kopf flott voranschritt, machte sie Pläne. Falls Charles ihr einen Vorwurf daraus machte, womit zu rechnen war, dass sie die Party verlassen hatte, um in die Arbeitersiedlung zu laufen, würde sie sich einer der Frauen anschließen, die ein Kind erwarteten, und das nächste Schiff nach England besteigen. Sie würde wieder bei Papa und Mama leben, und falls nötig, konnte sie selbst Gouvernante werden. Alles war besser, als in einem Land, in dem man niemandem trauen konnte, mit einem Mann zusammenzuleben, dessen Stimmungen völlig unvorhersehbar waren. Selbst Celia, vermutete Rose, hatte ihre Geheimnisse.

»Du bist zurück.«

Charles' tiefe Stimme ertönte, und alle Köpfe am Tisch fuhren zu ihr herum.

»Und wo warst du?«

Rose hielt sich sehr aufrecht, wie ihre Gouvernante es mit ihr von Kindheit an geübt hatte. »Ich habe mir mein Collier zurückgeholt.« Sie hielt es zwischen den Händen und ließ die beiden Perlenreihen baumeln, sodass sie wie Mondsicheln hin und her schwangen. »Es war in der Hütte unseres Hausmädchens.« Sie sah Charles direkt an. »Ich bin mir sicher, ich brauche dir nicht zu erklären, wo das ist. Du hast sie zweifellos schon selbst besucht.«

Man vernahm ein scharfes Klirren und ein barsches »Gut gemacht, Mädchen« aus der Runde.

Charles errötete unter seiner gebräunten Haut.

»Wie hast du es gefunden?«, begann er.

»Der Junge hat mich dorthin geführt.«

»Seht ihr?«, hörte sie Celia raunen. »Ich habe es euch gesagt. Sie hat vorhin steif und fest behauptet, einen Jungen zu sehen. Entweder ist sie krank, oder …«

»Wie sah der Junge aus, meine Liebe?« Die Frage kam von der Tochter des Baronets.

Rose beschrieb das Kind und erwähnte auch den Goldzahn, den sie seitlich in seinem Mund hervorblitzen gesehen hatte. Jemand am Tisch japste entsetzt auf. Eine Stimme murmelte deutlich: »Das war er bestimmt.«

Die Tochter des Baronets musterte Rose mit neuem Interesse. »Wissen Sie Bescheid über diese Erscheinung? Hat Ihnen jemand davon erzählt?«

Rose setzte sich auf ihren Platz und nahm das Glas entgegen, das ihr jemand anbot. Der Inhalt schmeckte wie Feuer, aber sie trank trotzdem davon, während sie beinahe Gefallen an dem brennenden Gefühl auf ihrer Zunge fand. »Verzeihung, aber ich verstehe nicht. Was soll man mir erzählt haben?«

»Der Junge, den du gerade beschrieben hast«, schaltete Charles sich wieder ein. »Die Einheimischen behaupten, er sei ein Geist.« Er sah sie nun mit einem Ausdruck an, der beinahe ängstlich wirkte. »Er bekam vor vielen Jahren einen Schlag, der ihm den Kiefer gebrochen hat. Später erschien er mit einem Goldzahn an der Stelle, wo der Knochen zerschmettert war.«

Ein kalter Schauer rieselte durch sie hindurch. »Der Schlag hat ihn getötet?«

Charles nickte. »Natürlich ist die Idee mit dem Geist ein bloßes Hirngespinst der Einheimischen …«

»Das kannst du so nicht sagen«, fiel Celia ihm ins Wort und hakte sich bei Rose ein. »Man hat ihn schon zuvor gesehen, allerdings ist das eine geraume Zeit her, wie ich zugeben muss. Rose, haben Sie früher schon solche Dinge wahrgenommen?«

Rose zögerte und dachte an das eine Mal in der Nacht von Graces Tod, als der Wind heulend durch ihr Schlafzimmer gefegt war und die Tür zuschlug, obwohl das breite Fenster fest verschlossen war und die Nacht draußen fast windstill. »Vielleicht.«

Charles' Gesicht blieb leer, während er sie weiter anstarrte, als sähe er sie zum ersten Mal.

»Sieht fast so aus, als hättest du deinen Meister gefunden, alter Junge«, bemerkte der Mann mit dem Schnurrbart und dem Monokel zu seiner Rechten. »Du solltest dich von nun an wohl besser benehmen, was? Sonst könnte deine Frau dir die Geister auf den Hals hetzen.«

Rose hakte bereits den Verschluss des Colliers an ihrem Hals zu. Wenn sie es anlegte, fühlten die Perlen sich sonst immer kalt an auf ihrer Haut, aber jetzt waren sie warm, als wären sie froh, zu Hause zu sein. Außerdem verliehen sie ihr das Gefühl, stark zu sein, zu allem fähig.

»Ich denke, es ist nun Zeit, dass wir uns verabschieden, Charles«, sagte sie, während sie sich erhob und sich dem Gastgeber zuwandte. »Vielen Dank für den reizenden Abend, aber wir müssen morgen sehr früh aufstehen. Es gibt reichlich zu tun.« Sie drehte den Kopf zurück zu ihrem Mann und zwang sich, seinem Blick standzuhalten, ohne mit der Wimper zu zucken. »Und unsere erste Aufgabe wird sein, ein neues Hausmädchen zu finden.«

16

Sie war das Tagesgespräch auf allen Plantagen. Über Nacht sprach jeder, von Celias Hausdiener bis zu den Cuthbert Coopers, mit einer Mischung aus Respekt, Ehrfurcht und manchmal sogar Angst von Rose.

Die neue Memsaab konnte Geister sehen! Mrs Charles hatte das Kind gesehen, das in all den Jahren nur ein paar Auserwählten erschienen war! Ein Kind, das offenbar von einem der ersten weißen Siedler erschlagen worden und entschlossen war, über das Grab hinaus Rache zu üben. Rose Macintyre war es gelungen, ihren Gatten schließlich von seinen jahrelangen Frauengeschichten zu kurieren, von denen mehr und mehr ans Tageslicht kamen, ohne dass es Rose immer gelang, sie abzublocken. Die weiße Frau, die vor kurzem erst mit dem Schiff aus einem fernen Land gekommen war, hatte ihr Hausmädchen (das natürlich das Bett mit dem Master teilte, was hier weit genug verbreitet war, dass man sich darüber nicht im Detail ausließ) überführt, nachdem es ein kostbares Erbstück im Wert von mehr Jade und Rubinen gestohlen hatte, als jemals jemand zu Gesicht bekommen hatte. Die Gerüchteküche brodelte über, sodass Rose eine Art ständiger Unterton begleitete, als sie am nächsten Morgen ihr »Hüttenhaus« verließ, wie sie es für sich nannte.

Was Charles betraf, so schien er ihr plötzlich eine neue Achtung entgegenzubringen, die an Respekt grenzte. »Na, meine junge Braut«, hatte er an diesem Morgen gesagt, als Rose wach wurde und feststellte, dass sich nicht die übliche Lücke zwischen ihnen befand, sondern dass seine Haut auf eine besonders vertraute und nicht unangenehme Art ihre berührte. »Denen hast du es gestern Abend definitiv gezeigt.« Und dann hatte er leise gelacht, mit dem Zeigefinger sanft über ihre Wange gestreichelt und sich auf sie gerollt. Dieses Mal tat es nicht so weh, es war fast angenehm. Allerdings, wie Rose sich später verärgert bei Celia beschwerte, als sie im Haus ihrer Freundin Eistee trank, entschuldigte Charles sich nicht für seine »Beziehung« zu dem Hausmädchen, wie Rose es steif ausdrückte.

»Natürlich nicht, Dummerchen.« Celia gab ihrem Hausdiener das Zeichen, den Raum zu verlassen, nachdem er den Tee serviert hatte, aber Rose begriff allmählich die Regeln. Der Diener würde sich hinter der Tür verstecken und lauschen, bereit, der restlichen Gemeinde jedes Wort zu berichten, das gesprochen wurde. Darum beschloss sie, ihre Worte mit Bedacht zu wählen.

»Warum sagen Sie das?«

Celia warf den Kopf zurück und lachte, als habe Rose eine äußerst geistreiche Bemerkung gemacht. »Weil es alle so handhaben.« Sie tätschelte leicht Roses Hand. »Das ist hier nichts Außergewöhnliches. Außerdem kleben sie uns so wenigstens nicht buchstäblich ständig am Hintern.«

Vor ein paar Wochen noch wäre Rose bei einem solch anzüglichen Kommentar zusammengezuckt, aber nun sagte sie deutlich mit dem Blick zur Tür: »Tja, sollte es jemals wieder jemand wagen, sich an meinem Mann zu vergreifen, werde ich meinen kleinen Geisterfreund bitten zurückzukehren.«

Selbst Celia wurde sichtlich blass. Sie beugte sich vor und begann zu flüstern, was für Celia mit ihrem hohen, vornehmen Surrey-Tonfall schwierig war. »Haben Sie früher schon Geister gesehen?«

Rose wollte bereits den Kopf schütteln, als ihr das starke, unerschütterliche Gefühl einfiel, das sie manchmal glauben ließ, ihre

Schwester wäre im Raum. Sie hob die Hand, um die Perlen zu berühren, die so warm und dankbar um ihren Hals lagen, und zuckte mit den Schultern, während sie spürte, wie die Perlen sich auf ihrer Haut hoben und senkten. »Ga Ga sagte früher immer, dass meine Großmutter hellseherische Fähigkeiten besaß.«

Celia musterte sie misstrauisch. »Ga Ga? Hellseherische Fähigkeiten?«

»Ga Ga ist mein Großvater.« Rose meinte zwar, ihr das bereits erklärt zu haben, aber Celia war nicht bekannt für ihr aufmerksames Ohr, sondern eher für ihr loses Mundwerk. »Er ist ein Maler, sogar ein recht berühmter. Er behauptete früher immer, meine Großmutter hätte hellseherische Fähigkeiten besessen. Als ich ihn als Kind einmal fragte, was das bedeutete, antwortete er, dass sie Dinge sehen konnte, die sonst niemand sehen konnte.« Sie zuckte wieder mit den Schultern, aber dieses Mal, um eine Kunstpause einzulegen, statt Verwirrung zu stiften. Ein recht unartiger Teil von ihr fand ein gewisses Vergnügen daran, das Unbehagen in Celias Gesicht zu sehen und das entsetzte, aber unterdrückte Keuchen auf der anderen Seite der Tür zu hören.

»Darum«, fügte sie mit erhobener Stimme hinzu, damit der Hausdiener es in seinem Versteck genau hören konnte, »wird jeder, der mir eine Kränkung zufügt, die Folgen tragen müssen.«

Man vernahm das Geräusch von leichten Schritten, die über den Holzboden rannten, und gleich darauf eine Tür, die zugeknallt wurde. Entweder war Celias Hausdiener weggelaufen, um die Nachricht zu verbreiten, oder Rose hatte ihn für immer vertrieben. »Vielen Dank, Rose«, bemerkte Celia trocken und mit einem ratlosen Zucken um die Lippen. »Sieht so aus, als müssten wir uns nun beide neues Hauspersonal suchen.«

Während die Wochen und Monate vergingen, fand Rose allmählich in den Rhythmus des Koloniallebens. Der Tagesablauf war im Prinzip immer derselbe. Am Morgen nach dem Aufstehen, wenn Charles sich bereits zu den Plantagen aufgemacht hatte, kümmerte sie sich zunächst um ihre äußere Erscheinung, die sich dank Celias Eingreifen mit den Papierlockenwicklern sehr verändert hatte. Tatsächlich erkannte Rose sich selbst kaum wieder. Anschließend schrieb sie Briefe an Papa, Ga Ga und Phoebe, während sie hoffte, dass der neue Hausdiener, der sich ihr gegenüber verhielt, als wäre sie eine Art weißer Teufel, ihr Post aus der alten Heimat brachte, wie sie sich mittlerweile angewöhnt hatte, so wie die anderen zu sagen. Danach ging sie vielleicht in der Bucht schwimmen und machte sich anschließend auf den langen Weg am Fluss entlang zum Club, gewöhnlich in Begleitung von Celia, wo sie zu Mittag speisten und eine Partie Bridge spielten. Am Nachmittag gab es dann eine Ruhepause, die Charles mit zunehmender Häufigkeit nutzte, wobei es für Rose angenehmer war, wenn er sich vorher mit Wasser abspritzte und den Schweiß abwusch, der nach der körperlichen Anstrengung am Vormittag zwischen seinen Schulterblättern herunterrann. Danach Tee und wieder Bridge, Drinks im Club, Dinner mit ihren sogenannten Freunden und vielleicht eine Party.

Rose fand heraus, dass man hier fernab der Heimat sehr gut darin war, für seine eigene Unterhaltung zu sorgen, obwohl sie nicht alles davon guthieß. »Sei nicht so prüde«, hatte Celia kichernd gesagt, als sie eine verheiratete Frau beobachteten, die sich früh mit einem Ehemann, der nicht ihrer war, von einem Bridge-Abend im Club verabschiedete. »Was ist schon dabei, solange es jeder weiß?«

Rose dachte flüchtig an die Amerikanerin und ihren Vater und versuchte, das Bild aus ihrem Kopf zu verdrängen. Die Briefe ihres Vaters waren sorgfältig formuliert und berichteten ausführlich von Phoebes Fortschritten im Unterricht bei der neuen steifen Gouvernante, die inzwischen nicht mehr so neu war. Aber sie gaben sehr wenig von den Neuigkeiten preis, die Rose wirklich interessierten. So verlor ihr Vater zum Beispiel kaum ein Wort über ihre Mutter, außer dass er beiläufig erwähnte, dass sie nun, da es wärmer wurde, hin und wieder imstande war, ihr Bett zu verlassen, um sich ans Fenster zu setzen.

Phoebes Briefe klangen sehr steif, wie eine Auflistung ihrer eigenen Errungenschaften für ein Dokument. Sie war in Geografie bei Band zwei angekommen, und man hatte ihr gesagt, dass sie »außergewöhnlich begabt« sei. Phoebe informierte Rose auch darüber, dass Lydia, die sich schließlich ihren Kriegshelden geangelt hatte, nun ein Kind erwartete.

Rose freute sich besonders über Ga Gas Briefe mit der charakteristischen blauen Schnörkelschrift auf dem Umschlag, die fast ein Gemälde für sich war. Darin steckten immer kleine Skizzen auf cremefarbenem Pergamentpapier, die die Worte dominierten, und trotzdem sagten sie weitaus mehr als die drei Seiten in der gleichmäßigen, aber langweiligen Handschrift ihres Vaters.

»Ich bin mir sicher, die Nase der Amerikanerin ist größer geworden.«

Darunter war eine Federzeichnung, die unverkennbar Lydias Mutter darstellte, abgesehen von der Nase, die so stark vergrößert war, dass Rose zum offensichtlichen Unbehagen des neuen Hausdieners lauthals lachen musste, der einen größeren Bogen als sonst um sie machte, als er ihr wie jeden Morgen den Rauchtee servierte.

»Was amüsiert dich so?«, fragte Charles und stellte sich so dicht hinter sie, dass sie seinen Schweißgeruch wahrnahm. In letzter Zeit ertappte sie sich dabei, dass sie ihn fast anziehend fand.

»Nur eine Zeichnung«, sagte sie und steckte den Brief zurück in den Umschlag mit dem monatealten Stempel.

Sie spürte den bohrenden Blick ihres Ehemanns im Rücken. Zeig her, forderte er stumm, aber sie ignorierte ihn. Lass ihn für deine Liebe arbeiten, sagte Graces Stimme in ihrem Kopf. Sei unnahbar. Nur wenn er das Gefühl hat, dass er sich für dich anstrengen muss, wird er dich als Preis gewinnen wollen.

Und die Perlen um ihren Hals erwärmten sich sogar noch mehr in der Hitze, als stimmten sie zu.

Es war der Abend, an dem die Cuthbert Coopers eine Soiree veranstalteten, als Rose schließlich bewusst wurde, dass ihre Vermutung richtig war. Es handelte sich um einen Maskenball, und unter den Damen im Lager war die Aufregung seit Wochen groß. Regelmäßig fanden Streifzüge über den Wochenmarkt statt auf der Suche nach farbenfrohen Stoffen und glitzernden Bändern, aus denen Celia und Rose zusammen mit den anderen Ehefrauen stundenlang Kostüme bastelten, die fast standesgemäß waren für den Hof. Diese Einschätzung wurde jedenfalls von Celia geäußert, aber Rose hatte den Eindruck, Celias Erfahrungen vom Hofleben waren nicht das, was sie allen gegenüber vorgab. Doch es war wohl nicht der richtige Zeitpunkt, um zu erwähnen, dass Roses Vater einmal zum König gerufen worden war, als dieser beim Pferderennen stürzte. Es hätte als Prahlerei aufgefasst werden können.

Nun, als Rose an ihrer Frisierkommode saß und ihre Maske vor das Gesicht hielt, entdeckte sie etwas anderes in ihrem Spiegelbild. Charles sah es auch, als er sich hinter sie stellte, herausgeputzt in weißem Hemd und schwarzem Blazer, so anders als in seiner Arbeitskleidung.

»Rose?«, sagte er fragend und strich ihr mit dem Finger über die Wange. »Gibt es etwas, das du mir verschweigst?«

Wortlos erwiderte sie seinen Blick im Spiegel.

»Steh auf«, befahl er, aber nicht in dem Ton, den er für den Hausdiener benutzte. Schweigend gehorchte sie ihm. Mittlerweile war die sanfte Wölbung unter ihrem Kostüm unverkennbar, eine Wölbung, die sie bis jetzt versucht hatte, unter bunten weiten Seidenkleidern zu verstecken, die viele der Frauen bei der Hitze hier bevorzugten.

Charles kniete sich vor sie und fuhr mit demselben Finger über ihren Bauch, den er für ihre Wange benutzt hatte. Rose hielt den Atem an.

»Ist das Baby von mir?«, fragte er schließlich.

Rose konnte nicht anders. Ihr schallendes Gelächter trieb den Hausdiener, der sich wie immer hinter der Tür versteckt hielt, fluchtartig zur Hintertür hinaus.

»Natürlich ist es von dir«, erwiderte sie schließlich. »Von wem denn sonst?«

Charles' Augenbrauen verwoben sich ineinander. »Ich dachte nur …«

Rose hatte noch nie erlebt, dass er nach den richtigen Worten suchte. Aus irgendeinem Grund verlieh ihr seine fehlende Selbstsicherheit eine neue Kraft, die sie nie zuvor gespürt hatte.

»Natürlich ist es von dir«, wiederholte sie flüsternd und zog ihn an sich. Dieses Mal war sie diejenige, die den Ton angab. Sie war es, die aufforderte und dann ablehnte und dann wieder aufforderte. Und statt sich darüber zu ärgern, schien es Charles zu gefallen. Dieses Wissen verstärkte diesen kleinen starken Schutzwall in ihrem Innern.

Sie verspäteten sich an jenem Abend zu der Kostümparty bei den Cuthbert Coopers. Deutlich. Und als sie eintrafen, Rose mit zerknittertem Kleid hinten und einer verräterischen Röte auf den Wangen, genau wie ihr Ehemann, beunruhigte dies nicht wenige enttäuschte Damen, die gehofft hatten, dass ihr Held bald wieder frei sein würde, wenn er von seiner neuen Frau genug hatte.

Das, flüsterte Grace im Kopf ihrer Schwester, würde nie passieren, vorausgesetzt, Rose folgte ihren Empfehlungen.

Manchmal hatte Rose das Bedürfnis, die Farbenwelt um sie herum zu malen, aber selbst wenn sie ihren Schwur brach und wieder einen Pinsel in die Hand nahm, war es nicht möglich, weil ihr von dem Geruch schlecht wurde.

»Als ich schwanger war«, erzählte Celia, »war mir nur in den ersten Monaten übel. Du bist schon fast so weit, und du musst dich immer noch übergeben. Ich habe es dir gesagt, du hättest zurück nach England gehen sollen. Du hättest gegenüber deinem Ehemann standhafter sein sollen.«

Es war die einzige Schwierigkeit in den letzten Monaten gewesen, in denen Charles allem Anschein nach alles tat, was in seiner Macht stand, um sie glücklich zu machen. Allerdings war er dagegen, dass sie so bald nach ihrer Ankunft nach England zurückkehrte. Die Leute würden reden, sagte er. Sie würden annehmen, Rose sei unglücklich. Außerdem gingen nicht alle Frauen in die alte Heimat, um dort ihr Kind zur Welt zu bringen. Einige Frauen auf den Nachbarplantagen hatten einen neuen Arzt, der sie betreute. Er wolle versuchen, mit ihm zu reden.

Unterdessen wurde Rose immer runder. Die Schwangerschaft stand ihr, ein Blick in den Spiegel genügte, um das zu sehen. Sie machte sie in Charles' Augen sogar noch attraktiver, was Rose im Gegenzug mutiger machte. Sie äußerte Dinge, die sie bei ihrer Ankunft vor fast zwei Jahren niemals in den Mund genommen hätte.

»Du meinst, er will es immer noch mit dir machen?« Celia verschluckte sich fast an ihrem Gin, als Rose beiläufig erwähnte, warum sie sich zu ihrer Verabredung im Club verspätet hatte. »Alec hat mich Gott sei Dank in Ruhe gelassen.« Sie beugte sich mit diesem überlauten Flüstern vor, auf das Rose sich immer verlassen hatte. »Ich muss sagen, Rose, du hast etwas erreicht, was keiner von uns gelungen ist. Der Mann ist völlig vernarrt in dich. Weiß der Himmel, wie du das angestellt hast. Du musst eine Art Hexe sein.«

Die Damenrunde am Nebentisch erstarrte, und Rose musste ein Lächeln unterdrücken, das in ihren Mundwinkeln zuckte. Grace wäre stolz auf sie gewesen. Trotzdem hatte Celia etwas gesagt, was ihr Unbehagen verursachte. »Ich habe etwas erreicht, was keiner von euch gelungen ist?«, wiederholte sie, während sie ihrer Freundin direkt in die Augen sah. »Dann zählst du dich also selbst zu den früheren Verehrerinnen meines Mannes?«

Celia wand sich sichtlich. »Du musst zugeben, Charles ist ein sehr attraktiver Mann. Anderenfalls wäre Marianne niemals ein solches Risiko eingegangen.«

Marianne?

Celia wirkte nun noch verlegener. »Weißt du das nicht? Ich habe angenommen, dass es dir längst zu Ohren gekommen ist. Schwamm drüber. Das ist alles Vergangenheit.«

»Nein.« Rose vernahm deutlich ihre klare, kühle Stimme. »Ich will es hören.«

»Nun …« Celia blickte an ihr vorbei zu einer Frau, die mit dem Rücken zu ihnen saß. »Du kennst doch die Zigarrennarbe in Charles' Nacken.«

Rose nickte. »Ein Einheimischer hat versucht, ihn umzubringen.«

»Das war kein Einheimischer, Darling.« Celia paffte wütend an ihrer Zigarette. »Ein gehörnter Ehemann hat sich die Machete seines Hausdieners geliehen und damit ausgeholt, weil dein Charles es mit seiner Gattin trieb.«

»Mit dieser Marianne?«

»Richtig.« Celia machte nun einen aufgeregten Eindruck. »Es gab ein ziemliches Theater, und das Paar musste gehen. Schließlich hatte Charles nur etwas getan, was jeder tut. Es hätte Mord sein können.«

»Was ist aus ihr geworden?« Rose spürte einen Stich von Eifersucht, der ihr aus irgendeinem Grund weniger Übelkeit verursachte als Verlangen.

Celia wedelte lässig mit der Hand. »Das weiß nur der liebe Gott. Sie und ihr Mann wurden fortgeschickt, irgendwohin. So läuft das hier unten. Wir kommen, und wir gehen. Wenngleich ein paar von uns«, ihr Blick ruhte dabei auf Roses Bauch, »ihre Spuren hinterlassen. Da wir gerade davon sprechen, ich finde es erbärmlich, dass Charles dich nicht nach England geschickt hat, um dort zu entbinden. Jetzt ist es natürlich viel zu spät. Wie weit bist du? Im achten Monat? Fast achteinhalb? Du würdest sie auf dem Schiff zur Welt bringen.«

Sie?

Celias Blick wanderte wieder zu ihrem Bauch. »Ich sehe an der Form, dass du ein Mädchen erwartest. Pech. Das bedeutet, dass du es ein zweites Mal versuchen musst. Ich kann dir gar nicht sagen, wie begeistert Alec war, als Robert zur Welt kam. Und ich genauso.« Sie lehnte sich zurück und stieß eine blaue Rauchspirale aus. »Ein Kind hat mir gereicht, kann ich dir sagen. Du wirst das früh genug selbst herausfinden.«

Das tat Rose tatsächlich, sogar früher, als sie oder Celia erwartet hatten. In der darauffolgenden Woche kam ein Brief von ihrem Vater in seiner vertrauten, spinnenartigen Handschrift. Rose nahm ihn mit zum Morgentee auf der Veranda und öffnete ihn, während sie sich auf eine Welt vor langer Zeit einstellte, in der die Uhr in der Eingangshalle tickte und Papa seine Zeitung las, bevor er sich in sein Zimmer zurückzog oder die amerikanischen Soireen besuchte. Ihre Mutter würde oben in ihrem Schlafzimmer mit den cremefarbenen Voile-Gardinen und ihren Erinnerungen sein, während ihr Großvater seine Träume auf Leinwand bannte. Phoebe, zweifelsohne mit der neuen Brille, von der sie Rose berichtet hatte, würde über ihren Büchern sitzen. Nichts hatte sich geändert, wie die Briefe ihr immer versicherten.

Aber nun gab es doch eine Veränderung.

»Boy!« Normalerweise rief sie ihn nicht so, sondern nannte ihn bei seinem Namen, aber irgendwie kam plötzlich »Boy« heraus. »Hol den Master.«

Und so kam es, dass bei Rose Macintyre die Wehen einsetzten, obwohl der Doktor noch meilenweit entfernt war. Erst später hob der Hausdiener den Brief auf, der die Mitteilung vom plötzlichen Tod ihres Großvaters enthielt, und legte ihn auf die Frisierkommode, nachdem er ihn gelesen hatte.

17

Roses Wehen hielten drei Tage an. Wie Celia später bemerkte, war es gut, dass Rose dies größtenteils nicht bewusst war. Stattdessen schwebte Ga Ga in ihren Kopf und wieder hinaus, zusammen mit Grace. Manchmal hielten sich die beiden an den Händen, und einmal erkannte Rose sie deutlich auf der anderen Seite des dunklen Zimmers, wo sie auf Zehenspitzen über eine große Leinwand gingen und Fußabdrücke in roter Farbe hinterließen. Zu anderen Zeiten war es nur Ga Ga, der den Kopf zurückwarf mit einem erdigen Lachen, das den Baum vor dem Fenster schwanken ließ und seine Staffelei auf den Boden schmetterte. Dann schmolz sein Gesicht, und es war plötzlich Grace, die ernst auf sie herabblickte und rief: »Rose, Rose, geht es dir gut?«

Ihre Eingeweide fühlten sich an, als würde ihr Körper sie ausstoßen, ähnlich wie damals ihr Magen auf dem Schiff. Aber dies war ein anderer Teil ihres Körpers, der sich entleerte. Es war nicht einmal der Teil, den Charles erkundet hatte und der anfangs so viel Verzweiflung und Missverständnis verursacht hatte. Es war etwas, das sich nicht einmal anfühlte, als würde es zu ihr gehören, ein Teil ihres Körpers, von dem sie nichts gewusst hatte.

Und dann begannen die Kopfschmerzen. Schreckliche Schmerzen, die sich in die Lücke hinter ihren Augen krallten, auch wenn sie, wie bei ihren Eingeweiden, nicht gewusst hatte, dass solch eine Lücke existierte.

»Um Gottes willen, TUT etwas«, hörte sie Charles sagen, obwohl er das nicht gewesen sein konnte. Schließlich geriet ihr Mann nie derart in Panik, auch wenn diese Stimme ähnlich klang. Wäre Charles jetzt hier, würde er die Dinge in die Hand nehmen. »Duncan!«, rief sie in der Hoffnung, die Aufmerksamkeit ihres Schwagers auf sich zu lenken. Vielleicht konnte er Charles für sie finden. Er würde wissen, was zu tun war, wie man diesen seltsamen Schmerz lindern konnte, wie man die Leinwand auslöschen konnte, von der ihr nun Lydia entgegenlachte.

»Sie halluziniert.«

Das war eine Frauenstimme. Eine hübsche, klimpernde Frauenstimme, die Rose zu kennen glaubte. »Celia«, versuchte sie zu rufen, aber irgendwie kam es anders heraus, und sie hörte den Namen »Marianne« über ihre trockenen Lippen dringen.

»Wer in drei Teufels Namen hat ihr von Marianne erzählt?« Das war die Stimme, die wie Charles klang, was aber nicht sein konnte, weil ihr Ehemann diese Woche zu einer Plantage weggefahren war. Das wusste sie noch. Er würde vorerst nicht zurückkommen.

»Wo bleibt der Arzt?«

Dies war nun eine Stimme, die Rose kannte. Sie verband sich mit Erinnerungen an Gin Rummy und Bridgepartien und Maskenbälle, die mehr verbargen als nur Gesichter. Mrs Cuthbert Cooper mit all ihrer Lebenserfahrung im fernen Osten würde sicher wissen, was gegen die Schmerzen half.

»Mein Kopf«, versuchte Rose zu sagen, aber das Klingeln in ihren Ohren war so laut, dass nur ein Buchstabensalat herauskam, wie früher bei dem Spiel, das sie mit Grace und der lieben Miss Hollingswood gespielt hatte.

»Es gibt nur eine Person, die ihr helfen kann, bis der Doktor kommt.«

Das war eine leise Stimme. Zu leise. Rose mochte sie lieber mit dem Celia-Klimpern.

»Aber sie wird sich weigern.«

»Dann muss man sie zwingen.«

»Rose würde das nicht dulden.«

»Sieh sie dir an! Sie wird nichts davon mitbekommen.« Die erste Stimme war beharrlich. »Diese Frau weiß mehr über Kräuter und Tränke als sonst einer hier. Ich sage dir, Rose wird nicht überleben, wenn du die Frau nicht findest.«

Die roten Fußabdrücke färbten sich nun tiefer auf der Leinwand, die immer größer wurde und das Zimmer, in dem es heißer und heißer wurde, schrumpfen ließ. Roses Kopf fühlte sich in der einen Minute riesig an und in der nächsten winzig. Das erinnerte sie an die Schrumpfkopfgeschichte, eine von vielen, mit denen ihr Ehemann um sie geworben hatte. Hätte sie doch damals geahnt, was sie nun wusste.

»Trink.«

Rose öffnete die Augen und schrie. Zwei schwarze Augenpaare starrten auf sie herunter, während ihr ein Glas mit einer kalten Flüssigkeit an den Mund gedrückt wurde. Der Trank hatte die Farbe eines hellen Kastanienbrauns, das sie an die Herbsttage zu Hause erinnerte, und darin schwammen kleine dunkle Stücke, wie Baumrinde.

Rose drehte den Kopf zur Seite und versuchte, den Trank auszuspucken, der von ihrem Kinn tropfte. »Maya«, versuchte sie zu schreien. Warum war keiner hier? Warum hielt niemand diese Frau auf, die im Begriff war, sie zu vergiften?

Dann tastete die Frau über Roses Hals, um ihr die Perlen abzunehmen. »Nein«, schrie Rose. »Nein!«

»Es ist schon gut, Liebling.«

War das Charles? Aber er nannte sie nie »Liebling«. Vielleicht verwechselte er sie mit jemandem. »Maya versucht nur, dir zu helfen.«

Der Trank wurde ihr nun gewaltsam eingeflößt, und zu spät realisierte Rose, dass ihre Perlenkette weg war. Nicht schon wieder! »Nein, nein!«, schrie sie, aber es blieb an ihren Lippen hängen, gehüllt in Schweigen. Und dann wusste sie nichts mehr.

Es war der Laut, den sie als Erstes hörte. Ein Schrei wie von einem Vogel, zunächst leise und dann lauter.

Rose drehte sich um. Sie hatte sich nie zuvor so ausgeruht gefühlt, so friedlich. Selbst ihr merkwürdiger Traum von diesem Vogel konnte sie nicht beunruhigen. Das Bett fühlte sich an, als wäre es aus köstlichem cremigem Schaum, wie das Sahnehäubchen auf dem Trifle, von dem Grace immer verstohlen naschte und es sich mit diesem unartigen Funkeln in den Augen auf der Zunge zergehen ließ.

»Sie ist aufgewacht.«

Geht, wollte Rose sagen. Lasst mich schlafen. Lasst mich träumen.

»Rose? Wie fühlen Sie sich?«

Das war eindeutig nicht die Stimme ihres Gatten. Der Ton dieses Mannes war kultivierter, autoritär, aber auch freundlich. Sie hatte das Gefühl, dass sie diese Stimme zuvor gehört hatte, aber schon vor sehr langer Zeit.

»Sie haben einen Sohn, Rose. Ihr Kind ist gesund. Und Sie sind auch auf einem guten Weg.«

Eine kühle Hand legte sich auf ihre Stirn. »Das Fieber geht zurück. Versuchen Sie, die Augen zu öffnen. Ja, gut so!«

Während Rose der Aufforderung folgte, übermannte sie eine Welle, die ihre Brust traf, ähnlich den Wellen, die ihr vor ein paar Stunden die Eingeweide herausgerissen hatten. Aber dies war doch anders. Es ähnelte dem Gefühl, wenn man einen Rock oder eine Bluse auszog und der Stoff knisternd über die Haut glitt. Nur stärker. So stark, dass Rose beinahe die Augen wieder schloss und dies auch getan hätte, wenn sie nicht hinter diesem Mann, der ihr unbekannt war, obwohl sie das Gefühl hatte, ihn kennen zu müssen, ihren Gatten entdeckt hätte.

Charles hielt die Ursache des Lärms in den Händen, das Geschrei, das sie geweckt hatte. »Liebling«, sagte er und streckte ihr das Bündel entgegen. »Das ist unser Sohn.«

Rose senkte den Blick auf das weiße Tuch, das er sanft in ihren Arm legte. Ein kleines rotes zerknittertes Gesicht schaute zu ihr hoch und hörte sofort auf zu schreien, während es etwas zu suchen schien. Die Gesichtszüge hatten keine Ähnlichkeit mit Charles, aber dafür erinnerte der Kleine sie stark an Ga Ga mit seinen neugierigen Augen und der leicht spitzen Nase, die an ihrem Körper schnupperte wie ein Tier, das Nahrung witterte.

»Ihr Sohn sucht seine Milch.« Der Doktor lächelte. Er blickte zu Charles. »Darf ich es ihr zeigen? Normalerweise würde das eine Frau machen, aber unter diesen Umständen …«

Charles nickte. Vorsichtig knöpfte dieser Fremde ihre Bluse auf, die so feucht war, dass Rose sich fragte, ob sie draußen im Regen gestanden hatte. »Das war das Fieber.« Er sprach, als könnte er ihre Gedanken lesen. »Verzeihen Sie mir dieses Eindringen in Ihre Intimsphäre, Mrs Macintyre, aber es ist wichtig für Ihren Sohn, dass Sie ihn stillen.«

Er sprach sie nun mit ihrem Ehenamen an, als wäre es ihm etwas peinlich, ihre Brust zu umfassen und die harte rote Brustwarze an den Mund ihres Sohnes zu führen. Sie stieß vor Freude und Überraschung einen Schrei aus, als das Baby daran zu saugen begann, und spürte sofort Erleichterung, während die Milch herausschoss.

»Wie werden Sie ihn nennen?«

Der Doktor blickte lächelnd auf das Baby, dann auf Rose und schließlich zu Charles.

»Roger«, sagte sie unvermittelt.

»Roger?« Charles runzelte die Stirn. »Das ist der zweite Vorname meines Bruders.«

Das hatte sie nicht gewusst. Vielmehr hatte ihr der Name schon immer gefallen, seit sie in einem der Bücher ihres Vaters, die die Wände der Bibliothek zu Hause säumten, von einem gleichnamigen Reitersmann gelesen hatte.

»Das ist auch der zweite Vorname meines Vaters«, erwiderte sie leise.

Charles nickte kurz. »Also gut. Dann soll er Roger heißen.«

Aber irgendetwas stimmte nicht, und das lag nicht nur an Charles' Unterton, der das »Liebling« verloren hatte. Erst da fiel es ihr wieder ein. Maya! Maya hatte sie vergiftet! Maya hatte ihre Perlen genommen!

»Sie sind hier.« Charles deutete mit einem schroffen Nicken auf die zwei Reihen von weißen Perlen, die neben dem Bett lagen. »Maya hat sie dir abgenommen, weil sie sich in deinen Haaren verfangen hatten und dir die Luft abschnürten. Du hättest ersticken können. Und was den Vorwurf betrifft, sie wollte dich vergiften, darf ich dich informieren, dass sie dir das Leben gerettet hat.«

Seine Stimme klang herausfordernd, als wollte er einen Widerspruch von ihr provozieren.

»Diese Kräutertränke«, erklärte der Doktor ruhig, »scheinen definitiv gewisse Kräfte zu besitzen.« Er griff nach dem Glas mit dem Bodensatz aus dunkler Rinde, das immer noch neben dem Bett stand, und schnupperte daran. »Es ist schwer zu sagen, woraus dieser hier gemacht ist, aber er hat das Baby gerade noch rechtzeitig ausgetrieben.« Sein Gesicht verdüsterte sich kurz. »Ohne diesen Trank weiß ich nicht, was passiert wäre. Ich muss nochmals für mein spätes Eintreffen um Verzeihung bitten, aber es ließ sich nicht verhindern.«

»Das sagten Sie bereits.« Charles betrachtete seinen Sohn, so wie er immer die edlen Zigarren in seiner Holzkiste betrachtete, bevor er eine auswählte und zwischen Daumen und Zeigefinger rieb. »Wir werden uns zweifellos wiedersehen, Dr. Whittaker. Aber wenn meine Frau das nächste Mal niederkommt, vertraue ich darauf, dass wir nicht wieder so lange auf Ihre Ankunft warten müssen.«

18

Roses Trauer über Ga Gas Tod, der tatsächlich schon drei Monate zurücklag, wurde durch die Ankunft ihres Erstgeborenen betäubt.

Zudem schien es immer noch unvorstellbar, dass ihr Großvater nicht mehr lebte. Er war ganz plötzlich gestorben, schrieb ihr Vater in dem Brief, der so lange gebraucht hatte, um bei ihr anzukommen. Man hatte ihn vor einem fast vollendeten Gemälde gefunden, das nicht seinem üblichen Stil entsprach, da es nicht eine Person porträtierte, sondern den Hund einer wohlhabenden Nachbarin in St. Johns Wood, die ihren Großvater damit beauftragt hatte. Offenbar war die Auftraggeberin nicht mit der Arbeit des Künstlers zufrieden gewesen, der den Hund in seiner wahren Form abbildete, inklusive Bauch, welcher dazu neigte, über den Boden zu schleifen.

Nun, wie ihr Vater hinzufügte, weigere sich die Hundebesitzerin, die volle Summe zu bezahlen, die sie schuldig war. Dies verursache einen gewissen Skandal in Künstlerkreisen und sei auch insofern beschämend, weil die wohlhabende Nachbarin aus St. Johns Wood zugleich seine Patientin war.

Es kam ihr fast so vor, als habe ihr Vater vergessen, wie sehr ihr Herz an Ga Ga hing. Wäre das Baby nicht gewesen, das scheinbar die meiste Zeit des Tages gierig an ihrem Körper sog, hätte Rose das nächste Schiff nach Hause bestiegen und dieser Frau mit dem Hund den Marsch geblasen. Seit der Episode mit dem Jungen und dem Collier tat sie sich leichter damit, ihre Meinung zu äußern, wie Charles es ausgedrückt hatte.

»Bitte, mach nicht so einen Lärm«, hatte sie ihn eines Abends gebeten, als er mit einer starken Whiskyfahne vom Club zurückkehrte. »Du weckst sonst den Kleinen auf.«

»Wofür gibt es die Kinderfrau?«, knurrte er, bevor sein breiter, schweißglänzender Arm das Laken zurückriss, das ihre Blöße bedeckte, und er seinen restlichen Körper auf sie wuchtete. Rose wusste, dass es besser war, sich nicht zu beklagen, dass sie müde sei. Es war weitaus einfacher, sich gegen den Geruch aus Schweiß und Alkohol zu wappnen.

»Wenn du dich nicht fügst«, hatte Celia gewarnt, »wird Charles sich definitiv herumtreiben. Bei seiner Vergangenheit kann keiner von uns verstehen, warum er sich seit der letzten kleinen Episode so brav verhält, außer es liegt an deinen hellseherischen Fähigkeiten, die ihm zweifelsohne eine Höllenangst eingejagt haben. Denkst du, du kannst mir beibringen, Geister zu sehen, nur für den Fall, dass mein Alec auch auf die Idee kommt fremdzugehen?«

Rose hatte sich mittlerweile an solche Anzüglichkeiten gewöhnt. Trotzdem fragte auch sie sich, ob sie den Jungen wieder zu Gesicht bekommen würde. Sie würde sich gerne bei ihm bedanken, ihn fragen, wie es war, wo auch immer er war, und ob er in dieser seltsamen Geisterwelt, die er bewohnte, Grace gesehen hatte. Aber sosehr sie auch Ausschau nach ihm hielt, abends in der Dunkelheit, die ihren Bungalow einhüllte oder wessen Haus auch immer, in dem sie zum Dinner eingeladen waren, sie konnte ihn nicht sehen.

Inzwischen lernte Roger zu laufen und konnte schon fast fließend sprechen, und auch wenn Rose sich nicht völlig sicher war, vermutete sie doch, dass eine der Schweiß-und-Whisky-Nächte die Grundlage für ein Ereignis geschaffen hatte, das ihrer Schätzung nach in fünf Monaten stattfinden würde. Vielleicht würde es dieses Mal ein Mädchen sein! Als sie sich auf die Suche nach ihrem Ehemann machte, um ihm die Neuigkeit mitzuteilen, entdeckte sie ihn auf der Veranda, wo er den Hahn seines Gewehrs spannte und in das Gelände zielte. »Sind wir in Gefahr?«, fragte sie erschrocken.

Charles warf den Kopf in den breiten roten Nacken, der von der Sonne verbrannt war, und lachte. »Hin und wieder tauchen sie auf. Hier schleicht gerade einer herum.«

Ein Einheimischer? Aber er tat nichts, er ging nur vorbei. Entsetzt riss sie an Charles' Arm, um ihn abzuhalten, aber der Schuss ging bereits los. »Was tust du?«, brüllte er. »Ich hätte versehentlich mich selbst treffen können oder dich.«

»Was ist mit diesem Mann?« Sie deutete auf die kleine dunkle Gestalt, die eilig im Busch verschwand.

»Er ist das Ziel, Liebling. Fang jetzt nicht an, sentimental zu werden. Nun, was wolltest du mir gerade mitteilen?«

Es hatte keinen Sinn zu versuchen, ihn zur Vernunft zu bringen. Das hatte Rose gelernt. Stattdessen nahm sie sich vor, mit dem Dienstpersonal zu reden, damit es in Zukunft verhinderte, dass Fremde das Grundstück überquerten. Hätte Celia ihr später nicht versichert, dass jeder es tat und es dumm von ihr wäre, deswegen ein Theater zu veranstalten, hätte sie es nicht hingenommen.

Unterdessen war da das Baby. »Du musst nach England«, erklärte Charles, nachdem sie ihm die Neuigkeit eröffnet hatte. Der Gedanke an die lange Reise erfüllte Rose mit Angst; nicht wegen der Unannehmlichkeiten und Unbequemlichkeiten, die diese mit sich brachte, sondern weil es in ihrer Gesellschaft frisches Blut gab in Verkörperung einer außerordentlich hübschen Blondine und ihres Gatten, der alt genug war, um ihr Vater zu sein.

»Wenn ich nach Hause fahre, um dort mein Kind zu bekommen, wird Charles in Versuchung geraten«, vertraute sie Celia an, die ihr zustimmte.

»Du musst dafür sorgen, dass Dr. Whittaker sich in der Nähe

aufhält, meine Liebe. Ich nehme an, er ist auf einer der außen liegenden Plantagen und hilft den gewöhnlichen Frauen.«

Waren sie nicht alle gewöhnliche Frauen?

»Sei nicht albern, Darling.« Celia gab Rose eine Zigarette, als sie in Shorts und schulterfreien Tops am Strand saßen, während die Kinderfrau auf Roger aufpasste, der bewies, dass er sehr schnell sein konnte. »Diese Frauen sind es seit Jahren gewohnt, Kinder zu gebären. Bei uns ist das völlig anders. Als ich meinen Sohn bekam …«

Rose ließ Celia weiterplappern. Celias Anekdoten über ihre Niederkunft vor fünfzehn Jahren hingen ihr allmählich zum Hals heraus, und sie konnte einfach nicht nachvollziehen, dass ihre Freundin es so leichtfertig hinnahm, dass man sein Kind, wenn es sieben war, einfach mit dem Schiff in die Heimat brachte und es erst im nächsten Sommer oder sogar im übernächsten wiedersah.

»Die Überfahrt dauert zu lange«, erklärte Celia dann immer, als habe sie das nicht schon zuvor getan. »Die Sommerferien in Winchester dauern gerade einmal drei Monate. Wenn er hier ankommt, muss er sich schon wieder auf den Rückweg machen.« Sie drückte die Hand von Rose. »Ich fürchte, das ist einer der Nachteile, wenn man hier unten lebt. Trotzdem hat es auch viele Vorteile, meinst du nicht auch, Darling? Noch einen Drink?«

Rose beschloss, ihre Familie würde in die Heimat zurückkehren, wenn ihr Sohn das siebte Lebensjahr erreichte. Charles würde sich dann einfach eine andere Tätigkeit suchen müssen, wie sein Bruder Duncan, der auf wundersame Weise ein – in Worten ihres Schwagers – bezauberndes Mädchen gefunden hatte, das aus einer sehr angesehenen Familie in Yorkshire stammte. Diese gehörte zum dortigen Landadel und hatte Duncan, ein Bein weniger oder nicht, in ihren Kreis aufgenommen. Rose fragte sich flüchtig, was wohl aus ihr geworden wäre, wenn sie den Bruder geheiratet hätte, der so anders war als ihr Ehemann. Merkwürdig, dass die einzigen Male, bei denen Charles Eifersucht gezeigt hatte, immer dann waren, wenn das Gespräch auf Duncan kam. »Ich habe genug von diesen Geschichten gehört«, beschwerte er sich, wenn Rose erklärte, dass sie ihren Mann am Krankenbett seines Bruders kennengelernt habe.

Sie verzichtete dann immer darauf, Einwand zu erheben, und sparte sich ihre Kraft für wichtigere Kämpfe – einer von vielen Tipps, die Celia ihr gegeben hatte. Und der wichtigste Kampf war der, in Malaysia zu bleiben, um dort auch ihr zweites Kind zur Welt zu bringen, statt Charles die Möglichkeit zu geben, sich unbeaufsichtigt in Gesellschaft einer extremen Versuchung aufzuhalten. Bella, die neue Braut, bezauberte fast alle Männer und war auf den diversen Soireen und Bridge-Partys sehr gefragt. Rose beobachtete mit einer Mischung aus Belustigung und Angst, wie um Bellas Anwesenheit gebuhlt wurde. Das erklärte, warum ihre eigene Ankunft damals so viel Wirbel verursacht hatte, obwohl Rose weniger eindrucksvoll war als die neue Schönheit.

Letzten Endes war es ein Besuch des Doktors, der die Situation für sie entschied. Zu diesem Zeitpunkt war sie bereits am Ende des sechsten Monats.

»Es freut mich sehr, Sie wiederzusehen«, sagte Edward Whittaker, der bestellt worden war, um zu prüfen, wie sich das Baby entwickelte. Rose hatte zuvor Celia gebeten, an der Untersuchung teilzunehmen, wie es üblich war, wenn keine Krankenschwester zur Verfügung stand. Charles war an jenem Tag draußen auf den Feldern, würde aber abends pünktlich zu der nächsten Willkommensfeier für die bezaubernde Bella zurück sein.

»Ganz meinerseits«, entgegnete Rose, bloß dass ihre Stimme in Celias drängenden Fragen unterging, wie es dem Doktor auf den weit abgelegenen Plantagen ergangen sei und ob die Moskitos ihm zugesetzt hätten, ganz zu schweigen von den schrecklichen Malariagerüchten, die doch sicherlich erfunden seien, andernfalls ziehe sie vielleicht sogar in Erwägung, mit ihrer Freundin Rose nach England zurückzukehren.

»Zurück nach England?« Edwards sandfarbene Augenbrauen hoben sich. »Das würde ich Mrs Macintyre in ihrem Zustand nicht mehr empfehlen.« Er ließ Roses Hand sinken und legte sie vorsichtig an ihre Seite, während Rose seine schmale, aber große Gestalt musterte. Er erinnerte sie auf gewisse Art an Duncan, dem es wieder schlechter ging. Der Arme. Wie schrecklich, dass Kriegsverletzungen fortwährend Qualen bereiten konnten.

»Ihr Puls gefällt mir nicht.« Edward trat einen Schritt zurück und nahm ein kleines Buch voller Zahlen aus seiner Tasche, das er konsultierte, indem er mit dem Zeigefinger eine Spalte entlangwanderte. »Sagen Sie mir, leiden Sie unter Kopfschmerzen?«

Rose dachte an das dumpfe Pochen im Kopf, das jedes Mal auftrat, wenn sie an Ga Ga dachte, der vor dem undankbaren Hundeporträt sein Leben ausgehaucht hatte, und schob es auf die Trauer. »Nur hin und wieder.«

»Wenn sie beim Gin Rummy zu oft gewinnt«, zwitscherte Celia dazwischen.

Diese Augenbrauen, die, entschied Rose, eher blond waren als sandfarben, wölbten sich zu einer unausgesprochenen Frage, und sie schüttelte den Kopf, kläglich. »Du weißt, das ist nicht wahr, Celia. Ich verzichte seit der Schwangerschaft sowohl auf Alkohol als auch auf Zigaretten.«

»Das stimmt leider. Sie ist wirklich schrecklich langweilig geworden.«

Der Finger des Doktors fuhr immer noch über eine Zahlenreihe, dieses Mal eine andere. »Trotzdem ist Ihr Puls nicht so, wie er sein sollte. Ich möchte, dass Sie sich mehr schonen.«

Schonen?

»Ist das ein Problem?«

Glücklicherweise hob in diesem Moment draußen im Garten ein Radau an, und Celia entfernte sich, um nachzuschauen. Hier unten durfte nur sehr wenig passieren, wie Rose gelernt hatte, ohne eine ausgiebige Überprüfung und Diskussion.

»Ja«, flüsterte Rose.

»Warum?«

Seine braunen Augen blickten so freundlich, dass sie sich dabei ertappte, dass sie aussprach, was ihr durch den Kopf ging. »Mein Mann macht gerne anderen Frauen schöne Augen. Wenn ich ihn sechs Monate allein lasse, kann alles Mögliche passieren.«

In seinen Augen flimmerte es. »Das bedaure ich sehr.«

»Ich ebenso.«

Wieder hatte sie das eigentlich nicht sagen wollen.

Der Doktor blickte zu Celia, die verschwunden war. Ohne Zweifel war sie hinausgegangen, um sich ein genaues Bild von der Lage zu verschaffen. »Man könnte sagen, dass keiner einen Ehemann vermisst, der die Augen nicht von anderen Frauen lassen kann.« Sein Blick hielt ihren fest. »Besonders nicht, wenn er mit der schönsten Frau auf Borneo verheiratet ist.«

Rose begann zu lachen, aber bremste sich gleich darauf. Entweder bildete sie sich das ein, oder Edwards Gesichtsausdruck legte nahe, dass es ihm todernst war.

»Seien Sie gewiss.« Er tätschelte leicht ihren Arm. »Ich werde hier sein, wenn das Baby kommt. Das verspreche ich Ihnen.«

Er war auf dem Weg zur Tür, als Celia mit gerötetem Gesicht von ihren Bemühungen zurückkehrte, einen hitzigen Streit zwischen einem entflohenen Huhn und einem hungrigen Hausdiener zu schlichten. »Du liebe Zeit, Sie brechen bereits auf? Verzeihen Sie mir meine Unhöflichkeit. Darf ich Sie bitten, uns zum Abendessen Gesellschaft zu leisten?«

»Vielen Dank, aber ich muss leider ablehnen.« Edward beugte gütig den Kopf. »Ich werde in Iguawar erwartet.«

Rose war überrascht, wie verloren sie sich plötzlich vorkam, als seine Schritte sich auf der Treppe und über den Hof entfernten. »Ich nehme an, er möchte zurück zu seiner Frau«, bemerkte sie beiläufig, während sie sich auf ihrem Stuhl in eine bequemere Position hochstemmte. »Ich gehe doch davon aus, dass er verheiratet ist.«

Celias Augen wurden groß. Dies taten sie seit Bellas Ankunft in letzter Zeit immer öfter, wie Rose aufgefallen war. »Weißt du das nicht? Seine Frau ist vor Jahren bei ihrer ersten Niederkunft gestorben. Seitdem hat sich der arme Mann dazu verschrieben, andere Frauen vor diesem Schicksal zu bewahren. Das ist der Grund, warum er so viel Zeit auf den Feldern verbringt, obwohl ich, offen gesagt, denke, dass er Glück hatte, dass er dich nicht verloren hat. Man kann über diese Maya sagen, was man will, aber sie hat dir das Leben gerettet. Übrigens, wo ist sie jetzt eigentlich?«

Rose zuckte mit den Schultern. »Ich weiß es nicht, aber ich habe das Gerücht gehört, dass sie nun für eine Familie auf der Halbinsel arbeitet.« Sie sagte es in einem Ton, der Celia unmissverständlich zu verstehen gab, dass sie über dieses Thema nicht weiter zu sprechen wünschte. Erst jetzt konnte sie nachvollziehen, warum ihre Mutter es vorgezogen hatte, über den Eifer ihres Vaters hinwegzusehen, mit dem er die Einladungen zu den amerikanischen Soireen annahm. Es war einfacher. Trotzdem hatte Rose als Folge davon einen anderen Weg gewählt, indem sie Charles klarmachte, dass sie außereheliche Beziehungen mit anderen Frauen nicht duldete.

Nun war das Leben ein Kompromiss. Die Alternative, nämlich Charles für immer zu verlassen, war zu schrecklich, um darüber nachzudenken. Tatsächlich wusste Rose von einer einzigen Frau in London, einer Bekannten von Lydias Mutter, die den Mut dazu aufgebracht hatte und feststellen musste, dass sie daraufhin von der Gesellschaft gemieden wurde, während ihr Ehemann, der eine Beziehung mit einer Tänzerin eingegangen war, nach wie vor ein gern gesehener Gast war. Es schien so unfair, aber was blieb einer Frau anderes übrig? Würde Rose über private Mittel verfügen, wäre es vielleicht etwas anderes, aber sie war vollkommen abhängig von ihrem Ehemann. Sie saß mit ihm im selben Boot. Es gab keinen Ausweg.

Die Geburt von Geoffrey unterschied sich stark von der seines älteren Bruders. Erstens war Charles immer noch fort, obwohl er versprochen hatte, vor Beginn der Regenzeit zurück zu sein. Dringende Geschäfte oben in den Hügeln, hatte er erklärt. Rose hatte sich mit einem billigenden Nicken begnügt und schickte dem Doktor die Nachricht, dass das Baby recht lebhaft war. Es löste wellenartige Bewegungen in ihrem Bauch aus, was Roger nie getan hatte.

»Ganz ehrlich, Darling«, erklärte Celia häufiger, als Rose es zu hören brauchte. »Ich kann wirklich nicht verstehen, warum du dir das alles noch einmal antust.« Sie zündete sich eine Zigarette an. »Allerdings, wenn dieser gut aussehende Dr. Whittaker mir damals geholfen hätte, meinen Robert zur Welt zu bringen, hätte ich vielleicht auch ein zweites Kind in Erwägung gezogen. Er hat eine unheimlich beruhigende Stimme, findest du nicht auch?«

Rose hasste es, wenn Celia so redete. Genauso wenig gefiel ihr der Umstand, dass Celia neulich abends auf einer dieser endlosen Bridge-Partys, zu der sie gemeinsam eingeladen waren, dabei beobachtet wurde, dass sie aus dem Schlafzimmer des Gastgebers kam. Celia behauptete hinterher, sie habe sich nur kurz ausruhen wollen, weil sie furchtbare Kopfschmerzen plagten, aber Rose hatte zusammen mit anderen gesehen, dass ihr Gastgeber keine zehn Minuten später nach Celia das Schlafzimmer verließ. Niemand schien es für nötig zu halten, dies mit etwas anderem zu quittieren als mit hochgezogenen Augenbrauen und einem wissenden Lächeln. War das wirklich das Verhalten eines Erwachsenen?, fragte sich Rose. Falls ja, verursachte es ihr ein eigenartiges Unbehagen, und sie kam sich ziemlich töricht vor, als wäre sie selbst nicht erwachsen, obwohl sie ein Kind hatte und das zweite unterwegs war.

In jener Nacht fand sie keinen Schlaf. Charles war inzwischen schon seit mehreren Wochen fort. »Er muss ein paar Dinge genauer überprüfen«, hatte einer der Männer auf der Party heute Abend gesagt, und alle hatten gelacht.

»Ich bin kein dummes Mädchen mehr«, sagte sich Rose, während sie sich von einer Seite auf die andere wälzte auf der Suche nach Abkühlung in der Hitze, der es zu widerstreben schien, Rose atmen zu lassen. Durch die Wand konnte sie Roger hören, dessen kindlicher Atem sich hob und senkte, während das Knarren eines Betts darauf hindeutete, dass seine Kinderfrau auch kein Auge zubekam. In diesem Moment spürte Rose etwas Warmes und Klebriges zwischen ihren Beinen. Sie stand auf, zündete eine Kerze an und stieß dann einen Schrei aus. Die Kinderfrau stand sofort in der Tür, und ihr freundliches Gesicht, das Rose an einen weiblichen Ga Ga erinnerte, starrte entsetzt auf das Blut, das zwischen Roses Beinen auf den Boden tropfte.

»Ruf den Arzt«, brüllte Grace in ihrem Kopf.

»Benachrichtige Dr. Whittaker«, stieß Rose keuchend hervor. »Und den Master.« Die Kinderfrau stand unbeweglich da und starrte einfach auf die Blutlache.

»Sofort!«, brüllte Rose. »LAUF!«

Dieses Mal war Edward wesentlich früher da als beim ersten Mal. Ein außerordentlicher Zufall, erklärte er, während er mit den Händen behutsam ihren Bauch abtastete, bevor er seine Tasche mit den Metallinstrumenten öffnete. Er habe nur eine knappe Stunde entfernt Geburtshilfe geleistet. Und ja, Rose habe richtig gehandelt, nach ihm zu schicken, wenngleich seiner Ansicht nach kein Anlass zur Sorge bestehe, da die Blutung inzwischen aufgehört hatte. So etwas sei nicht unüblich in diesem Stadium der Schwangerschaft und nur ein Zeichen dafür, dass das Baby unterwegs war.

Ein Mädchen, flüsterte Grace in ihrem Kopf. Bitte, lass es ein Mädchen sein, nun, nachdem ich weg bin.

Die Schmerzen, als sie einsetzten, bauten sich in riesigen Wellen auf. Rose wunderte sich, dass sie vergessen haben konnte, wie schlimm es beim ersten Mal gewesen war. »Mein Mann«, brachte sie irgendwann keuchend heraus. »Er ist nicht hier.«

Die Augen des Doktors blickten auf sie herunter. Sein Mund bewegte sich, als würde er sprechen, aber seine Worte ergaben keinen Sinn. Dann fühlte sich ihr ganzer Körper an, als würde er zerreißen und explodieren, bis sie plötzlich den Schrei hörte. »Sie haben einen Sohn«, rief der Doktor in einem freudigen Ton, der sicherlich angemessener war für einen Vater, wäre dieser präsent gewesen. »Sie haben einen hübschen kleinen Jungen, Rose.«

Erst später, nachdem der Doktor sich verabschiedet hatte und Rose mit ihrem zweiten Sohn allein zurückblieb, der ernst zu ihr hochblickte, während sein Mund fest um ihre Brust geschlossen war, wurden ihr zwei Dinge bewusst. Das erste war, dass Edward sie während seines Besuchs kein einziges Mal »Mrs Macintyre« genannt hatte. Und das zweite war, dass Edwards Antwort auf ihr Rufen nach ihrem Ehemann vorhin keinen Sinn ergeben hatte, aber nun schon. Sogar deutlich. »Ich weiß«, hatte er gesagt. »Er ist auf der Halbinsel.«

Derselbe Ort, an den Maya gegangen war. Derselbe Ort, an dem Edward zuvor einer Frau bei der Entbindung geholfen hatte. Als Rose dann am folgenden Tag ihrem Gatten stumm seinen neugeborenen Sohn gab, betrachtete sie ihn auf eine Art, wie sie das nie zuvor getan hatte. »Sag mir«, fragte sie leise, »hast du einen Sohn oder eine Tochter bekommen?«

Charles erwiderte ihren Blick, die breite, schweißnasse Brust entblößt unter seinem halb aufgeknöpften Hemd. »Fühlst du dich nicht wohl, Rose?« Er blickte auf das Kind in seinen Armen. »Du weißt doch, dass wir wieder einen Sohn haben.«

»Den haben wir«, antwortete sie, wobei sie das »wir« betonte. »Aber ich habe dich nach deinem anderen Kind gefragt, das offenbar am selben Tag geboren wurde. Ist es ein Mädchen oder ein Junge?«

Sein Mund bewegte sich, als wollte er etwas sagen, und blieb dann stumm, aber sie konnte an dem Ausdruck in seinen Augen und an dem Knoten in seinen Brauen sehen, dass sie die Wahrheit getroffen hatte. »Sei nicht albern, Rose.« Er drückte ihr das Baby wieder in den Arm. »Du solltest wirklich aufpassen, dass deine Fantasie nicht mit dir durchgeht.«

19

»Hast du schon die Neuigkeit gehört?«, fragte Celia, während sie in das Zimmer hineinplatzte. Rose spielte gerade mit ihren Söhnen. Sie beschäftigten sich mit kleinen Ringen aus Holz, die Roses Vater den weiten Weg von zu Hause aus geschickt hatte, ein Spiel, das Grace und sie bereits als Kinder gespielt hatten und das bei ihren Söhnen mehr Begeisterung weckte. Geoffrey mit seinen drei Jahren war schon beinahe so groß wie Roger, obwohl sie zwei Jahre voneinander trennten, aber er war auch stämmiger und kam von der Statur her eher nach seinem Vater.

»Sag schon.« Rose stand auf und strich ihr blassblaues Kleid aus Baumwolle glatt, das sie selbst aus einem Stoff vom Markt genäht hatte. Charles hatte sie beim Frühstück kurz gemustert, aber nichts gesagt. Sie hatte es ihm durchgehen lassen. Seit Geoffreys Geburt hatte sie gelernt, vieles ohne Kommentar durchgehen zu lassen. Das Gespräch über Mayas gleichzeitige Niederkunft war zu schmerzhaft, um es fortzuführen. Außerdem, was hatte das schon für einen Sinn? Charles war, wie sie gelernt hatte, unberechenbar. Er wäre imstande, sie zu verlassen, wie das ein paar Jahre vor ihrer Ankunft einer armen Frau hier widerfahren war, über die heute noch geredet wurde. Die Betroffene hatte keine andere Wahl, als nach England zurückzukehren, ohne Mann und mit einem Kind im Schlepptau. Offenbar wurde sie von der Gesellschaft gemieden und lebte nun im Norden als Haushälterin.

Dies war, darin waren sich alle einig, eine lehrreiche Warnung.

»Bist du sicher, dass du es hören willst?« Celia stand mit vor Aufregung geröteten Wangen vor ihr. »Du machst irgendwie den Eindruck, als wärst du in Gedanken woanders, wenn ich das so sagen darf.«

»Wenn du es mir nicht erzählen möchtest, Celia, dann behalte es für dich.«

»Dr. Whittaker möchte sich niederlassen, statt weiter ständig durch die Gegend zu reisen.« Ihre Freundin rasselte die Worte praktisch herunter. »Er will sich hier in der Nähe eine Praxis einrichten.«

Rose spürte einen Knoten im Bauch. »Dann hat er also wieder geheiratet?«

Es gab diverse Gerüchte, der Doktor habe seine Verlobte aus England mitgebracht, eine Freundin seiner verstorbenen Frau, aber Celia schüttelte den Kopf. »Anscheinend«, sagte sie mit gedämpfter Stimme, »ist die Verlobung geplatzt. Nach allem, was ich gehört habe, nehme ich an, dass er den Wunsch hat, sesshafter zu werden. Ein neues Gesicht wird uns guttun, nicht wahr?« Sie sank auf den Stuhl neben Rose. »Dieser Ort braucht mehr Leben, und ich habe das Gefühl, dass der gute Doktor genau der richtige Mann dafür ist.«

Rose erlaubte sich nicht, ihr lautes Herzklopfen zur Kenntnis zu nehmen, immer wenn sie Edward begegnete, sei es im Club, wo er nicht so häufig anzutreffen war wie die anderen Männer, oder auf dem Markt oder auch in einem der Nachbarbungalows. Genauso wenig erlaubte sie sich, sofort ihr Spiegelbild zu überprüfen und ihren Lippenstift nachzuziehen oder mehr Gesichtscreme aufzutragen, deren Vorrat bei dem Versuch drastisch geschrumpft war, trotz der Hitze eine glatte Haut zu bewahren.

Würde sie es sich erlauben, wäre dies das Eingeständnis, dass sie Gefühle für einen Mann hatte, die sich für eine verheiratete Frau nicht ziemten.

In den seltenen Momenten, in denen sie sich doch erlaubte, über die Bedeutung ihres Herzklopfens und ihrer Halsröte genauer nachzudenken, war sie entschlossen, sich nicht auf das Niveau ihres Gatten zu begeben beziehungsweise auf das ihres Vaters oder sogar, wie die Dienstboten früher munkelten, auf das seines Vaters. Sie war eine Frau. Es war ihre Bestimmung, sich mit dem abzufinden, was das Leben für sie vorgesehen hatte. Wenn ihr Ehemann es vorzog herumzuspielen, wie es im Club genannt wurde, bedeutete das nicht, dass sie dasselbe tun konnte.

Ich habe schließlich meine Prinzipien, sagte sie sich, während sie am Strand saß und die Jungs beobachtete, die mit Stöcken Bilder im Sand malten. Besonders Geoffrey, wie sie mit mütterlicher Genugtuung bemerkte, war sehr geschickt darin, Formen nachzubilden, und benutzte gerne die Wachsmalstifte, die vor ein paar Monaten in einem Paket aus England gekommen waren. Nichtsdestotrotz gelang es ihr nicht immer, ihre Gedanken zu bändigen.

Eines Abends, als Charles wieder für mehrere Wochen abwesend war, zog Rose sich früh in ihr Bett zurück, froh darüber, ungestört zu sein. Obwohl sie und Charles schon seit einiger Zeit in getrennten Betten schliefen (glücklicherweise verfügte der Bungalow über mehrere Schlafzimmer, auch wenn das von Charles recht klein war und stärker von Moskitos belagert, weil es sich direkt neben dem Bad befand), versteifte sie sich mittlerweile sofort beim Klang seiner Stimme und wünschte sich, dass sie wieder verschwand. Wie eigenartig, dachte sie manchmal. Wenn Charles aus dem Haus war, um Meilen entfernt Land zu erschließen, fühlte sie sich fast wohl. Im Laufe der acht Jahre, die sie nun hier lebte, war dieser seltsame Ort zu einem Zuhause geworden, und die Erinnerungen an ihr altes Heim kamen ihr vor wie ein Traum, wie eine andere Welt.

Und doch, wenn ihr Ehemann zurück war und der Bungalow unter seinen schweren Schritten vibrierte, während er mit den Türen knallte und die Jungs anherrschte, leise zu sein, weil er

Kopfschmerzen habe, die zweifellos mit seiner Whiskyfahne zusammenhingen, konnte Rose an nichts anderes denken als daran, wie sie die Zeit überstehen sollte, ohne ihn zu reizen, bis er dann glücklicherweise wieder auf eine seiner Touren aufbrach.

An diesem besonderen Abend, als sie im Bett lag und im Schein einer Öllampe las, hörte sie draußen ein seltsames Rascheln. Die dünne cremeweiße Gardine bauschte sich im Wind, obwohl draußen kein Lüftchen ging. Es war, wie jeder vorhin im Club bemerkt hatte, ein sehr stiller Abend. Rose hob den Kopf und wusste, bevor sie es sah, was sie sehen würde.

Der lange, dürre Junge mit den vortretenden, großen braunen Augen stand im Türrahmen, im Bungalow, obwohl sie die Tür selbst abgeschlossen hatte. Er sagte nichts, sah sie nur an mit diesen riesigen braunen Augen. Instinktiv griff Rose hastig an ihren Hals. Die Perlen lagen sicher dort, wo sie immer waren. Seit dem Diebstahl legte sie das Collier nur selten ab, nicht einmal zum Schwimmen. Es war nun, dachte sie oft, ihre einzige Verbindung zu dem Leben, das sie hinter sich gelassen hatte, und eines Tages, so Gott will, würde sie vielleicht eine Tochter haben und die Perlen an sie weitergeben, auch wenn der bloße Gedanke, »es« mit ihrem Mann machen zu müssen, um dieses Ziel zu verwirklichen, ihr Magenschmerzen verursachte.

»Was ist?«, fragte sie, und ihre Stimme klang fremd in der Dunkelheit. Sie konnte hören, wie nebenan die Kinder sich im Schlaf bewegten, sodass sie, als der Junge keine Antwort gab, die Frage in eindringlichem Flüsterton wiederholte.

Manchmal, wenn Rose an den Besuch des Jungen vor all den Jahren dachte, als er sie zu Mayas Hütte geführt hatte, fragte sie sich, wie sicher viele andere auch, ob sie sich ihn nicht vielleicht bloß eingebildet hatte. Die Angst, er könnte ihrer Fantasie entsprungen sein, übertraf die Angst, die man als Reaktion auf ein solches Phänomen erwarten würde, und vergrößerte sich durch den Umstand, dass er ihr seitdem nicht mehr erschienen war.

Aber nun war er hier! Sie konnte ihn fast berühren, als er sich ihrem Bett näherte und so tat, als wollte er sie herausziehen. Er wollte, dass sie ihm folgte! Sie glitt mit den Füßen voran aus dem Bett und in ihre Stoffschuhe, um ihm rasch nachzueilen, während er ihr Zimmer verließ und im Nebenraum verschwand, den ihre Jungs sich mit der Kinderfrau teilten. Dort deutete er auf den Boden. Auf einen Stock neben Geoffreys Bett, bloß dass, du lieber Gott, der Stock sich bewegte. Eine Schlange!

Rose sagte später, ihr sei schleierhaft, warum sie nicht in Panik geriet oder schrie oder sogar in Ohnmacht fiel. Stattdessen kehrte sie rasch zurück ins Wohnzimmer und schnappte sich den kleinen Säbel von der Wand, der von Charles' Abenteuern im Krieg stammte, ein Thema, bei dem er sehr gesprächig wurde.

»Geh zur Seite«, sagte sie lautlos zu dem Jungen, der zwischen ihr und der Schlange stand. Aber er blieb einfach stehen. Der Stock bewegte sich auf Geoffreys Bett zu, kam immer näher. Wenn sie die Schlange töten wollte, würde der Hieb so gut wie sicher durch den Jungen gehen, aber sie hatte keine andere Wahl. Mit einigen Schwierigkeiten hob sie den Säbel, aber dann passierte etwas ganz Merkwürdiges. Er fühlte sich plötzlich ganz leicht an. So leicht wie einer der sechs silbernen Teelöffel, die sie aus der alten Heimat mitgebracht hatte. Durch diese plötzliche Leichtigkeit war es beinahe ein Klacks, die Klinge auf den langen, silberfarbenen, sich schlängelnden Stock zu senken, sodass der Kopf durch das Zimmer in Richtung Tür kullerte. Der Stock wand sich zitternd und zappelnd, bevor er schließlich auszuckte.

Die Kinder drehten sich im Schlaf um, aber die Kinderfrau in dem dritten Bett war aufgewacht. Sie setzte sich auf, umklammerte ihr Nachthemd und starrte abwechselnd auf die kopflose Schlange am Boden und auf die Memsaab mit dem Säbel in der Hand. Dann öffnete sie den Mund und schrie. Erst in diesem Augenblick wurde Rose etwas bewusst. Von dem Jungen war nichts mehr zu sehen.

Sie verlor selbstverständlich kein Wort über ihn, außer in ihrem Tagebuch. Man hätte sie sonst für verrückt erklärt. Tatsächlich gab es einige, die Rose seit dem Vorfall mit den Perlen vor ein paar Jahren ohnehin für eine Hexe hielten und auch, weil es ihr irgendwie gelang, mit dem Mann verheiratet zu bleiben, den die anderen Männer als Nebenbuhler fürchteten. Affären wurden hier als ein Teil des Lebens betrachtet, vorausgesetzt, sie hielten nicht zu lange an, und es wurde gemunkelt, dass Charles auf der anderen Seite der Insel diverse Verhältnisse mit verheirateten Frauen hatte wie auch mit seinem ehemaligen Hausmädchen.

Zu jenem Zeitpunkt ahnte Rose nichts davon, anderenfalls hätte sie vielleicht mehr gekämpft. Die Gelegenheit dazu bot sich drei Tage später, als Charles früher zurückkehrte, nachdem er von dem Zwischenfall mit der Schlange erfahren hatte. Neuigkeiten verbreiteten sich hierzulande erstaunlich schnell.

Wieder hatte Rose sich früh schlafen gelegt, froh, allein zu sein, wurde aber zunächst von Whiskygeruch und dann von einem rauen Männerkinn geweckt. »Ich habe gehört, meine Frau köpft in meiner Abwesenheit Schlangen.«

Sie erstarrte, als der breite Körper ihres Mannes sich neben sie zwängte. »Bitte, Charles. Ich schlafe bereits.«

»Ich nicht.«

Seine Stimme dröhnte in der Dunkelheit. Er würde die Kinder wecken, wenn sie ihn nicht zum Schweigen brachte, und sie wollte nicht, dass sie Zeugen einer Szene wurden. Außerdem erkundete Charles' Hand nun ihre Brust und arbeitete sich weiter nach unten.

»Das ist keine gute Zeit.«

»Hast du deine Regel?«

»Nein, aber …«

Warum hatte sie nicht gelogen? Nun war es zu spät. Ein Schwall von Übelkeit stieg in ihr hoch, als er sich auf sie warf, und sie versuchte zu spät, ihn wegzustoßen. Er revanchierte sich, indem er ihre Handgelenke umklammerte und in das Kissen drückte, sodass sie sich unter seinem Gewicht nicht mehr rühren konnte. Sie schloss die Augen und konzentrierte sich darauf, an etwas Angenehmes zu denken. An ihr Elternhaus. An Ga Ga vor seiner Staffelei. An Grace, obwohl Rose sie sich im Moment nicht vorstellen konnte. An die Kinder. Das alles war nur für die Kinder … Und dann war es schließlich vorbei. Dankbar drehte sie sich auf die Seite und drückte ihr Nachthemd zwischen die Beine, um die Schweinerei aufzusaugen, während Charles sich auf die andere Seite drehte, schwerfällig, und auf den Boden plumpste, wo er laut schnarchend einschlief.

»Woher haben Sie die Blutergüsse an Ihren Handgelenken?«, fragte Edward, als sie in der darauffolgenden Woche auf der Veranda saßen. Er war zu einem kurzen Besuch vorbeigekommen, wie er das neuerdings häufig tat, und hatte eine neue Schallplatte für ihr Grammophon mitgebracht. Die Musik von Chopin, hatte er bei ihrer ersten Begegnung geschwärmt, sei auch seine Leidenschaft – wie sehr er das Klavier zu Hause vermisste! –, und er habe festgestellt, dass sie auf Frauen, die in den Wehen lagen, sehr beruhigend wirkte.

Was für eine wunderbare Idee! Alles in allem, dachte Rose oft, war Edward ein äußerst angenehmer Gesprächspartner, und auch ihm fiel es sichtlich leicht, mit ihr zu reden. Ihre Biografien ähnelten sich unheimlich. So waren beide am Stadtrand von London aufgewachsen, und sein Vater war Arzt, genau wie ihrer. Edward hatte einen Bruder und eine Schwester, die ihm sehr nahe standen, weshalb er nicht stammelnd nach den richtigen Worten suchte oder verlegen dreinblickte, als sie ihm von Grace erzählte. Er nickte nur verständnisvoll und sagte: »Das tut mir sehr leid«, statt ihr gut zuzureden, wie andere das taten. Charles' Reaktion dagegen, so ihr Eindruck, als sie ihm von Grace erzählte, war eher schroff ausgefallen, als müsste man mit solchen Dingen eben rechnen, so wie mit Duncans Behinderung.

Wenn es darum ging, die Wahrheit zu sagen, fühlte sich Rose eher gegenüber ihrem freundlichen Doktor dazu imstande als gegenüber ihrem eigenen Ehemann. Darum schien es ihr nicht richtig, wegen der Blutergüsse zu schwindeln.

»Von Charles«, antwortete sie schlicht und blickte auf das trockene Stück Land vor ihnen, das als Garten diente. Ein Hund kläffte in der Ferne im selben Moment, als sie den Namen ihres Mannes aussprach. Edward runzelte nun die Stirn, als habe er nicht richtig verstanden. »Von Charles?«

Sie nickte.

»Er … er hat Ihnen Gewalt angetan?«

Die Vertraulichkeit seiner Frage hätte sie eigentlich schockieren müssen, aber stattdessen spürte sie Erleichterung. Auch wegen der Gewissheit, dass er nun eine Ahnung davon hatte, was geschehen war, statt gemeinsam mit ihr so zu tun, als wäre es ein häuslicher Unfall gewesen. Zum Beispiel ein Sturz.

Sie nickte wieder. »Er ist mein Ehemann.« Ihre Stimme war so leise, dass sie sich selbst kaum hören konnte, aber Edwards Miene zeigte, dass er deutlich verstanden hatte.

»Sie müssen sich das nicht gefallen lassen.«

Seine Stimme klang wie ein leises Knurren, und sie bemerkte, dass seine großen Hände sich zu Fäusten ballten.

»Ich dachte, Sie würden das verstehen.« Sie nahm die Teekanne, aber ihre Hand zitterte. »Ich sitze hier fest. Ich habe zwei kleine Kinder. Wo soll ich hin, wenn ich ihn verlasse?«

Allein dadurch, dass sie die Worte aussprach, begann ihre Hand noch heftiger zu zittern.

»Die Jungs werden bald auf die Schule gehen.« Seine Hand wanderte über den Tisch und berührte sachte ihre, als wollte er so seinen Worten Nachdruck verleihen. »Können Sie sie nicht begleiten und in England bleiben?«

Derselbe Gedanke war ihr auch schon gekommen. »Ich weiß nicht. Er wird es vielleicht nicht erlauben.«

Edwards Blick trübte sich noch mehr. »Sie sind eine starke Frau, Rose. Sie können Ihre eigenen Entscheidungen treffen. Wir haben 1928. Die Zeiten ändern sich.«

»Für Männer vielleicht.«

Er zuckte zusammen. »Damit spielen Sie wohl auf meine geplatzte Verlobung an. Ich habe es Ihnen erklärt, Rose, es war eine Jugendsünde. Es wäre nicht fair gewesen, eine Frau zu heiraten, die ich nicht mehr liebe.« Er senkte die Stimme. »Es geht um die Frage, ob man sich selbst treu bleibt. Gerade Sie von all den Frauen hier sollten das wissen, falls ich mich nicht gründlich in Ihnen getäuscht habe.«

Nein, lag ihr auf der Zunge. Sie haben sich nicht getäuscht. Aber Männer können sich selbst treu bleiben auf eine Art, die Frauen verwehrt ist. Sie haben die finanzielle Unabhängigkeit. Sie können tun und lassen, was sie wollen. Sie wollte gerade den Mund öffnen, als sie Schritte auf der Treppe zum Bungalow hoch hörte. Schnelle, entschlossene Schritte. Celias Schritte. Sie hatte bereits am Vormittag vorbeikommen wollen, hatte sich aber verspätet. Rose hatte gehofft, dass sie vielleicht gar nicht mehr auftauchte, aber hier war sie nun.

Rose hob die Teekanne. »Noch eine Tasse, Dr. Whittaker? Ah, Celia, da bist du ja. Freut mich, dass du es doch noch geschafft hast.«

20

Charles' Invasion, wie Rose den Übergriff insgeheim nannte, führte dazu, dass sie wieder in anderen Umständen war. Vielleicht würde es dieses Mal ein Mädchen, hatte Celia gesagt, als Rose wieder auf ihre weiten Baumwollkleider zurückgriff, die sie während der vorangegangenen zwei Schwangerschaften getragen hatte.

Rose hoffte insgeheim dasselbe. Wenn es ihr bestimmt war, ein drittes Kind zu bekommen, dann würde es dieses Mal vielleicht die Tochter sein, die sie sich so sehnlich wünschte. Schließlich musste es ein bisschen Gerechtigkeit geben.

»Was für eine Ironie, dass ich ein Kind gewinne, aber meine ersten beiden fast zur selben Zeit verlieren werde.«

Sie schlenderte mit Celia in der Absicht über den Markt, für Geoffreys Socken Markierband zu finden, offenbar eine unerlässliche Ausrüstung laut der Liste, die die Schule geschickt hatte.

»Sei nicht so melodramatisch, Rose.« Celia hielt vor einem Stand, um weiße Spitze zu befühlen. »Die Kinder gehen ja nur fort. So ist das nun einmal. Und wenn sie zurückkommen, werden sie zwei richtige Gentlemen sein. Schau dir meinen Robert an.«

Rose dachte kurz an den großen, schlaksigen jungen Mann, der letzten Sommer zu Besuch gekommen war und der nicht mehr die geringste Ähnlichkeit mit dem glücklichen kleinen Jungen auf der Schwarzweißfotografie auf Celias Frisierkommode besaß. Trotzdem konnte sie nicht anders, als sich um ihre eigenen Kinder zu sorgen, die sich mittlerweile fast in Einheimische verwandelt hatten. Erst neulich hatte sie Roger mit einer Cheroot-Zigarre erwischt, die ihm ein Dorfjunge geschenkt hatte. Ihre Söhne sprachen den Dialekt der Einheimischen fließend, viel besser als Rose. Tatsächlich nutzte sie sie häufig, um mit den Dienstboten zu kommunizieren. Einmal war Geoffrey jedoch sehr unartig gewesen, als sie ihn gebeten hatte, dem Hausmädchen auszurichten, dass sie eine Kanne Tee wünschte, und er etwas Unhöfliches auf Malaiisch sagte, sodass die Frau weinend hinauslief.

»Ich finde die Vorstellung unerträglich, sie fortzuschicken. Sie sind noch so jung.«

»Jung?« Celia schnaubte. »Sieben und fünf würde ich wohl kaum als jung bezeichnen! Roger hätte schon längst gehen müssen. Das ist ja gut und schön, dass er auf Geoffrey gewartet hat, damit sie zusammen fahren können, aber die älteren Jungs im Internat werden es ihnen vielleicht schwer machen.«

Genau davor hatte Rose Angst.

»Vielleicht kann ich sie ja begleiten«, entgegnete sie in beiläufigem Ton, während sie einem der Händler mit einer Geste zu verstehen gab, dass sie an seinen Seidenbahnen nicht interessiert war, auch wenn die fantastischen Farben sie an Ga Gas Malpalette erinnerten.

»Dafür ist es zu spät.« Celia kramte in ihrem Portemonnaie. »Eine der Frauen hat versucht, einen Platz auf dem Schiff zu bekommen, aber es ist bereits ausgebucht. Sag mal, kannst du mir zufällig Geld borgen? Warum kaufst du dir eigentlich nichts von diesen Seidenstoffen, wenn du schon einmal hier bist? Du könntest dir etwas Hübsches nähen und dich so auf andere Gedanken bringen. Darum geht es doch, Darling. Um Ablenkung!« Sie lachte fröhlich. »Oder was glaubst du, wie wir das alles hier aushalten? Und ich spreche nicht nur vom Nähen.«

»Und dass ihr mir auch schreibt!«

Roger wand den Kopf aus ihrer Umarmung und stürmte die Gangway hoch, wo er kurz winkte, bevor er verschwand.

»Das werde ich, Mama.« Geoffrey blickte sie mit seinen dunklen Augen feierlich an. »Jeden Tag.«

»Unsinn.« Charles gab ihm einen missbilligenden Klaps auf den Kopf. »Du wirst viel zu beschäftigt sein mit Cricket und anderen Dingen, um jeden Tag zu schreiben. Einmal im Monat ist mehr als genug. Bis deine Briefe ankommen, wird bereits Weihnachten sein, und dann ist ohnehin dein neuer Bruder oder deine Schwester da. Außerdem kommt ihr ja bald wieder in den Ferien.«

Rose hätte ihren Ehemann am liebsten geschüttelt. Wie konnte er so gedankenlos daherreden? Geoffrey glaubte nun bestimmt, dass er ersetzt werden würde. Und was hieß hier bald? Zwei Jahre konnte man wohl kaum als »bald« bezeichnen.

»Du bist etwas ganz Besonderes für mich«, flüsterte sie ihrem Sohn ins Ohr. »Tante Phoebe wird euch drüben besuchen, und euer Großvater. Und Onkel Duncan.«

Geoffrey nickte ernst, als das Schiff in diesem Moment heulend eine Dampfwolke durch den Schornstein ausstieß. »Lass den Jungen gehen«, sagte Charles ungeduldig und entfernte sich ein Stück vom Schiff.

Widerwillig ließ Rose die Hand ihres Jüngsten los. Mit einer der Frauen auf dem Schiff war abgesprochen, dass sie ein Auge auf die beiden Jungs hatte, aber angenommen, sie tat das nicht? Rose spürte einen Luftzug, als jemand an ihr vorbeirannte. Ihr Herz schlug höher. Es war ein Junge – derselbe dünne, dunkelhäutige Junge wie bei den Zwischenfällen mit der Perlenkette und der Schlange.

Er erreichte nun das obere Ende der Gangway und blieb dicht neben ihren Söhnen stehen, die ihn aber nicht wahrzunehmen schienen. Und er winkte sogar, als wollte er sie beruhigen. »Siehst du das?«, fragte sie Charles.

»Was?« Sein Ton war rau und schroff.

Sie veranlasste ihn, sich zum Schiff zu drehen. »Da oben. Neben den Jungs. Kannst du da noch ein Kind sehen?«

Charles streckte den Hals in die Sonne. »Nein. Da ist nichts. Grundgütiger, Rose, sag bitte nicht, dass du dir schon wieder Dinge einbildest.«

Aber das war keine Einbildung, dachte sie, während das Schiff ablegte. Sie bildete sich nichts ein, und am wenigsten diesen Jungen mit der braunen Haut, der neben ihren Söhnen stand und den Arm im Takt mit den langen, kräftigen, weißen Armen ihrer Kinder schwenkte.

»Warum fährst du nicht zurück und ruhst dich aus?« Charles tätschelte leicht ihre Schulter. Seine Zuvorkommenheit, die sie an den Mann erinnerte, den sie am Krankenbett seines Bruders kennengelernt hatte, weckte in ihr fast das Bedürfnis, sich dankbar an ihn zu schmiegen.

»Vielleicht mache ich das.«

Er nickte zustimmend. »Ich werde für ein paar Tage fort sein. Das habe ich ja erwähnt, nicht?«

Dies war auch etwas, das er immer häufiger tat. Nicht nur, dass er immer öfter verschwand, auch behauptete er, er habe sie bereits informiert, selbst wenn das nicht der Fall war. »Hast du das?«, erwiderte sie in unbekümmertem Ton, während sie sich dafür hasste, dass sie das Spiel mitspielte, aber sie wusste nicht, was sie sonst tun sollte. »Das muss ich wohl vergessen haben.«

Sie würde sich eben mit Nähen beschäftigen, sagte sie sich. Sie würde Celias Rat befolgen und Kissen aus den herrlichen Stoffen nähen, die sie gekauft hatte. Manchmal fragte sie sich, ob es unmoralisch sein würde, ihren bei Graces Tod geleisteten Schwur, nie mehr zu malen, zu brechen. Sie spürte ein großes Bedürfnis, all diese wundervollen Farben auf Papier zu bringen, wie damals zu Hause mit Ga Ga. Aber vielleicht, dachte Rose, während sie die hellpurpurfarbene Seide nahm und herausfordernd neben ein kräftiges Pink legte, das sie an eine Blume erinnerte damals in England, wäre dies ein glücklicher Kompromiss. Sie könnte mit

Stoffen »malen« und hübsche Dinge für das Haus anfertigen oder womöglich sogar für ihre Freundinnen. Celia hatte sie bereits gebeten, für sie ein Kissen zu nähen. Aber kaum hatte Rose sich mit ihren Stoffen und Nadeln und einer Kanne Tee in ihrem Zimmer eingerichtet, klopfte es an der Tür.

»Dr. Whittaker will sprechen Sie«, sagte der Hausdiener mit undurchdringlichem Blick.

»Sag ihm bitte, dass ich Kopfschmerzen habe.« Rose nahm die Schnittvorlage für den Vorhang, die sie angefertigt hatte. »Ich bin heute nicht in der Verfassung, Besucher zu empfangen.«

Sie würde sich nicht, dachte sie, während sie beobachtete, wie der Doktor sich auf dem Pfad entfernte, auf dasselbe Niveau herablassen wie ihr Vater oder ihr Ehemann. Sie hatte Charles einen Treueschwur geleistet, in guten wie in schlechten Zeiten. Also sollte es so sein.

Helena kam genau drei Monate nach der Abreise der Jungs zur Welt, noch bevor der erste Brief von ihnen eintraf. Sie kam schnell und leise, ohne jedes Tamtam, wenige Stunden nachdem der neue Arzt da war. Einerseits war Rose erleichtert, andererseits enttäuscht, dass Edward zu einem Notfall gerufen worden war.

Aber sowohl ihre Erleichterung als auch ihre Enttäuschung waren nichts verglichen mit der Freude darüber, eine Tochter geboren zu haben. »Sie sieht mir überhaupt nicht ähnlich«, sagte Grace in Roses Kopf. »Sie kommt eher nach dir, mit diesen dunkelroten Strähnen im Haar.«

Es war wahr. Während Rose auf ihr neugeborenes Kind blickte und spürte, dass sich seine Lippen fest um ihre Brustwarze schlossen und seine winzigen Hände an ihrer Haut Halt suchten, war sie erfüllt von Sehnsucht und Hoffnung. »Du wirst nicht dieselben Fehler machen wie ich«, sagte sie zu ihrer Tochter. »Und auch nicht die Fehler deiner Großeltern. Du wirst deine eigenen Entscheidungen treffen in einer Welt, in der Frauen mehr zu sagen haben.«

Eine Frau, die sicherlich viel zu sagen hatte, würde sie auch in Kürze besuchen: Phoebe würde bald nach Borneo in See stechen! Diese Neuigkeit erfuhr Rose durch einen Brief, den sie vor kurzem von ihrem Vater erhalten hatte. »Phoebe ist inzwischen eine fast erwachsene junge Frau«, schrieb er. »Es wäre gut für sie, wenn sie dich besucht und ihre Möglichkeiten erweitert.«

Ihre Möglichkeiten erweitert? Erwartete ihr Vater etwa, dass sie für Phoebe einen Ehemann fand? Rose hätte beinahe laut aufgelacht. Wenn ihre kleine Schwester immer noch dasselbe Temperament hatte wie als Kind, würde sie wohl gut zu einem der Kautschukpflanzer passen.

21

Helena – oder Helen, wie sie sie meist zärtlich nannten – war schon fast zwei Jahre alt, als Phoebe schließlich eintraf. Die Reise war aus einem Grund, der unklar blieb, verschoben worden. Bis dahin hatte Rose genau drei Briefe von ihren Söhnen erhalten, die alle in demselben fröhlichen, tapferen Ton geschrieben waren, der ihr schier das Herz zerriss. Sie waren nur durch ihre Handschrift zu unterscheiden: Rogers Schrift war klein und ordentlich, während Geoffrey viele Schnörkel und feine Linien malte. Rose war sich sicher, dass jemand hinter ihnen gestanden und Platittüden diktiert hatte.

»Wir haben eine großartige Zeit«, schrieb Roger, wobei »großartig« mehrfach notiert und immer wieder durchgestrichen worden war, bis die Schreibweise stimmte.

»Das Essen hier ist sehr gut«, stand in einem von Geoffreys Briefen.

Das waren keine Sätze, die ihre Söhne benutzten. Hatte Rose sie verloren, zusammen mit allem anderen? Wäre Helena nicht gewesen, wäre Rose nicht damit zurechtgekommen. Ihr kleines pausbäckiges Gesicht, fast so braun wie das der Einheimischen, so Charles' abschätzige Bemerkung, strahlte von Sonnenaufgang bis Sonnenuntergang, und wenn die Kleine morgens wach wurde, gurrte sie leise vor sich hin, statt wie die Jungs gleich loszubrüllen.

»Baby sehr gut«, sagte die Kinderfrau mit anerkennendem Nicken, und selbst Charles musste ihr recht geben.

Ein Jammer, dass Phoebe das nicht genauso sah. Als Rose im Hafen auf die Ankunft ihrer Schwester wartete, das Baby im Arm, klopfte ihr Herz plötzlich schneller. Phoebe war erwachsen geworden, hatte ihr Vater geschrieben. Es war fast unmöglich, sich das vorzustellen! Alles, was Rose im Geiste sah, war ein kratzbürstiges Kind, das sich weigerte, mit seiner älteren Schwester zu spielen oder sich von ihr bemuttern zu lassen. Wie würde Phoebe wohl sein, nun, mit einundzwanzig? So viele Jahre waren vergangen!

»Ist sie das?«

Charles stand neben ihr, die Augen auf eine große, elegante junge Frau geheftet, die die Gangway herunterschritt, umgeben von einer Schar Männer, die ihr Gepäck trugen.

»Nein.« Rose schüttelte den Kopf. »Phoebes Haare sind dunkler.«

Sie machte einen langen Hals und sah eine kleinere Frau dahinter. »Ich denke, das ist sie. Phoebe?«

Charles zog an ihrem Arm. »Schrei nicht so, Rose. Das gehört sich nicht.«

Das gehörte sich nicht? Sie starrte ihren Ehemann verwundert an. Seit wann gehörte sich sein Benehmen? Er verhielt sich manchmal ziemlich ungehobelt, aber nun beobachtete sie erstaunt, dass er die Arme ausbreitete und die große junge Frau mit dem hellen Haar empfing, die direkt auf sie zusteuerte. Erst jetzt erkannte Rose, dass diese Frau, ungeachtet der geänderten Haarfarbe, Graces Nase und Augen hatte.

»Phoebe?«

Die junge Frau stieß ein fröhliches Lachen aus. »Ich wusste, du würdest mich nicht erkennen.« Sie warf einen koketten Blick zu einem der jungen Männer, der eine Hutschachtel trug. »Habe ich es dir nicht gesagt, Christian? Meine eigene Schwester erkennt mich nicht.« Sie senkte die Stimme, aber nicht ausreichend. »Ich nehme an, du dachtest, ich wäre das Mauerblümchen direkt hinter mir. Habe ich recht?«

Sie warf einen abschätzigen Blick auf Helena, die auf dem Arm ihrer Mutter zappelte. »Meine Güte, Rose, mir ist schleierhaft, wie du so viele Kinder produzieren kannst. Wenn ich heirate, soll mir eins reichen.« Wieder warf sie einen koketten Blick zu Christian. »Das heißt, vorausgesetzt, es wird ein Junge.«

Sie hakte sich bei Rose ein. »Und nun sag mir: Wo bekomme ich hier einen Drink? Ich kann jetzt nämlich einen vertragen.«

Charles' Gesicht verzog sich zu einem breiten Lächeln. »Eine Frau ganz nach meinem Geschmack. Komm, Schwägerin, wir bringen dich direkt in den Club.« Rose wurde bewusst, dass er Christian kurz musterte, wie er einen neuen Arbeiter taxieren würde. »Werden Sie sich hier in dieser Gegend einquartieren?«

Der hübsche junge Mann mit dem Schnurrbart und in einem Anzug, der in der Hitze bereits durchgeschwitzt zu sein schien, nickte. »Ich besuche hier meinen Onkel. Hugh Cuthbert Cooper.«

Nicht einmal Charles konnte daran etwas aussetzen.

»Ich hoffe, dein Onkel findet mich sympathisch!« Phoebe hakte sich nun bei Christian ein. Wie dreist! »Du brauchst gar nicht so missbilligend zu schauen, liebe Schwester.« Phoebe schenkte ihr nun genau diesen Blick, den Rose von ihr als Kind in Erinnerung hatte, wenn sie um Vaters Aufmerksamkeit buhlte. »Schließlich sind wir verlobt.«

Verlobt!

Christian besaß genug Anstand, verlegen zu wirken. »Ich habe auf dem Schiff um ihre Hand angehalten. Wir wissen natürlich, dass wir noch die Zustimmung von Phoebes Vater brauchen, aber angesichts seiner Abwesenheit habe ich gehofft, dass vielleicht Sie, Sir, uns Ihre Einwilligung geben.«

Rose war zu verblüfft, um etwas zu sagen, aber glücklicherweise beschloss Helena in diesem Moment, den Mund aufzumachen und zu schreien.

»Du liebe Güte.« Phoebe starrte auf die Kleine mit einem Blick, der an Abscheu grenzte. »Macht sie das oft, Rose? Ich hoffe doch sehr, dass sie uns nachts nicht den Schlaf raubt. Und was ist das für eine Kreatur dort drüben?«

»Das ist ein Orang-Utan. Yolky ist Geoffreys Haustier. Wir haben ihn so genannt, weil er rohe Eier liebt – sieh nur den gelben Fleck an seinem Hals!«

Phoebe klammerte sich auf eine übertriebene Art an Christians Arm. »Nun, was du auch tust, lass ihn bloß nicht in meine Nähe. Du weißt, dass ich auf Katzen allergisch reagiere. Und bitte, sag mir: Es gibt hier unten doch nicht wirklich Kopfjäger, oder?«

»O doch.« Rose spürte Schadenfreude, während sie das Gesicht ihrer Schwester beobachtete. »Ich fürchte, du musst gut aufpassen. Aber keine Angst. Wenn du tust, was man dir sagt, kann dir eigentlich nichts passieren.«

Am Ende von Phoebes zweitem Monat auf Borneo hatte Rose das Gefühl, allmählich wahnsinnig zu werden. Ihre Migräne schien sich zu verschlimmern ab dem Moment, in dem Phoebe morgens auf der Bildfläche erschien und wünschte, diesen oder jenen Ort zu besuchen, oder wissen wollte, wann die nächste Party stattfand.

Ihre Verlobung mit Christian schien nicht viel mehr zu sein als ein Vorwand, und sie flirtete hemmungslos mit jedem attraktiven Pflanzer, unabhängig davon, ob er verheiratet war oder nicht. Es war keine Überraschung, dass die Männer sie anbeteten und die Frauen nicht.

»Deine Schwester ist ein wenig außergewöhnlich, nicht wahr?«, bemerkte Celia an einem Abend, an dem Phoebe auf einer Strandparty wieder einmal eine Schar verheirateter Männer dominierte.

Jemand hatte ein aufziehbares Grammophon mitgebracht, und alle tanzten, das hieß alle bis auf Rose, die es vorgezogen hatte, sich auf die nahe gelegene Veranda eines Kautschukpflanzers zu setzen.

»Ja.« Rose nickte. »Allerdings.«

»Denkst du, sie bleibt wirklich hier unten, wenn sie Christian heiratet?«

Rose drehte erschrocken das Gesicht zu ihr. »Ich habe nicht gewusst, dass sie derartige Pläne hat.«

Celia nickte bedeutungsvoll. »Ich habe zufällig gehört, wie sie gesagt hat, dass es ihr hier unten ganz gut gefällt. Dass es besser ist als zu Hause, wo sie sich um eine kranke Mutter kümmern muss.«

Roses Herz setzte einen Moment aus. Phoebe hatte ihr versichert, dass es Mutter »bestens« ginge, auch wenn sie immer noch ans Bett gefesselt sei. Die Briefe ihres Vaters bestätigten das. Was war nun die Wahrheit?

»Ich muss nach England zurück«, sagte sie. »Ich muss wissen, wie es meiner Mutter geht.«

Celia schüttelte den Kopf. »Das wird nicht so einfach sein, oder?« Sie deutete auf Charles, der viel zu eng mit einer Frischvermählten tanzte, die letzten Monat angekommen war. »Offen gesagt, ich möchte Alec jetzt nicht allein lassen. Die Menschen haben scheinbar nicht mehr dieselben Moralvorstellungen wie früher. Hast du gehört, dass …«

Sie erzählte Rose daraufhin von einem weiteren Ehemann, der heimisch geworden war: ein Ausdruck für einen verheirateten Europäer, der seine Frau für eine dunkelhäutige Einheimische verließ, statt sich diese als Geliebte zu nehmen. Letzteres war nach Celias Auffassung offenbar weitaus akzeptabler.

»Offen gestanden«, fügte sie hinzu, »ich an deiner Stelle würde es nicht riskieren.« Sie sah ihre Freundin mit einem verschlagenen Blick an. »Außer du hast andere Möglichkeiten.«

Andere Möglichkeiten? »Was meinst du damit?«

»Komm schon, Rose, ich bin nicht dumm. Ich habe doch gesehen, wie der Doktor dich immer anschaut. Warum, denkst du, hat er nie geheiratet?«

Rose spürte ein warmes, angenehmes Kribbeln im Rücken. »Mag sein, dass er nicht verheiratet ist, Celia, aber ich schon.«

Celias Augen funkelten. »Dann streitest du es also nicht ab. Du hast wohl etwas übrig für unseren hübschen Doktor?«

Roses Gewissen kämpfte mit ihrem Mund. Sie glaubte nicht an Lügen. »Natürlich habe ich etwas für ihn übrig. Aber nur als Freund. Meine Position erlaubt nicht mehr.«

Celia nickte. »Natürlich. Ach, übrigens, du weißt, dass euer ehemaliges Hausmädchen wieder schwanger ist, nicht wahr? Maya, so heißt sie doch?«

Phoebes Verlobung mit Christian hielt genau zwei Monate. Keine zwei Wochen später ging sie die nächste ein, dieses Mal mit einem neuen Kautschukpflanzer namens Hugo, dessen Familie Ländereien in Sussex besaß. Die Cuthbert Coopers brachen daraufhin den Kontakt ab, sodass selbst Charles seine Schwägerin davor warnte, sich zu forsch zu verhalten.

Phoebe blickte ihn daraufhin scharf an. »Forsch? Was du nicht sagst, Charles. Und wie lautet die Bezeichnung für Ehemänner, die sich ähnlich verhalten?«

Rose wollte kaum ihren Ohren trauen, aber Charles erhob sich einfach vom Tisch, schob seinen Stuhl zur Seite und verließ den Raum.

»Tut mir leid, Rose, aber sein Benehmen ist einfach unerträglich.« Phoebe zündete sich eine Zigarette an und ging hinaus auf die Veranda. »Ich weiß nicht, wie du das aushältst. Im Club reden alle darüber.«

Rose folgte ihr hinaus. »Was meinst du damit?«

Phoebe schenkte ihr einen mitleidigen Blick. »Du weißt genau, was ich meine. Dein Mann ist ein Schürzenjäger. Einer, der sich nicht mit Flirten begnügt, einer, dem man nicht vertrauen kann. Warum kommst du nicht mit mir zurück nach England?«

Die Versuchung war groß. Aber die Jungs würden im nächsten

Sommer kommen. Vielleicht würde Charles dann ja beginnen, sich zu ändern.

»Du hast offenbar mehr Vertrauen als ich.« Phoebe warf ihre Zigarette auf den Boden und drückte sie mit dem Absatz aus. »Ernsthaft, Rose, willst du so enden wie Mutter und die Spielchen deines Mannes weiter ignorieren? Ich dachte, du wärst aus anderem Holz geschnitzt. Übrigens, würde es dir etwas ausmachen, mir für heute Abend deine Perlen zu leihen?«

Die Frage überraschte Rose. Automatisch wanderte ihre Hand an ihren Hals, um die Perlen zu berühren. Sie waren inzwischen so sehr ein Teil von ihr, dass sie häufig vergaß zu prüfen, ob sie noch da waren.

»Tut mir leid, aber ich nehme sie nie ab.«

Phoebes Oberlippe kräuselte sich zu einem herablassenden Lächeln, als empfände sie Mitleid. »Wirklich? Niemals?«

Rose dachte daran, dass sie das Collier beinahe an Maya verloren hatte.

»Niemals.«

»Ich verstehe.« Phoebes Stimme klang kühl. »Ich muss sagen, ich finde es ziemlich unfair, dass du sie für dich allein haben willst. Ich hoffe, Mama vergisst nicht, mir auch etwas zu meiner Hochzeit zu schenken.«

Im Prinzip waren alle erleichtert, als Phoebe schließlich nach einem Aufenthalt abreiste, der ursprünglich für zwei Monate geplant gewesen war, aber letzten Endes vier dauerte. Auch wunderte sich niemand, dass Rose einen Brief von ihrer Schwester erhielt, in dem sie mitteilte, dass sie ihre Verlobung gelöst habe, weil sie auf der Überfahrt nach England einen anderen kennengelernt hatte.

»Er ist ein Gutsbesitzer«, berichtete sie Rose begeistert in runder, selbstsicherer Handschrift. »Nach genauerer Überlegung denke ich, dass dieses Leben besser zu mir passt als das oberflächliche Leben, das du auf Borneo führst.«

Oberflächlich? Rose konnte nicht umhin, ihr recht zu geben. Aber in der Zwischenzeit hatte sie ganz andere Sorgen, als sich über Phoebe Gedanken zu machen. Die Jungs würden im Sommer nach Hause kommen, und sie konnte es kaum erwarten.

Zweimal waren die Jungs in den Sommerferien nach Hause gekommen, und Rose hatte es jedes Mal genossen, alle drei Kinder vereint zu sehen.

»Sie vermissen Ihre Söhne sicher immer noch sehr«, bemerkte Edward, als er eines Tages zu Besuch kam.

Sie nickte. »In der Tat.«

Er blickte finster auf ihre Unterarme. Hastig versuchte Rose, sie eng an den Körper zu drücken, aber nicht schnell genug. Gewöhnlich trug sie lange Ärmel, um die Blutergüsse zu verstecken, aber heute war es so heiß. »Wann werden Sie etwas dagegen unternehmen?«, fragte er leise.

Sie hörte, wie ihre Stimme laut wurde. »Was schlagen Sie vor? Ich kann wohl schlecht mit drei kleinen Kindern nach England zurückgehen.«

»Doch, genau das könnten Sie tun.« Wieder wurde er ganz leise. »Ich beabsichtige, die Insel in einem Jahr zu verlassen. Kommen Sie mit mir.«

»Sind Sie wahnsinnig?«

Er nickte. »Vielleicht. Aber wenn ich es jetzt nicht sage, werde ich es für den Rest meines Lebens bereuen. Ich liebe Sie, Rose. Und das vom ersten Moment an, als ich Sie gesehen habe. Verlassen Sie diesen Grobian, mit dem Sie verheiratet sind. Gehen Sie mit mir nach England. Ich werde mich um Sie und Ihre Kinder kümmern.«

»Ich kann nicht.« Die Worte kamen aus ihrem Mund, während ihr Körper noch den Schock verarbeitete und es sie heiß durchfuhr, als hätte sie es schon immer geahnt. Hätte sie damals in London Edward vor Charles kennengelernt, hätte sie nicht gezögert. Noch nie war sie einem Mann begegnet, mit dem sie derart ungezwungen reden konnte und der ihr durch seine bloße Gegenwart ein solches Kribbeln im Bauch verursachte. Trotzdem, nun war das unmöglich! Absolut unmöglich.

»Bitte, Edward, sagen Sie nichts weiter. Charles sieht zu uns herüber. Tun Sie so, als würden Sie Radio hören.«

Das war nicht schwierig. Ihre kleine Welt wartete schon seit geraumer Zeit gespannt auf Neuigkeiten, nachdem es Gerüchte gab, dass der König abdanken wollte. Während sich alle auf der Veranda versammelten, um den knisternden Stimmen des Auslandsfunks zu lauschen, die nun das Gerücht offiziell bestätigten, spürte Rose das dringende Bedürfnis, nach Hause zurückzukehren, bevor sich dort noch mehr veränderte.

Diese Nachricht schien alle zu beunruhigen. An jenem Abend kam Charles zu ihr ins Zimmer. Er hatte es seit Monaten nicht mehr betreten, und als Rose das Knarren der Tür hörte, überkam sie zuerst die verrückte Hoffnung, dass es Edward war. Aber als sie die langsamen, schweren Schritte ihres Mannes erkannte, sank sie zurück in das Kissen. Es hatte keinen Sinn, sich zu widersetzen.

»So«, sagte er, als er endlich fertig war. »Und sollte ich dich jemals wieder dabei erwischen, dass du dem Doktor schöne Augen machst so wie heute, wird es Ärger geben. Hast du verstanden, Rose? Übrigens habe ich eine Entscheidung getroffen. Wir werden nach England zurückkehren, sobald ich für uns alle einen Platz für die Überfahrt bekomme. Du fängst also besser schon einmal an zu packen.«

22

England? Rose überlegte nun seit Jahren, nach England zurückzukehren. Aber sie wäre nie auf die Idee gekommen, dass ihr Ehemann sie begleiten würde. Wie würde er zurechtkommen in einer realen Welt, wo es niemanden gab, den man anbrüllen konnte, niemanden, dem man befehlen konnte, niemanden, der sich duckte, wenn er aus Langeweile mit dem Luftgewehr in das Gelände zielte und abdrückte? Tatsächlich hatte er neulich beinahe jemanden getroffen.

»Hörst du mir eigentlich nie zu, Rose?« Sein Ton war kühl. Humorlos. »Die Kautschukindustrie steckt in der Krise. Wir können es uns nicht leisten zu bleiben.«

Aber was sollten sie dann tun? Sicher gab es in England keine besonders hohe Nachfrage nach ehemaligen Kautschukpflanzern.

»Wage es nicht, dich über mich lustig zu machen.« Seine Augenbrauen verwoben sich ineinander. »Duncan hat Pläne mit mir. Er braucht Hilfe auf seinem Gut.«

Aber das war in Schottland, viele Meilen von den Jungs entfernt.

»Keine Sorge.« Charles' Gesicht verzerrte sich in grausamer Belustigung, und Rose fragte sich nicht zum ersten Mal, wann genau er aufgehört hatte, dieser attraktive, charmante, zuvorkommende Mann von Welt zu sein, der sie vor all den Jahren im Sturm erobert hatte. »Weder erwarte ich, noch ist es mein Wunsch, dass du mit mir auf dem Gut lebst. Ich halte es für das Beste, wenn du vorerst in das Haus deines Vaters zurückkehrst, bis ich da oben etwas für uns arrangiert habe.«

Etwas arrangiert? Rose ertappte sich dabei, dass sie seine Worte nachplapperte wie ein dummer Papagei, die Art, die einige der Kolonialfrauen in ihren Bungalows hielten. Aber ihre Verwunderung war zu groß, um das alles so schnell zu verarbeiten. Erstaunlicherweise schien niemand sonst von diesen Neuigkeiten beeindruckt zu sein.

»Du Glückliche.« Celia hatte neidisch ihren Arm gedrückt. »Ich kann es kaum erwarten, in die Heimat zu gehen. Alec plant auch schon unsere Rückkehr, obwohl mir gar nicht bewusst war, wie schlecht es hier unten steht. Über solche Dinge reden die Männer nicht gern. Sie nennen das ›Krise‹. Aber so etwas kommt vor. Wir werden wohl ein paar Feiern nachholen müssen, wenn wir uns in der alten Heimat wiedertreffen!«

Edward hatte mit einem erleichterten Nicken reagiert, als sie ihn informierte. »Gott sei Dank. In England haben Sie eine Chance, von ihm wegzukommen, welchen Weg Sie auch immer wählen werden.«

Manchmal redete er, als hätte Rose ihm alles anvertraut. Es war, als wüsste er, was in ihrem Kopf vorging. Trotzdem war das kein Grund, über ihr Treuegelübde hinwegzusehen und so zu werden wie ihr Vater. »Charles ist mein Ehemann.« Auf der Veranda, wo sie sich voneinander verabschiedeten, trat sie einen Schritt von Edward zurück. Die Buchung der Schiffspassage hatte so schnell geklappt, dass sie sich fragte, ob das alles nicht schon vor Wochen arrangiert worden war und sie als Letzte davon erfahren hatte.

»Wie ich Ihnen ja bereits sagte, beabsichtige ich ebenfalls zurückzugehen.« Seine Stimme war leise und verursachte ihr eine derartige Gänsehaut, dass ihre Hand rasch an den Hals wanderte, um nach ihren Perlen zu tasten. Das hatte sie sich angewöhnt, wenn sie das Bedürfnis nach Sicherheit überkam.

»Wann?«, flüsterte sie.

»In Kürze. Sie müssen mir die Adresse Ihres Vaters geben.«

Während er sprach, raschelte es irgendwo. Rose wandte den Kopf nach hinten und rechnete halb damit, das dunkelhäutige Kind zu sehen, das ihr nun schon seit geraumer Zeit nicht mehr erschienen war. Aber da war nichts.

»Wer ist das?« Edward schirmte mit der Hand seine Augen ab und deutete auf eine Gestalt im Gelände, die sich eilig vom Bungalow entfernte. Es war eine Frau, und obwohl sie den Kopf gesenkt hatte, erkannte Rose sofort mit bangem Herzen, dass es Maya war. Das roch nach Ärger, besonders, wenn Maya sie belauscht hatte, aber es hatte keinen Sinn, Edward in Unruhe zu versetzen, weil er Angst um sie haben musste, sollte Charles dahinterkommen und Gott weiß was tun.

»Ich weiß nicht.« Sie sprach mit abgehackter Stimme, die seltsamerweise der von Phoebe ähnelte. »Genauso wenig weiß ich, ob es klug wäre, wenn wir uns in England treffen. Bitte, Edward.« Sie blickte ihn flehentlich an. »Ich denke, Sie sollten nun gehen, oder Charles wird uns beiden eine Szene machen.«

Tatsächlich kam die Szene früher, als sie befürchtet hatte. An jenem Abend kehrte Charles später als sonst nach Hause zurück, wie immer mit einer Whisky-Soda-Fahne. Aber statt in sein Zimmer zu verschwinden, stieß er ihre Tür auf, riss die Bettdecke zurück und warf sich auf sie. »Ich werde es nicht dulden, dass du mit diesem Trottel von einem Arzt herumturtelst«, brüllte er.

Dann hatte Maya sie also tatsächlich verraten!

»Sch!« Roses Augen waren vor Angst weit aufgerissen. »Du weckst Helen auf.«

Aber er war jenseits davon zuzuhören. Jenseits aller Vernunft. Wie Rose Edward später erklärte, gab es einfach nichts, was sie tun konnte, außer sich zu fügen.

Sechs Wochen später reisten sie ab. Rose verschenkte die meisten ihrer Kissen und den Seidenschmuck an Celia und ein paar andere Frauen, die ihr alle versprachen, auf ihre Handfertigkeit wieder zurückzugreifen, wenn sie in der Heimat waren. »So hat wenigstens einer von euch Arbeit«, bemerkte Celia scherzhaft am Kai. »Alec sagt, er hat keine Ahnung, wo alle unterkommen werden, wenn sie nach England zurückgehen. Dort wird es wohl kaum Bedarf für Kautschukpflanzer geben.«

»Charles wird auf dem Gut seines Bruders arbeiten«, erwiderte Rose leise.

»Charles wird für jemand anderen arbeiten?« Celia stieß ihr klimperndes Lachen aus. »Bitte, du darfst nicht denken, dass ich deinen Mann besser kenne als du, aber ich bezweifle stark, dass er sich von einem anderen etwas sagen lässt, ganz zu schweigen von seinem jüngeren Bruder. Sei auf der Hut, Rose. Ich sehe Unheil auf euch zukommen. Und nun lass mich Abschied nehmen von deiner bezaubernden Tochter. Weißt du, bei ihrem Anblick bereue ich es fast, dass ich kein zweites Kind haben wollte. Ach übrigens, das hätte ich fast vergessen, Edward hat mich gebeten, dir eine gute Reise zu wünschen. Er musste dringend zu einer Entbindung.«

Roses Gedanken wanderten zurück zu der gebeugten Gestalt, die sie von ihrem Grundstück hatte weglaufen gesehen. »Auf der Halbinsel?«

»Dann weißt du es also schon. Was soll's, ich hielt diesen Mann schon immer für zu gut, um wahr zu sein.«

Ein kalter Schauer lief ihr über den Rücken. »Wie meinst du das?«

Celia machte eine wichtige Miene, das Zeichen, dass sie gleich mit saftigem Tratsch aufwarten würde. »Ich traue keinem Mann, der seinen Namen ändert, du etwa? Das weckt den Anschein, als habe er etwas zu verbergen. Unser Dr. Whittaker heißt eigentlich gar nicht Edward. Das hat er mir neulich beim Lunch verraten. Sein richtiger Name ist Jim, aber da sein Vater auch so hieß, riefen seine Eltern ihn immer bei seinem zweiten Vornamen, um

Verwechslungen zu vermeiden. Ich habe ihm gesagt, dass Edward viel vornehmer klingt. Dr. Jim – das geht ja gar nicht, oder?«

Die Reise, die zwei lange Schiffspassagen umfasste und zahllose Überfahrten mit der Fähre, schlug jedem auf den Magen. Und zwar so sehr, dass Roses ständige Übelkeit im Prinzip nicht auffiel. Sie tat alles, was sie konnte, um die Folge von Charles' letzter Invasion loszuwerden. »Mein Gott, Rose«, bemerkte Charles beinahe bewundernd eines Abends nach dem Essen. »Du trinkst ja fast so viel wie ich. Und geh etwas sparsamer mit dem heißen Wasser um, wenn du dich wäschst. Du könntest dich sonst verbrühen oder mich.«

Als sie schließlich im Hafen anlegten, war Rose, die unaufhörlich vor Kälte bibberte, obwohl alle behaupteten, es sei wunderbar warm für Mai, sich über drei Dinge sicher. Erstens, dass Charles beabsichtigte, direkt nach Schottland weiterzufahren, sodass sie den Weg von Southampton nach London ohne ihn antreten musste. Zweitens, dass sie, sobald sie Gelegenheit hatte, Papa ihre Situation zu erklären, ihn im Vertrauen bitten würde, sie mit ihrer Tochter unter dem Vorwand in seinem Haus wohnen zu lassen, da es näher zu Stanmore war, wo die Jungs zur Schule gingen. Und drittens, dass sie trotz ihrer Notmaßnahmen mit Gin und fast kochend heißen Bädern ihr viertes Kind erwartete.

»Ausgeschlossen.« Ihr Vater schritt in seinem Arbeitszimmer auf und ab, das das ehemalige Schulzimmer war. Sein früheres Arbeitszimmer diente nun als kleinerer Morgensalon, in dem das Wirken einer weiblichen Hand in Form von Spitzentischdecken und hübschen Lampen zu erkennen war. Phoebe war offenbar gelungen, was Rose nie geschafft hatte: ihren eigenen Stempel zu hinterlassen. »Ausgeschlossen«, wiederholte er. »Du bist eine Mutter von drei Kindern.« Sein Blick fiel auf ihren Bauch. »Fast vier. Du kannst unmöglich deinen Mann verlassen. Denk an den

Skandal, den du damit auslösen würdest, ganz zu schweigen von dem irreparablen Schaden, den mein eigener Ruf nehmen würde. Ich weiß, die Zeiten ändern sich, aber ein solches Verhalten ist indiskutabel, Rose.«

Sie sank in den hübschen rosaroten Sessel, der früher ihrer war, aber nun Brandlöcher hatte, die zweifellos von Phoebe stammten. »Ich bedaure.« Seine Stimme klang nun weicher. »Keine Ehe ist perfekt. Du hast doch sicher gesehen, was ich selbst für Opfer bringen musste. Deine Mutter leidet an einer chronischen Krankheit, und das ist nicht immer einfach.« Er stieß ein Räuspern aus, und Rose fragte sich, ob er die Wettleidenschaft ihrer Mutter erwähnen würde. Sie hatte die Telegramme gesehen, die auf einem Silbertablett die Treppe hochwanderten und wieder hinunter. Aber die Pferderennen schienen das Einzige zu sein, wofür ihre Mutter Interesse aufbrachte, also wie kam Rose dazu, sie dafür zu verurteilen? »Man muss eben Möglichkeiten finden, sich damit zu arrangieren.«

»Amerikanische Möglichkeiten?« Rose konnte nicht verhindern, dass ihr die Worte herausrutschten. »Sag mir, wie geht es eigentlich Aveline und der lieben Lydia?«

Die Ader auf der Stirn ihres Vaters trat hervor. Er war beträchtlich gealtert, seit sie fort war, aber er machte immer noch eine stattliche Figur mit seiner würdevollen Haltung und der hochmütigen Miene. »Mrs Gillingham geht es bestens, vielen Dank. Sie lässt dir Grüße ausrichten. Sie und ihre Tochter befinden sich gerade zur Erholung in Italien.«

Italien! Rose blickte aus dem Fenster auf den feuchten Frühlingsmorgen und fragte sich, ob es ein leichtes Unterfangen sein würde, die Jungs aus der Schule zu holen und nach Italien zu fliehen. Hier hatte sich so viel verändert, seit sie ausgewandert war! In der Stadt wimmelte es plötzlich von Automobilen. Erst gestern wäre Rose fast überfahren worden, auch wenn sie vielleicht besser hätte achtgeben müssen. So oder so hatte sie nicht mehr das Gefühl, dass sie noch hierhergehörte. Teilweise sehnte sie sich sogar zurück in den Norden Borneos zu Celia und Edward.

»Du kannst hierbleiben, bis dein Ehemann nach dir schickt. Dann, schlage ich vor, folgst du ihm so rasch wie möglich nach Schottland. Und nun, wenn es dir nichts ausmacht, ich habe noch einige Dinge zu erledigen. Außerdem empfehle ich dir, möglichst schnell eine Gouvernante für deine Tochter zu finden. Unser Dienstmädchen kann sich nicht gleichzeitig um dein Kind und um das Haus kümmern. Wir sind gezwungen zu sparen, Rose. Dies hier ist nicht mehr das Haus, wie du es vielleicht in Erinnerung hast. Übrigens, das hätte ich beinahe vergessen: Deine Schwester wird im Sommer heiraten.«

Phoebes Hochzeit sorgte für willkommene Abwechslung. Ihre Schwester würde einen wohlhabenden Gutsbesitzer aus Somerset heiraten, der wohl ihren Ansprüchen genügte, nachdem ihre drei Exverlobten diese nicht erfüllt hatten.

»Ich würde dich ja bitten, meine Brautjungfer zu sein«, sagte Phoebe mit einem missbilligenden Blick auf Roses breiter werdende Taille. »Aber unter den gegebenen Umständen wäre das wohl nicht angemessen, oder?«

Wenigstens konnte Rose ihre Söhne regelmäßig sehen, die dank der finanziellen Unterstützung ihres Vaters, der einen Segen verdiente, auf eine Privatschule in Christchurch wechselten, ein Internat, das hoch dotierte Stipendien an begabte Schüler vergab. Es hatte sie auf Borneo fast umgebracht, so weit entfernt von ihren Jungs zu sein, aber als sie sie gleich nach ihrer Rückkehr in England besuchte, stellte sie zu ihrer Bestürzung fest, dass sie sich nun für zu erwachsen hielten, um ihre Umarmung zu erwidern. Diese Erkenntnis traf sie tief ins Herz. Unterdessen hielt Helen, die sich als sehr wissbegierig entpuppte, Rose ganz schön auf Trab, und nun würde es nicht mehr lange dauern, bis sie ein weiteres Kind hatte, um das sie sich kümmern musste. »Du hast jetzt keine Kinderfrau mehr, weißt du«, sagte Phoebe zu ihr. »Hast du dir überlegt, was du tun wirst?«

»Ich werde zu Charles nach Schottland gehen«, antwortete Rose mit ausdrucksloser Stimme. Dies schien im Moment die einzige Möglichkeit zu sein, und außerdem hatte ihr Vater recht. Inzwischen mochten sie vielleicht das Jahr 1937 schreiben, aber eine Frau konnte nicht allein zurechtkommen. Jedenfalls nicht eine Frau wie sie.

Letzten Endes kam es ganz anders. »Ich habe ein Haus für uns gefunden«, verkündete Charles, als er im Sommer anreiste, um an Phoebes Hochzeit teilzunehmen. »Wir werden in Woking leben, wo ich mir eine Arbeit besorgt habe.«

Er redete so, als hätten sie dies zuvor abgesprochen, und Rose starrte ihn verwundert an. »Aber ich dachte, wir gehen zu Duncan nach Schottland.«

Charles stieß einen abfälligen Laut aus. »Ich kann nicht für ihn arbeiten. Er ist ein einbeiniger Schwächling.«

Am folgenden Tag erhielt Rose einen Brief von ihrem Schwager, den sie immer gemocht hatte und mit dem sie seit ihrer Zeit auf Borneo einen losen Briefkontakt pflegte. Er entschuldigte sich dafür, dass er Charles wegen dessen Trinkerei »gehen lassen musste«, und äußerte die Hoffnung, sie bald wiederzusehen, »wenn die Lage sich beruhigt hat«. Außerdem appellierte er an seine Schwägerin, ihn oder seine Frau zu kontaktieren, wenn sie Hilfe benötigte.

Es hatte keinen Sinn, befand Rose, Charles zu sagen, dass sie die Wahrheit kannte. Außerdem würde es nicht mehr lange dauern, bis das Baby zur Welt kam. Sie konnte keine weitere Auseinandersetzung riskieren.

War Helen ein einfaches Baby gewesen, war Frank das Gegenteil. Von dem Moment an, in dem er das Licht der Welt erblickte, zeigte er das Temperament seines Vaters. Wenn er wollte, konnte er sehr charmant sein, und im nächsten Augenblick unmöglich. Als er ein Jahr alt war, erkannte Rose sich selbst nicht im Spiegel wieder. Sie war am Ende ihrer Kraft. Charles' neue Stelle war, wie sich herausstellte, die eines Gutsverwalters für einen wohlhabenden Nachbarn in Woking, der prompt nach kurzer Zeit seine Ländereien verkaufte, was Charles arbeitslos machte. Rose musste ihm zugestehen, dass er rasch neue Arbeit in einem Bereich fand, der sich vage »Verkauf« nannte, in einem Unternehmen, das ein Produkt mit der Bezeichnung *Hoover* vertrieb.

Dieses Gerät war eine unglaubliche Erfindung! Man brauchte es nur einzustecken – was für ein Genuss, elektrischen Strom zu haben statt Öllampen, wie sie es von Borneo gewohnt war –, und der Teppich wurde gereinigt, wenn auch eine gewisse Anstrengung erforderlich war, um den Staubsauger zu bewegen. Eine ähnliche Anstrengung sei auch erforderlich, versicherte ihr Charles, um dieses neue Produkt zu verkaufen, was zur Folge habe, dass er häufig unterwegs sein werde, am Ende wochenlang.

Rose war froh darüber. Sie atmete auf, wenn Charles aus dem Haus war. Dann brauchte sie sich keine Sorgen zu machen, dass er gereizt reagierte, wenn die Kinder zu laut wurden. Außerdem war es billiger, denn das bisschen Geld, das ihnen zur Verfügung stand, wurde so nicht für Whisky oder Zigaretten ausgegeben. Charles' Abwesenheit erlaubte ihr ferner, ungestört Edwards Briefe zu öffnen.

Schon erstaunlich, dass es viel einfacher war, ihre Gefühle zu Papier zu bringen – als wäre dies weniger illoyal –, als ihrem Freund, dem Doktor, von Angesicht zu Angesicht zu sagen, dass sie die Gespräche mit ihm vermisste und dass sie ein weiteres Kind bekommen hatte. Sie brachte es fertig, dies in Worten auszudrücken, die zwar die genauen Umstände der Empfängnis aussparten, aber genug verrieten, dass Edward alarmiert war.

»Ich werde bald in England sein«, teilte er ihr in seinem letzten Brief mit. »Dann müssen wir unbedingt reden.«

Monate verstrichen. Schließlich war über ein Jahr vergangen, ohne dass Edward auftauchte. Die Aussicht auf seine Rückkehr erschreckte und begeisterte Rose gleichermaßen. Was würde er in diesem Zustand von ihr halten, fragte sie sich, während sie einen Blick in den Spiegel warf auf ihr Haar, das flach und leblos herunterhing, seit sie wieder in England war. »Dann unternimm etwas dagegen!« Graces Stimme, die in letzter Zeit verstummt war, ertönte plötzlich laut in ihrem Kopf. »Geh in den Laden an der Ecke und kauf dir eine Dauerwellenmischung. Leg deine Ohrringe an, die runden Perlen, die Charles dir in Jesselton gekauft hat. Und wenn du schon einmal dabei bist, warum suchst du dir nicht gleich eine Arbeit?«

Eine Arbeit? Bevor sie nach Borneo gegangen war, kam es praktisch nicht vor, dass eine Frau einer Beschäftigung nachging, aber nun, da sich der nächste Krieg ankündigte, berichteten die Zeitungen, dass mehr Frauen gebraucht wurden, um die Arbeit der Männer zu verrichten, wenn diese ihren Marschbefehl erhielten. Natürlich handelte es sich um bloße Spekulation, wie ihr Vater sagte, während Charles von dieser Aussicht begeistert war. Tatsächlich wirkte er in letzter Zeit bei seiner Rückkehr am Wochenende gelöster. Vielleicht war das Leben doch nicht so unerträglich.

Sie hatte sich zu früh gefreut. Wenige Wochen später erkannte Rose den Grund für die gute Laune ihres Ehemanns. Eines Abends, als Charles nach mehreren Wochen Abwesenheit zurückkehrte, in denen er unterwegs gewesen war, um das unglaubliche Teppichreinigungsgerät zu verkaufen, kam er in Begleitung einer großen, dunkelhaarigen Frau mit einem wissenden Lächeln und vollen roten Lippen, die in der Außenbeleuchtung sehr glänzend aussahen.

»Das ist Edna.« Charles rauschte an ihr vorbei und ließ die beiden Frauen von Angesicht zu Angesicht stehen. »Sie hat ihre Arbeit in der Firma verloren und sucht daher eine neue Stelle. Ich habe ihr gesagt, dass wir eine Haushälterin brauchen.«

Eine Haushälterin? War er jetzt vollkommen übergeschnappt? Wie sollten sie sich eine Haushaltshilfe leisten, wenn doch kaum genügend Geld hereinkam, um vier Kinder zu ernähren und einzukleiden? Trotz der Unterstützung ihres Vaters reichte es so schon kaum.

»Sie verlangt nicht viel«, erklärte Charles später am Abend, als Rose versuchte, in der sogenannten Privatsphäre ihres Schlafzimmers Einwände zu erheben. Das Haus hatte sehr dünne Wände, und Rose war sich bewusst, dass diese Frau gleich nebenan war. »Du hast doch gesagt, du möchtest dich in diesem Kaufhaus bewerben, wo sie Leute suchen. Nun, das kannst du jetzt tun. Edna wird sich um die Kinder kümmern.«

»Und wovon sollen wir sie bezahlen?«

Selbst im Dunkeln nahm sie wahr, dass seine Hand sich ihrem Hals näherte. Sie erstarrte. Aber statt ihren Hals zu umklammern, wie er das zuvor getan hatte, spürte sie, dass er die Perlen berührte. »Du kannst das Collier versetzen«, sagte er. »Komm schon, Rose. Wir alle müssen Opfer bringen. Das ist das Mindeste, was du tun kannst.«

Sie sollte ihre Perlen versetzen, damit ihr Ehemann sich eine Geliebte leisten konnte? Es war, als würde sein Vorschlag endlich das Tor in ihrem Kopf öffnen – dasselbe, das ihr seit ihrer Rückkehr nach England immer wieder Kopfschmerzen verursachte. Sie ließ sich ja einiges von ihrem Mann gefallen, aber das ging zu weit. Sicher würde ihr Vater nun begreifen, dass Charles unmöglich war, und schließlich seine Tür für sie offen halten.

Am folgenden Tag ließ Rose die Kinder in Ednas Obhut. Edna war eine schrecklich gewöhnliche Person, und dennoch empfand Rose nicht die geringste Eifersucht, vielleicht weil sie Charles nicht mehr liebte. Die Fahrt im Bus und anschließend im Zug zu ihrem Vater kam ihr vor wie eine Ewigkeit, während sie sich auf ihr Elternhaus freute, aber als das Dienstmädchen mit geröteten Augen die Tür öffnete, ahnte sie sofort, dass etwas nicht stimmte.

»Deine Mutter ist letzte Nacht gestorben.« Ihr Vater sprach in einem sachlichen Ton, während sie in der Eingangshalle stand, nach wie vor in ihrer Jacke. »Ich werde ihr später Gesellschaft leisten.«

Rose blickte zu dem Hausmädchen, um zu sehen, ob sie richtig verstanden hatte. »Und danach«, fuhr er fort, »werden wir zu Abend speisen. Passt es dir um halb neun? Oder möchtest du stattdessen lieber schwimmen gehen?«

Sein Verstand funktioniere nicht mehr, sagte der Arzt, den Rose sofort gerufen hatte. Schließlich sei er fast achtzig und habe ein bewegtes Leben hinter sich. Er sei nun auf ständige Pflege und Ruhe angewiesen. Nein, kleine Kinder im Haus seien wahrscheinlich keine gute Idee.

Als Rose an jenem Abend zurückkehrte, stellte sie fest, dass Charles vor ihr nach Hause gekommen war, den hastigen Schritten oben und der Schlafzimmertür nach zu urteilen, die sich öffnete und wieder schloss. Wenige Minuten später kam er herunter und machte einen leicht zerzausten Eindruck, während sein Hemdkragen offen stand. »Ah, Rose. Du bist zuruck. Wie viel hast du bekommen?« Sein Blick wanderte zu ihrem Hals, und er runzelte die Stirn. »Du hast sie nicht ins Pfandhaus gebracht?«

»Nein.« Sie nahm den Brief von dem Teller in der Diele und ging an Charles vorbei in Richtung Wohnzimmer. »Nein, das habe ich nicht getan. Und das werde ich auch nicht tun, außer du gibst deine Geliebte auf. Streite es nicht ab, Charles. Ich bin nicht dumm. Und ich habe auch nicht vor, meine Kinder bei dieser Frau zu lassen, wenn ich arbeite. Helen kann eine Ganztagsschule besuchen, und für Frank finde ich auch eine Lösung.«

»Ach ja?« Er begann zu lachen. »Die Dinge werden sich ändern, Rose. Dinge, die selbst du nicht kontrollieren kannst. Es wird einen Krieg geben. Glaub mir. Ich kann die Anzeichen sehen.«

Gleich darauf hörte sie ihn die Treppe hochstürmen. Gut. Mit dem Brief, den sie in ihren Rockfalten versteckt hatte, eilte sie ins Wohnzimmer und schloss die Tür hinter sich. Dann öffnete sie Edwards neueste Botschaft in den unverwechselbaren, kräftigen Federstrichen und begann zu lesen.

23

Niemand, nicht einmal Charles, konnte vorhersehen, welche Wendung die Ereignisse nahmen, die nicht nur den Haushalt der Macintyres in Chaos stürzten, sondern ganz Europa.

Der nächste Krieg, dachte Rose mit einem kalten Frösteln im Nacken, nachdem Charles es abgelehnt hatte, sich zu ihr zu setzen und Churchills Ansprache im Rundfunk zu verfolgen.

»Ich weiß bereits, was der Mann sagen wird«, verkündete er großspurig. »Ich habe schließlich Freunde in hohen Positionen.«

Stimmte das? Möglicherweise. Möglicherweise auch nicht. Dank seiner arroganten Fantasie glaubte Charles oft selbst die wilden Geschichten, die er erzählte, was zur Folge hatte, dass viele seiner Zuhörer sie auch glaubten. Edna wohl inbegriffen.

Das Schlimmste war, dass Edna sogar recht gut mit den Kindern zurechtkam, obwohl es für Rose unerträglich war, diese Frau in ihre Nähe zu lassen. Aber die Kälte, mit der Rose ihr begegnete, bewirkte lediglich, wenn überhaupt etwas, dass Edna noch freundlicher zu den Kindern war, fast so, als würde sie für die Zeit üben, in der sie die Verantwortung übernahm.

Es gab Momente, in denen Rose diese Aussicht Angst einjagte. Denn es war sehr wahrscheinlich, dass Edna ihren Platz einnehmen würde. Wenn dieser Krieg vorüber war, würde Charles ziemlich sicher die Scheidung verlangen, und was sollte dann aus ihr werden? Es gab zwar in ihrem Umfeld ein oder zwei Frauen, Töchter aus gutem Haus, denen die Schmach einer Scheidung widerfahren war, aber man begegnete ihnen mit einer gewissen Distanz, soweit Rose das beobachtet hatte. Trotzdem war alles besser als diese unerträgliche Atmosphäre, und offen gesagt, konnte sie es kaum abwarten, dass Charles zum Militär einberufen wurde. Insgeheim wünschte sie sich sogar, auch wenn es zu schrecklich war, um sich jemandem anzuvertrauen, nicht einmal Grace, dass ihr Ehemann im Krieg fiel.

»Es kann nicht mehr lange dauern«, sagte Charles häufig, wenn die Post kam und immer noch kein Einberufungsbefehl darunter war. »Victor hat seinen bereits, der Glückspilz.«

Das hatte Rose nicht gewusst. Charles hatte flüchtig Kontakt mit dem Mann ihrer Schwester, da beide im selben Club in London Mitglied waren. Sie musste an ihre Schwester schreiben, ihr anbieten, dass sie vorbeikommen konnte, falls sie Gesellschaft brauchte. Gleichzeitig konnte Rose nicht anders, als Enttäuschung zu spüren, weil ihre Schwester es nicht für nötig befunden hatte, sie über die Einberufung ihres Ehemanns zu informieren. Phoebe verhielt sich immer so kühl und unnahbar. So war sie schon als Kind gewesen, und trotz Roses Hoffnung, dass sie sich vielleicht ändern würde, war sie als Erwachsene dieselbe. Wie ihre Mutter.

»Bleibt Edna hier, wenn du weg bist?«, fragte sie in neutralem Ton, wie sie hoffte. Es hatte keinen Sinn, sich mit Charles anzulegen, wenn er bald fortging.

»Natürlich. Dann könnt ihr euch gegenseitig Gesellschaft leisten.«

War er wirklich so naiv zu erwarten, dass seine Frau sich mit seiner Geliebten anfreundete? Rose war nicht dumm. Die Geräusche, die nachts auf der anderen Seite der Wand zu hören waren, wenn Charles »ins Bad« ging, verursachten ihr einen tiefen Ekel vor ihrem Mann und vor sich selbst, weil sie ihn nicht auf der Stelle verließ.

Das Einzige im Leben, was sie durchhalten ließ, waren die

Kinder. Die Jungs wuchsen allmählich zu stattlichen jungen Männern heran, obwohl Rose große Angst davor hatte, dass der Krieg noch andauerte, wenn Roger das musterungsfähige Alter erreichte. »Du musst mir versprechen, dass du dich nicht freiwillig meldest, bevor deine Papiere kommen«, appellierte sie an ihn während der Ferien. Und er gab ihr widerwillig nach.

Schließlich kamen zwei Briefe mit der Post. Der erste forderte ihren Mann auf, seine Pflicht für König und Vaterland zu erfüllen. Und der zweite informierte Rose, dass ihre Bewerbung für die freie Stelle in der Kurzwarenabteilung von John Lewis in der Oxford Street erfolgreich war.

»Verkäuferin?«, rief ihr Vater ungläubig in einem seiner helleren Momente, als Rose in London zu Besuch war und ihn unterrichtete. »Das kann unmöglich dein Ernst sein. Frauen wie du gehen keiner Arbeit nach.«

Rose hatte mit ihrer Schwester auf dem Briefweg dieselbe Diskussion geführt. »Es ist Krieg, Papa. Wir müssen alle unseren Teil leisten. Außerdem freue ich mich darauf. Und ich habe Edna, die sich um die Kinder kümmert.«

Selbst während sie noch redete, nahm sie überrascht wahr, wie unbeschwert sie sich angesichts der Aussicht fühlte, nach all der Zeit etwas für sich zu tun. Gut, sie war gezwungen, unter der Woche in London zu bleiben, aber niemand hatte sie gefragt, wo sie unterkommen würde. Ihre Schwester und ihr Mann gingen davon aus, dass sie bei ihrem Vater übernachtete. Und dieser kam gar nicht auf die Idee, sie zu fragen. Es war alles so erschreckend einfach gewesen.

Wenn Rose später auf diesen Teil ihres Lebens zurückblickte, fragte sie sich immer, wie sie den Mut gefunden hatte, das zu tun, was sie tat. Manchmal fragte sie sich, ob es Mut war oder purer Egoismus, weil sie sich nach ihren eigenen Wünschen richtete und nicht nach dem, was andere von ihr erwarteten. Als sie die Zusage für die Stelle im Kaufhaus erhielt, hatte sie nicht einmal gewusst, dass Edward wieder im Land war.

Unterdessen war Charles in das militärische Ausbildungslager nach Margate aufgebrochen, wo er stationiert war, bis er seinen Marschbefehl erhielt. Rose wollte ihm beim Packen helfen, aber er hatte mit der Begründung abgelehnt, er habe das alles schon einmal mitgemacht und wisse, was er benötigte. Kurz darauf hatte sie gehört, dass Edna ins Schlafzimmer ging und ihm statt ihrer half. Rose konnte sich kaum überwinden, zum Abschied seine Wange zu streifen.

Eine Woche später, als eine gehorsame Edna die Kinder zu einem Spaziergang mitgenommen hatte, klopfte es an der Tür. Rose, die gerade damit fertig geworden war, ihre Haare zu färben, nahm an, dass Edna etwas vergessen hatte. Aber es war jemand anderes.

»Edward?«, stieß sie ungläubig hervor.

Er sah so anders aus! Seine Haut war immer noch gebräunt – tatsächlich wusste sie aus seinen Briefen, dass er Borneo erst im vorigen Monat verlassen hatte. Allerdings war er schmaler geworden und sein Haar kürzer. Es war beinahe, als würde sie in das Gesicht eines Wildfremden blicken, allerdings eines, den sie besser kannte als ihren Ehemann.

Im Gegenzug erwiderte er nichts. Stattdessen trat er einfach ein und schloss die Tür hinter sich. »Ist sonst noch jemand hier?«, fragte er leise, und sie schüttelte den Kopf. Bevor sie die Chance hatte zu reagieren, stöhnte er leise auf wie unter Schmerzen, umfasste mit der Hand ihren Hinterkopf und zog sie an sich. Seine Lippen waren so weich und hart zugleich. Ihr Aufeinandertreffen war, wie sie sogar in jenem Augenblick dachte, so richtig, so absolut richtig, als hätten sie sich bereits zuvor geküsst. Es schien, als würde der Kuss niemals aufhören – sie wollte das auch nicht.

»Was geschieht jetzt?«, fragte sie, als sie sich schließlich voneinander lösten.

»Ich habe Räumlichkeiten in London gemietet«, antwortete er. »Denkst du, das lässt sich machen?«

Und sie nickte und erzählte ihm von ihrer neuen Stelle.

Fast ein Jahr lang gelang es ihnen, sich heimlich zu treffen. Unter der Woche arbeitete Rose im Kaufhaus, wo sie bald zur Abteilungsleiterin befördert wurde. Sie freundete sich dort mit einer wesentlich jüngeren Frau aus Richmond an, die sie an sie selbst erinnerte in einem anderen Leben, und es dauerte nicht lange, bis sie sich ihr anvertraute.

»Denkst du jetzt schlecht von mir?«, fragte sie Diana Barton eines Tages, als sie Seidenbahnen in herrlichen Farben aussortierten, die Rose schmerzhaft an Ga Gas Malkasten erinnerten. »Es zerreißt mich, dass ich unter der Woche von den Kindern getrennt bin, aber wenn ich nicht bei Edward bin, kann ich nicht atmen. Wir haben so wenig Zeit. Ich weiß, er wird sicher bald eingezogen.«

»Ich denke überhaupt nicht schlecht von dir.« Dianas hübsches Gesicht wurde weich vor Mitgefühl. »Du musstest mehr aushalten, als man einer Frau zumuten kann. Außerdem haben wir 1940. Die Zeiten ändern sich.«

Das taten sie tatsächlich. Zu schnell verflogen die kostbaren Nächte in Edwards Zimmer, wenn Rose den Kopf in seinen Armen barg, während der nächste Luftangriff erfolgte. Abgesehen von dem einen Mal, als sie gezwungen gewesen waren, in der U-Bahn-Station unter dem Picadilly Circus zusammen mit mehreren hundert anderen Menschen Zuflucht zu suchen – der Geruch dort erinnerte Rose an Fisch und an Ölfarbe –, war es ihnen zu riskant, unterirdisch Schutz zu suchen, aus Angst, gemeinsam gesehen zu werden.

Außerdem war die Angst vor dem Krieg nichts, verglichen mit dem Aufruhr in ihrem Herzen. Hätte man ihr auf Borneo gesagt, dass sie einmal in einem Land leben würde, in dem über eine so lange Zeit hinweg jede Nacht Bomben fielen, hätte sie gedacht, das vor Angst nicht zu überleben. Aber weil alle davon betroffen waren, wurde es zu einem Teil des Lebens, obwohl es natürlich sehr traurig war, wenn die Söhne und Ehemänner anderer Menschen ihr Leben verloren. Roses Herz erstarrte bei der Vorstellung, dass ihre Jungs zum Kriegsdienst herangezogen werden könnten.

Dann kam die Nachricht, die sie erwartet hatte. »Ich habe meine Einberufung«, sagte Edward eines Tages, als sie sich für ihre Rückkehr zu Edna und den Kindern bereit machte.

Fast sofort begannen ihre Schläfen zu pochen.

»Ich werde zurückkommen«, sagte er und strich ihr über das Haar, das sich in dem Verschluss der Perlen verfangen hatte. »Und dann lässt du dich scheiden, und wir werden heiraten und Kinder bekommen.«

Sie klammerten sich aneinander, während jeder im Kopf den Traum von Kindern mit rosigen Wangen verfolgte, die im Obstgarten auf Schaukeln saßen, wo es keine Bomben oder Ehemänner oder Frauen mit billigem Lippenstift gab. Keiner sprach den Gedanken aus, den beide insgeheim hegten: dass eine Scheidung vielleicht nicht nötig sein würde, falls Charles nicht aus dem Krieg zurückkehrte.

Der Abschied von Edward in der Wohnung (Rose traute sich nicht, sich am Bahnhof von ihm zu verabschieden, aus Angst, von jemandem erkannt zu werden) löste ein derart heftiges Hämmern in ihrem Kopf aus, dass sie ins Bad stürzte und sich in das Waschbecken übergab. Vielleicht war es nun Zeit, nach Hause zu gehen und eine richtige Mutter zu sein. Vielleicht würde sie auch das tun, wozu Edward sie schon seit einiger Zeit drängte, nämlich jemanden wegen ihrer elenden Migräneanfälle zu konsultieren. Manchmal waren sie so schlimm, dass sie in das alte Porzellanwaschbecken in ihrem Apartment erbrechen musste. Außerdem hatte sie eine merkwürdige Geschwulst direkt unter ihrem linken

Hüftknochen, von der sie Edward nichts gesagt hatte, weil sie ihn nicht beunruhigen wollte.

Einige Monate später fand Rose sich an einem Schreibtisch wieder, hinter dem ein ernster junger Mann in einem weißen Kittel saß, der sicher zu jung war, um ein Arzt zu sein. Aber scheinbar war dieses Krankenhaus, das Edward ihr empfohlen hatte, eines der besten im Umkreis, auch wenn es nicht gerade um die Ecke lag. Die Fahrt in Phoebes kleinem grauen Morris Minor dauerte eine Ewigkeit. Überraschenderweise hatte sich ihre Schwester besorgt gezeigt, als sie ihr erzählte, dass der Hausarzt darauf bestand, sie an einen Spezialisten zu überweisen. »Ich begleite dich«, hatte Phoebe mit einem Stocken in der Stimme insistiert, das Rose viel mehr beunruhigte als die bevorstehende Untersuchung. Ihre Schwester war nicht bekannt für ihre Anteilnahme, aber der Krieg machte merkwürdige Dinge mit den Menschen, und das mit Victor war bestimmt nicht einfach für sie.

Nun klopfte dieser ernste junge Mann, der zuvor die Röntgenbilder studiert hatte, die der Hausarzt ihr mitgegeben hatte, mit seinem Füller auf den Tisch, wodurch Tintenspritzer auf dem Notizblock vor ihr landeten, und benutzte Worte wie »mögliche Schwellung in Kopf und Unterleib« und »dringend Operation erforderlich«.

Es kam ihr vor, als würde er von jemand anderem sprechen. Das kann nicht sein, dachte Rose, während sie durch das Fenster die Passanten beobachtete. Eine Frau, die fröhlich lachte und den Arm eines jungen, schlaksigen Soldaten umklammerte. Eine Mutter, die ihr Baby im Kinderwagen schob. Es konnte nicht sein, dass sie schwer krank war, wie es der ernste junge Arzt ausdrückte. Das war nicht der richtige Zeitpunkt! Es war Krieg. Helen und Frank waren zu jung – alle vier waren noch Kinder. Rose hatte endlich den Entschluss gefasst, Charles zu verlassen. Sie stand kurz davor, ein neues Leben mit Edward zu beginnen – was sie Phoebe während der Fahrt anvertraut hatte, die überraschend verständnisvoll reagierte und erklärte, Charles sei nach ihrer Auffassung schon immer »zu ungehobelt« für Rose gewesen.

Und nun das, gerade als sie die Chance hatte, ein bisschen Glück zu erleben mit einem Mann, der sie nicht nur vergötterte, sondern der auch keinen Zweifel daran ließ, dass er sie mit ihren Kindern nahm. Als würde sie ihre Kinder jemals im Stich lassen!

»Meine andere Schwester …«, begann sie. »Ich meine, ich hatte früher eine zweite Schwester, die einen Tumor an der Wirbelsäule hatte. Kann es da eine Verbindung geben?«

Der zu junge Arzt in dem weißen Kittel hob den Blick von den Tintenklecksen auf seinem Notizblock zu den Perlen an ihrem Hals. Sie waren es, mit denen er sprach – ihr Vater sagte immer, man solle Menschen nicht trauen, die einem nicht in die Augen schauen konnten.

»Das ist möglich«, antwortete er schließlich.

Roses Brust schnürte sich enger zusammen, und gleichzeitig arbeitete sich ein kleiner Gallefaden durch die Speiseröhre hoch in ihren Mund.

»Aber es könnte auch harmlos sein?«

»Möglich.«

Phoebe wartete draußen im Flur vor dem Zimmer. »Was hat er gesagt?«, fragte sie, sobald Rose herauskam.

»Er hat gesagt, dass es harmlos sein könnte.« Rose sah ihrer kleinen Schwester, die etwas größer war als sie, ins Gesicht. »Aber für den Fall, dass es nicht harmlos ist, muss ich dich um einen Gefallen bitten. Um einen ziemlich großen.«

Dezember 1941

Liebster Geoffrey,
ich muss für kurze Zeit ins Krankenhaus und eine kleine Operation durchführen lassen. Darum kann ich dich am Wochenende nicht besuchen. Es tut mir furchtbar leid,

aber ich freue mich schon darauf, dich im nächsten Monat zu sehen. Wie läuft es in Griechisch?
Liebe Grüße von Mama

Liebe Mama,
willst du dich etwa drücken? Ich habe letzte Woche versucht, mich mit Kopfschmerzen vor Griechisch zu drücken, aber es hat nicht funktioniert. Wenn du nächsten Monat kommst, vergiss bitte nicht meine Süßigkeiten!
Alles Liebe von Geoffrey

Sie wurde durch einen Flur gerollt, einen langen, grauen Flur, der sie an das Lazarett erinnerte, in das ihr Vater sie vor all den Jahren mitgenommen hatte, um Duncan zu besuchen. Hätte er das nicht getan, wäre sie Charles nie begegnet. Und dann hätte sie nicht die Kinder.

Hätte sie etwas anders gemacht? »Alles hat seinen Zweck«, sagte Edward gern. Als Arzt musste er so denken, oder er würde wahnsinnig werden, wie er selber sagte. Aber in Wirklichkeit, das wusste sie, meinte er damit, dass er machtlos war, um ihr zu helfen. »Ich hätte merken müssen, dass etwas ernsthaft nicht stimmt«, warf er sich immer wieder vor, nachdem sie ihm von der bevorstehenden Operation geschrieben hatte. »Ich hätte darauf bestehen müssen, dass du dich früher untersuchen lässt.«

Es werde alles wieder gut, antwortete sie ihm, genau wie sie es den Kindern gegenüber herunterspielte. »Ich bin bald wieder da«, sagte sie zu Helen und küsste sie zum Abschied, während sie den kleinen Frank an sich drückte und seinen erdigen Geruch einatmete, nachdem er draußen im Garten gespielt hatte. Dabei sah sie über seine Schulter zu der großen, hochmütigen Geliebten ihres Mannes mit ihrer aufrechten Haltung, der üppigen Oberweite und dem billigen hellrosa Lippenstift. Sie blickte der Frau direkt in die Augen, und die leichte Edna, wie Phoebe sie nannte, wandte den Blick ab. Ich weiß, dass du eine Affäre mit meinem Mann hast, sagten Roses Augen. Und nur weil ich einen anderen liebe, macht es das nicht wieder gut. Für keine von uns.

Was Charles betraf, hatte Rose überlegt, ob sie ihn benachrichtigen sollte, aber jedes Mal, wenn sie versuchte, das zu schreiben, was sie wirklich fühlte, kam etwas Falsches heraus. Also ließ sie es sein. Sollte er es doch selbst herausfinden, falls und wenn er aus dem Krieg zurückkehrte. Zum Teil wünschte sie sich nun, dass er unversehrt wiederkam. Die Kinder brauchten einen Elternteil.

Die Narkose begann nun offenbar zu wirken. Die langen grauen Flurwände schienen aufzuleuchten und wieder zu erlöschen. Edward hatte ihr zuvor diesen Effekt erklärt. Genau wie ihr Arzt. Die Operation war erforderlich, um das Geschwür in ihrem Kopf zu entfernen, das die Migräne verursachte und Rose benommen machte und auf der Treppe stolpern ließ. Mit etwas Glück würde es schon gut gehen. Es musste gut gehen. Menschen durften im Krieg durch Bomben umkommen, weil das einfach Pech war. Aber es gab keinen Platz für gewöhnliche Krankheiten, nicht in außerordentlichen Zeiten wie diesen. Das gehörte sich einfach nicht.

Die Wände rückten nun näher, und sie konnte Graces Stimme hören. Plötzlich war sie wieder ein Kind, das versuchte, die komplizierten weißen Knöpfe an seinem Kleid einzufädeln, damit Ga Ga es malen konnte. Nun war sie sogar noch jünger. Sie spürte, dass sie in ihrem Kinderwagen kämpfte und eine kühle Hand sich auf ihre Stirn legte, als wollte sie sie beruhigen. Aber das war nicht gut. Ihre erste Erinnerung, die, die sie der Borneo-Gesellschaft in ihrem Erzählspiel vorenthalten hatte, kehrte zurück. »Verschwinde!«, rief sie, und die kühle Hand strich ihr wieder über die Stirn.

Sie war da. An der Tür, halb hinter dem Vorhang versteckt. Ihr Vater trug den dunklen Rock, den er immer zu seinen Patientenbesuchen anzog. Ihre Mutter stand vor ihm und schrie.

»Nimm sie«, tobte sie. »Nimm sie. Ich möchte nichts mehr mit dir oder dieser elenden Amerikanerin zu tun haben.«

Man hörte ein leises Schnappen, als ihre Mutter sich die Perlenkette vom Hals riss und nach ihrem Vater warf. Er fing sie auf, und sein Gesicht verdüsterte sich, sodass Rose, dem Kind, der Atem stockte. Er näherte sich ihrer Mutter, die Perlen in den ausgestreckten Händen, und zuerst dachte sie, er wolle sie ihr nur zurückgeben. Aber gleich darauf stieß ihre Mutter ein leises Röcheln aus. Rose spähte vorsichtig hinter dem Vorhang hervor und sah, dass ihr Vater die Perlen um den Hals ihrer Mutter gelegt hatte und fest zuschnürte. Das Gesicht ihrer Mutter war rot, und sie gab seltsame, röchelnde Laute von sich.

»Papa!«, schrie Rose. »Du darfst Mama nicht umbringen!«

Beide erstarrten, mit versteinerten Mienen. Dann hörte man das Geräusch von schnellen Schritten: Jemand lief die Treppe hoch. Wahrscheinlich eins der Dienstmädchen. Dann das nächste Geräusch. Nämlich von den Perlen, die auf den Boden fielen, wo ihr Vater sie hingeschleudert hatte. Und dann kam ein Hausmädchen herein.

»Sei so gut und heb das Collier auf«, sagte ihr Vater in ruhigem Ton. »Meiner Frau ist anscheinend versehentlich die Kette gerissen. Sie muss sofort zur Reparatur gebracht werden, damit sie sie morgen Abend zu dem Ball anziehen kann.«

Die Wände kamen nun ganz nah, und eine kalte Klinge schnitt über ihren Kopf. »Die Perlen«, versuchte sie zu sagen. »Phoebe. Gebt sie Phoebe. Nicht Helen. Hört ihr mich? Ich sagte, hört ihr mich?«

Caroline

Juli 1997

24

Bestürzt las Caroline erneut das Datum des letzten Tagebucheintrags ihrer Großmutter.

»Ich muss nächste Woche ins Krankenhaus. Ich weiß nicht, was passieren wird, aber in Zeiten wie diesen muss man zuversichtlich bleiben.«

»Dezember 1941?« Caroline konnte nicht verhindern, dass sie es laut ausrief, zum leichten Befremden eines Touristen, der über den Kiesstrand stapfte, vorbei an dem grauen Felsen, der mit braunen Flecken und Flechten übersät war und neben dem sie ihr gestreiftes Handtuch ausgebreitet hatte. Sie nahm die Sonnenbrille ab und trank einen Schluck aus der Wasserflasche. »Kurz darauf ist sie gestorben.« Unfähig, sich zu bremsen, redete sie weiter laut mit sich selbst. Der Tourist warf ihr einen sonderbaren Blick zu und huschte rasch weiter, während eine Möwe über ihnen kreischte, als lachte sie über die Absurdität des Ganzen. »Da sind Mummy und Frank zu Tante Phoebe gekommen.«

Ein kalter Schauer lief Caroline über den Rücken, während sie den letzten Tagebucheintrag ihrer Großmutter nochmals las. *»Der Arzt sagt, ich muss für die Operation wieder ins Radcliffe. E kriegt keinen Urlaub, kommt aber so bald wie möglich. Immer noch nichts Neues von Charles. Habe Geoffrey und Roger schriftlich benachrichtigt, möchte aber die beiden Kleinen nicht beunruhigen.«*

Wer war E? Die beiden Kleinen waren vermutlich Helen, Carolines eigene Mutter, und Onkel Frank, die damals wie alt waren, vierzehn und vier? Würde sie es, fragte sich Caroline, während sie das Tagebuch sorgfältig in ihrer Strandtasche verstaute, den Zwillingen sagen, wenn sie schwer krank wäre? Und warum ins Radcliffe? Das war in Oxford, wie sie wusste, nachdem sie eine Freundin besucht hatte, die dort lag.

Es war alles so eigenartig. Ihre Großmutter lebte damals in Woking und pendelte zur Arbeit nach London, was wohl ungewöhnlich war zu jener Zeit, auch wenn Frauen während des Kriegs zu Arbeiten herangezogen wurden. Warum war sie also nach Oxford in ein Krankenhaus gegangen?

Onkel Geoffrey war damals sicher noch zu jung, um die Antwort zu kennen, und Duncan war schon lange tot. Caroline hätte ihre Großtante fragen sollen, als sie noch die Gelegenheit dazu hatte, aber nun gab es nur noch eine Person, die ihr vielleicht helfen konnte. Sie kramte in ihrer Tasche nach dem Handy (dieses Durcheinander!) und wählte die Nummer.

Diana traf am folgenden Wochenende ein, wieder mit einem auffälligen Turban – dieses Mal in Rubinrot – und einer sehr eleganten hellblauen Ledertasche mit echtem Gucci-Label. Die Kinder waren die ganze Woche in einem Freizeitcamp gewesen, was den wundervollen Effekt hatte, dass sie nach einem vollen Tagesprogramm mit Cricket und Beachtennis und Surfen und Gott weiß was noch allem abends müde waren. Selbst Scarlet, die sich zunächst für zu alt für das Camp erklärt hatte, war inzwischen sehr davon angetan, was zweifellos mit dem einen oder anderen gut aussehenden Jungen zusammenhing, den Caroline gesehen hatte, als sie die Kinder absetzte. Abends stolperten sie mit roten Wangen zur Tür herein und sahen viel gesünder aus als zuvor, aber zur Schlafenszeit kam immer die unvermeidliche Frage: Wo war Dad? Warum war er nicht mitgekommen?

Selbst Scarlet wirkte beunruhigt, obwohl sie sich seit Jahren ihrem Vater gegenüber distanzierter verhielt als die Jungs. Dies lag vermutlich an seiner häufigen Abwesenheit und daran, dass er, wenn er da war, im Garten mit den Zwillingen Fußball spielte.

»Vielleicht sollten Sie den Kindern die Wahrheit sagen«, sagte Diana, als sie schließlich in dem kleinen Wohnzimmer ihrer Gastgeberin Platz nahmen, das Rose nach ein paar Wochen fast als ihr eigenes betrachtete, mit dem gemütlichen Zweiersofa, dem roséfarbenen Fußhocker und dem farblich abweichenden, tiefen Ohrensessel, der mit seinen geschwungenen Flügeln aussah, als wäre er für einen Mann gemacht, obwohl Diana mit ihrer stattlichen Größe perfekt hineinpasste. »Sie können ihnen nicht ständig erzählen, dass er arbeiten muss.«

Caroline nahm einen Schluck von dem Bombay Sapphire Gin, den Diana offenbar gerne trank, der Anzahl der Flaschen nach zu urteilen, als sie den Schrank nach der Aufforderung öffnete: »Bedienen Sie sich, meine Liebe. Ich werde mir auf jeden Fall einen genehmigen.«

»Aber was soll ich ihnen sagen? Dass ihr Vater eine Affäre hat?«

Diana zuckte mit den Schultern. Sie hatte den Turban inzwischen abgenommen und enthüllte einen grauen Bubikopf, der ihr großartig stand, besonders zusammen mit den langen silbernen Hängeohrringen. Sie trug ein violettes Mantelkleid, in dem sie für ihr Alter unglaublich elegant wirkte. Nur bei genauerem Hinsehen konnte man ihre Falten erkennen. »Nach meinen Erfahrungen halten Kinder mehr aus, als wir ihnen zutrauen. Sie werden es Ihnen hoch anrechnen, wenn Sie ihnen die Wahrheit sagen. Anderenfalls besteht die Gefahr, dass sie Ihnen nie wieder vertrauen.«

Caroline fragte sich, was wohl in ihrer Mutter vorgegangen war, nachdem sie vom Tod ihrer eigenen Mutter erfahren hatte. Hatte sie es Rose übelgenommen, dass sie sie nicht vorgewarnt hatte? Zu spät – Caroline wünschte, sie hätte ihre Mutter mehr über jene Zeit gefragt. Das Einzige, woran sie sich erinnerte, war, dass Helen einmal gesagt hatte, sie sei keine gute Mutter, weil sie selbst keine Mutter gehabt hatte. »Sei nicht albern«, hatte Caroline darauf erwidert und ihre Mutter umarmt. »Du bist die beste Mutter der Welt.« Die Erinnerung stimmte sie traurig. Vor langer Zeit hatte sie sich angewöhnt, ein Metalltor in ihrem Kopf herunterzulassen, wenn sie an den Tod ihrer Mutter denken musste. Das war die einzige Möglichkeit, es auszuhalten. Wenn man drei Kinder habe, hatte sie dem Arzt damals erklärt, als sie sich Medikamente verschreiben lassen wollte, habe man keine Zeit zu trauern. Nur Zeit, das Thema zu wechseln, um sich nicht aufzuregen.

»Sie haben bei unserem ersten Treffen erwähnt, dass Sie während des Kriegs mit meiner Großmutter bei John Lewis gearbeitet haben.«

Diana lächelte, und ihre veilchenblauen Augen, die zu dem Mantelkleid passten, nahmen einen entrückten Ausdruck an. »Das stimmt allerdings. Wir hielten uns damals für etwas Besonderes, wissen Sie? Wir haben Arbeiten verrichtet, die zuvor nur Männer gemacht hatten. Ihre Großmutter war wunderbar. Eine Teamleiterin, wie man das heute nennen würde. Und sie hatte einen großartigen Sinn für Humor. Der *Evening Standard* hat einmal über sie berichtet, haben Sie das gewusst?«

»Wirklich?« Neugierig und etwas ungläubig griff Caroline nach dem Zeitungsausschnitt, den Diana aus ihrer Tasche kramte. Da war sie! Es war seltsam, dasselbe Porträt in der Zeitung zu sehen, das auf Carolines Frisierkommode stand und auf dem Rose ihr mit den kurzen, gewellten Haaren, einer modischen Frisur in den Kriegsjahren, und den großen weißen Ohrringen kühl entgegenblickte. Um ihren Hals lagen die Perlen. *Ihre* Perlen. Rose machte einen herrlich unerschütterlichen und zuversichtlichen Eindruck unter der Überschrift »Neue Gesichter in London«.

»Warum haben die über sie berichtet?«

Diana lachte. »Sie war eben etwas Besonderes, Ihre Großmutter. London war damals noch überschaubarer, und wir verkehrten in gehobenen Kreisen. Ich nehme an, Rose wäre der Königin vorgestellt worden, wenn der Erste Weltkrieg nicht gewesen wäre.«

Das traf wohl zu. Großtante Phoebe, die jünger war, hatte damals die Ehre, Queen Mary persönlich kennenzulernen. Caroline besaß davon auch eine Aufnahme, auf dem Klavier im ehemaligen Wohnzimmer. Aber zu diesem Zeitpunkt war Rose bereits nach Borneo ausgewandert, sicher verheiratet. Trotzdem war die Vorstellung seltsam, dass ihre Großmutter in halb aristokratischen Kreisen verkehrt hatte. »Ich glaube, Roses Vater war ein Osteopath, einer der ersten. Von Ihrer Mutter weiß ich, dass die Königin ihn einmal zu sich bestellte, um den Prinzen zu behandeln, der sich beim Polo am Knie verletzt hatte.«

Caroline erinnerte sich dunkel, dass ihre Mutter auch ihr das einmal erzählt hatte. Warum war es bloß so, dass Kinder ihren Eltern nie richtig zuhörten und erst neugierig wurden, wenn es zu spät war und die Eltern nicht mehr lebten?

»Und war ihre Ehe, also die von Rose, so unglücklich, wie sie sie in ihren Tagebüchern beschreibt?«

Diana nahm eine Zigarette aus ihrer Tasche und steckte sie auf einen schwarzen Halter. »Es stört Sie doch nicht, meine Liebe? Ich fürchte ja. Aber wer kann sagen, was passiert wäre, wenn sie mit Edward weggegangen wäre? Man kann zwar annehmen, dass es funktioniert hätte, aber es war alles so unsicher in jenen Tagen.«

Dann war Edward also der geheimnisvolle »E«!

»Ein sehr netter Mann.« Diana blies eine blaue Rauchwolke in die Luft. Offenbar war sie es nicht gewohnt, zum Rauchen an die frische Luft zu gehen, aber Caroline fand es unhöflich, etwas zu sagen. »Er ging zur Marine, wissen Sie. Dort haben sie jede medizinische Unterstützung gebraucht, die sie für die Verwundeten kriegen konnten.« Ihre glänzenden blauen Augen nahmen wieder einen verträumten Ausdruck an. »Er hat Ihre Mutter absolut vergöttert, und sie ihn.«

Caroline bekam eine Gänsehaut. »Aber sie hätte doch die Kinder … meine Mutter niemals im Stich gelassen?«

Diana griff nach ihrer Hand und drückte sie. »Natürlich nicht, meine Liebe. Edward bestand darauf, dass sie die Kinder mitbrachte. Aber dann … dann starb sie unvermittelt.«

»An einem Hirntumor.« So viel wusste Caroline. Als Kind hatte sie es nicht so schrecklich gefunden, wenn ihre Mutter darüber sprach, aber nun, als Erwachsene, kam es ihr vor wie eine Tragödie. Was würde aus ihren drei Kindern werden, wenn sie sterben müsste? Caroline konnte sie nebenan in Dianas gemütlicher Küche vor dem Computer streiten hören, den sie dort aufgebaut hatte, damit sie ein Auge darauf haben konnte. Die Kinder würden sich gegenseitig die Köpfe einschlagen, wenn sie nicht mehr da wäre und aufpassen würde. Oder, wie schrecklich, sie würden von Simon und seiner Freundin erzogen werden.

»Meine Großmutter hat sicher große Angst davor gehabt, dass Edna ihre Kinder großzieht«, wurde ihr plötzlich bewusst.

Diana nickte. »Das hat ihr tatsächlich Sorgen bereitet. Sie hatte auch große Angst, dass Ihr Onkel Roger sich freiwillig zum Kriegsdienst meldet. Er musste ihr versprechen, das nicht zu tun. Wie Sie vielleicht wissen, hat er sich nach ihrem Tod nicht mehr an dieses Versprechen gebunden gefühlt.« Sie schüttelte den Kopf. »Es war eine schreckliche Zeit für uns alle. Ich kann mich noch sehr deutlich an ihre Beisetzung in dieser entzückenden kleinen Kirche auf einem Hügel außerhalb von Oxford erinnern. Sie wurde dort operiert, weil die Klinik auf Tumore spezialisiert war, wissen Sie.«

Während Diana erzählte, stieg in Caroline eine dunkle Erinnerung hoch an einen kalten, windigen Tag, als ihre Mutter mit ihr zu einem Friedhof gefahren war und sie erfuhr, dass ihre Großmutter dort begraben lag. Caroline hatte in der Nacht dann einen Albtraum gehabt, aber niemandem etwas davon gesagt. Nach dem Tod ihrer Mutter fand sie einen Brief, in dem Helen den

Wunsch äußerte, neben Rose beerdigt zu werden. Aber das Grab von Carolines Großmutter war nicht mehr zu finden. Ein Gemeindevorsteher erklärte ihr, dass es während des Kriegs üblich war, auf einen Grabstein zu verzichten. So erhielten sie die Genehmigung, einen Grabstein für beide aufzustellen, auch wenn darunter nur die Asche ihrer Mutter ruhte. Die Überreste ihrer Großmutter lagen irgendwo auf dem alten Friedhof gegenüber, zweifellos überwuchert von Dornengestrüpp, das Caroline stundenlang auf der Suche nach dem Grab ohne Erfolg durchforstet hatte. Obwohl sie sogar den Presseaufsichtsrat anschrieben und um Hilfe baten, konnte ihnen niemand Auskunft geben. Sie erfuhren lediglich, dass es wohl früher einmal einen Friedhofsplan gegeben habe, der jedoch während einer erbitterten Auseinandersetzung zwischen dem ehemaligen Pfarrer und einem anderen Geistlichen in Fetzen gerissen worden war.

Dianas Stimme unterbrach Carolines Gedanken. »Ich wollte Ihre Mutter zu mir nehmen, wissen Sie? Und auch Frank.«

»Ja?«

Diana lächelte, und dieses Mal waren ihre Falten recht deutlich zu sehen. »Aber Ihre Großmutter hatte bereits ihre Schwester gefragt. Sehen Sie, Phoebe konnte keine eigenen Kinder bekommen, so wie ich, wie sich später herausstellte, was einer der Gründe war, warum Phoebe und ich in Kontakt geblieben sind. Wir hatten nämlich etwas gemeinsam, auch wenn das zu dieser Zeit kein Thema war, über das groß geredet wurde. Wir mussten einfach damit leben. Rose hat Phoebe gebeten, Ihre Mutter Helen und Ihren Onkel Frank zu sich zu nehmen, weil sie es für das Beste hielt, dass die Familie zusammenblieb. Außerdem dachte sie, zwei Kinder könnten Phoebes Herz erweichen.«

Caroline verspürte kurz Zorn. »Aber das Gegenteil war der Fall! Phoebe hat sie sehr unfreundlich behandelt. Das war auch der Grund, warum wir sie als Kinder nicht oft zu Gesicht bekamen, bis ich angefangen habe …«

»Sch.« Diana legte wieder eine kühle Hand auf ihre. »Regen Sie sich nicht auf. Sie haben schon genug durchgemacht. Vielleicht war es doch keine so gute Idee, die Tagebücher zu lesen.«

»Doch, das war es.« Caroline stand auf und blickte aus dem Fenster, während sie die Erinnerung daran verdrängte, was sie ursprünglich sagen wollte. Hinter Dianas Rasen konnte sie das Meer sehen, und der Anblick beruhigte sie. Sie hatte sich angewöhnt, jeden Morgen am Strand spazieren zu gehen und mit dem Hund über den Kies zu stapfen. Das Meer mit seinem leisen Murmeln, ähnlich einem wohlwollenden musikalischen Publikum, veränderte sich ständig – es machte Caroline bewusst, dass das Leben genauso war. Wenn das Meer fähig war, sich anzupassen, musste die Menschheit doch auch dazu in der Lage sein, und das schloss Caroline ein.

»Es hilft mir, im Leben einen Sinn zu erkennen.« Sie fasste trostsuchend an ihre Perlen. »Meine Urgroßmutter war unglücklich verheiratet, meine Großmutter ebenso und auch meine Mutter. Und jetzt ich!«

Sie stieß ein heiseres Lachen aus, aber es klang wie ein Schluchzen.

Diana hielt immer noch ihre Zigarette, die inzwischen ausgegangen war. »Hat Ihr Mann sich gemeldet?«

Caroline nickte. »Er telefoniert ziemlich oft mit den Kindern, aber ich will ihn nicht sprechen. Nicht nach unserem letzten Telefonat. Anscheinend hat er gedacht, ich kann das alles einfach abhaken und ihm verzeihen.«

Dianas Augen wurden schmal, und zum ersten Mal konnte Caroline eine harte Seite an der älteren Frau erkennen. »Lassen Sie ihn ruhig noch ein bisschen zappeln, aber schlagen Sie die Tür nicht endgültig zu. Zu meiner Zeit haben wir uns mit solchen Dingen abgefunden. Wir hatten das Gefühl, ob das nun richtig war oder nicht, dass das immer noch besser war, als die Familie auseinanderbrechen zu lassen.«

»Aber wenn ich ihm tatsächlich verzeihe, werde ich nicht fähig sein, mich von ihm anfassen zu lassen. Ich müsste dann immer an die Frau denken, die er vor mir in den Armen gehalten hat – ich bringe es nicht einmal über mich, ihren Namen auszusprechen. Und ich würde mich ständig fragen, ob er noch an sie denkt und nur wegen der Kinder zurückgekommen ist.« Die Vorstellung ließ den Kloß in ihrer Kehle größer werden. »Ich kann Untreue einfach nicht verzeihen.«

Caroline hörte, dass ihre Stimme beinahe pampig klang.

»Das tut niemand von uns gerne, meine Liebe. Niemand.« Diana seufzte. »Wie kann ich es Ihnen erklären?« Plötzlich schien ihr ein Gedanke zu kommen. »Sie wissen ja, dass ich mit Ihrer Mutter in Kontakt stand, nachdem Rose gestorben war. Wir haben uns regelmäßig geschrieben, selbst als ich dann später nach Amerika ging. Ich habe einen GI geheiratet. Henry stammte aus Boston, und wir hatten im Großen und Ganzen ein wunderbares Leben.«

Das erklärte den amerikanischen Akzent.

»Und Ihre Mutter hat mir einiges aus ihrem Leben erzählt.«

Caroline war immer noch sauer wegen Dianas versteckter Empfehlung, sich mit der Affäre ihres Mannes einfach abzufinden. »Sie hat mir auch viel erzählt.«

»Dann möchten Sie dies hier vielleicht gar nicht haben.« Diana nahm ein Bündel Briefe aus ihrer Handtasche. Sie waren aus dem dünnen Luftpostpapier, das Caroline aus ihrer Kindheit in Erinnerung hatte, wenn es mit einem leisen Geräusch auf der Fußmatte landete.

»Was ist das?«

Sie klang, das war ihr bewusst, wie ein trotziger Teenager, immer noch beleidigt wegen Dianas indirekter Aufforderung, dass sie ihrem Mann verzeihen solle. War es nicht Dianas eigener Vorschlag gewesen, dass Caroline mit den Kindern ans Meer fuhr, um eine Auszeit von ihm zu nehmen? Diese war ja nicht endgültig, sondern eher eine Denkpause. Und das war das Beste, was sie unter diesen Umständen tun konnte.

»Das sind die Briefe, die mir Ihre Mutter über die Jahre geschrieben hat. Sie gehören Ihnen, falls Sie sie haben möchten. Ich weiß, dass Ihre Mutter über viele Dinge mit Ihnen gesprochen hat, aber Eltern erzählen ihren Kindern nicht immer alles.«

Caroline durchzuckte kurz unbegründete Eifersucht. Gleichzeitig wurde ihr bewusst, warum Dianas Name ihr von Anfang an bekannt vorgekommen war – blasse Erinnerungen an Weihnachtspost mit der schwungvollen Unterschrift »Diana«, während ihre Mutter ihr von einer Freundin der Familie erzählte, Geschichten, die zum einen Ohr hinein- und zum anderen wieder hinausgingen, weil sie noch zu unreif war, ihre Bedeutung zu erkennen.

»Es ist schwer für Sie, in einem Moment wie diesem, ohne eine Mutter.« Dianas Stimme klang nun freundlicher. »Wie alt waren Sie, als sie starb?«

»Dreißig. Das ist mehr als zehn Jahre her.«

»Und wenn sie jetzt hier wäre, was würde sie Ihnen wohl wegen Ihrem Ehemann raten?«

»Ich bin mir nicht sicher.«

»Dann werden diese Briefe Ihnen vielleicht bei der Entscheidung helfen, ob Sie zu ihm zurückgehen oder nicht.«

Diana erhob sich. »Sie müssen mich nun leider entschuldigen, meine Liebe. Ich muss ins Bett. Ich bin schrecklich müde.«

Erst nachdem die alte Dame nach oben gegangen war, wurden Caroline zwei Dinge bewusst. Erstens, dass sie Diana nicht gefragt hatte, was aus Edward geworden war, dem hinterbliebenen Liebhaber ihrer Großmutter. Und zweitens, dass Grace immer noch nicht zurückgerufen hatte. Wo um alles in der Welt steckte sie bloß wieder?

Helen

1942–1980

25

Später, sehr viel später, wenn Helen sich gestattete, an den Tag zu denken, an dem ihre Mutter starb, kam ihr zuerst die V1-Rakete in den Sinn. In ihrer damaligen Vorstellung war beides miteinander verbunden. Tatsächlich hatte sie eine Zeit lang sogar geglaubt, dass es womöglich ein Versehen gab. Vielleicht war Mummy gar nicht an dem seltsamen Geschwür im Kopf gestorben, das sie ständig müde machte, sodass sie sich immer auf die Couch legen musste, wenn sie von Mr Lewis zurückkam. Vielleicht war sie von derselben Flugbombe mit dem merkwürdigen, knatternden Geräusch getötet worden, die beinahe Frank und sie getötet hätte.

Sie waren an jenem Morgen wie immer auf dem Weg zur Schule. Edna hatte ihnen zum Abschied wie immer die Rucksäcke umgehängt, wobei Helen auf ihrem Rücken auch die verhassten Algebrabücher trug. Auf Borneo musste sie kein Algebra üben, klagte Helen oft, was ihr kein Wohlwollen einbrachte, weder von Edna noch von der Schuldirektorin. Es kam Helen und Frank gar nicht so seltsam vor, dass ihre Mutter nicht mehr da war, schließlich waren sie es gewohnt, dass sie unter der Woche auswärts arbeitete. Kein Mensch hatte etwas davon gesagt, dass sie krank war. Später, als Helen selbst erwachsen war, versuchte sie sich zu erinnern, ob ihre Mutter damals auffallend dünn oder blass gewirkt hatte oder ob es Anzeichen gegeben hatte, dass etwas nicht stimmte, aber ihr fiel nichts ein.

Ihren Schulweg kannten sie nach über einem Jahr sehr gut. Außerdem war Helen schon vierzehn und durchaus in der Lage, sich alleine zurechtzufinden, wie sie Edna erklärte. Es war in Momenten wie diesen, wenn Edna losjammerte, dass Helen sich doch immer eine Kinderfrau wünschte statt einer Haushälterin.

»Wir kommen zu spät«, sagte sie und zog Frank am Kragen, weil er stehenblieb, um einen Schmetterling zu beobachten, der auf einer Bruchsteinmauer saß. Es war eine hübsche Mauer, die von kleinen violetten Blüten überquoll, die Blaukissen genannt wurden, wie Helen einige Jahre später lernte. Danach bekam das Wort »Blaukissen« irgendwie die gleiche Bedeutung wie Flugbomben und Geschwüre im Kopf.

Ihr kleiner Bruder zielte mit dem Fuß auf ihr Schienbein. »Lass mich.«

Helen lachte. Sie war, wie Mummy immer sagte, einer der wenigen Menschen auf dieser Erde, der mit Frank umgehen konnte. »Versuch doch, mich aufzuhalten. Na los, fang mich!«

Sie rannte los, während der Rucksack gegen ihre Rippen schlug, und hoffte, dass Frank ihr folgte. Es gehörte zu ihren Tricks, ein Wettrennen mit ihm zu machen, da er sich dann beeilte, ohne dass es ihm bewusst war. Mummy und sie waren ständig damit beschäftigt, Frank Beine zu machen. Was für ein Herumtrödler!

Und dann hörte sie es. Zuerst dachte sie, ihr Bruder würde quengeln. Das machte er auch immer, genau wie herumbummeln. Aber dann wurde Helen klar, dass dieses Geräusch viel schriller klang. Es war die Art von Geräusch, bei dem es einem eiskalt über den Rücken lief, wie wenn die Lehrerin mit den Fingernägeln über die Tafel fuhr. Und dann herrschte Stille.

»Wenn du ein lautes Knattern hörst und dann nichts mehr, musst du sofort in Deckung gehen.«

Wie oft hatte ihre Mutter ihr das gesagt? »Warum?«, hatte Helen gefragt. »Weil das eine heimtückische Bombe ist, die uns alle in die Luft jagen kann«, hatte die Antwort gelautet.

Helen hatte diese Information sehr ernst genommen: Wenn Mummy weg war, war dann nicht sie die Älteste im Haus? Edna zählte nicht, schließlich war sie eine Art Hausmädchen, wie Mummy immer sagte. Aber nun, nachdem Helen das Knattern gehört hatte und es plötzlich verstummt war, fragte sie sich, ob sie es sich eingebildet hatte oder ob es einfach der Wind gewesen war, der an diesem Morgen ungewöhnlich scharf blies.

Trotzdem, besser, sie ließ es nicht darauf ankommen.

»Schnell!« Sie stieß Frank in die Hecke. »In Deckung.«

»Warum?«

Helen schaute zum Himmel hoch. Sie konnte nichts sehen, allerdings war es auch stark bewölkt. »Geht in Deckung«, hatte ihre Mutter gesagt. Eine Hecke würde nicht viel Schutz bieten. Die Brücke dort drüben wäre besser. Es handelte sich um eine, wie die Erwachsenen es nannten, »stillgelegte Brücke«, obwohl, was für einen Sinn hatte eine Brücke, die keiner mehr benutzte? Geht nicht dorthin, hatte man ihnen gesagt, sie könnte einstürzen. Aber wenn man im Angesicht einer vermeintlichen Flugbombe die Wahl hatte zwischen einer Hecke und einer Brücke, sollte man doch sicher Letzteres wählen. Oder nicht? Lieber Himmel, das war schlimmer als eine Algebraaufgabe!

»Geh einfach in Deckung!« Sie schubste Frank eilig vor sich her über den Weg und hinunter in die Unterführung, wo sie ihn auf den Boden zerrte.

»Ist das ein Spiel?« Frank grinste. »Heißt das, wir müssen heute nicht in die Schule?«

Helen nahm seine kleine Hand in ihre. Sie begann zu zittern wie damals auf Borneo, als Mummy gesagt hatte, dass sie fortgehen müssten und ihren zahmen Orang-Utan leider nicht mitnehmen könnten. »Keine Ahnung. Warte einfach ab. Und sei still, nur für den Fall.«

Für welchen Fall, wollte Frank wissen. Helen wusste es selbst nicht genau, obwohl es möglich war, dass die Deutschen bereits gelandet waren, wie das Radio gewarnt hatte. Aber das wollte sie Frank nicht sagen, um ihm keine Angst zu machen.

»Für welchen Fall?«, wiederholte Frank. »Sag schon …«

Und dann gab es einen ohrenbetäubenden Knall. Die Tunnelwände schienen zu schwanken, und überall war dichter Staub, sodass sie husten mussten und fast keine Luft bekamen. Helen umklammerte Franks Hand fester. Erst später, als sie die Blutergüsse sah, wurde ihr bewusst, wie fest. Ein Ziegelstein fiel auf ihre Schulter, und sie spürte einen dumpfen Schmerz, während sie gleichzeitig Frank schreien hörte, aber nicht vor Schmerz. Vielmehr war es ein Angstschrei, wie sie im Laufe der Jahre zu unterscheiden gelernt hatte, und zwar besser als die Kinderfrau und definitiv besser als Edna.

Plötzlich wurde es still. Genauso plötzlich, wie es begonnen hatte. Helen blickte sich um. Um sie herum türmten sich Trümmerhaufen, und über ihren Köpfen, wo noch vor wenigen Minuten ein Dach gewesen war, klaffte ein Loch, durch das die Sonne schien. Der Zugang zur Unterführung war fast bis obenhin durch Schutt versperrt, aber das spielte keine Rolle. Sie konnten darüber klettern, um hinauszugelangen. Wichtig war, dass Frank nichts passiert war, abgesehen von einer kleinen Schramme auf der Wange.

»Was ist passiert?« Seine leise Stimme klang kratzig und ängstlich.

»Es ist alles okay, Frankie.« Das war ihr Kosename für ihn. »Das war nur eine Flügelbombe.«

Seine großen braunen Augen wurden noch größer. »Ist das eins von deinen Spielen?«

Helen nickte. »Kann man so sagen. Und jetzt komm. Kletter auf meinen Rücken, damit wir zur Schule kommen.«

Die Dorfschule gewöhnte sich gerade erst an die Macintyre-Kinder, und die Macintyre-Kinder gewöhnten sich gerade erst an die Dorfschule. Noch nie zuvor hatten sie hier Kinder, die aus dem

Fernen Osten kamen, wie die Lehrerin der Klasse erklärt hatte. Und nie zuvor hatte Helen oder Frank einem Raum voller neugieriger Augen gegenübergestanden. Nach ihrer Ankunft in England hatte Helen zunächst eine Klosterschule besucht, wo es ihr recht gut gefiel, weil die Nonnen ihr viel Aufmerksamkeit schenkten und vergnügt ihren Geschichten über Yolky, den Orang-Utan, lauschten. Aber dann, eines Tages, als Mummy schrecklich schnell fuhr und Helen ihren Rosenkranz hervorholte, um das Ave Maria zu beten, damit sie keinen Unfall bauten, war Mummy ziemlich böse geworden und hatte gesagt, dass Helen nicht länger auf eine katholische Schule gehen dürfe, wenn so etwas dabei herauskam. Und so waren sie und Frank stattdessen in der Dorfschule gelandet.

Als die anderen Kinder und der Lehrer nun sahen, dass sie mit schwarzen Gesichtern und zerrissenen Kleidern ankamen, hielten sie das wahrscheinlich für normal bei Kindern aus dem Fernen Osten, dachte Helen. Nun, denen würde sie es zeigen!

»Wir mussten uns vor einer Flügelbombe in Sicherheit bringen«, verkündete sie, als sie das Klassenzimmer betraten.

Niemand sagte etwas. Stattdessen starrten alle sie an, als hätten sie Mitleid mit ihnen. Erst später erfuhr Helen, dass die Nachricht sich schon verbreitet hatte.

»Gut gemacht, ihr Lieben«, sagte die Lehrerin, als wäre es etwas Alltägliches, den Deutschen zu entkommen. Sie legte den Arm um Franks Schulter. »Ihr beide kommt bitte mit. Die Direktorin will euch sprechen.«

Es kann nicht sein, dass wir Ärger bekommen, dachte Helen, während sie durch den Flur beinahe rennen mussten, weil die Lehrerin so schnell ging. Ich weiß, man hat uns verboten, unter die Brücke zu gehen, aber das war die einzige Möglichkeit. Das werde ich der Direktorin sagen, und wenn sie es nicht versteht, wird Mummy es ihr erklären, wenn sie zurück ist.

»Ah, Helen. Frank.«

Die Direktorin saß an ihrem Schreibtisch. Sie zog leicht die Augenbrauen in die Höhe, als sie ihre Aufmachung sah, stellte aber keine Fragen. »Ich fürchte, ich habe eine schlechte Nachricht für euch. Es geht um eure Mutter.«

Edna hatte es offenbar erfahren, kurz nachdem sie zur Schule aufgebrochen waren. Sie würde sie nachher hier abholen, aber zuerst müsse sie ein paar Leute verständigen, wie zum Beispiel Tante Phoebe.

»Hat die Bombe Mummy erwischt?«, fragte Frank immer wieder.

»Nein.« Helen spürte, dass die Worte aus ihrem Mund kamen, als würden sie jemand anderem gehören. »Sie hatte etwas in ihrem Kopf, woran sie gestorben ist. Etwas, das niemand aufhalten konnte.«

Sie plapperte die Worte nach, die die Direktorin gesagt hatte. Wieder und wieder. Sie spendeten ihr Trost, ähnlich wie das Ave Maria. Wenn sie sie oft genug wiederholte, würde Gott Mummy vielleicht zurückbringen. Dann würden Frank und sie nach Hause gehen, und es wäre Freitag, was bedeutete, dass Mummy sie an der Tür begrüßte, nach dem Parfüm aus diesem wundervollen goldenen Flakon duftend, der auf ihrer Frisierkommode stand, mit ihren Perlen um den Hals, die manchmal unangenehm drückten, wenn sie von ihr ganz fest umarmt wurden.

Aber an diesem Tag gingen sie nicht mehr nach Hause. Sie verbrachten den ganzen Vormittag in der Klasse, und Algebra war Helen nie stumpfsinniger vorgekommen, und dann kam Tante Phoebe in ihrem kleinen grauen Wagen, und sie fuhren Meilen und Meilen, ohne dass ein einziges Wort fiel. Selbst Frank weigerte sich zu sprechen.

»Was stimmt nicht mit dem Jungen?«, fragte ihre Tante, als sie schließlich in eine lange Kiesauffahrt bogen, die zu einem Haus führte, das Helen noch von ihrem Besuch im letzten Sommer zusammen mit ihrer Mutter in Erinnerung hatte.

»Er hat einen Schock.« Helen stieg aus dem Wagen und blickte sich um, während sie im Geiste das Lachen ihrer Mutter hörte, als sie das letzte Mal hier gewesen waren. Es war so deutlich in ihrem Kopf, eine Mischung aus Blubbern und Sonnenschein und frisch gemähtem Gras, und es kam ihr unvorstellbar vor, dass sie tot war.

»Wir stehen alle unter Schock.« Ihre Tante bedachte sie mit einem strengen Blick. »Aber so ist der Krieg. Solche Dinge passieren eben. Wir müssen uns einfach damit abfinden.«

»Darf ich sie sehen?« Helen spielte verlegen mit den Fingern hinter ihrem Rücken, während ihr bewusst wurde, dass sie vielleicht etwas Falsches gesagt hatte, dem verkniffenen Gesicht ihrer Tante nach zu urteilen.

»Sie sehen?« Phoebes Blick durchbohrte sie so scharf, dass Helen sich wünschte, in der riesigen Eingangshalle, die sie gerade auf dem Weg zur Küche durchquerten, in den kalten Steinboden zu versinken. »Warum um alles in der Welt möchtest du sie denn sehen?«

»Um sicherzugehen, dass sie wirklich tot ist.«

Aus Angst, Frank könnte es hören, sprach Helen leise.

Phoebe nahm ihre Brille ab und setzte sie dann wieder auf. »Selbstverständlich ist sie tot, du dummes Kind. Denkst du, ihr wärt sonst hier?« Sie wandte sich um und stellte den Wasserkessel auf den Herd, aber ihre Worte hallten deutlich nach, als hätte sie sie Helen ins Gesicht gespuckt. »Dabei habe ich wahrlich schon genug um die Ohren. Und ich weiß ehrlich nicht, was Victor dazu sagen wird, wenn er in seinem Fronturlaub zurückkommt.«

So viele Fragen, nicht genügend Antworten. Wussten Geoffrey und Roger Bescheid? Das Internat würde sie informieren, erwiderte Tante Phoebe schroff. Würden sie auch bei Tante Phoebe wohnen?

»Denkst du etwa, wir können euch alle vier aufnehmen? Sei nicht albern, Kind.«

Würde Vater nun aus dem Krieg heimkehren?

»Und wie soll er das machen? Fliegen wie ein Vogel?«

Aber dafür bekam sie auf die Fragen, die sie nicht stellte, genügend Antworten. Sie und ihr Bruder sollten oben in getrennten Zimmern schlafen, obwohl Frank das hassen würde, weil er sich im Dunkeln fürchtete und sie sich immer ein Zimmer geteilt hatten. Außerdem sollten sie vorerst die Schule hier um die Ecke besuchen, bis Phoebe eine andere Lösung gefunden hatte, was nichts Gutes ahnen ließ. Es war verboten, mit dem Ball zu spielen, außer ganz hinten im Garten, aber wehe, er landete in Onkel Victors Gewächshaus! Und fass nicht diese Bücher an, Helena, ohne dir vorher die Hände zu waschen.

Helens Zimmer war kalt, als wäre es viele Jahre nicht benutzt worden. Es zeigte nach hinten auf ein Freizeitgelände, »wo die gewöhnlichen Kinder spielten«. Das Bett war sehr schmal, und es gab nur eine dünne, graue, kratzige Decke. Helen hätte gerne nach einer Wärmepfanne aus Kupfer gefragt wie jene, die sie zu Hause hatte, aber aus Angst, wieder etwas Dummes zu sagen, traute sie sich nicht.

Wenn sie die Augen schloss und versuchte zu schlafen, riss sie sie kurz darauf wieder auf, weil sie meinte, jemand würde sich an ihr Bett heranschleichen. Es knarrte und knackte überall! Und durch den Vorhangspalt warf der Mond seltsame Schatten an die Wand. Es hatte keinen Zweck. Helen musste wohl der kalten Luft und den unbekannten Geistern trotzen – ihre Mutter hatte immer gesagt, dieses Haus habe eine eigenartige Atmosphäre. Als sie aufstand, um den Vorhang richtig zu schließen, stolperte sie über einen rechteckigen Gegenstand am Fußende des Betts. Er kippte auf den Boden, und Helen schrie kurz auf. Aus dem vergoldeten Rahmen blickte ihre Mutter zu ihr hoch, nicht so, wie Helen sie in Erinnerung hatte, sondern als Kind mit diesen kühlen, taxierenden Augen und den kastanienbraunen, wunderschön gelockten Haaren, die sich von ihrem weißen Kleid abhoben.

Es war das gleiche Porträt, das zu Hause im Wohnzimmer hing. Ein Porträt, das, wie Helen wusste, ihr Großvater angefertigt hatte, der ein ziemlich bekannter Maler gewesen war. Phoebe und Mummy hatten oft für ihn Modell gesessen, wie sie von ihrer Mutter wusste, als Studien für andere Werke, was immer das bedeutete.

»Tut mir leid, Mummy«, flüsterte Helen und hob das Gemälde auf, wobei sie damit versehentlich an der Wand entlangschrammte, sodass ein bisschen Putz herunterrieselte. »Ich hoffe, das hat nicht wehgetan.«

Vielleicht hatte Tante Phoebe das Porträt dorthin gestellt, um sie zu trösten! Das war es bestimmt. Ihre Mutter hatte ihnen früher gesagt, dass sie sich den scharfen Ton ihrer Tante nicht zu Herzen nehmen sollten, weil diese es in Wirklichkeit nicht so meinte, sondern nur eine sogenannte »Unsicherheit« dahinter verbarg.

Helen kroch zurück ins Bett und versuchte, sich in die Decke zu kuscheln, aber ihr war immer noch kalt. Sie setzte sich wieder auf und blickte sich um. Auf dem Nachttisch lag ein Bleistift. Und dort drüben ein Blatt Papier. Ihre Mutter hatte ihr immer Stift und Papier gegeben, wenn sie unruhig war. Helen fühlte sich sofort besser, als sie begann, die Vorhänge zu zeichnen, die immer noch einen kleinen Spalt offen standen, durch den der Mond hereinspähte. Während sie zeichnete, ertappte sie sich dabei, dass sie leise ein Lied vor sich hin summte, das ihre Mutter früher oft gesungen hatte. Der Text fiel ihr zwar nicht mehr ein, aber die Melodie tröstete sie.

Ehe Helen sich's versah, brach der Morgen an, denn statt des Mondes konnte sie nun eine blasse Sonne sehen. Und am Fußende des Betts, wo der rechteckige Schatten sich abgezeichnet hatte, war nichts außer einem kleinen Abdruck im Läufer an der Stelle, wo das Porträt gestanden hatte.

26

Erst als Helen eigene Kinder hatte, erkannte sie, was für eine Tragödie der Tod ihrer Mutter gewesen war, der nicht nur ihre direkte Familie auseinanderriss, sondern Schockwellen in zukünftige Generationen aussandte. »Tragödie« war ein Wort, das Helen zuvor nicht gekannt hatte, bis sie es ihre Tante am Telefon sagen hörte. Tatsächlich war sie sich nicht ganz sicher, was das Wort wirklich bedeutete.

»Tra-gö-di-e.« Sie probierte das Wort aus, indem sie es stumm in ihrem Mund kreisen ließ. Schweigen war etwas, das Frank und sie nach ihrer Ankunft bei Tante Phoebe in diesem stillen Ort, in dem anscheinend niemand sein Haus verließ, außer um in die Kirche oder zum Metzger zu gehen, sehr schnell gelernt hatten. Wenn sie sich unterhielten, waren sie immer zu laut, also mussten sie sich mit gedämpfter Stimme verständigen, aber wenn sie flüsterten, wurden sie automatisch verdächtigt, etwas zu verbergen. Wenn sie durch das Haus rannten – auf Borneo hatte Helen sich so schön austoben können! –, wurden sie sofort ermahnt, weil sie schließlich etwas umstoßen könnten, zum Beispiel eine der kostbaren Vasen in der Eingangshalle. Und wenn sie sangen, wozu ihre Mutter sie immer ermuntert und oft begleitet hatte, bekam ihre Tante fürchterliche Kopfschmerzen. Warum sie sich nicht einfach still hinsetzen und ein Buch lesen konnten, sei ihr ein Rätsel.

Kein Wunder, dass Frank praktisch überhaupt nichts mehr sagte.

Er weigerte sich auch, ein Buch in die Hand zu nehmen, was Tante Phoebe auf die Palme brachte.

»Fast sechs Jahre alt, und du kannst immer noch nicht lesen?« Sie starrte ihn nun über den Tisch hinweg an, und ihre kühlen blauen Augen musterten ihn missmutig. »Was hat sich eure Mutter dabei gedacht? Hat sie euch zu Wilden erzogen? Warum hattet ihr keine Hauslehrerin?«

»Wir hatten eine«, erwiderte Helen. »Wir hatten eine Kinderfrau.« Aber Tante Phoebe schürzte nur die Lippen, weshalb es sich erübrigte, dachte Helen, dieses Thema zu vertiefen, denn dann müsste sie zugeben, dass die Kinderfrau sie eigentlich gar nichts gelehrt hatte, außer wie man eine Zigarre rauchte, und dass es Mummy gewesen war, die ihr auf Borneo das Alphabet beibrachte, und anschließend die Grundschule, nachdem sie in diesem seltsamen, kalten Land angekommen waren.

Und nun besuchten sie schon wieder eine andere Schule, dieses Mal ganz in der Nähe von Tante Phoebes Haus, am anderen Ende der Straße, »bis sich eine beständige Alternative fand«.

Beständig? Das war wieder ein Wort, mit dem Helen nicht vertraut war. Als sie es in dem dicken Wörterbuch nachschlug in Onkel Victors Arbeitszimmer, stellte sie zu ihrer Bestürzung fest, dass mit »beständig« etwas gemeint war, das lange dauerte und sich nicht änderte. Was sollte das heißen? Alles änderte sich im Leben. Das war das Einzige, was Helen sicher wusste. Aber wenn sie sich zu viele Gedanken darüber machte, würden ihr nur die Tränen kommen, und das würde Frank verstören.

Nein. Sie musste tapfer sein – sie hörte die Stimme ihrer Mutter so deutlich in ihrem Kopf, als hätte sie laut gesprochen, nicht wie auf diesem kleinen Friedhof, zu dem Phoebe sie und ihren Bruder letzte Woche mitgenommen hatte, während sie ihnen erklärte, dass dort ihre Mutter nun sei. »Keine Tränen«, hatte sie gewarnt. »Das ändert auch nichts.«

Und zu eingeschüchtert, um zu widersprechen, hatten sie nur

ehrfürchtig den Kopf gesenkt, wie ihre Tante es tat, und waren anschließend zurück zum Wagen gegangen. Erst dann, als Helen hinter ihrer Tante saß, wurde ihr bewusst, dass Phoebe das Perlencollier ihrer Mutter trug. Tatsächlich dachte sie einen Augenblick, ihre Mutter mit dem gleichen Schwanenhals vor sich zu haben, aber dann drehte Phoebe den Kopf, und Helen sah die kantige Nase, viel spitzer als die ihrer Mutter, und wieder übermannte sie das Gefühl von Ungläubigkeit, dass Mummy tatsächlich für immer weg war. Dann fiel ihr plötzlich eine Geschichte ein, die ihre Mutter ihr vor Jahren erzählt hatte. Von einer anderen Tante, die schon lange tot war und die Grace hieß, eine Schwester von Mummy – älter als Phoebe, aber jünger als Rose. Tante Grace hatte sich offenbar einmal die Perlenkette ihrer Mutter ausgeliehen, was zur Folge hatte, dass ein Hausmädchen entlassen wurde. »Danach habe ich mich gefragt«, hatte Mummy laut überlegt, »ob die Perlen nicht vielleicht Unglück bringen.«

Aber wie konnte das sein? Außerdem, selbst wenn das stimmte, sehnte Helen sich trotzdem danach, die Perlen am eigenen Hals zu spüren. Bis vor kurzem lagen sie noch um den Hals ihrer Mutter, sodass es durchaus im Bereich des Möglichen war, dass dies Mummy zurückbrachte.

Kaum kehrte Helen in ihr Mansardenzimmer zurück, hockte sie sich im Schneidersitz auf das schmale Bett mit der rauen Decke und dem mattgrauen Überwurf, den Bleistift in der rechten Hand, während sie mit der anderen das Papier auf ihrem Schoß fixierte, und skizzierte originalgetreu die Position des neuen Steinbetts ihrer Mutter unter dem Baum samt der hübschen Kirche daneben. Das bloße Zeichnen von Linien und das Schattieren des Dachs, auf das die Sonne ein verspieltes Muster geworfen hatte, bewirkten, dass sie sich etwas besser fühlte. Als wäre sie in einer anderen Welt, in einer, die niemand betreten konnte, außer vielleicht Mummy.

Bevor das Jahr um war, hatten Helen und Frank sich ein unbehagliches Verhaltensmuster angewöhnt, um nur ja nicht Tante Phoebes Unmut zu wecken. Einmal hatten sie kurz ihre Brüder gesehen, als eine Frau namens Irene, eine Freundin ihrer Mutter, die sich wohl in den Ferien um Geoffrey kümmerte, sie vorbeibrachte. Helen konnte den Gedanken nicht unterdrücken, dass Geoffrey es besser erwischt hatte mit dieser fröhlichen, zufriedenen Frau, die ihr beim Abschied freundlich die Schulter tätschelte und riet, »tapfer« zu sein.

»Tapfer«, so schien es, musste jeder momentan sein. Onkel Victor war tapfer, wenn er in einem fremden Land, von dem Helen nie gehört hatte, gegen die bösen Deutschen kämpfte. Sie konnte seine Rückkehr kaum erwarten: Allein der Anblick der Bücher in seinem Arbeitszimmer und der Duft der Geranien in seinem Gewächshaus machten ihr bewusst, dass er ein völlig anderer Mensch war als seine Frau. Sie alle mussten im Krieg tapfer sein, für den Fall, dass wieder eine Bombe fiel wie in der Nachbargemeinde, was die arme Mrs Rolls vom Postamt und ihre verwitwete Mutter das Leben gekostet hatte. Tapfer war Tante Phoebe, wenn sie meilenweit durch die Dörfer radelte, um geeignete Unterkünfte für Familien zu finden, die ins Land zurückgeholt wurden, auch wenn Helen nicht erkennen konnte, was daran so tapfer war. Sicher war dies einfach nur Teil der Kriegsanstrengungen, von denen alle redeten. Und tapfer war auch ihr Bruder Roger – tatsächlich ein seltenes Lob von ihrer Tante –, weil er sich bei der Royal Air Force verpflichtet hatte.

Helen nahm diese Neuigkeit mit Entsetzen auf. »Aber er hat Mummy versprochen, dass er das nicht macht! Das war, als Mummy und ich ihn das letzte Mal besucht haben. Er hat es versprochen. Hoch und heilig.«

Tante Phoebe, die den Brief in der Hand hielt, der sie über diese neueste Entwicklung informierte, rückte ihre Brille mit dem Drahtgestell gerade und betastete ihre Perlen, eine Angewohnheit, die Helen immer öfter an ihr wahrnahm. Es schien fast, als prüfe sie, ob die Perlen noch da waren und nicht etwa heruntergefallen, oder als versuche jemand, ihr das Collier vom Hals zu reißen.

»Nun, er hat sich freiwillig gemeldet, Helena, obwohl Gott allein weiß, warum sie ihn genommen haben in Anbetracht seines Alters. Bestimmt hat er nicht ganz die Wahrheit gesagt. Was soll's, wir brauchen jeden Mann, den wir kriegen können.«

Helen mochte diese Sätze nicht. Jeden Sonntag in der kalten Steinkirche, in der Tante Phoebe für die Blumen sorgte, beteten sie für eine lange Liste von jungen Männern, die entweder verschollen waren oder, und die Vorstellung war für Helen unerträglich, tot. Roger als ihr ältester Bruder hatte sich immer ein bisschen distanziert verhalten, aber beim letzten Besuch hatte er sie zum Lachen gebracht und ihr gesagt, dass sie zugenommen habe in diesem kalten Land und dass es ihr gut stehen würde. Beim Abschied hatte er ihr ein klebriges schwarz-rotes Bonbon aus seiner Süßigkeitenkiste geschenkt. Aber jetzt war er nicht mehr im Internat. Er trainierte, um die Deutschen am Himmel zu bekämpfen.

Aber wenn Roger in der Luft und ihr Vater am Boden gegen die Deutschen kämpften, dann würde der Krieg doch sicher bald vorbei sein, oder nicht?

Es war der Tag, als Frank in den Keller gesperrt wurde, an dem sich das Leben wirklich änderte. Tante Phoebe ärgerte sich wieder einmal darüber, dass Frank sich weigerte zu sprechen, und Helen versuchte vergeblich, ihr zu erklären, dass er damit begonnen habe, weil sie ihnen verboten hatte, zu viel Lärm zu machen, und dass er nun Angst habe, überhaupt noch den Mund aufzumachen.

»Sag etwas«, fauchte Helen ihren kleinen Bruder an, nachdem Frank in dem besonders heftigen Streit sein Lesebuch auf den Boden geschleudert hatte, ungeachtet dessen, dass die Lehrerin ihm aufgetragen hatte, »die Seite zu Ende zu lesen«.

»Die Seite zu Ende lesen!«, spottete Tante Phoebe. »Wie willst du das schaffen, wenn du dich stur weigerst, das Alphabet zu lernen?«

Helen war sich ziemlich sicher, dass Frank die meisten Wörter auf der Seite lesen konnte, weil sie nach dem »Licht aus!« stundenlang mit ihrem kleinen Bruder die einzelnen Buchstaben übte, auch wenn er sich weigerte, sie laut zu wiederholen. »Ist es wegen Mummy?«, fragte sie dann behutsam, aber er schaute nur mit einem solch sonderbaren Ausdruck in den Augen weg, dass sie sich nicht traute weiterzubohren.

Wenn Frank ihrer Tante doch nur sagen würde, dass er lesen konnte! Sie konnte es Phoebe kaum verübeln, dass sie ihn unmöglich fand, aber gleichzeitig sah sie auch, dass Frank innerlich um Mummy weinte, genau wie sie.

»Wenn du diese Seite nicht sofort laut vorliest, sperre ich dich in den Keller!«

Tante Phoebe fuchtelte mit dem Buch über Franks Kopf, aber er schien es nicht wahrzunehmen. Stattdessen starrte er einfach aus dem Fenster zu einer Gestalt, die sich dem Haus näherte, eine Gestalt, die Tante Phoebe offenbar nicht bemerkte.

»Na schön. Du hast es nicht anders gewollt. Ab in den Keller mit dir!«

Und bevor Helen reagieren konnte, schleifte ihre Tante ihn am Ohr in die Eingangshalle zu einer Tür, die ihr noch nie aufgefallen war. Sie konnte gerade noch einen Blick auf eine Treppe erhaschen, die nach unten führte, bevor die Tür sich hinter ihm schloss.

»Aber dort unten ist es dunkel!«, rief sie und zerrte ihre Tante am Ärmel.

»Hör sofort damit auf, Kind. Natürlich ist es im Keller dunkel. Er muss seine Lektion lernen.«

»Das ist nicht fair!«

Sie unterbrachen ihren Streit, als es draußen an der Tür klopfte.

Mit leicht gerötetem Gesicht machte Phoebe auf. Es war der Postbote, der zwei Briefe brachte.

Dies war, wie Helen wusste, immer der einzige Moment, in dem Tante Phoebe eine Gefühlsregung zeigte. Ein dünner blauer Brief bedeutete Luftpost von Onkel Victor, nach deren Empfang Phoebe sich sofort in den Garten zurückzog, falls es nicht regnete, wo sie sich auf die Bank setzte und den Brief las. Danach kam sie zurück ins Haus und war manchmal sogar für kurze Zeit richtig nett.

Aber keiner dieser zwei Briefe war blau.

»Sie haben wohl Ratten im Haus, was?«

Der Postbote nickte in Richtung Kellertür, hinter der es laut polterte, weil Frank mit den Fäusten dagegen hämmerte. »Ganz schön laute Ratten, nicht?«

Er grinste ihre Tante an auf eine Art, die nahelegte, dass er wusste, dass der Krach nicht von Ratten stammte. »Kinder brauchen ab und zu eine Lektion«, antwortete Phoebe rasch.

Der Postbote nickte, ohne darauf einzugehen.

»Dann will ich Sie nicht weiter stören.«

Phoebe schloss die Tür hinter ihm und bedeutete Helen, ihr in den Salon zu folgen. Dies war ein Raum, in den sie noch nie zuvor gebeten worden war, obwohl Frank und sie schon einmal heimlich einen Blick hineingeworfen hatten. Es war das hellste Zimmer im Haus und hatte ein großes Erkerfenster, das auf den Rasen zeigte, und einen Kamin mit einer herrlichen Holzverkleidung. Davor standen zwei Ohrensessel, von denen einer etwas kleiner war als der andere, mit breiten Flügeln beziehungsweise Schultern, wie Helen dazu sagte. Neben dem kleineren Sessel stand ein polierter runder Tisch aus dunklem Holz, der nach Bienenwachs roch und eine Sammlung von Silberrahmen barg, darunter ein Porträt von ihrer Mutter in einem verspielten weißen Rüschenkleid, die ein kleineres Mädchen an der Hand hielt, das ein noch viel kleineres Mädchen an der Hand hielt.

Ihre Mutter hatte die gleiche Fotografie in ihrem Haus auf Borneo gehabt. Das Mädchen in der Mitte, hatte sie Helen erklärt, war Grace, die schon mit fünfzehn durch einen bösen Tumor an der Wirbelsäule gestorben war. Die Kleine mit den schwarzen Augen war Tante Phoebe. Wie seltsam, dass sie im wahren Leben blaue Augen hatte, aber auf dem Bild schwarze.

»Setz dich.« Ihre Tante deutete nicht auf einen der Sessel, sondern auf den Fußhocker vor dem Kamin, der nicht angezündet war.

Die Briefe in ihrer Hand waren bereits geöffnet. »Ich habe Neuigkeiten für dich.«

Im Hintergrund hörte Helen, dass Frank weiter gegen die Kellertür hämmerte. Wenn sie nicht zu viele Fragen stellte, würde ihre Tante ihn vielleicht früher herauslassen.

»Dieser Brief hier ist von deiner neuen Schule.«

Helens Gedanken überschlugen sich. Bekam sie wieder einen Tadel, weil sie im Unterricht unkonzentriert gewesen war?

»Nicht von der hiesigen Schule. Versuch doch, richtig zuzuhören, Kind. Dieser Brief hier ist von einer richtigen Schule. Einer Schule für ältere Kinder an der Südküste, die du ab dem kommenden Schuljahr besuchen wirst.«

Warum hatte ihr das niemand früher gesagt?

»Ich habe mich an die Schule gewendet und die Situation erklärt, und sie haben eingewilligt, dich zu extrem günstigen Konditionen aufzunehmen. Du musst nicht einmal zum Vorstellungsgespräch, was unheimlich großzügig ist und vielleicht auch besser so. Wir werden allerdings etwas unternehmen müssen, was deine Haare und deine Kleidung betrifft, bevor du gehst.«

Aber wie würde sie jeden Tag an die Küste kommen?

»Das ist ein Internat, Helen. Du wirst nur in den Ferien zu Hause sein.«

Frank! Wer würde sich um Frank kümmern? Wer würde dafür sorgen, dass er nicht noch größere Schwierigkeiten bekam? Während ihr die Gedanken durch den Kopf schwirrten, wurde das Poltern aus dem Keller sogar noch lauter, sodass glatt einer der Bilderrahmen auf dem Tisch umkippte.

Tante Phoebes Lippen wurden schmal, während sie sich erhob und zur offenen Salontür ging. »Wirst du wohl still sein?«, rief sie mit einer Stimme, die die Stille zerschnitt. Dann wandte sie sich um, und dieses Mal nahm Helen ein Flackern in ihren Augen wahr, als fürchte sie sich vor etwas. »Leider enthält der andere Brief nicht so gute Neuigkeiten. Dein Bruder Roger ist in seiner Maschine über Norwegen abgeschossen worden. Er gilt als vermisst.«

Vermisst? Ein eiskalter Schauer durchrieselte Helen, wie vorhin, als sie in der Küche beobachtet hatte, wie ihre Tante einem Hasen das Fell abzog. »Aber können sie ihn nicht suchen?«

Wieder dieser Ausdruck in den Augen ihrer Tante. »Das ist nicht immer so einfach. Aber ich bin mir sicher, die tun ihr Bestes. Wir müssen tapfer sein, Helen. Schließlich haben wir Krieg, schon vergessen?«

27

Lieber Roger,
ich schreibe dir diesen Brief, obwohl es heißt, dass du als vermisst giltst, weil ich das komische Gefühl habe, dass das gar nicht stimmt. Ich glaube, du versteckst dich einfach wie früher auf Borneo. Ich kann es dir nicht verdenken. Ich würde mich hier am liebsten auch verstecken. Ich unterstelle dir nicht, dass du dich versteckst, weil du ein elender Feigling bist, also brauchst du nicht aus deinem Versteck zu kommen, nur weil du mich verprügeln willst (ein Scherz!!!). Ich nehme an, du verhältst dich einfach nur sehr schlau und versuchst, dich vor dem Feind unsichtbar zu machen, damit du aus dem Busch (gibt es einen Busch in Norwegen?) springen und deine Gegner überraschen kannst. Und dann kannst du sie fesseln und in ein anderes Flugzeug steigen und nach England zurückkommen.

Ich würde es ganz toll finden, wenn du zurückkommst. Tante Phoebe hat mich in ein Internat an der Südküste gesteckt. Wir dürfen erst in die Stadt gehen, wenn wir achtzehn sind, und das dauert noch Jahre. Und auch dann dürfen wir nur Briefmarken und Schokolade kaufen.

Frank ist immer noch bei Tante Phoebe, obwohl sie mir geschrieben hat, dass Edna bald kommt und ihn eine Weile lang zu sich nimmt, da er ziemlich unglücklich ist. Ich hoffe, Tante Phoebe hat ihn aus dem Keller rausgelassen und dass es ihm gut geht. Tante Phoebe kann zäh sein wie altes Schuhleder. Ich erinnere mich, dass Daddy das einmal gesagt hat, du dich auch?

Geoffrey sagt, er möchte wie du in die Royal Air Force eintreten, aber er ist noch zu jung. Stimmt es, dass du mit deinem Alter geschummelt hast? Ich hoffe, du hast die Finger gekreuzt, als du geschwindelt hast.

Ich höre jetzt besser auf, weil ich das hier mit der Taschenlampe unter der Bettdecke schreibe. Die Batterien geben bald ihren Geist auf, und ich weiß nicht, wann ich wieder welche bekomme. Es gibt ganz viele Sachen, die man jetzt nicht mehr herkriegt wegen dem Krieg, aber denk nicht, ich beklage mich, das tun wir nämlich nicht. Das wäre un-pa-tri-o-tisch. Und das würde bedeuten, wir machen Sachen, die nicht gut sind für unser Land, was nicht nett wäre wegen unserer tapferen Jungs an der Front. Es ist lustig, sich vorzustellen, dass du einer von unseren tapferen Jungs bist.

Ich schreibe dir bald wieder. Wie du auf dem Umschlag sehen kannst, schicke ich den Brief an deine alte Adresse, auch wenn die gesagt haben, dass du vermisst wirst, nur für den Fall, dass du inzwischen aus deinem Versteck gekommen bist.

Falls ja, hast du Daddy gesehen? Ich habe seit einer Ewigkeit keine Nachricht von ihm erhalten. Aber vielleicht siehst du ja gar nicht viel von den Bodentruppen.

In Liebe,
deine Schwester Helen

Sie hoffte, sie würde Roger nicht beunruhigen wegen Frank. Würde er den durchgestrichenen Satz mit dem Keller lesen können? Hoffentlich nicht.

»Macintyre?«, zischte eine Stimme mit deutlichem Akzent aus dem Bett neben ihr.

»Ja?«

»Biste endlich fertig mit Schreiben?«

»Ja.«

»Gut. Ich will nämlich schlafen.«

»Sorry.«

Helen lag in ihrem schmalen Bett und beobachtete das Mondlicht, das durch das nackte Fenster schien. Es war kalt, und die dünne raue Decke half nicht, um sich vor dem Wind zu schützen, der durch die Ritzen pfiff. Schaute ihr großer Bruder gerade in den Himmel, so wie sie? Es hieß, er sei über Norwegen abgeschossen worden. Sie hatte im Geografieunterricht im Atlas nachgeschaut, als sie eigentlich Südamerika aufschlagen sollten. Norwegen war gar nicht so weit weg von England. Roger war ein tapferer Junge. Das hatte ihr Vater immer gesagt. Vielleicht konnte er durch das Meer zurückschwimmen, wenn er aus seinem Versteck herauskam. Helen hoffte es sehr.

Sie drehte sich auf die andere Seite. Es waren Gedanken wie diese, die ihr wieder und wieder durch den Kopf kreisten und sie am Schlafen hinderten. Es gab nur eins, was dagegen half, nun ja, eigentlich zwei Dinge, wenn man das Ave Maria dazuzählte, aber das schien in letzter Zeit nicht mehr richtig zu funktionieren, und außerdem hatte jemand ihren Rosenkranz gestohlen. Aber wenn sie die andere Methode probierte, könnte sie damit das Mädchen neben sich wecken, dasselbe, das sich gerade beschwert hatte, weil sie einen Brief schrieb.

Helen spitzte die Ohren. Aus den Betten neben ihr kam gleichmäßiges Atmen. Am anderen Ende des Schlafraums, der insgesamt acht Mädchen beherbergte, konnte sie ein leises Pfeifen hören ähnlich wie im Schulorchester, in das man sie gesteckt hatte und wo ihr nun jedoch der Rauswurf drohte, wenn sie nicht genauso fleißig mit der Geige übte wie am Klavier.

Langsam, ganz langsam, kroch Helens Hand unter der dünnen Decke hervor und tastete nach der offenen Schublade des kleinen kastenförmigen Nachttischs neben ihr. In der Dunkelheit schlossen ihre Finger sich um den Bleistift und ein Blatt Papier, das sie immer unter ihrer Bibel versteckte. Mit angehaltenem Atem lehnte sie sich zurück in ihr Kissen und starrte hinaus zum Mond, während sie sich seine Form einprägte. Er erinnerte ein wenig an einen verbogenen Topfdeckel, die Sorte, die Tante Phoebe immer genommen und gegen einen anderen Topfdeckel geschlagen hatte, wenn Frank und sie ihre Anweisungen nicht befolgten.

Helens Bleistift begann, sich geschickt über das Papier zu bewegen, als würde eine unsichtbare Macht ihn anschieben. Nein, nicht anschieben. Gut zureden. Necken. Beschleunigen. Ihn überzeugen, die Konturen auf Papier nachzuzeichnen, obwohl sich in der Dunkelheit schwer erkennen ließ, ob ihr das gelang oder nicht. Das war besser. Während ihre Hand sich bewegte, spürte Helen einen tiefen Frieden, der sich in ihr ausbreitete. Der Kloß im Hals war weg, mit dem sie heute Morgen aufgewacht war. Die Aussicht auf den kommenden Morgen mit der Doppelstunde Mathematik (igitt!) schien nicht mehr so beängstigend.

Als Helen dann am Morgen aufwachte, stellte sie fest, dass sie immer noch den Bleistift umklammerte. Die Skizze war vom Bett gefallen, aber einwandfrei erkennbar als ein Pfannendeckel auf dem Mond. Vorsichtig steckte sie das Blatt in das Buch Hiob zu den anderen nächtlichen Zeichnungen, die sie angefertigt hatte. Und dann wappnete sie sich gegen den kalten Linoleumboden unter ihren Füßen, während sie nach ihren Pantoffeln angelte, und reihte sich ein in die Schlange vor dem Waschraum nebenan. Ein neuer Tag hatte begonnen.

Das Problem mit der neuen Schule war, das alle anderen schon eine Ewigkeit hier waren und Freundschaften geschlossen hatten. Es nützte nicht, dass Helen aus einem anderen Land kam oder dass ihre Mutter tot war.

Beide Tatsachen schienen die anderen Mädchen abzuschrecken, als hätte sie eine ansteckende Krankheit.

Beth war eine der wenigen Ausnahmen. Klein, zierlich und sehr hübsch, war sie beinahe das Gegenteil von Helen, oder zumindest dachte diese das. Roger hatte recht gehabt, als er ihr beim letzten Mal sagte, dass sie zugenommen habe, aber unrecht damit, dass es ihr stehen würde. Jedes Mal, wenn Helen in den Spiegel blickte, versetzte es ihrem Herzen einen kleinen, dumpfen Stich, weil sie einfach nicht so aussah wie Beth oder die anderen Mädchen. Unter dem Gürtel ihrer Schuluniform wölbte sich ihr Bauch hervor, und ihre feinen Wollstrümpfe hatten ständig Löcher, was das allgemeine Erscheinungsbild nicht gerade verbesserte. Obwohl sie sich in Hauswirtschaft als überraschend geschickt erwies und rasch gelernt hatte, wie man Socken richtig stopfte, schien sie ständig Laufmaschen zu haben.

»Meine Mummy wird dir helfen, wenn du uns besuchst«, versprach Beth eines Tages.

Helen blieb vor Begeisterung die Luft weg. Sie konnte es nach wie vor nicht glauben, dass ihre neue Freundin tatsächlich nach Hause geschrieben hatte, um zu fragen, ob sie Helen in den Ferien mitbringen durfte. Tante Phoebe hatte offenbar auch nichts dagegen, und schon morgen würden sie in die Osterferien aufbrechen!

Es gab nur ein Problem. Helen wusste von anderen Mädchen, die bei ihren Freundinnen übernachten durften, dass es sich gehörte, den Gastgebern ein Geschenk mitzubringen. Sie hatte ihrer Tante geschrieben und sie gebeten, ihr etwas zu schicken, das sie Beths Mutter geben konnte, aber es war nichts gekommen.

Dieses Problem beunruhigte sie so sehr, dass sie, als sie am nächsten Morgen aufwachte, krank war.

»Wir können dich nicht nach Hause schicken, wenn du krank bist«, sagte die Hausmutter.

Vergeblich versuchte Helen zu erklären, dass sie nicht nach Hause ging.

»Der einzige Ort, wo du hingehst, ist das Krankenzimmer«, erwiderte die Hausmutter, die eine pockennarbige Haut hatte wie einige der Einheimischen damals auf Borneo. »Du könntest schließlich etwas Ansteckendes haben.«

Am nächsten Morgen waren die Bauchschmerzen und die Übelkeit verschwunden. Genau wie Beth.

Einen Tag später kam ihre Tante und holte sie mit ihrem kleinen grauen Wagen ab, der ein klapperndes Geräusch machte, das aber scheinbar nicht behoben werden konnte, bevor die Deutschen besiegt waren. Tante Phoebe schimpfte während der ganzen Fahrt über die Benzinrationierung und Helens kurzfristige Unpässlichkeit, als wäre sie absichtlich krank geworden. »Wie ärgerlich …«, »Ich musste meine Bridge-Partie unterbrechen …«, »Ich habe den Eindruck, du isst wieder zu viel …«

Das war sicher ein Scherz, denn an der Schule waren sich alle einig, dass sie bei den winzigen Portionen, die sie erhielten, praktisch hungerten und dass dagegen nur half, sich mit Pudding vollzustopfen.

Helen verbrachte die Osterferien auf ihrem Zimmer, wo sie sich leise verhielt, oder, falls es nicht zu kalt war, in Onkel Victors Gewächshaus, zu dessen Wächter sie sich selbst ernannt hatte. Sie besaß inzwischen eine ansehnliche Sammlung von Skizzen, die sie sorgfältig unter ihrer Matratze versteckte. Man konnte nie wissen, was ihrer Tante alles ein Dorn im Auge war, und Zeichnen war sicherlich eine Sünde, genau wie zu vergessen, die Hühner abends einzusperren. Das hatte neulich zu einem schrecklichen Streit geführt, in dem Helen vorgeworfen wurde, dass sie wieder einmal vergaß, dass sie Krieg hatten und sich irgendwie ernähren mussten.

Dann, eines Tages, passierte etwas Wunderbares! Tante Phoebe, noch herrischer als sonst, befahl ihr, die Küche aufzuräumen, obwohl Helen das nach dem kargen Frühstück mit selbstgebackenem Brot, das absolut scheußlich schmeckte, bereits gründlich erledigt hatte. Während sie einen Kochtopf abtrocknete, vernahm sie ein Klopfen an der Tür und gleich darauf eine männliche Stimme.

»Ist denn niemand hier, um mich zu begrüßen?«

Sie stürzte in die Eingangshalle, wo ein Mann in einer braunen Uniform und mit einem Sack über der Schulter sie mit zwinkernden Augen hinter einer runden Brille anstrahlte.

»Meine Güte, Liebes! Du bist aber gewachsen!«

Onkel Victor!

Aber bevor sie etwas sagen konnte, stürmte ihre Tante die Treppe herunter, bloß dass sie nicht aussah wie ihre Tante. Obwohl sie genau dieselbe Kleidung trug, die Phoebe vor ungefähr einer Stunde anhatte, lächelte und weinte diese Tante gleichzeitig. Sie fiel Onkel Victor um den Hals, und er hob sie empor und wirbelte sie herum. Dann – ein Wunder nach dem nächsten! – lachte sie sogar richtig.

»Fehlt dir etwas, Tante Phoebe?«, hörte Helen sich sagen.

Ihre Tante drehte sich schwungvoll zu ihr um. »Geh auf dein Zimmer, Helen. Du kannst später herunterkommen.«

Onkel Victor sah aus, als wollte er etwas sagen, aber dann überlegte er es sich offenbar anders. Als Helen die Treppe hochstapfte, warf sie einen Blick zurück und sah, dass er den Kopf zu ihr hob. Es war nur eine kleine Geste, aber sie war sich sicher, dass sie sie gesehen hatte. Er hatte ihr zugezwinkert!

Das Leben war so viel einfacher nun, da Onkel Victor zurück war, auch wenn es nicht für lange sein würde. Er hatte sogenannten Heimaturlaub, und Helen wünschte sich, dieser würde nie zu Ende gehen. Tante Phoebe war viel netter, seit er wieder da war. Zwar schimpfte sie immer noch mit ihr, aber nicht mehr so häufig, und Helen bekam außerdem mehr Zeit für sich und ihre Skizzen. Sie hatte ihr Taschengeld gespart und sich einen kleinen Malkasten im Dorfladen gekauft, obwohl sie sehr vorsichtig sein musste, damit sie in ihrem Schlafzimmer keine Farbe auf den Boden kleckerte.

Es gab nur eine Sache, die recht merkwürdig war. Während der knapp vier Wochen, die Onkel Victor zu Hause verbrachte, entdeckte Helen eines Tages Blutspuren auf dem Boden, als sie das

Bad betrat. Da sie befürchtete, jemand hätte sich verletzt, stürzte sie nach unten, um ihre Tante zu verständigen.

Zu ihrer Überraschung färbte sich Phoebes Gesicht dunkelrot.

»Natürlich ist niemand verletzt, du dummes Mädchen.«

Helen war nicht überzeugt. Erst heute Morgen hatte sie gedämpfte, hitzige Stimmen aus dem Schlafzimmer ihrer Tante und ihres Onkels gehört. Es klang ein wenig wie die »Diskussionen«, die ihre Eltern früher hatten, bevor Daddy in den Krieg zog. Hatte ihre Tante, oh bitte Gott, nein, ihren Onkel vielleicht umgebracht?

Unfähig, bis zur Mittagszeit zu warten, um zu erfahren, ob alles in Ordnung war, eilte Helen hinaus zu dem Gewächshaus, wo ihr Onkel gewöhnlich den Vormittag bei seinen Tomatenpflanzen verbrachte.

»Mein liebes Kind, was hast du?«, fragte er.

Helen brach vor Erleichterung in Tränen aus, aber ihr Onkel interpretierte diese fälschlicherweise als Kummer.

»Ist es wegen deinem Bruder?«

Sie nickte, weil ihr das richtig erschien.

»Ich weiß. Es ist sehr hart.« Er legte den Arm um sie und drückte sie kurz. »Aber wir müssen tapfer sein, Helen. Es ist nun mal Krieg.«

Sie nickte wieder.

»Ich werde bald zu meinem Regiment zurückkehren.«

»Muss das sein?«

Er nickte. »Ich fürchte, ja. Pass auf deine Tante auf, wenn ich fort bin, Liebes. Für sie ist es auch nicht leicht. Wirklich schade, dass wir nie …«

Er unterbrach sich, weil er heftig husten musste, nachdem er an seiner Pfeife gezogen hatte. Als der Hustenanfall vorüber war, bog er den Rücken gerade und wandte sich wieder seinen Tomaten zu. »Pass einfach auf sie auf, mein Liebes. Ich weiß, deine Tante kann sehr streng wirken, aber sie meint es nur gut.«

»Warum war es für Tante Phoebe nicht leicht?«, wollte Helen fragen. Aber der steife Rücken in dem Tweedjackett gab ihr das Gefühl, dass es besser war, den Mund zu halten.

Noch im selben Monat kehrte Onkel Victor zurück an die Front und Helen zurück ins Internat.

Das Schultrimester verlief ähnlich wie das vorherige, bloß dass Sommer war, was die schlechte Laune der Lehrer etwas zu mildern schien. Helen hoffte, dass das auch bei ihrer Tante zu Hause funktionierte.

»Ich habe Lacrosse gelernt«, schrieb sie an Roger. »Und im Klavierunterricht bin ich schon in der vierten Stufe. Meine Freundin Beth hat gesagt, ich kann in den nächsten Ferien zu ihr nach Hause kommen. Ich muss dafür sorgen, dass ich nicht wieder Bauchschmerzen kriege. Bist du immer noch in deinem Versteck? Bitte, komm doch bald heraus, ich mache mir nämlich Sorgen um dich.«

Beths Mutter hielt Wort. Sie lud Helen tatsächlich erneut ein und sagte ihr, sie solle sich keine Gedanken machen, wenn sie kein Geschenk hatte, da Helens Anwesenheit an sich schon Geschenk genug sei. Beth hatte ihrer Mutter so viel über sie erzählt!

Beths Zuhause war nicht so groß wie das alte Gutshaus, aber viel wärmer. Beths Mutter spielte auch Klavier, und sie lachten und scherzten und sangen fast jeden Abend. Zur Schlafenszeit deckte Beths Mutter beide Mädchen in ihren Betten mit identischen blauen Decken zu und sagte ihnen, sie bräuchten keine Angst zu haben, da es in diesem Teil des Landes bisher kaum Luftangriffe gegeben habe.

»Das mit deiner Mutter tut mir so leid«, sagte sie eines Abends zu Helen, und ihre Worte waren wie ein Schock. Manchmal kam es Helen vor, als wäre Mummy nur ein Traum gewesen. Und dann wiederum, als wäre Mummy noch auf Borneo und wartete darauf, dass Helen zu ihr kam.

»Eigentlich mache ich mir hauptsächlich Sorgen um meinen Bruder«, hörte Helen sich sagen und erzählte unwillkürlich Beths freundlicher Mutter alles über Roger, der vielleicht Verstecken spielte oder auch nicht in diesem Land namens Norwegen.

Beths Mutter lauschte still Helens Geschichte und sagte anschließend, dass sie mit Beths Vater sprechen werde, der im Kriegsministerium arbeitete. Viel zu bald war es für Helen Zeit, zu Tante Phoebe zurückzukehren, wo sie die restlichen Ferien verbrachte. Aber kaum betrat sie ihr Zimmer, wusste sie, dass etwas passiert war. Ihr Bett stand an einer anderen Stelle, und der kleine Tisch samt Stuhl war nun auf der anderen Seite des Raums.

Helen stürmte die Treppe hinunter, um ihre Tante zu finden, die wie üblich in der Küche war und das Gemüse aus dem Garten verarbeitete, während sie nebenbei Radio hörte. »Meine Skizzen«, wollte sie sagen, aber es klang wie ein Röcheln.

»Wie oft habe ich dir schon gesagt, Kind, du sollst nicht nuscheln?«

Helen versuchte, ihre Stimme in den Griff zu bekommen. »Ich kann meine Skizzen nicht finden. Sie waren unter meiner Matratze.«

»Skizzen?« Phoebes Nase schien über die Frage nachzudenken, während sie zuerst auf der einen Seite zuckte, dann auf der anderen, ähnlich wie bei Phoebes Hund Rupert, einem großen, stinkenden Labrador, den sie offenbar nach einem Dichter benannt hatte und der außer seinem Frauchen keinen leiden konnte. »Meinst du die alten Papierfetzen mit den Farbklecksen?«

Helen nickte.

»Die habe ich weggeworfen. Du solltest wirklich nicht so viel Müll hinterlassen, Helena. Wie oft habe ich dir schon gesagt, du musst besser Ordnung halten? Meine Güte, Kind, was ist denn los? Wo willst du hin?«

Sie wusste es selbst nicht. Sie wusste bloß, dass sie das Bedürfnis hatte wegzulaufen. Und zwar so schnell sie konnte, über das

Feld hinter dem Grundstück und dann über das nächste und übernächste. Es war schon fast dunkel, aber sie wollte nicht zurück. Schließlich blieb sie vor einem Gatter stehen und weinte. Weinte um ihre Mutter. Weinte um ihren Bruder, der wahrscheinlich tot war statt in einem Versteck. Und weinte um ihre anderen beiden Brüder, die sie schon so lange nicht mehr gesehen hatte, dass sie ihre Gesichter vergessen hatte.

Dann, weil sie nicht wusste, was sie sonst hätte tun sollen, machte sie sich langsam auf den Rückweg.

»Da bist du ja.« Ihre Tante war weiß im Gesicht, das so verkniffen wirkte, wie Helen es noch nie gesehen hatte. »Jag mir nie wieder einen solchen Schrecken ein.«

Helen funkelte sie an. »Ich dachte, du wärst froh, wenn ich weg bin. Du willst mich hier nicht haben, oder?«

Ihre Tante wirkte eingeschüchtert, wodurch sich Helen zur Abwechslung einmal als die Stärkere fühlte.

»Das ist es nicht. Es ist … Ach, egal. Geh jetzt bitte ins Bett, ja?«

Langsam stieg Helen die Treppe hoch. Als sie ihr Zimmer betrat, musste sie sich an der Wand abstützen.

»Mummy!«

Denn dort, genau vor ihr, war ihre Mutter. Dieselben freundlichen Augen. Derselbe Mund, der ihr jeden Abend einen Gutenachtkuss gegeben hatte. Derselbe Gesichtsausdruck. Bloß dass er einem Kind gehörte.

Tante Phoebe hatte das Porträt ihrer Mutter aus dem Salon geholt und in Helens Zimmer gehängt. War das ein Friedensangebot?

Sie ging auf Zehenspitzen wieder nach unten. »Danke.« Vorsichtig gab sie ihrer Tante ein Küsschen auf die Wange. Sie fühlte sich weicher an, als sie gedacht hatte.

»Lass den Unsinn, Kind«, entgegnete ihre Tante.

Aber Helen konnte an ihrem Unterton hören, dass sie sich freute.

In der darauffolgenden Woche wurde sie zurück ins Internat geschickt. Bis dahin war Tante Phoebe in ihr altes Ich zurückgefallen, und Helen war fast dankbar, dass die Schule wieder losging.

28

Es war die neue Kunstlehrerin, die sie rettete. Miss Diamond hieß sie, und es kursierte das Gerücht, dass sie mit einem amerikanischen Soldaten liiert war, der sie mit Nylonstrümpfen und Schokolade versorgte. Sicher war, dass Miss Diamond sich sehr von den anderen Lehrerinnen unterschied, die ihrer neuen Kollegin abschätzige Blicke zuwarfen, wenn sie ihr im Flur begegneten, wie Helen beobachtet hatte.

Zunächst einmal äußerte sich das darin, dass sie Helen mochte. Sie tadelte sie nicht wie die Mathematiklehrerin, weil Helen die Geheimnisse der Algebra nicht verstand. Und auch wenn Helen die französische Sprache scheinbar leicht fiel, obwohl sie nie in Frankreich gewesen war, attestierte ihr die Französischlehrerin einen »übertriebenen Kolonialakzent«, was die ganze Klasse zum Lachen gebracht hatte.

Aber niemand lachte, als Miss Diamond, die sich immer auf die Ecke ihres Pults setzte, statt vor der Klasse auf und ab zu schreiten wie die anderen Lehrerinnen, alle herbeirief, um Helens Aquarell zu betrachten, das die Bäume draußen vor dem Fenster zeigte.

Stattdessen umringten sie es staunend. Beth war die Erste, die ihre Sprache wiederfand. »Helen, das ist wunderschön. Wirklich wunderschön.«

Und Helen errötete, während aus der Klasse hinter ihr zustimmendes Gemurmel zu hören war. Von da an fiel ihr auf, dass sie mit einer gewissen Ehrfurcht behandelt wurde, selbst von den Mädchen, die sie bisher gemieden hatten, weil sie ohne Mutter aufwuchs und seltsame malaiische Wörter benutzte, weil sie zwischendurch vergaß, dass diese niemand hier verstand.

»Du hast wirklich Talent, Helen«, bemerkte Miss Diamond während einer Mittagspause, als die anderen Mädchen nach einer weiteren schweren Mahlzeit, die hauptsächlich aus gekochten Kartoffeln und undefinierbarem Fleisch bestanden hatte, das vielleicht Kaninchen war, schnatternd kleine Gruppen bildeten. »Hast du dir schon einmal überlegt, die Kunst später zu deinem Beruf zu machen?«

Wäre der ernste Gesichtsausdruck ihrer Lehrerin nicht gewesen, hätte Helen die Frage für einen Scherz gehalten. Aber sie kannte Miss Diamond gut genug, um zu wissen, dass sie es ernst meinte. »Meine Tante möchte, dass ich die Hauswirtschaftsschule besuche, wenn ich meinen Abschluss habe«, hörte sie sich antworten.

»Und was möchtest du?«

Helen stellte sich seit einiger Zeit dieselbe Frage, aber da gab es immer die Vorsilbe »Wenn der Krieg vorbei ist …«

»Vielleicht«, begann sie zögernd, »werde ich Krankenschwester. Ich möchte gern anderen Menschen helfen, und dann kann ich mich um Kranke kümmern, selbst wenn der Krieg vorüber ist.«

Ihre Augen füllten sich mit Tränen, weil sie an ihre Mutter denken musste. Wäre sie schon erwachsen gewesen, als ihre Mutter krank wurde, hätte sie sich um sie kümmern können. Dann wäre sie vielleicht in der Lage gewesen, ihr zu helfen, statt ihr an einem ganz normalen Tag einfach einen Kuss auf die Wange zu drücken und ihr nachzusehen, während sie den Weg hinunterging, ohne zu ahnen, dass es kein Wiedersehen geben würde.

Helen spürte, wie Miss Diamond ihre Hand warm umschloss. »Ich weiß Bescheid wegen deiner Mutter«, sagte sie leise. »Meine Mutter ist auch gestorben, als ich noch ein Kind war, aber ich hatte wenigstens das Glück, dass mein Vater zu Hause war. Damals gab es keinen Krieg.« Sie zog ihre Hand weg, und Helen spürte leises Bedauern. »Weißt du, was mir damals geholfen hat?«

»Die Malerei.« Helen hatte das bereits selbst herausgefunden. »Mein Urgroßvater war ein Maler. Meine Mutter hat mir früher immer von ihm erzählt. Er hat Porträtstudien von ihr und ihrer Schwester – meiner Tante – angefertigt. Er hatte außerdem einen berühmten Förderer.« Sie suchte angestrengt nach dem Namen. »Sir William Giles. Meine Urgroßmutter saß früher manchmal Modell für ihn. Offenbar hängt ein Porträt von ihr in der National Gallery.«

»Meine Güte.« Helen wusste, wenn sie das einer der anderen Lehrerinnen erzählte, würden sie ihr keinen Glauben schenken, aber Miss Diamond zeigte aufrichtiges Interesse. »Dann hast du dein Talent vielleicht von ihm geerbt. Das ist eine ganz besondere Gabe, Helen. Vergeude sie nicht.«

Das tat sie nicht. Nach diesem Gespräch verbrachte Helen jede freie Minute im Kunstraum. Nach und nach wurden die Wände mit ihren Arbeiten vollgehängt, sodass es fast schon peinlich war! Aquarelle, beschloss sie, waren ihr »Lieblingsmedium«, ein Wort, das sie von Miss Diamond aufgeschnappt hatte und das sie nun mit wachsendem Selbstvertrauen verwendete, aber sie arbeitete auch gerne mit Pastellkreide und Kohlestiften, obwohl diese Flecken auf ihrer Schuluniform hinterließen, für die sie von der Hausmutter immer einen Tadel erhielt, wenn Waschwoche war.

Als die Zeit kam, in der sie Beths Familie wieder besuchen durfte (die Einladung war wie versprochen erfolgt!), wusste sie dieses Mal genau, was sie als Geschenk mitbringen würde. Und dieses Mal konnte es niemand wegwerfen, weil Miss Diamond es sorgfältig vor neugierigen Augen schützte.

»Mein liebes Kind«, rief Beths Mutter, als sie das Geschenk aus dem Zeitungspapier wickelte, in das Helen und Miss Diamond es sorgfältig verpackt hatten. »Das ist ausgezeichnet. Die Ähnlichkeit ist verblüffend.«

»Ich habe es dir doch gesagt, Mummy!« Beth hüpfte vor Begeisterung auf und ab. »Sie hat mich genau getroffen, nicht wahr? Sogar meine Nase!«

Beths Vater rückte seine Brille auf der eigenen Nase zurecht, deren Form große Ähnlichkeit mit der seiner Tochter hatte, und als er die Gläser schließlich zufriedenstellend platziert hatte, drückte seine Miene ebenfalls Anerkennung aus. »Hast du davon noch mehr, Liebes?«

Also zeigte Helen ein paar weitere Kohlezeichnungen, die sie gemacht hatte, und erklärte, dass sie erst vor kurzem mit Porträts begonnen habe und dass sie eigentlich Wasserfarben und Landschaftsmalerei bevorzuge.

»Wer ist das?«, fragte Beth, die mit der Nase über der Schulter ihres Vaters hing, während sie auf das Porträt eines sehr hübschen jungen Mannes in Uniform blickten, auf dessen Kopf keck ein *Royal-Air-Force*-Schiffchen saß, während seine lächelnden Augen an diesen attraktiven Schauspieler erinnerten, Cary Grant, für den sie bei ihren seltenen Besuchen im Lichtspieltheater alle schwärmten.

»Mein Bruder Roger.« Helen versuchte, in gleichmäßigem Ton zu sprechen.

»Hast du denn etwas von ihm gehört?«, fragte Beths Mutter mit leiser Stimme. Helen, der auffiel, dass Beths Mutter ihrem Mann dabei einen recht eigenartigen Blick zuwarf, schüttelte lediglich den Kopf und zeigte das nächste Porträt. »Das ist mein Bruder Geoffrey. Er ist der Zweitälteste.«

Alle drei nickten. »Die Ähnlichkeit zwischen euch ist nicht zu übersehen«, sagte Beths Mutter. »Ist er noch in Christchurch?«

Helen schüttelte den Kopf. »Er wollte auch zur Royal Air Force, aber er hat den medizinischen Test nicht bestanden, also ist er stattdessen in die Army eingetreten. Er macht gerade seine

Grundausbildung irgendwo im Norden. Und das hier ist mein kleiner Bruder Frank, den ich schon seit einer Ewigkeit nicht mehr gesehen habe. Er ist bei unserer Haushälterin.«

Wieder schien ein seltsamer Blick zwischen den Gesichtern zu wechseln, die sie umringten. »Nun, meine Liebe«, sagte Beths Vater, während sie ihre Arbeiten wegräumten, um den Tisch für die scharfe Brennnesselsuppe, die ihre Mutter früher auch immer gekocht hatte, und das Wildkaninchen zu decken. »Ich denke, jemand sollte mit deiner Tante über die Möglichkeit reden, dass du eine Kunstschule besuchst, wenn der Krieg vorüber ist.«

Helen überkam ein aufgeregtes Kribbeln. Kunstschule! Vielleicht würde aus ihr eine berühmte Malerin werden, so wie ihr Urgroßvater ein berühmter Maler war? Tatsächlich war sie sich nicht sicher, ob sie berühmt werden wollte, aber sie wollte unbedingt malen. Es war nämlich das Einzige, was half, das Einzige, womit sie ausblenden konnte, was geschehen war, seit ihre Mutter sie verlassen hatte.

Lieber Roger,
das errätst du nie! Meine Freundin Beth – du erinnerst dich, ich habe dir schon von ihr geschrieben – hat mich zu ihren Eltern eingeladen, und ich habe ihnen ein paar von meinen Skizzen gezeigt. Darunter war ein Porträt von DIR, und alle fanden, dass du sehr gut aussiehst. Bilde dir bloß nichts darauf ein! Beths Eltern wollen mit der Schule sprechen, damit die mit Tante Phoebe reden, um zu sehen, ob ich vielleicht auf die Kunstschule darf, wenn der Krieg vorüber ist.
Ich kann es nicht erwarten, dass du zurückkommst.
Pass bitte auf dich auf.
In Liebe und Bewunderung,
deine Schwester Helen

Die Monate vergingen schneller als zuvor, dank Miss Diamond und den Geheimnissen des Kunstraums. Ehe Helen sich's versah, war es Zeit, wieder zu Tante Phoebe zurückzukehren. Zu ihrer Enttäuschung stellte sie fest, dass sie einen von Onkel Victors Heimaturlauben verpasst hatte. Sollte dieser die Stimmung ihrer Tante aufgeheitert haben, hatte sie auch das verpasst. Stattdessen trug Phoebe eine ständige Grimasse, und als Helen wieder Blut im Bad entdeckte, wischte sie es einfach auf und beschloss, kein Wort darüber zu verlieren.

Tante Phoebe war auch nicht sehr gesprächig während der Ferien, sodass Helen sich selbst überlassen blieb, was ihr recht war. Tagsüber machte sie sich davon, den Zeichenblock und die Farben in ihrer Tasche. Ihr Lieblingsplatz war ein tiefer Krater auf einer Hügelseite, in die zu Kriegsbeginn eine Bombe eingeschlagen hatte. Über die Narbe wuchs schon wieder Gras. Helen war inzwischen siebzehn – es würde nicht mehr lange dauern bis zu ihrer Abschlussprüfung. Der Krieg würde doch sicher bald zu Ende sein? Beim Metzger und im Radio wurde bereits davon gesprochen.

Eines Abends, kurz vor Helens Rückkehr ins Internat, wartete ihre Tante auf sie, ein Whiskyglas in der Hand. »Setz dich, Helena.« Sie hielt einen Brief in der Hand, und Helens Herz rutschte tiefer. Briefe bedeuteten normalerweise schlechte Nachrichten, obwohl es wenigstens kein Telegramm war. Eines der Mädchen im Internat hatte ein Telegramm erhalten und war weinend abgereist, ohne jemals wieder zurückzukommen.

»Kannst du mir sagen, warum du diesen Brief hier aufgeben willst? Ich habe ihn in deinem Zimmer gefunden.«

Helen blickte auf den Umschlag, der ihre eigene Handschrift trug. »Der ist für Roger«, sagte sie und errötete. »Warum fragst du?«

Die Stimme ihrer Tante war brüchig, wie das Glas mit dem winzigen Sprung, das sie in der Hand hielt. Er schlängelte sich in der Form einer Musiknote vom Glasrand abwärts. Hatte ihre Tante ihn nicht bemerkt? Mit leichter Bestürzung ertappte Helen sich dabei, dass sie sich wünschte, dass ihre Tante den Riss nicht wahrgenommen hatte und sich vielleicht daran schneiden würde.

»Roger gilt als vermisst, Helen. Und das nun schon seit sehr langer Zeit. Wir müssen vom Schlimmsten ausgehen. Darum hat es keinen Sinn, dass du dein Geld für Briefmarken verschwendest, um einen Brief aufzugeben, der seinen Adressaten nie erreichen wird.«

Helen stand auf und spürte Wut, die in heißen, nassen Wellen ihre Augen überschwemmte. »Woher willst du das wissen?«

Die Lippen ihrer Tante wurden schmal. »Weil ich es weiß. Und noch etwas: Keine dummen Hirngespinste mehr wegen der Kunstschule. In unserer Familie gibt es so etwas nicht. Wenn dir mein Vorschlag, nach der Schule eine Hauswirtschaftslehre zu machen, nicht gefällt, dann steht dir nur noch ein Beruf offen, und das ist der einer Krankenschwester. Du hast die Wahl.«

Helen biss sich auf die Lippe. Sie hatte geahnt, dass es zu schön war, um wahr zu sein. Wie konnte sie annehmen, dass sie tatsächlich etwas durfte, was sie glücklich machte? Trotzdem, vielleicht hatte Phoebe ja recht. Vielleicht war Krankenschwester genau das Richtige für sie. Schließlich konnte sie so anderen Menschen helfen.

»Und noch etwas.« Ihre Tante hatte nun das Glas fast leergetrunken. »Ich habe Nachricht von deinem Vater. Er ist zurzeit hier auf Heimaturlaub. Er wird dich demnächst im Internat besuchen. Autsch.«

»Was hast du?«

Ein kleines Blutrinnsal tropfte vom Mund ihrer Tante. »Ich muss mich wohl geschnitten haben. Das Glas hat einen Sprung.«

Helen spürte Genugtuung, aber gleichzeitig auch Mitleid. »Kann ich helfen?«

»Es heißt: ›Kann ich bitte helfen?‹, Helen. Du kannst fast alles tun, was du willst, oder zumindest scheinst du das zu glauben. Aber wenn du höflich sein möchtest, dann fügst du ein ›bitte‹ hinzu. Meine Güte, hörst du in der Schule denn nie zu?«

An jenem Abend zeichnete Helen im Bett ein Porträt ihrer Tante, von deren Kinn Blut auf die Perlen tropfte. Anschließend, nur für den Fall, dass es jemand entdecken könnte, zerriss sie es in winzige Schnipsel, die sie aus dem Fenster flattern ließ, wo sie sich mit den weißen Blüten des Kirschbaums vermischten.

29

Manchmal konnte Helen sich nicht an das Aussehen ihrer Mutter erinnern. Sie besaß zwei Fotografien von ihr, die sie neben ihrem Bett in der dicken braunen Bibel mit Goldprägung aufbewahrte, die in den Ferien immer mitreiste in dem großen braunen Koffer mit ihren Initialen H.C.G.M. Wenn sie die beiden Aufnahmen betrachtete, schienen sie ein verschwommenes Bild der Mutter widerzuspiegeln, die sie einmal gekannt hatte, aber sie sahen ihr nicht wirklich ähnlich. Sie wirkte darauf irgendwie so kühl. So distanziert. So unnahbar.

Die Bilder, hatte man ihr gesagt, waren von einer Londoner Zeitung gemacht worden, als ihre Mutter aus Borneo nach England zurückgekehrt war. Diese ziemlich überraschende Information stammte von einer Freundin ihrer Mutter, die begonnen hatte, Helen während des letzten Schuljahres regelmäßig Briefe zu schicken. Diese Freundin, eine Frau namens Diana, schrieb, sie hätte sich schon früher gemeldet, aber ihr Arbeitgeber (ein Mr John Lewis) habe sie nach Portsmouth geschickt und sie habe Schwierigkeiten gehabt, Tante Phoebe zu erreichen, um Helens Adresse zu erfragen. Sie hoffe sehr, mit Helen in Verbindung zu bleiben, auch wenn sie vor kurzem ihren amerikanischen Verlobten geheiratet habe, der in England stationiert war und mit dem sie nach Boston gehen würde, sobald der Krieg vorüber war.

Helen schaute im Atlas nach, wo Boston war, und kam zu dem Schluss, dass es so weit in der Ferne lag, dass sie diese Diana wahrscheinlich niemals zu Gesicht bekommen würde, obwohl sie ihre Briefe natürlich beantwortete, weil sie das Gefühl hatte, ihre Mutter hätte das von ihr erwartet. Wie viele Kriegskinder nahm sie es hin, dass sie bestimmte Menschen vielleicht niemals wiedersehen würde. Hin und wieder befielen sie sogar Zweifel wegen Roger. Beth hatte gesagt, ihr Vater kenne »viele Leute in hoher Position«, was in Helens Kopf ein albernes Bild von Beths auf einem Berggipfel hockenden Vater entstehen ließ, ähnlich dem, von dem ihre Mutter ihr früher auf Borneo erzählt hatte. Beth hatte versprochen, dass ihr Vater diese Leute in hohen Positionen nach Roger fragen würde, aber es war nichts dabei herausgekommen.

Unterdessen ließ ihr Vater sich, entgegen Tante Phoebes Ankündigung, dass er sie bald besuchen werde, nicht blicken. Irgendwie überraschte Helen das nicht. Es war nicht so, als verursachte ihr dies einen Stich im Herzen, wie wenn sie an ihre Mutter dachte. Dafür vermisste sie Frank und fragte ihre Tante immer wieder, warum Edna sie nicht in Somerset besuchen komme. Aber sobald sie diesen Namen erwähnte, wurden die Lippen ihrer Tante noch schmaler, obwohl das eigentlich unmöglich schien, und ihr wurde in eisigem Ton beschieden, das sei einfach nicht drin.

Der Tonfall legte nahe, dass es für Helen klüger war, nicht weiterzubohren.

An einem Frühlingsmorgen, mehrere Monate nach dem von Phoebe angekündigten Besuch ihres Vaters, als Helen im Klassenzimmer an ihrem Fensterplatz saß und die Minuten bis zur nächsten Stunde (endlich Kunst!) zählte, klopfte es an der Tür. Es war die Schulsekretärin, eine kleine, fröhliche Frau mit einer Nickelbrille, die der Mathematiklehrerin etwas ins Ohr flüsterte. Diese runzelte die Stirn und winkte Helen nach vorn zum Pult.

Was hatte sie nun wieder angestellt? Kohleflecken auf der Bettwäsche? Oder vielleicht hatte jemand gepetzt, dass sie nachts unter der Bettdecke las. Was immer es sein mochte, Helen fand sich gleich darauf im Gang wieder, wo sie der Schulsekretärin zum Büro der Direktorin folgte.

Nervös klopfte sie an die Tür. »Herein«, rief eine Stimme.

Helen zwang sich, ihre Konzentration auf die Konturen der Tür zu richten, einer ihrer Lieblingstricks, um sich von der unvermeidlichen Standpauke abzulenken, die sie mit Sicherheit gleich erwartete, und öffnete die Tür. Am Fenster stand ein Mann, mit dem Rücken zu ihr, aber sie hätte die große, hünenhafte Gestalt auch ohne die lange Narbe im Nacken erkannt, wo keine Haare wuchsen.

»Vater?«, sagte sie, und obwohl es wie eine Frage klang, war das nicht beabsichtigt.

Als er sich umwandte, sah sie, dass er höflich lächelte, wie sie es von früher von ihm kannte, wenn er auf Borneo Gäste im Haus begrüßte. »Ah, Helen, da bist du ja«, sagte er, als wäre er derjenige, der in den letzten Jahren auf sie gewartet hatte. »Freut mich, dich zu sehen.«

Sie ging auf ihn zu und stellte sich auf die Zehenspitzen, um ihn pflichtbewusst auf die Wange zu küssen. Er wirkte leicht peinlich berührt, und Helen machte einen Schritt zurück, einen medizinischen und auch moschusähnlichen Geruch in der Nase, wobei sie beinahe über einen Stuhl stolperte, der hinter ihr stand. »Wie ich sehe, bist du noch genauso ungeschickt wie früher«, kommentierte ihr Vater in einem beinahe amüsierten Ton. »Du hast ordentlich Gewicht zugelegt, nicht? Wie ich sehe, wirst du hier tüchtig gemästet.«

Er lachte schallend los, als hätte er etwas unheimlich Komisches gesagt, und die Direktorin lachte höflich mit, obwohl Helen den Eindruck hatte, dass sie es nicht lustig fand.

»Bist du aus dem Krieg zurück, Vater?«, fragte sie, weil ihr nichts anderes einfiel.

Er nickte. »Leider bin ich als Invalide ausgemustert worden. Es ist halb so wild. Mein Bein hat ein paar Kugeln abbekommen.«

Das Gesicht der Direktorin nahm einen ehrfürchtigen Ausdruck an.

»Helen, ich bin gekommen, um dir zu sagen, dass wir nach Borneo zurückgehen, sobald dieser verdammte Krieg vorbei ist.«

Nach Borneo? Eine Woge der Panik überfiel sie. »Kommen die Jungs mit?«

»Nur Frank. Du weißt ja Bescheid wegen Roger.«

Sie nickte. »Er hält sich immer noch versteckt.«

»Versteckt?« Die buschigen Augenbrauen fügten sich zu einem großen, grauen, zerklüfteten Gestrüpp zusammen. »Was zum Henker meinst du damit, Helen? Roger ist in einem deutschen Kriegsgefangenenlager. Zumindest beten wir zu Gott, dass es so ist. Hat dich niemand informiert? Ich dachte, ich hätte dir das ausrichten lassen.«

Helens Mund wurde trocken, und sie bekam vor Aufregung kaum Luft. »Mich hat niemand informiert. Dann heißt das, dass es Roger gut geht?«

Ihr Vater sah sie unverwandt an. »Das wissen wir nicht. Geoffrey, der arme Junge, hat keinen sehnlicheren Wunsch, als endlich loszulegen, aber er wartet immer noch auf seinen Einsatzbefehl.« Er hustete kurz. »Ich gehe davon aus, dass du nicht den Wunsch hast, mit uns nach Borneo zurückzukehren. Außerdem habe ich von deiner Direktorin erfahren, dass allgemein Einigkeit darüber herrscht, dass du eine gute Krankenschwester abgeben würdest.«

»Ich würde gerne die Kunstschule besuchen«, brachte Helen heraus. Sie sah zu der Direktorin, die sie anstarrte, als hätte Helen nicht am Ende des letzten Schuljahrs eine Auszeichnung für ihre Bilder bekommen. »Miss Diamond, meine Kunstlehrerin, sagt, das wäre das Richtige für mich.«

»Ach, sagt sie das?«

Seine Stimme wurde tiefer vor Missbilligung. »Dann werde ich wohl deine Direktorin bitten müssen, mit dieser Miss Diamond ein Wörtchen zu reden und ihr zu erklären, dass die Malerei ein netter Zeitvertreib sein mag, aber sicher kein geeigneter Beruf ist für meine Tochter. Du hast zwei Möglichkeiten: Krankenschwester oder Hauswirtschafterin, wie dir deine Tante bereits vorgeschlagen hat, wenn ich richtig informiert bin.«

Niemand, das wusste Helen, diskutierte mit ihrem Vater. Erinnerungen an ihre Eltern in dem gemieteten Haus in Woking, die sich in gedämpftem Ton stritten, stiegen in ihr hoch. Diese Diskussionen endeten unweigerlich damit, dass ihre Mutter mit roten Augen aus der Küche oder dem Schlafzimmer lief, sodass ihr Anblick Helen beinahe das Herz zerriss, und sich im Bad einschloss, bis sie schließlich wieder mit unnatürlich fröhlichem Gesicht und zwitschernder Stimme herauskam.

»Wie gesagt, wir werden so bald wie möglich nach Borneo zurückkehren.«

Erst jetzt wurde Helen die Bedeutung dieses »wir« bewusst.

»Du meinst, du und Frank«, sagte sie, während sie sich fragte, warum sie absichtlich ausgeschlossen wurde.

Ihr Vater schien sich auf einen Punkt hinter ihr zu konzentrieren. »Und natürlich Edna.«

»Willst du auf Borneo nicht das alte Hausmädchen von früher nehmen?«, fragte Helen.

»Ah, gut, dass du es ansprichst.« Ihr Vater betrachtete seine Schuhe, die auf Hochglanz poliert waren. »Edna ist nicht mehr unsere Haushälterin, Helen. Sie ist nun meine Frau. Genau genommen ist sie deine neue Mutter.«

Das war alles ziemlich viel auf einmal. Vater hatte wieder geheiratet. Alle sagten, der Krieg würde bald aus sein. Roger war in einem deutschen Gefangenenlager – zumindest war ihnen das gesagt worden, obwohl viele Mädchen in der Schule Väter oder Brüder oder Cousins oder Onkel hatten, die im Gefangenenlager gestorben waren. Und sobald Helen ihre Prüfungen bestanden hatte, würde sie Krankenschwester werden.

Konnte man als Krankenschwester auch Künstlerin sein?

Irgendwie schafften sie es alle, fleißig für die Prüfungen zu lernen. »Mag sein, dass wir im Kieg sind«, wurde ihnen gesagt. »Aber das heißt nicht, dass die Prüfungen nicht stattfinden. Nach dem Krieg werdet ihr alle einen Schulabschluss brauchen. Die Rolle der Frauen verändert sich.«

Was genau das bedeutete, wusste Helen nicht. Aber nur wenige Wochen später stürmte eins der jüngeren Mädchen morgens in den Schlafsaal, noch bevor die Glocke für das Aufstehen läutete, und behauptete, einer der Gärtner habe ihr erzählt, dass der Krieg aus sei. Er habe es im Radio gehört.

Der Krieg war vorbei! Alle brachen in Jubel aus, und ein oder zwei Mädchen weinten, während ein drittes Mädchen ein anderes im Kreis herumwirbelte. Aber Helen verspürte nur den Wunsch, auf die höchstmögliche Stelle zu klettern, denn in den hohen Positionen saßen die Leute, die vielleicht etwas über Rogers Verbleib wussten. Ein kindischer Wunsch, das war ihr bewusst, aber irgendwie konnte sie nicht anders, als sich davon etwas zu versprechen.

Schon an ihrem ersten Tag im Internat hatte man sie gewarnt, dass der Zutritt zum Glockenturm verboten sei. Niemand durfte dort hinauf – es war gefährlich, und Gerüchten zufolge war dort vor Jahren jemand in den Tod gestürzt. Nun flitzte Helen im Nachthemd zu dem gemauerten Turm. Zu ihrer Überraschung war die Tür an der Seite unverschlossen, und sie stürmte die Treppe hoch, wobei sie immer drei Stufen auf einmal nahm. Über ihrem Kopf sah sie ein viereckiges Stück Himmel. Höher und höher lief sie, bis sie schließlich in der strahlenden Morgensonne auftauchte.

Da, direkt vor ihr, hing ein langes, geknotetes Seil. Helen griff danach und zog mit aller Kraft, bevor sie sich daran festklammerte und begann, von Seite zu Seite zu schwingen. Ein lautes Ding-Dong dröhnte in ihren Ohren, und unter ihr sah sie die erschrockenen Gesichter einiger Lehrerinnen, darunter das der lieben Miss Diamond, und ein paar Mädchen, die auch in ihren Flanellnachthemden herausgelaufen waren, um zu sehen, was um alles in der Welt los war.

»DER KRIEG IST AUS!«, rief Helen laut und ließ den Blick über die Kuppen der Hügellandschaft schweifen. In der Ferne konnte sie die antiken Steinkreise von Stonehenge erkennen. Vielleicht hielt Roger sich dort versteckt, nachdem er zurückgekehrt war, um sie zu suchen. Denn das würde er sicher tun! Das wusste sie. Nun, da der Krieg vorbei war, würde auch ihr Bruder Geoffrey nach ihr suchen, und vielleicht konnten sie dann Frank holen und alle gemeinsam unter einem Dach leben. Wieder eine richtige Familie sein.

30

Wie viele ihrer Landsleute nahm Helen an, dass nun, da der Krieg offiziell beendet war, das Leben innerhalb kürzester Zeit zur Normalität zurückkehren würde. Natürlich gab es nichts, was Mummy wieder lebendig machen konnte, aber Helen und die Jungs waren doch bestimmt alt genug, um ein Haus zu mieten, oder? Sie würde sich dann um den Haushalt kümmern, und ihr Vater würde erkennen, dass er nicht wirklich auf Edna angewiesen war und dass er sie nur geheiratet hatte, »um eine Frau um sich zu haben«, wie Tante Phoebe sagte. Alles würde gut werden, soweit das im Hinblick auf das Steingrab ihrer Mutter in Oxford möglich war.

Wenn Roger sich doch nur beeilen würde mit seiner Heimkehr.

»Es ist nicht so einfach, Helen«, erklärte Beths Mutter ihr, als sie über das Wochenende zu Besuch war. »Die Kriegsgefangenen sind auf der ganzen Welt verteilt. Man kann sie nicht so schnell nach England zurückbringen.«

Helen konnte nicht begreifen, warum das so lange dauerte. Die Freundin ihrer Mutter, Diana, hatte ihr geschrieben, dass sie bald an Bord eines großen Schiffs gehen werde, das sie nach Amerika brachte, wo ihr neuer Ehemann sie erwartete. Warum konnte man nicht auch solche Schiffe bereit stellen, um ihren Bruder und all die anderen Brüder dort draußen zurückzuholen?

»Genau das tun wir«, versuchte Beths Vater ihr zu erklären.

»Aber es handelt sich um eine große Zahl von Menschen, die wir transportieren müssen. Ich weiß, Liebes, es ist schwer für dich, aber versuche trotzdem, dich auf deine Prüfungen zu konzentrieren. Dein Bruder wird sehr stolz auf dich sein, wenn du bestehst.«

Monate verstrichen, dann ein Jahr, aus dem schließlich zwei wurden. Nicht mehr lange bis zu der großen Abschlussprüfung, die Helen und Beth scherzhaft »McTrick« nannten, weil sie, darin waren sich beide einig, ein paar Tricks gebrauchen konnten, um durchzukommen.

Unterdessen beschloss Geoffrey, in der Armee zu bleiben, obwohl kein Krieg mehr war. Er hatte sich in ein Mädchen namens Penelope verliebt, das mit seinen hübschen blonden gewellten Haaren und der genauen Aussprache auf Helen einen sehr eleganten Eindruck machte. Sie hatten sich kennengelernt, als er in der Nähe von Penelopes Zuhause stationiert gewesen und mit ihrem Vater ins Gespräch gekommen war, der, nachdem er erfahren hatte, dass Geoffrey singen und Klavier spielen konnte, ihn mit nach Hause genommen und seiner Tochter vorgestellt hatte, die es auch liebte, im Kreis der Familie am Klavier zu singen.

Frank war zu einem schlaksigen Teenager herangewachsen, der inzwischen offenbar »wie ein Wasserfall redete«, wie es ihr Vater ausdrückte. Er hatte bloß aus Tante Phoebes Haus kommen müssen, um seine Sprache wiederzufinden. Und nun war er mit Edna, die er offenbar wie eine Mutter betrachtete, und seinem Vater auf dem Weg in den Norden Borneos.

Selbst Beth würde bald nicht mehr in der Nähe sein, wenn sie die Schule verließen, da ihre Eltern beabsichtigten, sie in die Schweiz auf ein weiterführendes Mädchenpensionat zu schicken. Zurzeit war sie damit beschäftigt, Ballkleider nähen zu lassen, und beschwerte sich, dass sie Ballonstoff verwenden musste, weil echte Seide knapp war.

Helen kam sich allmählich ausgeschlossen vor.

»Wenn mein Vater und meine Tante doch nur ein Einsehen haben würden wegen der Kunstschule«, beklagte sie sich bei Miss Diamond.

Ihre Lehrerin, die gerade für die nächste Klasse Farbe auf einer Untertasse anmischte, hielt kurz inne. »Ich bin ganz deiner Meinung. Es ist jammerschade, aber vielleicht ändern sie noch ihre Meinung.«

»Das bezweifle ich. Meine Wahl beschränkt sich auf Hauswirtschaft und Krankenpflege. Anscheinend halten beide dies für die einzigen Berufe, die sich für eine wohlerzogene junge Dame eignen.« Helens Stimme nahm am Ende des Satzes einen affektierten Ton an, und beide mussten lachen.

Der Kunstunterricht war eine willkommene Abwechslung von der ganzen Büffelei für die Prüfungen, die sich letzten Endes als leichter erwiesen, als Helen gedacht hatte, und sie war recht zuversichtlich, dass sie bestanden hatte, selbst die vermaledeite Algebra.

Es würde noch ein paar Wochen dauern, bis die Ergebnisse kamen, und obwohl der Unterricht fortgesetzt wurde, waren die meisten Mädchen nur halbherzig bei der Sache und unterhielten sich lieber über ihre Zukunftspläne. Viele hofften, dass die Ballsaison wieder beginne. Es hatte den Anschein, dass sie ihre berufliche Laufbahn von den Männern abhängig machten, die sie heiraten würden. Helen hatte sich über eine Heirat nie groß Gedanken gemacht und fragte sich nun, ob sie damit anfangen sollte.

Und dann eines Tages klopfte es wieder an die Tür des Klassenzimmers, und Helen wurde in das Büro der Direktorin gerufen. Es war fast so wie damals, als ihr Vater gekommen war, bloß dass dieses Mal keine hünenhafte Gestalt am Fenster stand und ihr mit den Händen in den Taschen den Rücken zukehrte, sondern ein großer, schlanker Mann in khakifarbener Uniform sie ansah mit Augen wie Cary Grant.

»Roger!«, schrie sie und stürzte auf ihn zu.

Er versuchte, sie aufzufangen, was jedoch misslang, und sie fiel auf den Boden. »Dummes Ding«, sagte er lachend und half ihr auf. Von der Direktorin war ein Seufzen zu vernehmen, aber es schien eher belustigt zu klingen als verärgert.

»Ich wusste, dass du nicht tot bist!«

Sie zog an seinem Revers, damit er sie auf den Arm nahm, aber vergeblich. »Hast du meine Briefe bekommen?«

»Was für Briefe, Schwesterchen?«

»Die Briefe, die ich dir geschrieben habe. Jeder hat gesagt, dass ich mir die Mühe sparen kann, weil du verschollen warst, aber ich habe gewusst, dass du dich nur versteckst.« Helen wurde bewusst, dass sie wie das Kind klang, das sie früher war, als sie angefangen hatte, ihrem Bruder zu schreiben, und sie errötete.

»Tatsächlich liegst du damit nicht weit daneben.« Er sah zu der Direktorin. »Das ist eine ziemlich lange Geschichte. Haben Sie etwas dagegen?«

»Keineswegs. Ich möchte sie auch gerne hören. Ihr tapferen Soldaten habt großartig gekämpft.«

Und so kam es, dass die Direktorin, Helen und ihr attraktiver Bruder eine außergewöhnliche halbe Stunde verbrachten, während draußen viele von Helens Mitschülerinnen vorbeigingen und verstohlene Blicke auf den großen jungen Mann warfen, der neben ihr saß, sicher nicht ohne zu rätseln, ob er ihr Verehrer war. Roger war, so erfuhren sie und die Direktorin, tatsächlich vor Norwegen abgeschossen worden, aber das war erst der Anfang der Geschichte. »Wir hatten ein Schlauchboot an Bord, und wir hatten Glück, dass wir über dem Meer abgestürzt sind. Einer der Männer allerdings …«

Er unterbrach sich kurz, bevor er fortfuhr. »Einer der Männer hatte nicht so viel Glück, aber dem Rest von uns ist es gelungen, rechtzeitig herauszuspringen und in das Schlauchboot zu klettern. Wir haben stundenlang mit den Händen gepaddelt, bis wir die

Küste erreichten. Und dann sind wir erschöpft an Land gekrochen.«

Helen konnte nicht umhin, ihn zu unterbrechen. »Wie habt ihr euren Durst gestillt?«

Roger wurde rot. »Mit Natursäften.«

Die Direktorin hüstelte, um Helen zu verstehen zu geben, dass sie keine weiteren Fragen in diese Richtung stellen sollte.

»Glücklicherweise wurden wir von ein paar einheimischen Fischern entdeckt. Sie haben uns in ihre Hütten mitgenommen und uns zu essen gegeben. Ich kann dir gar nicht sagen, wie erleichtert wir waren. An einem gewissen Punkt dachten wir bereits, wir wären ein Fressen für die Geier.«

»Ein Fressen für die Geier?«

»Todeskandidaten«, erklärte die Direktorin. »Sie dachten, sie müssten sterben, Helen. Bitte, fahren Sie fort.«

»Wir hielten uns dort ungefähr zehn Tage versteckt, bis es plötzlich hieß, die Deutschen suchen nach uns. Verstehst du, sie haben gesehen, dass unser Flugzeug abgeschossen wurde, und sie wussten, dass ein Teil der Besatzung überlebt hatte. Den Norwegern wurde mit Erschießung gedroht, wenn sie dem Feind Unterschlupf gewährten (das bedeutet verstecken, Helen). So hatten wir natürlich keine Wahl.«

Die Direktorin nickte. »Natürlich.«

»Was habt ihr getan?«, piepste Helen.

»Aufgegeben«, antworteten die Direktorin und Roger im gleichen Atemzug.

»Aber dann haben die Deutschen euch ja gekriegt.«

»Ja. Wir konnten nicht das Risiko eingehen, dass jemand unseretwegen erschossen wird.«

Helen musste flüchtig an das Blut auf dem Boden in Tante Phoebes Badezimmer denken.

»Danach wurden wir in einen Zug verfrachtet und nach Deutschland in ein Gefangenenlager gebracht.«

Ihr Bruder schilderte das alles in einem so sachlichen Ton, dass es Helen beinahe vorkam, als hätte er es gar nicht selbst erlebt.

»War das nicht schrecklich?«, fragte die Direktorin.

Roger zuckte mit den Achseln. »Es war nicht gerade ein Zuckerschlecken. Aber wir haben es überstanden.«

Sein Gesicht wirkte nun düster, bemerkte Helen, und verschlossen, wie früher als Kind auf Borneo, wenn ihre Mutter ihn gefragt hatte, wo er und Geoffrey sich im Dorf herumgetrieben hatten. »Und, Helen, was machen wir nun mit dir? Ich habe gehört, du hast dir die unsinnige Idee in den Kopf gesetzt, die Kunstschule zu besuchen. Mit Kunst wirst du dir nicht deinen Lebensunterhalt verdienen können, weißt du.«

Helen ertappte sich dabei, dass sie wieder rot wurde. »Aber ich liebe das Malen. Und Miss Diamond sagt, ich habe Talent. Außerdem war unser Urgroßvater ein Maler.«

»Er war finanziell unabhängig.« Roger legte den Arm um sie und drückte sie kurz an sich. »Ich fürchte, Helen, diesen Luxus kannst du nicht mehr genießen. Durch den Krieg hat sich alles geändert, und nun ist Mutter …«

Er ließ den Satz unvollendet, und die Direktorin hüstelte wieder. »Also, Helen, was soll es werden? Hauswirtschaft oder Krankenschwester?«

Helen entging nicht, dass Roger leicht humpelte, als er in die Ecke ging, um einen Stuhl zu holen. Es gab wohl einige Dinge, vermutete sie, die er ihr erklären musste. Aber es war klar, dass ihm jemand mit seinem Bein geholfen haben musste. Es hatte auch jemand versucht, ihrer Mutter zu helfen. Und jemand musste Tante Phoebe helfen, ihre Wunden zu versorgen, wenn sie auf den Boden blutete. Vielleicht konnte sie auch helfen.

»Krankenschwester«, antwortete sie mit mehr Begeisterung, als sie spürte. »Ich möchte gerne Krankenschwester werden.«

»Hervorragend.« Die Direktorin schien sehr erleichtert zu sein. »Eine Bekannte von mir hat im Londoner King's College Hospital gelernt. Das ist ein erstklassiges Krankenhaus in Denmark Hill. Ich werde für dich Erkundigungen einholen.«

Später, nach zwei Tassen Tee, überquerte Roger mit ihr den Schulhof zu einem kleinen Auto, das, wie er ihr erzählte, Vater ihm nach seiner Rückkehr vor zwei Monaten gekauft hatte. Zwei volle Monate? Warum war er nicht eher gekommen, um sie zu besuchen?, fragte Helen sich. Vielleicht hatte er sich wegen des Beins behandeln lassen müssen, das ihm sichtlich Schwierigkeiten bereitete.

»Alles in Ordnung, Roger?«

Er lächelte traurig zu ihr herunter. »Du bist ein aufmerksames kleines Ding, nicht wahr? Oder besser gesagt, ein großes Ding.« Er kniff sie zärtlich in die Wange. »Ich habe tatsächlich das eine oder andere kleine Problem.«

»Erzähl es mir«, sagte sie im Bemühen, erwachsen zu klingen, nachdem sie sich im Büro der Direktorin wohl etwas kindisch verhalten hatte.

Roger zuckte mit den Achseln. »Da ist dieses Mädchen. Judith.«

Er verstummte.

»Erzähl weiter«, sagte Helen und versuchte, so selbstbewusst zu klingen wie die Heldin, die Beth und sie letzten Monat im *Kintopp* gesehen hatten. Helen hatte eine Ewigkeit gebraucht, bis sie kapierte, dass mit *Kintopp* das Lichtspielhaus gemeint war, und nun war sie erpicht darauf, mit ihrem neuen Wissen zu glänzen.

»Ich habe Judith kurz vor meiner Einberufung kennengelernt, und sie hat mir ins Lager geschrieben.«

Warum waren die Briefe von dieser Judith angekommen und die von Helen nicht? Sie spürte einen Anflug von Eifersucht.

»Sie hat während des ganzen Kriegs auf mich gewartet, aber als ich zurückkam, habe ich eine andere kennengelernt.« Roger errötete wieder, ein tiefes Rot, das ihn noch attraktiver machte und sogar noch mehr die Blicke der Mädchen auf ihn lenkte, die an ihnen vorübergingen. Helen hätte ihnen am liebsten gesagt, sie sollten ihn in Ruhe lassen, dies sei ihr Bruder.

»Ich wollte Judith schreiben, dass ich unsere Beziehung beenden muss. Aber dann erreichte mich vorher ein Brief von ihr, in dem sie erklärte, sie sei an Tuberkulose erkrankt und habe vollstes Verständnis, wenn ich mich von ihr trennen möchte.«

Helen sog entsetzt die Luft ein. Das erinnerte sie stark an einen Film, den sie im Kintopp gesehen hatte und in dem eine Frau aus Angst, verlassen zu werden, eine Krankheit vortäuschte, um ihren Freund zu halten.

»Natürlich wäre ich dazu nie fähig.«

»Was wirst du tun?«

Roger senkte den Blick auf seine Schuhe. »Was ich getan habe, meinst du? Ich habe sie geheiratet. Erst letzte Woche. Es tut mir leid, aber wir haben niemanden zur Hochzeit eingeladen. Nicht unter diesen Umständen.«

Welche Umstände?

Roger sah immer noch auf seine Schuhe. »Du bist ein erwachsenes Mädchen, Helen. Denk doch mal nach. Meine Frau erwartet ein Kind. Es hat sehr schnell geklappt, sagt sie zumindest.«

»Aber du liebst sie nicht.«

»Ich habe sie gern.«

»Und was ist mit dem Mädchen, dass du wirklich liebst?«

Roger zuckte mit den Achseln. »Ich musste sie gehen lassen.«

Helen war nach Weinen zumute. Danach, das Gesicht in der Schulter ihres Bruders zu vergraben und ihm zu sagen, dass alles gut werde. Aber es konnte nicht gut werden. Wie furchtbar. Wie furchtbar, jemanden zu heiraten, den man nicht liebte.

»Lass dir das eine Lehre sein, Schwesterchen.« Roger drückte sie wieder kurz an sich. »Lass dich später nicht von einem Mann ausnutzen, wenn du ein bisschen älter bist. Sorge dafür, dass du heiratest, bevor du solche Sachen machst.«

Nun war es Helen, die rot wurde. »Ehrlich, Roger, als würde ich zu dieser Sorte Mädchen zählen!«

Sie unterbrach sich, da ihr bewusst wurde, dass das, was sie eigentlich sagen wollte, vielleicht kein gutes Licht auf ihre neue Schwägerin werfen würde.

»Wann werde ich sie kennenlernen?«

»Bald. Und jetzt lauf los, sonst kommst du zu spät zum Abendbrot. Ich melde mich wieder. Wahrscheinlich komme ich dich irgendwann in deinem neuen Krankenhaus besuchen. Pass auf dich auf, Helen.«

Und damit fuhr er los und verschwand hinter einer Auspuffwolke.

Lustigerweise betrachteten die anderen Mädchen Helen danach mit neuem Respekt, und als eine Mitschülerin von Helens »attraktivem Freund« sprach, verzichtete sie darauf, es richtigzustellen.

31

Helen war nicht die einzige junge Frau in den Nachkriegsjahren, die plötzlich eine ihr bis dahin unbekannte Freiheit entdeckte. Aber für eine Zwanzigjährige, die frisch aus dem Internat kam und wenig Erfahrung mit dem wahren Leben hatte, ob während der Schulzeit oder während der Ferien, war das London der späten Vierzigerjahre eine wahre Offenbarung.

Das fing schon damit an, dass die Frauen Hosen trugen! Tante Phoebe machte keinen Hehl aus ihrer Ablehnung von »Frauen in Beinkleidern«, zumal sie selbst A-förmige Röcke aus marineblauem oder braunem Tweed bevorzugte, die sie auch Helen empfahl. Darum war es kein Wunder, dass Helen die Frauen im Bus und auf den Straßen dieser erstaunlichen Stadt mit einem Neid beobachtete, der eher Neugier glich.

»Hey, was gaffen Sie so?«, sagte eine Frau in einer knallroten Bluse und einer grauen Hose und mit etwas, das wie die Kopfbedeckung der einheimischen Frauen auf Borneo aussah.

Helen ging rasch weiter und nahm sich vor, die Leute nicht mehr so anzustarren, etwas, was Tante Phoebe ihr ständig vorhielt, seit Helen in England war und versuchte, sich einzugewöhnen. Nun kam es ihr wieder vor, als wäre sie ganz neu angekommen. Dieser Lärm! Diese lauten Stimmen und dieser ständige Verkehr! Es war herrlich. Einfach herrlich.

Schließlich setzte sie ihren schweren, braunen, verbeulten Koffer ab, den ihre Tante im Keller unter dichten Spinnweben ausgegraben hatte, und starrte an dem Gebäude vor ihr hoch. Das war es also! Das King's College Hospital in Dulwich, einem Stadtteil im Süden Londons. Allein der Klang weckte in Helen das Bedürfnis, den Namen wieder und wieder in ihrem Kopf zu sagen, um sich zu vergewissern, dass sie tatsächlich hier war und dass sie heute Abend nicht zurück ins Internat musste oder nach Somerset in das bedrückende Gutshaus, wo Tante Phoebe Bratäpfel backen (obwohl Helen warmes Obst schon immer hasste) und mit dem guten Onkel Victor die Abendnachrichten im Radio verfolgen würde.

Stattdessen war sie hier! Kurz davor, ihre Ausbildung als Krankenschwester zu beginnen, damit sie anderen Menschen helfen konnte, worin sie, wie selbst Tante Phoebe zustimmte, recht gut war. Und, nicht weniger aufregend, sie würde sich weiterhin dem Malen widmen können. Miss Diamond hatte sich informiert über eine Abendschule, nicht weit entfernt vom Krankenhaus, wo Helen Kurse belegen konnte, falls es ihre Zeit erlaubte.

»Tschü-hüss!«

Helen hob den Kopf und sah eine große, strahlende, selbstbewusst wirkende junge Frau – in Hosen! –, die einem älteren Paar zum Abschied winkte, bei dem es sich wohl um ihre Eltern handelte.

»Nur noch einen letzten Kuss, Schatz!«, rief die ältere Frau, die einen eleganten Pelzmantel trug, obwohl es noch recht warm war für Herbst. Und die Tochter lief zurück, um ihre Mutter zu umarmen.

»Und dass du uns schreibst!«, rief der Mann mit dem braunen Hut, der daneben stand, und die junge Frau nickte aufgeregt, bevor sie im seitlichen Personaleingang der Klinik verschwand.

Helen spürte ein schmerzhaftes Reißen in der Brust, als wäre dort ein Band in zwei Hälften zerschnitten worden. Wenn ihre Mutter noch lebte, hätte sie Helen dann begleitet, um sich von ihr zu verabschieden? Ganz bestimmt. Aber Tante Phoebe hatte sich nicht dazu bereit erklärt, und selbst der gute Onkel Victor hatte ihr lediglich angeboten, sie für den Zug nach London zum Bahnhof zu bringen. Die zwei hatten nur Augen füreinander – das war nicht zu übersehen. In gewisser Weise war Helen fast neidisch. Ihre Mutter hatte das nie gehabt mit ihrem Vater, dessen war sie sich nun, da sie erwachsen war, ziemlich sicher. Das Einzige, woran sie sich erinnern konnte, war die schroffe Art ihres Vaters – eine Schroffheit, die er nun an ihr ausließ.

»Arbeite fleißig in deinem Krankenhaus«, hatte er ihr aus Borneo geschrieben und eine kleine Postanweisung für »Unkosten« beigefügt. »Wir werden vielleicht in ein, zwei Jahren zu Besuch nach England kommen und dich dann wiedersehen.«

Ihre beiden älteren Brüder schrieben ihr einigermaßen regelmäßig, aber das war es dann. Helen kam es vor, als wäre der Tod ihrer Mutter in Kombination mit der schrecklichen Zäsur durch den Krieg einfach zu viel gewesen. Und trotzdem, dachte sie, während sie ihren Koffer nahm und der großen, hübschen, selbstbewussten jungen Frau folgte, deren Eltern immer noch draußen standen, fühlte sie sich nicht anders als die anderen, obwohl sie vielleicht Grund dazu gehabt hätte. Es war eben so gekommen. Und sie musste sich damit abfinden.

»Es wird erwartet, dass Sie um sechs Uhr dreißig aufstehen und Ihr Bett ordentlich machen. Wer zu spät zum Dienst erscheint, wird streng bestraft. Die Mahlzeiten werden nach einem strikten Turnus eingenommen. Persönliche Beziehungen jeglicher Art zu den Patienten führen zur sofortigen Entlassung. Und natürlich wird von Ihnen erwartet, dass Sie alle fleißig lernen. Wer bei den Prüfungen durchfällt, wird aufgefordert, die Schwesternschule umgehend zu verlassen. Ist das klar?«

Die Frau mit den scharfen Gesichtszügen, die vor der Gruppe stand mit einem weißen Rüschenhäubchen, einer steifen blauweißen Schwesterntracht und dem begehrten, elastischen King's-

Gürtel mit der komplizierten Metallschnalle, den man erst nach bestandener Prüfung bekam, ließ den Blick über die Mädchen schweifen, und Helen musste an das Scheinwerferlicht denken, das über dem Feld in Somerset in jener Nacht kreiste, als die Bombe gefallen war und die arme Mrs Rolls vom Postamt getötet hatte.

Dann spürte sie einen Ellenbogen in den Rippen. »Mit der legt man sich wohl besser nicht an, was?«

Helen drehte den Kopf und sah ein fröhliches, rundliches Mädchen mit einem breiten Grinsen und einer kleinen Lücke zwischen den Schneidezähnen, das sie anstrahlte. »Ich bin übrigens Maggy.«

»Helen«, erwiderte Helen flüsternd und spürte im nächsten Moment, dass die Augen der Sprecherin sich auf sie hefteten. Errötend senkte sie den Blick und hielt den Atem an. Es entstand eine unangenehme Pause, bis die Frau schließlich die Gruppe mit der Anweisung, sich am nächsten Morgen um Punkt halb acht am selben Ort einzufinden, entließ.

»Tut mir leid wegen eben«, sagte Maggy glucksend, als sie zu dem Schwesternwohnheim zurückkehrten, das in einem Außentrakt untergebracht war. »Ich hatte nicht die Absicht, dich gleich am ersten Tag in Schwierigkeiten zu bringen. Die Oberschwester scheint es ziemlich genau zu nehmen, nicht? Stammst du aus London? Pops und ich wohnen in Birmingham. Ich hätte auch dort in einem Krankenhaus anfangen können, aber mich haben die Lichter der Hauptstadt gereizt. Pops hat es mir nur erlaubt, weil hier ein Onkel von mir lebt.« Ihr Gesicht wurde etwas ernster. »Ich nehme an, deine Mutter hat dich hierhergebracht?«

Helen bereitete sich auf ihre übliche kurze Erklärung vor, dass sie bei ihrer Tante lebte. Sie hatte im Laufe der Jahre die Erfahrung gemacht, dass Fremde Tränen in die Augen bekamen, wenn sie von ihrer Mutter erzählte, als wäre ihnen dieser Verlust widerfahren und nicht ihr. Trotzdem, diese Maggy war irgendwie anders. »Meine Mutter ist während des Kriegs an Krebs gestorben. Ich bin bei meiner Tante aufgewachsen.«

Sie stellte sich auf das übliche Beileid ein.

»Ich glaube es nicht!« Maggy blieb wie angewurzelt im Gang stehen, sodass eine Gruppe junger Männer hinter ihnen sie beinahe anrempelte. Einer von ihnen blickte zurück zu Helen auf eine Art, die sie an Roger erinnerte, sodass sie zunächst nicht richtig aufnahm, was Maggy sagte.

»Ist das nicht unglaublich?«

»Bitte?«

»Meine Mutter ist auch gestorben. Als ich sechs war. Bei einem Kletterunfall.«

Maggy redete, als wäre es völlig normal, seine Mutter durch einen Kletterunfall zu verlieren. »Armer alter Pops. Er hat sich viel Mühe gegeben, mich allein großzuziehen. Er ist Arzt, weißt du. Wie alle in unserer Familie, aber ich möchte Krankenschwester werden. Mensch, ich habe noch nie jemanden getroffen, der auch seine Mutter verloren hat, abgesehen von den Mädchen an der Schule, deren Eltern bei Luftangriffen umgekommen sind. Aber das zählt nicht wirklich, oder, weil man mit so etwas im Krieg schließlich rechnen muss.«

Helen wusste nicht, was sie sagen sollte, aber das spielte keine Rolle, denn Maggy quasselte in einem fort, und es gab ohnehin so gut wie keine Gelegenheit, zu Wort zu kommen. Nebenher, während sie weitergingen, grüßte sie ständig andere Schwesternschülerinnen und sogar das Personal. »Viele hier kennen meinen Onkel, weil er ein recht berühmter Arzt ist«, erklärte sie in einem Ton, als wäre das auch völlig normal. »Hast du schon dein Zimmer gesehen? Meins ist total winzig, aber das wird sicher lustig. Ich teile es nämlich mit zwei richtigen Spaßkanonen. Sieh an! Dein Zimmer ist ja direkt neben meinem. Ist das nicht super?«

Alles war »super« laut Maggy, wie Helen herausfand. Maggy war ganz anders als ihre alte Freundin Beth, aber ihr Enthusiasmus war ansteckend. Erst als Helen ihre neue Freundin etwas näher kannte, stellte sie fest, dass Maggy auf alle diese Wirkung hatte. »Ein Tonikum«, sagten die Leute und nickten.

Nun, als Helen sich umblickte in dem kleinen Zimmer, das sie sich auch mit zwei Mädchen teilte – viel hübscher als der Schlafsaal im Internat! –, spürte sie wieder einen Ellenbogen in den Rippen. »Hey! Du willst doch jetzt nicht etwa auspacken? Wir treffen uns gleich alle auf einen Drink. Kommst du mit? Und hinterher gehen wir zu einer Medizinerparty. Du musst unbedingt mitkommen. Es ist dein erster Abend in London. Das müssen wir feiern!«

An jenem Abend schleifte Maggy sie zu einer Privatfeier in einer Wohnung in einem Stadtteil namens Earls Court. Helen wandte vergeblich ein, dass sie nichts zum Anziehen habe, abgesehen von den Tweedröcken, die Tante Phoebe sorgfältig in den ausgeblichenen, verstaubten braunen Koffer gelegt hatte. Maggy zauberte daraufhin ein rubinrotes Seidenkleid mit einem breiten Gürtel hervor, und Helen kam sich darin vor wie in einem Theaterstück. Sie fühlte sich tatsächlich anders, als sie hineinschlüpfte, wie ein anderer Mensch. Erstaunlicherweise passte es ihr wie angegossen. Maggy und sie waren ähnlich gebaut, obwohl Helen fand, dass Maggy sich in ihrem Körper ungezwungener bewegte, offenbar ohne das nagende Gefühl, an den falschen Stellen Pölsterchen zu haben, das Helen immer plagte.

Sie hatten sogar dieselbe Schuhgröße. Unglaublich! »Du hast die gleichen Riesenfüße wie ich«, stellte Maggy triumphierend fest, nachdem sie Helen ein Paar hochhackige Schuhe aus dem hintersten Winkel ihres schmalen Schranks gegeben hatte, der vor Kleidern in sämtlichen Farben des Regenbogens zu bersten schien. »Ich wusste, wir werden Freundinnen!«

Als sie die Treppe zu der Feier hinunterstöckelten, spürte Helen plötzlich eine große Sehnsucht nach ihren Brüdern. Sah man von ihnen einmal ab, hatte sie sich so gut wie nie mit einem Jungen unterhalten. Aber als sie nun den Raum betraten, der mit Kerzen beleuchtet war und so verqualmt, dass der Rauch in Helens Hals kratzte, sah sie, dass viel mehr Männer als Frauen da waren.

Jeder hier schien Maggy zu kennen, obwohl die Leute alle ein paar Jahre älter waren. »Das sind die Studenten von meinem Onkel«, rief sie fröhlich und stürzte sich in die Menge. »Derek, komm mal her und sag Hallo zu meiner Freundin Hellie!«

»Hellie« war eine Koseform, die Maggy sich anscheinend von sich aus angewöhnt hatte, und obwohl kaum jemand Helen so nannte, störte es sie nicht. Derek war ein schüchterner, recht kleiner junger Mann mit einer runden Brille, der mehr Angst vor Helen zu haben schien als sie vor ihm. Tatsächlich stellte sie leicht belustigt fest, dass sie gar nicht so schüchtern war, wie sie gedacht hatte, wenn sie sich mit einem jungen Mann unterhielt. Vielleicht lag es daran, dass sie drei Brüder hatte, auch wenn keiner von ihnen so still und zurückhaltend war wie dieser arme Kerl vor ihr, der kaum fähig war, zwei Worte am Stück herauszubringen.

Was zum Henker sagte er gerade?

Helen lauschte angestrengt, um seine leise Stimme zu verstehen bei der lauten Musik, die aus den Boxen eines Plattenspielers dröhnte, der in einer Ecke des Raums stand. Dann gab er ihr mit einem Zeichen zu verstehen, dass er tanzen wollte. Das war keine positive Neuigkeit. Im Internat hatte Helen, die zu den größeren Mädchen zählte, immer den Part des Mannes übernehmen müssen, und als sie nun versuchte, Derek zu folgen, stellte sie fest, dass sie führte.

»Sorry«, rief sie, aber er schien es nicht zu hören. Jedenfalls störte es ihn wohl nicht, denn er klebte den ganzen Abend an ihrer Seite, und Helen brachte es nicht übers Herz, ihn stehen zu lassen. Auch nicht unter dem Vorwand, zur Toilette zu gehen, wie Maggy es ihr empfohlen hatte, um Jungs loszuwerden, die ihr lästig wurden.

Schließlich, als es so spät war, dass Helen sich fragte, wie um alles in der Welt sie morgen früh aus dem Bett kommen sollten, damit sie pünktlich zum Unterricht erschienen, tauchte Maggy mit einem Glas Rotwein in der Hand auf. Helen hatte standhaft Dereks leises Angebot abgelehnt, ihr einen Drink auszugeben, aber ihre neue Freundin hatte diese Skrupel offenbar nicht. Sie war sogar noch fröhlicher als sonst.

»Amüsierst du dich gut, Hellie?«

Helen nickte, griff aber nach Maggys Arm. »Ich glaube, wir sollten jetzt besser gehen. Es ist schon schrecklich spät.«

»Geh ruhig.« Maggy strahlte den sehr attraktiven jungen Mann an, dessen Arm, wie Helen plötzlich erschrocken bemerkte, um Maggys Taille lag. »Derek wird für dich ein Taxi organisieren, nicht wahr, alter Junge?«

Und so kam es, dass Helen am Ende ihres ersten Abends in London sich allein auf dem Rückweg nach Hause wiederfand. Sie konnte nicht anders, als sich um Maggy Sorgen zu machen, obwohl sie ziemlich sicher war, dass sie mitten in der Nacht nebenan eine Tür zuschlagen hörte.

Am nächsten Morgen stand sie früh auf und zog sich mit Herzklopfen für den Unterricht an. Als sie dort eintraf, war Maggy bereits da und machte einen so sittsamen Eindruck, als wäre sie gestern früh ins Bett gegangen.

»Siehst du ihn wieder?«, flüsterte Maggy ihr zu, als sie ihre Plätze einnahmen.

Helen dachte an die Ausreden, die sie dem armen Derek aufgetischt hatte, und an seinen leicht geknickten Eindruck, als sie ihm erklärte, dass sie am Wochenende keine Zeit habe auszugehen, weil sie für ihre Ausbildung lernen wollte. »Nicht mein Typ«, antwortete sie flüsternd, wie sie eine der Schwarzweißheldinnen sagen gehört hatte, als sie mit Beth im vorigen Sommer im Kino war. »Und du?«

Maggy zuckte mit den Achseln, und Helen war sich ziemlich sicher, dass sie immer noch eine Mischung aus Zigarettenqualm und Wein in Maggys Atem riechen konnte. »Wir werden sehen.«

Im Laufe der nächsten zwei Jahre wurden Helen drei Dinge klar. Erstens, dass sie wirklich ihre Berufung gefunden hatte. Sie liebte es, Krankenschwester zu sein! Es war einfach wunderbar, Menschen zu helfen, die dankbar waren, wenn man sie im Bett sorgfältig zudeckte, auch wenn sie in der Anfangsphase noch nicht viel mehr tun durften. Es machte ihr nicht einmal etwas aus, die Bettpfannen zu leeren. Schließlich war ihr nach Borneo nichts zu primitiv. Und sie entdeckte außerdem zu ihrer eigenen Überraschung, dass sie eine natürliche Begabung dafür hatte, die Patienten zum Lachen zu bringen.

»Warum sind Sie nach England zurückgekehrt, Herzchen?«, fragte ein älterer Herr, der wegen seiner Gallensteine behandelt wurde, nachdem sie ihm erklärt hatte, dass sie auf Borneo aufgewachsen sei.

»Vaters Gummi ist kaputtgegangen«, antwortete sie und vergaß dabei, das Wort »Geschäft« an »Gummi« hinzuzufügen. Lautes Gelächter schallte durch die Station, und Helen, die nicht begriff, was sie so Komisches gesagt hatte, wurde schließlich von dem älteren Herrn in lautem Ton aufgeklärt, dass in seinem Umfeld »Gummi« eine Vorrichtung bezeichne, die verhindern sollte, dass eine Frau schwanger wurde, und nein, es habe nichts mit Bridge zu tun.

Das Zweite, was Helen bewusst wurde, war, dass ihre neue Freundin Maggy viel erfahrener war als sie. Das lag nicht nur daran, dass sie von ihrem Vater dazu erzogen worden war, indem sie einige Jahre die »Dame des Hauses« und Gastgeberin gab, die die Haushälterin beaufsichtigte und dafür sorgte, dass alles rund lief. Aber das beschränkte sich auf die Ferien. Maggy hatte nämlich außerdem eine fortschrittliche Schule in Devon besucht, die ihre Schülerinnen dazu ermutigte, ihre Meinung zu äußern.

Kein Wunder, dass Maggy entsetzt auf manche der Geschichten reagierte, die Helen ihr erzählte, vor allem jene, als Tante Phoebe ihre Zeichnungen konfisziert hatte. Maggy bestand darauf, dass Helen ihre »Mappe« zeigte, wie sie ihre Skizzensammlung nannte, die Helen im Internat angefertigt und irgendwie in ihren Koffer gequetscht hatte.

»Die sind großartig, Hellie. Du musst unbedingt weitermalen.«

Letzten Endes blieb sehr wenig Zeit zum Malen, ganz zu schweigen von der Abendschule, die Miss Diamond ihr mit glühenden Worten empfohlen hatte. Sie mussten oft abends noch lernen, und wenn sie nicht über ihren Büchern saßen, gingen sie aus und feierten. Maggy bestand darauf, ihre Garderobe mit Helen zu teilen, aber in Wahrheit war das Einzige, in dem Helen sich wohl fühlte, ein blau-beige gestreiftes Kleid, das weniger verspielt war als das rubinrote und nicht so tief ausgeschnitten wie die anderen.

Das Dritte, was Helen herausfand, war, dass von ihr erwartet wurde, in den Ferien zu Tante Phoebe zurückzukehren. »Du kannst auch gern mit zu mir kommen«, sagte Maggy. »Pops würde das sicher gefallen. Er hat es gern, wenn ich meine Freundinnen mitbringe.«

Aber Onkel Victor hatte bereits mit ihr vereinbart, dass er sie am Bahnhof abholte. Während der Fahrt zum Gutshaus kam Helen zu spät die Erkenntnis, dass sie die falsche Entscheidung getroffen hatte. Das erste Weihnachtfest nach London war unerträglich langweilig, und statt zu lesen, wie Helen das sonst tat, oder ihre Farben hervorzuholen, ertappte sie sich dabei, dass sie die Tage zählte bis zu ihrer Rückkehr im Januar.

Eines Morgens jedoch, als sie das Frühstückszimmer betrat, sah sie, dass ihre Tante sich über die Schulter ihres Onkels beugte. Das war an sich nichts Ungewöhnliches – Helen fand es immer rührend, die zwei miteinander zu beobachten. Victors Anwesenheit ließ Phoebe manchmal fast umgänglich werden.

»Dann ist er also tot«, murmelte Phoebe mit Blick auf die Todesanzeigen.

Victor faltete die Zeitung ordentlich zusammen und legte sie auf den Beistelltisch. »Es scheint so. Der arme Mann.«

Helen griff neugierig nach der Zeitung. Unter den Todesanzeigen war das Bild eines sehr attraktiven Mannes mit der Überschrift »Dr. Edward Whittaker«.

»Wer ist das?«, fragte sie.

Es entstand ein Schweigen, das Onkel Victor mit einem leisen Hüsteln unterbrach, bevor er sich anschickte, den Raum zu verlassen.

»Ein Freund deiner Mutter«, antwortete Tante Phoebe laut. Helen sah, dass ihr Onkel sich in der Tür umwandte und eine Augenbraue hochzog.

»Du darfst niemals«, sagte ihre Tante in entschiedenem Ton, »jemanden heiraten, den du nicht liebst, Helen. Warte, bis dir der Richtige begegnet, und glaube mir, er wird kommen. Ich habe auf Victor gewartet, und ich habe es keinen einzigen Moment bereut.«

Helen wollte kaum ihren Ohren trauen. War das ihre Tante, die da redete? Ihre kalte Tante, die diesen Ton normalerweise anschlug, um sie zu tadeln, weil sie einen Topf nicht richtig abgetrocknet hatte?

»Woran ist er gestorben?«, fragte sie neugierig.

»Sein Herz.« Ihre Tante blickte zum Fenster hinaus auf den Rasen, der von einer dünnen Eisschicht bedeckt war. »Er hatte ein schwaches Herz. Es ist gebrochen.«

Gebrochen? Meinte ihre Tante damit, dass der arme Mann einen Herzinfarkt hatte? Dann, fast genauso plötzlich, schien Phoebe aus ihrem Tagtraum wieder aufzuwachen. »Gut, Helen. Wir können nicht den ganzen Tag Däumchen drehen. Gehst du mir beim Abwasch zur Hand oder nicht?«

In der darauffolgenden Woche entschuldigte Helen sich und

kehrte früher als geplant nach London zurück. Maggy hatte dasselbe getan. Ihr Vater war weggefahren, weshalb sie ebenfalls bereits auf dem Rückweg war. Außerdem fand am Abend eine Feier statt.

Und auf einer Feier wie dieser sollte sie Clive Mitchell kennenlernen.

32

Tatsächlich dauerte es noch mehrere Monate, bis es dazu kam. Das folgende Jahr war ein Wirrwarr aus Partys und intensiven Lernphasen und einem Hin und Her auf den Stationen. Während Helen Patienten wusch, ankleidete und versorgte, sodass am Ende des Tages ihre Füße in den vernünftigen schwarzen Schnürschuhen unerträglich schmerzten, verschaffte ihr der Alltag aber zugleich ein Gefühl der Befriedigung.

Sie liebte ihre Arbeit! Aber gleichzeitig machte es ihr großen Spaß herumzuflirten, wie Maggy es nannte. Helens Brüder waren, ohne dass es ihnen bewusst war, eine gute Übung für Helen gewesen. Sie war nicht schüchtern gegenüber Männern, wenn klar war, dass es keine Anziehungskraft zwischen ihnen und ihr gab. Im Gegensatz zu vielen Mädchen, die albernerweise automatisch rot wurden, wenn sie vom anderen Geschlecht angesprochen wurden, sah Helen in den Männern nicht unmittelbar ihren zukünftigen Verlobten. Stattdessen konnte sie ungezwungen mit ihnen herumschäkern und ihnen nach Möglichkeit Paroli bieten. Damit machte sie sich sehr beliebt bei den Jungs, die es manchmal leid waren, immer als potenzielle Heiratskandidaten betrachtet zu werden.

Trotzdem fragte Helen sich, ob jemals der Richtige auftauchen würde in ihrem Leben. Möglicherweise, dachte sie, würde nie einer um ihre Hand anhalten, und dann würde sie ihr Leben damit verbringen müssen, andere Menschen zu pflegen. Das wäre im Grunde gar nicht so schlimm, würde sie sich nicht Kinder wünschen. Dies war ein tief sitzendes Bedürfnis, dessen sie sich erst bewusst geworden war, als sie ihre Ausbildung begann und ein paar Schwesternschülerinnen kennenlernte, die sich nach dem Examen zur Hebamme fortbildeten. »Du ahnst ja nicht, wie großartig es ist, Babys auf die Welt zu holen«, hatte eine von ihnen geschwärmt. Die unüberhörbare Begeisterung in ihrer Stimme hatte Helen angesteckt und in ihr den Entschluss reifen lassen, denselben Weg einzuschlagen.

Vielleicht würde sie einfach anderen Frauen helfen müssen, ihre Kinder zur Welt zu bringen, wenn keiner mit ihr Kinder haben wollte. Natürlich wäre das im Moment auch gar nicht ratsam. Maggy fragte sie in letzter Zeit immer, ob sie an ihr Diaphragma gedacht habe. Helen war sich nicht sicher, was sie darauf antworten sollte. Natürlich wusste sie, was ein Diaphragma war. Nämlich der Bereich unter ihrem Brustkorb, der für die Atmung zuständig war. Wenn man ihn lange genug einzog, bewirkte er wahre Wunder für die Figur – Helen hatte es vor dem kleinen Spiegel in dem schlichten Bad am Ende des Flurs, das sie sich mit drei anderen Mädchen teilte, ein paarmal ausprobiert.

Der Spiegel war in der Tat so etwas wie eine kleine Offenbarung. Im Internat hatte es gerade einmal einen Spiegel für den ganzen Schlafsaal gegeben, und in Tante Phoebes Haus waren sie auch nicht gerade willkommen, abgesehen von dem großen, silbernen, fleckigen Exemplar über der Frisierkommode in Phoebes Schlafzimmer und dem goldgerahmten Garderobenspiegel in der Eingangshalle, auf dem ein Adlerkopf thronte. Als ihre Tante sie einmal davor ertappte, war Helen prompt dafür getadelt worden, weil der Spiegel nicht dazu diente, »sich selbst zu bewundern, sondern lediglich um sicherzugehen, dass der Hut nicht schief auf dem Kopf sitzt«.

Als Maggy an dem Abend, an dem Helen Clive Mitchell begegnen würde, wieder einmal von dem Diaphragma anfing, holte

Helen tief Luft und versuchte, so gerade wie möglich zu stehen. Auch das half, wie der Spiegel im Schwesternwohnheim ihr verriet, anmutiger zu wirken.

»Was um alles in der Welt machst du da?« Maggy brach in brüllendes Gelächter aus, während sie sich gleichzeitig eine Zigarette anzündete, mindestens schon die dritte an diesem Abend. Ihre Freundin besaß, wie Helen bemerkt hatte, die außergewöhnliche Fähigkeit, gleichzeitig zu rauchen, zu trinken und zu lachen. Aber ihr Lachen war so ansteckend, dass es unmöglich war, ernst zu bleiben, obwohl Helen wusste, dass Maggy nicht die Sorte Freundin war, die sie ohne Weiteres mit nach Hause bringen konnte, weil ihre Tante sicher etwas gegen »eine junge Person« hatte, die Alkohol trank und Zigaretten rauchte – dabei tat Phoebe das selbst, wenn auch in gemäßigter Form.

»Ich ziehe mein Diaphragma ein.« Helen versuchte, einen scherzhaften Ton zu treffen, aber es kam so heraus, dass sie sich töricht vorkam, wie früher in der Schule. Das war kein angenehmes Gefühl. Eins der Dinge, die sie an Maggy so sehr liebte, war, dass ihr Lachen einem ein gutes Gefühl vermittelte statt ein schlechtes, als hätte man etwas Dummes gesagt.

»Hellie, meine Süße!« Maggy hörte nach der halben Zigarette auf zu lachen. »Hast du gedacht, ich spreche von deinem Zwerchfell? Ich glaube, wir haben uns missverstanden. Hier, wirf mal einen Blick rein.«

Sie griff in ihre Handtasche und zog ein kleines schwarzes Etui hervor. Ohne zu ahnen, was sie erwartete, klappte Helen es auf. Darin lag eine große halbierte Eierschale, allerdings aus Gummi.

»Kann das Ding hüpfen wie ein Ball?«, fragte sie, während sie es herausnahm und neugierig betrachtete. Vielleicht handelte es sich um ein Spiel, das Maggy während ihrer Zeit auf dem fortschrittlichen Internat gelernt hatte.

»Ein Ball!« Maggy brüllte wieder vor Lachen, und Tränen liefen über ihr Gesicht. »Du bist unbezahlbar, Hellie. Ehrlich, unbezahlbar. Und wenn ich es mir recht überlege, ist Sex tatsächlich eine Art Spiel.«

»Sex?« Helen wiederholte das Wort lauter als beabsichtigt, und ihre Zimmergenossin, die kurz hereingekommen war, um sich für den Abend fertig zu machen, zog die Augenbrauen hoch. Sie warf einen flüchtigen Blick auf die Gummieierschale in Helens Hand, schüttelte missbilligend den Kopf und verließ dann das Zimmer.

Maggy sprang von Helens Bett, wo sie es sich mit ihrer Zigarette und einem Whiskyglas bequem gemacht hatte. »Ja, Süße, genau dafür ist das Diaphragma gedacht. Du führst es in dich ein, und es verhindert, dass du schwanger wirst.«

Helen schwirrte der Kopf vor Fragen, sodass sie kaum alle herausbrachte. »Wie führt man das ein? Und warum kann ich schwanger werden? Ich habe ja nicht einmal einen Freund, geschweige denn einen Ehemann. Wo hast du das überhaupt her?« Plötzlich ging ihr ein Licht auf. »Hast du es schon getan?«

Maggy hörte auf zu lachen, was bedeutete, dass dies hier ernster war, als Helen gedacht hatte. »Hellie, Süße, wir haben 1950. Fast schon 1951 – ein neues Jahrzehnt. Jeder macht es vor der Hochzeit. Pops sagt, die Leute haben das auch schon vor dem Krieg getan, bloß hat keiner darüber gesprochen.«

»Du redest mit deinem Vater über Sex?«

Helen wollte ihren Ohren nicht trauen.

»Er ist Arzt, Süße. Und er hat immer gesagt, dass er vermeiden möchte, dass ich an den Falschen gerate und gezwungen sein werde zu heiraten. Darum hat er mich zu einem Kollegen geschickt, der sich mit Verhütung auskennt.«

Verhütung? Helen erinnerte sich, dass Tante Phoebe einmal am Mittagstisch rasch das Radio ausgeschaltet hatte, als jemand mutig genug war, dieses Wort auszusprechen.

»Aber mit wem hast du es getan? Mit Gareth?«

Gareth war ein Medizinstudent, mit dem Maggy sich in letzter Zeit regelmäßig traf.

»Hin und wieder.«

»Auch schon vor ihm?«

Maggy machte nun einen leicht verlegenen Eindruck. »Ein paarmal.« Sie legte den Arm um Helen. »Hör zu, wichtig ist nur, dass du vorbeugst. Pops hat recht, und er muss es wissen. Schließlich hat er ständig mit jungen Frauen zu tun, die gezwungen sind zu heiraten. Mach also heute Abend keine Dummheiten und auch nicht morgen oder nächste Woche. Ich werde dich in diese Klinik begleiten, in der ich war. Wir brauchen natürlich noch ein gefälschtes Aufgebot, aber das lässt sich regeln.«

Ein gefälschtes Aufgebot? Maggy sah sie an und schüttelte den Kopf. »Süße, du hast tatsächlich keinen blassen Schimmer, nicht wahr? Was hat man euch beigebracht, wenn die Lichter ausgingen? Du musst so tun, als würdest du bald heiraten, um an ein Diaphragma heranzukommen. Aber keine Sorge. Ich kümmere mich darum.«

Die Unterhaltung kreiste immer noch in Helens Kopf, als sie und Maggy auf der Party eintrafen. Dieses Mal fand sie nicht in einer Kellerwohnung in Earls Court oder Kensington statt, sondern in einem recht schicken Club nahe dem Hyde Park. Sie waren mit dem Taxi gefahren, was Helen bisher nur von den seltenen Gelegenheiten kannte, wenn sie mit Tante Phoebe in London gewesen war, aber mit Maggy, die anscheinend über einen grenzenlosen »Unterhalt« verfügte, war es, wie in einen Bus zu springen.

»Ach, übrigens, Hellie«, sagte Maggy beim Aussteigen, während sie dem Fahrer Trinkgeld gab. »Du weißt ja, was NSIT bedeutet, oder?«

Helen schüttelte den Kopf.

»Nicht Sicher Im Taxi.« Maggy lachte schallend und entblößte wieder einmal die kleine Lücke zwischen ihren Schneidezähnen, die sie selbst nicht im Geringsten zu stören schien und die ihr noch mehr Charme verlieh. »Sei also vorsichtig, wenn du mit einem Kerl hinten in ein Taxi einsteigst und er anfängt, dich zu befummeln. Das bedeutet, er ist NSIT. Ein Gentleman wartet damit, bis er dich nach Hause gebracht hat.«

Helen beeilte sich, um mit ihr Schritt zu halten, während sie sich dem Eingang näherten. »Hellie, ich sehe, dass in nächster Zeit jede Menge Arbeit auf mich wartet, um dich aufzuklären. Wow. Schau dich mal um. Ist das nicht hübsch hier?«

Allerdings! Der Royal Air Force Club, in dem die Feier stattfand, war wie ein riesiger Weihnachtsbaum von innen beleuchtet. Nachdem sie jahrelang gezwungen gewesen waren, die Lichter zu löschen und die Fenster zu verdunkeln, war die Festbeleuchtung in der Tat ein großartiger Anblick. Helen spürte ein Kribbeln vor Aufregung, während sie das blau-weiße Abendkleid glattstrich, das Maggy ihr unbedingt hatte schenken müssen. Ihre Freundin hatte recht. Wenn man sich nicht amüsieren ging, nun, da man volljährig war, wann dann? Außerdem standen sie am Beginn einer neuen Dekade. Es war Zeit für Veränderungen. Höchste Zeit, erwachsen zu werden und die Vergangenheit hinter sich zu lassen.

An jenem Abend wurde Helen zu einem anderen Menschen. Sie beeindruckte einige der jungen Männer, die die beiden Mädchen in ihren Kreis aufgenommen hatten, mit lustigen Sprüchen. Maggy knutschte bereits in einer dunklen Ecke mit einem Kerl, der vielleicht Gareth war oder auch nicht, schwer zu sagen, und dann wurde Helen von einem aus der Runde, der ihr ein Getränk ausgegeben hatte, zum Tanzen aufgefordert.

Sie fand ihn recht nett, aber er bestand den »Prickeltest« nicht. Das war wieder etwas, was Maggy ihr erklärt hatte. Man ließ sich nicht näher auf einen Mann ein, wenn das Prickeln ausblieb, und scheinbar konnte der Mann sogar ungemein attraktiv und charmant und witzig und geistreich sein, ohne einem dieses Kribbeln im Bauch zu verursachen. »Die Chemie«, hatte Maggy ihr feierlich erklärt, »ist eine sehr seltsame Sache. Das hat nicht das Geringste mit Schwefel zu tun.«

Und plötzlich entdeckte Helen jemanden an der Bar, der ihr so vertraut war, dass ihr Herz einen Salto schlug. Was machte er hier? Warum hatte er ihr nichts gesagt?

»Roger?«, rief sie laut und lief auf die große Gestalt im Smoking zu, die mit der unverkennbar geraden Haltung auf einem Barhocker saß. Der Mann wandte sich mit überraschtem Gesicht zu ihr um, und Helen erkannte erst jetzt, dass er zwar von hinten aussah wie ihr Bruder und auch eine ähnliche Nase hatte, es aber nicht war.

»Verzeihung.« Sie errötete tief vor Verwirrung und Verlegenheit. »Ich dachte, Sie wären mein Bruder. Das heißt, mein älterer Bruder. Der Ältere von den beiden älteren. Verstehen Sie, ich habe drei Brüder, zwei ältere und einen jüngeren.«

Da ihr mit Schrecken bewusst wurde, dass sie brabbelte, wandte sie sich zum Gehen, aber der Mann berührte ihren Arm. Daraufhin durchzuckte es sie wie ein elektrischer Schlag. Verwirrt blickte sie auf ihren Arm, um zu sehen, ob sie sich verbrannt hatte, aber da war nur seine Hand, die darauf ruhte. »Bitte, gehen Sie nicht.« Er hatte ein süßes Lächeln, und seine dunkelbraunen Augen musterten ihr Gesicht, als würde er dort etwas Bestimmtes wahrnehmen. Vielleicht hatte sie noch Essensreste im Gesicht. Das wäre nicht das erste Mal! Aber sie konnte jetzt wohl kaum ihren Taschenspiegel herausholen, um nachzusehen. »Darf ich Ihnen einen Drink ausgeben?«

Sie geriet ins Stottern, als sie antwortete. »Ich hatte bereits ein Glas, danke.«

Er wirkte leicht amüsiert. »Wie wäre es dann mit einem Tanz? Ich liebe diese Musik, Sie nicht auch?«

Sie lauschte. Es war ein Stück, das sie zuvor gehört hatte, aber ihr fiel kein Titel dazu ein. Recht düstere Musik, die Erinnerungen weckten an einen Ort. Genau!

»Borneo«, murmelte sie.

»Ist das Ihr Name?« Der Mann musterte sie derart intensiv,

dass sie den Blick auf ihr Kleid senkte, um sich zu vergewissern, dass kein Knopf aufgegangen war.

»Die Musik erinnert mich an einen Ort, wo ich früher gelebt habe«, antwortete sie schüchtern.

»Aber wie heißen Sie?«

Er stand nun auf, und sie bewegten sich auf eine Gruppe von Leuten zu, die bereits tanzten.

»Helen.«

Es war ihr noch nie so unangenehm vorgekommen, ihren Namen zu sagen.

»Helen«, wiederholte er. »Gefällt mir. Klingt heiter.«

»Die Abkürzung von Helena«, fügte sie hinzu. Er nickte wieder. Dann bot er ihr seinen Arm und zog sie an sich, gerade als die Musik in einen noch langsameren Rhythmus wechselte. »Ich heiße Clive«, murmelte er in ihr Ohr. »Clive Mitchell.«

Danach gab es kein Zurück. Während Maggy einen Freund nach dem anderen hatte, konnte Helen nur an Clive denken, der Medizin studierte. Wenn er sie küsste, spürte sie ein seltsam feuchtes Gefühl zwischen den Beinen, und wenn sie danach zur Toilette ging, entdeckte sie erschrocken weißliche Spuren in ihrem Schlüpfer.

Maggy hatte schallend gelacht, als Helen ihr anvertraute, dass sie Angst habe, dass etwas nicht mit ihr stimmte. »Das ist, weil du auf ihn scharf bist«, sagte sie, nachdem sie sich beruhigt hatte. »Hat er dich gefragt?«

Dieses Mal verstand Helen, was Maggy meinte. Clive hatte sie nicht gefragt, ob sie mit ihm schlafen würde, aber sie hätten »es« in der vorigen Woche beinahe getan, als ihr heftiges Schmusen fast außer Kontrolle geraten war. Obwohl es Helen peinlich war, nahm sie Maggys Angebot mit dem gefälschten Aufgebot an und suchte mit ihrer Freundin eine Klinik auf, wo sie von einer sehr sachlichen jungen Frau gründlich abgetastet und untersucht wurde, bevor sie ein großes halbes Gummiei bekam und eine Anleitung, wie sie es einzuführen hatte, bevor sie »abends ausging«.

Am Abend dann, als Clive und sie in halb bekleidetem Zustand auf seinem Bett lagen, während sein Mitbewohner aus war, wollte sie ihm von der Klinik erzählen. Das Gummiei lag noch zu Hause und wartete in ihrem Zimmer, denn das erschien ihr dann doch zu forsch. Plötzlich sprang Clive auf, verschwand kurz im Bad und kam wieder zurück. Helen dachte zuerst an einen Scherz. Sie hatten zwar im Dunkeln gegenseitig ihre Körper erforscht, aber sie hatte ihn noch nie ganz nackt gesehen. Die Straßenbeleuchtung schimmerte von draußen durch die Vorhänge, und zu Helens Überraschung, ganz zu schweigen von ihrem Schock, sah sie etwas in Höhe seines Unterleibs, das im rechten Winkel abstand. Das konnte nicht sein »Ding« sein, weil dieses seltsame Anhängsel wie eine Rute direkt auf sie zeigte, als würde ein elektrischer Schlag hindurchgehen.

»Was um alles in der Welt ist das?«, rief sie und zeigte darauf.

Clive schaute nach unten, als erwartete er, etwas anderes zu sehen. »Was meinst du?« Er zog sie an sich, und die Wärme seines Körpers neben der Härte dieses seltsamen Dings in seinem Schoß weckte in ihr das Bedürfnis, zu stöhnen und zu weinen und zu lachen, alles auf einmal.

»Das da!« Sie wand sich aus seiner Umarmung und deutete nach unten. Nun erkannte sie, dass es tatsächlich sein Ding war, aber es hatte sich nach dem Schmusen auf dem Bett bis zur Unkenntlichkeit verändert. »Das ist ja wie ein Baguette, das im Ofen aufgeht«, sagte sie verwirrt. Gleich darauf fiel es langsam vor ihr zusammen, als hätte jemand die Backofenklappe geöffnet.

Clive stieß einen langen Seufzer aus, und Helen ahnte instinktiv, dass sie etwas Falsches gesagt hatte. »Tut mir leid.«

»Ist schon gut.« Sie setzten sich auf die Bettkante, und er legte den Arm um sie. Zum ersten Mal in ihrem Leben hatte Helen das Bedürfnis nach einer Zigarette.

»Es tut mir leid«, wiederholte sie.

»Ist schon okay. Ehrlich. Ich hätte dich nicht so überrumpeln dürfen.« Sein Griff um ihre Schulter verstärkte sich. »Das ist nur, weil ich dich so sehr liebe.«

Liebe? Es war das erste Mal, dass er dieses Wort sagte. Ein wunderbares Gefühl von Wärme und Zufriedenheit durchströmte sie. »Ich liebe dich auch«, antwortete sie glücklich. »Darum habe ich mir ein gefälschtes Aufgebot besorgt.«

Clive sah sie im Halbdunkel an. »Was meinst du damit?«

Daraufhin erklärte sie ihm die Sache mit Maggy und der Klinik und dem Diaphragma, das sie sich »nur für alle Fälle« besorgt hatte, und während sie redete, spürte sie, dass sein »Ding« sich wieder versteifte, und bevor sie wusste, wie ihr geschah, lag Clive auf ihr, und sie fühlte diesen seltsamen Stab in sich statt an ihrer Haut, und dann war es, als würde sie wellenreiten wie früher auf Borneo, bloß dass sie schrie, und dann schrie er, und plötzlich rollten sie wieder an den Strand, bloß dass kein Sand unter ihnen war, sondern ein zerknittertes, feuchtes Laken. Und dann blickte Clive Mitchell auf sie herunter, und es kam ihr vor, als hätte sie ihn schon immer gekannt.

Schweigend lagen sie nebeneinander, ein scheinbar endloser Moment, in dem keiner etwas sagte – sein Atem ging so schnell, dass Helen sich fragte, ob er krank war. Schließlich hörte sie seine Stimme, als er sich im Halbdunkel zu ihr drehte.

»Mein Gott, Helen. Ich liebe dich. Aber wirst du auf mich warten?«

Warten?

Er seufzte. »Dieser Krieg hat ein großes Chaos angerichtet. Ich musste mein Studium unterbrechen. Und wenn ich fertig bin, muss ich meinen Wehrdienst leisten, und dann werde ich für ein ganzes Jahr weg sein. Wirst du so lange auf mich warten?«

Er sagte nicht das H-Wort für Hochzeit, wie Maggy es nannte, aber es hing zwischen ihnen wie ein unausgesprochenes Band.

Ohne zu überlegen, hörte Helen ihre eigene Stimme. Sie hatte schließlich mit ihm geschlafen, oder? Sie hatte etwas getan, was ein anständiges Mädchen einfach nicht tat vor dem, was in Tante Phoebes Romanen als »heiliger Stand der Ehe« bezeichnet wurde. Natürlich würde sie auf ihn warten, und dann konnten sie hoffentlich heiraten.

»Auf dich warten?«, erwiderte sie. Ihre Hand kroch über das Laken zu ihm. »Natürlich werde ich auf dich warten.«

In der Woche darauf kehrte sie während der Weihnachtsferien zu Tante Phoebe zurück. Zu ihrer großen Erleichterung kam ihre Regel pünktlich, und sie verbrachte die nächsten zehn Tage in Schlabberkleidung, während sie ein dumpfes Ziehen im Bauch spürte. Selbst das Malen half nicht gegen die Übelkeit und den inneren Schmerz, der nichts mit ihrer Periode zu tun hatte. Jedes Mal, wenn sie den Kohlestift in die Hand nahm, war alles, was auf dem Papier vor ihr erschien, der Umriss von Clives Bett und der Mond, der durch die Vorhänge schien.

Kaum war sie wieder in London, klappte sie das Etui auf und studierte ein weiteres Mal das Diaphragma. Von nun an, beschloss sie, würde sie kein Risiko mehr eingehen, um nicht so zu enden wie ihr ältester Bruder mit seiner Frau. Auch wenn sie Clive liebte und er sie, konnten sie nicht riskieren, dass das Unaussprechliche passierte.

33

Sie hatten fast ein Jahr, bevor Clive eingezogen wurde. Er hätte eigentlich bereits früher gehen müssen, erklärte er ihr, aber die Behörden hatten ihm erlaubt, angesichts der Zwangspause, die der Krieg seiner beruflichen Laufbahn auferlegt hatte, vorher sein Studium abzuschließen.

Sie verbrachten diese Monate damit, sich in den Armen zu liegen, Nacht für Nacht, und aus ihrem Leben zu erzählen. Helen versuchte, so gut sie konnte, zu erklären, wie es war, in einem fernen Land aufzuwachsen, das die meisten Menschen nicht einmal auf der Karte finden würden. Und sie versuchte zu beschreiben, wie es war, in dieses kalte Land hier zu kommen, wo ihre Eltern aufgewachsen waren, obwohl sie, abgesehen von Tante Phoebe, kaum noch Familie hatten. Sie sparte den Tod ihrer Mutter aus, weil es ihr immer schwerfiel, darüber zu sprechen, da die Zuhörer dann meistens verlegen wurden. Als sie beim Krieg angelangt war und ihrer Ungewissheit, ob ihr ältester Bruder noch lebte oder nicht, zog Clive sie an sich.

»Helen, mein Liebling, du hattest wahrlich ein bewegtes Leben.«

Hatte sie das? Auf sie wirkte es nicht außergewöhnlicher als das der anderen, obwohl sie zugeben musste, dass in Clives Leben nicht viel passiert zu sein schien, als er ihr seine traditionelle Kindheit in Sussex beschrieb und seine anschließende Ausbildung auf einer privaten Eliteschule in Surrey.

Clive und seine drei jüngeren Brüder waren damals noch zu jung für den Kriegsdienst, während sein Vater, ein Zahnarzt, aus gesundheitlichen Gründen als untauglich ausgemustert worden war, aber sich freiwillig für die *British Home Guard* meldete. Ein entfernter Onkel von Clive war als Kriegsinvalide entlassen und mit einem halben linken Bein nach Hause geschickt worden, aber das war's. Abgesehen davon hatte Clive eine ganz normale Kindheit, genau wie ihre Freundin Beth. Selbst Maggy schien aus stabilen Familienverhältnissen zu kommen, trotz des Umstands, dass sie ihre Mutter früh verloren hatte.

Stimmte es, fragte sich Helen, dass sie anders war? In der Schule hatte man ihr immer dieses Gefühl vermittelt, weshalb ihr das Malen so sehr geholfen hatte. Nun, während sie sich auf die Bettkante setzte in ihrem möblierten Apartment, das sie sich in ihrem letzten Ausbildungsjahr mit Maggy teilte, starrte sie auf ihren Malkasten, der so lange unberührt unter dem Bett gelegen hatte.

»Ich habe dich vernachlässigt«, murmelte sie und holte ihn hervor. Langsam klappte sie den Deckel hoch. Die bunten Quadrate weckten sofort Erinnerungen. An das leuchtende Orange der Sonnenuntergänge auf Borneo. An das dunkelblaue Kleid, das ihre Mutter früher trug. An ein düsteres Schwarz, das …

Sie wurde von einem Klopfen an der Tür unterbrochen. Clive war da! Rasch klappte sie den Deckel ihres Malkastens zu und schob ihn wieder unters Bett. Ein anderes Mal, sagte sie sich. Ein anderes Mal, wenn sie eher in der Stimmung dazu war.

Er wollte nicht, dass sie ihn am Bahnhof verabschiedete. Das würde ihn zu sehr mitnehmen, sagte er. Insgeheim fühlte Helen sich gekränkt, besonders da sie wusste, dass seine Familie da sein würde. Wollte er sie nicht seinen Eltern vorstellen? Schämte er sich für sie? Manchmal, wenn Helen in den Spiegel blickte, sah sie nur ein kräftiges Mädchen mit einem breiten Mund, das immer abwechselnd zwei Kleider trug, wenn es ausging, weil es sich keine neuen leisten konnte. Wie viele junge Frauen erkannte sie nicht die Qualitäten, die andere an ihr anziehend fanden. Den warmen, singsangähnlichen Klang ihrer Stimme. Ihre Fähigkeit, andere mit ihrem Lachen anzustecken. Ihr natürliches Auftreten, das so weit entfernt war von der einstudierten Künstlichkeit anderer Mädchen, die dazu erzogen waren, die Schwesternausbildung als Mittel zu betrachten, einen Ehemann zu finden.

»Ich werde dir schreiben.« Clive umfasste ihr Gesicht mit den Händen. Sie liebte es, wenn er das tat, genau wie sie es liebte, wenn er beim Küssen die Hand an ihren Hinterkopf legte.

»Ich dir auch.«

Sie wartete, dass er die Worte sagte, auf die sie schon das ganze letzte Jahr hoffte. Die »Willst du mich heiraten?«-Worte, die sicher spätestens jetzt hätten fallen sollen, wie selbst Maggy ihr später zustimmte, die ja nicht gerade für ihre Konventionalität bekannt war. Aber Clive umarmte sie nur kurz und wandte sich um, bevor er die Wohnungstür leise hinter sich zuzog. Helen saß eine Weile in völliger Stille da. Maggy war über das Wochenende weggefahren. Draußen auf der Straße konnte sie das geschäftige Londoner Treiben hören. Normalerweise hätte sie heute am Samstag Schicht gehabt auf der Station, aber sie wurde nicht gebraucht.

Langsam zog sie wieder den Malkasten unter dem Bett hervor, aber statt dem inneren Glühen wie früher fühlte sie nichts als Angst. Angenommen, sie hatte ihre Begabung verloren, wie Miss Diamond es genannt hatte? Angenommen, sie hatte nie eine gehabt? Es war besser, sagte sie sich, während sie den Kasten zurückschob, zu warten, bis der Zeitpunkt richtig war.

Wochen verstrichen und dann Monate. Helen und Maggy bestanden das Schwesternexamen und wurden zur Hebammenausbildung zugelassen. Clive schrieb Helen einigermaßen regelmäßig, aber seine Briefe hatten inzwischen einen etwas langweiligen

Ton angenommen. Mit den Jungs habe er viel Spaß, aber trotzdem sei es hart. Die Verpflegung sei angemessen, aber er vermisse die Küche seiner Mutter. Und natürlich vermisse er Helen.

Aber seinen Briefen fehlte die Prise Leidenschaft, auf die sie gehofft hatte. Sie ließen ihr Herz nicht höher schlagen, wenn sie eintrafen. War es töricht von ihr gewesen, ihre Jungfräulichkeit einem Mann zu opfern, der, im Nachhinein betrachtet, vielleicht doch nicht der Richtige war?

»Ich habe dich gewarnt, Hellie«, sagte Maggy während ihrer Zigarette nach dem Frühstück. »Wer auch immer gesagt hat, die Liebe wachse mit der Entfernung, hatte keinen blassen Schimmer, wovon er redet. Es wird alles gut, wenn Clive zurückkommt, außer natürlich, du findest in der Zwischenzeit einen anderen.«

Einen anderen? Das konnte sie unmöglich tun. Außerdem hatte sie mit Clive geschlafen, also musste sie ihn nun auch heiraten, oder nicht?

»Warum?« Maggy zündete sich die nächste Zigarette an ihrer noch glühenden Kippe an. »Du bist doch nicht schwanger, oder?«

Natürlich nicht, aber sie war ihm doch sicher moralisch verpflichtet.

»Moralisch verpflichtet?« Maggy warf den Kopf in den Nacken und lachte schallend. »Süße, der Krieg hat das alles zunichtegemacht. Dies sind die Fünfzigerjahre. Wir können mehr oder weniger tun, was uns gefällt!«

Ihre Brüder schienen auch so zu denken. Geoffrey heiratete Penelope, das Mädchen, das er als junger Soldat kennengelernt hatte und dessen Eltern ihn aufnahmen als den Sohn, den sie nie hatten. Roger dagegen hatte sich von Judith scheiden lassen, die, so stellte sich heraus, gar nicht an Tuberkulose erkrankt war und alles erfunden hatte, wohl als Druckmittel. Er würde bald ein zweites Mal heiraten, eine Frau namens Eileen, die ein Mädchen aus erster Ehe hatte. Aber auch Judith hatte einen Sohn geboren, und obwohl das Kind während der Ehe zur Welt kam, beharrte

Roger darauf, dass es nicht von ihm sei. Frank war unterdessen immer noch mit ihrem Vater und Edna auf Borneo. War es wirklich der Krieg, wie die Leute behaupteten, der moderne Beziehungen so kompliziert gemacht hatte?

Das alles erfuhr Helen durch seltene Telefonate und noch seltenere Besuche ihrer Brüder. Zwar ließ sie selbst sich hin und wieder bei Tante Phoebe und Onkel Victor blicken, aber sie betrachtete ihre Wohngemeinschaft mit Maggy immer mehr als ihr Zuhause. Da für Helen das Geld immer knapp war, fügte es sich hervorragend, dass Maggys Vater die Miete bezahlte und sich weigerte, von Helen Geld anzunehmen. »Er ist viel zu froh, dass ich eine Mitbewohnerin habe, die auf mich aufpasst«, sagte Maggy mit einem Grinsen.

Dann, eines Tages, traf aus heiterem Himmel ein Brief ihres Vaters ein, der seinen Besuch ankündigte. Er habe nicht viel Zeit, da er endlich wieder nach Borneo zurückkehren müsse. Endlich? Es stellte sich heraus, dass er sich bereits länger »geschäftlich« in England aufhielt. Warum hatte er sich nicht die Mühe gemacht, sie schon eher zu kontaktieren?

»Du weißt doch, wie er ist, Hellie«, sagte Geoffrey, als sie gemeinsam zu dem Haus in der Nähe von Richmond fuhren, das ihr Vater gemietet hatte. Er wollte sie damit trösten, aber selbst er war bestürzt beim Anblick der mageren, ausgezehrten Gestalt, die sie an der Tür begrüßte. Der hünenhafte Mann mit den verwobenen schwarzen Augenbrauen war verschwunden. Sie waren zu einer grauen Linie ausgedünnt, und sein Kinn schien geschrumpft zu sein. Sein Rücken war krumm, und das Gehen fiel ihm schwer, während er sie zu Edna in den Morgensalon führte. Nur die tiefe Kerbe in seinem Nacken zeugte davon, dass er einmal ein Mann gewesen war, der das Abenteuer suchte.

Edna gab ihnen kühl die Hand. Sie war auch schmaler geworden, obwohl ihre scharfen Gesichtszüge noch immer so waren, wie Helen sie in Erinnerung hatte. Auf gewisse Weise ähnelte sie mit ihrer vogelhaften Ausstrahlung und ihrer adretten Aufmachung in Bluse und Hose der Herzogin von Windsor.

»Wie geht es euch?«, fragte ihr Vater, nachdem er beiden einen Whisky in die Hand gedrückt hatte, ohne vorher zu fragen, was sie trinken wollten. Helen blickte auf das Glas in ihrer Hand. Es war mitten am Morgen, aber wenn sie nichts davon trank, würde ihr Vater etwas sagen.

»Bestens, Sir«, antwortete Geoffrey.

Helen hörte zu. Die Unterhaltung klang, als hätten sie sich nur wenige Wochen oder Monate nicht gesehen statt Jahre. Wäre ihre Mutter jetzt hier, würde sie Helen an sich ziehen und umarmen, die weiche Wange an ihre drücken, nach Gesichtscreme und Rosen duftend. Plötzlich hatte Helen große Sehnsucht nach ihrer Mutter. Ihr wurde nun bewusst, dass sie diese Sehnsucht jahrelang abgeblockt hatte, damit sie nicht von ihr in die Tiefe gerissen wurde, in ein schwarzes Loch, aus dem sie nie wieder herauskam.

»Das hier ist für dich, Helen.«

Ihr wurde plötzlich bewusst, dass ihr Vater ihr etwas entgegenhielt. Ein kleines Etui. Als sie es öffnete, hoffte sie unwillkürlich, dass sich darin ein Perlencollier befand wie das ihrer Tante, das früher ihrer Mutter gehört hatte. Aber stattdessen waren es kleine Ohrringe. Es handelte sich um ein erlesenes Paar, mit drei kleinen Perlen, die tropfenförmig herunterbaumelten.

»Vielen Dank, Vater.«

Sie umarmte ihn kurz, aber sein Gesicht zeigte keine Reaktion.

»Das ist ein Geschenk zu deinem Geburtstag. Der ist doch bald, glaube ich.«

Sie nickte.

Ihr Vater sah auf seine Uhr. »Edna und ich sollten uns langsam auf den Weg machen. Wir werden zum Mittagessen erwartet.«

Helen blickte zu Geoffrey und sah, dass er genauso überrascht war wie sie. Keine zwei Stunden hatte ihr Besuch bei ihrem Vater gedauert, und es würde nicht einmal ein gemeinsames Essen geben. In ein paar Tagen kehrte er nach Borneo zurück, und dann würden sie ihn vielleicht wieder jahrelang nicht zu sehen bekommen.

»Mach dir keine Sorgen deswegen«, sagte Geoffrey während der Rückfahrt zu ihr. Sorgen? Sie war nicht besorgt. Nur verletzt. Und es machte die Sache auch nicht besser, dass Clives wöchentlicher Brief dieses Mal ausblieb.

Drei Wochen später, als immer noch keine Post von Clive gekommen war, überredete Maggy sie zu einer Party. »Das wird bestimmt lustig«, sagte sie. »Na los, komm schon.« Wieder eine Studentenparty in irgendeiner Wohnung. Helen wäre beinahe nicht mitgegangen, und als sie dort eintrafen, wusste sie sofort, dass sie besser zu Hause geblieben wäre. Unter den Gästen waren fast nur Paare, abgesehen von ein oder zwei Frauen, die auf der Stuhlkante saßen und verzweifelt hofften, dass der recht attraktive, große, blonde Mann, der, ein Glas Bier in der Hand, den Blick durch den Raum schweifen ließ, herüberkam und sie ansprach.

»Sie wollen schon gehen?«

Helen ärgerte sich, als der Blonde ihr den Ausgang versperrte. Wie konnte er es wagen, sich so etwas zu erlauben?

»Ja, das will ich. Verzeihen Sie.«

Er trat einen Schritt zur Seite. »Natürlich. Tut mir leid.« Er zögerte, und sie sah, dass das, was sie für Arroganz gehalten hatte, in Wirklichkeit Schüchternheit war. »Es ist nur so, dass ich jemanden suche, mit dem ich mich unterhalten kann. Ich kenne hier keinen und habe mir auch schon überlegt, ob ich gehen soll. Diese Medizinerpartys sind nicht wirklich etwas für mich. Tut mir leid. Es war nicht so gemeint. Bitte sagen Sie jetzt nicht, dass Sie ebenfalls Krankenschwester sind.«

»Eigentlich arbeite ich im Billy Smart Circus.« Die Lüge ging ihr so glatt über die Lippen, dass es unmöglich war, sie zurückzunehmen. Außerdem war es gar nicht so weit von der Wahrheit entfernt, schließlich pflegte sie derzeit einen älteren Verwandten des berühmten Billy Smart.

Der Ausdruck in dem Gesicht des attraktiven Mannes war die Lüge jedenfalls wert!

»Wie außergewöhnlich. Und was machen Sie da?«

»Ich bin Trapezkünstlerin.«

Vielleicht war sie dieses Mal zu weit gegangen. Helen kicherte bei dem Gedanken, Maggy später diese Geschichte zu erzählen.

»Das ist in der Tat außergewöhnlich! Ich bin leider nur Ingenieur. Ziemlich langweilig. Sie haben nicht zufällig Lust, woanders hinzugehen und in Ruhe ein Glas zu trinken?«

Bob, so wurde er genannt. Die Abkürzung für Robert, aber jeder nannte ihn Bob. Bob Green. Helen kam damals automatisch der Gedanke, dass »Robert« besser zu Green passte als »Bob«, aber man konnte schließlich nicht den Namen eines anderen ändern, oder? Er lebte mit seiner Mutter am Rande von Ealing. Sein Vater war vor ein paar Jahren an einem Schlaganfall gestorben. Er war sieben Jahre älter als sie, war aber als angehender Ingenieur vom Kriegsdienst befreit gewesen. Sie unterhielten sich recht ungezwungen, und Helen war beeindruckt von der Anzahl der Bücher, die er gelesen hatte. Sein Vater war zur See gefahren, wo er viel Zeit zum Lesen hatte, und seine Begeisterung für Bücher hatte sich auf seinen Sohn übertragen.

Ob sie sich wiedersehen könnten? Helen dachte kurz an Clive und die Briefe, die aufgehört hatten zu kommen. Warum nicht?

In der folgenden Woche erhielt sie zwei Briefe. Der erste war von Clive, der sich dafür entschuldigte, dass er sich so lange nicht gemeldet hatte. Er erklärte dies damit, dass er an einen Ort verlegt worden sei, wo es unmöglich war, Post aufzugeben.

»Ach, wirklich?«, sagte Maggy während ihrer Zigarette nach dem Frühstück. »Manche Typen denken wohl, wir kaufen denen alles ab.«

Der zweite Brief war von Edna. Vater war auf Borneo gestorben. Das »Mittagessen«, zu dem er und Edna damals angeblich erwartet wurden, war in Wirklichkeit ein Termin beim Spezialisten, der bestätigte, was sie befürchtet hatten. Der Lungenkrebs, von dem Helen nichts geahnt hatte, war unheilbar.

An jenem Abend ging Maggy mit einem neuen Verehrer aus, und Helen lud Bob zum Essen in ihr Apartment ein, nachdem sie sich zuvor den neuen Film von Glynis Johns angeschaut hatten. Es war nicht ihre Absicht gewesen, es so weit kommen zu lassen, aber als es dann passierte, fand sie sich hinterher leise weinend im Bad wieder, weil es nicht dasselbe gewesen war wie mit Clive.

Trotzdem war es schön, einen Freund zu haben, der ihr zuhörte. Vor seinem Weggang hatte Clive offenbar aufgehört, ihr zuzuhören, und Helen konnte nicht anders, als sich geschmeichelt zu fühlen, dass ein Mann wie Bob, nach dem sich die Köpfe der anderen Frauen drehten, auf sie »scharf« war.

Nach ein paar Monaten erkannte sie allerdings, dass Bob und sie wenig gemeinsam hatten. Er war so still! Und irgendwie brauchte sie mehr. Ein schrecklicher Besuch bei Tante Phoebe und Onkel Victor, während dessen Bob das falsche Besteck in der falschen Reihenfolge benutzte und unfähig war, mit Victor ein Gespräch über das Angeln zu führen, bestärkte Helen nur noch mehr in ihrem Entschluss. Außerdem würde Clive bald zurückkehren. Sie musste ihn unbedingt sehen – herausfinden, ob sie eine gemeinsame Zukunft hatten.

Dann, nicht lange, nachdem Helen sich selbst und Maggy geschworen hatte, mit Bob Schluss zu machen, sah sie in ihr Tagebuch und stellte fest, dass ihre Regel seit zwei Monaten überfällig war.

34

Helens Zweifel wurden durch Bobs Reaktion verstärkt. Sie informierte ihn noch am selben Abend in einem Pub am Fluss, wo sie sich verabredet hatten. Er hob nervös den Kopf, als sie sich seinem Tisch näherte. Er musste geahnt haben an der Art, wie still sie nach dem Besuch bei seiner Mutter vorige Woche gewesen war – einer kleinen, unfreundlichen Person, die in ihr offenkundig eine Rivalin um die Zuneigung ihres Sohnes sah –, dass sie nicht zusammenpassten.

Und nun war sie tatsächlich schwanger!

Helen war richtig schlecht, als sie sich an den Tisch setzte und wartete, während er ihr ein halbes Lager vom Fass besorgte, auf dessen Geschmack sie von ihren Brüdern gebracht worden war.

»Ich habe mich verspätet«, sagte sie leise.

Bob warf einen Blick auf seine schwere Armbanduhr aus Gold – eines der wenigen Besitztümer, die sein Vater ihm hinterlassen hatte. Helen wusste, wie teuer sie ihm war.

»Nicht wirklich. Ist nicht schlimm.«

Er war nervös. Vielleicht, dachte Helen mit einem Schreck, hatte er vor, ihr den Laufpass zu geben, so wie sie ihm den Laufpass hatte geben wollen.

»Doch.« Sie streckte die Hand über den Tisch und ergriff seine. »Meine Regel ist überfällig. Ich habe es erst ziemlich spät bemerkt. Ich hatte auf der Station so viel zu tun, dass ich nicht darauf geachtet habe.«

Sie hatte noch nie gesehen, wie jemand weiß im Gesicht wurde. »Bist du dir sicher?« Er zog seine Hand weg. »Vielleicht ist es falscher Alarm.«

»Ziemlich sicher. Mir ist oft schlecht, und meine Brüste sind empfindlich.«

Er nahm einen Schluck aus seinem Glas. »Falls du tatsächlich schwanger bist, ich habe ein bisschen Geld.«

Es dauerte einen Moment, bis sie seine Andeutung begriff.

»Du möchtest, dass ich abtreibe?«

Er wurde rot. »Wir müssen alle Möglichkeiten berücksichtigen.«

Dieser Gedanke war ihr nicht einmal in den Sinn gekommen. Taumelnd erhob sie sich von ihrem Stuhl. »Wenn du das so siehst, werde ich unser Kind allein großziehen.«

Ihre Stimme klang lauter als beabsichtigt, und ein paar Köpfe an den Nebentischen drehten sich zu ihr.

»Nein. Warte.« Er hielt sie am Arm fest, wobei er ihr ein wenig wehtat. »Lass uns doch erst sichergehen. Du musst dich von einem Arzt untersuchen lassen. Und falls es sich bestätigt, werden wir heiraten.«

Heiraten! Als Teenager hatte Helen sich öfter gefragt, ob sie später jemals einer haben wollte. Seit sie ihre Ausbildung im King's Hospital angefangen hatte, staunte sie immer wieder, dass so viele Männer sie anscheinend witzig fanden, aber vor Clive hatte sie nie den Eindruck gehabt, dass die Männer sich für sie aus den richtigen Gründen interessierten. Clive! Der Gedanke an ihn verursachte ihr Magenschmerzen. Warum konnte das Baby nicht von Clive sein?

»Das heißt, falls du heiraten willst«, fügte Bob hinzu.

Wollte sie das? Helen betrachtete den großen blonden Mann, der ihr gegenübersaß. Er war ungemein attraktiv, das war nicht zu bestreiten. Aber sie kamen aus unterschiedlichen Verhältnissen. Ihre Tante würde ihn wahrscheinlich verächtlich der unteren Mittelschicht zuordnen. Bobs Mutter wiederum hatte nach Luft geschnappt, als Helen zufällig erwähnte, dass ihre Tante dem königlichen Hof vorgestellt worden war, und sie hätte schwören können, dass seine Mutter etwas wie »etepetete« murmelte.

Und trotzdem, wie sollte sie allein ein Kind großziehen? Es war 1954. Mädchen wie sie taten so etwas einfach nicht.

»Also gut«, sagte sie. Und dann, bevor sie sich bremsen konnte, fügte sie hinzu: »Danke.«

»Du musst es nicht tun«, sagte Maggy, der es seltenerweise kurz die Sprache verschlagen hatte, als Helen sie etwas später ins Vertrauen zog. Ihre Freundin hatte sich mit ihrem momentanen Freund eine »kleine Auszeit« in einem schicken Hotel an den Lakes gegönnt und kehrte angesäuselt zurück, wie sie es selbst scherzhaft nannte, aber nicht betrunken genug, um Helens Worte einfach so zu schlucken.

»Ich kann dir helfen. Und Pops bestimmt auch. Wenn ich ihn frage, können wir dir wahrscheinlich eine Wohnung besorgen und …«

Helen berührte sanft ihren Arm. »Danke, aber ich werde heiraten. Ich muss. Du weißt selbst, wie es ist, ohne Mutter aufzuwachsen. Man hat immer das Gefühl, anders zu sein.«

Maggy nickte.

»Wie kann ich also meinem Kind zumuten, dass es ohne Vater aufwächst?«

Maggy nickte wieder. Ihr Schweigen war irritierend.

»Du hättest es schlimmer treffen können, Hellie. Bob ist in Ordnung, wirklich. Ein bisschen still vielleicht, aber er macht einen anständigen Eindruck.«

Helen nickte. Sie begann langsam, sich mit der Vorstellung anzufreunden. Außerdem erwartete sie ein Kind! Endlich hatte sie die Chance auf eine eigene Familie.

»Aber wo werdet ihr wohnen?« Maggy beugte sich vor, und ihr

Atem roch nach Whisky. »Lieber Gott, sag jetzt nicht, dass du mit ihm zu seiner Mutter ziehst.«

»Uns bleibt nichts anderes übrig. Bob sagt, es ist nur vorübergehend. Er will sich eine andere Stelle suchen, wo er mehr verdient, damit wir uns eine eigene Wohnung leisten können. Außerdem machen das viele junge Paare so.«

Maggy wirkte nicht überzeugt. »Ich dachte, du findest seine Mutter unsympathisch. Unfreundlich, hast du gesagt. Dass sie dich für einen Snob hält.«

Helen schluckte und wünschte sich nun im Nachhinein, dass sie nicht erwähnt hätte, dass ihre Tante am Hof eingeladen war. »Wir werden schon zurechtkommen. Sie wohnt in Ealing, beziehungsweise direkt an der Grenze zu Ealing. Dort gibt es ein Krankenhaus. Ich kann nachts arbeiten gehen, während Bob auf das Kind aufpasst.«

»Du hast alles schon durchdacht.« Maggy schüttelte den Kopf, aber auf eine ratlose Art. »Ich kann es nicht glauben! Meine Helen ist schwanger.« Sie zündete sich die nächste Zigarette an, da sie anscheinend vergessen hatte, dass noch eine in der Untertasse vor ihr brannte. »Du machst mich besser zur Patentante, Süße.«

Helen spürte ein aufgeregtes Kribbeln, das sie durchströmte. Nachdem Bob und sie den Schock verdaut und begonnen hatten, konkrete Pläne zu machen, wirkte das alles nun realer. »Ich wüsste nicht, wen ich sonst fragen sollte!«

»Was wirst du der alten Schreckschraube sagen?«

Dies war Maggys Spitzname für Tante Phoebe.

»Wir fahren am Wochenende zu ihr runter.« Helen versuchte, tapferer zu klingen, als sie sich fühlte. »Sie kann nichts dagegen machen. Übrigens, kannst du dir nächste Woche den Samstag freihalten?«

Maggy klatschte in die Hände. »Ich nehme an, es wird bloß eine kleine Feier?«

Helen nickte. »Bob möchte kein großes Tamtam, darum werden wir nur standesamtlich heiraten.«

»Standesamtlich?« Tante Phoebe rutschte nach vorn auf die Kante ihrer roséfarbenen Couch, ihre Luchsaugen auf Helen geheftet, die sich vorkam wie früher in der Schule. Bob und sie waren wie geplant am Vormittag aufgebrochen, aber ihm war während der ganzen Fahrt schlecht gewesen, und er hielt sich auch jetzt, während sie sich unterhielten, im Bad auf. Weder Tante Phoebe noch Onkel Victor hatten sich beeindruckt gezeigt, als er sich gleich nach der Ankunft entschuldigte. Aber das war nichts verglichen hiermit.

»Lass mich das klarstellen. Du warst dumm genug, dich schwängern zu lassen, und nun hast du die Absicht, auf dem Standesamt zu heiraten?«

Onkel Victor, der vor der Verandatür auf und ab ging, die Hände in seinem grünlich-braunen Tweedjackett vergraben, runzelte die Stirn. »Ich bin mir sicher, Helen, wir können eine hübsche kleine Trauung hier in der Kirche organisieren.«

»Auf gar keinen Fall!« Tante Phoebes Stimme war so laut, dass Bob sie oben bestimmt hören konnte. »Sie braucht überhaupt nicht zu heiraten!«

Sowohl Victor als auch Helen starrten sie an.

»Sie kann das Kind hier großziehen. Wir werden uns darum kümmern und sicherstellen, dass es eine vernünftige Erziehung und Bildung genießt. Du kannst diesen Mann nicht heiraten, Helen. Er ist nicht der Richtige für dich. Ihr passt nicht zusammen.«

Helen kämpfte, um ihre Stimme zu finden. »Aber ich kann kein uneheliches Kind zur Welt bringen.«

Victor sog an seiner Pfeife und brummte, als wäre er mit seiner Nichte ganz einer Meinung.

»Und warum nicht?« Tante Phoebe funkelte sie beide an. »Die Zeiten haben sich geändert. Wir werden eben so tun, als wärst du verwitwet. Das haben während des Kriegs Gott weiß wie viele Frauen getan. Immer noch besser, als unglücklich verheiratet zu sein. Willst du denselben Fehler begehen wie deine Mutter? Sie war zwar nicht in anderen Umständen, als sie heiratete, aber jemand hätte ihr sagen sollen, dass sie und dein Vater nicht füreinander geschaffen waren.«

Das war nicht fair! Natürlich hatte es Streit gegeben, aber Helen konnte sich auch an Zeiten erinnern, in denen ihre Eltern einen recht glücklichen Eindruck machten und hin und wieder sogar miteinander lachten.

»Ich kann dir sagen, Helen, dass deine Mutter eine schreckliche Zeit durchgemacht hat, und ich werde sicher nicht tatenlos zusehen, dass es dir genauso ergeht.«

Von allem, was Tante Phoebe jemals zu ihr gesagt hatte, kam dies einer Zuneigungsbekundung am nächsten. Helen spürte sowohl Dankbarkeit als auch Bestürzung. »Das ist sehr freundlich von dir, aber ich liebe Bob.«

Bevor sie diese Worte sagte, war ihr nicht bewusst gewesen, dass sie der Wahrheit entsprachen, aber mit einem Mal hatte sie großes Mitleid mit dem Mann dort oben, dem buchstäblich schlecht war vor Aufregung. Es war bestimmt nicht einfach für ihn, zu dem prächtigen Herrensitz zu fahren und Victor und der respekteinflößenden Phoebe gegenüberzutreten, um zu beichten, dass er ihre Nichte geschwängert hatte.

»Ich werde bald ein eigenes Kind haben! Und ich will eine möglichst gute Mutter sein.«

Zu Helens Verwunderung wurden die Augen ihrer Tante plötzlich feucht. »Es wird nicht einfach werden«, sagte sie. »Aber wenn du so fest entschlossen bist, diesen Weg zu gehen, kannst du auf unsere Unterstützung zählen. Nicht wahr, Victor?«

Es war in der Tat eine kleine Hochzeit auf dem Standesamt in Ealing. Bobs Mutter, Sandra, trug ein billiges violettes Kostüm, das Tante Phoebe sichtlich ein Dorn im Auge war. Penelope, Geoffreys Frau, machte ein paar laute Kommentare darüber, heiraten zu »müssen«, was Helen unter diesen Umständen unfair fand. Maggy trumpfte auf, indem sie darauf bestand, hinterher im Pub Champagner auszugeben, und sie verstand sich richtig gut mit Sandra, nachdem sie deren Glas mehrfach aufgefüllt hatte. Und Tante Phoebe borgte Helen das Perlencollier für diesen Tag – Helen berührte es immer wieder wie einen Talisman, während sie das Gefühl hatte, dass sie ihrer geliebten Mutter so am nächsten sein konnte.

In Momenten wie diesen spürte sie den furchtbaren Schmerz in ihrer Brust, den sie kannte, seit ihre Mutter aus dem Krankenhaus nicht wiedergekommen war. Mit einem gewissen Widerwillen gab sie die wunderschönen Perlen am Ende des Tages unversehrt ihrer Tante zurück. Insgeheim hatte sie sich gefragt, ob Phoebe ihr das Collier vielleicht zur Hochzeit schenken würde – schließlich hatte es einmal Helens Mutter gehört. Sollte es nicht zu einem bestimmten Zeitpunkt an sie übergehen? Aber ein derartiges Angebot blieb aus, und stattdessen erhielt sie ein Bettwäscheset aus einfachem weißen Leinen von Gamages.

Es würde keine Flitterwochen geben. Bob hatte in der nächsten Woche ein Vorstellungsgespräch in Leeds, was bedeutete, dass er, falls er die Stelle bekam, unter der Woche fort sein würde. In der Zwischenzeit hatte Helen sich im Krankenhaus in Ealing als Hebamme beworben und eine Zusage erhalten. Sie verschwieg ihre Schwangerschaft aus Angst, nicht genommen zu werden. Nur gut, dass sie von Natur aus kräftiger gebaut war – so konnte sie es vielleicht noch ein paar Monate vertuschen. Sie waren bei Gott auf das Geld angewiesen.

Sandra hatte wohl nur widerwillig zugestimmt, Helen bei sich einziehen zu lassen, unter der Bedingung, dass ihr Sohn weiterhin die Rechnungen bezahlte. Sie wohnten an der Grenze zu Ealing in einer Doppelhaushälfte mit Rauputzfassade, drei Schlafzimmern und einem hübschen Garten. Bobs Vater hatte zu Lebzeiten das Haus gekauft, aber da Sandra nur stundenweise in einem Kindergarten arbeitete – wozu sie seit dem plötzlichen Tod ihres Mannes gezwungen war –, verdiente sie nicht genug, um Gas und Strom und all die anderen Rechnungen zu bezahlen. Es hatte den Anschein, als wäre der einzige Grund, warum Sandra Helen in ihrem Haus duldete, der, dass sie auf Bobs finanzielle Unterstützung angewiesen war.

Sie vereinbarten, das Haus in zwei Bereiche aufzuteilen. Helen und Bob bewohnten das Erdgeschoss, wo es zwei Wohnzimmer gab – eines davon würde ihr Schlafzimmer werden. Sandra behielt ihr Schlafzimmer oben und konnte das zweite Schlafzimmer als Wohnzimmer benutzen. Das dritte Zimmer war ein kleiner Abstellraum, in dem das Baby schlafen würde. Und die Küche mit dem kleinen Gasherd in der Ecke, die zum Garten hinaus zeigte, und das kalte, schwarzweiß geflieste Bad waren Gemeinschaftsräume.

»Diese Seite der Speisekammer gehört mir«, sagte Sandra, nachdem sie von der Hochzeit zurückgekehrt waren. »Ich möchte nicht, dass du an meine Sachen gehst. Du kannst die Küche benutzen, aber erst, wenn ich fertig bin, und wehe, du machst den Herd nicht sauber nach dem Kochen. Ich hoffe, du hast Bettwäsche mitgebracht. Wir haben nicht genug Laken, und ich habe sicher nicht das Geld, welche zu kaufen.«

Helen versuchte sich zu sagen, dass es bestimmt nicht einfach war für die Frau, ihr Zuhause plötzlich mit ihrer Schwiegertochter zu teilen, die sie zuvor nur ein paarmal gesehen hatte. Trotzdem ging sie an jenem Abend mit schwerem Herzen ins Bett. Wenn Bobs Bewerbung Erfolg hatte, würde sie unter der Woche mit Sandra hier allein sein.

Während sie sich an Bobs Rücken schmiegte, spürte sie, dass das Baby sich in ihr bewegte. Sobald er da war – sie war sich sicher, es würde ein Junge sein! –, würde alles gut werden. Es musste gut werden. Damit ihr neuer Ehemann es nicht doch bereute, sie geheiratet zu haben.

Der Brief traf ein paar Monate später ein. Zu diesem Zeitpunkt war Helen so unförmig, dass sie sich kaum noch bewegen konnte. »Du erinnerst mich ein bisschen an ein Hausboot«, scherzte Bob manchmal, und obwohl sie so tat, als fände sie das lustig, tat sein Kommentar weh. Helen war sich ihres wohlgenährten, wenn auch nicht dicken Körperumfangs immer bewusst gewesen, der sich weigerte, seinen Babyspeck zu verlieren, obwohl sie inzwischen Mitte zwanzig war.

Ihr unübersehbarer Zustand hatte zur Folge, dass sie ihre geliebte Arbeit im Krankenhaus aufgeben musste, aber die Oberschwester hatte ihr versprochen, an sie zu denken, wenn das Baby da war, falls eine Nachtschicht frei wurde. Dann, als wäre dies alles nicht schon schwierig genug, kam schließlich der Brief, vor dem Helen sich gefürchtet hatte. Nun, während sie am Küchentisch saß, den Brief ungeöffnet vor sich, überlegte sie, ob sie ihn einfach ins Feuer werfen sollte, ohne ihn zu lesen.

Sie würde Clives Handschrift überall erkennen. Offenbar war er informiert worden. Die Leute redeten – zumindest Maggy, die sich regelmäßig meldete, um zu hören, wie »ihre Hellie« zurecht kam.

Besser, es schnell hinter sich zu bringen.

Es war schlimmer, als sie gedacht hatte. Gut geschrieben. Voller Liebe und Sorge und nur ein leiser Vorwurf.

»Ich wünsche mir so sehr, du hättest auf mich gewartet … Ich weiß, es war nicht leicht, als ich fort war … Ich werfe mir vor, dass ich nicht öfter geschrieben habe …«

Und dann, am Schluss …

»Dennoch habe ich Verständnis dafür, dass du dich weiterorientiert hast. Darum habe ich beschlossen, dasselbe zu tun. Ich habe ein bezauberndes Mädchen kennengelernt – sonderbar, aber sie heißt auch Helen –, und wir werden Ende des Jahres heiraten.«

Helen ließ den Brief auf den Tisch sinken und begann, Clives Gesicht in die Tischdecke zu zeichnen. Es half ihr, das flaue Gefühl in ihrer Brust einzudämmen, das nagende Gefühl, dass sie einen Fehler gemacht hatte. Dann begann sie langsam, den Brief in winzige Fetzen zu reißen, während sie einen dumpfen Schmerz in ihrem Bauch wahrnahm, der kam und ging.

Als Sandra von der Arbeit zurückkehrte (»Helen, warum müssen eigentlich alle Lichter im Haus brennen? Kein Wunder, dass die Stromrechnung so hoch ist.«), kamen die Schmerzen in alarmierend regelmäßigen Intervallen. Bob würde vor morgen nicht zurück sein, und es gab keine Möglichkeit, ihn zu erreichen, da er unterwegs war und für die Transportgesellschaft, für die er arbeitete, technische Ausrüstung verkaufte.

»Was sollen wir tun?« Sandras Miene war verkniffen, und Helen konnte nicht erkennen, ob aus Sorge oder aus Abneigung oder aus einem Rest Unmut darüber, dass Helen die Lichter angelassen hatte.

»Wir müssen einen Krankenwagen rufen.«

»Ich schätze, dann muss ich wohl nach nebenan gehen. Weiß der Himmel, was aus meinem Abendessen wird.«

Wie viele Familien benutzten sie die öffentlichen Telefonzellen. Aber das ältere Ehepaar, das nebenan wohnte, hatte ein eigenes Telefon, und Sandra machte sich wichtigtuerisch auf den Weg.

Als der Krankenwagen eintraf, wurde Helens Körper von heftigen Krämpfen geschüttelt, die sie von innen wie außen überrollten. So fühlt sich das also an, dachte sie in einem klaren Moment, wie sie sich später erinnerte. All die Jahre, in denen sie anderen

Frauen geholfen hatte, ihre Kinder zur Welt zu bringen, und nun war sie selbst an der Reihe!

Nichts schien real nach ihrer Ankunft im Krankenhaus. Die Gänge verschwammen vor ihren Augen. Weiße Wände lachten sie aus. Sie erinnerte sich, dass sie irgendwann nach Bob schrie, oder war es Clives Name, der aus ihrem Mund kam? Ein Glück, dass Bob nicht hier war und es hören konnte. Und sie schrie laut nach ihrer Mutter. Wie sehr sie sich in diesem Moment ihre Mutter herbeiwünschte! Es war, als würde die ganze Trauer aus ihr herausströmen, die sich über so viele Jahre hinweg in ihrem Innern angestaut hatte.

Dann rief plötzlich eine der Hebammen: »Helen! Ich kann bereits den Kopf sehen!« Ein Schwall schoss aus ihr heraus, eine Art Rauschen, und dann legte ihr jemand dieses kleine, nasse, nach Fisch riechende Bündel auf die Brust.

»Hier ist Ihre Tochter, Helen.«

Ein Mädchen? Bob hatte sich einen Sohn gewünscht. Wie würde er reagieren, wenn er hier eintraf? Aber während Helen auf das kleine Bündel mit den trotz der Nässe erkennbar goldblonden Haaren blickte, wurde sie plötzlich von einer derart großen Liebe übermannt, dass sie das Gefühl hatte, ihr Herz würde entzwei brechen.

Sie hatte endlich wieder eine Familie.

35

Helen hätte sich wegen Bobs Reaktion keine Sorgen zu machen brauchen. Als er kam, ungefähr drei Stunden später, hatte sein Gesicht einen Ausdruck, den sie noch nie bei ihm gesehen hatte. »Sie hat ja rote Haare«, sagte er erstaunt, während er sanft die Hand an den Hinterkopf der Kleinen legte, als Helen sie ihm vorsichtig gab.

Sie lächelte erschöpft. »Das dachte ich zuerst auch, aber schau, das hat mit dem Einfall der Sonne durch das Fenster zu tun. Wenn du sie ins Licht hältst, wirst du feststellen, dass sie sehr hell ist, beinahe blond. So wie du.«

»Und wie mein Vater.« Bob erwähnte sehr selten seinen Vater. Es war, als wäre er wütend auf ihn, weil er so plötzlich an einem Schlaganfall gestorben war, nachdem er erst kurz zuvor die Handelsmarine verlassen hatte. Sandra hatte etwas dagegen, dass ihr Mann zur See fuhr und sie allein für Bob verantwortlich war in den langen Monaten, in denen sein Vater fort war. Helen fragte sich allmählich, ob das erklärte, warum Bob manchmal nur an sich und seine eigenen Bedürfnisse dachte und sich ständig über die langen Fahrten beschwerte, die er beruflich machen musste.

Aber als er nun seinen Vater erwähnte, sprach er mit weicher Stimme. Vielleicht war das alles, was Bob brauchte, dachte Helen. Ein Kind, für das er sorgen konnte, ein Kind, dem er ein Vater sein konnte auf eine Art, die er selbst nicht wirklich kennengelernt hatte. Irgendwie kam Sandra Helen nicht besonders mütterlich vor.

Als sie ungefähr zehn Tage später nach Hause durfte, machte sie die erstaunliche Feststellung, dass Sandra beinahe so sehr in Caroline vernarrt war wie Helen selbst. »Ich möchte aber nicht, dass sie mich Oma nennt.« Sandra rümpfte die Nase. »Sonst komme ich mir so alt vor. Ein schlichtes ›Sandra‹ reicht. Und ich hoffe, dass sie uns nicht die ganze Nacht auf Trab hält. Du willst doch jetzt nicht in die Küche, oder? Ich muss nämlich zuerst rein, und es ist nicht genug Platz für uns beide.«

Anfangs schlief die Kleine in der Babytragetasche neben dem Ehebett, aber wenn sie aus Hunger zu quengeln und zu weinen begann, fühlte Bob sich gestört, und Helen lenkte widerwillig ein, sie wie ursprünglich geplant zum Schlafen in den kleinen Raum nach oben zu bringen. Das hatte allerdings zur Folge, dass Helen kein Auge zubekam vor Sorge, ihre Tochter könnte aufwachen und sie bekäme es nicht mit. Eines Nachts schreckte sie panisch aus dem Schlaf hoch. Das war eindeutig Caroline! Hastig eilte sie nach oben, nur um dort ihre Schwiegermutter anzutreffen, die das Kind in einem Umhängetuch trug, während sie langsam auf und ab ging. »Sie musste getröstet werden«, sagte Sandra, als wäre es Helens Schuld, weil sie nicht früher zur Stelle gewesen war.

Sandra bot an, sich nachts um die Kleine zu kümmern, wenn Helen wieder im Krankenhaus arbeitete. Es gab keinen Zweifel: Sie kam nicht darum herum. Bobs kleines Gehalt reichte einfach nicht, um die Rechnungen zu bezahlen. Darum, trotz Maggys mehrfachem Angebot, »Pops zu fragen, ob er aushilft«, und trotz der missbilligenden Kommentare von Tante Phoebe darüber, dass eine Mutter zu Hause bei ihren Kindern bleiben sollte, kontaktierte Helen das Krankenhaus und sicherte sich vier Nachtschichten pro Woche in der Geriatrie.

Es war anstrengend – nicht so sehr wegen der Arbeit, sondern weil sie nach der Nachtschicht die kleine Caroline füttern und den ganzen Tag beschäftigen musste. Aber es sah ihr nicht ähnlich zu klagen. Sie genoss es sogar, abends an der Bushaltestelle am Ende der Straße zu warten, um zum Krankenhaus zu fahren und am nächsten Morgen mit dem Frühbus zurückzukehren. Anschließend marschierte sie die steile Straße hoch und legte sich für ein Stündchen ins Bett, bevor Sandra zur Arbeit aufbrach und sie allein für Caroline verantwortlich war. Mittlerweile waren Carolines Haare eher rötlich als blond: ein Rotstich, der Helen an ihre Mutter auf dem Porträt bei Tante Phoebe erinnerte. Diese Erkenntnis war schmerzhaft und tröstend zugleich.

An den Wochenenden, wenn Bob zu Hause war, machten sie Familienausflüge. Helens Lieblingsziel war ein Ort namens Old Reading, der ein paar Meilen außerhalb der Stadt lag und zum Grüngürtel-Programm der Regierung gehörte, das dazu diente, bestimmte Flächen von einer Bebauung freizuhalten. Caroline konnte inzwischen bereits laufen. Sie liebte es, durch den Wald zu watscheln, und quietschte jedes Mal begeistert beim Geräusch eines Vogels oder eines knackenden Zweigs.

»Sie ist ein so aufmerksames Kind!«, schwärmte Maggy, die fast so viel Freude an ihrer Patentochter hatte wie die Mutter selbst und so oft wie möglich zu Besuch kam, immer beladen mit Geschenken für Caroline. Mittlerweile arbeitete sie in einer Klinik in Wolverhampton und hatte sich einen kleinen Sportwagen gekauft, mit dem sie durch die Gegend düste, alle paar Monate mit einem anderen Mann an ihrer Seite.

»Ich weiß!« Sie gingen hinter Bob und Sandra, die sie immer zu begleiten schienen, wenn sie das Haus verließen. »Letzte Woche habe ich sie zu Tante Phoebe mitgenommen, und Caroline war ganz fasziniert von ihren Perlen. Sie hat so fest daran gezogen, dass fast die Kette gerissen wäre, was natürlich nicht gut ankam, wie du dir vorstellen kannst.«

Maggy stieß ein kehliges Lachen aus. »Sieh nur, wie sie ihren kleinen Kopf dreht und alles genau registriert. Sie ist das, was mein Vater ›eine alte Seele‹ nennt.«

Sandra warf bei dem Wort »alte« einen scharfen Blick nach hinten, und die jungen Frauen mussten ein Kichern unterdrücken. »Sie hat eine Paranoia vor dem Altwerden«, flüsterte Helen.

»Nun, sie war noch ziemlich jung, als sie Witwe wurde, oder? Vierzig, nicht wahr?«

»Ja, aber alt genug, um ihre Macken zu pflegen«, erwiderte Helen grimmig. »Ich brauche nur kurz in die Küche zu gehen, und sie zählt hinterher sofort ihre Dosen, um sich zu vergewissern, dass ich mich nicht von ihrem Vorrat bedient habe. Außerdem hatten wir letzte Woche fürchterlich Krach wegen der Gasrechnung. Sie besteht darauf, dass wir den Löwenanteil übernehmen, weil wir nach ihrer Einschätzung mehr verbrauchen als sie.«

»Au weia.« Maggy zündete sich die nächste Zigarette an. »Und was hat Bob dazu gesagt?«

»Nicht viel. Er mag keinen Streit.«

»Aber ihr seid doch einigermaßen glücklich miteinander, oder?«

Helen musste an gestern Abend denken, als Bob ihr im Bett wieder einmal den Rücken zugekehrt hatte, da er es »im Kreuz« hatte vom Fahren. Aber es gab auch Zeiten, in denen Helen das Gefühl hatte, dass ihre aufgeschlossene Art und sein stilles Wesen sich ergänzten. Sie liebten es, abends gemeinsam zu lesen, und erst neulich am Samstag hatten sie zusammen ein Hörspiel im Radio angehört, während sie händchenhaltend auf der Couch saßen. Danach hatte sie Abendessen gekocht, und er hatte sie für ihren Milchreis gelobt, der mit seiner leicht gebräunten Kruste gut gelungen war, genau so, wie er ihn mochte. Seine Komplimente hatten sie mit Wärme erfüllt – ihr einziger Wunsch war es, eine liebevolle Familienatmosphäre zu schaffen, um jene zu ersetzen, die sie nicht sehr lange gehabt hatte.

»Glücklich?«, erwiderte sie daher auf Maggys Frage. »Ja, ich schätze schon. Es wäre nur schön, wenn wir unser eigenes Haus hätten, mehr nicht.«

»Was denkst du, wann es so weit sein wird?« Maggy sprach mit der Erfahrung von jemandem, der bereits ein eigenes Haus hatte, dank Pops.

»Bei diesem Tempo erst in einer Ewigkeit. Wir können es uns einfach nicht leisten, von unseren Einkünften etwas auf die hohe Kante zu legen, weil das meiste für die Rechnungen von Sandras Haus draufgeht.«

»Aber ihr seid nicht im Grundbuch eingetragen?«

»Nein. Das versuche ich ja die ganze Zeit, Bob zu sagen. Wir könnten uns genauso gut eine Mietwohnung nehmen, die uns billiger kommt, und so für ein eigenes Haus sparen. Aber Bob will seine Mutter nicht alleinlassen. Er sagt, sie braucht ihn, weil sie so früh Witwe geworden ist.«

»Au weia«, wiederholte Maggy. »Das ist bestimmt nicht einfach. Trotzdem, immerhin hast du dieses süße kleine Geschöpf hier.«

Helen drückte ihre Tochter eng an sich. »Vielleicht wird sie unser einziges Kind bleiben.«

»Was soll das heißen?«

Maggys Stimme war so laut, dass dieses Mal nicht nur Sandra, sondern auch Bob den Kopf nach hinten drehte. Es war, dachte Helen, als würden beide sie verdächtigen, dass sie sich bei ihrer besten Freundin »ausheulte«.

»Pst.« Sie blieb stehen und tat so, als würde sie Carolines Windel checken. Das würde Bob zum Weitergehen veranlassen, da er in solchen Dingen zimperlich war. »Ich meine damit, dass Bob sagt, wir können uns keine weiteren Kinder leisten. Er behauptet, dass die meisten Paare sich seit der Nachkriegszeit mit einem Kind begnügen, weil die Lage immer noch angespannt ist.«

Maggy sah sie entgeistert an. »Aber du musst mindestens noch ein Kind bekommen. Als ich klein war, habe ich mir immer verzweifelt einen Bruder oder eine Schwester gewünscht. Wäre Ma nicht so früh gestorben, wäre ich sicher kein Einzelkind geblieben. Oder nimm dich selbst als Beispiel. Drei Brüder! Du weißt, wie wichtig es ist, Geschwister zu haben.«

Das wusste Helen allerdings. Obwohl alle ihre Brüder momentan im Ausland waren – Frank auf Borneo, Geoffrey als Soldat in Afrika und Roger in Südafrika, wo er für das Auswärtige Amt arbeitete –, schrieben sie ihr regelmäßig und riefen hin und wieder an. Sie bekam sie zwar nicht oft zu sehen, aber immerhin waren sie da.

»Vielleicht ändert er seine Meinung noch«, sagte Maggy.

Helen schüttelte den Kopf. »Er kann ziemlich stur sein, wenn er will. Genau wie seine Mutter.«

Als Caroline vier war, hatte Bob immer noch nicht seine Meinung geändert, was ein zweites Kind betraf. Aber ihre Tochter wurde so schnell groß! Sie hatte dieselbe sture Ader wie ihr Vater und ihre Großmutter, aber sie war künstlerisch weitaus begabter. Eines Tages, als sie im Schlafzimmer spielte, entdeckte sie zufällig den Kasten mit Pastellkreide, die Helen weiß Gott wie lange nicht benutzt hatte. Als Helen ein paar Minuten später hereinkam, ertappte sie ihre Tochter dabei, dass sie auf dem Boden saß und die Wand vollkritzelte.

Zum Glück konnte sie die Farbe abwischen, bevor Sandra nach Hause kam. Danach stellte sie fest, dass sie Caroline mit einem weißen Blatt Papier und Wachsmalstiften stundenlang beschäftigen konnte. Caroline liebte auch diese Zaubertafeln, wo man auf einer dünnen Folie malte und anschließend einen Schieber bewegte, um alles wieder zu löschen.

Eines Tages kam Bob mit einer kleinen schwarzen Tafel und einer Schachtel Kreide zurück, und Vater und Tochter verbrachten gemeinsam Stunden damit, Hunde mit einer Zigarette im Maul zu malen und Igel, die alberne Tänzchen aufführten. Es war so schön, die beiden miteinander lachen zu sehen. Bob war ein guter, liebevoller Vater – wenn er doch nur mehr zu Hause wäre!

Würde er eine Arbeit finden, die näher lag und nicht erforderte, fast die ganze Woche unterwegs zu sein und in Pensionen zu übernachten, wäre es vielleicht einfacher. Unterdessen machte Helen weiter Nachtschicht im Krankenhaus, und sie liebte ihre Arbeit! Es war, als wäre sie dann ein anderer Mensch – sie konnte scherzen und lachen und sich um die Menschen kümmern auf eine Art, die ihr das Gefühl gab, gebraucht und geschätzt zu werden.

Eines Tages meldete Maggy sich mit aufregenden Neuigkeiten. »Ich habe mir einen Bungalow gekauft! Auf der Isle of Wight!«

Helen war noch nie dort gewesen – tatsächlich wusste sie nur, dass die Insel südlich von Southampton lag. »Willst du dort hinziehen?«

»Nein. Wir werden ihn als Ferienhaus nutzen. Und wenn ich ›wir‹ sage, meine ich auch dich und Bob!«

Maggy hielt Wort. Sie bestand darauf, dass sie alle zusammen im folgenden Monat nach Southampton fuhren, wo sie mit der Fähre nach Ryde übersetzten. Sandra musste natürlich auch mitkommen. Caroline war vor Begeisterung völlig aus dem Häuschen, als sie in den Süden der Insel zu einem kleinen Ort namens Bonchurch weiterreisten.

»Deine Freundin muss ja gut betucht sein«, bemerkte Sandra trocken, während sie zu einem Hügel hochblickten und ein idyllisches weißes Cottage mit einem hyazinthblauen Balkon auf der Vorderseite sahen. Dahinter lagen die Kreidehügel und dahinter die Steilküste.

Ausnahmsweise regte Helen sich nicht über das Geschwätz ihrer Schwiegermutter auf. In den regelmäßigen Diskussionen wegen der Gasrechnung hatte sie gelernt, dass sie einfach nicht gewinnen konnte. »Zauberhaft, nicht wahr?«, sagte sie einfach.

Sie verbrachten eine traumhafte Woche. Zum ersten Mal seit

Jahren hatte Helen plötzlich Zeit für sich, während Maggy mit Caroline lange Spaziergänge auf der Insel machte. Und das war der Moment, in dem Helen ihren Malkasten hervorholte, den sie eigentlich mitgebracht hatte, um ihre Tochter zu beschäftigen.

»Das ist wunderschön«, sagte Maggy nach ihrer Rückkehr, und selbst Sandra musste ihr zähneknirschend recht geben, während sie das Fuchsienporträt bewunderten, das Helen gemalt hatte.

»Du weißt ja, wie du nachhelfen kannst, damit du wieder schwanger wirst, oder?«, raunte Maggy ihr am Abend vor ihrer Abreise zu.

Wie?

»Mach ihn betrunken.« Maggy nickte in Richtung Bob. »Mach ihn betrunken, wenn die richtige Zeit im Monat ist. Das ist die einzige Möglichkeit. Caroline ist jetzt fast fünf. Wenn du zu lange wartest, wird der Abstand zu groß.«

Spätabends, als sie zurückkehrten, erklärte Bob, dass er müde sei von der Fahrt. »Hier, trink etwas«, sagte Helen und gab ihm einen doppelten Scotch und dann, zehn Minuten später, einen zweiten.

Irgendwie überredete sie ihn in dieser Nacht, etwas zu tun, was er schon sehr lange nicht mehr getan hatte, nachdem sie ihm versicherte, dass »nichts passieren« könne.

Wenn das nicht funktionierte, sagte sie sich am nächsten Morgen, dann konnte sie es auch aufgeben.

Acht Wochen später litt sie an Übelkeit. Nicht, dass sie etwas gesagt hätte. Denn dann würde Bob womöglich darauf bestehen, dass sie etwas dagegen unternahm. Es war weitaus besser, das für sich zu behalten, bis es zu spät war.

»Ist alles in Ordnung?«

Sandra musterte sie eines Morgens mit einem sonderbaren Blick, nachdem Helen beim Anblick ihres Frühstücks zur Toilette hochgerannt war.

»Ja, danke. Warum?«

»Du wirkst ein bisschen blass um die Nase, mehr nicht.«

Als Bob in der Woche darauf zurückkehrte, betrat er das Schlafzimmer, schloss die Tür hinter sich und forderte Helen auf, sich zu setzen.

»Meine Mutter denkt, du bist schwanger.«

»Tut sie das?«

»Stimmt das?«

»Vielleicht.«

»Wolltest du es verheimlichen?«

»Ich wollte mir erst sicher sein.«

»Wir können uns kein zweites Kind leisten.«

»Doch, das könnten wir, wenn wir deiner Mutter nicht so viel Geld für die verdammte Gasrechnung geben müssten.«

»Sprich nicht so über meine Mutter.«

»Mummy?«

Caroline stand in der Tür. Sie unterbrachen sich.

»Was ist los, Mummy?«, fragte ihre Tochter und rutschte auf Helens Knie.

»Nichts, Liebling. Nichts.«

Helen warf einen Blick zu ihrem Mann, und obwohl sie in Gegenwart ihrer Tochter nicht offen zu sprechen wagte, war die Botschaft darin deutlich genug. Denk nicht einmal an eine Abtreibung, sagte ihr Blick. Hätte ich beim ersten Mal auf dich gehört, hätten wir jetzt nicht Caroline.

Ein paar Wochen später, als Helen fast im fünften Monat war, machten sie eine Woche Familienurlaub in einem kleinen Bed & Breakfast in Cornwall. Helen bestand darauf, dass Sandra dieses Mal nicht mitkam. Sie hatte ein schlechtes Gewissen deswegen, aber gleichzeitig wusste sie aus den Gesprächen mit Maggy, dass sie sich zur Wehr setzen musste.

Ursprünglich war geplant gewesen, auf dem Rückweg bei Tante Phoebe und Onkel Victor vorbeizuschauen, aber Bob weigerte sich, dort zu Mittag zu essen, da er nach all den Jahren genug davon hatte, bei den einzelnen Gängen das falsche Besteck zu benutzen und verächtliche Blicke auf sich zu ziehen.

Stattdessen wollten sie ein Picknick machen. Sandra hatte ihnen einen Primus-Kocher geliehen, mit denen sie die selbstgemachten Fleischpasteten aufwärmen konnten. Sie hielten auf einem Rastplatz, und Caroline durfte aussteigen und zu einer Weide laufen, um die samtene Nase eines Pferds zu streicheln, während Bob sie begleitete.

»Du bleibst bei ihr.«

Wenn Bob etwas mehr Zeit mit seiner Tochter verbrachte, würde er vielleicht erkennen, wie sehr Helen dieses Baby brauchte.

»Ich kümmere mich um den Campingkocher.«

Helen schraubte den Deckel von der Spiritusflasche, die sie mitgebracht hatten. Sandra hatte ihnen erklärt, wie sie beim Anzünden vorgehen sollten. Vorsichtig kippte sie etwas von der Flüssigkeit auf den Brenner.

Eine furchtbare Stichflamme schoss empor, und ein brennender Schmerz erfasste ihren Körper. Ein Schrei zerriss die Luft, als würde er jemand anderem gehören. Helen sah undeutlich durch die Flammen, dass ihre Tochter entsetzt zu ihr herüberstarrte und Bob in ihre Richtung rannte. Und danach nichts mehr.

36

»Mein Unfall«, wie Helen es später nannte, hätte sie beinahe das Leben gekostet, und gleichzeitig war er ihre Rettung. Hinterher wurde ihr gesagt, sie habe großes Glück gehabt zu überleben, nachdem sechzig Prozent ihrer Körperoberfläche verbrannt waren. Aber zu jener Zeit konnte sie es nicht als Glück betrachten. Sie wusste nur, sie musste es überstehen.

»Caroline«, sagte sie in ihrer Erinnerung, während verschwommene Gesichter auf sie herabblickten an einem Ort, den sie nicht kannte. Und dann versuchte sie wieder, den Namen ihrer Tochter zu sagen, aber er kam nicht richtig heraus. Zumindest verstand sie keiner.

Hat das Feuer auch Caroline verletzt?, wollte sie fragen, aber der quälende Schmerz, der im oberen Brustbereich brannte, am Hals und an den Armen, war so schlimm, dass sie diesen Satz auch nicht herausbrachte.

Sie musste überleben, sagte sie sich, für Caroline. Sie konnte ihrer Tochter nicht das zumuten, was sie durchgemacht hatte – ein Leben ohne Mutter. Wenn das Baby nicht zu Schaden gekommen war (bitte, lieber Gott, lass es so sein), konnte sie wirklich von Glück sagen. Aber noch war es nicht geboren. Caroline war fünfeinhalb. Zu jung, um mit Bob und Sandra alleingelassen zu werden.

»Schon gut«, sagte eine sanfte Stimme über ihr. Es kam ihr vor, als bewegte sie sich auf einem Rollband aus Gemurmel und hellen Lichtern und antiseptischem Geruch. »Sie haben es fast geschafft, Helen.«

Sie kannte die Stimme nicht, aber Krankenschwestern redeten, wie sie nur allzu gut wusste, ihre Patienten beim Vornamen an, um sie zu beruhigen. War das der Ort, wo sie war? Ein Krankenhaus? Oder war sie vielleicht an einem unbekannten Ort und wartete darauf, ihre Mutter zu sehen?

Als sie wieder zu sich kam – wie lange hatte es gedauert? –, lag sie in einem Bett. Nicht in ihrem eigenen. Bob saß neben ihr, und auch ihre kleine Tochter, die langen hellen Haare offen, statt zu Zöpfen geflochten, und mit einem ängstlichen Gesichtsausdruck.

»Caroline!«

Helen versuchte, den Arm zu bewegen, aber es tat weh, und außerdem wich ihr Kind zurück. Kein Wunder! Die Haut auf ihrem Arm kräuselte sich wie kleine, schwarz verkohlte Ringelschwänze, und es roch, als hätte jemand Speck gebrutzelt. Sie schien sich wieder zu bewegen wie auf Rollen, während Bob und Caroline blasser und blasser wurden hinter ihr.

»Küss mich«, versuchte sie zu sagen, und dieses Mal war sie sich sicher, dass die Worte herausgekommen waren. Aber Caroline schüttelte den Kopf, und der Schmerz bohrte sich tiefer in Helens Brust als die furchtbaren, furchtbaren Verbrennungen.

Eine andere Erinnerung. Maggy, die neben ihr saß. Maggy ohne ihr übliches Zahnlückengrinsen und ohne Zigarette. »Es ist alles gut, Hellie. Du wirst wieder gesund. Mach dir keine Sorgen wegen Caroline. Ich bin hier.«

Oder hatte sie sich das nur eingebildet?

Nun war es Bob. »Ich bringe Caroline nach Hause. Deine Tante möchte, dass wir ein paar Tage bleiben, aber danach werden wir nach Ealing zurückfahren. Ich komme am Wochenende wieder.«

Das Baby, wollte sie fragen. Habe ich noch mein Baby?

Aber wieder wollten die Worte nicht herauskommen, und offenbar wollte sie niemand informieren.

»Transfer«, sagte jemand zu ihr durch einen Nebel. »Wir müssen Sie in ein größeres Krankenhaus verlegen. Nach Bristol, ins Frenchay.« Und dann nichts mehr.

Helen wusste nicht, wie lange sie schon dort war. Es kam ihr vor wie ein unendliches Ineinander aus Tagen und Wochen. Erst später gelang es ihr, die einzelnen Bruchstücke zusammenzufügen. Bob war tatsächlich mit Caroline zu Tante Phoebe gefahren, nur um festzustellen, dass diese gerade Bridge spielte! Sie und Onkel Victor hatten dazu Gäste eingeladen, und als Helens Ehemann und Tochter eintrafen, erschöpft und konfus, nachdem sie die ersten paar Tage in einer Pension übernachtet hatten, um in Helens Nähe zu sein, wurden sie sofort auf ihre Zimmer gebracht.

Helen konnte es sich deutlich vorstellen. Ihre Tochter war sicher in dasselbe Zimmer gesteckt worden, in das man sie mit vierzehn Jahren gesteckt hatte, als ihre Mutter gestorben war. Darin gab es eine schwere Kommode aus Mahagoniholz und einen altmodischen Mahagonispiegel auf einem Ständer. Bob hatte beim Frühstück bestimmt den Grapefruitlöffel für die Marmelade benutzt, und Caroline war ohne sie verloren, genau wie Helen ohne ihre Mutter damals vor fast achtzehn Jahren.

Maggy übertraf allerdings ihre kühnsten Erwartungen! Als ihre wunderbare Freundin die Nachricht erfuhr, war sie sofort von Wolverhampton losgedüst und hatte die Nacht in der Pension verbracht, wo sie sich mit Caroline ins Bett kuschelte, um sie zu trösten, während Bob im Zimmer nebenan war und Anrufe der Lokalzeitung abwimmelte, die über den schrecklichen Unfall berichten wollte, der einer Touristin zugestoßen war.

Aber was war mit ihrem Baby? Es schien eine Ewigkeit zu vergehen, bis sich eines Morgens der Arzt auf ihre Bettkante setzte, ihre Hände in seine nahm und ihr erklärte, dass sie Blutungen gehabt habe. Helen fühlte ihr Herz groß und schwer werden, aber Moment, was sagte er nun? »Mrs Green, offenbar haben Sie Zwillinge erwartet. Durch das Trauma haben Sie einen Fötus verloren, aber es hat den Anschein, als wäre der andere lebensfähig. Angesichts dessen, was Sie durchgemacht haben, sind wir allerdings verhalten optimistisch. Trotzdem, wenn Sie mich fragen, Mrs Green, dann haben Sie großes Glück gehabt.«

Sie war immer noch schwanger! Ja, dachte Helen, während sie versuchte, sich im Bett aufzusetzen, um eine Karte an Caroline zu schreiben, der sie ein Andy-Pandy-Buch schicken wollte, das sie sich von einer Krankenschwester hatte besorgen lassen. Sie war immer noch schwanger. Caroline würde diesen Bruder oder diese Schwester bekommen, und wenn es Helen das Leben kostete. »*Für Caroline, weil du ein braves Mädchen bist*«, schrieb sie zitternd mit der Hand, die weniger schlimm verbrannt war als die andere. »*Ganz liebe Grüße und Küsschen von Mummy.*«

Es dauerte Monate, bis sie nach Hause durfte. Vom Frenchay Hospital wurde sie schließlich ins Mount Vernon verlegt. Es war nicht nur eine der besten Kliniken für plastische Chirurgie, sondern außerdem nicht so weit entfernt von Ealing. Trotzdem hielt Bob es für das Beste, Caroline nicht mitzubringen. »Sie könnte Angst bekommen«, sagte er und ließ den Blick durch den Saal schweifen, wo Patientinnen mit so schrecklichen Verletzungen lagen, dass man den Eindruck hatte, sie wären im Krieg gewesen.

Helen fragte sich, ob Bob damit seine eigene Angst meinte. Offensichtlich fühle er sich in dieser Umgebung nicht wohl, sagte Maggy bei ihrem Besuch, schließlich sei er keine Krankenschwester. Beide kicherten, als sie sich Bob in einer Schwesterntracht vorstellten, und eine Weile lang fühlte Helen sich besser, selbst dann noch, nachdem Maggy gegangen war. Aber schließlich kamen die alten Zweifel zurückgekrochen.

Sie wurden zum Teil noch geschürt durch ihren Bruder Frank,

der ihr sofort schrieb, nachdem ihn die Neuigkeit erreicht hatte. Helen hatte zuvor schon ihren Brüdern gegenüber Andeutungen gemacht, was ihre Ehe betraf, aber sowohl Roger als auch Geoffrey waren zu sehr beschäftigt mit ihrem eigenen Leben, um mehr dazu zu sagen als: »Jeder macht einmal eine schwierige Phase durch.«

Helens kleiner Bruder Frank dagegen, der inzwischen in Kuala Lumpur sein eigenes Unternehmen gegründet hatte, reagierte pragmatischer. »Warte noch ein paar Jahre, bis Caroline etwas älter ist, ganz zu schweigen von deinem Nachwuchs, den du bald erwartest. Sollte es dann immer noch nicht funktionieren, verlasse ihn und komm zu mir, um hier bei mir zu leben.«

Allein diese Gewissheit, ein Sicherheitsnetz zu haben, verschaffte Helen ein besseres Gefühl.

Die Rückkehr nach Ealing war seltsam. Das Haus sah so klein aus, dabei zählte es sogar zu den besseren Unterkünften in dieser Gegend. Jemand hatte die Möbel im Wohnzimmer umgestellt, und der Kirschbaum im Vorgarten, den Maggy ihnen zur Hochzeit geschenkt hatte, war schief gestutzt worden.

Aber es war Caroline, die Helen am meisten beunruhigte. Sie hatten ihre herrlichen, langen, rotblonden Zöpfe abgeschnitten! Sandra war offenbar der Ansicht, dass dieser recht stachelige Kurzhaarschnitt einfacher zu pflegen sei, aber alles, was Helen sehen konnte, war ein verstörtes Kind mit Angst in den Augen statt das glückliche, selbstsichere kleine Mädchen wie vor dem Unfall.

Was hatte Caroline gesehen?

Eine Feuersäule, so hatte Bob ihren Körper beschrieben. Er hatte Helen wieder und wieder über den Boden gewälzt, um die Flammen zu ersticken. Er hatte ihr das Leben gerettet, wie die Ärzte sagten, was ein weiterer Grund war, warum sie ihn nicht verlassen konnte. Aber wie schrecklich für ein Kind, das mitansehen zu müssen! Nachdem Bob die Flammen gelöscht hatte, hielt er offenbar einen Wagen an und bat den Fahrer, ihn zum nächsten Krankenhaus zu lotsen. Caroline saß hinter ihnen auf der Rückbank, zweifellos unter Schock. Kein Wunder, dass ihre Augen diesen misstrauischen, verängstigten Ausdruck hatten.

»Es ist alles gut, Liebling. Mummy ist wieder zu Hause«, sagte sie und drückte Caroline an ihren gewölbten Bauch, der nun nicht mehr zu übersehen war. »Ich bin noch hier. Und ich verspreche dir, ich werde nie wieder weggehen.«

Aber Caroline schreckte jede Nacht in dem kleinen Raum neben Sandras Zimmer hoch. Ihre Schreie hallten durch das ganze Haus. »Ich kümmere mich um sie«, sagte Sandra, wenn Helen nach ihr eintraf. »Lass mich. Sie ist an mich gewöhnt.«

Und Helen konnte nur zusehen und kam sich ausgeschlossen vor, während ihre Schwiegermutter die Kleine im Arm hielt und sanft schaukelte. »Vielleicht«, sagte Helen spätabends zu Maggy am Telefon, »bin ich keine gute Mutter, weil ich selbst nicht lange genug eine Mutter hatte, von der ich lernen konnte.«

»Ich glaube nicht, dass das stimmt«, erwiderte Maggy unsicher, aber Helen hörte an der stockenden Stimme ihrer Freundin, dass diese genauso dachte. Als Helen nach dem Gespräch den Hörer auflegte, fragte sie sich, ob der frühe Tod von Maggys Mutter der Grund für die Abneigung ihrer Freundin war, selbst zu heiraten und Kinder zu bekommen. Helen fiel es immer schwerer, sich an das Gesicht ihrer eigenen Mutter zu erinnern. Wäre da nicht das Porträt auf ihrer Frisierkommode, auf dem Rose diesen herrlich gelassenen Blick hatte, als hätte sie rechts außerhalb des Rahmens etwas entdeckt, könnte sie sich vielleicht überhaupt nicht mehr an sie erinnern.

Grace war von Anfang an ein schwieriges Kind. Sie brüllte wie am Spieß, als sie geboren wurde, und schrie weiter, wenn sie nicht ihren Willen bekam, bis zur Pubertät, als das Schreien in Schmollen überging.

Insgeheim ahnte Helen, dass Graces Jähzorn auf den furchtbaren

Schock zurückzuführen war, den sie im Mutterleib bei dem Unfall erlitten haben musste. Maggy hatte ihr von einer neuen Studie erzählt, wonach ungeborene Kinder stark den Einflüssen ihrer Umgebung ausgesetzt sind. Wenn das stimmte, hatte Maggy hinzugefügt, nütze ihnen das nun auch nicht mehr viel, aber die gezwungene Ironie ihrer Freundin machte Helen nicht gerade zuversichtlich.

Seltsamerweise fand Bob das Verhalten von Grace »lebhaft«. Helen hatte erwartet, dass er enttäuscht reagierte, weil es wieder kein Junge geworden war, aber stattdessen hatte er Freude daran, dass Grace im Garten den Ball treten konnte und dass sie einmal, als sie noch keine drei Jahre alt war, auf der Fähre zur Isle of Wight, wo sie nach wie vor ein- bis zweimal im Jahr ausspannten, einen Schluck von seinem Bier trank. »Wir haben hier ein echtes Original«, gluckste er mit mehr Bewunderung, als er jemals für Helen gezeigt hatte.

Gott sei Dank gab es Maggy. Helen wusste nicht, was sie ohne sie getan hätte. Obwohl Maggy nach wie vor in Wolverhampton lebte, kam sie häufig herunter, um ihre Patentöchter zu besuchen, und vor kurzem hatte sie einen tollen Mann kennengelernt, der Ralph hieß und Arzt war.

»Wirst du ihn heiraten?«, fragte Helen schüchtern, als Maggy zu ihnen auf die Insel stieß, wo sie den Sommerfeiertag verbrachten. Die Mädchen spielten zufrieden am Strand mit ihren Eimern und Schaufeln, und zur Abwechslung wurde Caroline nicht von Grace gezwickt und Grace nicht von Caroline geärgert. Bob machte unterdessen ein Nickerchen im Bungalow. Jemand am Strand hatte ein Radio mitgebracht, und Helen erkannte die Klänge von Helen Shapiros »Lipstick on your collar«, die ihr jedes Mal eine Gänsehaut verursachten.

Maggy machte ausnahmsweise ein ernstes Gesicht. »Wenn seine Scheidung durchkommt.«

»Er ist verheiratet?« Helen war sich dessen nicht bewusst gewesen.

»Er wollte seine Frau ohnehin verlassen.« Der Ton ihrer Freundin war rechtfertigend, was vermuten ließ, dass sie bereits Kritik für ihre Beziehung eingesteckt hatte.

»Hat er Kinder?«

»Zwei. Aber die sind praktisch erwachsen. Vierzehn und zwölf.«

Das ist nicht erwachsen, lag Helen auf der Zunge. Das ist alt genug, um verletzt zu sein, wenn der Vater einen für eine andere Frau verlässt. Und aus irgendeinem Grund fand Helen es notwendig, aufzustehen und so zu tun, als würde sie die Kordel an Graces Badeanzug zubinden, um das Gespräch mit ihrer Freundin nicht fortsetzen zu müssen.

Unterdessen wechselte Bob immer wieder seine Arbeitsstelle. Seine Tätigkeit im Außendienst hatte er schon vor langer Zeit aufgegeben, nachdem es sich während Helens Krankenhausaufenthalts als nicht tragfähig erwiesen hatte, dass er unter der Woche nicht zu Hause war. Stattdessen hatte er schlechter bezahlte Vertreterjobs angenommen, die sich auf den nahen Umkreis beschränkten. Um zu helfen, sparte Helen an allen Ecken und Enden, bis sie tatsächlich genug für eine Kaution für ein eigenes Zuhause auf der Seite hatte. Sie hatte sich im Viertel bereits nach Häusern umgeschaut, die sie sich leisten konnten. Tatsächlich kam wohl eher eine Wohnung in Betracht als ein Haus, weil sie einfach nicht genug verdienten. Seit dem Unfall und Graces Geburt war Helen nicht in der Lage gewesen, arbeiten zu gehen, obwohl sie hoffte, wieder im Krankenhaus unterzukommen, wenn Grace eingeschult wurde.

Caroline besuchte inzwischen eine sehr gute Ganztagsschule für Mädchen, deren Gebühren sich nach dem Einkommen der Eltern richteten. Ihre Tochter war wegen ihrer sehr guten Leistungen in Englisch und Kunst aufgenommen worden. Aus diesem Grund mussten sie auch nur eine geringe Schulgebühr entrichten, obwohl es immer noch mehr war, als sie sich eigentlich leisten konnten. Dies hatte wieder zu einem Streit geführt: Bob wollte Caroline ursprünglich auf die nahe gelegene Schule im Viertel schicken, wo sie später die Aufnahmeprüfung für eine weiterführende Schule machen konnte.

Als Caroline sechzehn war, bereitete Helen den nächsten Schritt vor. Jahrelange Erfahrung hatte sie gelehrt, wie sie Bob handhaben musste. Sie durfte ihm nur nicht zu viel Verantwortung übertragen, und sie durfte nicht erwarten, dass er Probleme löste. Was der Grund war, warum sie die Wohnung zuerst besichtigte, bevor sie ihm beiläufig die Anzeige zeigte und ihn darauf hinwies, dass sie sich die Wohnung leisten konnten und dass es höchste Zeit war, dass die Mädchen ihr eigenes Reich bekamen.

»Aber wie soll meine Mutter allein zurechtkommen? Sie ist sechsundsechzig. Sie ist auf uns angewiesen.«

»Wir bleiben ja in der Nähe, Bob. Die Wohnung ist am anderen Ende der Straße. Wir sind jetzt sechzehn Jahre verheiratet. Mittlerweile haben die sogar schon einen Mann zum Mond geschickt!« Sie hatte zu Maggy früher immer scherzhaft gesagt, dass man zuerst einen Mann zum Mond schicken würde, bevor es ihr gelang, Bob von seiner Mutter loszueisen, und nun war es tatsächlich wahr geworden! »Wir brauchen unser eigenes Zuhause.«

Sandra weinte bitterlich, als sie davon erfuhr, was Helen überraschte, da sie erwartet hatte, ihre Schwiegermutter würde sich darüber freuen, dass sie nach all den Jahren des Streits ging. Dann kam Caroline von der Schule mit ihrem weichen braunen Lederrucksack auf dem Rücken und wollte wissen, was los war. Als sie hörte, dass sie bei ihrer Großmutter ausziehen würden, weinte sie auch.

Helen fühlte sich schrecklich. Aber sie wusste auch, wenn Bob und sie überleben wollten, brauchten sie ein eigenes Zuhause. Ein Zuhause, in dem sie beide nicht leise sein mussten bei den seltenen Gelegenheiten, in denen Bob ihr nicht den Rücken zudrehte. Ein Zuhause, in dem sie Grace bei ihren Tobsuchtsanfällen nicht zum Schweigen bringen musste, weil Sandra oben in ihrem Wohnzimmer Gäste hatte. Ein Zuhause, in dem es nicht ständig wegen der Gasrechnung Streit gab und in dem sie nicht warten musste, bis eine andere Frau in der Küche fertig war, bevor sie hineingehen konnte.

Am Abend vor dem Umzug in die kleine Drei-Zimmer-Maisonette-Wohnung ohne Garten am Ende der Straße hörte Helen Sandra im Bad laut schluchzen.

Sie klopfte leise an die Tür.

»Was?«, kam schniefend zurück.

»Alles in Ordnung?«, fragte Helen.

»Was denkst du denn?«

Langsam kehrte Helen, die sich schrecklich fühlte, in ihr Schlafzimmer zurück. Bob schlief bereits, mit leicht offenem Mund, aus dem ein unattraktiver Speichelfaden lief.

Oben konnte sie das Knarren der Holzdielen hören, als ihre Tochter die Tür des kleinen Kinderzimmers öffnete. Ihre Schwester und sie schliefen darin in einem Etagenbett, was die einzige Möglichkeit war, zwei Schlafplätze darin unterzubringen.

»Sandra, ist alles in Ordnung?«, hörte sie Caroline leise fragen.

Und prompt wurde die Badezimmertür geöffnet. Helen schlich sich wieder die Treppe hoch und hörte, wie ihre Tochter die ältere Frau tröstete. »Ich komme dich jeden Tag besuchen, versprochen. Und ich helfe dir weiter mit dem neuen Geld.« Sandra kam mit der Umstellung auf das Dezimalsystem nicht zurecht. »Und ich begleite dich nach wie vor beim Einkaufen.«

Sie fühlte sich wie der Bösewicht der Familie statt wie eine Mutter, die einfach nur versuchte, ihre Ehe zu retten, dachte Helen verärgert, während sie in ihr Bett zurückkehrte.

37

Manchmal kam es Helen vor, als hätte sie nie woanders gelebt als in Ealing. Es schien, als wären der Dschungel von Borneo und die Tatsache, dass sie früher einen Orang-Utan als Haustier gehabt hatte, nichts als ein Traum in dieser Welt. Einer Welt, in der das Highlight der Woche darin bestand, sich *Mit Schirm, Charme und Melone* im Fernsehen anzuschauen oder einen Einkaufsbummel im *Chelsea Girl* zu machen mit seinem abgedunkelten Verkaufsraum und der seltsamen Musik. Einmal kaufte Helen dort eine neonblaue Stretchhose für Caroline, die damals in Mode war. Wenigstens hielt sie warm, im Gegensatz zu diesen schrecklichen Hotpants, die es förmlich darauf anlegten!

Wenn sie mit Bob hin und wieder ihren Pflichtbesuch bei Phoebe und Victor machte, die zunehmend gebrechlicher wurden und offenkundig damit überfordert waren, den alten Herrensitz in Schuss zu halten, konnte sie sich nicht vorstellen, dass sie als Jugendliche hier gelebt hatte. Wie, fragte sie sich bei diesen Besuchen, während sie bemüht war, Grace stillzuhalten, war sie bloß klargekommen? Einmal schickte sie Caroline im Sommer eine ganze Woche lang zu Tante Phoebe, auf deren überraschende Bitte hin. Caroline war damals fast vierzehn und erklärte nach ihrer Rückkehr, es habe ihr gefallen – sie habe einfach einen Roman von Jane Austen gelesen und gemalt. Und ja, sie würde gerne wieder hinfahren, falls man sie einlud.

Ealing war dagegen ein typischer Vorort. In den Sechzigern zählte es noch eher zu den Randgebieten der Stadt, anders als zum Beispiel Golders Green. Es behielt immer einen leicht vornehmen, ländlichen Charakter wegen seiner großen Grünflächen. »Das Beste von beiden Welten«, sagten ihre Nachbarn immer fröhlich. »Mit der U-Bahn ist man in einer halben Stunde in der Stadt, und hier braucht man nur die Straße hochzugehen und ist im Grünen.«

Mit »Stadt« war, wie Helen früh gelernt hatte, London gemeint, wo sie zweimal im Jahr mit den Mädchen den Zahnarzt aufsuchte (sie hatte immer noch ihren alten Zahnarzt aus ihrer Zeit als Schwesternschülerin) und hin und wieder eine entfernte Großtante mütterlicherseits besuchte, die in einem großen vierstöckigen Gebäude nahe der Queen's Gate wohnte. Als Bob Helen bei einem dieser Besuche begleitete, wurde er immer stiller, bis er auf der Rückfahrt fragte, was um alles in der Welt der Mann ihrer Großtante von Beruf sei, dass er so viel verdiente, um sich diesen Kasten zu leisten. Tatsächlich hatte dieser das Haus halb geerbt, halb mit einem Kredit finanziert, was aber Bob nur zum Seufzen brachte, und Helen hatte das Gefühl, dass er sie nie als seinesgleichen betrachten würde.

Es war dasselbe, wenn er Caroline vor den Häusern ihrer Schulfreundinnen absetzte. Offenbar wohnten alle in großen, freistehenden Eigenheimen, die ganz anders waren als ihre kleine Wohnung ohne Garten. »Was machen die alle?«, sagte Bob wieder, während er sich über sein eigenes Unvermögen wunderte, diese enormen Gehälter zu verdienen wie anscheinend all die anderen Väter. Auch Helen kam sich wie eine Außenseiterin vor, wenn sie hin und wieder bei einer der anderen Mütter eingeladen war. Ihre Eltern hatten früher noch dieses Leben mit dem Gin-Glas in der Hand geführt, aber die Umstände hatten sich geändert. Helen gehörte nicht mehr zur oberen Mittelschicht, sondern war auf der sozialen Skala etwas tiefer gerutscht, wenn auch nicht in die Arbeiterklasse. Zu ihrem Verdruss, schließlich hatte sie etwas gegen Snobismus, wurmte sie das.

Währenddessen hatte sich in ihrer Ehe eine akzeptable häusliche Routine eingespielt, in der gelegentlich Probleme auftraten, hauptsächlich bedingt durch die Unfähigkeit ihres Mannes, eine Arbeitsstelle länger als ein, zwei Jahre zu behalten oder, wenn er Arbeit hatte, eine Spesenabrechnung richtig auszufüllen. Als Folge davon war das Geld ständig knapp, und Helen dachte oft daran, wieder arbeiten zu gehen, um ihre Einkünfte aufzubessern. Aber Bob war strikt dagegen, dass seine Frau arbeitete, da die Leute sonst denken könnten, er sei nicht in der Lage, seine Familie allein zu ernähren. Außerdem, fügte er hinzu, wer würde sich dann um Grace kümmern, wenn sie aus der Schule kam?

Also hängte Helen stattdessen beim Zeitschriftenhändler einen Zettel auf, um sich als Tagesmutter anzubieten. Es kamen sehr schnell ein paar Anrufe, und als sie erwähnte, dass sie gelernte Krankenschwester sei, erhielt sie sofort den Auftrag, ein Baby zu betreuen, dessen Eltern einen Stand auf dem Wochenmarkt betrieben. Das Baby, das schon eher ein Kleinkind war, machte wenig Mühe, weil es erst gebracht wurde, nachdem Bob zur Arbeit gegangen war, und abgeholt wurde, bevor er wieder zurückkam. Die Mädchen schenkten dem Kleinen nur wenig Beachtung, als wäre ihnen das alles peinlich, aber die Lage war wirklich schlimm. Der Nebenverdienst tat der Haushaltskasse gut, und außerdem gefiel es Helen, dass sie etwas beisteuern konnte.

Trotz allem war es großartig, ein eigenes Zuhause zu haben. Endlich eine Küche, in der sie nach Belieben schalten und walten konnte ohne eine Schwiegermutter, die ständig die Regale umräumte. Allerdings war die Wohnung klein. Sehr klein. Helen war beim Einzug der Ausdruck in Carolines Gesicht nicht entgangen. »Haben wir denn keinen Garten?«, hatte ihre Tochter gefragt, und Helens Herz hatte sich zusammengezogen bei dem Gedanken an die hübsche Wiese hinter Sandras Haus, der sie den Rücken gekehrt hatten, und an den knorrigen Apfelbaum ganz hinten im Garten, unter dem Caroline gerne saß zum Lesen oder Malen. Sie mussten auch die Schaukel zurücklassen, die Maggy vor Jahren Caroline zum neunten Geburtstag geschenkt hatte und die später an Grace übergegangen war. Stattdessen gab es nun auf der Vorderseite eine Gemeinschaftsanlage für die Anwohner der Sackgasse in Form eines Grünstreifens mit einem einsamen Weidenbaum in der Mitte, unter dem Helen in der ersten Woche mit den Mädchen ein Picknick machte, was sie aber wegen der missbilligenden Blicke ihrer neuen Nachbarn nicht wiederholten.

Caroline und Grace mussten sich weiterhin ein Zimmer teilen, das, wie die anderen Räume der Maisonette-Wohnung, so die Bezeichnung des Maklers, über eine Treppe erreichbar war, die sich gleich hinter der Eingangstür befand. Es gab ein zweites kleines Schlafzimmer für Helen und Bob und ein etwas größeres, helles und luftiges Wohnzimmer, von dem aus man ins Grüne blickte. Auf dem Weg nach draußen befand sich an der Wand über der Treppe ein kleines Regal mit Avocadopflanzen, die Helen aus Kernen zog. Kleinigkeiten wie diese bereiteten ihr Freude, bis eines Tages Geoffrey und Penelope mittags zu Besuch kamen. Helen hatte eine Ewigkeit in der Küche verbracht, um Cottage Pie zuzubereiten, für den sie mit der Handkurbel Lammfleischreste durch den runden Fleischwolf aus Metall drehte. Es schmeckte recht gut, fand sie zumindest, auch wenn es ziemlich eng zuging an dem Esstisch von G-Plan, den sie immer noch abbezahlten. Dann nahm die Unterhaltung eine Wende, die alles verdarb.

»Liebe Schwägerin«, sagte Penelope und ließ mit geschürzten Lippen den Blick schweifen. »Ich kann beim besten Willen nicht verstehen, wie du es erträgst, in so beengten Verhältnissen zu leben. Du Arme!«

Sie hatte es eigentlich gut gemeint, aber Helen war verstimmt, während Geoffrey, wie man ihm zugutehalten musste, verlegen reagierte. Ihr Bruder und seine Frau waren damals aus dem Militärdienst ausgeschieden und lebten nun in Surrey, wo das Pfund Sterling mehr wert war als in den teuren Vororten von London. Hin und wieder redeten Helen und Bob darüber, aus Ealing in eine billigere Stadt wegzuziehen, aber Caroline war glücklich auf ihrer Schule, die außerdem einen hervorragenden Ruf hatte. Ob sie es sich leisten konnten, Grace nach der Grundschule auch dorthin zu schicken, stand allerdings auf einem anderen Blatt. Das war nur möglich, wenn Helen wieder richtig arbeiten ging.

Unterdessen kam Sandra in ihrem Haus am anderen Ende der Straße besser zurecht, als Helen befürchtet hatte. Ihre Schwiegermutter hatte inzwischen Untermieter aufgenommen, und Caroline, Gott schütze sie, besuchte sie fast täglich. »Es ist sehr anständig von dir, dass du das Kind nicht gegen sie aufhetzt«, hatte Geoffrey bemerkt, worauf Helen nur mit einem Achselzucken antwortete. Die Familie war viel zu wichtig, um sich zu streiten. Da Bob und sie nur wenige Angehörige hatten, war ihnen das deutlich bewusst.

Außerdem hatte Helen sich mit einem netten, alten Ehepaar aus der Nachbarschaft angefreundet, dessen Enkelkinder in Amerika lebten, wodurch es diese nur selten zu Gesicht bekam. Die beiden freuten sich immer sehr, wenn sie auf eine Tasse Tee vorbeischaute und die Mädchen mitbrachte, und Caroline blieb schon einmal länger, um in der Küche mit Maude und Arthur, die aus ähnlichen Verhältnissen stammten wie Helen, Karamellkonfekt zu machen. Sie nahmen großen Anteil an Helens Geschichte. Tatsächlich war es Arthur, der die Idee hatte, dass sie sich in der Bank bewerben sollte. Er hatte eine Anzeige in der Zeitung gelesen, wonach dort eine ungelernte Kassiererin gesucht wurde.

Bob war nicht begeistert davon und murmelte Sätze, die alle begannen mit »*Meine* Frau hat es sicher nicht nötig…«, aber der Zeitpunkt rückte immer näher, an dem Grace auf die höhere Schule wechselte. Sie benötigten einfach mehr Geld, wenn sie auf dieselbe Schule gehen sollte wie Caroline. Erstaunlicherweise bekam Helen die Stelle in der Bank, blieb dort aber nur ein paar Wochen. In der zweiten Woche griff sie, aus einer Langeweile heraus, nach ihrer Handtasche unter dem Bankschalter und entdeckte dabei einen merkwürdigen Hebel. Sie probierte ihn aus, und sofort ertönte ein lauter Heulton, der gellend durch das Gebäude schallte.

»Der Alarm!«, rief jemand, und innerhalb von wenigen Minuten fuhren draußen ein Polizeiwagen und ein Löschfahrzeug vor. In großer Verlegenheit erklärte Helen dem Bankdirektor, was sie getan hatte. Seine Mundwinkel zuckten sogar während ihrer Beichte, aber tatsächlich war es nur ein Grund mehr, der beide in der Überzeugung bestärkte, dass die Bank vielleicht doch nicht das Richtige für sie war.

Und dann entdeckte Helen eine andere Anzeige in der Zeitung. Der Gemeinderat suchte eine Erzieherin – jemanden, der Schulen und Kinder gegen notorisches Schulschwänzen unterstützte. Die Bewerberinnen sollten Erfahrung mit Kindern haben und eine Ausbildung in einem Sozialberuf, zum Beispiel Krankenschwester. Wieder war Bob, der ein derart »steifes Kreuz« hatte, dass er auf zwei Einzelbetten bestand, was Helen bitter aufstieß, vehement dagegen.

»Das ist eine Vollzeitstelle«, argumentierte er. »Wie willst du das in den Ferien machen?«

Caroline sei nun fast achtzehn, konterte sie. Die Diskussionen nahmen immer mehr zu, obwohl Helen wegen der Kinder darauf achtete, dass sie nicht zu laut wurden. Sicher konnte sie nach wie vor ein Auge auf Grace haben, und in den Ferien konnten sie zum Beispiel eine Studentin engagieren, die sich um die Mädchen kümmerte. Beim Zeitungshändler hing ein Stellengesuch von einer Frau, die putzte oder Kinder betreute.

Helens Vorstellungsgespräch war viel härter, als sie erwartet hatte. »Was wissen Sie über das neue Bildungsgesetz?«, fragte der Personalchef, ein phlegmatischer Mann mit einem Schnurrbart.

»Nicht das Geringste«, antwortete sie. »Aber ich weiß, wie man mit Kindern in schwierigen Situationen spricht.« Sie skizzierte kurz ihren Werdegang und führte an, dass sie selbst Mutter sei und zudem ausgebildete Krankenschwester.

Zu ihrem Erstaunen bekam sie die Stelle. »Großartig!«, jubelte Maggy am Telefon. Ihre Freundin war immer noch in den Midlands, hatte sich aber von dem verheirateten Mann getrennt, dem es nicht gelungen war, sich zu einer Scheidung durchzuringen. Inzwischen hatte sie schon wieder einen neuen Freund, aber die Details waren nur bruchstückhaft aus ihr herauszubekommen, besonders wenn Maggys Stimme klang, als habe sie zu viel getrunken, so wie jetzt, obwohl es erst drei Uhr nachmittags war. »Und du bekommst einen Dienstwagen!«

Das kam noch dazu. Eine der Anforderungen für den Job war, dass Helen den Führerschein machen musste. Wieder war Bob dagegen. »Du hast noch nie hinter dem Lenkrad gesessen«, gab er zu bedenken.

»Ich kann es lernen«, konterte Helen hitzig. »Viele Frauen nehmen heutzutage Fahrstunden.«

Das war eine Tatsache. Seit Mitte der Sechzigerjahre machten sich immer mehr Frauen in vielerlei Hinsicht unabhängiger, und der Führerschein war nur ein Beispiel dafür. Aber Bob hatte wohl das Gefühl, dies wäre eine weitere Bastion, die ihm genommen wurde. Er fing an, immer später von der Arbeit heimzukehren, und einmal hätte Helen schwören können, dass sein Hemd süßlich roch, obwohl er dies vehement bestritt.

»Irgendwie«, schrieb sie Frank in Kuala Lumpur, »würde mir das nicht einmal etwas ausmachen. Vielmehr hätte ich dann einen Vorwand, um ganz neu zu beginnen, vor allem da ich nun eine feste Arbeit habe. Aber ich möchte den Kindern das Stigma ersparen, in Zukunft ohne Vater aufzuwachsen.«

Ihr jüngerer Bruder stimmte ihr zu. Scheidung war keine Alternative in diesen Mittelschichtzeiten. Nicht, wenn es nicht unbedingt erforderlich war. Währenddessen hatte Frank auch Neuigkeiten. Obwohl er inzwischen mit einer schönen Chinesin verheiratet war und zwei Kinder hatte, hatte er vor kurzem erfahren, dass er einen weiteren Sohn hatte.

»Sein Name ist Richard«, schrieb er, »und er ist neun Jahre alt. Erinnerst du dich, dass ich vor ungefähr zehn Jahren in Malaysia war? Ich hatte ein Verhältnis mit einer Einheimischen, wusste aber nichts von der Schwangerschaft. Sie hat mich schließlich über die englischen Arbeitgeber ihrer Mutter ausfindig gemacht, woraufhin ich meinen Sohn besucht habe. Er kommt äußerlich ganz nach den Macintyres, aber es gibt ein Problem. Als er noch klein war, suchte seine Mutter mit ihm eine Klinik auf, um ihn gegen Polio impfen zu lassen, nur leider war der Impfstoff ausgegangen, und man sagte ihr, sie solle in drei Monaten wiederkommen. In der Zwischenzeit erkrankte er an dem Virus und geht seitdem an Krücken. Ich habe ihn zu einem Spezialisten gebracht, der sein Möglichstes tut.«

Das war typisch Frank! Helens kleiner Bruder, der immer entweder gut bei Kasse war oder abgebrannt, hatte seinen unehelichen Sohn in seiner Familie aufgenommen, obwohl seine chinesische Frau sicher nicht besonders glücklich darüber war. Währenddessen war Roger immer noch in Südafrika mit seiner Frau und seinen zwei Kindern. So hatte nur Geoffrey mit seinen drei Kindern ein gutes Verhältnis zu Caroline, die er regelmäßig sah, aber ein weniger gutes zu Grace, weil sie jünger war. Genau das passierte, dachte Helen, wenn Familien auseinandergerissen wurden. Wieder ein Grund, sich weiter durchzuschleppen in ihrer Ehe mit Bob, da sie der Überzeugung war, dass sich der Impuls einer Generation auf die nächste und übernächste auswirkte. Sie musste versuchen, dieses Muster zu durchbrechen, oder es würde niemals aufhören.

Es war daher nicht verwunderlich, dass Helen in der Angst lebte, dass ihre Töchter dieselben Fehler begingen wie sie. »Diese Angst haben alle Mütter«, sagte Maude zu ihr. »Aber wir können sie nicht daran hindern.«

Nein? Caroline war zu einer etwas linkischen, leicht pummeligen Jugendlichen herangewachsen, die sich in ihrem Zimmer vergrub, wo sie malte oder las. Oder sie ging hinaus ins Grüne, ohne einen Zweifel daran zu lassen, dass sie ihre eigene Gesellschaft der zunehmend beengten Atmosphäre in der Wohnung vorzog. Sie verbrachte außerdem viel Zeit mit Sandra, und sosehr Helen auch dagegen ankämpfte, schaffte sie es nicht, ihre Eifersucht zu unterdrücken. Und dann ging es los mit den Jungs.

Es fing damit an, dass Carolines Klasse zu einem Tanzabend eingeladen wurde, den die hiesige Jungenschule veranstaltete. Helen nähte ihr ein Kleid: Sie hatte sich mithilfe von Schnittmustern in Frauenzeitschriften selbst das Schneidern beigebracht, was ihr großen Spaß machte, und sie freute sich darüber, dass Caroline sich von dem weißen Kleid begeistert zeigte, das sie ihr für den Ball genäht hatte. Aber als Caroline hinterher mit gerade einmal siebzehn Jahren erklärte, dass sie eine Verabredung mit einem Jungen habe, den sie dort kennengelernt hatte, war sowohl Helen als auch Bob entsetzt.

»Was ist, wenn sie eine Dummheit macht?«, sagte Bob, als sie in ihren getrennten Betten nebeneinander auf dem Rücken lagen.

»Du meinst, dass sie zum Beispiel vor der Ehe schwanger wird«, entgegnete Helen kühl.

»Oder Drogen nimmt. Es sind so viele in Umlauf.«

»Ich habe mit ihr geredet.«

»Und, was hat sie gesagt?«

»Sie ist knallrot geworden.«

Helen fühlte sich sehr unwohl dabei, mit ihrem Mann darüber zu sprechen. Dieser Junge, Chris, machte einen ganz netten Eindruck, aber neulich Abend hatte Helen durch das Fenster gesehen, dass er ihre Tochter vor der Haustür küsste. Die Hand des Jungen fummelte an der Jacke ihrer Tochter, als versuchte er, die obersten zwei Knöpfe aufzumachen, und der Anblick hatte Helen mit Panik erfüllt.

»Wir müssen etwas dagegen unternehmen«, sagte Bob und drehte sich auf die Seite, weg von ihr. »Du musst noch einmal mit ihr reden. Ich kann das nicht.«

Genau, dachte Helen, während sie im Halbdunkel den Rücken in dem braun gestreiften Pyjama betrachtete. Gib die Verantwortung weiter. Ignoriere die Dinge im Leben, die dir lästig sind, wie zum Beispiel eine richtige Ehe zu führen, und mach doch, was du willst.

Zu Helens Erleichterung schien die Sache mit Chris schnell im Sande zu verlaufen. Allmählich wurde das Leben wieder einfacher, zumal da Helen bald ihre Fahrprüfung machte. Sie hatte bereits mit ihrer neuen Arbeit begonnen, und sie war begeistert! Jeder sagte, dass sie einen tollen Draht zu den Kindern hatte, die als »Schulverweigerer« galten. Zu ihren Aufgaben gehörte es, zwischen dem betroffenen Kind, der Schule und den Eltern zu vermitteln, damit das Kind wieder am Unterricht teilnahm – manchmal geschah das, indem sie die Kinder aufforderte, mit Bildern das auszudrücken, wovor sie Angst hatten. Eines der Kinder hatte mit Helens Unterstützung einen Lehrer gezeichnet, der ein böses Gesicht machte, und Helen musste der Schule vorsichtig erklären, dass es möglich sei, dass dieser Lehrer dem Kind das Selbstvertrauen raubte. Sie wies außerdem darauf hin, dass das Kind nach ihrer Einschätzung malerisch begabt sei. Insgeheim hatte es in ihr das Bedürfnis geweckt, wieder an eigenen Skizzen zu arbeiten, wie sie das früher getan hatte, als sie selbst ein Kind war, aber sie hatte einfach nicht die Zeit dafür.

Aber zuvor, wenn sie ihren Job behalten und die ganzen Schulen in ihrem Bereich abklappern wollte, musste sie diese verflixte Fahrprüfung bestehen. Dies würde ihr auch den Freiraum geben, den sie von Bob brauchte. Aber zu ihrer Bestürzung fiel sie bei der Prüfung durch, weil sie zu schnell abgebogen war. Nach ihrer Rückkehr setzte sie sich an den Küchentisch und ließ ihren Tränen freien Lauf, was Caroline sehr bekümmerte. Helen wusste, dass es an ihrem Küchentisch schon zu viele Tränen gegeben hatte, und das nicht nur wegen der Fahrprüfung. Sie musste versuchen, ihre Verzweiflung nicht zu zeigen. Insgeheim träumte sie bereits von dem Tag, an dem Grace auszog und sie endlich von Bob fortgehen konnte.

Zielstrebig wiederholte Helen ihre Fahrprüfung ein paar Wochen später und bestand dieses Mal. Gleich am nächsten Tag kutschierte sie die ganze Familie nach Hampton Court. Bob war ein einziges Nervenbündel – er hatte etwas gegen Frauen am Steuer, ganz zu schweigen von seiner eigenen! Als sie durch eine schmale Gasse fuhren, duckte er sich sogar in den Fußraum und hielt sich die Augen zu. Dies löste bei Helen einen lauten Lachanfall aus, der Bob nur noch wütender machte und die Mädchen auf dem Rücksitz ängstigte.

Wie erbärmlich, dachte Helen, während sie den Wagen souverän zwischen den geparkten Autoreihen durchlenkte. Was für einen Mann hatte sie da geheiratet?

»Du musst etwas dagegen unternehmen«, hatte Frank gedrängt bei einem seiner Besuche »zu Hause«, wie er es nannte. Er quartierte sich immer in einem schicken Hotel in der Stadtmitte ein, das er als Treffpunkt benutzte, bevor er seine Schwester ausführte. Sie genoss es, sich mit ihm in der Öffentlichkeit zu zeigen. Mit Mitte dreißig hatte er sich zu einem etwas schmaleren Abbild ihres Vaters entwickelt, das Ähnlichkeit hatte mit Clark Gable, und die Köpfe drehten sich automatisch nach ihm um, wenn sie ein Restaurant betraten.

Eines Abends saßen sie an einem Tisch, als sich ein gut gekleidetes Paar näherte. »Helen?«, sagte der Mann, der einen weißen Schal um den Hals trug, was vermuten ließ, dass er gerade aus dem Theater kam.

Sie hätte ihn fast nicht erkannt. »Clive?«

Er küsste sie kurz auf beide Wangen, bevor er sich seiner Begleiterin zuwandte. »Darf ich dir Julia vorstellen?«

Aber hatte er nicht eine Helen geheiratet?

Helen errötete vor Verwirrung. »Wie schön, dich wiederzusehen.«

Das Paar setzte sich kurz an den Tisch – Frank bestand darauf –, und Helen und Clive tauschten sich leise aus. Clives Ehe war gescheitert, und sein Blick gab Helen zu verstehen, dass es damit zu tun hatte, dass er nie richtig über sie hinweggekommen war. Er hatte sich von der anderen Helen scheiden lassen (keine Kinder) und war nun mit Julia zusammen.

»Kann ich dich wiedersehen?«, fragte er leise, als sie sich verabschiedeten.

Sie gab ihm unauffällig ihre Telefonnummer.

»Das wäre genau der richtige Mann für dich«, sagte Frank behutsam auf dem Rückweg. »Aber sei bitte vorsichtig, Helen, ja?«

Sie traf sich mit Clive nur ein einziges Mal in einem Restaurant im West End, wo Bob sicher nicht verkehrte und wo es, falls jemand sie erkannte, aussehen würde wie ein ganz normales Mittagessen. Sie erzählte Clive alles.

»Verlass ihn«, drängte ihr Exfreund. »Verlass ihn und komm zu mir. Ich werde für dich und die Mädchen sorgen.«

»Woher willst du wissen, ob du das wirklich möchtest?« Helen sah ihn an. »Es ist so lange her. Ich habe mich verändert. Und du dich sicher auch.«

Daraufhin umfasste er ihre Hände. »Ich werde dich nie vergessen, Hellie. Niemals. Wenn du ihn jetzt nicht verlassen möchtest, versprich mir eins: Es kommt die Zeit, in der du zu diesem Schritt fähig sein wirst. Wenn es so weit ist, ergreife die Gelegenheit. Lass nicht zu, dass du dich an einen Mann kettest, den du nicht liebst und der dich nicht liebt. Wir sind jetzt in den Siebzigern, Helen. Das Leben hat sich geändert seit der Zeit unserer Eltern.«

In der U-Bahn auf dem Nachhauseweg ertappte Helen sich dabei, dass sie in ihrer Tasche nach einem Stift und einem Stück Papier kramte. Fast unbewusst machte sie eine schnelle Skizze von Clives Gesicht, damit sie es nie wieder vergaß. Seine Nase, seine Augen, die Art, wie er den Kopf schräg legte, wenn er sprach.

Und anschließend briet sie in der Küche Fischstäbchen für die Mädchen und nahm die Eisrolle, ein neues Dessert, das die Mädchen liebten, aus dem Tiefkühlfach für das »Abendbrot«, wie Bob es nannte. Dann stellte sie das Bügelbrett in der Küche auf, ohne das Gelächter vom Band in irgendeiner Unterhaltungssendung über Busse wahrzunehmen, und vergrub sich tief in ihren Gedanken. Es war die einzige Möglichkeit zu überleben, aber eines Tages, so schwor sie sich, während sie das Bügeleisen heftig in den Hemdkragen ihres Mannes stieß, würde sie das alles hinter sich lassen.

38

Die Diskussionen wegen Carolines wechselnden Freunden wurden heftiger. Vor allem Bob machten die Liebschaften seiner Tochter Angst, und er war überzeugt, dass es nur eine Frage der Zeit war, bis sie schwanger wurde. Grace führte sich in der Schule unmöglich auf und brachte wegen ihrer mangelnden Konzentration im Unterricht ständig Elternbriefe nach Hause. Bob machte immer länger Überstunden. Das Beste an Helens Leben war ihre Arbeit, von der sie immer noch begeistert war. Sie genoss den sachlichen Schlagabtausch im Büro, und es machte ihr Freude, mit den Kindern zu kommunizieren – es war ihr sogar gelungen, einen besonders hartnäckigen Schulverweigerer zu überzeugen, indem sie den Jungen und ein paar seiner Freunde in Begleitung eines Lehrers von der Schule in den Whipsnade Zoo einlud.

»Sie können ziemlich gut mit Kindern«, hatte der Lehrer gesagt, der Peter hieß, und Helen war vor Freude rot geworden.

Zuhause ging ihr seit einiger Zeit Dawn zur Hand. Die junge Haushaltshilfe passte auf die Mädchen auf und schaffte ein wenig Ordnung, bevor Helen erschöpft von der Arbeit nach Hause kam.

Caroline war inzwischen, wie sie selbst sagte, alt genug, dass sie Dawn eigentlich nicht mehr brauchte, aber Helen hatte das Gefühl, dass es ihren Töchtern guttat, wenn jemand in der Nähe war und dafür sorgte, dass sie ihre Hausaufgaben machten und sich nicht zankten. Helen hatte lediglich ein wenig Angst, dass Dawns

Südlondoner Dialekt, in dem das T nicht ausgesprochen wurde, auf Grace abfärbte, die sehr gut andere nachahmen konnte.

Dann, eines Tages, als Helen früher als üblich nach Hause kam, stellte sie fest, dass Bob dasselbe getan hatte. Er plauderte angeregt mit Dawn über ihre Kindheit in Lewisham, wo er auch aufgewachsen war, und lud sie, zu Helens Überraschung, zum Abendbrot ein, obwohl der Cottage Pie, den Helen vorbereitet hatte, kaum für vier Personen reichte, geschweige denn für fünf. Sprachlos beobachtete sie, wie ihr Mann sich am Tisch in einen anderen verwandelte, während er sich wortgewandt und charmant mit dieser jungen Frau unterhielt, die auf eine aufgedonnerte, wasserstoffblonde Art hübsch war. Vor Helen hatte Bob eine Freundin namens Dawn, von der er oft gesprochen hatte. Nun schien es beinahe, als würde allein der Name bei ihm Erinnerungen an vergangene Zeiten wecken und an das, was hätte sein können.

Flirtete ihr Mann auch mit anderen Frauen so? Erst neulich hatte Helen in der *Woman's Own* einen Bericht gelesen, in dem den Leserinnen empfohlen wurde, sich abends, bevor der Mann nach Hause kam, »optisch vorzubereiten«, indem sie sich schminkten und ordentlich frisierten und dafür sorgten, dass eine einladende Mahlzeit auf dem Tisch stand. »Es gibt eine ganze Reihe rücksichtsloser Frauen, die als Sekretärinnen arbeiten«, wurde in dem Artikel gewarnt, »und denen leider als Folge der freizügigen Sechziger die Moral abhandengekommen ist.«

Im Sommer darauf kam Dawn mit einer »Viel Glück«-Karte zu Carolines bevorstehenden Prüfungen vorbei. »Wie nett von dir«, säuselte Bob, der an die Tür gegangen war. »Möchtest du nicht auf einen Drink hereinkommen?«

Zufällig schaute Maggy an diesem Abend auf dem Rückweg nach Wolverhampton ebenfalls kurz vorbei, nachdem sie in London eine Verabredung gehabt hatte. »Meine Güte, Hellie«, sagte ihre Freundin, als sie sich leise in der Küche unterhielten. »Ich verstehe, was du vorhin meintest wegen Bob und diesem jungen

Ding.« Sie berührte Helens Arm und machte zur Abwechslung ein ernstes Gesicht. »Verzeih mir, dass ich das sage, aber es kommt mir vor, als würde er sich mit einer Frau aus seinem Milieu wohler fühlen. Dir ist doch wohl klar, dass diese kleine Schönheit für Arme die Antwort auf deine Gebete sein könnte …«

Es war schwierig, rechtmäßig geschieden zu werden, außer man hatte einen triftigen Grund und konnte diesen beweisen. Maggys Idee war ungeheuerlich und auch geschmacklos, aber, wie ihre Freundin sagte, in Anbetracht von Helens Verzweiflung durchaus machbar. Bob musste zu einem Geschäftstermin nach Norfolk. Graces Schule war an diesem Tag geschlossen, was bedeutete, dass Helen Dawn bestellen musste, um auf Grace aufzupassen. Sie machte Bob den Vorschlag, Grace und Dawn zu einem »kleinen Tagesausflug« mitzunehmen. Sie würden erst am Abend zurück sein. Im letzten Moment fiel Helen ein, dass Grace von einer Schulfreundin in den Zirkus eingeladen worden war. »Ich möchte Dawn nicht den Ausflug verderben«, sagte sie abgeklärt zu Bob. »Warum fährst du nicht mit ihr allein?«

Die beiden würden den ganzen Tag weg sein. Zeit genug, dass sich etwas ergeben konnte. Helen konnte sich zwar keinen Detektiv leisten, der die zwei mit der Kamera verfolgte, aber mit etwas Glück würde Bob ihr hinterher einen Beweis liefern. Einen Brief vielleicht. Oder ein Telefonat. Es wirkte kalkuliert, aber es war auch Helens einzige Hoffnung. Wenn sie nicht endlich eine Möglichkeit fand, Bob zu verlassen, fürchtete sie ernsthaft, irgendwann den Verstand zu verlieren.

Als Bob dann am Abend aus einer Telefonzelle anrief, um ihr zu sagen, dass sein Geschäftstermin unerwartet länger gedauert habe und dass es bei dem schlimmen Verkehr vielleicht besser sei, zwei Zimmer in einer Pension zu nehmen, ertappte Helen sich dabei, dass sie fast zu bereitwillig zustimmte, bevor sie den Hörer auflegte und sich fragte, was um alles in der Welt sie getan hatte.

In den folgenden Wochen war Bob noch nervöser als sonst. Er kam immer später von der Arbeit, während sie alle darauf warteten, sich an den kleinen ovalen Tisch von G-Plan zu setzen, der in einer Ecke des Wohnzimmers stand und von Caroline stets sorgfältig gedeckt wurde. Helen hielt während der Woche einen strikten Essensplan ein. Dienstags gab es gebratene Leber mit Speck, weil es nahrhaft war und günstig. Die Mädchen machten zwar jedes Mal ein Theater und behaupteten, sich vor Innereien zu ekeln, aber trotzdem aßen sie brav auf, wenn ihre Eltern sie daran erinnerten, dass sie damals im Krieg fast gar nichts zu essen hatten. Mittwochs gab es geschmorten Ochsenschwanz, und so weiter. Montags machte Helen aus den Bratenresten vom Vortag Shepherd's Pie. Sie besaß einen kleinen Fleischwolf, ihr ganzer Stolz, der mit einer Handkurbel bedient wurde. Wenn Bob sich gelegentlich im Kühlschrank an den Resten des Sonntagsbratens vergriff, wurde sie richtig sauer, worauf er wiederum beleidigt reagierte. Dann blieb ihr nichts anderes übrig, als mehr Gemüse in den Auflauf zu füllen, als Ersatz für das stibitzte Fleisch.

Nach dem Abendessen ließ Bob sich dann in seinen Fernsehsessel fallen und starrte auf die Mattscheibe, ohne sich an der Unterhaltung zu beteiligen. Gelegentlich forderte er Helen auf, sich hinzusetzen, aber wie konnte sie? Es gab immer so viel zu tun, seit sie wieder arbeiten ging. Das Geschirr vom Abendessen musste gespült (Caroline bot sich oft freiwillig an, während bei Grace nur gutes Zureden half), die Wäsche gebügelt, der Teppich mit dem Teppichroller gekehrt werden. Außerdem war Helen bemüht, jeglichen Lärm in der Wohnung auf ein Minimum zu reduzieren, solange sich Caroline auf ihre Abschlussprüfung vorbereitete: Das Mädchen war so angespannt, dass selbst das Knacken der Zentralheizung sie nervte, obwohl sie es hier viel wärmer hatten als in Sandras kaltem, zugigem Haus.

Helen machte sich auch Sorgen wegen Thomas, dem jungen Mann, mit dem Caroline sich zurzeit traf. Es handelte sich um den Sohn einer Frau aus Ealing, die Helen schon ein paar Jahre lang kannte – eine strenge, hagere Frau, die auch Krankenschwester war, die aber seit der Geburt ihres Sohnes nicht mehr arbeiten ging. Sie und ihr Mann stammten genau wie Helen aus besseren Kreisen, obwohl Thomas' Mutter sich eindeutig nicht auf eine Stufe mit Helen stellte. Vielmehr behandelte sie sie immer von oben herab, was Helen so sehr fuchste, dass sie hin und wieder Bemerkungen über den alten Herrensitz ihrer Tante in die Unterhaltung streute, um zu beweisen, dass auch sie aus einer guten Familie kam.

Aber eigentlich war es Thomas selbst, der Helen Sorgen machte. Caroline war noch so jung und so leicht zu beeindrucken und so bis über beide Ohren verliebt! Jeden Freitagabend wartete sie draußen auf dem Treppenabsatz, dass er sie abholte, und Helen war sich sicher, dass ihre Tochter manchmal ihre Hausaufgaben vernachlässigte, obwohl sie bisher immer ein pflichtbewusstes Kind gewesen war.

Was würde passieren, wenn ihre Tochter schwanger würde, so wie sie selbst damals, und gezwungen sein würde zu heiraten? Ihr Studium an der Kunsthochschule in London könnte sie dann abschreiben. Aber wenn Helen versuchte, mit Caroline darüber zu reden, lief diese nur knallrot an und erklärte ihrer Mutter, dass sie nichts von Sex vor der Ehe halte.

Und dann entdeckte Helen Carolines Tagebuch. Es war eigentlich nicht ihre Absicht, darin zu blättern, aber dann fuhr Caroline mit ihrem Geografiekurs auf eine Exkursion. Während ihrer Abwesenheit nutzte Helen die Gelegenheit, Carolines Zimmerhälfte aufzuräumen, und trat auf Zehenspitzen über die auf dem Boden verstreuten Schallplatten ihrer Tochter hinweg. Neben dem Bett stand das Nachtschränkchen, in dem sich ihr Gebetbuch (Caroline war recht gläubig und sang jeden Sonntag im Kirchenchor) und ein klarer Nagellack befanden, den sie wohl lieber versteckte. Helen lächelte in sich hinein und nahm dann das kleine weiße

Buch mit dem goldenen Schloss heraus, das daneben lag. Es handelte sich um das Tagebuch, das Maggy, wie Helen sich erinnerte, ihrem Patenkind voriges Jahr geschenkt hatte. Es war zwar verschlossen, aber der Schlüssel baumelte daran herunter. Obwohl Helen wusste, dass sie es besser lassen sollte, war sie unfähig, sich zu bremsen, und öffnete das Schloss.

»Thomas liebt mich, und ich liebe ihn.«

Helen schluckte.

»Er hat mich wieder versetzt. Ob er eine andere hat?«

Das arme Kind! Helens Herz zog sich vor Mitgefühl zusammen und erstarrte dann.

»Er sagt, er wird vorsichtig sein. Ich habe ihm geantwortet, dass ich nach den Prüfungen darüber nachdenken werde.«

Vorsichtig? Helen spürte Galle auf der Zunge. Die Prüfungen waren schon in wenigen Wochen. Falls Caroline schwanger wurde, konnte sie im Herbst nicht ihr Kunststudium beginnen. Man musste sie aufhalten.

Bob war unnachgiebig. Ja, natürlich müsse diese Liebelei beendet werden, aber sie, Helen, solle sich darum kümmern. Es war Anfang der Siebziger. Solche Sachen seien Aufgabe der Mutter. Aber wie sollte Helen das bewerkstelligen? Wenn sie ihrer Tochter beichtete, was sie getan hatte, würde sie vielleicht einfach mit diesem Thomas durchbrennen. Helen war schlecht. Und dann begegnete sie am Nachmittag zufällig Thomas' Mutter in Ealing und ertappte sich dabei, dass sie ihr von dem Tagebuch erzählte. Schließlich ging es Lynne als Thomas' Mutter genauso viel an.

»Das ist ja schrecklich.« Lynne funkelte sie an, als wäre das Helens Werk. Sie war eine prüde Frau mit schmalen Lippen, die Thomas, ihr einziges Kind, erst sehr spät bekommen hatte. »Mein Sohn hat eine Zukunft, und die wird er sich bestimmt nicht auf diese Weise selbst verbauen.«

Helen spürte eine Woge der Empörung. Wollte Lynne damit andeuten, dass Helens Tochter nicht gut genug war für ihren Sohn?

Wie auch immer, jedenfalls war es nun zu spät. Lynne marschierte nach Hause, fest entschlossen, sich ihren Sohn »vorzuknöpfen«, während Helen sich auf Carolines Rückkehr vorbereitete. Bob und sie holten ihre Tochter vor der Schule ab, wo der Reisebus die Kinder nach der Exkursion absetzte, und kaum war Caroline hinten eingestiegen, drehte Helen sich um und nahm ihre Hand.

»Liebling, ich muss dir etwas sagen. Es geht um dein Tagebuch. Es war in deinem Schränkchen, und es … es ist rausgefallen. Ich konnte nicht vermeiden, einen Blick darauf zu werfen. Schätzchen, du bist noch viel zu jung, um dich auf etwas einzulassen. Wenn du mal älter bist, wirst du das verstehen. Dein Vater und ich machen uns Sorgen, dass du … dass etwas passieren könnte und du dein Kunststudium aufgeben musst.«

Wäre es Grace gewesen, dachte Helen, hätte sie zu hören bekommen, sie solle sich zum Teufel scheren und sich um ihren eigenen Kram kümmern, aber Caroline wurde nur ganz blass, dann rot und brach schließlich in Tränen aus. »Aber ich liebe Thomas«, stammelte sie. »Ich würde nie bis zum Äußersten gehen. Bestimmt nicht.«

Genau das, dachte Helen, was sie sich selbst eingeredet hatte in jener schicksalhaften Nacht mit Bob, die zur Folge hatte, dass sie damals schwanger wurde. »Das Problem ist, Liebling«, sagte sie sanft, »dass es sehr leicht ist, die Grenzen zu überschreiten, und dann ist es zu spät. Thomas' Mutter und ich haben beschlossen, dass es das Beste ist, wenn ihr zwei euch nicht mehr seht.«

Zu ihrer Erleichterung nickte Caroline unter Schluchzen. Grace hätte heftig protestiert! Aber Caroline wurde nur sehr blass und verzog sich hinterher ins Kinderzimmer. Sie redeten nie wieder darüber. Zum Glück lud Tante Phoebe wie jeden Sommer ihre älteste Großnichte ein (aus irgendeinem Grund wurde Grace nie berücksichtigt), was weitere Diskussionen verhinderte. Im September dann begann eine äußerst fügsame Caroline ihr Studium auf der Kunsthochschule, während Helen allein zurückblieb mit Bob und einer schmollenden Grace.

Helen fand die Postkarte kurz nach ihrem Besuch bei Tante Phoebe. Mittlerweile fuhr sie dreimal im Jahr dorthin, seit sie den Führerschein hatte. Einmal nahm sie Grace mit, da Caroline noch im College war. Grace stocherte in ihrer Rindfleischpastete herum, die ihre Großtante zubereitet hatte, und erklärte, dass sie sich Fleisch abgewöhnt habe.

»Abgewöhnt?« Tante Phoebes Miene ließ keinen Zweifel daran, dass Helen bei der Erziehung ihrer Kinder versagt hatte, obwohl Grace ein blaues und cremefarbenes Wollkleid mit Rautenmuster auf der Passe trug, das Helen nach der Anleitung in einer Frauenzeitschrift selbst gestrickt hatte und mit dem sie eigentlich gehofft hatte, ihre Tante zu beeindrucken.

»Absolut lächerlich.«

Im nächsten Moment stieß ihre Tante einen kleinen Schrei aus. »Meine Perlen. Wo sind meine Perlen?«

Phoebes Blick schnellte zu Grace. »Ich hatte sie noch an, als ihr gekommen seid. Ich kann mich deutlich erinnern, dass ich sie vorher angelegt habe.«

Unausgesprochen hing die Anschuldigung in der Luft. Ihre Tante verdächtigte Helen oder ihre Tochter, das Collier gestohlen zu haben! Umsonst suchten sie es mit ihr im Haus und krochen sogar auf allen vieren über die bunten Axminster-Teppiche für den Fall, dass die Perlen optisch mit dem blau-roten Schnörkelmuster verschmolzen waren, aber nichts.

Gerade als sie auf Phoebes hartnäckigen Wunsch hin die Polizei verständigen wollten, kam Onkel Victor herein. »Entschuldigt bitte, dass ich so spät komme, meine Lieben.« Er küsste seine Nichte auf die Wange. »Der Verkehr von Bath hierher war die reinste Katastrophe. Bitte sehr, Phoebe. Heil und unversehrt zurück.«

Er gab ihr ein kleines Päckchen, und Phoebe runzelte die Stirn. »Was ist das?«

»Dein Collier, meine Liebe. Schon vergessen? Du hast mich gebeten, es zum Juwelier zu bringen, damit er den Sicherheitsverschluss auswechselt.«

Es entstand ein kurzes Schweigen. »Natürlich«, sagte Phoebe dann knapp. »Danke.«

Es folgte keine Entschuldigung, und kurze Zeit später verabschiedete Helen sich und fuhr mit einer aufgebrachten Grace nach Hause.

»Warum hast du der alten Schachtel nicht die Meinung gesagt? Ich hätte mir das nicht gefallen lassen! Es ist erschreckend, wie sie dich behandelt. Du warst praktisch eine Tochter für sie, und trotzdem hat sie nichts für uns übrig…«

Hätte sie sich ärgern sollen?, fragte sich Helen. Sie hatte sich im Laufe der Jahre so sehr an Phoebes Eigenheiten gewöhnt, dass sie sich schon lange mit ihrer selbstgerechten Art abgefunden hatte, die mit den Jahren immer schlimmer wurde, weil sie jeden auf der Welt für dümmer hielt als sich selbst.

Als sie zu Hause ankamen, war Bob noch nicht da. In der Wohnung war es sehr still ohne Caroline, der das Studieren offenbar großen Spaß machte, ihren Anrufen zweimal in der Woche nach zu urteilen. Es war für Helen sehr ungewohnt, plötzlich mehr Zeit zu haben – vielleicht sollte sie an den kleinen Schreibtisch aus Eichenholz hinübergehen, der aus dem Gebrauchtmöbelladen um die Ecke stammte und an dem sie ihren Papierkram erledigte, und ein paar Rechnungen zahlen, die sich dort stapelten. Eigentlich war Bob dafür verantwortlich, aber wie immer hatte er sich nicht darum gekümmert, und vom E-Werk war bereits die zweite Mahnung gekommen.

Aber aus irgendeinem Grund war die Stromrechnung nicht zu

finden. Vielleicht steckte sie in Bobs Aktentasche, die er heute hiergelassen hatte. In der Tasche fand Helen jedoch zunächst einen bereits geöffneten Umschlag. Sie zog eine Postkarte heraus. Gleich darauf blieb ihr das Herz stehen, als ihr bewusst wurde, dass auf der Vorderseite die Lavendelfelder in Norfolk abgebildet waren. Zitternd las sie die blaue Schnörkelschrift.

»Mein geliebter Bob, ich bin dieses Wochenende allein hierhergefahren, um unsere Spuren zurückzuverfolgen und an die unglaubliche Zeit zu denken, die wir hier hatten …«

Nachdem Helen die Karte gelesen hatte, wusste sie, dass sie nun den Beweis in den Händen hielt, den sie benötigte. Allerdings überraschte es sie, dass sie einen Stich im Herzen spürte.

Es war ein Fehler, jammerte Bob. Helen hatte gewartet, bis Grace mit ihren Freundinnen weggegangen war, bevor sie ihn konfrontierte. Ein schrecklicher Fehler. Es sei nur ein einmaliger Ausrutscher gewesen, oder höchstens zweimalig.

»Sie ist gerade einmal vierundzwanzig«, erwiderte Helen leise, die es kaum fassen konnte, dass ihr Mann tatsächlich in die Falle getappt war, die sie ihm gestellt hatte – ohne zu glauben, dass er so etwas Abscheuliches je tun würde. »Nicht viel älter als Caroline. Wie konntest du nur?«

»Ich weiß es nicht.« Bob setzte sich an den Tisch und stützte den Kopf in die Hände. »Es tut mir leid.«

Sie nahm ihm die Postkarte wieder ab.

»Was hast du vor?«

»Ich gehe damit zum Anwalt.«

Bob wurde noch blasser. »Das kann unmöglich dein Ernst sein.«

»Doch, Bob, das ist mein voller Ernst.« Sie blickte ihn an, als hätte sie ihn nie zuvor gesehen. »Ich möchte die Scheidung.«

Er lachte. Ein leises, hohles Lachen. »Und wie sollen wir das machen? Wir können uns keine Scheidung leisten.«

Es schien fast, als hätte er bereits selbst mit dem Gedanken gespielt.

»Mein Bruder Frank wird dich ausbezahlen. Er gibt dir die Hälfte von dem, was unsere Wohnung wert ist.«

»Du hast bereits alles genau durchdacht, nicht wahr?«

Helen musste an das Telefonat mit ihrem Bruder denken, den sie vorhin am frühen Abend trotz der hohen Auslandsgebühren in Kuala Lumpur angerufen hatte. »Einer muss es ja tun.«

Bob hob den Kopf, und sie konnte die Verzweiflung in seinen Augen sehen. »Wo soll ich wohnen?«

»Das liegt bei dir. Du hast ja noch Sandra.«

»Und das war's dann also?«

Sie nickte.

»Sag den Mädchen nichts von meinem Fehltritt.« In seinen Augen lag nackte Angst. »Bitte.«

»In Ordnung.« Das war sie ihm zumindest schuldig. »Ich werde nichts sagen.«

Nachdem er gegangen war, holte sie die alten Familienalben heraus, darunter auch eins der ersten, für das sie, wie sie sich erinnerte, Bob überredet hatte, in ein Fotostudio zu gehen. Dort hatte er unbeholfen Platz genommen, und seine Steifheit vor der Kamera zeichnete sich unter dem dunklen Anzug ab. Unter dem Porträt stand in Helens kunstvoller Schrift, die ihr in der Schule so viel Bewunderung eingebracht hatte: »Der Anfang von allem.«

Das Geräusch, das entstand, als sie das Foto zerriss, verschaffte ihr nur eine kurze Genugtuung. Dann sank sie auf die Küchenfliesen, die schmutzig waren von den Schuhabdrücken ihres Mannes, und begann zu weinen.

Als sie am nächsten Abend von der Arbeit kam, sah sie Bobs Wagen vor dem Haus stehen. In der Wohnung war es still. Grace übernachtete heute bei einer Freundin, und Bob hatte wahrscheinlich früher Feierabend gemacht und war schon wieder weg. Dann ging sie ins Schlafzimmer. Auf dem Bett lagen eine zusammengesunkene Gestalt in einem grauen Anzug und daneben ein Pillenfläschchen.

Steif vor Schreck fühlte sie seinen Puls. Er war noch da. Dann stürzte sie zum Telefon. Die ganze Straße verfolgte vom Fenster aus, wie der Krankenwagen eintraf, aber Helen kümmerte es nicht. Als der Arzt erklärte, dass Bob nicht genügend Tabletten für eine tödliche Dosis geschluckt habe, fühlte Helen sowohl Erleichterung als auch Enttäuschung.

»Warum bist du nur so feige?«, fauchte sie ihn an, als er zu sich kam. »Was hast du dir dabei gedacht?« Die Stimme, mit der das herauskam, klang nicht wie ihre eigene – sie ähnelte eher der von Tante Phoebe, wurde Helen bewusst.

Nichtsdestotrotz weigerte sich Bob auszuziehen. »Wir werden wohl ein Hausverbot für ihn beantragen müssen«, empfahl der Anwalt. »Nur gut, dass Sie die Postkarte von diesem Mädchen haben. Wir werden sie vielleicht als Beweis brauchen.«

In den Weihnachtsferien, als beide Mädchen zu Hause waren, verabschiedete Bob sich endlich, mit dem Koffer in der Hand. Die Tür fiel leise hinter ihm ins Schloss, und Helen dachte: Das war's dann wohl. Hätte sie nicht erschüttert oder sogar erleichtert sein müssen? Aber sie spürte nichts. Warum nicht?

Caroline verschwand anschließend auf eine Party. Wie herzlos war das denn? Grace, die schmollte, weil sie noch zu jung war, um ausgehen zu dürfen, hatte sich mit ihren Schallplatten in ihrem Zimmer verschanzt. Es war Silvesterabend. Helen saß still im Wohnzimmer mit einem Whiskyglas in der Hand, während der Fernseher stumm in der Ecke lief. Bob würde nun bei seiner Mutter sein, und die beiden würden sicher furchtbar über sie herziehen. Die Mädchen, vor allem Grace, würden nun ohne ihren Vater aufwachsen. Helen wiederholte, durch ihre freie Entscheidung, ihr eigenes Lebensmuster, indem sie ihren Mädchen den Anspruch auf Vater und Mutter nahm, bloß weil sie das Gefühl hatte zu ersticken, wenn sie weiter mit Bob zusammenblieb. Zu spät – die Tortur, die Ehe aufrechtzuerhalten, schien die Schuldgefühle zu überwiegen, die nun an ihr fraßen, weil sie ihren Töchtern das Recht auf ein Zusammenleben mit beiden Eltern verwehrte.

Erst dann, während Helen auf dem Küchenboden kauerte, die Knie bis an die Brust gezogen, kam der Schmerz. Eine gewaltige Woge aus Schmerz und Angst und dumpfer Vorahnung und dem Gefühl, dass es, wie mit Clive, zu spät war für eine Umkehr.

Was um alles in der Welt hatte sie getan?

39

Eine Trennung, ganz zu schweigen von einer Scheidung, war Mitte der Siebzigerjahre immer noch ein Tabu. Zwar ließen sich immer mehr Paare scheiden, aber es war trotzdem eher die Ausnahme als die Regel. Als Helen nach und nach Nachbarn und Kollegen anvertraute, dass Bob und sie inzwischen getrennt lebten, erntete sie einige missbilligende Blicke und auch den einen oder anderen Kommentar darüber, »wie die Zeiten sich doch geändert haben«.

Sie wollte es Maude und Arthur, die inzwischen in einem Heim lebten, nicht sagen, um sie nicht zu beunruhigen. Und ihre Hand zitterte, als sie zum Telefonhörer griff, um Tante Phoebe und Onkel Victor ins Bild zu setzen.

Wie Helen erwartet hatte, machte ihre Tante trotz ihrer Abneigung gegen Bob, die im Laufe der Jahre immer mehr gewachsen war, nicht viel Federlesens. »Es gibt viele unglücklich verheiratete Paare. Man muss sich eben damit abfinden«, sagte sie brüsk am Telefon. »Wie willst du denn finanziell zurechtkommen?«

Ihr Ton suggerierte, dass Helen sich die Mühe sparen konnte, sie um Unterstützung zu bitten, und Helen legte anschließend mit rotem Gesicht auf. Sie würde sicher nicht um Geld betteln, auch wenn es ihr eine große Hilfe gewesen wäre, hätte Phoebe ihr welches angeboten. Irgendwie würde sie es schon schaffen mit ihrem kleinen Gehalt und dem bisschen Unterhalt für die Mädchen, den Bob bereit war zu zahlen. Caroline würde sich um ein volles Stipendium bewerben, und sie würden sich eben mit weniger begnügen müssen.

Aber es war nicht nur das Geld. Es war auch die Einsamkeit an den Abenden, nun, da Caroline nicht mehr bei ihr wohnte und Grace mit ihren Freundinnen ausging. Helens Jüngste besuchte offenbar weitaus mehr Partys als ihre Schwester damals in ihrem Alter. »Aber du hast ihn einfach nicht mehr ertragen, Süße«, lallte Maggy am Telefon, nachdem Helen angerufen hatte, um sie zu informieren. »Du hast gesagt, du kannst erst aufatmen, wenn er aus dem Haus ist.«

Das stimmte. Aber nach fast zwanzig Jahren Ehe fühlte es sich merkwürdig an, dass Bob nicht mehr hier wohnte. Es war auch nicht angenehm zu wissen, dass er gleich um die Ecke bei seiner Mutter war. Angenommen, sie begegnete ihm zufällig auf dem Weg zur Arbeit?

In der Woche darauf, als Caroline die Ferien zu Hause verbrachte, passierte etwas, das fast genauso unangenehm war. Helen machte spät Feierabend, und da sie für das Abendessen noch nichts eingekauft hatte, sauste sie rasch in den Co-op auf der Hauptstraße in Ealing. Vor ihr in der Schlange stand eine kleine Frau mit gebeugten Schultern und lockigen rotbraunen Haaren, die sie überall erkannt hätte.

Helen holte tief Luft und tippte der Frau auf die Schulter. »Sandra?«

Die Frau drehte sich prompt um und starrte dann durch sie hindurch, als wäre Helen nicht da. Helen lief ein kalter Schauer über den Rücken. »Wie geht es dir, Sandra?«

Die Frau kehrte ihr wieder den Rücken zu und bewegte sich mit der Schlange weiter. Jemand in der Schlange nebenan warf Helen einen strengen Blick zu, als wäre sie eine Verrückte, die fremde Leute belästigte.

Während Tränen in ihren Augen brannten, ließ Helen ihren Einkaufskorb stehen und flüchtete aus dem Laden. An jenem Abend aßen Grace und sie Toast. Caroline weigerte sich, aus ihrem Zimmer zu kommen. Sie sei mit Malen beschäftigt, sagte sie. Und dazu brauche sie bitteschön ihre Ruhe.

So verging ein Jahr, während Helen sich immer noch nicht daran gewöhnt hatte, allein zu leben. Es war viel härter, als sie es sich vorgestellt hatte! Grace war mürrisch und ständig auf Achse. Es war nicht genügend Geld übrig, um die Gasrechnung zu bezahlen. Und das Scheidungsverfahren zog sich eine Ewigkeit hin. Helen hatte überlegt, ob sie versuchen sollte, Dawn ausfindig zu machen, die offenbar aus dem Viertel weggezogen war, aber was würde das nutzen? Sie war wütend auf Dawn, aber nicht so wütend und böse wie auf Bob, der schließlich alt genug war, es besser zu wissen. Außerdem, bemerkte Maggy, wenn er eine Affäre hatte, wer könne dann schon sagen, ob es nicht weitere gegeben hatte?

Trotzdem war er immer noch ihr Ehemann. Eines Abends, als wieder eine Rechnung im Briefkasten lag und Helen nicht wusste, wovon sie sie bezahlen sollte, holte sie tief Luft, schnappte sich ihre Jacke und machte sich auf den Weg zu Sandras Haus.

Es dauerte geraume Zeit, bis jemand an die Tür kam, und Helen hätte schwören können, dass sie Sandra durch die Vorhänge spähen sah. Zu ihrer Erleichterung machte Bob auf. Er sah gealtert aus, registrierte Helen mit Gewissensbissen. Und auch dünner. Genau wie sie. Vielleicht hatte er ja auch keinen Appetit. Immer, wenn Helen ein richtiges Essen zubereitete, bekam sie es kaum herunter, und außerdem war es sinnlos, sich für einen allein diese Mühe zu machen, da sie nun nicht mehr für eine vierköpfige Familie kochen musste. Grace war ohnehin ständig bei ihren Freundinnen und kam nie pünktlich zum Abendessen. Nachdem sie jahrelang unzufrieden mit ihrer kräftigen Figur gewesen war, die Bob offensichtlich immer mehr abgestoßen hatte, kam es ihr nun wie die pure Ironie vor, dass die Pfunde purzelten und sie sich beinahe hübsch fand mit diesem Knochenbau. Sie musste ihn von ihrer Mutter geerbt haben, wenn man der Halbporträt-Aufnahme von Rose auf Helens Frisierkommode glauben konnte, auf der diese weiße Ohrringe und das Perlencollier trug.

Aber falls Bob ihre äußerliche Veränderung wahrgenommen hatte, verlor er kein Wort darüber. »Was gibt's?«, fragte er, als wäre Helen ein Lieferant.

Sie drückte ihm die Rechnung in die Hand. »Ich kann das nicht bezahlen. Tut mir leid. Ich habe mich nur gefragt, ob du mir vielleicht helfen kannst.«

Er stieß ein heiseres Lachen aus. »Ich habe auch kein Geld.«

»Was ist mit dem Scheck, den Frank dir für deinen Anteil gegeben hat?«

»Davon ist nichts mehr übrig. Ich habe damit eine Wohnung finanziert. Ich ziehe nächste Woche ein.«

Helen kam es unglaublich vor, dass ihr Mann, mit dem sie fast zwanzig Jahre verheiratet gewesen war, sich ohne sie eine Wohnung gekauft hatte. »Mit ihr?«

Er hatte den Anstand zu erröten. »Nein. Das ist vorbei.«

Sie spürte eine Woge der Erleichterung, gefolgt von Verachtung, weil er die Familie für ein kurzes Techtelmechtel zerstört hatte. »Wo ziehst du hin?«

»In die Nähe von Hendon. Ich werde Grace die Adresse geben, wenn ich sie nächsten Sonntag sehe.«

Er gab sich viel Mühe, wie sie ihm zugestehen musste. Jeden Sonntagmittag ohne Ausnahme holte er Grace ab und lud sie zum Essen in einen Pub ein. Manchmal hatte Helen Mitleid mit Caroline, die nicht da war und darum nicht daran teilhaben konnte.

»Na gut.«

Sie wandte sich zum Gehen.

»Warte.«

Er ließ sie vor der Tür stehen und verschwand im Haus. Helen konnte im Hintergrund leises Gemurmel hören und Sandra, die protestierte. Kurz darauf kam Bob mit einem kleinen weißen Umschlag zurück. »Das ist alles, was ich dir geben kann«, sagte er. »Gute Nacht.«

Und damit machte er ihr die Tür vor der Nase zu.

Sie wartete, bis sie um die Ecke gegangen war, bevor sie den Umschlag öffnete. Das Geld deckte zwar nicht den vollen Rechnungsbetrag ab, aber es würde helfen. Bob hätte das nicht zu tun brauchen. Die Tränen, die Helen zurückgehalten hatte, begannen nun zu kullern, und ein, zwei Passanten sahen ihr hinterher, während sie weinend nach Hause ging. Was hatte Maggy neulich zu ihr gesagt? Dass man sich nie an die schlechten Zeiten erinnerte, wenn eine Beziehung vorüber war, sondern nur an die guten oder so ähnlich.

Das war wahr. Vielleicht hätte sie einfach ein bisschen länger durchhalten müssen, wenn auch nur den Kindern zuliebe. »Du ahnst ja gar nicht, was für Schuldgefühle mich deswegen plagen«, versuchte sie Caroline zu erklären, als ihre Tochter in den Weihnachtsferien nach Hause kam.

Caroline, die mittlerweile ihre Augen schwarz umrandete und sich ihre wunderschöne kastanienbraune Mähne selber zu einer Art Bob gestutzt hatte, blickte sie verständnislos an. »Warum? Was hast du denn getan? Du warst eben unglücklich. Es war nicht wirklich deine Schuld oder seine.«

»Ich denke, du wirst irgendwann dahinterkommen, dass es sehr wohl seine Schuld war, Liebling.«

Sie hatte das eigentlich nicht sagen wollen, aber es rutschte ihr einfach so heraus. Carolines Augen wurden schmal. »Was soll das heißen?«

»Nichts.«

»Mummy, was meinst du damit?«

Caroline nannte sie immer »Mummy«, im Gegensatz zu Grace mit ihrem »Mum«. Helen war schlecht. Einerseits hatte sie das

Bedürfnis zu erzählen, was Bob getan hatte, damit niemand ihr die Schuld gab, andererseits hatte sie ihrem Mann versprochen, den Mädchen nicht die ganze Wahrheit zu sagen.

»Ist er fremdgegangen?«

Helen nickte.

»Mit wem?«

»Es ist zu schrecklich. Ich kann es nicht sagen.«

Caroline wurde blass. »Aber nicht mit Dawn?«

»Woher weißt du das?«

»Weil sie sich oft unterhalten haben und er ganz anders war, wenn sie hier war. Gott. Das ist krank. Echt krank.«

Und damit stürmte Caroline aus der Wohnung und knallte die Tür hinter sich zu.

Eine Woche später erhielt Helen einen Brief von Bob, in dem er ihr vorwarf, dass sie sein Vertrauen missbraucht habe, und sie bat, ihn nie wieder zu kontaktieren.

Wieder verging ein Jahr, in dem die Scheidung endlich rechtskräftig wurde. Caroline verbrachte den Großteil ihrer Ferien in London, wo sie ein Zimmer in einem Studentenwohnheim hatte. Zu Hause gab es die üblichen Streitereien mit Grace wegen der Hausaufgaben. Was für eine Ironie, dass ihre Jüngste sich weigerte, für den mittleren Schulabschluss zu lernen, während sie, Helen, einen Job hatte, in dem es ihre Aufgabe war, Kinder für den Unterricht zu motivieren! Helens Humor, mit dem sie sich über all die Jahre hinweg nicht hatte unterkriegen lassen, begann allmählich, sie zu verlassen. Sie hatte nach wie vor keinen richtigen Appetit, und ihr Gewicht fiel weiter dramatisch. Bob hatte sie während ihrer Ehe immer wegen ihres »gebärfreudigen« Beckens aufgezogen, aber nun hätte er keinen Grund mehr dazu, dachte sie, während sie sich im Spiegel betrachtete.

Helens Kollegen im Büro boten ihr an, sie mit alleinstehenden Männern bekannt zu machen, aber sie konnte sich nicht vorstellen, wieder eine Beziehung einzugehen. Wo um alles in der Welt sollte sie anfangen, um einem Wildfremden ihre Familiengeschichte zu erklären? Es konnte nur jemand helfen, den sie bereits länger kannte. Jemand wie Clive.

Sie hatte die Telefonnummer aufbewahrt, die er ihr gegeben hatte. Ein Geschäftsanschluss, hatte er gesagt, aber die Frau, die sich meldete, klang zu neugierig für eine Sekretärin. Clive sei nicht im Haus, werde aber zurückrufen. Das tat er, noch bevor der Tag um war.

»Helen!«

Seine Stimme klang distanziert-höflich, und sie wusste sofort, dass sie einen Fehler gemacht hatte. »Wie schön, dass du dich gemeldet hast.«

Entweder hörte jemand mit, oder er war geradezu bestürzt, dass sie ihn kontaktiert hatte. »Du rufst bestimmt wegen dem Ehemaligentreffen im King's an?«

Es gab kein Ehemaligentreffen, was bedeutete, dass er das nur sagte, weil jemand neben ihm stand.

»Ich fürchte, ich kann leider nicht kommen. Meine Frau – ich glaube, du hast vorhin mit ihr gesprochen, sie unterstützt mich freundlicherweise als Sekretärin – und ich machen eine besondere Reise, um unseren Hochzeitstag zu feiern. Aber nett von dir, dass du dich gemeldet hast. Ich hoffe, das Treffen wird ein Erfolg.«

Helen legte den Hörer auf und wusste nicht, ob sie lachen oder weinen sollte. Sie entschloss sich für das Erste, bis ihr klar wurde, dass es zu tragisch war, um es für sich zu behalten. Maggy hatte nie viel für Clive übrig gehabt (»Der hat etwas an sich, Süße, das mir sagt, dass er nur an sich selbst denkt«), aber ihre Freundin ging nicht ans Telefon.

Merkwürdig. Helen versuchte bereits seit über einer Woche, sie zu erreichen – vielleicht war sie auf die Insel gefahren, wo sie noch nicht dazu gekommen war, einen Telefonanschluss installieren zu lassen. Aber Maggy war schon immer Herrin über ihr eigenes Schicksal. Sie würde sich bestimmt bald melden.

Der Anruf kam zwei Tage später. Es war ein Cousin von Maggy. Ein recht netter Mann, den Helen vor Jahren auf einer Feier kennengelernt hatte und der nun mit sehr leiser Stimme sprach – auf eine Art, in der gewöhnlich schlechte Nachrichten überbracht wurden. Maggy habe verschiedene Tabletten geschluckt, erklärte er. Sie habe sich über ihre Beziehungen im Krankenhaus falsche Rezepte besorgt, ausgestellt auf alle möglichen Namen, selbst auf den von Caroline.

Maggy hatte alles sehr sorgfältig geplant. Ihren Hund, den sie schon seit Jahren besaß, hatte sie in Pflege gegeben. Die Tat selbst ereignete sich auf der Insel. Der Gärtner fand sie. Offenbar lag sie neben dem Lavendelbeet. In ihrem Abschiedsbrief schrieb sie, dass sie es nicht im Ferienhaus habe tun wollen, das sie einem Patensohn hinterließ.

»Warum?«, fragte Helen, zu sehr unter Schock, um zu weinen.

Maggys Cousin klang verlegen. »Im Brief steht, dass sie das Gefühl habe, dass sie niemandem etwas bedeute. Als ihre letzte Beziehung vor kurzem in die Brüche ging, war das wohl der Tropfen, der das Fass zum Überlaufen brachte. Der Alkohol war auch keine Hilfe. Meiner Meinung nach verzerrt er nur die Realität.«

Helen hatte nichts von Maggys letzter Beziehung gewusst. Mit schlechtem Gewissen dachte sie an die letzten Gespräche, die sie mit ihrer Freundin geführt hatte. Dabei war es immer nur um sie und Bob gegangen.

Die Beisetzung fand auf der Insel statt, und Helen fuhr allein hin, ohne den Mädchen etwas davon zu sagen. Anderenfalls hätten sie mitkommen wollen, und das wäre sicher für beide verstörend gewesen.

Anschließend wurde das Testament verlesen. Maggy war eine wohlhabende Frau gewesen, und obwohl Helen es sich nur ungern eingestand, konnte sie nicht anders, als zu hoffen, dass Maggy sie berücksichtigt hatte. Maggy hatte gewusst, wie schwierig Helens Situation war, und Helen hatte sogar kurz davor gestanden, ihre Freundin um Hilfe zu bitten. Da, schon wieder. Wie egoistisch von ihr!

Darum war es, sagte Helen sich, nur richtig, dass Maggy in ihrem Testament alle ihre Patenkinder großzügig bedacht hatte, Caroline und Grace inbegriffen. Ihren Schmuck vermachte sie allerdings Helen, die ihn wohl würde verkaufen müssen.

Aber wenigstens konnte man Helen nicht die Erinnerungen nehmen oder die Lektionen, die sie daraus lernte. Das Bild von Maggy, die mit ihrer lustigen Zahnlücke lachte, kam ihr kurz in den Sinn.

Auf der Rückfahrt mit der Fähre, wo Helen den Schmuck einem anderen Cousin von Maggy verkaufte, fasste sie einen Entschluss. Es war höchste Zeit, dass sie ihr Leben lebte, statt es zu vergeuden.

40

Das Leben ging weiter. Es musste. Helen konnte sich vage erinnern, dass Tante Phoebe etwas Ähnliches einmal am Telefon gesagt hatte, nachdem Rose gestorben war. Nun erkannte sie, dass in dieser hohlen Phrase mehr Wahrheit steckte, als sie sich jemals hätte vorstellen können.

Jeden Morgen nach dem Aufwachen schlug ihr die Ungeheuerlichkeit dessen, was sie getan hatte, wie eine Welle am Strand ins Gesicht. Sie hatte Bob gezwungen zu gehen, weil sie dachte, er mache sie unglücklich, nehme ihr die Luft zum Atmen. Aber nun war er weg, und sie war immer noch unglücklich, immer noch unfähig zu atmen. Tatsächlich bekam sie manchmal so heftige Schmerzen in der Brust, dass sie nicht einmal imstande war, einen Fuß vor den anderen zu setzen.

Aber das Schlimmste war, dass sie den beiden Mädchen ihren Vater vorenthielt. In ihrer Naivität hatte sie geglaubt, dass Caroline alt genug war, damit klarzukommen, nun, da sie aus dem Haus war und studierte. Aber stattdessen fiel ihrer Tochter nichts Besseres ein, als sich mit einem großspurigen jungen Mann zu verloben, den sie während eines Praktikums bei einer Londoner Zeitung kennengelernt hatte.

»Helen« hatte dieser Simon bei ihrer ersten Begegnung sie plump genannt statt »Mrs Green«. Wie unhöflich!

Helen ahnte, warum ihre Tochter beschlossen hatte, sich so früh zu binden. Sicherheit. Es lief alles auf Sicherheit hinaus. Wie

Helen brauchte Caroline das Gefühl von Sicherheit im Leben, und hätte Helen ihr nicht den Boden unter den Füßen weggezogen, indem sie eine Situation provozierte, die Bob keine andere Wahl ließ als zu gehen, hätte Caroline vielleicht nicht so überstürzt gehandelt. Helen war außerdem überzeugt, dass Caroline immer noch Thomas nachtrauerte, und im Nachhinein fragte sie sich, ob sie sich zu sehr eingemischt hatte als sie ihrer Tochter den Umgang mit dem Jungen verbot.

Immerhin war Caroline nicht schwanger. Vielleicht würden die beiden ja gar nicht wie geplant heiraten.

Währenddessen musste es weitergehen. Grace war fast sechzehn und redete davon, die Schule abzubrechen. Das durfte Helen nicht zulassen! In ihrer Verzweiflung schrieb sie an Bob und bat ihn, mit Grace bei einem ihrer Sonntagstreffen zu reden, erhielt aber keine Antwort. Hatte er eine neue Beziehung? Der Gedanke verursachte ihr ein seltsames Gefühl im Magen, obwohl sie Bob nicht zurückhaben wollte. Auf eine unheimliche Art konnte sie nicht anders, als ihn immer noch zu lieben, obwohl sie nicht mehr verliebt in ihn war.

»Und, schon einen neuen Mann kennengelernt?«, hatte eine ihrer Kolleginnen sie im Büro gefragt, und Helen musste die Frage verneinen. Die Angebote, sie mit alleinstehenden Brüdern oder Onkeln bekannt zu machen, waren allmählich versiegt, nachdem sie anfangs immer hartnäckig, aber höflich abgelehnt hatte. Selbst jetzt fühlte Helen sich noch nicht bereit, aber gleichzeitig wollte sie auch nicht für den Rest ihres Lebens allein bleiben. Wie machten das andere Frauen in ihrer Situation? Wenn es doch nur mehr davon gäbe, könnte sie es vielleicht herausfinden, aber sobald sie erwähnte, dass sie geschieden war, wie neulich beim Plausch mit einer anderen Mutter auf dem Elternabend, kühlte die Atmosphäre deutlich ab. Die Mutter war ihr anschließend geschickt ausgewichen, als hätte Helen eine ansteckende Krankheit, und sie war sich schrecklich billig vorgekommen.

In der Zwischenzeit kam ein Brief von ihrem Bruder Frank. Richard, sein Sohn, wollte England besuchen – ob Helen ihn für eine Weile aufnehmen könne? Caroline, die in den Ferien zu Hause war, erklärte sich bereit, Richard am Bahnhof Paddington abzuholen, und kehrte mit einem großen, schmalen, dunkelhäutigen jungen Mann zurück, der in einer Hand einen Stock trug und in der anderen einen großen Koffer. Wie grausam, dass so ein hübscher Junge an Kinderlähmung erkrankt war! Aber er selbst schien sich offenbar nichts daraus zu machen. Er hatte immer ein breites Lächeln im Gesicht und war so höflich und zuvorkommend, dass er die missgelaunte Grace beschämte. Richards Auftauchen führte in der Nachbarschaft sicher zu Gerede, erst recht, als Helen ihn als ihren Neffen vorstellte. Ende der Siebzigerjahre mussten Farbige mit gemischten Reaktionen auf der Straße rechnen, und als Helen eines Tages mit Richard in Ealing unterwegs war und er angespuckt wurde, schämte sie sich zum ersten Mal für ihr Land.

Caroline verbrachte die Weihnachtsferien zu Hause, weil Simon zu seinen Eltern nach Stockport gefahren war. Doch nicht nur das genoss Helen in vollen Zügen: Das Wunderbare an Richards Besuch war, dass sie abends nach dem Essen alle vier um den Tisch saßen und sich über die Familie unterhielten.

Selbst Grace lauschte gebannt, als Helen ein paar Geschichten erzählte, die sie von ihrer Mutter wusste und die sie noch verschwommen in Erinnerung hatte. Wie jene von Yolky, dem Orang-Utan, den sie auf Borneo als Haustier hielten und den einer von Helens Brüdern mit Eiern überfütterte, sodass er krank wurde und irgendwann in den Dschungel verschwand, ohne jemals wieder zurückzukehren. Oder jene von der Schlange, der Großvater Charles vor dem Bungalow den Garaus machte, an derselben Stelle, wo Großmutter Rose für ein Foto posiert hatte, sehr elegant mit ihrem weißen Hut und den Perlen. Gemeinsam betrachteten sie auch eine andere Aufnahme von Rose, immer noch gelassen und schön, vor einem Schiff, während sie ein kleines, braunes Kind an der Hand hielt: Helen fragte sich manchmal, ob der Umstand, dass sie in der Sonne schnell braun wurde, darauf zurückging, dass sie in einem tropischen Klima aufgewachsen war.

Richard, dessen malaiische Mutter aus bescheidenen Verhältnissen stammte, fand das alles offenbar sehr spannend, und Helen sah an den Gesichtern der Mädchen, dass sie nicht geahnt hatten, was alles hinter ihrer Familie steckte. Wenn doch nur Rose hier sein könnte! Dann würde ihre Familie vielleicht gefestigter sein. Wenigstens hatte Helen noch ihre Brüder. Sie bekam sie zwar selten zu sehen, aber sie telefonierte mit allen drei regelmäßig. Sie hoffte nur, dass Caroline und Grace, die momentan nicht besonders gut miteinander auskamen, sich annähern würden, wenn sie älter waren.

Wieder ein Weihnachten, das kam und ging. Grace hatte sich überreden lassen, mit der Schule weiterzumachen, obwohl Helen sich manchmal fragte, ob sie das Richtige getan hatte. Im Gegensatz zu Caroline fiel es ihrer Jüngsten schwer, sich auf die Schule zu konzentrieren. Sie sah lieber fern oder hörte in ihrem Zimmer ihre Musikkassetten rauf und runter, wenn sie nicht gerade um die Häuser zog.

»Dad hat eine Freundin«, verkündete Grace eines Tages unerwartet, als sie von ihrem Sonntagstreffen mit Bob nach Hause zurückkehrte. Diese Neuigkeit erreichte Helen, als sie gerade in dem kleinen Vorgarten Unkraut zupfte, eins der wenigen Dinge, die ihr Vergnügen bereiteten. Sofort hielt sie inne, die Harke mitten in der Luft.

»Ach ja?« Helen versuchte, normal zu klingen, als wäre es überhaupt kein Problem zu erfahren, dass der eigene Exmann wieder mit jemandem zusammen war. Die bloße Vorstellung kam ihr absurd vor, aber was hatte sie erwartet? »Ist sie nett?«

Grace zuckte mit den Achseln. »Sie ist ganz okay. Sie kommt aus Schottland.«

Dann hatte Bob sie miteinander bekannt gemacht? Es musste wohl etwas Ernstes sein. Wie sieht sie aus? Wie alt ist sie? Was macht sie beruflich? Helen hätte das alles gerne gefragt, aber Grace lief bereits die Treppe hoch und knallte oben ihre Zimmertür hinter sich zu.

Als ihre Älteste anrief, musste Helen sich beherrschen um nicht zu fragen, ob Caroline auch schon die neue Freundin ihres Vaters kennengelernt habe. Was für ein alberner Ausdruck in diesem Alter! Aber Caroline hatte andere Dinge, über die sie reden wollte. »Simon und ich haben ein Datum festgelegt.«

Helens Herz rutschte tiefer.

»Das ist schön, Liebling«, erwiderte sie vorsichtig. »Wann?«

»In drei Monaten.«

So bald? »Aber das gibt uns nicht viel Zeit. Du bist doch nicht ...«

»Nein, Mummy, bin ich nicht.«

Helen wurde sofort verlegen. Caroline wusste bis heute nicht, dass sie schon sieben Monate nach der Hochzeit ihrer Eltern geboren worden war.

»Wir möchten einfach heiraten, und jetzt, wo Simon den neuen Job hat, scheint es der richtige Zeitpunkt zu sein. Mit Maggys Geld können wir eine Anzahlung für eine Wohnung leisten und eine Hypothek aufnehmen.«

Sie hatten alles durchgeplant. Helen spürte widerwillig Bewunderung, und trotzdem konnte sie sich nicht überwinden, diesen wichtigtuerischen jungen Journalisten sympathisch zu finden, der offenbar eine Stelle als stellvertretender Kulturredakteur bei einer Boulevardzeitung ergattert hatte, die Helen nur über ihre Leiche kaufen würde.

»Dad hat gesagt, dass ich hoffentlich nicht von ihm erwarte, dass er die Hochzeit ausrichtet.«

Sie hatte es ihrem Vater zuerst gesagt! Helen war richtig schlecht vor Kränkung, bevor die Botschaft ihrer Tochter bei ihr ankam. »Er will überhaupt nichts beitragen?«

»Nein.« Die Stimme ihrer Tochter am anderen Ende der Leitung klang sehr leise.

»Dann müssen wir eben sehen, wie wir zurechtkommen.«

Helen hörte, dass ihre Stimme tapferer klang, als sie sich fühlte. Eine Hochzeit! Hochzeitsfeiern waren teuer. Wie um alles in der Welt sollte sie das schaffen?

»Was hältst du denn von einem kleinen Umtrunk bei uns zu Hause nach dem Gottesdienst?«

Carolines Stimme bekam einen verächtlichen Unterton. »Ich möchte eine richtige Hochzeitsfeier, Mummy. Wie zum Geier sollen wir denn alle Gäste bei dir unterbringen?«

Eine richtige Hochzeitsfeier also, und nicht einen Empfang in ihrer engen Maisonettewohnung. Das war verständlich. Helen konnte sich erinnern, dass sie in diesem Alter genauso gedacht hatte, als sie Bob heiratete, der Tante Phoebes Angebot verschmäht hatte, einen Pavillon im Garten des alten Herrenhauses aufzustellen.

Tante Phoebe! Helens Herz machte einen Satz. Sie hatte ohnehin vor, sie bald wieder zu besuchen. Es war zwar reine Spekulation, aber vielleicht würde Phoebe ihre Unterstützung anbieten.

Es war schon eine Weile her, dass Helen den alten Herrensitz besucht hatte. Ungefähr acht Monate. Aber als ihr kleiner Wagen nach der langen Fahrt knirschend die Auffahrt in Somerset hochrollte, spürte Helen dasselbe ungute Gefühl, das sie vor all den Jahren immer gehabt hatte, wenn sie in den Schulferien hierher zurückgekehrt war. Wie albern! Sie war nun erwachsen, und diese geschrumpfte, faltige Frau mit den gebeugten Schultern und dem Perlencollier ihrer Mutter hatte kein Recht, sie derart klein zu machen, wie sie sich gerade fühlte.

»Komm herein, Helena.«

Es hörte sich an, als würde sie Helen einen Gefallen tun, und nicht zum ersten Mal fragte Helen sich, warum ihre Tante so kalt war. Phoebe und Victor hatten freiwillig auf Kinder verzichtet. Ihre Tante hatte immer erklärt, dass Kinder eine teure Angelegenheit seien und eine Verantwortung, die manche Leute viel zu sehr auf die leichte Schulter nahmen. Trotzdem gab ihr das nicht das Recht, die Kinder ihrer Schwester so kühl zu behandeln. Onkel Victor, Gott möge ihn schützen, war in seinem Gewächshaus, obwohl schwer zu sagen war, wer gebrechlicher wirkte, er oder die welkenden Tomatenpflanzen.

»Helen, mein Schatz. Wie schön, dich zu sehen.«

Sie küsste ihn zärtlich auf beide Wangen und staunte über die Eigenarten einer bestimmten Schicht, die immer noch Tweedjacketts und Krawatten anzog, um im Gewächshaus herumzuwerkeln. Später, nach dem Mittagessen, das aus kaltem Schinken und Bratapfel bestand, was Helen noch nie gemocht hatte, kamen sie zwangsläufig auf die Kinder zu sprechen. »Grace macht nächstes Jahr ihren Schulabschluss.«

Sowohl ihre Tante als auch ihr Onkel nickten beifällig.

»Dann will sie anschließend studieren?«

»Das hoffe ich.«

Ihre Tante runzelte die Stirn.

»Und Caroline fühlt sich sehr wohl auf dem Goldsmiths College. Sie hat vor kurzem einen nationalen Wettbewerb gewonnen mit selbst entworfenen Geburtstagskarten.«

»Geburtstagskarten?« Das Stirnrunzeln ihrer Tante wurde tiefer.

»Es handelt sich um einen sehr renommierten Wettbewerb.« Warum hinterfragte ihre Tante immer alles, als würde sie sich wünschen, dass die Kinder versagten?

»Sicher hat sie das Talent deines Großvaters geerbt, Liebes«, bemerkte Onkel Victor. Helen sah ihn dankbar an, bevor sie automatisch den Blick zu dem herrlichen Porträt der hübschen Frau mit dem blauen Häubchen hob – eines von Ga Gas zahlreichen Gemälden, die ihre Tante und ihr Onkel besaßen.

»Sei nicht albern, Victor.«

Tante Phoebe tupfte sich mit ihrer Serviette den Mund ab, bevor sie sie wieder über ihren Schoß legte, und funkelte ihren Ehemann an. »Man kann Postkartendesign wohl kaum mit professioneller Porträtmalerei vergleichen.«

»Macht Caroline auch Porträts?«, fragte Victor mit einer Miene, die vermuten ließ, dass er bemüht war, die Unterhaltung nicht kippen zu lassen.

»Nicht ganz.«

»Entweder sie macht Porträts oder nicht.«

Das war wieder Phoebe.

»Nein. Sie malt keine Porträts. Aber sie wird bald heiraten.«

Das kam völlig ohne Zusammenhang heraus, wie Helen zu spät bewusst wurde.

»Heiraten?«

Hätte das Stirnrunzeln ihrer Tante sich noch tiefer eingraben können, hätte es ihr Gesicht in zwei Hälften gespalten. »Sag bitte nicht, dass sie heiraten muss.«

Helen spürte, dass sie rot wurde. »Nein. Sie muss nicht. Sie will.«

Onkel Victor nickte. »Und was sagst du dazu, mein Liebes?«

Helen ertappte sich dabei, dass sie auswich. »Ich denke, sie ist noch sehr jung, aber sie ist nun einmal verliebt. Sie sind beide sehr verliebt.«

»Ich verstehe. Was macht er denn beruflich?«

Diese Frage hatte sie gefürchtet. »Simon arbeitet für eine Zeitung als stellvertretender Kulturredakteur.«

Phoebes Stirnfalte glättete sich ein wenig. »Ach, wirklich? Für welche Zeitung?«

Es blieb Helen nichts anderes übrig. Sie senkte den Blick auf ihre Serviette und nannte den Namen der Boulevardzeitung. Tante Phoebe stieß einen erstickten Laut aus, während Victor sich erhob und kleine Schweißperlen auf seiner Stirn glänzten. »Ach du jemine. Nun denn, richte ihr bitte meine Glückwünsche aus. Und jetzt muss ich mich leider entschuldigen. Ich habe noch einen Termin wegen dem Rosendünger. Helen, mein Liebes, es war schön, dich zu sehen. Beehre uns bald wieder.«

Ihrer Tante hatte es wohl die Sprache verschlagen, während sie Helen einfach weiter anstarrte, als würde ihrer Nichte ein Geschwür im Gesicht wachsen. Erst als Helen nach Hause kam, drei Stunden später, entdeckte sie den kleinen Umschlag in ihrer Handtasche. Sie hatte sie in der Eingangshalle stehen gelassen – ihr Onkel musste den Umschlag hineingesteckt haben, als er aus dem Haus ging. Darin befand sich ein Scheck. Kein hoher Betrag, aber auch kein kleiner, mit einer beigefügten Notiz. »Hochzeiten können kostspielig sein. Ich hoffe, das ist vielleicht eine Hilfe. V.«

Gott schütze ihn, dachte Helen, während ihre Augen sich mit Tränen füllten. Gott schütze ihn.

Irgendwie schaffte Helen es mit ihren mageren Ersparnissen und Victors Scheck, für den Hochzeitsschmaus nach dem Gottesdienst in der All Souls Church, wo ihre Tochter damals getauft worden war, in Ealing einen Saal für achtzig Personen zu organisieren.

Achtzig Personen! »Simon kennt viele Leute«, erklärte Caroline, vor Stolz strahlend. »Einige davon sind wichtig. Er kann sie nicht ausschließen.«

Mag sein, dass sie mit ihrem zukünftigen Schwiegersohn nicht richtig warm wurde, dachte Helen, aber dafür hatte er Wunder bewirkt für das Selbstvertrauen ihrer Tochter. Mit fast dreiundzwanzig begann Caroline aufzublühen, obwohl sie leider Helens kräftige Figur geerbt hatte beziehungsweise jene, die Helen früher gehabt hatte, bevor Bob gegangen war.

Währenddessen gab es ein Problem, das Helen ständig verdrängt hatte, aber das sie nun, da der Termin immer näher rückte, nicht länger ignorieren konnte. Bob würde auch zur Hochzeit kommen. Es war drei Jahre her, dass sie ihn das letzte Mal gesehen hatte. Würde er seine Freundin mitbringen, die Grace hin und wieder erwähnte? Würde er mit Helen reden? Das würde er doch bestimmt, allein schon Caroline zuliebe, oder?

»Führt Dad dich zum Altar?«, fragte Helen schließlich während eines Gesprächs über die Hochzeitsvorbereitungen, als das Paar an einem Sonntagmittag zum Essen da war. Simon hatte am Tisch die Unterhaltung mit seinen Anekdoten über Westminster dominiert, nachdem er vor kurzem bei seinem Blatt in das Politik-Ressort gewechselt war, und saß nun auf der Couch, wo er die Sonntagszeitung las. Wie unhöflich!

Ein Schatten huschte über Carolines Gesicht. »Er weigert sich, einen Cut anzuziehen. Wir hatten deswegen eine kleine Auseinandersetzung.«

Natürlich weigerte er sich! Bob hasste es, sich fein zu machen, hasste alles, was die Aufmerksamkeit auf ihn lenken konnte, so wie er damals eine richtige Hochzeit abgelehnt hatte, als Helen und er an der Reihe waren.

»Das tut mir leid, mein Schatz.«

Caroline antwortete mit einem Achselzucken, wie immer, wenn sie so tat, als wäre es egal, auch wenn es das gar nicht war.

»Ich habe mein Kleid. Eine Freundin von mir arbeitet bei einem Hersteller für Brautmoden, und über sie bekomme ich Rabatt.«

Helen schluckte ihre Enttäuschung hinunter – sie hatte sich darauf gefreut, gemeinsam mit ihrer Tochter ein Kleid auszusuchen. »Das ist schön. Wie sieht es aus?«

»Fließend. Weiß. Aber Grace stellt sich total an wegen den Kleidern für die Brautjungfern. Wir haben uns neulich in der Stadt getroffen, und sie hat jedes Kleid abgelehnt, das ich ihr vorgeschlagen habe, bis auf eins, das ziemlich viel Haut zeigt. Ehrlich, Mummy, kannst du nicht mal mit ihr reden?«

Mit Grace reden? Konnte das überhaupt jemand? Diese Hochzeit, dachte Helen, steckte voller Schwierigkeiten. Und sie hatte noch nicht einmal Simons Eltern kennengelernt, offenbar glühende Labour-Anhänger, die in einem kleinen Kaff in der Nähe von Stockport wohnten, das Helen nur mit Mühe auf der Karte fand. Vielleicht passierte mit etwas Glück irgendetwas, das verhinderte, dass die Hochzeit stattfand.

Es nieselte an jenem Tag, aber selbst das konnte Caroline nicht das Lächeln verderben. Sie sah in der Tat hinreißend aus, dachte Helen, als sie sich umwandte in ihrem cremefarbenen Strohhut und dem rosa-blauen Kleid von Debenhams, um ihrer Ältesten entgegenzusehen, die durch den Mittelgang schwebte. Helens Herz stockte kurz beim Anblick ihres Exmanns, der wieder etwas Gewicht zugelegt hatte, seit sie ihn zuletzt gesehen hatte. Er glich immer noch einem Fünfziger-Jahre-Filmstar. Wären sie zusammengeblieben, hätte dies hier eine richtige Familienhochzeit sein können. Unter den gegebenen Umständen jedoch sah Bob stur geradeaus, als er an ihr vorüberging. Später beim Empfang, wo Caroline sie diplomatisch möglichst weit voneinander entfernt an den Tisch gesetzt hatte, mied er sorgfältig Helens verstohlene Blicke.

Abgesehen von ihrem Exmann kannte Helen kaum ein Gesicht unter den Gästen. Geoffrey war mit seiner Familie aus Sussex gekommen, aber ihre anderen beiden Brüder waren im Ausland. Sandra hatte sich geweigert zu kommen. Ihre Absage hatte Caroline, die immer noch ein enges Verhältnis zu ihrer Großmutter pflegte, verletzt und Helen ein schlechtes Gewissen verursacht, weil sie wusste, dass Sandras Weigerung von ihrer Abneigung herrührte, Helen zu begegnen. Tante Phoebe und Onkel Victor hatten eine höfliche Karte geschickt mit der Erklärung, dass sie »verhindert« waren, ohne einen Grund zu nennen, und schlichte weiße Bettwäsche als Hochzeitsgeschenk.

Das Brautpaar würde die Nacht in einem Hotel verbringen, bevor es am nächsten Tag nach Spanien flog. »Kannst du mir meinen Koffer zum Bahnhof bringen?«, fragte Caroline in ihrem cremeweißen Rock und Blazer von BHS, kurz bevor sie den Hochzeitsempfang verließ.

Selbstverständlich! So würde Helen die Gelegenheit haben, sich ohne all diese Leute hier von ihrer Tochter zu verabschieden. Aber als sie am nächsten Morgen zum Bahnhof in Ealing fuhr, bekam sie plötzlich Magenschmerzen. War das nicht Bob, der sich mit den beiden am Treppenaufgang unterhielt?

»Dad hat mir ein paar Sachen aus meiner Wohnung gebracht«, raunte Caroline ihr zu, nachdem sie Helen entgegengelaufen war, um sie mit diesem herrlich rosigen Frischvermählten-Strahlen im Gesicht zu begrüßen. »Es macht dir doch nichts aus, oder?«

Hatte ihre Tochter, fragte Helen sich, das absichtlich arrangiert? Wie dem auch sei, jedenfalls führte heute kein Weg daran vorbei, dass Bob und sie miteinander redeten. »Wie geht es dir?«, zwang sie sich, zu ihrem Exmann zu sagen. Er sah gut aus – das Alleinewohnen bekam ihm offenbar. Ob sie letzten Endes vielleicht doch überstürzt gehandelt hatte mit der Trennung?

»Danke, gut. Und dir?«

Er antwortete sehr steif, also tat sie dasselbe. »Sehr gut. Tolle Hochzeit, nicht?«

»Ja, sehr schön.«

Es hätte auch eine andere Hochzeit sein können, von der sie gerade sprachen, als die ihrer gemeinsamen Tochter. Dann war es Zeit, von Caroline Abschied zu nehmen und auch, mit knirschenden Zähnen, von Simon, der noch großspuriger wirkte als sonst. Sie sah den beiden hinterher, während sie Arm in Arm die Treppe zum Gleis hochgingen, wo ihr Zug nach Gatwick wartete.

»Traurig, nicht?«, sagte Bob und riss sie aus ihren Gedanken.

»Was?«

Bob machte kurz den Eindruck, als wollte er ihren Arm nehmen, bevor er es sich anders überlegte. »Wir waren auch einmal glücklich miteinander, oder?«

Sie konnte es kaum glauben! Bob zeigte sonst nie seine Gefühle. Das war eins der größten Probleme zwischen ihnen gewesen. Und nun stand er hier und sprach aus, was Helen in den letzten paar Jahren immer wieder gedacht hatte. Es hatte durchaus Zeiten gegeben, in denen sie glücklich gewesen waren, aber die Strapazen, die damit verbunden waren, zwei Kinder mit sehr wenig Geld großzuziehen, waren zu hart gewesen. Wenn sie durchgehalten hätten. Wenn sie nicht all die Jahre bei seiner Mutter gelebt hätten. Wenn …

»Tja«, fuhr Bob fort. »Ich schätze, das Leben geht weiter. Ich wollte dir eigentlich schreiben, aber wenn wir schon einmal hier sind, kann ich es dir auch genauso gut sagen. Ich werde in ein paar Wochen wieder heiraten.«

Vor Schreck begann sie zu stammeln. »Wie schön für dich! Ich hoffe, du wirst sehr glücklich.«

Er wirkte verlegen. »Sie ist Krankenschwester, wie du. Wie du früher. Sie ist ein feiner Mensch.«

Darin lag die unfaire Andeutung, dass Helen kein feiner Mensch war, und das tat weh.

»Was ist mit dir?« Er sah sie sonderbar an. »Hast du auch jemanden?«

»Ja, habe ich. Ich treffe ihn gleich. Muss mich beeilen. War nett, dich zu sehen. Bis dann.«

41

»Du wirst wieder jemanden kennenlernen«, hatte einer ihrer Brüder gesagt, »wenn du es am wenigsten erwartest.« Wie wahr. Tatsächlich hatte Helen diesen Mann bereits kennengelernt, aber ihn nicht als den Richtigen erkannt, genauso wenig wie er sie.

Peter war Lehrer an einer ihrer Schulen – einem Jungengymnasium, an dem er Mathematik unterrichtete und sie als Schulpsychologin eingesetzt war, zum Teil verantwortlich für sogenannte Schulverweigerer oder, mit anderen Worten, Kinder, die den Unterricht schwänzten.

Nun, nachdem Grace ihren höheren Schulabschluss geschafft hatte und Wirtschaftslehre an einer technischen Hochschule studierte, kam Helen sich nicht mehr so scheinheilig vor, wenn sie andere Kinder zu motivieren versuchte, am Unterricht teilzunehmen. Ihre Methoden waren unorthodox, zumindest sagten das ihre Kollegen. Natürlich führte sie Gespräche mit dem betroffenen Kind und auch mit den Eltern, aber sie organisierte außerdem gemeinsame Ausflüge mit Lehrern und Mitschülern – Spaßtouren wie zum Beispiel eine Bootsfahrt auf dem Serpentine im Hyde Park –, um ihren Schützlingen verstehen zu helfen, dass sie mit den anderen Kindern Freundschaft schließen konnten und dass die Schule auch Spaß machen konnte. Später dann, nach ihrer Rückkehr, ließ sie die Kinder von dem Ausflug Bilder malen.

Peter gehörte zu den Lehrern, die solche Methoden ablehnten. »Sie sollten denen lieber die Ohren lang ziehen, statt ihnen gut zuzureden«, herrschte er sie eines Morgens an, als er sie sich im Lehrerzimmer vorknöpfte.

Helen hielt dem Blick dieses großen, untersetzten Mannes mit der Adlernase und dem West-Country-Akzent stand, der offenbar stärker durchdrang, wenn Peter verärgert war, und bat ihn, sich einen Moment zu setzen. Dann erklärte sie ihm ruhig, dass sie die Schule früher auch gehasst habe und dass es für manche dieser Kinder schwer sei, vor allem für jene, die ohne Mutter aufwachsen mussten, womit sie sich ein wenig auskannte.

Und dann schlug sie ihm vor, beim nächsten Ausflug mitzukommen, der in den Whipsnade Zoo führte.

Erst dort lernte sie, genau wie die Kinder, eine andere Seite von Peter kennen. Er konnte sogar richtig lachen, als sie vor dem Affengehege standen und eins der Jungtiere sich direkt vor sie hinhockte und etwas Unaussprechliches tat. Als Peter sie dann fragte, ob sie am Freitag zu dem geselligen Abend in der Schule kommen würde, stellte sie fest, dass sie Ja sagte, obwohl sie sich eigentlich darauf gefreut hatte, es sich mit einem Glas Wein vor dem Fernseher gemütlich zu machen und sich einen Fernsehfilm auf BBC anzusehen.

Peter hatte erst vor kurzem seine Frau verloren, oder zumindest hatte sie das erzählt bekommen. Es war bestimmt nicht leicht für ihn.

»Meine Frau litt an MS«, vertraute er ihr während des bescheidenen Abendessens an, das der Sozialausschuss organisiert hatte und das aus einer unappetitlichen Anordnung aus lauwarmen Chipolatas und Pommes frites bestand. »Die arme Valery war schon seit Jahren krank. Ich habe getan, was ich konnte, aber es war schwer.«

Seine Augen wurden feucht, und Helen hatte sofort das Bedürfnis, ihn zu trösten. Tatsächlich hatte sie gehört, dass Peter sogar weitaus mehr getan hatte als das, was er konnte. Seit dem Ausflug in den Zoo hatte Helen sich diskret über diesen schroffen Witwer erkundigt, der, so vermutete sie, innerlich ganz weich war. »Er hat seine Frau Tag und Nacht gepflegt«, erzählte ihr jemand aus dem Kollegium. »Es gab nichts, was er nicht für sie getan hätte. Es war ein furchtbarer Schock für ihn, als sie starb.«

Ein Schock? »Wenn man jemanden so lange pflegt, erwartet man, dass das ewig so weitergeht.«

Das konnte Helen nachvollziehen. Peter hatte einen Sohn – er war sein einziges Kind und ungefähr in Carolines Alter, darum hatte Peter sicher Erfahrung mit erwachsenen Kindern. An jenem Abend stellten sie zu beider Überraschung fest, dass sie sich so gut verstanden, dass die Zeit wie im Nu verflogen war, als die anderen gegen neun plötzlich zusammenpackten und sich verabschiedeten. Peter berührte leicht ihren Arm. »Ich weiß nicht, wie das mit Ihnen ist, Helen, aber ich bin immer noch hungrig. Gleich hier um die Ecke gibt es ein nettes, kleines italienisches Restaurant. Hätten Sie vielleicht Lust, mich zu begleiten?«

Später am Abend, als Peter sie zu Fuß nach Hause begleitete (er hatte keinen Führerschein, obwohl er, wie er ihr detailliert schilderte, im Krieg Panzerfahrer gewesen war), gab er ihr zum Abschied lediglich die Hand und wünschte ihr eine gute Nacht. Etwas enttäuscht ging Helen ins Bett. Am nächsten Morgen klopfte es draußen, und vor der Tür stand ein Blumenbote mit einem Strauß blassrosa Rosen. »*Vielen Dank für den wundervollen Abend*«, stand auf dem Kärtchen. »*P.*«

Als sie ihn anrief, um sich zu bedanken, lud er sie ein, am Abend mit ihm essen zu gehen. »Warum kommen Sie nicht einfach zu mir?«, erwiderte sie in der Annahme, dass Peter es bestimmt schätzte, in einer häuslichen Umgebung ihren *Coq au vin* zu genießen, gefolgt von einer *Crème brulée*, beides früher Spezialitäten von ihr, als alle noch zu Hause waren.

»Das wäre wunderbar«, antwortete er, und die Begeisterung in seiner Stimme nahm Helen die Verlegenheit, nachdem sie so forsch gewesen war.

Sie kamen nicht einmal bis zum Nachtisch. Tatsächlich, dachte

Helen, während sie sich in ihrem kleinen Schlafzimmer auszogen, war das Einzige, was dem hier nahekam, das mit Clive vor all den Jahren. Dabei war Peters Frau erst vor drei Monaten gestorben.

»Willst du mich heiraten?«, fragte er hinterher. Und vor lauter Erstaunen, zusammen mit dem herrlichen Gefühl männlicher Verehrung (»Du bist wunderschön, Helen, wunderschön …«), sagte sie unwillkürlich: »Ja.«

Grace hasste ihn vom ersten Moment an. »Er ist nicht mein Vater«, sagte sie, wenn Peter ihr vorschlug, beim Abwasch zu helfen. »Er hat kein Recht, mir zu sagen, was ich tun soll.«

Wenigstens bemühte sich Caroline, sich mit Peter zu unterhalten, wenn sie zu Besuch war, obwohl sie seine direkte Art befremdlich fand. »Gib ihm eine Chance«, hätte Helen am liebsten gesagt. »Er ist Lehrer. Und Lehrer neigen manchmal dazu, so zu reden, als wüssten sie alles. Aber ich habe auch seine inneren Seiten kennengelernt.« Trotzdem war es nicht leicht. Peter konnte nicht verstehen, warum sie Grace so viel durchgehen ließ. Damit war gemeint, dass sie in der schulfreien Zeit jede Nacht spät nach Hause kam und von ihrem Ferienjobverdienst lediglich einen kleinen Betrag für die Miete beisteuerte. Als Helen und Caroline einen kleinen Mutter-Tochter-Zwist am Telefon hatten und Helen hinterher weinte, weil Caroline ihren Besuch am Wochenende abgesagt hatte, schließlich gäbe es »jetzt, wo dieser Peter da ist, nicht genügend Platz«, ließ Peter sie nicht ans Telefon, obwohl es permanent klingelte.

»Sie will sich entschuldigen«, versuchte sie, ihm zu erklären.

»Dann hätte sie nicht so unverschämt sein dürfen, Hellie.« Er nannte sie inzwischen bei ihrem alten Spitznamen, den Maggy ihr verpasst hatte. »Ich werde nicht zulassen, dass dich jemand schlecht behandelt.«

Was sollte sie tun? Wenn sie sich gegen Peter stellte, würde ihre zweite Ehe vielleicht ebenso scheitern wie die erste. Dennoch blutete ihr das Herz bei der Vorstellung, dass ihre Tochter aufgelöst war. Das hatte erschreckende Ähnlichkeit mit ihrer eigenen Verzweiflung und Enttäuschung, als Charles wieder geheiratet hatte, die auch er empfunden haben musste, als die zweite Heirat seiner Mutter ihn veranlasst hatte, nach Borneo auszuwandern. Helen erkannte, dass sie und Bob, unabhängig davon, wie schlecht ihre Ehe auch gewesen sein mochte, wenigstens die Kinder gemeinsam hatten. Was hatte sie getan? Der bloße Gedanke jagte ihr einen kalten Angstschauer über den Rücken, und sie fragte sich nicht zum ersten Mal, ob sie um der Kinder willen nicht doch mit Bob hätte zusammenbleiben sollen.

Dieses lächerliche Patt zwischen Peter und ihrer Ältesten hielt ungefähr drei Wochen an, bis Helen ihrem neuen Ehemann schließlich erklärte, dass sie ihn sehr liebe, aber dass sie beim nächsten Mal drangehen werde, wenn Caroline sich meldete.

Er protestierte, und als Caroline dann schließlich anrief, plauderten die beiden Frauen höflich, als wäre nichts gewesen. Eine Weile lang herrschte eine abgekühlte Stimmung zwischen Mutter und Tochter, und Helen bekam unweigerlich das Gefühl, dass sie einen Teil ihres Lebens verloren hatte, den sie mit ihrer geliebten Ältesten hätte verbringen können.

Währenddessen war Peters Sohn wütend auf seinen Vater, der so schnell wieder geheiratet hatte, und verlangte eine Entschädigung von mehreren tausend Pfund, weil er nach Peters Tod nicht mehr Alleinerbe sein würde. Helen war bestürzt über diese Forderung. Da Peter das aber völlig angemessen zu finden schien, fand sie sich damit ab, um keinen Streit zu provozieren.

Finanziell sah es nun viel besser aus. Sie überredete Peter, sein schreckliches Haus im Norden von Ealing zu verkaufen, in dem er den Großteil seines Ehelebens verbracht hatte. Helen hatte es beim Rundgang gefröstelt, während sie sich vorsichtig durch das Haus bewegte, vorbei an Valerys verstaubten Christrosen in den ungewässerten Töpfen und an der stickigen Luft in dem ehelichen Schlafzimmer mit der Tagesdecke aus blassrosa gemustertem Frottierplüsch und den hässlichen Bildern an der Wand.

Ihre Wohnung war zwar klein, aber gemütlicher und wärmer als dieses Haus, das keine Zentralheizung hatte. Nachdem es verkauft war und Peter seinen Sohn ausbezahlt hatte, konnten sie sich von nun an das Leben leichter machen. Sie wollten bald in den Ruhestand gehen, erzählten sie den Kindern, und vielleicht ab und zu verreisen.

Manchmal musste Helen sich kneifen. Zum ersten Mal in ihrem Leben konnte sie sich etwas Spaß erlauben, und es war wirklich schön, wieder einen Partner zu haben. Peter und sie fuhren an einem Wochenende nach Amsterdam, um sich die Tulpen anzusehen. Sie machten Urlaub in Frankreich, wobei Helen die ganze Strecke allein fuhr. Sie hatte zwar Peter überredet, Fahrstunden zu nehmen, aber der Fahrlehrer hatte ihm behutsam nahegelegt, sich besser auf Panzer zu beschränken. Im Winter flogen sie nach Mallorca.

Und dann erhielt Helen das wunderbarste Geschenk von allen. Caroline rief an und teilte ihr mit, dass sie ein Kind erwartete, dessen Geburt für den Hochzeitstag des jungen Paares berechnet war.

»Ist das nicht wundervoll?«, sagte Helen schwärmend zu ihrer Tante am Telefon. Und dann, bevor Phoebe ihr zuvorkommen konnte, fügte sie hinzu: »Ich weiß, sie ist noch jung, aber wenigstens hat sie es in der richtigen Reihenfolge gemacht.«

Dies war ein leichter und, wie Helen wusste, ziemlich unfairer Seitenhieb auf die Tochter eines ihrer Brüder, die vor kurzem schwanger geworden war und keinerlei Anstalten machte zu heiraten.

»Ich freue mich sehr für sie.« Phoebes Stimme, auch wenn sie brüchiger klang, hatte immer noch denselben kühlen Unterton wie früher.

Was war nötig, damit ihre Tante sie mochte?

»Man kann es nicht allen recht machen, meine Schöne«, sagte Peter hinterher und nahm sie liebevoll in den Arm, sodass die Dinge, die ihr nicht an ihm gefielen, plötzlich belanglos zu sein schienen. »Du hast ja mich, und außerdem wirst du bald Großmutter. Das hast du dir immer gewünscht.«

Allerdings. Sie konnte es kaum erwarten. Endlich würde alles gut werden. Caroline würde, so hatte sie Helen erklärt, weiter Kartendesigns für den Verlag entwerfen, bei dem sie nach ihrem Studium angefangen hatte. Sie würde zunächst in Mutterschutz gehen und anschließend das Baby zu einer Tagesmutter bringen, außer Helen konnte hin und wieder einspringen. (Einspringen? Sie würde sie gar nicht mehr loswerden!)

Simon war inzwischen politischer Redakteur bei einer seriösen Tageszeitung, die selbst vor Onkel Victors Augen Gnade fand. Und Grace war unglaublich erfolgreich bei einer Marketingfirma in der Londoner Innenstadt und hatte sich mittlerweile einen Freund zugelegt, dessen Scheidungsverfahren gerade lief. Ein Baby würde das Ganze perfekt machen.

Und dann kam der Anruf mitten in der Nacht.

Helen fuhr mit Peter ins Krankenhaus, aber als sie dort eintrafen, war es bereits zu spät. Eine niedergeschlagene, weinende Caroline lag im Bett, blass und ohne ihren Mann, der anscheinend bei einem Meeting in der Redaktion unabkömmlich war. »Glaubst du, ich werde jemals ein Kind bekommen?«, heulte ihre Tochter los und klammerte sich an ihr fest, während Peter sich taktvoll die Beine im Flur vertrat, der nach Desinfektionsmitteln roch.

»Aber natürlich, mein Schatz.«

Das Telefon klingelte, als sie die Haustür aufschloss. Es war Tante Phoebe. Tante Phoebe, die sonst nie anrief. Sofort begann Helen, ihr von Caroline zu erzählen. »Eine Fehlgeburt«, sagte ihre Tante mit leicht erstickter Stimme, die Helen nicht von ihr kannte. »Das ist sehr traurig.«

Und für einen Augenblick nahm Helen Mitgefühl in dieser

Stimme wahr. Plötzlich blitzte eine Erinnerung auf, an das Blut auf den kalten Badezimmerfliesen vor all den Jahren.

»Helen, eigentlich rufe ich an, weil ich selbst Neuigkeiten habe. Ich fürchte leider, es sind auch keine guten. Victor ist gestern gestorben.«

Das Gute an Beerdigungen war, dachte Helen, dass man Menschen wiedertraf, die man schon seit Jahren nicht mehr gesehen hatte, wie zum Beispiel ihre Brüder. Immerhin, zwei von drei waren gekommen. Ihr ältester Bruder Roger machte einen sehr vornehmen Eindruck, wie es sich für einen Mitarbeiter im diplomatischen Dienst gehörte, während Geoffrey sein altes fröhliches Ich war und bei der Trauerfeier ein wundervolles Requiem sang. »Er hätte Sänger werden sollen«, murmelte jemand, und Helen stimmte insgeheim zu. In einer anderen Zeit, ohne den Krieg und ohne eine Mutter, die viel zu früh starb, hätte das Wirklichkeit werden können. Auch Geoffreys Kinder waren musikalisch begabt, obwohl Caroline diejenige war, die das künstlerische Talent in der Familie geerbt zu haben schien. Manchmal holte Helen unwillkürlich ihre Wasserfarben hervor, ermutigt durch Peter, aber sie hatte die Malerei zu lange vernachlässigt.

Dann kam Peter eine geniale Idee. Warum bat sie nicht Caroline, die nach ihrer Fehlgeburt noch lustloser als sonst wirkte, ihr Malunterricht zu geben? Dies könne womöglich auch ihrer Tochter helfen, aus ihrem Schneckenhaus zu kommen.

Es half definitiv, die beiden Frauen einander näherzubringen. Ihre Tochter war eine gute Lehrerin, und Helen liebte es zu beobachten, wie ihre Farben auf magische Weise zum Leben erwachten. Am meisten lagen ihr, nach Carolines Ansicht, Naturmotive im impressionistischen Stil, obwohl es für Helens ungeübtes Auge aussah, als hätte sie lediglich Umrisse gemalt. Trotzdem war es schön, Zeit mit ihrer Tochter zu verbringen. Simon arbeitete immer bis spätabends für seine Zeitung, obwohl Caroline ihr nervös versichert hatte, dies sei normal, wenn er weiterkommen wollte. Aber das Beste war, dass Caroline noch im selben Jahr wieder schwanger wurde.

Helen hörte ihre Altersgenossen oft darüber jammern, dass sie auf ihre Enkelkinder aufpassen mussten. Sie hingegen konnte es kaum erwarten. Als sie die kleine Scarlet mit ihrem roten Schopf im Arm hielt, war sie überwältigt. Nichts hätte sie auf die heftige Zuneigung vorbereiten können, die sie für dieses winzige Wesen empfand, das eine Kombination war aus ihrer bezaubernden Tochter und natürlich Simon. Aber tatsächlich erkannte sie ihre Mutter in den winzigen Gesichtszügen, während sie fasziniert daraufstarrte: Roses Augen, ihre Kieferpartie und selbst den kleinen Knubbel am Ohrläppchen, den das Mädchen geerbt hatte. Einfach unglaublich, wie Rose in Scarlet weiterlebte!

Selbst Tante Phoebe machte einen gerührten Eindruck. Zur Taufe, an der sie sich außerstande fühlte teilzunehmen, obwohl Simon, wie man ihm lassen musste, ihr angeboten hatte, nach Somerset zu fahren und sie abzuholen, schickte sie ein goldenes Armband und ein Kärtchen, auf dem stand, dass sie sich außerordentlich für ihre Großnichte freue.

Es war das Höchste an Zuneigung, was ihre Tante jemals zum Ausdruck gebracht hatte.

Mittlerweile waren Caroline und Simon in ein kleines, aber hübsches viktorianisches Haus am Rande von Clapham gezogen, das, laut Helens Schwiegersohn, ein aufstrebendes Londoner Viertel war. Es war jedenfalls zu weit entfernt für Helen, um ständig babyzusitten, aber sie und Peter kamen regelmäßig vorbei und passten auf die kleine Scarlet auf, wenn die Tagesmutter verhindert war, damit Caroline wieder arbeiten konnte.

»Zu meiner Zeit, meine Schöne«, sagte Peter, »sind die Mütter zu Hause geblieben, um ihre Kinder großzuziehen.«

Helen hätte ihn erinnern können, dass sie mittlerweile Anfang der Achtzigerjahre hatten und dass immer mehr junge Mütter sich entschieden, nebenher weiterzuarbeiten. Aber es war die Mühe nicht wert. Die Ehe, wie ihr allmählich klar wurde, war ein Kompromiss. Nichts war perfekt, aber gewöhnlich konnte man daran arbeiten. Hätten Bob und sie das damals getan, hätte es vielleicht funktioniert. »Wie geht es deinem Vater?«, fragte sie manchmal Grace oder Caroline, aber beide Mädchen machten immer einen unbehaglichen Eindruck, wenn sie sich nach ihm erkundigte, als wäre es ihnen lieber, sie würde das nicht tun. »Gut«, lautete dann die Antwort, bevor rasch das Thema gewechselt wurde. Offenbar war es irrsinnig, Neuigkeiten über den Ehemann, oder besser gesagt: Exmann, von den eigenen Kindern zu erfragen.

Eines Tages, als Scarlet ungefähr sechs Monate alt war, nahm Helen ein schweres, drückendes Gefühl im Magen wahr, als hätte sie zu viel gegessen. Tatsächlich hatte sie aus unerfindlichen Gründen seit Wochen keinen Appetit mehr. Anfangs maß sie dem keine Bedeutung bei, wurde aber irgendwann das Gefühl nicht mehr los, ständig aufgebläht zu sein – beinahe, wie sie scherzhaft zu Peter bemerkte, als wäre sie schwanger. »Du bist noch relativ jung, meine Schöne«, sagte Peter daraufhin. »Es sind schon seltsamere Dinge passiert.«

Schließlich suchte sie ihren Arzt auf, der ihr Verdauungstabletten verschrieb. Sie halfen eine Zeit lang, aber dann kehrte das Völlegefühl zurück, und die Vertretungsärztin empfahl ihr, sich im Krankenhaus durchchecken zu lassen.

Während Helen dort wartete, fiel ihr unwillkürlich eine schottische Krankenschwester mit dem Namensschild »Patricia Green« auf. War das womöglich Bobs Frau? Sie war jünger als Helen – das hatte sie zumindest aus den Kindern herausbekommen –, und irgendwie störten Helen die blonden Haare (sicher aufgehellt!) und die knallrot geschminkten Lippen.

Der Facharzt hörte aufmerksam zu, als sie ihm ihre Beschwerden schilderte. Die Liste schien unendlich: Blähungen, Müdigkeit, das Gefühl, dass sie permanent »voll« war. Während sie die Symptome beschrieb, wurde sein Gesicht immer ernster, was Helen leichtes Unbehagen verursachte, bevor er sie schließlich zur Blutabnahme schickte. Nach wenigen Tagen wurde sie zu ihrem Hausarzt bestellt. Die Bluttests, zusammen mit den Ultraschalluntersuchungen, deuteten auf eine Zyste hin. Sie müsse sich darauf gefasst machen, dass diese bösartig sein konnte. Sie müsse noch in dieser Woche operiert werden.

Helen kam es vor, als würde er von jemand anderem sprechen statt von ihr. »Es wird alles gut«, tröstete sie Peter, der im Wartezimmer zusammenbrach.

Es musste einfach gutgehen, dachte sie, weshalb sie die Mädchen nicht unnötig beunruhigen wollte. »Ich muss mir eine kleine Zyste entfernen lassen«, erklärte sie beiden. »Es besteht kein Grund zur Sorge. Ehrlich nicht.«

Als sie zu sich kam, war Helens erster Gedanke, dass ihr schlecht war. Furchtbar schlecht. Der zweite war, dass sie halluzinierte. Ihre Mutter stand in der Tür, mit weißem Gesicht, kreidebleich und einem Baby auf dem Arm.

»Mummy?«, sagte eine Stimme.

Also nicht ihre Mutter. Caroline.

Aber die Gestalt hatte gewellte Haare und Perlenohrringe, es musste also Mummy sein.

»Mum?«, sagte eine andere Stimme.

Grace.

Oder war es Tante Phoebe, als sie noch jung war?

Sie sahen sich alle so ähnlich mit diesen ausgeprägten Gesichtszügen und den kühlen blaugrauen Augen. Wer konnte das schon wissen?

»Warum hast du uns nichts gesagt?«, fragte Caroline kurz nach Helens Entlassung. Sie saßen im Wohnzimmer von Helens kleiner Maisonettewohnung, alle drei, oder besser gesagt, alle vier. Sie, ihre Mädchen und die kleine Scarlet. Caroline war wütend auf ihre Schwester, weil diese mit einer Erkältung gekommen war, obwohl sie das Baby anstecken konnte.

Helen mochte ihrer Ältesten nicht sagen, dass ihre eigenen Abwehrkräfte geschwächt waren und sie daher den Kontakt mit Kranken meiden sollte. »Ich wollte euch nicht beunruhigen.«

»Aber es wird alles wieder gut«, beharrte Grace. »Sobald du die Chemotherapie hinter dir hast.«

»Das sollte es.«

Helen hatte das Wesentliche erklärt, während Peter laut in der Küche herumhantierte, um Tee zu kochen, und zwischendurch fragte, ob jemand Gebäck wünsche, als könne er dadurch das Negative ausblenden. Sie würde eine medikamentöse Therapie und Bestrahlungen im Mount Vernon bekommen, derselben Klinik, in der sie damals wegen ihrer Verbrennungen behandelt worden war. Und dann hieß es abwarten.

»Eierstockkrebs ist in der Regel sehr schwer heilbar«, hatte der Arzt sie gewarnt. »Wenn wir Glück haben, haben Sie vielleicht noch fünf Jahre. Manche Frauen schaffen es länger.«

Fünf Jahre! Scarlet würde dann die Schule besuchen, und Carolines zweites Kind würde auf der Welt sein. Helen musste so lange wie möglich durchhalten. Offen gestanden wäre das einfacher, wenn ihre Mädchen nicht ständig fragen würden, wie es ihr ging, statt über normale Dinge zu reden. Helen wünschte sich nichts sehnlicher, als dass das Leben wieder so wurde wie vor der Diagnose. Für den Fall, dass dies nicht geschah, musste sie Vorkehrungen treffen.

Zuerst schrieb sie einen Brief an Bob.

Dann an Tante Phoebe.

Nach einer Woche hatte sie von dem Ersten noch keine Antwort. Tante Phoebe hingegen meldete sich umgehend. »Meine Liebe, das bedaure ich sehr.«

Lag es am Alter oder an Helens Neuigkeit, dass ihre Tante offenbar milder und freundlicher gestimmt war?

»Danke.« Helen versuchte, unbekümmert zu klingen. Es war, wie sie festgestellt hatte, die beste Möglichkeit, mit dem »Wie schrecklich!« umzugehen, das die meisten Leute ausstießen, unfähig, die richtigen Worte zu finden. »Nun wirst du die Perlen einem der Mädchen vermachen müssen«, fügte sie beinahe scherzhaft hinzu, um die Stimmung aufzuheitern.

Vor vielen Jahren hatte Tante Phoebe verlauten lassen, dass Helen später das Collier erben würde, das früher einmal Rose gehört hatte und das, wie Helen fand, ihr ohnehin rechtmäßig zustand. Das herrliche Porträt ihrer Mutter, das am Fußende ihres Betts lehnte, als Mummy starb, war bereits an Geoffrey gegangen – Spaß beiseite, Helen hatte das Gefühl, dass Tante Phoebe ihr die Perlen als Wiedergutmachung schuldete.

»Gibt es nichts, was man dagegen tun kann?«

Helen warf einen Blick durch die Küchendurchreiche zu Peter: Sie sah, dass er wieder langwierig Tee zubereitete. Es schien nicht fair zu sein, dass auch seine zweite Frau vor ihm gehen musste. »Wir werden sehen. Wunder gibt es immer wieder.«

Keine von ihnen sprach aus, was beide dachten. Nämlich dass Rose jung gestorben war und dass Helen davor stand, dasselbe Muster zu wiederholen.

Eine Zeit lang, nachdem die Behandlung abgeschlossen war, dachte Helen, sie wäre noch einmal davongekommen. Sie fühlte sich so viel besser! Peter flog mit ihr im Winter für eine Woche ins sonnige Malta, obwohl Caroline beleidigt war, weil sie ihren Geburtstag verpassten. Nach ihrer Rückkehr schlugen sie einen gemeinsamen Familienurlaub mit Helens Töchtern, ihrer Enkelin und natürlich Simon vor, vorausgesetzt, er konnte sich freinehmen.

Aber dann begann Helen, sich wieder schlapp zu fühlen. So

schlapp, dass ihr die Knochen wehtaten. Sie spürte auch einen quälenden Schmerz im Bein. Einen Schmerz, der sie hinken ließ, und eine hässliche Schwellung, die, wie sie durch ihre Schwesternausbildung wusste, kein gutes Zeichen war.

»Es tut mir leid«, sagte der Arzt. »Aber offenbar blockiert der Tumor die Blutzirkulation.«

Diese Neuigkeit erfüllte Helen mit überraschender Gelassenheit. Wenigstens wusste sie, woran sie war. Aber dann holte die Realität sie ein. Alles, was sie für selbstverständlich hielt, wie die Narzissen draußen, das helle Lachen der Mädchen und Peters Arm, der nachts um sie geschlungen war, würde bald nicht mehr sein. In aller Stille machte sie sich daran, Gegenstände im Haus zu beschriften, um festzulegen, welche davon an Grace gingen und welche an ihre Schwester.

Das Schlimmste war, es den Mädchen zu sagen. »Aber du warst doch wieder gesund«, stieß Caroline fassungslos aus. »Und wir wollten zusammen in Urlaub fahren!«

Sie sagte es nicht, wie Helen Peter zu erklären versuchte, in einem vorwurfsvollen Ton, sondern mit großer Bestürzung. Sie war davon ausgegangen, ihrer Mutter ginge es gut genug, um zu verreisen, und nun würde sie sterben. Was Grace betraf, sie war noch so jung, schrecklich jung. Was würde aus ihr werden ohne einen Mann oder einen festen Freund?

Dann kam der Brief von Bob. Er drückte sein Bedauern aus und seine Hoffnung, dass sie nicht zu sehr leiden müsse. Er erwähnte nichts davon, dass er sich um die Mädchen kümmern würde, aber was hatte sie erwartet?

»Ich werde alles Peter hinterlassen, bis auf ein paar persönliche Dinge, die ich euch beiden gebe«, sagte sie zu ihren Töchtern. »Und wenn er stirbt, geht alles an euch.«

Daraufhin winkten beide ab, weil es ihnen peinlich war, darüber zu sprechen. Aber sie mussten! Es gab noch so vieles, was sie ihnen sagen wollte.

»Eines Tages«, versuchte sie Caroline zu erklären, als ihre Tochter neben ihr auf der Couch saß, »eines Tages, mein Schatz, werden Schwierigkeiten auftreten. Aber du wirst sie überstehen.«

Ihre Tochter drückte unter dem Morgenmantel ihren Arm, der geschwollen war. Eigentlich hatte sie sagen wollen, dachte Helen, dass Carolines Ehe vielleicht eines Tages in eine Krise geraten könnte und dass ihre Tochter heil daraus hervorgehen würde. Woher sie diese Gewissheit nahm, wusste sie nicht, sie hatte es einfach im Gefühl.

»Bist du mit Simon glücklich?«, versuchte sie es wieder bei einer anderen Gelegenheit. Zu diesem Zeitpunkt war sie bereits bettlägerig, und Scarlet saß auf ihrer Bettdecke und spielte mit ihrer Brille. Manchmal konnte Helen es nicht ertragen, diese feinen Gesichtszüge zu betrachten, die so viel mehr Ähnlichkeit mit Grace hatten als mit denen der Mutter. Es war nicht fair, dass sie so verhältnismäßig jung sterben musste. Es gab noch so vieles, was sie tun wollte – eine richtige Großmutter, Ehefrau, Mutter sein.

»Sicher, Mummy.« Der Tonfall ihrer Tochter legte nahe, das Thema fallen zu lassen.

Und dann, langsam, begannen die Brechanfälle. Wenn Helen sich im Spiegel betrachtete, fiel ihr auf, dass ihre Haut einen leicht gelblichen Ton angenommen hatte. Der Arzt fing an, von Hospizpflege zu sprechen, und die Schmerzen wurden schlimmer. Viel schlimmer.

Sie bekam Heroin verschrieben. Einmal ging es aus, und sie benötigte Nachschub. Caroline, die mit Grace fast täglich vorbeikam, bot ihr an, es zu besorgen, und zu ihrem Entsetzen ertappte Helen sich dabei, dass sie ihre Tochter anschrie. »Du könntest das Rezept verlieren! Du verstehst das nicht! Dort draußen gibt es Leute, die für diese Droge alles tun würden.«

Als sie an Carolines erschrockenem Gesicht erkannte, dass sie zu weit gegangen war, versuchte sie, ihre Tochter zurückzurufen. Aber die Worte wollten nicht herauskommen.

Die Schmerzen wurden so schlimm, dass sie überhaupt nichts mehr herausbekam. Sie konnte bloß noch im Bett liegen, während Menschen in ihr Zimmer hereinschwebten und wieder hinaus. Ihre Mutter. Onkel Victor. Ihre Brüder. Die Mädchen. Einmal glaubte sie, ein Baby in der Unterführung schreien zu hören, in die sie Frank damals geschubst hatte, um Deckung zu suchen, als das Knattern der Flügelbombe verstummt war.

Und dann Carolines Stimme. »Es ist gut, Mummy. Wir sind alle hier.«

Alle hier! Panik stieg in ihrer Kehle hoch. Wenn alle hier waren, bedeutete dies, dass es dem Ende zuging. Sie konnte nicht gehen. Sie durfte nicht. Sie musste noch Dinge erledigen. Sie konnte ihre Kinder nicht verlassen, so wie ihre Mutter sie damals verlassen hatte.

»Sch, meine Schöne, sch.« Das war Peter, der sie fest umschlang. Peter mit seiner tröstenden Stimme, in der allerdings ein panischer Unterton vibrierte.

»Vater unser im Himmel …«

In ihrem Kopf blitzte ein Bild von ihr auf als Elfjähriger, inbrünstig den Rosenkranz betend, während ihre Mutter, die gerade den Führerschein erhalten hatte, auf einer schmalen Straße in Woking zu schnell fuhr.

»Geheiligt werde dein Name …«

Die Worte waren tröstend. Beruhigend. Wie ein Schlaflied. Helen erlaubte sich, an Peters Brust zu sinken.

»Dein Reich komme …«

Die Wellen hatten nun aufgehört zu brechen. Sie schwappten sanft an einen weit entfernten Strand. Ihre Kinderfrau stand dort und winkte ihr, weil es Zeit war zum Schlafengehen. Geoffrey spritzte ihr Wasser hinterher. Es reichte gerade noch, um kurz nach Yolky zu sehen, bevor sie ihren Eltern präsentiert wurde, sauber und bereit fürs Bett.

Caroline

Juli 1997

42

»Mein Stiefvater hat ihren Leichnam beseitigen lassen, bevor ich eintraf.«

Caroline war nicht bewusst gewesen, dass sie weinte, bevor sie den Satz zweimal wiederholen musste, bis Diana sie verstanden hatte. »Er hat veranlasst, dass der Bestatter sie gleich am frühen Morgen abholte, obwohl ich innerhalb einer Stunde nach dem Anruf da war. Ich musste zwei Tage warten, bevor ich sie sehen durfte, weil sie noch nicht ›fertig‹ war, wie der Bestatter sagte. Und als ich dann ... als ich dann zu ihr gelassen wurde, sah sie anders aus. Ihr Kinn lag auf der Brust. Ihr Gesicht hatte nicht dieselbe Form. Es war wächsern. Das war nicht Mummy.«

Das Schluchzen kam heraus wie Wellen, die draußen am Fuß der Klippen zerschellten. »Ich musste meinen Vater verständigen, dass seine erste Frau gestorben war – wie schräg ist das denn? Und dann musste ich meiner Großmutter Bescheid geben. Unglaublich, oder? Ich hörte Sandra am anderen Ende der Leitung weinen. Dabei hatte ich immer gedacht, sie und Mummy hätten einander gehasst.«

»Schsch.« Diana hielt ihre Hand – der Griff der alten Dame war fest, aber ihre kalte Haut fühlte sich an wie Krepppapier. »Es war richtig von Ihnen, nicht über Nacht zu bleiben. Mütter wollen nicht, dass ihre Kinder sie leiden sehen. Menschen, die im Sterben liegen, warten oft, bis ihre Angehörigen weg sind, um ihnen den Kummer zu ersparen.«

»Was für ein Quatsch.« Caroline konnte nicht verhindern, dass ihr die Worte herausrutschten. Die letzten Wochen waren so emotional gewesen, während sie die Tagebücher ihrer Großmutter und die Briefe ihrer Mutter las und gleichzeitig ihre eigenen Erinnerungen mit Diana teilte, um die Puzzlestücke systematisch zusammenzusetzen, bis sich ein vollständiges Bild ergab. »Ich hatte keine Ahnung, dass Mummy so über Simon dachte. Ich meine, großspurig? Hat sie ihn wirklich als ›großspurig‹ bezeichnet?«

Diana hatte den Anstand, verlegen zu wirken. »Er war jung. Wir waren in diesem Alter wahrscheinlich alle ein bisschen arrogant.«

»Ich nicht, glaube ich.« Caroline unterbrach sich und dachte an Simons angeborenes Selbstvertrauen, mit dem er jeden mitreißen konnte, inklusive seine Mitarbeiter, seine Leser und diese Tessa. »Aber ich war hin und weg von ihm. Er schien immer zu wissen, was er tat.« Sie warf einen Blick aus dem Café, in dem sie saßen, über die Straße, um sich zu vergewissern, dass die Jungs nach wie vor unter der Aufsicht ihrer älteren Schwester zufrieden am Strand spielten. »Und um ehrlich zu sein, habe ich mich geschmeichelt gefühlt, weil er mich ausgesucht hat.«

Diana lachte. Ein vornehmes Lachen, während sie den Kopf in den Nacken legte und einen Laut erzeugte, der nach Brideshead gepasst hätte. »Ich kenne das Gefühl. Manche Dinge ändern sich nie.« Sie unterbrach sich kurz. »Sie haben viel mitgemacht in Ihrem Leben, Caroline. Ich staune darüber, wie stark Sie sind.«

Hatte sie das? War sie das?

Diana berührte sanft Carolines Schulter. Ihre Hand fühlte sich kühl an in der Hitze. »Heutzutage lässt man ein Kind, das mitansehen musste, wie die eigene Mutter in Flammen aufgeht, therapeutisch behandeln.«

»Ich kann bis heute nicht mit Gas kochen«, bekannte Caroline leise. »Und wenn ich Spiritus rieche, wird mir sofort schlecht. Außerdem verstehe ich bis heute nicht, wie es zu dem Unfall kommen konnte. Tatsächlich dachte ich zuerst, dass mein Vater meine Mutter umbringen wollte, als er sie wieder und wieder über den Boden gewälzt hat. Ich weiß noch, dass ich gebrüllt habe: ›Daddy, du darfst Mummy nicht umbringen!‹« Sie unterbrach sich wieder kurz, während sie daran zurückdachte. »Schon komisch. Ich kann mich erinnern, dass ich nicht wusste, was das Wort ›ermorden‹ bedeutet, bis es aus meinem Mund kam.«

Diana griff wieder nach ihrer Hand. »Es tut mir leid, dass ich die ganzen Erinnerungen zurückbringe.«

»Nein.« Caroline setzte sich gerade auf und sah wieder hinüber zum Strand. Wo waren die Kinder? Ein plötzlicher Anflug von Panik übermannte sie, bis sie einen der Zwillinge entdeckte und gleich darauf den zweiten. Scarlet, die wohl von ihren kleinen Brüdern gelangweilt war, saß auf einem Felsen und plauderte mit einem hübschen Jungen, der ein Surfbrett unter dem Arm hatte.

»Irgendwie fühle ich mich innerlich leichter. Ich habe noch nie wirklich mit jemandem darüber gesprochen. Wissen Sie, es vergeht kein Tag, an dem ich nicht an meine Mutter denke. Manchmal – und das klingt jetzt sicher verrückt – höre ich sogar ihre Stimme in meinem Kopf, die mir kleine Ratschläge gibt. Das kann etwas völlig Banales sein, wie zum Beispiel, wo ich parken soll, oder etwas Wichtiges, wie Simon zu verlassen und hierherzukommen.«

»Das ist sicher ein Trost.« Diana folgte ihrem Blick zu der kleinen Kinderschar am Strand. »Wenigstens hat Ihre Mutter noch Scarlet gesehen. Und nun erzählen Sie mal von den Zwillingen. Zwischen den Kindern gibt es einen großen Altersunterschied.«

»Ja, ich weiß.«

»War das so geplant?«

Caroline nippte an ihrer Latte macchiato, die kalt geworden war vor lauter Reden. »Ja und nein.«

Diana runzelte leicht die Stirn. »Das heißt?«

»Das ist kompliziert. Als ich mit den Zwillingen schwanger wurde, war Simon nicht gerade begeistert. Er sagte, wir hätten dann nicht mehr genug Zeit für uns als Paar. Darum habe ich mir mit ihm so große Mühe gegeben.« Caroline kam ins Stocken, als sie daran dachte, dass sie sich nie beschwert hatte in all den Zeiten, als ihr Mann immer bis spätnachts arbeitete – manchmal kam es ihr vor, als hätte sie die Kinder allein großgezogen –, und dass sie im Gegensatz zu ihren Freundinnen nie gesagt hatte, sie sei zu müde, wenn Simon im Bett die Hand nach ihr ausstreckte. Ihre Ehe, hatte sie sich geschworen, würde halten im Gegensatz zu der ihrer Eltern.

»Nicht genug Zeit als Paar?« Diana lachte kurz. »Die Männer beschweren sich darüber schon seit Jahren, obwohl die Frauen wahrlich mehr Grund dazu hätten. Schließlich haben sie keine freie Minute für sich, weil sie die Kinder versorgen müssen.« Die alte Frau klappte ein kleines silbernes Zigarettenetui auf, bevor sie es wieder zuschnappen ließ. »Verzeihung. Ich vergesse ständig die neuen Regeln. Macht es Ihnen etwas aus, wenn wir uns draußen ein wenig die Beine vertreten, damit ich eine rauchen kann?«

Caroline konnte den Geruch von Zigarettenqualm nicht ausstehen, mochte aber nichts sagen. Wie unfair, dass Frauen wie Diana steinalt wurden, obwohl sie rauchten und tranken, während ihre Mutter, die beides nur sehr selten getan hatte, sterben musste, als sie nur ein paar Jahre älter gewesen war als sie selbst heute.

Sie schlenderten auf der breiten Promenade am Strand entlang, vorbei an den Kindern, die den Eindruck machten, als wollten sie nicht erkannt werden (»Eltern können manchmal peinlich sein«, lachte Diana), und vorbei an dem hübschen weißen Hotel im Regency-Stil, hinter dem Dianas Haus lag.

»Es ist wunderschön hier.« Caroline sah durch die Fenster im Erdgeschoss in die mutmaßliche Hotelbar, wo eine Gruppe Touristen ihren Morgenkaffee trank. »Wie haben Sie diesen Ort entdeckt?«

»Ihre Großmutter und ich haben uns früher oft darüber unterhalten, dass wir später einmal gerne am Meer leben würden, wenn der Krieg vorbei ist.« Dianas Blick nahm einen verträumten Ausdruck an. »Wir wollten unbedingt nebeneinander wohnen.« Sie stieß ein kehliges Lachen aus. »Unsere Träume waren eins der wenigen Dinge, die uns jene Zeit haben durchstehen lassen. Als mein Mann starb, hatte ich das Bedürfnis, nach England zurückzukehren zu meinen Wurzeln, aber nicht nach London, weil es sich zu sehr verändert hatte. Also bin ich in den Südwesten gefahren und habe eine Ewigkeit nach so etwas wie hier gesucht. Ich glaube, Rose hätte es hier auch gefallen.«

Caroline schluckte den Kloß in ihrer Kehle hinunter. »Ich bin mir sicher, dass es ihr gefallen hätte. Und meiner Mutter bestimmt auch. Eine gute Freundin von ihr, die auch meine Patentante ist, hatte früher ein Ferienhaus auf der Isle of Wight. Meine Mutter hat die Insel geliebt. Es ist, als würde uns das Meer im Blut liegen.«

Diana nickte. »Familien sind so. Bestimmte Motive kehren immer wieder. Ich finde es im Übrigen außergewöhnlich, meine Liebe, dass wir nach all den Jahren zueinandergefunden haben. Sie besitzen so große Ähnlichkeit mit Ihrer Großmutter, dass ich manchmal fast glaube, Rose vor mir zu haben.« Ihre Stimme war leiser geworden, und der nächste Satz kam als ein Flüstern heraus. »Sie denken genau wie sie.«

Caroline war plötzlich alarmiert. »Ist alles in Ordnung, Diana?«

Die alte Frau wirkte sehr blass, und sie atmete merkwürdig. Caroline schnappte sich rasch eine von Scarlets Modezeitschriften als improvisierten Fächer, mit dem sie Diana Luft zufächelte. »Vielen Dank, meine Liebe.«

Schon besser. Dianas Gesicht bekam wieder Farbe. Caroline spürte eine große Erleichterung. »Mir war nur plötzlich so komisch … einer dieser merkwürdigen Anfälle. Verzeihen Sie mir, dass ich ins Schwafeln geraten bin. In meinem Alter tut man das manchmal. Macht es Ihnen etwas aus, wenn wir jetzt nach Hause gehen? Ich glaube, ich möchte mich ein wenig hinlegen.«

Sobald Diana sich ausgeruht hatte, überlegte Caroline, sollte sie der alten Dame vielleicht empfehlen, sich in der eindrucksvollen Klinik in der Stadt untersuchen zu lassen, die sie mit Oliver aufgesucht hatte, nachdem er am Strand in einen alten Angelhaken getreten war und hatte genäht werden müssen.

In der Zwischenzeit hatte sie genug zu tun mit Simon, ganz zu schweigen von ihrer Sorge um Grace, die nicht auf ihre Anrufe reagierte. Das war an sich nicht weiter ungewöhnlich bei dem prallen Terminkalender ihrer Schwester, aber Caroline wurde das dumpfe Gefühl nicht los, dass etwas passiert war. Es war, als müsste sie nach allem, was sich in ihrem Leben ereignet hatte, für das Schlimmste gewappnet sein.

Was Simon betraf, hatte Diana recht. Es konnte nicht ewig so weitergehen, also hinterließ Caroline eine Nachricht auf seiner Mailbox, die immer eingeschaltet war. Es war unmöglich, ihren Mann persönlich an die Strippe zu bekommen.

»Simon, ich bin es. Wenn du noch reden möchtest, komm bitte hier runter.«

Es war Teil der Prüfung. Wenn er sie alle zurückgewinnen wollte, und das unbedingt, würde er seine Arbeit delegieren und mit dem Abendzug herunterfahren. Falls er in Paddington den Schnellzug erwischte, dauerte es nur zwei Stunden bis Exeter St. Davids und dann noch eine halbe Stunde mit dem Auto. Er konnte um neun Uhr hier sein, wenn er sich ins Zeug legte.

Offenbar, dachte Caroline, während sie einen Blick auf die Uhr in ihrem Handy warf, hatte er sich nicht ins Zeug gelegt. Ihre Tochter war mit einer neuen Bekanntschaft ausgegangen, die sie in einer Kaffeebar kennengelernt hatte – erstaunlicherweise gab es drei Discos in der Stadt! –, und die Jungs waren oben und chatteten. Das war eigentlich nicht erlaubt, aber Caroline wollte nicht schon wieder Streit. Diana schlief noch. Caroline hatte am Abend mehrmals nach ihr gesehen, aber die alte Dame hatte eine normale Gesichtsfarbe und atmete gleichmäßig. Es kam ihr nicht richtig vor, sie zu stören.

Am nächsten Morgen, als Caroline aufstand, wurden ihr zwei Dinge bewusst. Erstens, dass Diana bereits im Bad war. Und zweitens, dass Simon nicht gekommen war. In diesem Moment piepte ihr Handy und zeigte an, dass sie eine Nachricht erhalten hatte. »Tut mir leid! Tot. Chaos, s. Nachrichten.«

Das war gar nicht nötig. Wie oft war das schon vorgekommen? Wieder eine Sondermeldung, die bedeutete, dass der Redakteur Überstunden machen musste, die über die Schlafenszeit jedes normalen Menschen hinausgingen. Zumindest hatte sie das immer geglaubt. Wie naiv war sie gewesen? Wie viele Affären hatte Simon vor dieser einen gehabt?

Diana, die unglaublich frisch aussah, als sie aus dem Bad kam, mit einem Teint, um den Caroline sie beneidete, lehnte es ab, einen Termin in der Klinik zu vereinbaren. »Ich kann es nicht leiden, wenn die Leute einen Wirbel um mich veranstalten, meine Liebe.«

Stattdessen, sagte sie, würde sie viel lieber einen Spaziergang zu dem botanischen Garten über der Strandpromenade machen. Meine Güte, Caroline habe ihn noch nicht gesehen? Er sei absolut umwerfend.

Die Kinder schliefen noch, was nicht verwunderlich war, nachdem sie Gott weiß wie lange getanzt beziehungsweise gechattet hatten. Also hakte sie Dianas dünnen Arm bei sich ein (irgendwie kam ihr das richtig vor, und die alte Dame hatte offenbar nicht das Geringste dagegen), und sie schlenderten in gemächlichem Tempo den steilen Abhang hoch.

»Sind Sie sicher, dass das nicht zu viel für Sie wird?«

Dianas Augen blitzten. »Absolut sicher, meine Liebe. Ich kann mich an dem Anblick nicht sattsehen. Wirklich atemberaubend, diese Aussicht, nicht wahr?«

Beide blickten über die Klippe auf das Meer, das in der Ferne glitzerte. Dort draußen wirkte es so friedlich, aber in Strandnähe grollte es laut und schlug Wellen gegen die Steilwand, sodass weiße Gischtfontänen hochspritzten.

»Ich wundere mich, dass Sie nicht mehr Landschaftsporträts machen.« Diana drückte ihren Arm. »Verstehen Sie mich nicht falsch, meine Liebe. Ich liebe Ihre botanischen Motive, und ich weiß, dass Sie sich damit einen Nischenmarkt geschaffen haben. Aber das hier ist doch grandios, finden Sie nicht auch?«

Caroline nickte. »Früher habe ich das Meer geliebt, als meine Patentante den Bungalow auf der Isle of Wight hatte. Ich habe es gemalt, aber das ist schon Jahre her.«

Wieder ein kurzes Drücken. »Dann sollten Sie vielleicht wieder damit anfangen. Ich habe eigentlich gehofft, dass dieser Ort Sie inspiriert. Übrigens, wann werden Sie es Ihrem Mann sagen?«

Der letzte Satz fiel so beiläufig, dass es einige Minuten dauerte, bis seine tiefere Bedeutung zu Caroline durchdrang. »Ihm was sagen?«

Sie nahmen nun auf einer Holzbank Platz – eine von vielen in einer Reihe, von der man einen fantastischen Ausblick hatte, während sich hinter ihnen ein majestätischer Turm aus Ziegeln und Feuerstein erhob, der früher einmal zu einem alten Mönchskloster gehörte und nun, selbst als Ruine, Scharen von Touristen anlockte. Die Bank war bereits von einem skandinavischen Paar mit Fernglas und Reiseführer besetzt, aber das hinderte Diana nicht daran, mit ihrer normalen, etwas lauten und artikulierten Stimme zu sprechen. »Wann werden Sie Ihrem Mann das mit Thomas sagen, Caroline?«

Es war, als würde ein elektrischer Schlag ihren Körper durchzucken. »Woher«, erwiderte sie im Flüsterton, »wissen Sie das?«

»Phoebe hat es mir gesagt. Auch alte Schreckschrauben müssen sich mal aussprechen. Aber darum geht es nicht.« Sie fixierte Caroline mit einem Blick, der diese an ihre Großtante erinnerte. »Finden Sie nicht, dass Sie ihm das schuldig sind? Simon hat es verdient, die Wahrheit zu erfahren.«

43

Caroline verschlug es fast die Sprache. Als sie schließlich antwortete, klang es sehr gepresst, als hätte sie Atemnot. »Ich habe das so oft im Kopf durchgespielt, dass ich mir nicht sicher bin. Was würde es bringen?«

»Es könnte Simon helfen, dass er sich weniger schuldig fühlt, was sein eigenes Verhalten betrifft.« Dianas unaufgeregte, sanfte Stimme wirkte auf sie beruhigend wie das Schwappen der Wellen unter ihnen. »Schuld ist eine schreckliche Bürde, wenn man versucht, seine Ehe zu retten.«

Caroline biss sich auf die Lippe. »Sie hören sich an, als hätten Sie Erfahrung damit.«

»Es ist Ihr Leben, über das wir gerade sprechen, meine Liebe, nicht meins.«

Dianas Griff um ihren Arm wurde stärker, während eine deutsche Familie sich nun laut auf der Bank neben ihnen niederließ, bepackt mit Ferngläsern und Lunchpaketen. In unausgesprochener Übereinstimmung standen die beiden Frauen auf und stellten sich an das Geländer, wo man den Strand unten überblicken konnte. Die Aussicht von hier oben machte Caroline etwas benommen – sie hatte schon immer leichte Höhenangst.

»Ich könnte Ihnen freilich etwas empfehlen.«

»Was denn?«

Es klang beinahe unhöflich in ihrer Verzweiflung.

Diana ging langsam weiter durch den von Mauern umgebenen Garten, der zu der Ruine gehörte, mit seinen gepflegten Rosenbeeten in einer Vielzahl von blassen Pfirsichtönen und zartem Rosé. »Können Sie sich erinnern, dass Sie mir erzählt haben, Ihre Großmutter hätte das, was wir hellseherische Kräfte nennen?«

»Übersinnliche Fähigkeiten, meinen Sie?« Simon hatte eine Kollegin, die darüber eine Kolumne schrieb. Sie nahm das Thema sehr ernst, sagte Simon immer, genau wie Tausende ihrer Leser.

»So kann man es auch ausdrücken, glaube ich.«

Es entstand wieder eine Pause, und Caroline fragte sich, ob Diana das Thema vergessen hatte. Dann, als sie die Hauptstraße erreichten, die zum Haus hinunterführte, fuhr die alte Frau fort: »Ich kenne da jemanden. Eine Heilerin. Für Körper und Seele. Eine Frau, die die Vergangenheit und die Zukunft versteht. Sie ist vor ein paar Jahren hierhergezogen. Haben Sie Lust, sie kennenzulernen?«

Diana steckte voller Überraschungen. Von einer Frau in ihrem Alter hätte man das nicht erwartet – andererseits, warum eigentlich nicht? Warum sollte jemand, der mindestens Mitte siebzig sein musste, nicht an übersinnliche Fähigkeiten glauben? Außerdem, Diana mochte vielleicht ein wenig schrullig sein, wie Grace gestern Abend am Telefon angedeutet hatte, aber sie war die letzte Verbindung zu ihrer Großmutter – zu der Frau, die Grace und Caroline nie kennengelernt hatten und die ihre Mutter zu früh verlassen hatte.

»Ich wünschte, ich wäre bei der Beerdigung mit Diana ins Gespräch gekommen«, sagte Grace bedauernd, als sie sich am Tag zuvor endlich meldete. »Sie scheint mir ziemlich ähnlich zu sein. Was hat sie dir über unsere Großmutter erzählt?«

Caroline, die gehofft hatte, dass der Anruf von Simon kam und nicht von ihrer Schwester, fiel es schwer, sich zu konzentrieren. »Dass sie anders war. Sehr aufgeweckt für ihre Zeit, würde ich sagen. Keine Geduld mit dummen Leuten, aber anscheinend mehr Herz als Tante Phoebe.«

Ein hohles Lachen erklang am anderen Ende der Leitung. »Das ist wohl nicht schwer. Übrigens, hast du was dagegen, wenn ich mir dein Collier leihe für einen Ball? Paul hat mich eingeladen.«

Carolines Hand wanderte automatisch an ihren Hals. »Paul?«, fragte sie, um Zeit zu gewinnen. Sie wollte ihre Perlen nicht verleihen – obwohl sie sie erst seit verhältnismäßig kurzer Zeit hatte, fühlten sie sich an, als wären sie mit ihrem Hals verschmolzen. Wenn sie sie nachts abnahm, kam sie sich nackt vor. Tante Phoebe war es offenbar genauso gegangen, als sie zum Schluss im Krankenhaus lag und das Personal ihr riet, das Collier ihrem Pfleger mitzugeben, damit er es bei ihr zu Hause deponierte, da man auf der Station nicht für die Sicherheit von Wertsachen garantieren konnte.

»Jemand, den ich kennengelernt habe«, antwortete Grace ausweichend. »Und bevor du fragst, nein, er ist nicht verheiratet. Zu jung.«

»Ein Lustknabe?«

»Du bist so was von altmodisch, Caro. Würdest du die Zeitung lesen, für die dein Mann schreibt, wüsstest du, dass man das heute nicht mehr so nennt.«

»Und wie nennt man es dann?«

»Keine Ahnung. Hör zu, spielt das eine Rolle? Was sind schon zehn Jahre oder so?«

Caroline war sich nicht sicher, ob Grace einen Scherz machte.

»Und, was ist mit Simon? Kommt er nun runter oder nicht?«

»Am Wochenende.«

»Dann pass auf, dass du dich nicht von ihm einlullen lässt. Dieser Mann steht tief in deiner Schuld. Und wenn du zu dieser Hellseherin von deiner neuen Freundin gehst, vergiss nicht, sie wegen mir zu fragen. Wenn sie es draufhat, komme ich vielleicht runter und höre mir das selbst an. Nicht, dass ich an solche Sachen glauben würde, bestimmt nicht. Aber vielleicht kann sie mir ein paar Tipps geben, wie ich mit den verdammten Franzosen weiterkomme. Habe ich dir von dem letzten Vertrag erzählt?«

Dianas Bekannte hatte sich bereit erklärt, Caroline am Freitag zu empfangen, einen Tag bevor Simon kommen wollte. Caroline und die Kinder waren nun seit über einem Monat hier, und sie bekam allmählich das Gefühl, als wäre sie schon immer hier gewesen. In den Geschäften wurde sie inzwischen nicht mehr gefragt, ob sie hier Urlaub mache, und die Bäckersfrau hatte sich angewöhnt, Käsestangen zur Seite zu legen, die Scarlet zum Abendessen liebte, während die Jungs die berühmten einheimischen Fleischpasteten hinunterschlangen. Caroline selbst schreckte nicht mehr hoch, wenn die Seemöwen morgens um sechs zu kreischen begannen, sondern blieb kurz in ihrem Bett unter dem Dach liegen, um ihnen zu lauschen.

Ein- oder zweimal griff sie sogar zum Telefon in der Absicht, mit diesem Mädchen zu reden, das den ganzen Schaden angerichtet hatte. Wie seltsam, dass sie dieser Tessa die Schuld gab, obwohl ihr gesunder Menschenverstand ihr sagte, dass ihr Mann nicht hätte darauf eingehen müssen. Aber wenn sie die Nummer wählte, begann sie zu zittern, und eine leise innere Stimme sagte ihr, dass dies keine gute Idee war. Diana war derselben Ansicht. »Falls Sie ihn zurückhaben möchten, und die Betonung liegt auf ›falls‹, dürfen Sie nicht für Unruhe sorgen. Zu meiner Zeit waren wir auf einem Auge blind, wenn unsere Männer fremdgingen. Es war auf diese Art viel einfacher – je weniger man darüber sprach, desto besser.«

Umsonst wies Caroline darauf hin, dass ihre Generation das anders handhabe, weil sie stattdessen an Ehrlichkeit glaube.

»Da können Sie mal sehen, wo das hingeführt hat.« Diana war bei ihrer dritten Zigarette des Abends und ihrem zweiten Whisky. »Zerrüttete Familien, während Kinderpsychologen Hochkonjunktur haben.«

Sie hatte nicht unrecht. Die Kinder wurden allmählich unruhig und löcherten Caroline immer öfter, wann ihr Dad kommen würde und warum das so lange dauerte. Es gab Geheimnisse, die man nur für eine gewisse Zeit behalten konnte.

Manchmal sehnte sie sich zurück nach London in ihr altes Haus, nach der Wärme der honigfarbenen Dielen. Nach ihren Freunden. Nach ihrem Yoga-Kurs einmal in der Woche. Aber dafür kam sie hier zum Malen! Jeden Morgen, wenn sie von den Möwen geweckt wurde (weitaus angenehmer als der schrille Piepton des Weckers), lief sie eine flotte Runde am Strand mit Wilfred. Sie musste zwar den Hauptstrand meiden, weil Hunde im Sommer dort nicht erlaubt waren, aber ein Nachbar hatte ihr erklärt, wo man Hunde laufen lassen durfte, und Caroline liebte es, durch den Kies zu stapfen, während Wilfred an Seetang schnüffelte und an schleimigen Fischresten, die an den Strand gespült worden waren. Sie liebte es auch, mit den Fischern zu plaudern, die im Hafen ihre Ware verkauften, und die salzige Luft einzuatmen. Danach kehrte sie zum Haus zurück, wo die Kinder noch schliefen, und stieg hinauf zum Dachboden, wo ein großes Fenster für perfektes Licht sorgte. Dort oben, auf ihren Leinwänden, waren all die Motive, die sie ausprobiert hatte – der Hafen, der Strand, die Art, wie das Morgenlicht sich kreuz und quer auf der Wasseroberfläche brach, die Fischer, die sich Taschenlampen um die Stirn banden, damit sie nachts bei der Arbeit besser sehen konnten.

Das war etwas völlig anderes als ihre hübschen Blumenmotive, die landesweit in Warenhäusern verkauft wurden. »Als würde man eine neue Stimme finden«, summte eine andere Stimme in ihrem Kopf.

Und nun würde sie mit einer Person sprechen, die ihr vielleicht sagen konnte, was die Zukunft für sie bereithielt. Nachdem sie mit den Tagebüchern ihrer Großmutter und den Briefen ihrer Mutter und der seltsamen, aber hypnotisierenden Diana so viel Zeit in der Vergangenheit verbracht hatte, schien es irgendwie das Richtige zu sein. Selbst wenn sich alles nur als Quatsch entpuppte.

Petunia, sicher nicht ihr Geburtsname, war nicht das, was Caroline erwartet hatte. Laut der Broschüre im Wartezimmer stammte Dianas Freundin aus Malaysia. Sie hatte eine kleine Praxis in der obersten Etage eines vierstöckigen weißen Regency-Gebäudes, das in einer kleinen Sackgasse lag, und bot außerdem Aromatherapie, Reiki, Fußmassage und die Sorte von ausgefallenen Behandlungen an, die man vielleicht in Richmond erwartet hätte, aber nicht in einer Stadt, in der es überdurchschnittlich viele Gehhilfen und Hörtest-Angebote gab. In der Tat, dachte Caroline, diese Stadt steckte voller Überraschungen.

»Treten Sie bitte ein«, sagte eine Stimme, nachdem Caroline nervös an die Tür geklopft hatte. In dem Raum, hinter einem Tisch, saß eine kräftige Frau, vermutlich Ende fünfzig und gemischtrassischer Herkunft. Sie hatte ein fröhliches rundes Gesicht, als läge ihr ständig ein Witz auf den Lippen, aber gleichzeitig schienen ihre Augen Caroline mit ihrer Schärfe zu durchdringen.

»Setzen Sie sich.« Die Frau sprach korrektes Englisch mit einem leichten Akzent, der sich nicht einordnen ließ. »Möchten Sie ein Glas Wasser?«

Und bevor Caroline antworten konnte, dass sie keinen Durst habe, stand ein Glas Wasser mit einer Zitronenscheibe vor ihr, das sie in einem Zug leertrank, wobei sie feststellte, dass sie doch durstig gewesen war.

»Gut.« Petunia nickte anerkennend. »Sie müssen mehr Flüssigkeit zu sich nehmen, wenn Sie gestresst sind.«

»Dann hat Diana Ihnen alles erklärt?«

»Nicht alles. Sie hat nur gesagt, dass Sie gewisse Prioritäten klären müssen. Ist das richtig?«

Die schwarzen Augen durchbohrten Caroline, und sie fühlte sich unbehaglich und geborgen zugleich.

»Ich muss wissen, welche Richtung ich als Nächstes einschlage.« Die Worte kamen von selbst heraus, als hätte sie keine Kontrolle darüber. »Ich habe viel über meine Vergangenheit herausgefunden und Dinge erfahren, von denen ich nichts ahnte. Und nun muss ich wissen, welchen Weg ich von hier aus nehme.«

Petunia lächelte, dann nahm sie ein Kristallpendel in die Hand, das an einer langen Schnur baumelte. Erst jetzt bemerkte Caroline die großen schwarzen und weißen Karten, die vor ihr auf dem kleinen Tisch ausgelegt waren. »Haben Sie schon einmal von einem ›Clearing‹ gehört?«

Caroline schüttelte den Kopf.

»Bei einem Clearing geht es darum, Blockaden zu lösen, die ganze Generationen über viele Jahre hinweg heimsuchen können. Ihnen ist doch sicher bewusst, dass wir alle schon einmal gelebt haben?«

Na großartig, dachte Caroline. Diana hat mich zu einer Verrückten geschickt.

»Ich sehe, dass Sie mir nicht glauben. Das macht nichts. Sagen Sie mir die Namen der Menschen, die Sie lieben.«

Unwillkürlich zählte Caroline alle auf. Scarlet. Die Zwillinge. Simon, obwohl er nicht der Erste auf ihrer Liste war. Ihre Schwester. Ihren Stiefvater, der wieder geheiratet hatte, was in dem Testament ihrer Mutter nicht berücksichtigt war. Ihre schottische Stiefmutter, die zwar nett war, die aber nie ihre Mutter ersetzen würde. Und ihren Vater, der, wie sie inzwischen erkannt hatte, ein Opfer des gesellschaftlichen Klimas war, weil er ihre Mutter hatte heiraten müssen, nachdem er sie in Schwierigkeiten gebracht hatte, obwohl sie eindeutig nicht zusammenpassten.

»Darf ich auch die nennen, die gestorben sind?«

Petunias Augen wurden groß. »Aber natürlich. Sie sind schließlich immer noch unter uns.«

Das war verrückt! Trotzdem hörte sie sich weiterreden und dieser Fremden die Namen der Verstorbenen nennen. Ihre Mutter natürlich. Und ihre Großmutter, obwohl sie sie nicht gekannt hatte. Selbst ihren Großvater mütterlicherseits. Alten Fotografien nach zu urteilen war er ein untersetzter Mann gewesen mit einem strengen Gesicht und schwarzen, ineinander verwobenen Augenbrauen, die von Temperament zeugten. Sandra, die sie lieber »Oma« genannt hätte, damit sie wie die anderen Mädchen von der Schule sein konnte, die ihre Großmutter nicht beim Vornamen rufen mussten. Tante Phoebe, die nicht so war, wie sie nach außen hin wirkte. Onkel Victor, der sich in Carolines Kopf schlängelte, zusammen mit dem Duft der Tomatenpflanzen in seinem Gewächshaus.

Petunia notierte sie alle. Dann ließ sie ihr Pendel kreisen und murmelte in einem leisen Singsang vor sich hin. Worte wie »Anteil« und »klären« drangen durch das Gemurmel. Es schien eine Ewigkeit zu dauern, und hin und wieder blätterte Petunia eine Seite um und begann einen neuen Sprechgesang, während sie das Pendel wieder kreisen ließ.

»Erzählen Sie«, sagte sie sanft. »Erzählen Sie mir von den Dingen in Ihrem Leben, die Sie immer noch verfolgen.«

Sie verfolgten?

Der leise Singsang weckte in ihr fast das Bedürfnis mitzusummen, ähnlich einem Traum, den sie einfach beiseitefegen konnte wie einen Türvorhang aus Musselin, um einzutreten. »Begebenheiten in Ihrem Leben, die Sie immer wieder beschäftigen.«

Dann wusste Petunia also Bescheid? Über die Erinnerungen, die manchmal in solcher Deutlichkeit zurückkehrten, dass sie realer wirkten als die Gegenwart?

»Wir alle haben solche Begebenheiten, Caroline. Aber nur, wenn wir ihnen Platz zum Atmen lassen, können wir sie zur Ruhe bringen.«

Wo sollte sie anfangen?

Das Feuer. Es musste zuerst das Feuer sein, damals im Jahr, wann, 1960? »Wir fahren in Urlaub«, hatte ihre Mutter gesagt, während sie Caroline in dem kalten Bad mit den schwarzen und weißen rautenförmigen Fliesen abtrocknete, das sie sich mit Sandra teilten. Caroline hatte eine Gänsehaut, sowohl vor Kälte als auch vor Aufregung wegen der angekündigten Reise. »Wir werden eine lange Fahrt ans Meer machen, und auf dem Rückweg besuchen wir Tante Phoebe und Onkel Victor. Wir müssen mitten in der Nacht aufstehen, weil dann unsere Reise beginnt. Das wird ein richtiges Abenteuer!«

Onkel Victor! Caroline mochte den alten Mann mit seinem moosgrünen Pullover, der nach offenem Feuer roch und sie immer auf sein Knie setzte, um ihr Geschichten zu erzählen. Tante Phoebes Bratäpfel dagegen mochte sie nicht, weil ihr davon immer schlecht wurde. Aber ihre Mutter hatte nicht zu viel versprochen. Es war ein Abenteuer, mitten in der Nacht aufzustehen und von ihrem Vater zum Auto getragen zu werden, damit sie auf dem Rücksitz weiterschlafen konnte. Als sie aufwachte, fuhren sie gerade über einen holprigen Weg, der vor einem hübschen Haus mit grünen Blättern endete und einem Schild, auf dem »B&B« stand. Caroline fragte sich, was die Buchstaben bedeuteten. Aber – und das war das Großartige daran – auf der Wiese neben dem Haus stand ein Pferd. Ein weißes Pferd, das nach ihr rief und dessen Nase sich wunderbar weich anfühlte, wie Samt, sodass sie Lust bekam, in das Sammelalbum zu malen, das ihre Mutter ihr gegeben hatte, falls ihr auf der Fahrt langweilig wurde, und die Pferdenase auf dem dicken Bastelpapier zu verewigen.

Ein Picknick, sagte ihre Mutter. Morgen würden sie ein Picknick machen! Sie war heute gut aufgelegt, ihre Mutter. »Zu Hause lachst du nie so oft«, hörte sie ihren Vater sagen, als sie später im Bett in dem großen Zimmer lag, das sie sich in diesem wundervollen Haus mit der Pferdewiese mit ihren Eltern teilte. »Das liegt daran, dass SIE nicht hier ist.«

Wer war sie? Und wo war Sandra? Sie hätte ihre Großmutter gerne dabeigehabt. Wieder eine Fahrt am Morgen. Dieses Mal kurz. »Da drüben«, sagte ihre Mutter und deutete auf eine Wiese mit einem Gattertor. Caroline nickte wieder ein und nahm im Unterbewusstsein das leise Murmeln ihrer Eltern wahr. Sätze wie: »Warum halten wir nicht einfach hier?« und: »Ich muss pinkeln« sickerten in ihr Bewusstsein. Aber nun hielt ihr Vater an. Die rote Karodecke wurde herausgeholt, was gewöhnlich das Signal für hartgekochte Eier und die Thermoskanne war, während ihr Vater den Gaskocher aufstellte, damit sie sich etwas Warmes zubereiten konnten, da es offenbar überraschend kühl war für Juni. »Nicht so«, sagte ihre Mutter. »Sollst du nicht eigentlich …«

Caroline stand neben dem Wagen, als sie plötzlich die Stichflamme wahrnahm. Das Feuer schoss in die Höhe, sodass sie ihre Mutter nicht mehr sehen konnte. Man hörte einen Schrei, und kurz darauf rollte ihr Vater ihre Mutter hin und her wie ein menschliches Nudelholz, auf dieselbe Art, wie ihre Mutter den Pastetenteig zum Blindbacken rollte, obwohl Caroline nie verstanden hatte, warum der Teig überhaupt sehen konnte.

»Daddy – du darfst Mummy nicht ermorden!«

Das Wort »ermorden« schmeckte seltsam in ihrem Mund. Noch während sie es aussprach, wusste sie, dass es nie dort gewesen war, aber irgendwie schien es richtig zu sein. Und dann rannte sie los. Über die Straße zu einer Steinmauer, aus deren Ritzen kleine blau-violette Blüten quollen, und ihre Finger krallten sich in diese Ritzen, weil sie hineinkriechen wollte, um sich vor ihrem Vater zu verstecken, der gerade ihre Mutter ermordete, nachdem diese sich vorhin beschwert hatte, dass er einen guten Picknickplatz links liegen gelassen habe.

Und nun hielt ein Auto an, und ihr Vater rief etwas wie: »Wo ist das nächste Krankenhaus?« Sie lief wieder zurück über die Straße, und die Frau vorne in dem Auto und der Mann hinter dem Lenkrad lächelten sie an. Wie konnten sie glücklich sein? Sahen sie denn nicht, dass ihr Vater die Haut ihrer Mutter ganz schwarz und blättrig gemacht hatte?

Aber Mummy redete noch, also war sie vielleicht doch nicht ermordet worden. Sie würden jetzt dem Wagen hinterherfahren, erklärte ihr Vater. Er würde sie zum Krankenhaus lotsen. Warum? »Kann sein, dass ich heute Nacht dort bleiben muss.« Ihre Mutter saß auf dem Beifahrersitz und hielt ihre Knie umklammert, während ihr Vater durch die Kurven raste. Normalerweise hätte ihre Mutter ihren Vater längst ermahnt, den Fuß vom Gas zu nehmen. »Bitte, bleib nicht im Krankenhaus«, sagte Caroline in ihrer Erinnerung. »Ich will nicht, dass du heute Nacht weg bist.«

Ihre Mutter lächelte nun wie die Frau vorhin in dem anderen Wagen. Und dann schlief sie ein, Kopf an Kopf mit Caroline, die ihren am liebsten weggezogen hätte, weil ihre Mutter so merkwürdig roch, ganz anders als sonst nach *Blue Grass*, das ihr Vater ihr immer zu Weihnachten schenkte (konnte Gras wirklich blau sein?), was aber nicht ging, weil ihr Vater ihr befohlen hatte, sich nicht zu bewegen, um ihrer Mutter keine Schmerzen zuzufügen, obwohl alles seine Schuld war.

Eine Liege mit Rollen. Das war das, woran sie sich als Nächstes erinnerte. Sie fuhr in einem Aufzug mit ihrer Mutter, die auf einer fahrbaren Liege lag mit vielen Schläuchen, die jemand als »Tropf« bezeichnete, obwohl nirgendwo ein Wasserhahn zu sehen war. Ihre Mutter in einem Krankenhausbett, wo sie die Arme nach ihr ausstreckte und sie bat, ihr einen Abschiedskuss zu geben. »Nein«, sagte Caroline und rümpfte die Nase vor dem verbrannten Geruch der sich kräuselnden Haut auf den Armen ihrer Mutter. »Nein, ich will nicht.«

Und als ihr bewusst wurde, dass sie ihr doch einen Kuss geben wollte, war es zu spät, und sie saß bereits wieder im Wagen. Tante Phoebes Haus. Dunkel. Wieder ein früher Aufbruch. Nach Hause. Sandra. Sich auf der Couch zusammenrollen mit ihrer Großmutter und den Hintergrundklängen von *Coronation Street*, die sich wie eine wimmernde Geige anhörten. Die leere Bettseite ihrer Mutter. Gelegentliche Briefe mit »Liebe Grüße von

Mummy«. Ein enges Gefühl in der Brust. Angst, wenn ihr Vater das Haus verließ, dass auch er nicht zurückkommen könnte. Wut, denn wenn er nicht versucht hätte, ihre Mutter zu ermorden, wäre sie jetzt vielleicht noch hier.

»Sie haben wirklich gedacht, er hätte versucht, sie umzubringen?«, sagte Petunia leise. Die Frau legte die Hand dicht an Carolines Rücken, die die Wärme durch ihre Kleidung spüren konnte.

Caroline nickte.

»Und wie lange war sie im Krankenhaus?«

»Ich bin mir nicht sicher. Aber es war Spätsommer, und meine Schwester kam im Januar zur Welt.«

»Bestimmt wurde sie in Mitleidenschaft gezogen.«

Caroline dachte an das hitzige Temperament von Grace. »Ich denke, das wurde sie.«

»Vielleicht sollte ich auch einmal mit ihr reden.«

Caroline konnte sich genau vorstellen, wie ihre Schwester reagieren würde. »Helfen?«, würde sie in einem Ton sagen, als handelte es sich um ein großes Missverständnis. »Ich brauche keine Hilfe.«

»Und Sie haben noch nie mit jemandem darüber gesprochen?«

Caroline musste an ihre geschiedenen Freundinnen denken, die ihre Kinder zum Psychologen gebracht hatten: etwas, das sie nun ebenfalls in Erwägung zog, während sie den Kopf schüttelte. »Früher musste man eben einfach mit so etwas zurechtkommen.«

»Aber die Belastung kann Spuren hinterlassen.« Die Wärme im Rücken wurde nun stärker, aber sie war nicht unangenehm. »Was noch? Was hat noch Reifenabdrücke auf Ihrer Seele hinterlassen?«

Reifenabdrücke. Das Bild gefiel Caroline. Es gab noch so viele! Auf der Treppe mit Sandra, die »Pst!« machte, damit sie leise war und niemand mitbekam, dass sie lauschten. Der Arzt machte gerade einen Hausbesuch bei ihrer Mutter, weil Caroline einen Bruder oder eine Schwester bekommen würde. Ein älterer Bruder wäre gut, denn der könnte sie in der Schule beschützen, wenn sie wieder gehänselt wurde, weil sie nicht richtig rechnen konnte. Aber statt eines großen Bruders wurde ihr, als sie in das Zimmer ihrer Mutter geführt wurde, ein lautes, zorniges kleines Bündel in Weiß präsentiert, das losbrüllte, als sie es begrüßte. Ein Kinderwagen im Garten mit etwas, das ihre Mutter einen »Baldachin« nannte. Seefahrer spielen in einem Schiff aus Pappkarton, obwohl ihre Schwester, die inzwischen etwas größer war, sie nicht in Ruhe lassen wollte.

Kalt. Die ganze Zeit kalt, sodass ihre Finger weiß wurden und sie nicht gut schreiben konnte. Heiß. Das Feuer im Wohnzimmer mit Gesichtern in der Kälte. Eine silberne Grillgabel, mit der man früher Toast röstete über dem Feuer. Wieder eine Fahrt im Auto, aber dieses Mal wartete Maggy am Ziel! Ihre freudestrahlende Patentante, die ihre Mutter zum Lachen brachte und sie zu den Spielautomaten mitnahm auf dem sogenannten »Pir«. Es dauerte Jahre, bis Caroline realisierte, dass man das Wort anders schrieb.

Es gab auch fröhliche Zeiten. Wie jener Tag, an dem ihre Mutter zum ersten Mal Müsli auf den Frühstückstisch brachte, das ihr Vater prompt als »Kaninchenfutter« bezeichnete, sodass sie alle lachen mussten, zum Teil aus Erleichterung, weil ihr Vater, obwohl er bei solchen Kleinigkeiten schnell eingeschnappt reagierte, herzlich mitlachte. Oder jener zauberhafte, brütend heiße Augusttag, als ihre Mutter überraschend ihre Großmutter einlud, mit ihnen in den Wald zu gehen und Brombeeren zu sammeln, und beide Frauen sich in der Hitze lachend bis auf den BH auszogen, bevor sie sich hinterher zu Hause wieder gegenseitig angifteten.

Dann die Vorfreude, auf etwas zu sparen von den zwei Schillingen und der Sixpence-Münze, die sie jede Woche als Taschengeld bekam. Einmal hatte sie ein ganzes Jahr gespart, um ihrer Mutter eine Bernsteinkette zu schenken. Ein anderes Mal kaufte sie von ihrem Geld eine kleine Trollfigur mit weißen Haaren (»neumodischer Fimmel«, bemerkte ihr Vater dazu verächtlich), die sie Philomena nannte und die heute noch in Scarlets Zimmer stand. Ein Ferienjob bei einem Zeitungshändler und Mittagspausen im Park mit den Kurzgeschichten von Somerset Maugham.

Dann der eine Tag, an dem ihr Vater an einer Tankstelle hielt und einen grün-schwarzen Tigerschwanz kaufte. Lachend hängte er ihn an den Innenspiegel, und sie spürte eine wohlige Wärme in sich, bis sie später in der Nacht, als sie nicht schlafen konnte und aufstand, ihre Mutter leise weinend am Küchentisch fand, auf dem die Stromrechnung lag. Begriffe wie »Unkosten« und »Gasrechnung«, die zwischen ihren Eltern durch die Luft zischten und grundsätzlich Ärger bedeuteten. Miss Gare, die sie im Mathematikunterricht tadelte, als Caroline fragte, ob es Zufall sei, dass eine bestimmte Reihe von Zahlen immer zehn ergab. Zum Glück konnte sie sich oben in ihr Etagenbett zurückziehen, um die Ereignisse des Tages auf dem Zeichenblock zu verarbeiten, den Maggy ihr zu Weihnachten geschenkt hatte, zusammen mit einem schwarzen Malkasten.

»Weiter«, hörte sie Petunia leise sagen. Die Erinnerungen strömten nun auf sie ein. Ihre Großmutter Sandra, weinend, weil sie auszogen. Der Geruch der Teppiche in der neuen kleinen Wohnung, die keinen eigenen Garten hatte – was ihr peinlich war und sie davon abhielt, weiterhin Schulfreundinnen mit nach Hause zu bringen, die das sicher seltsam gefunden hätten.

Ihre Mutter, die mit ihr zu Pullens fuhr, dem Ausstatter für Schulkleidung, und ihr den ersten BH mit zartem Blütenmuster in Weiß kaufte und den ersten richtigen Strumpfgürtel. Der Wunsch, endlich eine Frau zu werden. Schließlich dieser rötlich braune Fleck im Slip, der bedeutete, dass sie ihre Periode hatte, was irritierenderweise auch eine andere Bezeichnung für »Schulstunde« war. Heiße Sommertage, die verbunden waren mit Tennis auf der Wiese und der Erkenntnis, dass Klee den Ball verlangsamte. Eine naturwissenschaftliche Arbeit, die sie versemmelt hatte, während sie ihrer Mutter das Gegenteil weismachte (ihre einzige Lüge), was aber später aufflog, als das Nachbarmädchen, das keine Mutter hatte und von Carolines Mutter oft zum Abendessen eingeladen wurde, sie verriet. Die gelegentlichen Sonntagsausflüge zum Pub oben an der Straße mit ihren Eltern, die sich drinnen ein Bier bestellten, während Grace und sie draußen im Garten spielen durften und jede eine Packung Chips erhielt, in der ein spannendes blaues Tütchen steckte, das mit Salz gefüllt war, wie sich herausstellte. Caroline mochte diese Tage, weil ihre Mutter ziemlich glücklich wirkte, ähnlich wie wenn sie ihre Schallplatten von Joan Baez abspielte. Und dann war da Thomas.

Caroline fing bereits an, daran zu verzweifeln, dass sie jemals einen Freund finden würde. Alle Mädchen in der Schule hatten einen – sie war schließlich schon siebzehn! Was stimmte nicht mit ihr? »Vielleicht ist sie ja eine Ihr-wisst-schon-was«, kicherte jemand höhnisch, und Caroline war sich noch pummeliger und pickliger und dümmer vorgekommen als ohnehin schon. Die anderen Mädchen wohnten alle in großen Häusern, sodass sie sich nicht traute, jemanden in die kleine Wohnung zu bitten. Als eine Folge davon wurde sie nie zu den Partys der anderen eingeladen, bis auf die eine, zu der ihre Mutter sie allerdings nicht gehen ließ, weil Caroline so dämlich gewesen war zu sagen, dass die Eltern nicht zu Hause sein würden.

»Das gefällt mir nicht«, hatte ihre Mutter erwidert. »Du willst doch keine Dummheiten machen. Nicht in deinem Alter. Du würdest dein Leben ruinieren.«

Ihr Leben ruinieren? Wie? Das sei lächerlich, protestierte Caroline, aber vergeblich. Zurück auf dem Etagenbett mit ihren Farben schmollte sie wütend vor sich hin. Wie sollte sie jemals einen Jungen kennenlernen? Im Gegensatz zu den meisten Mädchen in der Schule hatte sie keine Brüder. Einmal lernte sie bei einem Tanzabend einen Jungen namens Chris kennen, aber nachdem er ein paarmal mit ihr ausgegangen war, meldete er sich nie wieder. Und dann, eines Tages, im Sommer 1972, tauchte ein großer, dünner, schrecklich schüchterner Junge auf, mit roter Haut und strohblonden Haaren, der eine bekannte Privatschule für Jungen ganz in der Nähe besuchte, und überbrachte ihrer Mutter eine Nachricht seiner Mutter wegen des Basars, und es stellte sich heraus, dass sie sich schon früher begegnet waren.

»Wir waren mit euch beim selben Kinderarzt«, erklärte ihre Mutter vergnügt. Caroline konnte sich an die große Gemeinschaftspraxis erinnern, nicht aus ihrer eigenen frühen Kindheit, sondern aus der ihrer Schwester. Sie wurde »Memorial Hall« genannt, mit kalten Holzdielen und glänzenden Tafeln an den Wänden und Rosenblütensirup.

Caroline fand Thomas zuerst nicht sonderlich sympathisch, aber sie war noch nie von einem Jungen ausgeführt worden! Er wolle zu einem Konzert, hatte Thomas ihr mit einer tiefen, wohlmodulierten Stimme, die gar nicht zu seiner Unbeholfenheit zu passen schien, errötend erklärt. »Die Band heißt Grand Funk Railroad«, hatte er hinzugefügt. »Sie tritt im Hyde Park auf. Eintritt ist frei.«

Caroline hatte noch nie von einer Band mit so einem fragwürdigen Namen gehört, aber das spielte keine Rolle. Es war ein Date!

Sie dürfe nur gehen, hatte ihr Vater in missbilligendem Ton gesagt, wenn sie eine Freundin mitnahm, also überredete sie das Mädchen aus dem Eckhaus, mit dem sie lose befreundet war, sie zu begleiten. Caroline zog eine hellblaue Jeans an, die seitlich mit gelben Blüten bestickt war und die sie sich von ihrem Ferienverdienst im Zeitschriftenladen gekauft hatte, wo einmal ein Kunde mit ihr herummeckerte, weil er eine Zigarettensorte namens »Waites« verlangt hatte, die aber tatsächlich »Whites« hieß. Sie fühlte sich so erwachsen!

Zu ihrer leichten Enttäuschung küsste Thomas sie nicht beim ersten Mal. Dann, nachdem sie sich schon eingeredet hatte, dass sie ohnehin nicht interessiert war, rief er an und fragte sie, ob sie Lust habe, ihn bei seinem Spaziergang mit dem Hund zu begleiten. Caroline hatte sich immer einen Hund gewünscht, aber ihre Eltern waren dagegen, weil sie an einer Hauptstraße wohnten. Der Hund, ein Labrador, war gut im »Sitz-Machen«. Thomas' Mund war warm und seine Zunge weich wie das Innere ihrer Wange.

Die Monate vergingen. Eines Abends, als es draußen bereits kälter wurde und Thomas seine Armeejacke trug, die damals in Mode war, presste er sich eng an sie, und Caroline keuchte erschrocken auf, nicht nur, weil die Hecke hinter ihr sie pikste, sondern auch, weil sie sein Ding spüren konnte. Dann nahm er ihre Hand und schob sie in seine Hose. Es war so hart! Wie eine Baumwurzel mit vielen kleinen Unebenheiten.

»Ich werde aufpassen«, sagte er. Sie konnte nicht bis zum Äußersten gehen. Auf keinen Fall. Aber wenn sie ihm das sagte, machte er vielleicht Schluss mit ihr. Also versprach sie ihm, darüber nachzudenken, und als sie nach Hause kam, schrieb sie alles in ihr Tagebuch, weil sie es jemandem sagen musste. Anschließend legte sie sich auf den Bauch schlafen, weil ihr das ein besseres Gefühl verschaffte, und als sie am nächsten Morgen wach wurde, war auf ihrem Laken diese Pfütze aus einem dicklichen weißen Brei.

Die Scham. Der Gesichtsausdruck ihrer Eltern, nachdem sie ihr Tagebuch gelesen hatten. Schlimmer, viel schlimmer als damals ihre Notlüge wegen der verpatzten Arbeit in Naturwissenschaften. Und als ihr gesagt wurde, dass sie Thomas nicht mehr wiedersehen dürfe, war sie nach oben in ihr Zimmer gerannt und hatte die Kommode vor die Tür geschoben.

Zuerst hatte man sie in Ruhe gelassen. Aber später dann klopfte es an ihrer Tür, und ihre Mutter fragte mit leiser Stimme, ob sie hereinkommen dürfe. Verblüfft, weil ihre Mutter dieses Mal gar nicht brüllte, machte sie die Tür frei. Ihre Mutter kam herein und setzte sich zu ihr aufs Bett, während sie ihre Hand nahm.

»Es gibt etwas, was ich dir sagen muss«, begann sie.

Caroline gefiel das nicht. »Was?«

»Das ist der Grund, warum ich mir immer Sorgen mache, dass … dass du denselben Fehler begehen könntest.«

Wovon redete sie?

Der Griff um ihre Hand verstärkte sich. »Als ich ein klein wenig älter war als du, habe ich deinen Vater kennengelernt.« Der Blick ihrer Mutter wurde trüb. »Ich war zu dem Zeitpunkt noch damit beschäftigt, über meinen Exfreund hinwegzukommen. Ich schätze, man kann sagen, dass ich Trost gesucht habe.«

Caroline begann zu zappeln. Exfreund? Mütter durften keinen Exfreund haben, bevor sie heirateten.

»Versteh mich nicht falsch. Anfangs habe ich mich in deinen Vater verliebt, aber …«

Der Griff wurde wieder fester.

»Aber ich wollte eigentlich mit ihm Schluss machen.«

Das hörte sich überhaupt nicht gut an. Ein scheußlich kaltes Gefühl machte sich in Carolines Brust breit.

»Und dann habe ich festgestellt, dass ich mit dir schwanger war.«

Nein. NEIN.

»Nicht!« Ihre Mutter streckte die Hand nach ihr aus. »Lauf nicht weg. Ich bin noch nicht fertig. Du warst das Beste, was uns jemals passiert ist, Caroline. Das ist mein Ernst. Wir lieben dich beide mehr, als wir es ausdrücken können. Aber dir ist sicher aufgefallen, dass … dein Vater und ich … wir sind nicht wirklich …«

Das war's. Sie wollte nichts mehr hören. »Ein Fehler!« Caroline spürte die Hitze, die in ihrem Körper brannte. »Ich war also ein Fehler. Herzlichen Dank auch.«

»Nein. Warte!«

Zu spät. Sie rannte, so schnell sie konnte, zur Vordertür hinaus. Zuerst wusste sie nicht, wohin sie sollte, aber als sie an der roten Telefonzelle vorbeilief, kam ihr eine Idee. Zum Glück hatte sie etwas Kleingeld dabei.

»Natürlich«, sagte Großtante Phoebe, nachdem sie ihr alles erklärt hatte. »Komm zu uns. Ich habe dir immer gesagt, dass du hier willkommen bist.« Ihre Stimme wurde weicher. »Und warum bringst du diesen netten jungen Mann nicht gleich mit?«

»Warum, glauben Sie, hat sie das getan?«, fragte Petunia skeptisch. »Sie hätte doch normalerweise dagegen sein müssen.«

Caroline schüttelte den Kopf. »Phoebe glaubte an die Liebe. An die wahre Liebe, die sie mit meinem Großonkel erlebte. Aber wahrscheinlich hätte sie anders darüber gedacht, wenn Thomas die falsche Sorte Mann gewesen wäre.«

»Sie meinen, so wie Ihr Vater?«

»Genau. Tante Phoebe war sehr klassenbewusst, und sie konnte ein schrecklicher Snob sein. Aber während meiner Besuche im Sommer habe ich sie besser kennengelernt. Und sie hat immer gesagt, dass sie hofft, dass ich das Muster durchbrechen werde.«

»Was, glauben Sie, hat sie damit gemeint?«

Caroline zuckte mit den Achseln. »Glücklich zu werden, nehme ich an. Meine Großmutter hat erst spät den richtigen Mann gefunden, aber sie starb, bevor sie ein Leben mit ihm haben konnte. Meine Mutter hat nicht auf ihre große Liebe gewartet und letzten Endes meinen Vater geheiratet. Phoebe wollte, dass ich eine Chance habe mit Thomas, den sie befürwortet hat, weil er aus den richtigen Verhältnissen kam.«

Petunias Augen schienen schwärzer zu werden. »Und was ist dann passiert?«

»Sollten nicht eigentlich Sie mir das sagen können?« Caroline ertappte sich dabei, dass sie rot wurde. »Ich dachte, Sie sind die Hellseherin.«

»Ich kann Ihnen nur dabei helfen, Dinge zu sehen, die Sie sehen möchten. Sie verbrachten also den Sommer mit diesem Jungen bei ihrer Tante. So viel ist klar. Ich spüre auch, dass Sie ihn nie wirklich aus Ihrem System löschen konnten – dass er die Liebe Ihres Lebens war, aber dann muss etwas passiert sein. Möchten Sie darüber reden?«

»Nein.«

Caroline staunte selbst über die Gefühle, die in ihr aufkamen. Niemand wusste davon, nun, nachdem Phoebe gestorben war und Carolines Geheimnis mit ins Grab genommen hatte.

»Dann werden Sie es vielleicht nicht schaffen, vollständig zu heilen.«

»Ich werde wohl weiter damit leben müssen.«

Es entstand ein Schweigen. Sie wartet darauf, dass ich etwas sage, dachte Caroline, also werde ich etwas sagen, aber nicht das, was sie hören möchte.

»Ich habe nicht mit ihm geschlafen, falls Sie das meinen. Aber die Anziehungskraft zwischen uns war stärker als alles, was ich jemals erlebt habe.«

Petunia nickte, als würde sie genau verstehen, was sie meinte. Carolines Gedanken wanderten zurück zu dem Abend, an dem sie mit Thomas in der Nähe von Tante Phoebes Haus auf einer Wiese gelegen hatte.

»Darf ich?« Sein Gesicht über ihr war sehr ernst, und sie nickte und hielt den Atem an, als er unter ihrem Pullover an dem BH-Verschluss nestelte. »Ich krieg' ihn nicht auf«, sagte er schließlich verlegen mit seiner tiefen Privatschulstimme. Sie hätte ihm am liebsten geraten, ihr zuerst den störenden Pullover auszuziehen, aber das schien ihr zu forsch.

»Darf ich?«, fragte er wieder, und glücklicherweise gelang es ihm, ihr den marineblauen Pullover über den Kopf zu streifen, den ihre Mutter gestrickt hatte. Nun ließ sich der BH ganz leicht öffnen.

Thomas betrachtete sie zunächst stumm im Mondlicht, vor

dem sich die dunklen Silhouetten von Kälbern abzeichneten, die sich in einer Ecke der Wiese zusammendrängten.

»Du bist wunderschön«, flüsterte er schließlich.

Wunderschön? Sie senkte den Blick auf ihre Brüste, die, soweit sie wusste, absolut durchschnittlich waren.

Dann umklammerte er sie eng. »Weißt du, ich werde nie wieder jemanden wie dich finden, selbst dann nicht, wenn ich mein ganzes Leben lang suche.«

Langsam wanderte seine Hand zu ihrem Bauch, aber sie hielt ihn fest am Handgelenk. »Nein«, sagte sie leise.

Er zog die Hand sofort zurück. »Tut mir leid.«

»Nein, schon gut.«

Danach lagen sie sich einfach in den Armen, im Mondschein. Später gingen sie zurück ins Haus – Thomas in das Gästezimmer und sie in ihr eigenes. Abend für Abend taten sie dasselbe, und als es schließlich Zeit war, nach Hause zu fahren, packte sie seine Worte, dass er nie wieder jemanden wie sie finden würde, in ihr Herz ein, nachdem sie ihre Kleider in den Koffer gepackt hatte.

Im folgenden Monat ging er fort, um in einer Stadt im Norden zu studieren, von der sie noch nie gehört hatte, und versprach ihr zu schreiben. Aber das tat er nicht.

»Nach Thomas dachte ich eigentlich, dass ich nie einen Mann finden werde, der mich heiraten will.« Ihre Stimme klang leise. »Als ich Simon kennenlernte, war ich erstaunt, dass er mich attraktiv fand.«

Die Wärme in ihrem Rücken wurde wieder stärker.

»Sie wollten sich über Thomas hinwegtrösten?«

»Möglich.«

»Was noch?«, fragte Petunia leise.

Maggy. Nun war Maggy an der Reihe.

44

Wäre Maggy nicht gewesen, hätte es kein Licht in ihrer Kindheit gegeben. Es war Maggy, die ihr vor all den Jahren ihren ersten Malkasten geschenkt hatte. Es war Maggy, die dafür verantwortlich war, dass zu Carolines neuntem Geburtstag eines Morgens plötzlich eine Schaukel im Garten hing. Maggy, die spätabends nach einer langen Fahrt auf der Autobahn mit einem fröhlichen Lachen ankam, das auf Carolines Mutter abfärbte, und mit ihrem Raucheratem, der, wie Carolines Vater sagte, auf zu viele Marlboros zurückzuführen war.

Maggy, die wieder einmal spätabends auftauchte und zu ihr ins Bett glitt in dem Be und Be, nachdem Caroline zuvor gedacht hatte, ihr Vater wolle ihre Mutter in dem Feuer ermorden, und die ihr ins Ohr flüsterte, dass alles wieder gut werde, dass sie nun hier sei und dass es Mummy bald besser gehen werde. Maggy, die das zauberhafte Häuschen auf der Insel besaß, wo Caroline im Garten malen konnte und wo ihre Mutter morgens fröhlich »Frühstück!« rief, statt zu meckern, weil sie die Küche mit Sandra teilen musste – und wo ihr Vater lange Spaziergänge in den Hügeln machte und einmal mit einem schwarzen Hund zurückkam, der ihn nach Hause begleitet hatte, obwohl sie den Hund nicht behalten durften und zur Polizeiwache bringen mussten.

Maggy, die versprochen hatte, eine Feier im Ritz auszurichten zu Carolines einundzwanzigstem Geburtstag in ein paar Jahren, und die nie, wie Carolines Vater sagte, den richtigen Mann gefunden hatte. Dann der Anruf auf dem Münzapparat im Flur der Kunsthochschule (wo Caroline inzwischen ihren inneren Frieden gefunden hatte, weil sie das tun konnte, was sie liebte). Der Anruf von ihrer Mutter, die ihr erklärte, dass Maggy Tabletten geschluckt habe und letztes Wochenende gestorben sei, als sie, Caroline, eigentlich zur Insel runterfahren wollte, aber ihre Patentante hatte im letzten Moment abgesagt.

»Sie lag bereits unter der Erde, als meine Mutter mich verständigt hat.«

Petunias Hand wanderte weiter über ihren Rücken. »Sie haben sich ausgeschlossen gefühlt.«

»Ich hätte gerne von ihr Abschied genommen.«

Ihre Mutter hatte kein Recht gehabt, ihr nichts davon zu sagen beziehungsweise sie nicht zu fragen, ob sie an der Beisetzung teilnehmen wollte.

»Sie hat versucht, Sie zu beschützen. Manchmal meinen wir es zu gut mit unseren Kindern.« Mehr Wärme. »Was noch?«

Maggys Tod war in Carolines Vorstellung untrennbar mit dem Besuch ihrer Eltern verbunden – seltsamerweise, obwohl sie sich damals nichts dabei dachte, in Begleitung ihrer Großmutter. Aus irgendeinem Grund, der ihr erst später klar wurde, war Grace an diesem Tag bei einer Freundin. So tauchten sie zu dritt bei ihr im College auf, und es gab wieder ein Picknick. Dieses Mal am Fluss. Ausnahmsweise war Caroline nicht vorbereitet – sie ließ sich einlullen von dem ungewohnten Familienbild, in dem ihre Großmutter und ihre Mutter sich einen Raum teilten, ohne sich zu streiten. Warum hatte sie nichts geahnt? Warum war sie so naiv gewesen?

»Carrie«, sagte ihre Mutter, nachdem sie auf der roten Picknickdecke hartgekochte Eier und Schinkensandwiches gegessen hatten. »Da gibt es etwas, das ich dir sagen muss.«

Gleichzeitig nahm Caroline wahr, dass ihr Vater und ihre

Großmutter aufstanden und sich langsam am Ufer entfernten. »Dein Vater und ich sind seit einiger Zeit nicht mehr glücklich miteinander«, fuhr ihre Mutter leise fort.

Eine kalte Klinge bohrte sich in Carolines Brust, ähnlich jener, die ihre Mutter benutzt hatte, um die Picknickeier in Scheiben zu schneiden. Nicht glücklich miteinander? Sie hatte das kühle Schweigen durchaus wahrgenommen, aber das ging schon so lange, dass es doch sicher normal war, oder?

»Darum haben wir beschlossen, uns scheiden zu lassen.«

Sie begann zu fallen. Fiel mit einem furchtbaren Schrei und einer Klinge im Herzen und rannte vor ihnen weg, so weit wie möglich. Wenn sie schnell genug lief, bedeutete das, dass die Worte ihrer Mutter unwirklich wurden und dass sie zu diesem unbehaglichen, stillen Burgfrieden zurückkehren konnten, mit ihrem Vater in dem neuen, hellbeige gesprenkelten Sessel, den sie auf Raten gekauft hatten, und dass dann alles wieder gut sein würde.

»Carrie!«

Sie drehte den Kopf nach hinten, ohne stehen zu bleiben, und sah das kummervolle Gesicht ihrer Mutter. Ihre Mutter war an allem schuld, weil sie die ganze Zeit am Küchentisch Tränen vergoss. Und nun würden sie sich scheiden lassen. Weiter und weiter rannte sie, bis zu ihrem kleinen Zimmer in dem kompakten, modernen Studentenwohnheim aus rotem Backstein, wo sie mit ihren neuen Freunden lebte – Nigel, einem Bildhauer, und Jackie, die Modedesignerin werden wollte bei Biba. Caroline weinte. Ihre Mitbewohner versuchten, sie zu trösten. Sie kannte keinen, dessen Eltern geschieden waren. »Meine Mutter lebt in Ealing, mein Vater lebt in Kingston«, murmelte sie immer wieder leise vor sich hin, als müsste sie sich zwingen, etwas zu glauben, was unmöglich wahr sein konnte.

Als sie in den Ferien nach Hause fuhr, saß ihre Mutter immer noch weinend am Küchentisch, und die Betthälfte ihres Vaters war glatt und sauber. Sie wusste nicht, was sie sagen sollte, also blieb sie in den nächsten Ferien im Wohnheim. Einmal kam ihr Vater sie besuchen, abgespannt und mit roten Augen, und sie hatte Mitleid mit ihm, trotz allem, was er getan hatte. »Ich bin müde«, sagte er. »Macht es dir was aus, wenn ich mich kurz hinlege und ein wenig die Augen zumache?«

Also kochte sie ihm einen Tee in der Gemeinschaftsküche und ließ ihn schlafen, weil er eindeutig Zuwendung brauchte. »Das mit der Scheidung war nicht meine Idee, weißt du«, sagte er traurig, als er sich abends verabschiedete, und seine Worte schürten ihren Groll, sodass sie auf einen Brief ihrer Mutter, der in der Woche darauf kam, nicht antwortete.

Die Wärme in ihrem Rücken wurde intensiver. »Ich habe das mit Dawn erst Jahre später erfahren. Deshalb war mir lange nicht klar, wie schwer es für meine Mutter gewesen sein muss.« Caroline begann zu weinen. »Erst jetzt, nachdem mir dasselbe widerfahren ist, weiß ich, wie tief sie das alles getroffen hat. Ich hätte für sie da sein müssen, um sie zu trösten.«

»Kinder brauchen starke Eltern«, sagte Petunia sanft.

Allerdings! Schließlich durfte sie nicht vergessen, dass sie ihre Kinder in dieselbe Lage gebracht hatte, indem sie sie von ihren Wurzeln trennte.

»Kein Wunder, dass Simon leichtes Spiel mit Ihnen hatte. Neben der Malerei hat er Ihnen die Sicherheit gegeben, die Sie brauchten.«

Das war richtig.

Simon war so attraktiv, so selbstbewusst, dass er unmöglich an ihr interessiert sein konnte, weshalb Caroline erst gar nicht auf die Idee kam, ihn als potenziellen Liebhaber zu betrachten. Später sagte er ihr, einer der Gründe, warum er sie anziehend gefunden habe, sei ihre Natürlichkeit gewesen. Dass sie sie selbst war.

»Ich war damals noch total unselbstständig«, sagte sie zu der gegenüberliegenden Wand. Petunias Stimme erklang hinter ihr. »Sie waren noch ungeformt. Zu jung, um Entscheidungen zu treffen.«

»Das Leben zu Hause hatte sich verändert.« Caroline fragte sich, ob sie mit sich selbst redete. »Als Simon anfing, von Hochzeit zu sprechen, fühlte ich mich wieder sicherer. Sicher wie auf einem Schiff. Ich habe mir eine Familie gewünscht, Kinder, und ich wollte malen.«

»Warum auch nicht?«, erwiderte Petunia. »Auch Ihre Mutter hat sich das gewünscht, wie zuvor schon deren Mutter. Sie haben sich nach Sicherheit gesehnt. Darum fassen Sie ständig an Ihre Perlenkette und prüfen, ob sie noch da ist. Sie haben Angst vor Verlust. Das hier wird helfen.«

Und die Wärme in ihrem Rücken wurde stärker und stärker.

»Ich hatte eine Fehlgeburt.«

»Das war bestimmt hart.«

Sie hatte einen Traum in der Nacht, bevor es passierte. Sie träumte, dass sie beim Zahnarzt war. Sie spürte ein Ziehen im Körper, nicht im Mund. Und als sie aufwachte, war da Blut. »Hatten Sie gestern Abend Geschlechtsverkehr?«, wurde sie im Krankenhaus gefragt.

Danach hasste sie sich selbst, weil sie ihr Baby umgebracht hatte.

»Es war nicht Ihre Schuld.« Petunias Stimme wirkte hypnotisierend. »Viele Paare haben Sex in der Schwangerschaft. Die Schwester hätte das nicht sagen dürfen.«

»Simon hat sich auch Vorwürfe gemacht.«

»Schuld wächst. Sie veranlasst die Menschen, das Falsche zu tun. Aber danach kehrt das Glück zurück.«

Nicht sofort, nicht bei den ganzen Fehlgeburten, die folgten. Nicht einmal mit Scarlet, aufgrund der Umstände.

»Welche Umstände?«, fragte Petunia.

»Es war nicht einfach, wieder schwanger zu werden. Und hinterher mit den Zwillingen hat es eine halbe Ewigkeit gedauert. Letzten Endes half eine künstliche Befruchtung, was ich einem fantastischen Arzt zu verdanken habe, auf den ich irgendwann gestoßen bin.« Das Bild von Dr. M und seiner scharlachroten Fliege blitzte kurz in ihrer Erinnerung auf. »Ich war nach Scarlet viel stärker als Simon darauf erpicht, noch ein Kind zu bekommen, und dieser Druck hat zwischen uns zu Problemen geführt. Und dann war da noch Mummy.«

Das Schweigen hing zwischen ihnen in der Luft, so wie der Tumor gewachsen war, still und schwer.

»Möchten Sie darüber reden?«

Nein. Ja.

Zu diesem Zeitpunkt vertrug sie sich nach dem Trauma, das der Auszug ihres Vaters bewirkt hatte, wieder mit ihrer Mutter. Die Scheidung war inzwischen rechtskräftig, und Helen hatte Peter kennengelernt. Sie heirateten sehr schnell. »Solange du glücklich bist, soll es mir recht sein«, versicherte sie ihrer Mutter.

»Du hast leicht reden«, sagte Grace. »Du musst ja nicht mit ihm zusammenleben.«

Mit fünfzehn wohnte Grace noch zu Hause und ärgerte sich über diesen etwas ungehobelten, aber wohlmeinenden Mann, der zu allem sehr genaue Ansichten hatte, angefangen damit, wie man Sachen in den Kühlschrank stellte, bis zu dem Denkmuster hinter Yeats' Dichtung. Aber er machte ihre Mutter glücklich! Sie nahm endlich wieder zu, nachdem sie seit der Trennung fast zwanzig Kilo verloren hatte, und er verreiste mit ihr nach Frankreich und Jersey. Das Gesicht ihrer Mutter begann zu strahlen, und jeder sagte, dass Peter sie sehr glücklich machte, während Caroline die Eifersucht in ihrem Herzen unterdrücken musste, weil ihr das nicht gelungen war.

Nachdem Scarlet auf der Welt war, konnte ihre Mutter sich nicht mehr fernhalten. Einerseits freute sich Caroline, wenn ihre

Mutter bei ihr war und dieses winzige Baby im Arm hielt, das so zerbrechlich wirkte. Andererseits war sie auch manchmal von ihren Ratschlägen genervt, die völlig überholt waren. »Heutzutage stillt niemand mehr nach der Uhr«, erwiderte sie einmal. »Sondern nach Bedarf.«

Und dann, als Scarlet gerade einmal sechs Monate alt war, rief ihre Mutter eines Abends an. »Ich muss ins Krankenhaus, um mir eine Zyste entfernen zu lassen«, erzählte sie in unbekümmertem Ton. »Es ist nichts Ernstes. Ein reiner Routineeingriff.« Und Caroline, die abgelenkt war durch einen Lungeninfekt, den Scarlet sich geholt hatte, nahm ihre Mutter beim Wort.

Als das Telefon am nächsten Abend klingelte und Simon antwortete, spülte Caroline gerade das Geschirr und hoffte, heute früher ins Bett zu kommen, weil ihr von der Nacht zuvor mit Scarlets Erkältung Schlaf fehlte. Aber als sie Simon nach zehn Minuten immer noch in ernstem Ton telefonieren hörte, stellte sie sich zu ihm in die Diele. Es ging um ihre Mutter! Um etwas, das »so groß wie eine Melone« war.

»Was ist los?«, fragte sie und zupfte an seinem Ärmel. Sie konnte hören, dass ihr Stiefvater am anderen Ende der Leitung war, aber Simon machte keine Anstalten, ihr den Hörer zu geben.

»Gib her«, sagte sie laut, aber Simon scheuchte sie wedelnd fort.

Die kalte Klinge von dem Picknick am Fluss schnitt ihr wieder in die Brust, und als hätte Scarlet etwas gespürt, begann sie oben in ihrem Zimmer zu schreien.

Caroline riss den Hörer an sich und stammelte vor Aufregung. »Bitte, sag mir sofort, was los ist.«

Die Wärme von Petunias Handfläche brannte nun an ihrem Rücken. »Was war passiert?«, fragte die hypnotisierende Stimme.

»Man hatte bei ihr einen Tumor entdeckt, so groß wie eine Melone.« Caroline war wieder dort und durchlebte alles noch einmal, als wäre sie noch in dem großen Krankenhaus, zu dem sie sofort aufgebrochen war, spätabends mit dem Auto durch die Londoner Vororte, und in das man ihre Mutter gebracht hatte. »Als ich in ihr Zimmer kam, hat sie sich gerade in eine glänzende Nierenschale aus Edelstahl übergeben. Ich werde die Form dieser Schale nie vergessen. Und auch nicht den Blick, mit dem sie mich angesehen hat. Wie ein kleines Kind, das ein schlechtes Gewissen hat.«

»Möchten Sie weitererzählen?«

Ja. Nein. »Darüber habe ich noch nie mit jemandem gesprochen. Meine Mutter bekam anschließend eine Chemotherapie und Bestrahlungen. Grace hat sie immer hingebracht – Peter kann nicht Auto fahren.« Caroline stieß ein heiseres Lachen aus. »Eigentlich wäre es meine Aufgabe gewesen, aber ich fahre nicht gerne lange Strecken, und außerdem hatte ich Scarlet. Klingt das nicht erbärmlich?«

Die Wärme ließ nun nach. »Jeder ist anders.«

»Danach schien es mit meiner Mutter wieder aufwärtszugehen. Sie kam jede Woche zum Abendessen, und ich habe sie mit Scarlet besucht.«

Sie waren dort. Sie sah es nun vor sich. Sie und Simon und die Babytragetasche und Gott weiß wie viel Zeugs, das man immer dabeihaben musste, wenn man mit einem Baby unterwegs war. Ihre Mutter öffnete die Tür, mit roten Wangen vor Freude darüber, sie zu sehen, und in ihrer Schürze. Sie gingen in die kleine Küche, und ihre Mutter nahm sie in den Arm, nach Rosen und *Blue Grass* und Ponds Gesichtscreme duftend.

Ihre Mutter und Peter fuhren ein zweites Mal nach Frankreich und anschließend nach Malta in den Winterurlaub. »Ich war sauer, weil sie an meinem Geburtstag nicht da waren. Wie kleinkariert ist das denn? Und dann haben wir beschlossen, im Sommer alle gemeinsam wegzufahren – es wäre der erste Familienurlaub gewesen seit der Scheidung. Wir hatten uns sogar schon Reisekataloge besorgt. Und dann …«

Ihre Stimme brach.

»Was dann?« Petunias Ton klang bestimmt.

Sie konnte nicht weitersprechen.

»Sie müssen, Caroline, wenn Sie heilen wollen.«

»Dann rief sie mich eines Abends an und sagte, ihre Hüftschmerzen kommen von dem Krebs, der zurückgekehrt war und überall gestreut hatte. Sie hatte nur noch wenige Monate zu leben.«

Was tut man, wenn die eigene Mutter einem sagt, dass sie bald sterben wird? Caroline rief täglich an, bis es nichts mehr zu sagen gab. »Ich muss deine Stimme hören«, erwiderte sie, als ihre Mutter behutsam vorschlug, nicht mehr so oft zu telefonieren.

Sie besuchten sie jedes Wochenende, und zu jener Zeit saß ihre Mutter immer auf der Couch, im Morgenmantel, der ihren abgemagerten Körper verbarg – wie Caroline beim Blick in ihren Ausschnitt nur erahnen konnte. Scarlet zappelte auf ihrem Schoß, und in den Augen ihrer Mutter schimmerte Traurigkeit, weil sie nicht erleben würde, wie ihre Enkelin groß wurde.

Bald war sie nicht mehr in der Lage, auf der Couch zu sitzen, sondern konnte nur noch im Bett liegen, und ihre Haut färbte sich zunehmend gelb und spannte sich über den Wangen. »Du siehst genauso aus wie deine Mutter«, flüsterte Caroline und blickte auf das Foto von Rose, das immer auf der Frisierkommode ihrer Mutter stand.

Die Schmerzen wurden schlimmer, und der Arzt verschrieb Heroin.

»Ich gehe das Rezept holen«, bot Caroline ihr eines Morgens an, da Peter verhindert war.

»Nein!«, brüllte ihre Mutter vom Bett aus. »Jemand könnte dir auflauern. Du hast keine Ahnung, wozu manche Leute da draußen fähig sind, um an diese Droge zu kommen.«

Zitternd ging Caroline die Treppe hinunter. Peter saß auf dem unteren Treppenabsatz, den Kopf in die Hände gestützt. »Das sind die Drogen«, sagte er. »Sie lassen sie Sachen sagen, die sie nicht meint.«

Also ging sie wieder nach oben. Sie setzte sich zu ihr aufs Bett und hörte draußen im Garten Scarlet schreien, wo Simon mit ihr umherschlenderte, um Caroline Zeit mit ihrer Mutter zu geben. Gleich darauf hielt ein Wagen vor dem Haus, was bedeutete, dass Grace gekommen war.

»Keine Angst, Mummy«, sagte sie und umarmte die schmale Gestalt. »Wir sind alle hier.«

Sie hatte es als Trost gemeint, aber kaum waren die Worte aus ihrem Mund, begann ihre Mutter zu schreien und zu zittern. »Peter!«, rief sie. »Peter!«

Zu spät erkannte Caroline, dass sie ihrer Mutter Angst gemacht hatte, aber als sie versuchte zurückzurudern, lag ihre Mutter bereits in Peters Armen. Er sprach ein Gebet. Das Vaterunser. »Vater unser im Himmel …«

Hier gab es keinen Platz für sie. Langsam ging sie wieder die Treppe hinunter und stützte sich auf das einfache weiße Geländer, um Kraft zu tanken.

Am nächsten Morgen, kurz bevor sie in den Wagen steigen und zu ihrer Mutter fahren wollte, kam der Anruf. Ihre Mutter war vor einer Stunde gestorben. Ungläubig packte sie Scarlet in die Tragetasche und raste los.

»Er hat sie weggeschafft«, sagte sie, zu müde für weitere Tränen.

Petunia runzelte die Stirn.

»Was meinen Sie damit?«

Caroline wiederholte, was sie bereits Diana erklärt hatte. »Er hat veranlasst, dass ihr Leichnam innerhalb von einer Stunde abgeholt wurde. Ich durfte sie erst zwei Tage später sehen, als der Bestatter sie hergerichtet hatte.« Sie zitterte nun am ganzen Körper, obwohl die Wärme in ihrem Rücken wieder sehr stark war. »Und dann sah sie ganz anders aus, gar nicht mehr wie sie selbst, sondern eher wie eine cremefarbene Wachsfigur mit einem langen, schweren Kinn, das nicht zu ihr passte.«

Aus ihrer Brust entlud sich laut die Trauer. »Es war meine Schuld, verstehen Sie? Ich habe ihr zum Schluss eine Höllenangst eingejagt, als ich ihr gesagt habe, dass jetzt alle hier sind. Sie wusste, dass das Ende naht, und sie hatte Panik davor.«

»Schsch«, machte Petunia sanft, und die Wärme wurde stärker und stärker, bis der Schmerz plötzlich ganz leicht wurde und davonschwebte, sodass ihre Schultern sich merkwürdig schwerelos anfühlten.

45

Wie lange war sie schon hier bei Petunia? Es fühlte sich an wie Tage, Wochen sogar. Aber laut der Uhr waren erst zwei Stunden vergangen. Und es gab noch mehr.

»Nach ihrem Tod kam ich mir vor, als wäre ich nun an der Spitze des Baums. Ich musste die Leute verständigen. Meinen Vater. Es war so seltsam, diejenige zu sein, die ihm sagte, dass seine Exfrau tot war. Wissen Sie, selbst Sandra hat geweint, obwohl sie und Mummy sich ein Leben lang bekriegt haben. Ich war nun das Oberhaupt der Familie, ich musste sie zusammenhalten für meine Schwester, weil sie nicht darüber reden wollte, nicht ihren Kummer teilen wollte.«

»Verständlich.«

»Sie ist manchmal unmöglich, aber sie war erst zwanzig, als Mummy starb. Ich bin für sie verantwortlich.«

»Sie sind auch für sich selbst verantwortlich.«

»Ich finde nur Ruhe, wenn ich male. Und nun hat Simon alles ruiniert seit diesem Anruf.«

»Was für ein Anruf?«

Sie suchte mühsam nach Worten, um Petunia von der Frau am anderen Ende der Leitung zu erzählen und von dem Geständnis ihres Mannes, dass er tatsächlich eine Affäre gehabt hatte. »Mein Mann hat etwas Schlimmes getan. Aber wenn ich ihm nicht verzeihe, werden meine Kinder Schaden erleiden so wie Grace und ich damals.«

Die Wärme hinter ihr verblasste. Petunia stand nun vor ihr. »Strecken Sie die Hand aus. Nein, anders herum. Die Handfläche nach oben.« Sie runzelte die Stirn. »Ich verstehe.« Caroline spürte einen Anflug von Panik. »Was ist?«

Petunia machte ein Geräusch, das Caroline bedeutete zu schweigen. Sie untersuchte ganz genau, jedenfalls hatte es den Anschein, jede einzelne Handlinie, als wäre sie sich nicht ganz schlüssig. Schließlich zeigte sie auf ein kleines Kreuz mitten in Carolines Handfläche. »Sehen Sie das? Das bedeutet, dass Sie selbst das Potenzial für übersinnliche Wahrnehmungen haben. Sie hören doch hin und wieder Stimmen, nicht wahr?«

Caroline nickte.

»Gut. Hören Sie auf sie. Oder ignorieren Sie sie auf eigene Gefahr.«

Caroline wunderte sich über die Stimme, die ihr sagte, dass Simon schon früher fremdgegangen war.

»Ihre Ehe. Ihre Probleme. Das wird vorübergehen.«

Petunias Ton ließ vermuten, dass es sich um eine Feststellung handelte und nicht um eine Frage. Diana hatte ihr sicher mehr erzählt.

Die Probleme oder die Ehe?

»Das liegt ganz bei Ihnen.« Petunias Augen verschmolzen mit ihren, und sie spürte eine seltsame Hitze in ihrem Körper aufsteigen. »Es kann in beide Richtungen gehen. Sie sind Teil eines Musters. Sie befinden sich auf einer Straße, die schon früher die Frauen in Ihrer Familie gegangen sind. Sehen Sie das hier?«

Caroline blickte auf eine Linie, die in einem spitzen Winkel von einer anderen abzweigte. »Großtante Phoebe hat mir gesagt, als Thomas und ich in diesem Sommer bei ihr waren, dass es nicht ihre Absicht gewesen war, streng zu meiner Mutter zu sein.«

Ihre Gedanken wanderten zurück zu ihrer Großtante, die ihr in dem hohen Ohrensessel gegenübergesessen hatte, das silberne Feuerzeug in der rechten Hand. *»Das war nur, weil ich eifersüch-*

tig war auf meine Schwester, verstehst du, und auf Grace. Die beiden standen sich so nahe, und ich blieb immer außen vor. Sie hatten sich ein Pony gewünscht, keine kleine Schwester. Das haben sie mir nie verziehen.«

Caroline hatte damals Mitleid mit ihrer Großtante empfunden, zum ersten Mal in ihrem Leben, was der Grund war, warum sie sie weiterhin regelmäßig besuchte, obwohl sie immer noch einen leichten Groll hegte, weil Phoebe ihre Mutter so schlecht behandelt hatte. Schließlich war ihre Großtante die letzte Verbindung zu der Generation ihrer Großmutter, und Caroline hatte den Eindruck, dass Phoebe das genauso sah, weshalb sie ihr wahrscheinlich die Perlen vermacht hatte.

»Der Lauf der Geschichte kann geändert werden.« Petunias hypnotisierende Stimme wirkte beruhigend. »Sie haben jetzt die Wahl. Sie können das Muster durchbrechen, das Ihre Vorfahrinnen entwickelt haben. Oder Sie können so weitermachen. Beides hat seine eigenen Schwierigkeiten. Beides hat seine eigenen Vorteile.«

Vielen Dank auch!

»Da ist noch was.« Die Hitze in ihrem Körper war extrem – sie kletterte nun von ihrem Bauch hoch zur Brust und um den Hals. Als würde sie daran ersticken. Petunias Augen waren so schwarz, dass sie fast darin ertrinken konnte. »Die Perlen um Ihren Hals. Seien Sie vorsichtig damit.«

Vorsichtig? Würde sie das Collier verlieren? Bedeutete das, dass sie es nicht ihrer Schwester leihen sollte?

Petunias Stimme veränderte sich, als würde sie nun normal reden statt wie zuvor in diesem tranceartigen Zustand. War das alles nur Schau gewesen? »Seien Sie einfach vorsichtig.« Die Frau schüttelte sich, als wäre sie gerade zu sich gekommen.

»Danke.« Caroline stand schwankend auf. »Was schulde ich Ihnen?«

Petunias schwarze Augen lachten nun, obwohl ihr Mund sich nicht verzog. »Nichts. Gar nichts. Diana ist eine gute Freundin von mir. Ich möchte Sie bloß bitten, dass Sie nun anfangen, auf das Leben zu schauen. Richtig zu schauen.« Ihr Blick bekam einen bekümmerten Ausdruck. »Da ist etwas an Ihnen, das ich leider nicht ans Licht bringen kann. Etwas, wovor Sie sich in Acht nehmen müssen, das weiß ich, aber ich kann es nicht genauer eingrenzen.«

Großartig! Sollten Hellseherinnen nicht kristallklare Gewissheit über solche Dinge haben?

»Wir sind auch nur Menschen.« Petunia redete, als hätte sie Carolines Gedanken gelesen.

Caroline errötete. »Natürlich.« Sie warf einen Blick auf Petunias Pinnwand, auf der diese über ihre Dienstleistungen informierte. Heilen, Hypnose, Therapie. Hokuspokus, würde Simon das nennen, wenn er hier wäre, obwohl die Horoskopseite seiner Zeitung zu den beliebtesten zählte. »Ich hoffe, es stört Sie nicht, dass ich frage, aber ich habe in Ihrer Broschüre gelesen, dass Sie aus Malaysia stammen. Meine Großeltern waren vor dem Krieg Kautschukpflanzer an einem Ort namens Sarawak. Kennen Sie ihn?«

Petunia schüttelte den Kopf. »Ich bin zwar in Malaysia geboren, habe aber keine Erinnerung daran. Meine Mutter ging mit mir nach England, als ich vier war. Aber sie hat früher auf einer Kautschukplantage gelebt, genau wie schon ihre Mutter und ihre Großmutter. Sie waren Hausangestellte. Es ist durchaus möglich, dass eine von ihnen für Ihre Großeltern gearbeitet hat oder für deren Freunde. Das Leben dreht sich im Kreis, Caroline. Das Leben dreht sich im Kreis.«

Auf dem Rückweg, während ihr der Kopf schwirrte, kam Caroline an einer Galerie vorbei, die ihr schon öfter aufgefallen war, aber die sie nie betreten hatte. Es gab einige Galerien in diesem Viertel der Stadt, aber an der Tür von dieser hier hing normalerweise ein »Geschlossen«-Schild. Heute war die Tür offen, und ein großer Mann, der ihr den Rücken zukehrte, stand in der Galerie und hängte gerade ein Bild auf. Es war ein Porträt von der Klippe, auf der sie nach ihren Spaziergängen mit dem Hund oft verweilte.

»Ein wundervolles Bild.«

Sie atmete die Farben ein – apricot, rostrot, moosgrün, lilaschwarz.

»Es gefällt Ihnen?« Er wandte sich um, und ihr wurde bewusst, dass er älter war, als er von hinten aussah. Ein seltsames Gefühl in der Brust weckte in ihr die Frage, ob sie ihm schon einmal begegnet war.

»Kennen wir uns?« Er nahm seine Hornbrille ab und putzte die Gläser an seinem T-Shirt, bevor er sie wieder aufsetzte, aber nicht ohne dass sie die freundlichen Lachfältchen um seine Augen wahrnahm. »Sie sind doch das Mädchen mit dem Hund, das jeden Morgen oben auf der Klippe sitzt.«

Caroline lachte. »Wohl kaum mehr ein Mädchen, aber danke für das Kompliment. Meine Kinder und ich verbringen hier die Sommerferien bei einer Freundin. Eigentlich bin ich selber Künstlerin.«

Sie gab ihm ihre Karte – sie hatte immer welche dabei.

Er wirkte beeindruckt. »Ich kenne Ihre Arbeiten aus den Souvenirläden.«

Nun wurde sie verlegen. Er dachte bestimmt, dass sie angeben wollte. »Eigentlich haben sich meine Arbeiten geändert, seit ich hier bin. Ich habe festgestellt, dass ich nun ganz andere Dinge ausprobiere.«

Er lächelte, ein nettes Lächeln mit kleinen Fältchen, sodass sie sich fragte, ob sie sich in seinem Alter getäuscht hatte. »Das ist normal hier unten. Meine Frau hat genau dieselbe Erfahrung gemacht.«

Seine Frau? Natürlich hatte er eine Frau! So wie sie einen Mann hatte. Sich in einen gut aussehenden Fremden zu verlieben, wenn man sich frisch von seinem Mann getrennt hatte, kam nur in Kitschromanen vor.

»Warum bringen Sie nicht ein paar Ihrer Arbeiten vorbei?« Er deutete auf die weißen Flächen. »Ich habe diesen Raum erst vor kurzem angemietet. Ich könnte noch gut einen Künstler gebrauchen, der seine Werke bei mir ausstellt.«

Ein wunderbares, warmes Gefühl durchströmte sie, trotz ihrer Gedankenspiele eben. »Danke. Ich weiß zwar nicht, ob sie etwas taugen, aber …«

»Lassen Sie das mich beurteilen.« Er streckte die Hand aus. »Ich heiße Grant.«

»Ich bin Caroline.«

»Ich weiß.« Er lächelte. »Sie wohnen bei der fabelhaft eleganten Diana. Keine Sorge. Niemand hier an diesem Ort kommt mit irgendetwas davon, ohne dass alle anderen es spitzkriegen.«

Caroline konnte es kaum erwarten, nach Hause zu kommen, obwohl es ihr schwerfiel, so schnell zu gehen wie früher. Mit etwas Glück würden die Kinder noch im Bett liegen, und sie könnte die Bilder auf dem Dachboden durchsehen, um eine Auswahl für Grant zu treffen. Besser, sie beeilte sich – in der Luft lag ein eisiger Wind, und der Himmel verfinsterte sich. Trotzdem, so ein Regentag am Meer hatte etwas sehr Stimmungsvolles, wenn man dort lebte – für Touristen war es eher enttäuschend, aber als halbe Einheimische kam es ihr richtig vor. Normaler.

Sie bog um die Ecke und verharrte abrupt. In der Einfahrt standen zwei Fahrzeuge. Zwei Fahrzeuge, die sie nur allzu gut kannte.

Das eine gehörte Grace.

Und das andere Simon.

Erst jetzt fragte sie sich, ob sie Petunia von der anderen Sache hätte erzählen sollen. Von der schrecklichen Sache, die sie getan hatte und von der nur Großtante Phoebe und anscheinend auch Diana gewusst hatten.

46

»Warum hast du mir nicht gesagt, dass du früher kommst?«

Simon stand da, in der wunderbaren, großen, offenen Diele, während die Sonne durch das Fenster schien, als erwartete er, dass sie sich in seine Arme warf.

»Großspurig« hatte ihre Mutter ihn genannt, laut Diana. Warum hatte sie *ihr* das nie gesagt? Würde sie selbst es Scarlet sagen, wenn sie ihren neuen Freund unsympathisch fände? Wahrscheinlich nicht, wenn sie sichergehen wollte, dass ihre Tochter weiterhin mit ihr redete.

»Ich wollte dich überraschen.«

Er stand immer noch mit ausgebreiteten Armen da, aber sie ging einfach an ihm vorbei.

»Sei nicht so, Caro. Ich wäre schon früher gekommen, aber bei uns war die Hölle los, wie du dir bei den Schlagzeilen in dieser Woche sicher denken kannst. Der Premierminister ist weg und …«

»Das ist mir egal.«

Sie konnte ihn nun als das betrachten, was er wirklich war – was er wahrscheinlich immer gewesen war, auch wenn sie zu sehr mit den Kindern zu tun gehabt hatte, um es zu bemerken. Aber er war doch nicht immer so selbstgefällig gewesen, oder? Es schien noch gar nicht so lange her zu sein, dass er ein junger, leicht nervöser Reporter war bei einem Wochenblatt, das keiner kannte. Wann hatte er angefangen, sich zu verändern? Oder lag es an ihr?

Fast wie durch Zufall begann ihr Ehering zu jucken. Das tat er in letzter Zeit immer öfter, als wollte er ihr sagen, dass sie ihn abnehmen sollte, was sie noch nie getan hatte. Die Perlen hingegen schienen ihren Hals zum Glühen zu bringen, brennend vor Empörung.

»Du bist fremdgegangen, Simon!«

»Sch.« Er hielt sie nun an beiden Armen fest und zwang sie stillzustehen. Es war nur eine Frage der Zeit, bis er es bemerken würde. »Die Kinder werden gleich zurückkommen.«

»Wo sind sie überhaupt?«

»Deine Freundin Diana hat sie ins Kino geschickt, damit wir reden können. Eine smarte Frau für ihr Alter, nicht wahr? Diesen Eindruck hatte ich bereits bei unserer ersten Begegnung beim Leichenschmaus für deine Großtante.«

»Trauerfeier«, sagte sie kühl. »In unserer Familie nennt man das Trauerfeier.«

Simons Anpassungsfähigkeit an regionale Besonderheiten, wenn er sich davon Anklang bei seinem Publikum versprach, fand sie schon immer beunruhigend, und sie fragte sich, wer ihr Ehemann wirklich war – dieser Mann, der für unterschiedliche Leute unterschiedliche Dinge verkörpern konnte. Er hatte einen angeheirateten irischen Onkel, was ihm offenbar das Recht gab zu behaupten, er habe »irische Wurzeln«. Andererseits wiederum, wenn die Situation sich anbot, konnte er auch schottische Wurzeln haben durch eine angeheiratete Tante oder sogar walisische, da er an der University of Glamorgan studiert hatte.

»Caro!« Grace trat aus der Küche in die Diele, ein Weinglas in der Hand. »Das wurde auch Zeit!«

Caroline war verwirrt. »Ich habe dich nicht erwartet.«

»Hast du meine SMS nicht bekommen?«

»Nein, aber trotzdem schön, dich zu sehen.« Caroline ging auf ihre Schwester zu, um sie zu umarmen, aber Grace streifte nur leicht ihre Wange.

»Ich habe dir geschrieben, dass ich runterkomme, um das Collier zu holen. Schon vergessen? Du wolltest es mir borgen für den Ball, auf den ich eingeladen bin.«

Carolines Hand wanderte instinktiv an ihren Hals.

»Ich glaube, Sie haben da etwas falsch verstanden«, sagte eine Stimme in der Eingangstür. »Caroline macht normalerweise keinen Schritt ohne ihre Perlen, nicht wahr, meine Liebe?« Diana kam hereingerauscht, in einem seidenen Morgenmantel, der vorne mit türkisfarbenen Pfauen bestickt war. Er sah aus, als hätte sie ihn auf einem orientalischen Basar gekauft. »Und so«, fügte sie kühl hinzu, »sieht man sich wieder, Simon.«

Sie sprach seinen Namen mit genau der richtigen Prise Verachtung aus, und Caroline beobachtete nicht ohne eine gewisse Genugtuung, dass Simon zusammenzuckte.

Er streckte Diana die Hand entgegen. »Ja, in der Tat.«

Sie ignorierte seine Hand. »Ich habe schon einiges von Ihnen gehört.«

»Nur Gutes, hoffe ich.«

»Carrie!« In Grace brodelte es eindeutig. »Du kannst das mit den Perlen doch nicht vergessen haben. Es ist ja nicht so, als würde ich sie verlieren, oder?«

Ihre Stimme klang bockig wie früher als Kind, wenn sie etwas wollte.

»Das ist also Ihre Schwester.« Diana sprach langsam, als könnte sie es nicht glauben. Sie musterte die beiden Frauen mit den unterschiedlichen Haarfarben, aber ähnlichen Gesichtszügen (dieselbe Nase, dieselben Augen), und nickte, als würde ihr plötzlich ein Licht aufgehen. »Natürlich. Jetzt verstehe ich. Ich glaube, wir sind uns kurz auf der Beerdigung begegnet.«

»Sind wir das?« Grace schenkte Diana ein schroffes Nicken, bevor sie ihre Aufmerksamkeit wieder auf ihre Schwester richtete. »Bitte, sag nicht, du hast vergessen, dass du mir die Perlen leihen wolltest. Ich bin extra deswegen die ganze Strecke runtergefahren.«

»Was?«, ertönte plötzlich Scarlets Stimme. »Eigentlich hat Mum mir die Perlen versprochen, für den Ball morgen Abend an meiner alten Schule in London. Ich freue mich schon so darauf, meine ganzen Freunde von früher wiederzusehen.«

Etwas begann in Carolines Brust zu flattern. Sie wollte sich nicht von den Perlen trennen – sie fühlten sich an wie ein Teil von ihr. »Lieber nicht«, begann sie.

»Aber du hast es versprochen! Außerdem hast du gesagt, wenn du mal stirbst, kann ich sie haben ...«

Grace mischte sich ein. »Und was ist mit mir? Wenn jemand die Perlen bekommen sollte, dann doch wohl ich. Ich fand es ziemlich unfair, dass ich mit einem blöden Köter und einem Telegramm abgespeist wurde, auch wenn der sich als ein alter Wettschein entpuppt hat, der ein bisschen was wert ist. Aber die Perlen wären mir lieber.«

»Ein bisschen was wert?«, fragte Simon.

Grace machte eine abfällige Geste. »Ich habe den Schein bei Bonhams schätzen lassen. Offenbar stammt er von 1897, was bedeutet, dass er Urgroßmutter Louisa gehörte.«

1897? Caroline war verwirrt. Laut Roses Tagebüchern führte ihre Mutter damals schon eine Art Einsiedlerleben. Aber wer sagte, dass Einsiedler nur Däumchen drehten? Wenn Louisa damals Freude daran hatte, ein Dienstmädchen loszuschicken und auf die Pferde setzen zu lassen, deren Jockeys Violett trugen, war das sicher etwas, wofür man dankbar sein sollte.

»Aber vergessen wir das.« Grace drückte ihre Zigarette in einer hübschen Untertasse aus, die ganz sicher kein Aschenbecher war. »Ich habe nicht viel Zeit, weil ich wieder nach London zurückmuss. Gib mir einfach die Perlen, Carrie. Ich verspreche, dass ich gut darauf aufpassen werde.«

»Keine von euch beiden bekommt sie.«

Zuerst dachte sie, die Worte wären aus ihrem eigenen Mund gekommen, aber dann wurde ihr bewusst, dass Diana gesprochen hatte. Die alte Dame wirkte beunruhigt und rang die Hände. »Das ist mir gerade erst klar geworden. Nun ergibt alles einen Sinn. *Ihr dürft sie ihr nicht geben.* Das hat Rose zum Schluss gesagt. Sie wollte, dass ich die Kinder nehme, falls ihr etwas zustößt, und ihre Schwester sollte die Perlen bekommen. *Gebt sie Phoebe und nicht Helen.*

Ich dachte, sie wollte zu ihrer Schwester großzügig sein, aber jetzt verstehe ich, dass sie versucht hat, ihre Tochter zu schützen. Sie müssen das Collier sofort abnehmen, Caroline. Wie konnte ich nur so dumm sein? Das hat sie gemeint. Genau das hat sie gemeint.«

Dianas Atem ging schneller, und sie wurde weiß im Gesicht, genau wie vor ein paar Tagen. »Sie fühlt sich nicht gut.« Caroline warf einen panischen Blick zu ihrem Mann. »Das hatte sie schon einmal. Gib mir dein Handy, Simon. Schnell. Ich rufe den Notarzt.«

»Nein.« Dianas Stimme klang entschlossen, während Grace sie behutsam zur Couch geleitete. »Ich will keinen Arzt. Haben Sie verstanden? Ich fühle mich bereits besser.«

Caroline zögerte. Tatsächlich bekam die alte Dame wieder Farbe im Gesicht. Vielleicht würde es ihr nicht gut bekommen, wenn Caroline sofort auf einem Arzt bestand – vielleicht war es besser, einen Termin für morgen vorzuschlagen. Sie wollte Simon gerade sein Handy zurückgeben, als es piepte. Automatisch sah sie auf das Display.

»Ich Dich auch. HASE. Wann kommst Du wieder? Tessa x«

»Du Schwein!«

Sie schleuderte das Handy nach ihm, aber er duckte sich, und es prallte von der Wand ab und zersplitterte auf dem Boden.

»Was ist denn los?«, fragte Scarlet mit angespanntem Gesicht. Sie durfte es nicht erfahren, wurde Caroline bewusst. Sie durfte nicht wissen, dass ihr Vater fremdging, oder ihr Leben würde aus der Bahn kippen wie ihr eigenes damals.

»Nichts.« Sie sprach in einem unbekümmerten Ton. »Ich geh' nur mal kurz an die frische Luft. Bin gleich wieder da. Diana, macht es Ihnen etwas aus, wenn ich Sie eine Weile mit Grace allein lasse?«

»Nein. Warte!« Simons Stimme klang unsicher auf eine Art, die sie nicht von ihm kannte. »Warte auf mich, Carrie.«

Kaum war sie aus dem Haus, versuchte sie loszurennen, aber die Schwere in ihr verhinderte das.

»Ich kann es erklären.« Simon holte sie schnaufend ein. Er war auch nicht fit, aber aus einem anderen Grund.

»Ich will es nicht hören. Du bist nicht fähig, die Wahrheit zu sagen.«

Er musste schneller laufen, um mit ihr Schritt zu halten. »Okay. Ich habe einen Fehler gemacht. Einen einzigen. Ich gebe es zu, und es tut mir leid, Caro. Es wird nicht wieder vorkommen.«

»Da hast du völlig recht. Weil ich dir keine weitere Chance geben werde.«

Sie hatten nun fast die Klippen erreicht. Das untere Ende der Stufen, die Diana und sie letzte Woche hochgestiegen waren, um von oben das Meer zu betrachten. Es begann zu regnen, und die Stufen waren rutschig, während sie hochstürmte und Simon hinter sich ließ.

»Thomas!«, rief sie laut, unbeabsichtigt. »Thomas!« Ihre Stimme schallte mit dem Wind hinaus, während die Möwen über ihr schrien wie gestrandete Katzen. Einen Moment lang hörte es sich an, als würden sie ihretwegen kreischen.

Selbst aus ihrer Höhe konnte sie die Verwirrung sehen, die über sein Gesicht huschte, während er hinter ihr die Stufen hochstieg. »Jawohl«, brüllte sie, und der Wind zerzauste ihre Haare, die an ihrem Mund kleben blieben. »Hast du dich nie gefragt, warum Scarlet dir kein bisschen ähnlich sieht? Ich habe genau dasselbe getan wie du. Ich bin keinen Deut besser als du. Verstehst du das nicht? Ich bin wütend auf dich, weil ich in Wirklichkeit wütend auf mich selbst bin.«

Er holte sie nun ein und versuchte, sie festzuhalten. »Ich verstehe nicht.«

»Ich konnte nicht schwanger werden, schon vergessen? Nicht nach der ersten Fehlgeburt und ganz sicher nicht nach den ständigen Streitereien zwischen uns danach. Also habe ich ihn ausfindig gemacht.«

»Wen?«

»Thomas!« Und ihre Stimme hallte laut von den kahlen roten Klippen wider, um von den Möwen aufgepickt zu werden. »Thomas! Der einzige Mann, den ich jemals wirklich geliebt habe.«

»Das ist nicht dein Ernst!«

Simons Stimme hinter ihr kreischte zusammen mit den Möwen. »Du bist einfach nur wütend. Bitte, Caro, bleib stehen. Du fällst sonst noch. Es wird alles gut. Das verspreche ich. Wir ziehen woanders hin. Fangen ganz neu an. Ich werde kündigen. Ich werde tun, was immer du willst. Ich werde …«

Ein splitterndes Geräusch war zu hören. Unter ihrem Fuß gab etwas nach. Erschrocken spürte sie, dass ihr Fuß ins Leere trat, wo eigentlich eine Stufe hätte sein müssen. Dann ein Schrei – von ihr oder von Simon? Und dann noch einer.

»Halt dich fest!«

Das versuchte sie, während sie sich verzweifelt an das nasse Geländer klammerte.

»Reich mir deine Hand!«

Simons Gesicht war zu einer Grimasse verzogen, als würde er Schmerzen leiden, obwohl sie wusste, dass es ein Ausdruck von Konzentration war. Wie konnte man ein Gesicht nach so vielen Jahren Ehe falsch interpretieren? Wie konnte man nicht merken, dass der eigene Ehemann einen betrog?

Er erwischte nun ihre Hand und zog sie hoch, aber irgendetwas stimmte nicht. Ihr Hals schnürte sich immer mehr zu, und mit einem Schock wurde ihr bewusst, dass Simon sie erdrosselte, so wie sie damals gedacht hatte, ihr Vater wolle ihre Mutter umbringen, als er sie über den Boden gewälzt hatte, um die Flammen zu ersticken.

»Du erwürgst mich«, röchelte sie, aber Simons Augen waren weit aufgerissen vor Entsetzen. Sie hatte sich verfangen. Das erkannte sie nun. Ihre Perlen hatten sich in der gesplitterten, durchgebrochenen Stufe verfangen und schnürten ihr die Luft ab.

»Mach sie ab«, versuchte sie zu sagen, aber die Worte kamen nicht heraus.

Er musste sie nun loslassen, während sie sich weiter an dem nassen Holz festklammerte, da er beide Hände brauchte, um die Kette zu zerreißen. Aber die Perlen waren auf einen geknoteten Seidenfaden gefädelt. Das war zur Sicherheit, hatte der Juwelier ihr erklärt, als sie das Collier für die Versicherung hatte schätzen lassen. Zwischen jeder einzelnen Perle war ein Sicherheitsknoten geknüpft für den Fall, dass der Faden mit der Zeit brüchig wurde, was hin und wieder vorkam. Dann mussten die Perlen neu aufgefädelt werden.

»Halt still!«, schrie Simon.

Sie bekam nun fast keine Luft mehr. Die Perlen waren wie eine seidene Schlinge, die den letzten Atem aus ihr herauspresste. Bilder, seltsame Bilder, flackerten vor ihr auf. Eine Braut auf ihrem Bett. Warum? Ein alter Mann mit einer Staffelei. Ein junges Mädchen mit einem Globus. Ein Mann in einem Krankenhausbett, flankiert von einem schmucken Soldaten in Uniform auf der einen Seite und einer hübschen jungen Frau auf der anderen. Ein Schiff. Ein Haus auf Pfählen. Eine kleine dunkelhäutige Frau, die mit ihren Perlen weglief. Ein älterer Mann, der die hübsche junge Frau neben dem Bett küsste, obwohl sie jetzt älter aussah. Ein junges Mädchen, das weinend auf das Porträt eines kleinen Mädchens in einem weißen Kleid starrte am Fußende des Betts.

Dasselbe junge Mädchen in einem Schlafsaal, ähnlich wie jener in dem Wocheninternat, das Scarlet sich ausgesucht hatte. Eine junge Frau mit ängstlichem Gesicht auf einem Standesamt. Eine alte Frau, die sich im Bett aufsetzte und um ein Baby weinte.

Und dann plötzlich stand ein kleiner brauner Junge neben ihr und gab ihr ein Zeichen, ihm zu folgen. Irgendwie bewegte sie sich nun, weg von den Perlen, die ihren Hals strangulierten, als würde sie aus ihrer Haut heraustreten und auf sich selbst zurückblicken wie bei einer außerkörperlichen Erfahrung.

Sie sah den gequälten Ausdruck in ihrem Gesicht, Simons verzweifelten Blick, während er versuchte, sie zu befreien. Aber nun änderte sich das Bild, und stattdessen stand sie vor einem Bett, in dem eine schöne junge Frau mit einer wallenden roten Mähne und in einem weißen Nachthemd saß, die sich in einen weißen Kissenberg lehnte und eine Perlenreihe betrachtete. *Ihre* Perlen, wie Caroline bewusst wurde. Und die junge Frau hatte große Ähnlichkeit mit ihrer Urgroßmutter Louisa auf dem Familienporträt.

»Man hat mir von ihnen erzählt.« Die Stimme war ein mädchenhafter Singsang. »Es heißt, sie sollen verflucht sein, weißt du? Sie waren ein Geschenk für die Tante meiner Schwiegermutter von ihrem Verlobten, der sie kurz vor der Hochzeit sitzen gelassen hat.«

Die schönen Augen der jungen Frau sahen auf und hefteten sich auf Caroline. »Sie hat geschworen, oder zumindest wird das so erzählt, nie wieder ein Wort zu sprechen. ›Von der Liebe enttäuscht‹, nannte man das. Und sie hat geschworen, dass die Perlen jedem Unglück bringen sollen, der sie trägt.«

Sie hielt sie bewundernd ins Licht. »Sie sind wunderschön, nicht wahr? Natürlich gebe ich nichts auf solche Geschichten. Genauso wenig wie James' Mutter, die die Perlen von ihrer Schwester geerbt hat. Niemand glaubt daran. Und selbst wenn ich es glauben würde, könnte ich mich ihnen nicht verweigern, so wie ich mich auch James nicht verweigern konnte.«

Sie lachte, aber ihr Lachen klang nicht sehr mädchenhaft – es hatte einen bitteren Unterton. »Ich hatte keine Wahl, verstehst du? Keine von uns hatte das damals.«

Caroline versuchte nun, die Lippen zu bewegen. »Ich schon«, wollte sie sagen. »Ich habe eine Wahl.«

Aber die junge Frau in dem Bett verblasste, und der braune Junge entfernte sich, verschmolz mit dem Rot der Klippen. Plötzlich spürte sie, dass sie so schnell fiel, dass es ihr vorkam, als hätte jemand ein Ventil in ihrer Brust geöffnet.

»Stopp!«, versuchte sie zu schreien. »Stopp!«

Und danach wurde alles schwarz.

Daily Globe

Aktuelle Schlagzeilen
12. Juli 1997

Simon Sweeting, Redakteur unserer Zeitung, starb gestern bei einem außergewöhnlichen Unfall.
Die Polizei geht davon aus, dass Sweeting bei dem Versuch, seiner Frau das Leben zu retten, eine Klippe hinabstürzte.

Fünf Jahre später

The Windsea Herald

12. November 2002

Eine an den Strand gespülte Perlenkette ist von einem Finder abgegeben worden. Wer dazu nähere Angaben machen kann, möchte sich bitte bei der Polizei melden.

47

»Die Leute werden Schlange stehen, und jeder wird behaupten, dass die Perlen ihm gehören!«, bemerkte Scarlet verächtlich, die am Wochenende Zeit für einen Besuch hatte, was selten genug vorkam, nachdem sie erst vor kurzem bei ihrer Zeitschrift zur stellvertretenden Moderedakteurin ernannt worden war.

Mit zweiundzwanzig war Scarlet eine richtige Schönheit in der Art, wie Caroline es immer gern gewesen wäre. Sie hatte eine kastanienbraune Mähne (genau wie ihre Urgroßmutter Rose auf dem Porträt), einen Porzellanteint und leuchtend blaue Augen, die selbst jetzt lustig funkelten. Und sie war verliebt! Und viel zu jung für etwas Ernstes, lag Caroline auf der Zunge, aber irgendwie widerstrebte es ihr, dem Glück ihrer schönen Tochter Nadelstiche zu versetzen.

Scarlet wedelte nun mit der Lokalzeitung vor der Nase ihrer Mutter. »Kannst du dir vorstellen, wie viele angebliche Besitzer es geben wird?«

Caroline spürte ein Flattern im Magen. Irgendwie hatte sie darauf gewartet, dass das passierte. Und nun, da es passiert war, wusste sie genau, was zu tun war.

»Bei uns hier wird Ehrlichkeit sehr hoch geschätzt. Du würdest dich wundern.«

»Bei uns hier?« Scarlet drückte liebevoll den Arm ihrer Mutter. Es war eine Geste, dic Caroline Bestätigung gab und die sie brauchte nach diesen langen Monaten, die auf Simons Tod folgten, als ihre Tochter so kühl und distanziert zu ihr gewesen war und sie damit allzu deutlich an ihre eigene Reserviertheit gegenüber ihrer Mutter erinnerte, nachdem ihre Eltern sich hatten scheiden lassen.

»Mum, du lebst hier seit gerade einmal, wie viel, fünf Jahren, was praktisch nichts ist an einem Ort wie diesem, der seit Jahrhunderten von alteingesessenen Familien bewohnt wird. Aber du redest immer so, als wärst du schon ewig hier.«

Genau so kam es ihr auch vor. Manchmal konnte Caroline nicht glauben, dass seit Simons Tod schon fünf Jahre vergangen waren. Fünf Jahre, seit er in die Tiefe gestürzt war, nachdem er ihr das Perlencollier vom Hals gerissen und sie davor bewahrt hatte, sich am Geländer zu strangulieren. Fünf Jahre, seit sie Scarlet gesagt hatte, wer ihr richtiger Vater war.

Nach dem Unfall standen sie alle unter Schock. Nichts war mehr real. Jede Minute, jede Stunde, jeder Tag fühlte sich an, als würde die Welt sich ohne sie weiterdrehen. Sie verdiente es nicht, am Leben zu sein, dachte Caroline immer wieder, während sie sich von ihrem Armbruch erholte, der nichts war angesichts der Lage der Dinge.

Die Kinder waren eine andere Sache. »Wo ist Dad?«, fragten die Jungs immer wieder, als könnte er jederzeit zur Tür hereinkommen.

Hatte ihre eigene Mutter sich mit vierzehn Jahren auch so gefühlt, als ihre Mutter gestorben war? Nur Scarlet war still, erschreckend still, und weigerte sich tagelang, aus ihrem Zimmer zu kommen. Als sie schließlich auftauchte, setzte sie sich einfach auf die Steinmauer am Strand, ohne etwas zu sagen.

Es war Grant, der die Idee hatte – Grant, einer von vielen aus dem Ort, die vorbeigekommen waren und Kondolenzbriefe und vorgekochte Mahlzeiten und Freundlichkeit mitgebracht hatten, obwohl Caroline die meisten davon kaum kannte. »Geben Sie ihr das«, hatte er nur gesagt und ihr ein kleines Holzetui in die Hand gedrückt, bevor er sich verabschiedete, ohne ihr die Chance zu geben, etwas zu sagen.

In dem Etui lagen Stifte. Kohlestifte. Leise legte sie es vor die Zimmertür ihrer Tochter, zusammen mit einer Schüssel Essbarem, und als sie eine halbe Stunde später wieder nach oben ging, stellte sie fest, dass beides verschwunden und das Zimmer ihrer Tochter leer war.

»Lass sie«, sagte die Stimme in ihrem Kopf. Aber als sich dieses Verhalten vier Tage hintereinander wiederholte, folgte sie schließlich ihrer Tochter zum Strand. In der Tat, da saß sie auf der Steinmauer und summte leise vor sich hin, während sie die kleine weiße Segelbootflotte zeichnete, die im Hafen abgelegt hatte.

»Ich muss dir etwas sagen«, begann sie leise.

Scarlets Kopf blieb gesenkt, und Carolines Herz fing an, laut zu schlagen.

»Es geht um deinen Vater.«

Das Herzklopfen dröhnte in ihren Ohren. Geheimnisse! Es hatte zu viele Geheimnisse in ihrer Familie gegeben. Das hatte Großtante Phoebe, die Einzige, die jemals wegen Thomas Bescheid wusste, bei Carolines letztem Besuch gesagt. »Eines Tages, meine Liebe«, hatte sie erklärt und Caroline durch ihre neue Bifokalbrille scharf angeblickt, »wirst du Scarlet die Wahrheit sagen müssen.«

»Ich habe es satt, über Dad zu sprechen.« Scarlets Stimme hatte einen schrillen Unterton, ähnlich dem von Grace, der Caroline in die Gegenwart zurückholte. »Er hat dich verletzt. Ich habe gehört, wie ihr euch gestritten habt. Und jetzt ist er tot. So einfach ist das. Wir haben ja schließlich immer schon wenig von ihm gehabt, oder?«

Es stimmte, Scarlets Verhältnis zu ihrem Vater hatte sich verschlechtert, als sie acht oder neun Jahre alt war. Simon schien es nicht zu gefallen, dass seine Tochter langsam anfing, erwachsen zu werden, während Scarlet sich daran gewöhnt hatte, dass er nie zu Hause war. Vielleicht war das ein Grund mehr, dass ihre Tochter die Wahrheit erfahren sollte.

»Sag es ihr«, erklang eine Stimme in ihrem Kopf, die sich anhörte wie Tante Phoebe. »Sag es ihr.«

Caroline konzentrierte sich angestrengt auf die Reihe der Segelboote, die über das Wasser flitzten. Ihr kam in den Sinn, dass sie wie ein Riss im Horizont aussahen oder vielleicht wie eine hellblaue Wand.

»Tatsächlich, mein Schatz, ist es nicht so einfach.« Sie hob ein Bein über die Mauer und zog das andere nach, um sich neben ihre bezaubernde Tochter zu setzen, die fast größer war als sie. »Ich muss dir von einem Mann erzählen. Sein Name war ... ist ... Thomas.« Sie schlang den Arm um die Schulter ihrer Tochter. »Ich war ungefähr in deinem Alter, als ich ihn kennenlernte.«

Nach der ersten Fehlgeburt damals vor all den Jahren hatte Simon sich verändert. »Es ist deine Schuld«, hatte er mit blitzenden Augen gesagt. »Wärst du nicht ständig durch die Gegend kutschiert, um neue Aufträge an Land zu ziehen, wäre das vielleicht nicht passiert.«

Caroline war entsetzt gewesen. »Und was ist mit dir? Du bist nie hier! Wie soll ich denn schwanger werden, wenn du ständig im ganzen Land unterwegs bist für deine Live-Berichterstattungen?«

In jener Nacht hatten sie in getrennten Betten geschlafen, und Caroline lag die ganze Nacht wach und fragte sich, wie ihr Leben derart aus den Fugen geraten konnte. Dies war monatelang so weitergegangen, bis sie eines Tages unwillkürlich zum Hörer griff und einfach die Telefonauskunft anrief. Zu ihrem Schreck und gleichzeitig auch zu ihrer Begeisterung hatte sich Thomas' Adresse nicht geändert. Er sagte Ja, als sie ihm ein Treffen vorschlug. »Ich bin gerade frei. Es gibt einen netten kleinen Pub auf halber Strecke zwischen dir und mir.«

Es war so einfach gewesen. Thomas war immer noch groß, aber nicht mehr so schlaksig und unbeholfen wie früher, und er freute sich aufrichtig, sie wiederzusehen. Es tat so gut, mit ihm über die Fehlgeburt zu reden und über diesen Mann, den sie geheiratet hatte und der sich als ein anderer entpuppt hatte. Und als Thomas bei ihrem Lunch in dem kleinen Pub außerhalb von Amersham mitfühlend ihre Hand drückte, fühlte sie sich gleich viel besser.

»Warum haben wir uns eigentlich aus den Augen verloren?«, fragte er leise beim anschließenden Kaffee, nachdem er ihr von seiner eigenen Ehe erzählt hatte, die zwar nicht berauschend war, aber die er, wie man ihm zugestehen musste, trotzdem nicht zu beenden beabsichtigte.

»Ich weiß es nicht«, gab sie leise zurück.

Später fand sie keine Entschuldigung dafür, aber zu diesem Zeitpunkt, vielleicht aufgrund der drei Gläser Wein, die sie getrunken hatte, ergab das alles vollkommen Sinn. »Ich kenne ein Hotel gleich hier in der Nähe«, sagte er auf eine Art, die vermuten ließ, dass er es fast zu gut kannte, aber in ihrer Freude darüber, jemanden wiederzusehen, der ihre ganze Geschichte kannte und den sie geliebt hatte, wirklich geliebt, schien das keine Rolle zu spielen.

Es war, wie auf einer Welle zu reiten – einer Welle, auf der sie zuvor schon geritten war, aber dieses Mal wurde sie von ihr übermannt. Erstickt auf eine wundervolle Art. Das war also gemeint, mit »sich fortreißen lassen«. Es war also wirklich echt gewesen vor all den Jahren. Simon war, trotz seines Charismas und seines guten Aussehens, die andere Version, so wie ihr Vater das für ihre Mutter gewesen war.

Im darauffolgenden Monat blieb ihre Periode aus. Es hatte keinen Sinn, wie Tante Phoebe ihr mit eisernem Blick erklärte, es Thomas zu sagen. Er habe schließlich seinen Zweck erfüllt, und außerdem sei es doch sicher nicht ihre Absicht, zwei Ehen zu zerstören, oder? Also befolgte sie, starr vor Angst, den Rat ihrer Großtante und verführte Simon kurze Zeit später, damit er mit ihr schlief und sie das Kind als seins ausgeben konnte.

»Die beste Lösung, wenn du mich fragst«, bemerkte ihre Großtante, während sie ihre Zigarette rauchte und auf den tadellos gepflegten Rasen des alten Herrensitzes hinausstarrte. Sie berührte beim Reden ihre Perlen, eine Angewohnheit, die immer öfter bei ihr zu beobachten war, jedenfalls kam es Caroline so vor. »Du hast jetzt dein Baby.«

Ihre Worte hingen schwer in der Luft, und Caroline dachte traurig an die vielen hübschen Strickjäckchen, die sich in der schweren Mahagonikommode im Gästezimmer stapelten. Als sie sie mit vierzehn zum ersten Mal entdeckte, hatte sie sich keinen Reim darauf bilden können, aber nun begann sie zu ahnen, was es damit auf sich hatte. Phoebe und Victor hatten sich eben doch Kinder gewünscht, aber es wollte nicht klappen, und sie mussten sich, wie damals üblich, damit abfinden. So war es vielleicht nicht überraschend, dass Phoebe ihre ältere Schwester darum beneidet hatte, dass sie so schnell schwanger wurde, was wiederum erklärte, warum sie Helen und den kleinen Frank so kühl behandelt hatte – sie waren eine ständige Erinnerung daran, dass ihre ältere Schwester vollbracht hatte, was ihr nicht gelungen war.

»Merk dir meine Worte«, fügte Phoebe hinzu, während ihre rechte Hand ein Bleikristallglas mit unverdünntem Whisky umklammerte. »Du wirst es bereuen, wenn du einem der beiden die Wahrheit sagst.«

Danach hatte Caroline, voller Schuldgefühle, ihr Bestes getan, um dafür zu sorgen, dass Simon glücklich war, und sie stellte leicht verwundert fest, dass sie es irgendwie geschafft hatte, ihre Ehe von dem Abgrund wegzuziehen, sodass sie sich hinterher sogar näher waren denn je, bevor das alles passiert war.

Trotzdem hatte sie sich gründlich getäuscht! Wie lange, fragte sie sich nun, hatte es wohl gedauert, bis Simon selber untreu geworden war? Manchmal, hatte Petunia gesagt, war es nicht möglich, auf jede Frage eine Antwort zu finden.

»Es war nur das eine Mal«, versuchte sie ihrer Tochter zu erklären, aber das klang blöd, übertrieben rechtfertigend, auch wenn es die Wahrheit war. »Ich habe deinen Vater geliebt.« Das entsprach auch der Wahrheit – es war nur eine andere Liebe als die, die sie für Thomas empfand. »Wir hatten damals eine kleine Ehekrise. Viele junge Ehepaare haben in den ersten Jahren Probleme. Ich war fast noch ein Kind.«

»Spar dir deine Ausreden.« Scarlet rückte auf der Steinmauer ein Stück von ihr weg, als hätte sie eine ansteckende Krankheit. »Wer weiß sonst noch darüber Bescheid?«

»Niemand. Niemand außer Tante Phoebe.«

»Warum hast du es ihr gesagt?«

Ja, warum eigentlich? Vielleicht weil es bei ihrer Großtante weniger wahrscheinlich war, dass sie sich verplapperte, im Gegensatz zu ihrer Mutter, die sich immer sehr beherrschte gegenüber ihrem Mann und womöglich, in einem Anfall von Wut, eines Tages mit der Wahrheit hätte herausplatzen können.

Caroline hatte manche Details ausgespart während ihres Gesprächs mit Scarlet auf der Steinmauer und ihr trotzdem genug erzählt, dass sie die Wahrheit kannte. Aber wenn sie gehofft hatte, dadurch Scarlets Trauer über den Tod ihres Vaters lindern zu können, befand sie sich im Irrtum.

»Wie kann Dad nicht mein Dad gewesen sein?«, hatte Scarlet geschrien, bevor sie aufsprang und über den Kiesstrand in Richtung Hafen davonlief. »Ich will nie wieder darüber reden. Hast du verstanden? Nie wieder!«

Nach und nach verwandelte sich die Wut ihrer Tochter in einen unbehaglichen Waffenstillstand. Trotzdem war es unmöglich, emotional betrachtet, nach Simons Tod in ihr altes Londoner Leben zurückzukehren, also blieb sie in Dianas kleinem Cottage, meldete die Kinder in den örtlichen Schulen an und kümmerte sich weiter um ihre Auftragsarbeiten, die sie zum Glück überall ausführen konnte. Zusammen mit Simons Rente reichte es gerade so, um über die Runden zu kommen. Petunia half ihr durch das erste Jahr mit ihren Heil- und Therapiesitzungen, in denen Caroline ihre Schuldgefühle wegen Simons Tod verarbeitete. Währenddessen versuchte sie immer noch, die ganzen Puzzlestücke zusammenzufügen.

Hatte es ihre Großmutter tatsächlich ernst gemeint, als sie Diana sagte, dass die Perlen Unglück brachten, oder war das nur das wirre Geschwätz einer armen Frau gewesen, deren Verstand durch einen Hirntumor zerstört wurde?

»Wer weiß?«, hatte Diana mit einem eleganten Achselzucken erwidert, als Caroline sie darauf ansprach, ein paar Monate nach der Beerdigung. »Nach Roses Tod habe ich versucht, mehr darüber herauszufinden. Laut Phoebe gibt es eine Geschichte, wonach die Perlen auf eine alte Vorfahrin in der Familie zurückgehen, die, wie man das damals nannte, ›von der Liebe enttäuscht‹ war, weil ihr Verlobter, von dem das Collier stammte, sie sitzen gelassen hatte. Danach soll sie geschworen haben, dass jeder verflucht sei, der die Perlen trage. Phoebe hat sich geweigert, das zu glauben. Sie war der Meinung, dass ihre Mutter diese Geschichte in die Welt gesetzt hatte, damit sie selbst keinen Anspruch auf die Perlen erhob. Ich fürchte, Phoebe hatte immer das Gefühl, eine ungeliebte Schwester zu sein. Sie hat immer wieder von dieser Geschichte mit dem Pony angefangen, bei der ich, offen gesagt, automatisch abgeschaltet habe. Ich war damals mit Rose befreundet. Phoebe war in meinen Augen ziemlich verwöhnt.«

Dianas strahlend blaue Augen hatten sich lächelnd auf Caroline gerichtet. »Und nun, wie wäre es mit einem zweiten Gin Tonic, bevor mein Zug nach London fährt?«

Im Nachhinein wünschte Caroline, sie hätte weitergebohrt. Es war ihr letztes Gespräch mit Diana, die einen Monat später friedlich im Schlaf starb. Ihr Haus vermachte sie Caroline, zusammen mit einem kleinen Abschiedsbrief, in dem stand, dass Caroline für sie fast wie eine eigene Tochter gewesen sei. So hatte Caroline daraufhin dankbar das Haus zu ihrem Eigen gemacht und nur ein paar Sachen aus dem alten Haus in London behalten, bevor sie es verkaufte.

»Am besten, du fängst ganz neu an«, hatte Grace in einem überraschend mitfühlenden Ton gesagt, ohne jede Spur von Neid, weil Diana ihrer Schwester das Haus hinterlassen hatte. Also fing sie neu an. Sie ließ die Böden bis auf das Original-Kiefernholz abschleifen, über das sie anschließend bunte handgeknüpfte Läufer aus einem Geschäft am Ort legte. Außerdem ließ sie die Wand zur Speisekammer entfernen, um aus der kleinen Küche einen großen Familienraum zu machen mit Blick auf das Lavendelbeet, das sie selbst angelegt hatte. Das Wohnzimmer, für das sie Chintzvorhänge in einem wunderbaren Second-Hand-Laden fand, den sie zufällig entdeckte, richtete sie mit den Chesterfield-Sofas aus London ein, den Kissen, die sie selbst mit Siebdruckfarbe verschönert hatte, ihren Bildern und den paar Habseligkeiten, die sie von ihrer Mutter geerbt hatte, wie die Holzfiguren aus Borneo für den Kaminsims, die ihre Großmutter nach England mitgebracht hatte. Manchmal nahm Caroline sie in die Hand und strich über das glatte Holz, während sie sich vorzustellen versuchte, wie ihre Großmutter sich wohl gefühlt hatte in einem so fremden Land fernab der Heimat.

»Hi! Wir sind wieder da!«

Man hörte das Klirren des Hausschlüssels und das Poltern von Turnschuhen, die auf dem Holzboden in der Diele landeten, wo sie zweifellos darauf warteten, dass der Nächstbeste darüberstolperte.

»Ich komme gleich!«, rief Caroline aus ihrem Atelier oben. Nun drang das Geräusch der Kühlschranktür, die geöffnet und wieder zugeschlagen wurde, zu ihr hoch, und sie musste lächeln, weil sie genau wusste, was sie taten. Es war ein tägliches Ritual. Ihre Jungs, die jedes Mal mit einem »Mega-Kohldampf« von der Schule kamen, suchten nach etwas Essbarem, bevor sie an den Strand gingen, während die Hausaufgaben dann abends erledigt wurden. Oliver und Charlie waren inzwischen zu kräftigen jungen Burschen herangewachsen, die sich auf der höheren Schule im Ort pudelwohl fühlten. Nach dem Unterricht verbrachten sie Stunden im Kajak oder auf dem Surfbrett oder am Strand, um zu grillen, im Gegensatz zu den Kindern ihrer Freundinnen, die ständig vor dem Computer klebten. »Das Schöne an diesem Leben hier ist«, sagte sie zu Grace bei einem ihrer regelmäßigen Telefonate, »dass die Leute zwar tagsüber hart schuften, aber wissen, wann sie aufhören müssen. Und danach gehen alle an den Strand, um sich zu erholen.«

Manchmal fragte Caroline sich, warum die Kinder nicht stärker um ihren Vater trauerten. Lag es daran, dass er kaum präsent war, als sie aufwuchsen, oder würde es sie erst später einholen, wenn sie älter waren? Etwas, auf das sie achten musste, aber noch nicht jetzt. Lebe für den Augenblick. Das hatte sie dieser friedliche und trotzdem unvorhersehbare Ort gelehrt. Lebe für den Augenblick, und schau nicht zurück.

»Es ist jetzt verpackt.« Grants tiefe Stimme neben ihr im Atelier riss sie aus ihren Gedanken.

Sie spürte einen angenehmen Schauer über ihren Rücken rieseln, von der Sorte, die sie manchmal empfand, wenn sie eine Auftragsarbeit beendete und mit dem Ergebnis zwar zufrieden war, aber trotzdem von jemandem eine Bestätigung brauchte. Aber dieses Werk war anders. Anders als alles, was sie bisher gemacht hatte. So anders, dass sie beim Malen gleichzeitig geschwitzt und gefroren hatte. Manchmal hatte sie gar nicht gewusst, woher die Striche kamen – es war, als würde jemand ihre Hand führen und ihren Pinsel in die unterschiedlichen Farben für sie tauchen. »Und du bist dir sicher, dass es gut genug ist, um für die Ausstellung in Betracht zu kommen?«

»Wenn du es jetzt nicht versuchst, dann nie!«

Er grinste sie an, so wie er sie angegrinst hatte, als er sie zum ersten Mal küssen wollte und sie ihn wegschubste mit den Worten, er solle sich schämen als verheirateter Mann.

»Verheiratet?«, hatte er erwidert, scheinbar verwirrt, und dann schallend gelacht. Hin und wieder, so seine Erklärung, bezeichnete er aus Gewohnheit Aileen als seine Frau. Dabei sei die Ehe schon lange geschieden – keine Kinder –, und Aileen habe wieder geheiratet. Inzwischen sei er offen für etwas Neues. Die Frage sei nur: War Caroline das auch?

Es dauerte eine Weile. Man kommt nicht so schnell über den Tod des Ehepartners hinweg, auch nicht, wenn dieser untreu war. Aber dann schien sich irgendwie alles zusammenzufügen. Und nun war Grant hier, der ihr Bild verpackt hatte für die Sommerausstellung in der Royal Academy, wo der Förderer ihres Urgroßvaters hing, Sir William Giles.

Sie hatte noch nie zuvor ein Porträt gemalt, aber als sie damit anfing, war es, wie jemanden zum ersten Mal zu küssen und erschrocken festzustellen, dass es das Natürlichste der Welt war, als hätte man diese Person schon sein ganzes Leben lang jeden Tag geküsst. Es war, wie im eigenen Haus ein Zimmer zu entdecken, das man noch nie betreten hatte. Wie eine andere Stimme zu finden, von der man nichts geahnt hatte. Caroline arbeitete wochenlang fieberhaft an dem Porträt und vergaß manchmal, aufzuhören und für die Jungs das Abendessen zu kochen. Beim Malen ertappte sie sich hin und wieder dabei, dass sie ein seltsames Lied vor sich hin summte, ohne zu wissen, woher sie es kannte. Und dann schließlich, eines Morgens im Mai, hatte sie das Gefühl, dass es fertig war.

»Du hast es schon gelesen, oder?« Grants Stimme holte sie zurück in die Gegenwart, während er auf die Lokalzeitung deutete, die Scarlet vorhin in der Hand hatte. Irgendwie war ihre Tochter anders an diesem Wochenende. Hatte sie beschlossen, ihren Vater zu kontaktieren, wovon sie letzten Monat gesprochen hatte? Vielleicht. Vielleicht auch nicht. Dieses Mal würde Caroline warten, bis ihre Tochter es von sich aus erzählte, statt sie zu bedrängen.

»Wirst du die Perlen zurückverlangen?«

Es war nicht das erste Mal, dass sie sich über die Möglichkeit unterhielten, dass die verlorenen Perlen wieder auftauchten. So etwas kam ständig vor. Jeden Tag war der Strand mit Treibgut übersät, und manchmal waren auch Wertsachen darunter, weshalb Touristen mit Metalldetektoren permanent den Sand absuchten.

»Nein.« Sie flüsterte, damit ihre Tochter, die in die Küche gegangen war, sie nicht hören konnte. »Ich verzichte. Nur für alle Fälle.«

»Wenn du sicher bist …«

»Bin ich.« Sie schenkte ihm ein schüchternes Lächeln. »Außerdem habe ich jede Menge zu tun, um die Hochzeit zu organisieren.«

Er stieß einen theatralischen Stoßseufzer aus und vergrub das Gesicht in der Armbeuge. »Ach ja. Die Hochzeit. Wie konnte ich das vergessen?«

48

Sie hatten sich, recht überraschend, für eine kirchliche Trauung mit anschließendem Empfang in einem herrlichen alten Haus entschieden, das ein kleines, exklusives Landhotel war. Die lange Reihe von Gästen kam aus der ganzen Welt, was bedeutete, dass Caroline Stunden damit zubrachte, Unterkünfte in den umliegenden Pensionen zu reservieren, während sie sich fragte, ob der kleine Küstenort alle Leute aufnehmen konnte.

Grace war natürlich viel zu beschäftigt mit ihrer Arbeit, um zu helfen, obwohl sie nicht mit guten Ratschlägen am Telefon sparte.

»Bist du es nicht manchmal leid mit ihr?«, fragte Scarlet, während sie ihr half, für die Tischdekoration lila und pinkfarbenes Kräuselband um die Seifenblasenröhrchen zu binden, die die Gäste bei der Ankunft von Braut und Bräutigam benutzen sollten.

»Nicht mehr.« Caroline wunderte sich auch über ihre Gelassenheit, die sie in den letzten paar Jahren entwickelt hatte. Sie spürte einen tiefen inneren Frieden, der nach Simons Tod langsam begonnen hatte, durch in ihre Adern zu sickern, und der sich dort fest einnistete, als sie sich schließlich in den einzigen Mann verliebte, zu dem sie jemals wieder richtig Vertrauen fassen konnte. »Ich habe gelernt, dass jeder Mensch anders ist. Selbst Schwestern.«

Scarlet wandte den Blick ab. »Ich hätte gerne eine Schwester gehabt.« Ihr Gesicht wurde einen Moment ernst, aber dann lächelte sie. »Trotzdem ist es auch ganz angenehm, zwei kleine Brüder zu haben, die mich mittlerweile überragen und es für ihre Bestimmung halten, auf mich aufzupassen.«

»Meine Mutter hat früher immer gesagt, dass sie es toll fand, Brüder zu haben.« Das Bild ihrer Mutter, die einen hauchdünnen Luftpostumschlag mit blau-rot gemustertem Rand von Frank öffnete, tauchte vor ihrem geistigen Auge auf. Das war das Problem mit Hochzeiten. Man wurde dadurch an die Vergangenheit erinnert, aber vorausgesetzt, man hatte diese unter Kontrolle, war das nicht unbedingt etwas Schlechtes.

Die Hochzeit war fantastisch. Das sagte jeder. Nicht nur ihre einheimischen Freunde, sondern auch diejenigen, die Tausende von Meilen gereist waren, um zu entdecken, dass dieser kleine Küstenort mehr Charme hatte als die hellen Lichter von San Francisco, Sydney oder Bali.

Während des Gottesdienstes, als Scarlet und ihr junger Bräutigam sich das Eheversprechen gaben, während Oliver und Charlie als hoch aufgeschossene Ringträger daneben standen, schwebten die Worte klar und deutlich in die Kuppel empor, sodass Caroline sich fragte, ob sie von den Möwen aufgefangen wurden, die am Himmel lachten.

Onkel Geoffrey, Gott schütze ihn, hatte trotz seines hohen Alters darauf bestanden, persönlich zu erscheinen, um seine Großnichte zum Altar zu führen. Er war der Letzte, der aus der Generation ihrer Mutter übrig war, dachte Caroline bedauernd, während sie beobachtete, wie ihr Onkel auf seine würdevolle Art langsam den Gang entlangschritt und Scarlet an seinem Arm schwebte. Wenn er nicht mehr war, würden sie die Spitze des Stammbaums bilden, und es würde an ihnen liegen, die Geschichten weiterzugeben.

Später, nach dem Abendbuffet, gingen sie alle hinunter an den Strand, wo die Braut ihre Schuhe von den Füßen kickte und über den Sand lief. Grant hatte schwebende Papierlaternen in fluoreszierenden Farben gebastelt, die er an die Gäste verteilte mit der Aufforderung, sie im Mondlicht aufsteigen zu lassen. Sie schwebten empor wie Miniaturdrachen oder Glühwürmchen in der Nacht.

»Sie ist noch so jung und schon verheiratet«, seufzte Caroline laut. »Ich weiß ja, dass sie in ihrem Job aufgeht, aber trotzdem wünschte ich, sie hätte studiert.«

Grace, die durch puren Zufall ein ähnliches Kleid aus fließendem Stoff trug wie ihre Schwester, in einem leuchtenden Dunkelorange, das an ein Gemälde von Sir William Giles erinnerte, den sie beide bewunderten, legte den Arm um Carolines Taille. Es war in Momenten wie diesem, dachte Caroline, während sie den Kopf an den ihrer Schwester lehnte, dass sie sich einander unglaublich nahe fühlten statt weit voneinander entfernt durch ihre Unterschiedlichkeit.

»Sie lieben sich, Carrie, das ist die Hauptsache. Gerade du solltest das wissen.«

Caroline nickte und bekam plötzlich ein schlechtes Gewissen. »Und was ist mit dir? Ich mache mir langsam Sorgen. Sieh mich nicht so an. Ich kann nicht anders.«

»Warum?« Grace zog ihren Arm weg, und ihr Ton wurde frostiger. »Weil ich noch nicht den Richtigen gefunden habe, um das Quartett komplett zu machen, wie man es aus Liebesromanen kennt oder aus dem Märchen? Ich bin vollkommen glücklich, so wie ich bin.«

»Obwohl du mir jedes Mal einen neuen Mann vorstellst, wenn wir uns sehen?«

Die Worte rutschten Caroline heraus, bevor sie es verhindern konnte. Einen Moment lang herrschte Schweigen, und dann, zu ihrer großen Überraschung, antwortete Grace in sanftem Ton, ohne jede Spur von Zorn: »Genau. Das bedeutet, dass ich nie verletzt werden kann.«

»Willst du nicht doch noch ein Kind bekommen? Es ist noch nicht zu spät.«

Graces Arm wanderte zurück um ihre Taille, und Caroline drückte ihn kurz. »Für mich schon, Carrie.«

»Was soll das heißen?«

»Ich habe mir vor zwei Jahren die Eierstöcke entfernen lassen.«

»Warum? Wann? Warum hast du mir nichts davon gesagt?«

Graces Stimme nahm einen rechtfertigenden Ton an. »Das war damals mein Geburtstagsgeschenk an mich selbst. Tut mir leid, ich habe dir damals vorgeflunkert, dass ich auf einer längeren Geschäftsreise bin in Paris.«

Schuldbewusst erinnerte Caroline sich, dass sie sich damals über einen von Graces vielen Anrufen geärgert hatte, die sich darüber beschwerte, dass die Franzosen die Verhandlungen in die Länge zogen und sie daher gezwungen war, ihren Aufenthalt zu verlängern.

»Dr. M hat mir damals die Operation nahegelegt wegen Mums Krankengeschichte«, fuhr Grace fort. »Er meinte außerdem, dass der Hirntumor unserer Großmutter vielleicht sekundär war und dass sie womöglich auch Eierstockkrebs hatte. Bei mir wurden damals ein paar Zysten entdeckt, die nicht ganz koscher waren, und zu diesem Zeitpunkt war ich mir sicher, dass ich keine Kinder will. Ich möchte ihnen nämlich das Drama einer Scheidung ersparen oder den ganzen anderen Mist, für den unsere Familie prädestiniert zu sein scheint. Und bevor du dir jetzt wieder ein schlechtes Gewissen machst, ich gebe dir keine Schuld. Schließlich war Simon derjenige, der fremdgegangen ist. Aber du wirst wohl zugeben müssen, Carrie, dass unsere Familie in dieser Hinsicht nicht gerade viel Glück hat und wenn doch, dann gewöhnlich erst im zweiten Anlauf, so wie du. Falls ich tatsächlich jemals heiraten sollte und nicht völlig aus der Art schlage, muss ich mir ganz sicher sein, dass es ein Leben lang hält.«

Caroline versuchte, sich auf eine der schwebenden Laternen am Himmel zu konzentrieren, um zu verhindern, dass ihr Tränen in die Augen stiegen. »Ich verstehe, was du mir sagen willst. Aber ich möchte nicht, dass du so endest wie Maggy.« Ein riesiger Kloß bildete sich in ihrer Kehle. »Du würdest doch nie …«

»Mir selbst etwas antun, meinst du?« Grace vollendete den Satz für sie. »Nein, das würde ich nicht, weil ich euch allen nicht diesen Kummer zufügen könnte. Ich komm' schon klar, Carrie. Ich bin nicht wie du. Manchmal frage ich mich, ob das mit meinem Namen zusammenhängt. Er hat meiner Vorfahrin nicht viel Glück gebracht, oder?«

Es war schwer, dagegen zu argumentieren. »Es gibt da eine Frau, die du vielleicht kennenlernen solltest, solange du hier bist«, hörte Caroline sich sagen. »Eine Bekannte von mir. Sie heißt Petunia.« Sie schlang beide Arme um die Schulter ihrer Schwester und drückte sie liebevoll an sich. Dieses Mal wich Grace nicht zurück.

»Ich hab' dich lieb«, sagte Caroline in der Gewissheit, dass sie jeden Moment ohne zu zögern für ihre Schwester vor einen Bus springen würde. Wer sonst auf der Welt war in derselben Umgebung aufgewachsen und hatte denselben genetischen Fingerabdruck? Während ihre Arme Grace hielten und sie sich gegenseitig einatmeten, hatte Caroline plötzlich das merkwürdige Gefühl, dass am Ende alles gut ausgehen würde – nicht nur für sie, sondern auch für ihre Schwester und ihre Tochter. Vielleicht hatte Grace für sich die beste Entscheidung getroffen. Und Scarlet vielleicht auch.

»Ich hab' dich auch lieb, du Dumpfbacke. Lass mich jetzt los. Sieht nämlich ganz so aus, als wäre dein Mann gerade im Anmarsch, um dich in Beschlag zu nehmen. Und wenn ich eins nicht leiden kann, dann ist das, das fünfte Rad am Wagen zu sein.«

Grace entfernte sich durch die Menge aus jungen schönen Menschen, die wie bunte Leuchtkäfer umherschwirrten, während sie an Cocktailgläsern nippten und barfuß durch den Sand liefen. Unter ihnen war ein kleiner brauner Junge, der sich leicht abseits hielt von den anderen und mit der Brandung spielte, die auf ihrem Weg nach draußen sanft an den Strand schwappte. Er blickte schüchtern zu ihr und lächelte. Vielleicht war er ein Freund der Zwillinge.

»Amüsierst du dich?«, fragte die tiefe Stimme, die Caroline zu lieben gelernt hatte.

Sie nickte und drehte sich zu ihm um, bevor sie den Kopf an seinem Hals vergrub, wo es so gut roch. »Amüsieren« war zwar nicht das Wort, das ihr als Erstes in den Sinn gekommen wäre, aber nach ihrem Gespräch mit Grace und dem Ausdruck purer Glückseligkeit in dem Gesicht ihrer Tochter, als sie sich vorbeugte, um ihren frisch angetrauten jungen Ehemann zu küssen, hatte sie nun ein viel besseres Gefühl als während der Zeremonie selbst.

»Denkst du, sie werden es schaffen?«, murmelte sie an seinem Hals.

Seine warme Hand umklammerte ihre. »So wie jeder von uns es schaffen kann.«

Das war etwas, was sie an ihm liebte. Er versuchte nie, die Dinge schwarzzumalen. Ehrlich, solide und verlässlich. Genau das, was sie brauchte.

»Du siehst übrigens fantastisch aus.« Seine Hand strich über die Zierfalte an ihrem Kleid. »Einfach umwerfend. Ich kann nicht glauben, was für ein Glück ich habe. Es ist wirklich schwer zu sagen, wer die Mutter ist und wer die Tochter!«

Lachend schüttelte sie den Kopf. »Ich habe früh angefangen, schon vergessen? Außerdem bin wohl ich diejenige, die sich glücklich schätzen kann.«

Davids Arme schlossen sich enger um sie. »Das können wir beide.«

Ein paar Minuten lang standen sie schweigend so da, in ihre eigenen Gedanken versunken. Es war David Rolfe, der Notar, den Caroline nach Simons Tod kontaktiert hatte, um das komplizierte Geflecht zu entwirren. Es war nicht nur so, dass es kein Testament gab, wie sie ihm erklärt hatte. Es war einfach alles. Und an seinem besorgten, aber professionellen Ton hatte sie sofort erkannt, dass er verstand. Er schaute noch in derselben Woche vorbei, um die Papiere zu sortieren, und sie blieben hinterher über Monate in Verbindung – Monate, in denen Caroline von Verwirrung geplagt wurde, so sehr, dass sie sogar Grant erlaubte, sie zu küssen. Aber sofort war ihr klar geworden, dass er nicht der Richtige war. Es war wirklich so, dass die Chemie stimmen musste, wie es hieß, und dieses Mal würde sie sich nicht mit dem Zweitbesten begnügen. »Tut mir schrecklich leid«, hatte sie daher gesagt und sich von ihm gelöst. »Ich bin mir einfach nicht sicher, ob das funktionieren wird.«

Grant hatte sich enttäuscht gezeigt. »Vielleicht ist es noch zu früh.«

»Ich glaube«, hatte sie sich gezwungen hinzuzufügen, »dass ich dich eher als Freund und Künstlerkollegen brauche.«

Fairerweise war Grant genau das geblieben und hatte ihr sogar geholfen, ihr Gemälde für die Begutachtung durch die Royal Academy versandfertig zu machen. Onkel Geoffrey hatte zuvor eingewilligt, dass sie zu ihm kommen konnte, um das Porträt zu kopieren. Das Ergebnis zeigte ihre drei Kinder im Pubertätsalter, die zu dem Porträt eines jungen Mädchens in einem gestärkten weißen Kleid und mit einer Kette um seinen herrlichen Schwanenhals hochblickten. Der Titel lautete: *Urgroßmutter Louisa und ihre Perlen*.

»Du denkst doch nicht, dass die auch Unglück bringen, oder?«, hatte sie Grant zögernd gefragt.

Er hatte die Frage sorgfältig abgewogen. Simon dagegen hätte nur verächtlich geschnaubt und gesagt, sie solle nicht so albern sein und glauben, dass an dieser ollen Geschichte mit dem Fluch der Perlen etwas dran sei.

»Nein, ich denke nicht«, hatte Grant schließlich geantwortet.

»Nicht auf Leinwand. Auf der Leinwand kann eine Wahrheit zu einer Lüge werden und eine Lüge zur Wahrheit.« Sein Blick hatte kurz einen wehmütigen Ausdruck angenommen. »Man könnte sagen, dass die Perlen fest in einem Rahmen eingeschlossen sind und dadurch verhindert wird, dass sie jemandem Schaden zufügen. Übrigens«, er hatte die Stimme gesenkt, damit niemand mithören konnte. »Ich werde dich immer heimlich verehren. Das weißt du, oder?«

Sie hatte gelächelt und sanft mit dem Finger über sein Revers gestrichen. Es war nicht das erste Mal gewesen, dass er ihr das sagte, und sie hatte mittlerweile gelernt, dies als ein Zeichen der Freundschaft zu betrachten statt als etwas, worüber sie sich Sorgen machen musste.

Was seine Erklärung mit dem Rahmen betraf, gefiel ihr das Bild sehr gut. Es ergab einen Sinn, so wie es einen Sinn ergab, dass eines Tages, als sie mit David oben auf der Klippe saß, von der sich ein Pfad zu einem versteckten Strand hinunterschlängelte, den nur wenige Touristen kannten, er ihr erzählte, dass er mit dem Gedanken spiele, eine zweite Kanzlei zu eröffnen, und was sie dazu sagen würde, wenn er in ihre Nähe ziehe?

Nun, während sie eng umschlungen am Strand standen, eingehüllt in ihren eigenen Kokon, und Scarlets Gäste um sie herum laut feierten, wusste Caroline, dass der nächste Schritt der letzte sein würde. Vielleicht würden David und sie sich gemeinsam ein Haus kaufen, oder vielleicht würden sie einfach alles beim Alten lassen, so glücklich, wie sie gerade waren, während sie weiter in Dianas ehemaligem Haus wohnte und er in seinem Cottage, das eine halbe Meile entfernt war. Seine Kinder, die seit dem Tod ihrer Mutter vor über zehn Jahren einen engen Kontakt zu ihm pflegten, schienen die Idee eines gemeinsamen Haushalts sogar zu begrüßen, obwohl Caroline sich nicht sicher war, was ihre eigenen Kinder dazu sagen würden. Vielleicht war es besser zu warten, bis die Jungs zu Hause auszogen, damit sie nicht den Stiefeltern-Fehler der vorherigen Generationen wiederholte. Und dann war da noch das Porträt, das sich seinen Weg in die Academy gebahnt hatte! Eine innere Stimme sagte Caroline, dass dies der Anfang von etwas Neuem in ihrer Karriere sein könnte. Wie meinte David immer? Schließlich war sie noch keine fünfzig. Im Prinzip war alles möglich.

»Ich liebe dich«, sagte sie und zog ihn enger an sich.

»Ich liebe dich auch.«

Die Worte waren zwischen ihnen tausendmal gesagt worden, aber heute Abend war es anders.

Sie atmete seinen Geruch ein. Einen seltsamen Augenblick lang roch er nach Hitze und Rosenblüten und Tabakrauch. War das nicht die Mischung, mit der ihre Großmutter Borneo beschrieben hatte in ihren Tagebüchern?

»Warte hier«, sagte er leise. »Rühr dich nicht vom Fleck.«

Schritte. Leicht im Sand. Langsam. Gründlich. Genau wie er. Schritte hinter ihr. Eine Tür in ihrem Kopf, die sich öffnet.

»Schließ die Augen«, sagt Davids Stimme hinter ihr. »Ich möchte nicht, dass du es vorher siehst.«

Lass es bitte keinen Ring sein, denkt sie. Dafür ist sie noch nicht bereit. Aber stattdessen spürt sie, dass sich etwas um ihren Hals schließt. Zwei Reihen. Aber anders als die Perlen haben sie leicht spitze Kanten, die ihre Haut streifen.

Ein Handspiegel wird ihr nun in die Hand gedrückt, wie sie an der Form und dem kalten Glas ertasten kann. »Jetzt darfst du die Augen aufmachen.« Seine Stimme klingt aufgeregt, selbstzufrieden, ohne Prahlerei.

Ihr stockt der Atem. »Das sind ja Muscheln. Winzige Silbermuscheln!«

»Die meisten davon habe ich selbst gesammelt.« Er errötet vor Freude über ihren Gesichtsausdruck und, wie ihr bewusst wird, vor Stolz darüber, dass ihr sein Kunstwerk gefällt, nachdem er erst im reifen Alter sein Talent entdeckt hat. Er deutet mit einem kurzen, dicken Finger auf die kleinen Knoten zwischen jeder einzelnen Muschel. »Nur zur Sicherheit für den Fall, dass der Faden reißt. So gehen nicht gleich alle Muscheln verloren.«

Genau wie bei ihrer ehemaligen Perlenkette. Bloß dass diese Kette anders ist. Während jemand das Feuerwerk zündet, das noch mehr Licht in den Nachthimmel wirft, wird ihr bewusst, dass es ein völliger Neuanfang ist.

Die Erkenntnis macht sich langsam in ihr breit. Eine geradezu himmlische Vorstellung, denkt sie, und sie fühlt sich leicht wie ein Kind. Die plötzliche Gewissheit, dass sie nun, endlich, die Vergangenheit hinter sich lassen kann, weil sie den Bann gebrochen hat. Im Gegensatz zu ihrer Urgroßmutter, ihrer Großmutter und ihrer Mutter vor ihr hat sie eine neue Liebe gefunden und behalten. Sie hat immer noch ihre Kinder. Und sie ist am Leben!

Die seidene Schlinge war für immer gerissen.

Epilog

Viele Jahre später, als es Zeit war, das Haus ihrer Mutter zu entrümpeln, stieß Scarlet auf ein altes Buch, das den Namen ihrer Urgroßmutter Rose innen auf dem Titelblatt trug. Es war ein dickes Exemplar der *Canterbury-Erzählungen* mit einem malven- und rosafarben marmorierten Einband, und darin steckte ein dünner Zettel mit drei Zeilen in einer schönen, geneigten, gestochenen Handschrift.

»Um die Vergangenheit zu weinen ist nutzlos.
Um die Gegenwart zu weinen trübt nur den Blick,
und man sieht weniger klar in die Zukunft.«

Wie hübsch, dachte Scarlet und prägte sich das Gedicht ein, bevor sie es sorgfältig in das Buch zurücklegte, damit es eine andere Generation finden konnte.